Unter dem Dornenhimmel
Cecilia Lilienthal

TINTE & FEDER

Das Buch

Monika legt ihren letzten Wunsch in Heddas Hände: Die junge Schriftstellerin soll die Geschichte ihrer Eltern Ottilia und Eduard niederschreiben. Die Geschichte einer großen Liebe, die sich dem Druck des Nationalsozialismus und einer alten Familienfehde entgegenstellte. Weil andere es so wollen, soll Ottilia den linientreuen Amon heiraten. Doch nichts ist ihr mehr zuwider als dessen politische Gesinnung.

Als Ottilia an pöbelnde Braunhemden gerät, kommt ihr ein junger Mann zu Hilfe, der ihr nicht mehr aus dem Sinn geht. Es ist Eduard, der Sohn der Galberts, mit denen Ottilias Familie seit jeher im Streit liegt. Mit Mut und Hartnäckigkeit kämpfen die Liebenden für ihre gemeinsame Zukunft und setzen sich für die Menschlichkeit ein, nicht ahnend, dass sie viele Jahrzehnte später damit Heddas Leben eine neue Richtung geben.

Die Autorin

Schon als Kind liebte es Cecilia Lilienthal, die eigentlich Nadine Stenglein heißt, sich Geschichten auszudenken und diese niederzuschreiben. Unter ihrem Klarnamen und mit dem Pseudonym Lilian Dean hat sie bereits zahlreiche Bücher in den Genres Liebesromane, Fantasy und Krimi veröffentlicht und konnte sich so ihren Traum, Autorin zu werden, erfüllen. Unter dem neuen Pseudonym Cecilia Lilienthal sind bisher die Romane »Die Schokoladen-Symphonie« und »Unter dem Dornenhimmel« erschienen. Die Autorin lebt mit ihrer Familie in Bayern.

CECILIA LILIENTHAL

Unter dem Dornenhimmel

ROMAN

TINTE & FEDER

Deutsche Erstveröffentlichung bei
Tinte & Feder, Amazon Media EU S.à r.l.
38, avenue John F. Kennedy, L-1855 Luxembourg
November 2022

Umschlaggestaltung: bürosüd⁰ München, www.buerosued.de
Umschlagmotiv: © djgis © MagicDogWorkshop © VolodymyrSanych
© Krasovski Dmitri © Aleshyn_Andrei © Marina Tachinska © Magenta10
© Bliekske / Shutterstock
1. Lektorat: Ute Köhler
2. Lektorat: Rainer Schöttle
Korrektorat: Manuela Tiller/DRSVS
Gedruckt durch:
Amazon Distribution GmbH, Amazonstraße 1, 04347 Leipzig /
Canon Deutschland Business Services GmbH, Ferdinand-Jühlke-Straße 7,
99095 Erfurt /
CPI books GmbH, Birkstraße 10, 25917 Leck

ISBN 978-2-49671-150-9

www.tinte-feder.de

Aller Ende Anfang

Hedda

München, heute

Ich beugte mich ein wenig über Monika, strich ihr eine graubraune Haarsträhne aus der Stirn und tupfte ihr behutsam mit einem feuchten Tuch die Schweißperlen ab. Ein schwermütiges Lächeln lag auf ihren blassen Lippen. Sie bat mich, bei ihr zu bleiben bis zum Schluss und keinen der Ärzte zu rufen. Aber genau das erschien mir ratsam, als sie noch schwerer atmete als zuvor. »Schau, Hedda, sie können sowieso nichts mehr für mich tun«, sagte sie. Worte, die ich nicht hören wollte. Der Gedanke, dass sie bald nicht mehr da sein würde, zerriss mir das Herz. Und das, obwohl wir uns erst kurz kannten. Sie war mir so lieb geworden. Nun atmete sie zum Glück ein wenig leichter.

»Gleich habe ich es geschafft, Hedda. Das spüre ich. Ich gehe nach Hause. Danke, dass du da bist. Und dass du auch in den letzten Wochen, in denen wir beide schon in dieser Klinik festsitzen, zu einer wahren Freundin für mich geworden bist. Wir haben wahrlich gute und schlechte Tage miteinander erlebt.

So ehrlich, wie ich es nur mit wenigen Menschen konnte. Das hat mir Kraft gegeben. Ich werde es dir nie vergessen.«

Ich presste die Lippen aufeinander, unterdrückte ein Schluchzen und sammelte mich. »Du gibst mir auch viel Kraft, Monika. Ich habe *dir* zu danken.« Ich hob ihre linke Hand an, die so leicht war wie eine Feder, und hauchte einen Kuss darauf. Monika und ich waren beide Patientinnen in der kardiologischen Abteilung einer Münchner Klinik. Eine verschleppte Grippe hatte bei mir zu einer Herzmuskelentzündung geführt und mich hierhergebracht. Monika und ich hatten uns auf Anhieb verstanden. Vom Alter her hätte sie meine Mutter sein können. Sie hatte mich drei Tage nach meiner Einlieferung auf dem Flur der Station angesprochen, als ich dort ein paar Schritte auf und ab gegangen war, um mal was anderes zu sehen als nur die öden Wände des Krankenzimmers. Mit einem offenen Lächeln hatte sie mich um ein Autogramm gebeten.

»Sie sind doch die Autorin von ›Sommerstürme im Herzen‹, ›Vereiste Zweisamkeit‹ und ›Ein Schicksal zum Durchdrehen‹, nicht wahr? Ich finde alle Romane sehr gelungen. Sie haben mich gleich in den Bann gezogen und die Zeit richtig schnell vertrieben«, hatte sie damals gesagt. Ihr positives Feedback ehrte mich. Es war mir bis dato nicht ein einziges Mal passiert, dass man mich als Autorin erkannt hatte.

Monika war kurz vor mir in die Universitätsklinik München eingewiesen worden. Ihr Sohn Daniel hatte dafür gesorgt. Die Klinik hier verfügte über eine großartige Kardiologie. Monika hatte sich eine Infektion zugezogen, die ihr Hausarzt zuerst mit eigener Medizin hatte behandeln wollen. Vornehmlich waren das teure Kräutermischungen gewesen, die sie ihm bar bezahlt hatte. Nach zwei Wochen war sie allerdings in seiner Praxis zusammengebrochen und zunächst in eine kleine fränkische Klinik gebracht worden. Dort war festgestellt worden, dass sich die Infektion inzwischen aufs Herz gelegt und eine Endokarditis ausgelöst hatte. Monika benötigte dringend neue Herzklappen, doch leider war ihr Herz zu schwach für eine Operation.

Ich hatte das Gefühl, ich würde sie schon ewig kennen. Wir teilten die Leidenschaft fürs Kochen, Backen, waren zwei Naschkatzen und reisten gern. Vornehmlich unternahm jede von uns kleine Natur- und Städtereisen, bei denen Monika, genau wie ich, ihre schönsten Erlebnisse durch Fotos festgehalten hatte. Alle Bilder waren auf unseren Handys gespeichert. Dort hatten wir sie gemeinsam angeschaut und unter anderem festgestellt, dass wir beide schon öfter Regenbögen fotografiert hatten.

»Alles, was ich dir von meinen Eltern erzählt habe, Hedda, darfst du gern verwenden«, sagte sie und drückte meine Hände.

Ich zog die Brauen ein wenig zusammen. »Wie meinst du das?«

Das Grünblau ihrer Augen war längst nicht mehr so strahlend wie bei unserer ersten Begegnung, auch ihre Gesichtsfarbe hatte sich verändert, wirkte matter, kränker. Sie kam mir vor wie ein Nebelhauch im Sonnenschein. Ich wollte sie festhalten, aber ich konnte nicht.

»Schreib sie ruhig auf. Die Geschichte meiner Eltern. Ihre verbotene Liebe, den Unterwäsche-Skandal, all das.« Sie machte eine Pause und holte tief Luft, bevor sie weitersprach: »Bring dadurch alles noch mal zum Leben, wenn du magst. Du hast doch gesagt, es wäre ein großartiger Stoff für eine Geschichte.«

Ja, das hatte ich mal erwähnt und durchaus ernst gemeint. Was Monika mir erzählt hatte, ließ mich nicht mehr los. Ich lächelte ihr zu. »Vor allem finde ich, dass deine Eltern Kämpfer waren, mit dem Herz am rechten Fleck. Davon bin ich überzeugt, auch wenn ich sie nicht persönlich gekannt habe. Ihre Geschichte würde manchen Leuten sicherlich Mut machen, um an ihren Träumen festzuhalten, sie für niemanden aufzugeben und ihren Gefühlen zu folgen. Alles andere würde einen früher oder später immer wieder einholen.«

Monikas Gesichtsausdruck verklärte sich. Sie starrte auf einen Punkt am Ende des Betts, als stünde dort jemand.

»Da geb ich dir absolut recht, Hedda.« Sie sprach leiser, als wäre sie in Sorge, sonst etwas oder jemanden zu verscheuchen.

Nach einer kleinen Pause ließ sie ihren Blick wieder zu mir wandern. »Veröffentliche die Geschichte, wenn du sie auf Papier gebracht hast. Es gibt keine bessere Autorin dafür. Das sagt mir meine innere Stimme.«

»Ach komm. Jetzt machst du mich verlegen.«

Monika blieb ernst. »Nein. Ich meine es, wie ich es sage. Ich habe dir doch erzählt, dass mein Vater auch gern geschrieben hat.«

Ich nickte.

»Aber das weißt du noch nicht: Er hatte selbst vor, die Liebes- und Lebensgeschichte von sich und Mutti niederzuschreiben und zu veröffentlichen. Aus demselben Grund, den du soeben genannt hast. Ich bin sicher, er wäre absolut damit einverstanden, wenn du seine Idee aufgreifst und verwirklichst. Und Mutter auch. Käthe, David, Emmi, Hermann, Ilse, Bärbel, sie alle haben sie damals um ihr schriftliches Einverständnis gebeten. Dafür, dass sie in der Geschichte erwähnt werden dürfen. Nur Peters Namen und den seiner Eltern würde ich ändern. Papa wollte ihn im Roman ›Amon Kassel‹ nennen.« Sie schluckte, und es fiel ihr immer schwerer zu sprechen. Aber sie wollte keine Pause. »Meine Eltern haben Stichpunkte über das früher Erlebte in einem ledernen Büchlein notiert. Dort findest du auch die Einverständniserklärung mit den Unterschriften. Es sind so einige Notizen; letztlich ist es so eine Art gemeinsames Tagebuch geworden. Doch als Papa anfangen wollte, die Geschichte in Romanform zu bringen, da hat ihm die Lungenkrankheit einen Strich durch die Rechnung gemacht.

Nach dem Tod meiner Mutter eineinhalb Jahre zuvor saß er oft draußen auf der Bank vor ihrem Haus und dachte an früher. Das Büchlein hat er mir irgendwann gegeben. Er sagte, ich könnte die Geschichte ja selbst einmal schreiben.« Sie lachte ein wenig. »Ich kann zwar gut Kuchen backen, ein Café leiten und etwas schneidern, aber eine Geschichte schreiben, auch mit Vorlage, das liegt mir nicht. Glaub mir, ich hab's probiert.« Sie zeigte auf den Beistelltisch an ihrem Bett und hustete leicht. »Das Buch ist dadrin, für dich. Auch ein paar Fotos sind enthalten. Von meinen Eltern und so weiter.«

Hörte ich richtig? »Für mich?«

Als sie abermals hustete, wollte ich ihr die Schnabeltasse mit stillem Wasser reichen, aber sie wehrte dankend ab.

»Nimm das Buch an dich.«

Ich stockte. »Das kann ich doch nicht. Das …«

»Doch, Hedda. Nimm es mit, wenn ich gegangen bin. Ich weiß es bei dir in guten Händen.«

Ein Kloß schob sich in meine Kehle und Tränen schossen mir in die Augen. Für einen Moment krampfte sich mein Magen zusammen und mein Herz schlug schneller.

»Ich will nicht, dass du gehst, Monika.«

Monika ließ meine Hand los, tätschelte sie dafür. »Ach, Hedda. Ich muss, und es ist jetzt in Ordnung. Nur meinen Daniel, den hätte ich schon sehr gern noch einmal gesehen und mit ihm geredet. Allein am liebsten.«

Ich verstand. Sie meinte, mit ihm zu reden, ohne dass ihre Schwiegertochter Viktoria dabei wäre. »Soll ich ihn anrufen und …?«

Monika schüttelte den Kopf. »Er dürfte mit seiner Grippe gar nicht hier reinkommen.«

»Vielleicht geht es ihm schon besser.«

»Viktoria hat vorhin angerufen und gesagt, dass es sie nun auch erwischt hat – wie Daniel, mit Fieber und Schüttelfrost.

Sie müssen sich auskurieren. Man sieht ja an mir, wohin das sonst führen kann.«

Ich wollte ihnen nichts unterstellen, aber ich hoffte inständig, dass die beiden wirklich krank waren.

»Daniel weiß aber, dass du im …« Das Wort kam mir nur schwer über die Lippen. »Sterben …?« Weiter kam ich nicht. Monika führte den Satz zu Ende.

»Dass ich im Sterben liege? Ja. Also, das heißt, Viktoria weiß es. Sie war doch vor zwei Tagen allein hier, hat auch mit den Ärzten gesprochen. Sie hat gesagt, sie richtet es Daniel aus. Es soll eben nicht sein, dass wir uns noch einmal sehen.«

Meiner Meinung nach hätte er doch wenigstens anrufen können. Oder war er dazu ebenfalls zu schwach? In Monikas Augen flackerte erneut Sehnsucht nach ihrem Sohn auf. Der Schmerz darüber war so stark, dass ich einen Moment glaubte, er würde mich verschlingen. »Bleib noch, Monika. Warte auf Daniel. Er ist sicher bald wieder gesund. Kämpfe weiter. Es ist alles noch viel zu früh, Monika. Du bist doch erst siebenundsechzig. Dieses dumme Herz. Es soll weiterschlagen. Wir können gemeinsam noch so viel erleben. Zum Beispiel kannst du mir beim Umkrempeln meines Lebens nach der Trennung von Mike helfen. Ich brauche dich.« Die Worte sprudelten mir nur so über die Lippen.

Mike war zwei Jahre lang mein Freund gewesen, bis wir beide feststellten, dass wir zu verschieden waren, und er mich gegen eine andere eintauschte.

Sie lächelte leicht. »Du bist stärker, als du weißt, Hedda. Dein Leben umzukrempeln schaffst du auch ohne mich.«

»Ich will aber, dass du dabei bist!« Es war mir egal, dass ich nun fast wie ein bockiges Kleinkind klang.

»Wenn du mich im Herzen mitnimmst, dann werde ich immer bei dir sein. Das hat meine Mutter mal zu mir gesagt.«

Ein schöner Gedanke. Wir schwiegen eine kleine Weile und ich besann mich auf diese Worte hin, sah ein, dass das Wehren gegen das Schicksal kindisch war, und nickte. »So werde ich es machen, Monika«, versprach ich schließlich. Ach, ich vermisste sie jetzt schon. Behutsam küsste ich sie auf die Stirn.

»Gut, sehr gut, Hedda. Das freut und beruhigt mich. Sieh das Umkrempeln als ein Versprechen an mich. Dann wird es am Ende schwieriger, Ausreden zu finden.« Sie grinste fast schelmisch. »Übrigens, in dem Büchlein findest du auch einen Schlüssel und einen Brief.« Sie schloss für ein paar Atemzüge die Augen, bevor sie weitersprach. »Eine große Bitte habe ich noch an dich: Nimm Kontakt mit Daniel auf!«

Ich sollte mit ihm reden?

»Sag ihm, wenn er meinen Hof, also das Familienerbe, und das Café und alles, was dazugehört, unbedingt verkaufen möchte, worauf vor allem ja Viktoria schon so lange wartet, er es an nette Leute geben soll. An welche, die es verdient haben und nichts großartig ändern werden. Modernisieren ist klar. Nur bitte nicht abreißen. Es würde die Seele brechen, die meine Familie all dem eingehaucht hat.«

»Du meinst, wie bei dem Wohnhaus, das nicht zum Hof gehörte und in dem deine Eltern bis zu ihrem Tod gewohnt haben? Das vorher den alten Meyers gehörte?« Das Häuschen stand nicht weit vom Aden-Hof entfernt. Monikas Eltern hatten es bis zu ihrem Tod gehegt und gepflegt. Monika hatte mir anvertraut, dass sie sich nach dem Tod ihrer Eltern schweren Herzens dazu entschlossen hatte, es zu verkaufen, auch weil sie sonst den Hof mit dem Haus ihrer Großeltern und dem Café nicht hätte erhalten können. Nun wohnte ein liebes Ehepaar mit ihrem kleinen Kind im ehemaligen Meyer-Haus und steckte ebenso viel Herz hinein wie die vorherigen Besitzer.

»Ja, genau. Meine Eltern haben erst zur Miete dort gewohnt und es irgendwann gekauft. Das junge Ehepaar und ihr kleiner

Bub Johann sind so herzlich. Mutter sagte mir, es wäre in Ordnung, wenn ich es verkaufe. Solange ich es eben in liebende Hände gebe – und das habe ich getan. Und ich finde, das hat auch der Hof verdient. Und das Wäldchen, das dazugehört. Darüber findest du im Buch mehr.«

Ich musste zugeben, dass sie mich neugierig machte.

Monika wischte sich eine Träne aus den Augen. »Ich werde das alles sehr vermissen.«

Ich strich ihr über einen Arm. »Ich versteh dich so gut.«

Sicher dachte sie gerade wieder zurück und ich an das Haus meiner Eltern. Wenn ich sie dort besuchte – sie wohnten außerhalb Münchens auf dem Land –, streunte ich sehr gern durch die Räume des Hauses. In vielen Ecken fanden sich wertvolle Erinnerungen. Bestimmt, dachte ich nun, wäre es Monika leichter gefallen, daheim auf dem Hof zu sterben, in vertrauter Umgebung. Aber sie beklagte sich nicht. Sie hatte ein durchaus bewegtes Leben gehabt. Das Haus ihrer Großeltern auf dem Hof in Oberfranken hatte sie in den vergangenen Jahren allein bewohnt und mit Leidenschaft das Café mit zwei Angestellten geführt. Das Café hatte ihre Mutter Ottilia einst ins Leben gerufen, die Monika 1955 auf die Welt gebracht hatte. Damals war Monikas Mutter schon fünfunddreißig und ihr Vater siebenunddreißig gewesen. Nach einer gescheiterten Ehe war Monika mit ihrem fünfjährigen Sohn Daniel aus München in das oberfränkische Hollfeld zurückgekehrt und von ihren Eltern mit offenen Armen empfangen worden. Einige Jahre zuvor hatten sie das Café geschlossen, da auch an ihnen das Alter nicht spurlos vorüberging, und so hatte der Hof der Großeltern leer gestanden, weshalb sie Monika vorgeschlagen hatten, dort zu bleiben. Sie hatte das Café dann später neu eröffnet. Alle anderen Familienmitglieder waren leider schon verstorben. Monikas Leben war durchzogen von Glück, aber auch von herben Schicksalsschlägen. Dennoch wollte sie immer an das Gute glauben, was ich bewunderte.

»Ich glaube an das Gute, weil es das auch in meinem Leben gab. Das Café zum Beispiel, wie du weißt. Dann die Liebe meiner Eltern, eine behütete Kindheit, das Lächeln meines Daniels und auch die schönen Momente mit meinem Ex-Mann, aber auch mit meiner späteren Liebe Achim. Man darf nicht immer nur die Schatten sehen, Hedda, wenn man zurückdenkt. Obwohl ich Achim und meinen Ex-Mann in Gedanken öfter als einmal zum Mond geschossen hab.«

Achim war vor acht Jahren auf den Hof gezogen, kurz nachdem er und Monika sich beim Schützenfest in Hollfeld kennengelernt hatten. Monika hatte nach ihrer Scheidung nicht mehr an die Liebe geglaubt. Aber durch Achim hatte sie neuen Mut dazu gefunden. Leider hatte der nur wenige Jahre gehalten. Denn Achim hatte sich als Goldgräber entpuppt. Daniel und seine Frau glaubten bis heute nicht Monikas Geschichte, dass der immer so hilfsbereite und lustige Achim nur ihr Erspartes und den Hof im Sinn gehabt hatte. Damit waren sie nicht allein. Auch andere Leute aus Hollfeld, die durch Monika mit Achim Bekanntschaft gemacht hatten, sahen vielmehr in ihr eine undankbare Ausnutzerin und in ihm das Opfer. Schließlich hatte Achim viel im und am Haus und Café gemacht und stets behauptet, er hätte dafür tief und bedingungslos in die eigene Tasche gegriffen. Dabei war es Monika gewesen, die alle Materialrechnungen beglichen hatte. Ich glaubte ihr, dass Achim sie nach abgeschlossener Restaurierung dazu gedrängt hatte, den Hof mit all seinen Gebäuden zu verkaufen. Monika war aufgewacht, als sie mitbekommen hatte, dass er ein Techtelmechtel mit einer Frau aus Hollfeld gehabt und mit ihr eine Zukunft geplant hatte. Monika hatte daraufhin die Reißleine gezogen und ihn hinausgeworfen. In seiner Dreistigkeit hatte Achim danach sogar versucht, sie zu verklagen, doch damit war er nicht durchgekommen, denn Monika hatte nachweisen können, dass sie alles Material gezahlt hatte. »Liebe macht wirklich manchmal blind«, hatte sie dazu gesagt. Das konnte ich unterschreiben.

Ich kaute auf meiner Unterlippe, als meine Gedanken wieder zu Daniel wanderten. Dass ich mich mit ihm auseinandersetzen sollte, bereitete mir Magendrücken. Ob ich da die richtigen Worte finden würde? Ich kannte ihn nur von den Erzählungen her. Persönlich war ich ihm zwei Mal flüchtig über den Weg gelaufen, als er seine Mutter besucht hatte. Viktoria war jedes Mal an seiner Seite gewesen. Und auch wenn zwischen Monika und Daniel manches im Argen lag, so erkannte man an der Art, wie sie von ihm sprach, dass sie ihren Sohn aufrichtig liebte. Ich hoffte, dass es umgekehrt ebenso war. Monika war sicher, dass Daniel ihr einen Großteil der Schuld dafür gab, dass ihre Ehe damals in die Brüche gegangen war. Ihr Ex-Mann hatte sie mehrfach betrogen. All das hatte sie Daniel gegenüber nie erwähnt, der seinen Vater nach der Trennung und dem Umzug von München nach Hollfeld stets vermisst hatte. Mit neunzehn war er zurück zu ihm gezogen. Monika wollte das gute Bild, das ihr Sohn von seinem Vater hatte und zu dem er aufsah, nicht zerstören. Denn Daniel gegenüber verhielt er sich immer fair und liebevoll.

Monika befeuchtete mit der Zungenspitze ihre Lippen, die wie Pergament aussahen. Ich tupfte ihr ein wenig von der Gesichtscreme darauf, die auf dem Beistelltisch stand.

»Besser?«, fragte ich.

Sie nickte kaum wahrnehmbar. »Danke. Ach, das wird eine Wohltat, wenn ich den Klotz von Körper los sein werde. Es heißt, da drüben ist alles aus Licht. Wunderschönem Licht. Schöner als das hier gerade. Da bin ich mir sicher. Weißt du was, ich werde dir ein Stück davon schicken. Irgendwie.«

Ich nickte und presste die Lippen aufeinander. Sie erzählte nach wie vor so gern.

Wie in Zeitlupe hob sie eine Hand und legte sie an meine rechte Wange. »Hedda, du bist wie die Tochter, die ich nach Daniel immer wollte, aber leider nie bekommen durfte. Oder wie die Schwiegertochter, die ich mir immer gewünscht habe.« Sie seufzte. »Glaub mir, ich hätte Viktoria sehr gern als solche angenommen. Aber daran hatte sie nie Interesse. Das hat sie mir von Anfang an gezeigt. Vielleicht weil sie so denkt wie Daniel.«

»Du meinst wegen der Sache mit seinem Vater?«

»Ja. Ich glaube, Daniel ist bis heute der Ansicht, ich hätte seinen Vater im Stich gelassen. Oder aber es liegt daran, dass ich mich nicht früher dazu bereit erklärt habe, in eine Wohnung zu ziehen und den Hof zu verkaufen. Viktoria spricht schon lange davon, das alles wäre zu viel für mich allein. Dabei kennt sie mich und mein Leben doch kaum.«

»Verstehe«, murmelte ich.

Ich lehnte den Kopf an ihre Schulter und lauschte auf ihren Atem, der zunehmend flacher wurde. Ich hatte keine Angst. Im Gegenteil. Plötzlich erfüllte ein Friede den Raum, der meine ganze Seele ergriff. Mir kam es vor, als würde er uns beide, Monika und mich, in eine wärmende Decke voller Liebe hüllen. Die Sonnenstrahlen des Märznachmittags, die durch die Fensterfront fielen, schienen gar golden und das Blau des Himmels so zart wie die Blüten von Monikas Lieblingsblumen, Vergissmeinnicht.

»Sag Daniel, dass ich ihn liebe. Dass ich weiß, dass er oft nicht anders konnte. Er ist so ein fleißiger, aufrichtiger junger Mann, der nur das Beste verdient hat. Ich hab ihm nie gesagt, dass ich richtig stolz auf ihn bin. Zum Beispiel, dass er in seinem Job als Webdesigner so gut ist.« Ich wusste von ihr, dass er oft von zu Hause aus arbeitete. Besonders seit seine Frau wegen Burn-out berufsunfähig war.

Monika sah mich hoffnungsvoll an.

»Und sag ihm auch, dass ich mir wahres Glück für ihn wünsche. Ich habe ihm nie dreingeredet. Ich weiß ja, was meine Mutter und mein Vater damals durchgemacht haben. Jeder sollte seinem Herzen folgen dürfen. Aber einzig das möchte ich ihm auf den weiteren Weg mitgeben. Ich wünsche ihm, dass er mit Viktoria glücklich wird. Doch selbst beim letzten Gespräch, das wir hatten, interessierte sie vor allem, ob ich mein Testament in ihrem und Daniels Sinn verfasst habe. Das macht mich traurig. Das habe ich ihr auch gesagt. Sie hat es gehört, ich bin sicher, aber nichts erwidert.«

Das war sogar mehr als traurig.

Erneut hustete Monika und atmete unruhiger.

Da versprach ich ihr: »Ich werde mit ihm reden, Monika.« Ich wollte Wort halten. »Und ich werde die Geschichte aufschreiben. Für dich.«

Monikas Gesichtsausdruck erhellte sich. »Du hast ein gutes, besonderes Herz. Achte stets darauf, Hedda.«

»Das mache ich. Und Gott soll stets auf dich achten, Monika.«

»Werde ich ihm ausrichten. Und jetzt erzähle mir noch eine Geschichte, bevor ich gehe, ja? Etwas Humorvolles.«

Ich dachte daran, dass Monika und ich auch oft herzhaft miteinander gelacht hatten. Der Friede, der nach wie vor um uns herum war, gab mir die Kraft, meine Stimme fest klingen zu lassen. Und bevor sie starb, lachte sie sogar noch einmal leise, und mir war, als wären wir tatsächlich nicht allein im Raum.

Sechs Monate später – München, Juli

»Unter dem Dornenhimmel. Was für ein Titel! Der gefällt mir richtig, richtig gut, Hedda. Da hast du was Grandioses erschaffen in den paar Monaten Krankenhaus und Kur. Das könnte echt ein Bestseller werden.« Mein Agent Theo Mai lächelte mir über seinen Schreibtisch hinweg zu. Dabei fuhr er sich mit einer Hand über die glänzende Glatze und verzog die dünnen Lippen zu einem Lächeln. »Nach zehn Büchern, die mittelmäßig liefen, wird es ja auch endlich Zeit für den Durchbruch. Du hast dich von ganz unten bis hierher gekämpft, Hedda. Das bewundere ich. Ich denke, jetzt geht es erst richtig los.«

Ich schlug meine Beine übereinander und lehnte mich in den Stuhl vor Theos Schreibtisch zurück. »Am wichtigsten sind mir nach wie vor die Geschichten, das Schreiben.«

»Ja, das weiß ich doch. Aber, hey, irgendwann sogar davon leben zu können, würdest du doch nicht ausschlagen, oder?« Er zwinkerte mir zu.

»Natürlich nicht.«

»Und jetzt hast du, trotz deiner Krankheit, so etwas Schönes geschrieben. Da würden sich jetzt andere erst einmal ausruhen und alle viere von sich strecken.«

Dass mein Herz manchmal noch ein wenig schwächelte, spürte ich nur, wenn ich mich stark aufregte oder überanstrengte. Ich würde niemals vergessen, dass ich damals Glück im Unglück gehabt hatte. Eine Herzklappenoperation, wie anfänglich von den Ärzten befürchtet, wurde doch nicht notwendig. Die Gedanken an alles Positive, das ich mit Monika erleben durfte, hatten mir Kraft gegeben. Mein hauptbehandelnder Arzt war nach der Reha zufrieden, und ich war es auch.

»Ich sehe alles, was passiert ist, nun als Schicksal an. ›Unter dem Dornenhimmel‹ bedeutet mir sehr viel. Ich habe die Geschichte vor allem für Monika geschrieben«, erzählte ich Theo.

Er blätterte durch das ausgedruckte Skript. Denn er las ungern am Computer. »Das ist wirklich etwas Besonderes. Gut, dass wir Monikas Brief als Nachweis haben. Da kann uns dann keiner aus der Familie was. Du weißt schon, wegen der Rechte und so … Aber nun kommen wir zur Überraschung des Tages, liebe Hedda.« Er hob seine buschigen Brauen und drehte den Laptop in meine Richtung.

Mir fiel die Kinnlade hinunter, als ich das Display inspizierte, vielmehr den Vertrag, der dort angezeigt wurde. Ich blinzelte. »Träum ich? Ein Angebot von meinem Wunschverlag?«, flüsterte ich.

Theo lachte. »Du träumst nicht, Hedda.«

In den vier Jahren, in denen ich mit meinem Literaturagenten Theo Mai aus Starnberg zusammenarbeitete, hatte dieser dem namhaften Verlag immer wieder Skripte von mir angeboten. Schon seit Kindheitstagen war es mein Lieblingsverlag. Er wurde bereits in der vierten Generation geführt und bediente mehrere Genres, darunter Krimis, Kinder- und Jugendbücher und Liebesromane. Zwar schrieb ich vorwiegend Letzteres, doch hatten meine bisherigen Ideen die Lektorinnen des Verlags nie so ganz getouched. Immer fehlte der, wie sie sagten, »letzte Funke«. Doch nun hatte sich das Blatt gewendet. Ich fühlte mich wie auf Wolken schwebend.

Theo stand auf und streckte mir eine Hand über den Schreibtisch hin. »Also noch mal: herzlichen Glückwunsch! Wir haben es so gut wie geschafft. Der letzte Funke ist jedenfalls dieses Mal übergesprungen. Und zwar so was von, dass er ein Feuer entfacht hat. Das Lektoratsteam ist wirklich begeistert. Ich hoffe nur, du freust dich jetzt nicht zu sehr und kippst mir hier vom Stuhl.« Er lachte leise und ich drückte kurz seine Hand, bevor er sie wieder zurückzog.

Auch wenn ich ruhig dasaß, sah er mir meine Aufregung wohl an. Das Herz schlug mir tatsächlich bis zum Hals. Ich versuchte bewusst, gleichmäßig zu atmen. Durch die Nase ein, durch leicht geöffnete Lippen aus.

»Wow! Mit so einer Traumnachricht hätte ich heute nicht gerechnet.«

Theo ging ein paar Schritte und blickte einen Moment durch die Fensterfront seines modern eingerichteten Büros, das sich in der fünften Etage eines Hochhauses befand, auf die Dächer Münchens. Danach drehte er sich wieder um und in meine Richtung. »Der Verlag findet die Story vor allem toll, weil sie in vielen Teilen wahr ist.«

Ich nickte und langsam beruhigte sich mein Puls. »Kann ich verstehen. Die Stichpunkte, die mir Monikas Eltern hinterlassen haben, sind sehr gehaltvoll gewesen. Dazu hab ich ja auch noch alles im Kopf, was Monika mir erzählt hat. Sie hat ihren Eltern damals Löcher in den Bauch gefragt über deren Vergangenheit.« Ich lächelte, als ich es mir vorstellte. Die kleine Monika mit leuchtenden wissbegierigen Augen. »Und was ich so süß und lustig fand, war, dass sie als Kind dachte, *früher* wäre ein Ort gewesen.«

Theo lachte. »Das ist gut. Ich dachte ja immer, im Radio sitzen echte kleine Menschen.«

Ich stimmte in sein Lachen mit ein. »Das dachte ich auch eine Zeit lang.«

Er kam zurück zu seinem Schreibtisch. »Jetzt zeig ich dir noch die Mail zum Vertrag. Sie kommt von der Cheflektorin. Ist 'ne ganz Nette. Hab auch schon mit ihr telefoniert.«

Er zog den Laptop zu sich, tippte darauf herum und schob ihn mir danach erneut zu. Neugierig las ich und in jeder Zeile spürte ich die Begeisterung des Verlags. Auch den Hinweis auf die nötige Überarbeitung verstand ich sofort. Die Lektorin hatte Anmerkungen im Skript hinterlassen. Ich wollte das Beste herausholen und freute mich auf das Schleifen des Textes. Oh mein Gott. Ein Traum! »So toll«, stammelte ich.

Theo machte große Augen und nickte. »Ja, wäre auch seltsam, wenn nicht. Aber musst du nicht noch immer aufpassen? Ich meine …«

»Keine Sorge«, unterbrach ich. »Zum Überarbeiten fühle ich mich fit genug.«

»Und willst du?«

Die Worte auf dem Display verschwammen leicht vor meinen Augen. Ich schaute auf und blinzelte Theo zu.

Was für eine Frage. »Ja, ich will.«

Wir lachten beide.

»Hedda, ich bin sicher, du wirst einen Diamanten daraus machen.«

»Jedenfalls werde ich mein Bestes geben. Nicht, dass ich enttäusche und …«

Er zeigte auf mich und sah mich eindringlich an. »Glaub endlich mal richtig an dich, Hedda! So wie ich es immer getan habe und immer noch tue.«

Ich dankte ihm von Herzen dafür. »Das werde ich dir auch nie vergessen, Theo.«

Er strahlte über das ganze Gesicht. »Ach, ich freu mich so für dich. Ich denke, das Schreiben war und ist für dich die beste Therapie. Und das Überarbeiten wird es noch mal sein. Dazu mit diesem Ziel vor Augen.«

Ich stimmte ihm zu. Aus der Reha war ich bedingt arbeitsfähig entlassen worden und schon mit meinem Chef in der Münchner Steuerkanzlei übereingekommen, noch einige Monate freigestellt zu werden. Meine Ersparnisse gaben das her und so hatte ich genug Zeit zum Überarbeiten des Skripts. Durch meinen Beruf verdiente ich ganz gut, wollte aber eigentlich etwas Neues wagen, das neben dem Schreiben mehr meiner kreativen Ader entsprach. Monikas viel zu früher Tod allerdings hielt mir klar vor Augen, wie schnell das Leben vorbei sein konnte. Wir alle waren doch nichts weiter als Gräser im Wind.

»Ich weiß auch schon einen Ort, wo ich noch einmal mehr aus der Geschichte herausholen kann. Und es wird Zeit, endlich ein Versprechen einzulösen«, sagte ich zu Theo, aber auch zu mir selbst.

Der spitzte die Lippen. »Und wo ist dieser Ort?«

Ich holte aus meiner Handtasche den Schlüssel hervor, den ich von Monika bekommen hatte, und hielt ihn hoch. »Ein Ort, der Vergangenheit, Gegenwart und Zukunft vereint.«

Gleich nachdem ich zu Hause in meiner kleinen beschaulichen Wohnung im Münchner Stadtteil Sendling angekommen war, zog es mich zum Laptop. Ich ließ mich damit auf die graue Couch nieder, zog mir die Sneakers von den Füßen, lehnte mich zurück und öffnete die Datei mit dem Skript »Unter dem Dornenhimmel«. Dabei dachte ich wieder an den Verlag und Monika.

»Ich habe das Gefühl, alles kann gut werden, Monika«, flüsterte ich, als wäre sie hier. Dann stand ich noch einmal auf, schaltete den CD-Player ein, ließ sanfte Klaviermusik laufen und kehrte schnell zurück, um das erste Kapitel von Ottilias Geschichte zu überarbeiten.

Für Ottilia, Eduard und Monika

Einmal noch
möchte ich
diese Reise erleben,
dem tobenden Meer
mit all seinen stürmischen
Wellen begegnen.
Aus *Die Seelenmuse* von Heike Hoffmann

Sturmwolken am Horizont

Ottilia

Hollfeld, Juli 1938

Ottilia Aden stellte sich hinter ihre beste Freundin Käthe und betrachtete sie über den Standspiegel. Immer wieder drehte sich Käthe davor hin und her. Dabei bestaunte sie den hellblauen Seidenstoff der Unterwäsche, der sich an ihren schlanken Körper schmiegte. Die Farbe des zart schimmernden Stoffs bildete einen tollen Kontrast zu der Bräune ihrer Haut, die ihr die Sommersonne beschert hatte.

»Tilia, die Unterwäsche ist ein Traum! So was Hübsches hab ich noch in keiner Illustrierten gesehen.«

Ottilia lächelte, froh darüber, dass sie es geschafft hatte, die Augen ihrer Freundin derart zum Strahlen zu bringen. Das machte sie stolz und gab ihr gleichzeitig den Mut, weitere Stücke zu nähen, die ihr im Kopf herumspukten. Dass sie seit einer Weile auch feine Unterwäsche herstellte, davon wusste bisher nur Käthe. Und das aus gutem Grund. Die meisten Leute, die sie kannte, waren eher konservativ. Besonders die Alten würden es vielleicht gar als unzüchtig abtun. Allen voran konnte sie die Stimme ihrer Mutter schon fast hören: »Allmächd, eine Sünde ist das, Tilia. Was würden da die Nachbarn und der Pfarrer sagen, wenn sie davon wüssten?«

Sanft strich Käthe über den Büstenhalter, der ihre apfelgroßen Brüste noch mehr zur Geltung brachte. Zur Anprobe hatten sie sich in Ottilias Stube zurückgezogen und die Tür abgesperrt. Der Stoff, in den Ottilia ein paar winzige weiße Blüten gestickt hatte, ließ Käthes Brustknospen leicht durchschimmern. Am unteren dünnen gehäkelten Spitzensaum reihten sich in regelmäßigen Abständen goldfarbene Perlenknöpfe. An diese ließ sich problemlos der ebenfalls hellblaue Stoff festmachen, der den Büstenhalter im Nu in ein Nachtkleid verwandelte, das bis knapp über die Pobacken reichte. Dazu trug Käthe ein passendes Unterhöschen, ebenfalls mit handgearbeitetem Spitzensaum.

Käthe gab Ottilia einen Kuss auf die Wange. Ihre roten Naturlocken wippten dabei leicht hin und her. Ottilia fühlte sich wie ihre Freundin ein wenig beschwipst vor Euphorie.

»Tausend Dank. Was bin ich dir schuldig, Tilia?« Käthe drehte sich noch einmal vor dem Spiegel. »Wirklich wunderschön, eigentlich unbezahlbar.«

Ottilia wusste, dass Käthe kein Mensch war, der Komplimente verteilte, ohne sie so zu meinen.

»Genau deshalb schenk ich es dir auch. Dass es dir so gefällt, ist für mich der schönste Lohn. Sieh es als verfrühtes Weihnachtsgeschenk an.«

Ihre Freundin hielt inne. »Spinnst du? Das kann ich nicht annehmen. Der Stoff war sicher teuer und auch das Garn für die Blüten und die Spitze. Und dazu die Arbeitsstunden.«

»Du bist meine beste Freundin und es ist ein Geschenk. Mehr sag ich nun nicht mehr dazu«, gab Ottilia bestimmt zurück.

»Jetzt klingst du fast wie deine Mutter.«

Ottilia erschrak. »Oh, wirklich?«

Käthe fiel ihr um den Hals. »Tausend Dank, Tilia.«

Ottilia sog ihren Duft ein. Sie roch nach Vanillezucker und Rosen. Ein paar von Käthes Haarspitzen kitzelten an ihren Wangen.

Ihre Freundin wich zurück. »Aber ganz ohne Lohn geht es nicht. Keine Widerrede! Du bekommst in Zukunft so viele Zimtschnecken aus der Bäckerei, wie du magst. Und du darfst auch wieder Kuchen und Torten mitbacken und sehr gern vom Teig naschen.«

»Abgemacht«, erwiderte Ottilia.

Käthes Augen, in denen immer so viel Wärme lag und die oft vor Lebenslust nur so sprühten, strahlten genau wie Ottilias. Sie beide liebten Backwaren, Kuchen und Torten. Nicht nur zum Essen, auch die Herstellung machte ihnen Spaß. Allein die Backgerüche waren für sie großartig. Käthes Leidenschaft für das Bäckerhandwerk war sozusagen auf Ottilia übergeschwappt. Allerdings musste sie zugeben, dass ihre Freundin darin viel besser war als sie. Aber sie lernte immer wieder gern dazu. Gern probierten die beiden eigene Rezeptideen aus. Käthe und ihr drei Jahre älterer Bruder Friedhelm sollten die elterliche Bäckerei einmal übernehmen, wenn er nicht sogar eine eigene aufmachen würde. Käthe betrachtete sich wieder im Spiegel. Dieses Mal färbten sich ihre Wangen rot.

Woran dachte sie wohl gerade?, fragte sich Ottilia. »Wolltest du die Wäsche für jemand Bestimmten, Käthchen?«

Käthe räusperte sich. Ottilia hatte schon vor ein paar Wochen gemerkt, dass ihre Freundin ein Auge auf David geworfen hatte. Er war ein fleißiger Bursche, half manchmal in der Bäckerei von Käthes Eltern mit. Er und seine Familie kamen aus dem rund zwanzig Kilometer entfernten Bayreuth, der Stadt der Richard-Wagner-Festspiele.

»Raus mit der Sprache«, forderte sie, stemmte die Hände in die Hüften und zwinkerte Käthe zu.

Die Verlegenheit ihrer Freundin wich einem Schmunzeln. »David und ich …«, sagte sie leise.

»… ihr habt euch verliebt, stimmt's? He, ich bin es, deine beste Freundin. Mir kannst du alles sagen.«

Käthe nickte und schlug die Augen nieder. Derart verlegen sah man sie nur selten. »Ich hätte es dir schon noch gesagt. Ich wollte nur nicht, dass du dich verplapperst, bevor ich es meinen Eltern gebeichtet habe.«

Ottilia öffnete den Mund. »Was denkst du denn von mir? Ich kann schweigen wie ein Grab.«

Käthe hob den Blick und legte einen Finger an die Lippen. »Also dann, pssst.«

Ottilia kannte David zwar nur flüchtig, aber er war ihr von Anfang an sympathisch gewesen. Ein zurückhaltender junger Mann, der ebenfalls wie Käthe eine Leidenschaft für das Backen hatte und zudem auch noch adrett war. Schwarzes volles kurzes Haar, groß, sportlich und stets sauber gekleidet. Am markantesten fand Ottilia seine nussbraunen, tief liegenden Augen und die weichen Gesichtszüge. Dass Käthes Herz zu hüpfen begann, wenn sie nur an ihn dachte, konnte sie sehr gut verstehen.

Käthe warf einen Blick auf die Uhr über der Tür. »Schon fast acht. Ich muss nach Hause, Tilia. Den Büstenhalter und das Höschen behalte ich gleich an.« Eilig, aber vorsichtig trennte sie das Nachtkleid vom Büstenhalter, während Ottilia einen Bogen Seidenpapier aus der Schneiderei zurechtlegte. Dort wickelte sie kurz darauf das Stück Stoff hinein und reichte es der Freundin. Käthe zog sich ihr Kleid wieder über und nahm das Päckchen an sich. Ottilia begleitete sie zur Haustür und schaute ihr nach, wie sie über den Hof ging. Noch einmal winkten sie einander zu. Danach kehrte Ottilia in ihre Stube zurück, setzte sich auf die Kante ihres Holzbetts und erlaubte sich, noch ein wenig Zeit des

Tages damit zu verbringen, ihre neuesten Entwürfe für Kleider und Unterwäsche in ihrem Notizblock festzuhalten, der mehr einem Büchlein glich. An der Seite befand sich ein silbernes Schloss, dessen Schlüssel Ottilia stets sorgsam versteckte. Meist in der untersten Schublade des kleinen Nachtschränkchens.

Während sie zeichnete, versank sie in einem Traum, den sie schon seit ein paar Monaten mit sich herumtrug. Käthe war sofort begeistert davon gewesen. Das backsteinerne Häuschen am Rande des Bauernhofs, das Ottilias Familie oft Schuppen nannte, weil darin allerlei Gerümpel lagerte, war etwa dreißig Meter vom Wohnhaus entfernt und würde sich perfekt als Café eignen, wenn man es herrichtete. Ottilia wollte dort nicht nur Kuchen und Gebäck, vielleicht teils zu Hause gebacken, größtenteils aber aus der Bäckerei von Käthes Eltern, verkaufen, sondern auch Selbstgeschneidertes vorführen. Als Bühne sollte ihren Modellen ein roter Teppich dienen, der die Mitte des Cafés zierte.

»Wenn du das wirklich umsetzen wirst, dann helfe ich dir dabei, wo ich kann«, hatte Käthe versprochen.

»Aber nicht umsonst natürlich. Du und ich. Wir ziehen das gemeinsam auf. Das wird wunderbar.« Käthe war einverstanden. Ottilia lächelte, konnte das alles detailliert vor ihrem inneren Auge sehen. Sie wollte ihre Gäste in Staunen versetzen. So wie es Coco Chanel, die für Ottilia ein Vorbild war, oft mit ihrer weiblichen Eleganz, ihrer Kreativität und ihrem starken Charakter schaffte. Ja, sagte sie sich, das wäre wirklich ein Traum.

Zwei Tage später

Obwohl es bereits Nachmittag war, brannte die Sonne unerbittlich auf die oberfränkische Kleinstadt Hollfeld und ihre oft hügelige Umgebung nieder. Nur über dem Kopf von Ottilias Vater Albert hatten sich Gewitterwolken zusammengebraut. Er ärgerte sich mal wieder über die Galberts, was keine Seltenheit war. Ottilia seufzte, als sie es mitbekam.

»Verfluchte Hammel!«, rief ihr Vater und stieß eine Faust in die Luft. »Der Teufel soll sie holen. Allesamt. Mit denen wird er seine Freude haben.«

Auf dem staubigen Weg, der am Hof vorbeiführte, gingen ein paar Leute vorüber, die ihre Hälse reckten.

Ottilias Mutter Leni stob auf ihren Mann zu, eine Mistgabel in Händen. »Red gefälligst leiser, Albert«, zischte sie. »Die Leute im Ort zerreißen sich sowieso schon genug die Mäuler über die Streitigkeiten zwischen den Galberts und uns.« Sie lächelte übertrieben in Richtung der Vorübergehenden und grüßte sie mit einem lauten »Grüß Gott«, das ebenso erwidert wurde.

Albert riss sich die graue Mütze vom Kopf und feuerte sie auf den Boden. »Mir doch wurscht. Sollen es doch alle wissen.«

Ottilia atmete geräuschvoll aus und schob ihr Rad, das sie gerade aus der Scheune geholt hatte, über den unebenen Hof. Ihr fiel auf, dass das dunkle Haar ihres Vaters in letzter Zeit noch lichter und die Falten in seinem runden Gesicht tiefer geworden waren. Und sein Bart wurde immer grauer. Mit großen, schweren Schritten stapfte er Richtung Stall und verschwand darin. Ein Schatten zog sich über das Gesicht ihrer Mutter. Unterdessen kam Barbara, Mutters Schwester, die die meisten Bärbel nannten, aus dem Haus und wischte sich die Hände an ihrer cremeweißen Kochschürze ab.

»Was war denn schon wieder los, Leni?«, wollte sie von ihrer zwei Jahre älteren Schwester wissen und stopfte ein paar lose Strähnen ihres eichenbraunen Haares in den Dutt zurück.

Die beiden sahen sich ähnlich, nur dass Leni ein wenig korpulenter war und sich nur selten schicker kleidete.

Magdalena seufzte. »Ach, das leidige Thema. Die Galberts. Manchmal wünschte ich, ein Sturm würde kommen, der sie mitnimmt, so wie neulich das Scheunendach der Breuers. Dann wär mehr Ruh.«

Ottilia verzog einen Mundwinkel. Die ständigen Zankereien zwischen ihrer Familie und den Galberts, die am anderen Ende der Stadt ebenfalls auf einem Bauernhof wohnten, würden wohl nie aufhören. Wieder hörte sie ihren Vater zetern. Bloß weg, dachte sie sich. Sie brauchte ihre paar Minuten Freiheit, die ihr wie die Freundschaft zu Käthe ein Lebenselixier war zwischen der vielen Arbeit in der Schneiderei ihrer Tante Bärbel, der Gewerbeschule und der Hof- und Feldarbeit. Eine Pause, fand sie, war vor allem für die Seele wichtig, um neue Kraft schöpfen zu können. Außerdem wollte sie einen Abstecher zu Käthe machen und herausfinden, ob es Neuigkeiten in Bezug auf David gab. Wie es sich wohl anfühlte, das Verliebtsein?, fragte sie sich.

Bärbel, fast schon wieder auf dem Weg in die Küche, lenkte ihre Aufmerksamkeit auf sie, als sie sich auf den Drahtesel setzte. »Wo willst du hin, Ottilia?«

»Ich besuch nur kurz die Käthe.«

Ihre Mutter fuhr herum. »Aber bleib nicht zu lang. Du bist heute mit Abendbrotrichten dran. Um halb acht muss alles fertig sein. Vorher müssen ein paar von uns noch auf die Felder. Und warum gehst denn nicht zu Fuß? Ist ungefährlicher. Und lass dich bloß auf kein Geschwätz mit Fremden ein. Schon gar nicht über die Partei. Hast du mich verstanden?«

Ottilia musste sehr an sich halten, um nicht die Augen zu verdrehen. »Ist gut, Mutter.«

Mit den Fremden meinte sie sicher die Uniformierten. Ihre Mutter wusste, dass Ottilia denen manchmal gern die Meinung gesagt hätte. Sie zupfte an ihrem knielangen, glockigen Rock aus rot-weiß gepunktetem Stoff. Das Kleid war ein Eigenentwurf, auf den sie äußerst stolz war.

»Ich mag den Drahtesel nicht. Das klapprige Ding. Du wirst noch mal runterfallen und dir was brechen!«, rief ihr Bärbel nach.

»Ich pass schon auf«, sagte Ottilia. Sie trat in die Pedale. Sobald sie sicher war, außer Sichtweite ihrer Familie zu sein, ließ sie den Lenker los und streckte die Arme für einen Moment in die Höhe. Ein kleines Wagnis. Ottilia wollte das Leben bis in die letzte Faser spüren. Manchmal beschlich sie die Angst, sie könnte vergessen, wie es sich anfühlte. Daher waren solche kleinen Rituale wie dieses wichtig für sie.

Die Reifen wirbelten den Staub auf dem schmalen Weg Richtung Stadtmitte auf. Der Hof ihrer Eltern lag ein wenig außerhalb Hollfelds, gehörte aber noch zur Kleinstadt im Herzen der Fränkischen Schweiz.

Ein paar Strähnen ihres schwarzen Haars wehten ihr ins Gesicht und kitzelten ihre Nase. Sie musste einmal niesen und lachte dann darüber.

Ernst, der Landhelfer ihrer Eltern, kam ihr pfeifend und schlaksig wie eh und je entgegen. »Gesundheit, Tilia.«

Sie nickte ihm zu. »Danke, Ernstl.«

Er lächelte und sie lächelte zurück, als sie an ihm vorbeifuhr. Ernst war in Ordnung und eine wirkliche Hilfe auf dem Hof. Ein neues Gesetz bestimmte, dass junge Männer nicht mehr nur ihren Wehrdienst, sondern auch für ein halbes Jahr den Reichsarbeitsdienst ableisten mussten. Und genau das tat Ernst bei ihnen seit nunmehr einem Vierteljahr. Ottilias Vater hatte ihn beim Arbeitsamt beantragt. Davor hatte Ernst als Gehilfe in einer Zündkerzenfabrik in Bayreuth gearbeitet. Dort wohnte er auch bei seinen Eltern. Die Umstellung, auf dem Land und einem Bauernhof zu arbeiten, fiel ihm leichter, als er gedacht hatte, wie er unlängst stolz beim Essen erzählt hatte.

Er war ein ganz gut aussehender junger Mann, dachte Ottilia. In ihrer Vorstellung sah sie ihn kurz über einen roten Teppich ihres Traumcafés gehen, einen schicken und doch noch alltagstauglichen Anzug tragend. Sie entwarf hin und wieder auch Männerkleidung.

Käthe behauptete, Ernst habe Ottilia mehr als gern. Ihr schmeichelte das, aber es interessierte sie nicht weiter. Sie war nun achtzehn, doch für Jungs hatte sie bisher noch nie mehr empfunden als Freundschaft. Da war sie sich sicher, auch wenn sie nicht wusste, wie sich Verliebtsein anfühlte. Aber Großmutter Hedwig hatte ihr verraten, dass man spüren würde, was Liebe war, wenn der Richtige einem begegnete. Wie auch immer. Für den, sagte sich Ottilia, hätte sie wohl sowieso keine Zeit. Die wenigen freien Momente, die ihr blieben, benötigte sie für Käthe und das Umsetzen ihrer Träume.

Der warme Sommerwind begleitete Ottilia Richtung Stadtmitte. Das Haus der Schürmanns mit der integrierten Bäckerei lag in der Langgasse, die inzwischen durch Anordnung des Reichsinnenministeriums jedoch umbenannt worden war. Das Gebäude war schmaler als die restlichen Häuser auf seiner Seite, besaß eine weiße Fassade und braun gestrichene Fensterläden. Der untere Teil gehörte zur Bäckerei, im oberen Stockwerk wohnten Käthe und ihre Familie. Anders als sonst nahm an diesem Tag nicht das kleine Schaufenster der Bäckerei mit Köstlichkeiten Ottilias Aufmerksamkeit in Beschlag, sondern ein Plakat im Auslagenfenster des Nachbargeschäfts. Darauf waren in schwarzen, dicken Buchstaben die Worte *Gebäude beschlagnahmt* zu lesen. Die Glasscheibe war von innen mit einer braunen Stoffbahn verhängt. Ottilias Magen krampfte.

Früher hatten hinter dem Schaufenster auf Stufen, die wie eine Treppe angeordnet waren, Schuhe zur Ausstellung gestanden. Die Rosenthals waren Juden und deshalb von den

Nationalsozialisten aus ihrem Laden vertrieben worden. Ottilia hatte schon gehört, dass sie, wie einige andere ihrer Landsleute vor ihnen, daraufhin nach Palästina ausgewandert wären. Das Gerücht stimmte also. Ottilia dachte an Elsa, eine ehemalige Schulfreundin. Auch sie war mit ihren Eltern vor einem halben Jahr dorthin aufgebrochen. Kein Wunder. Die Gängelei der Juden nahm von Tag zu Tag zu.

Ottilia presste die Zähne aufeinander. Wut und Unverständnis stiegen wieder in ihr auf, wenn sie an die dachte, die dieser NSDAP angehörten. Dazu zählte leider auch ihr Vater.

Sie stellte ihr Fahrrad im Hinterhof der Schürmanns ab, in den man durch eine kleine Gasse gelangte, die zwischen Käthes Elternhaus und dem Haus der Rosenthals lag. Aus einem kleinen Kippfenster kroch der Duft nach frisch gebackenem Brot und Gebäck, was ihre Stimmung ein wenig aufhellte. Ihr lief das Wasser im Mund zusammen, wenn sie nur daran dachte, wie die noch warmen Brote im Regal nebeneinanderlagen und dass das köstliche Spritzgebäck, die mit Zuckerguss überzogenen Amerikaner und die luftig-lockeren Berliner fein säuberlich hinter der Glasscheibe aufgereiht waren.

Ottilia hatte sich im Hinterhof mit Käthe verabredet, doch noch war ihre Freundin nicht da. Sie schaute an der Fassade des Bäckerhauses empor zu einem Fenster, das zu Käthes Stube gehörte.

Käthe öffnete es und winkte ihr. »Komme.«

Um diese Zeit machte sie oft eine halbe Stunde Pause und zog sich dazu gern in ihre Stube zurück. Meist las sie dann in einem Buch oder schaute nach den Viechern, ein paar Kühen und Schweinen, im Stall, der nicht weit von der Bäckerei entfernt lag. Richtige Landwirte waren die Schürmanns aber nicht.

Binnen einer Minute war Käthe bei Ottilia im Hof. Ihre Wangen hatten beinahe die Farbe eines Sonnenuntergangs.

Ottilia vermutete, dass das nicht nur daran lag, dass Käthe so schnell herbeigeeilt war. Da sie keinerlei Schminke benutzte, rote Wangen aber schick fand, kniff sich Käthe nämlich häufig so oft in die zarte Haut, bis sie aussahen wie mit Rouge geschminkt. So, hatte sie Ottilia verraten, handhabte sie es auch mit den Lippen. Kaute man lange genug darauf herum, wirkten sie, als trüge man Lippenstift wie die feinen Damen aus Bayreuth oder in diversen Zeitschriften. Aber heute war es ein noch tieferes Rot als sonst. Ein wenig überschwänglich begrüßte Käthe Ottilia mit Wangenküsschen. »Schön, dass du hier bist«, sagte sie dabei und strahlte, wie so oft in letzter Zeit, über das ganze Gesicht.

Sie trug das blau-weiß karierte Sommerkleid, das Ottilia ihr vor knapp einem Jahr genäht hatte, und eine leichte weiße Strickweste. Das Haar hatte sie hochgesteckt. Es bildete einen schönen Kontrast zu ihrer Kleidung, fand Ottilia.

»Schick bist du. Wo hast du denn das Kleid her?«, fragte sie Käthe, zwinkerte ihr zu und musterte sie von oben bis unten.

Käthe ließ die Brauen tanzen. »Nun, das Kleid ist von einer überaus begabten Schneiderin, die auch traumhafte Unterwäsche näht, in der man sich wie eine Frau von Welt fühlt. Ich denke, sie wird es mal weit bringen. Das sagte ihr auch kürzlich ihre Hauptlehrerin in der Bayreuther Gewerbeschule. Und die muss es auf jeden Fall wissen mit ihrer Erfahrung.«

Ottilia schmunzelte und freute sich über das Kompliment. »Ach, meinst du?«

»Ja, da bin ich sicher«, gab Käthe zurück und begann, Ottilia zu umrunden. »Du siehst aber auch schick aus. Ist dein Kleid wieder selbst genäht?«

Ottilia blickte an sich herab und nickte. »Mutter und Vater verlangen nur, dass ich den Saum herauslasse. Dass der nicht mal bis zu den Knien reicht, ist ihnen ein Dorn im Auge. In die Schule darf ich es nicht anziehen. Manchmal komm ich mir vor wie ein kleines Mädchen, zumindest behandeln sie mich so.« Sie fuhr mit den Fingern über den Kleiderstoff. »Den Stoff habe ich von meinem Lehrgeld bezahlt. Er ist ganz leicht und dennoch robust. Und noch was habe ich entworfen.«

Ihre Tante war großzügig, bestand darauf, Ottilia ein paar Reichsmark Lehrgeld im Monat zu zahlen. Vor allem, wie sie sagte, weil Ottilia sehr fleißig und genau arbeitete und die Schneiderei wegen der Qualität ihres Warenangebots eine große Kundschaft hatte.

Käthe schmunzelte. »Wieder Unterwäsche?«

Ottilia nickte. »Aus zartem Satinstoff mit weißer Spitze, selbst gehäkelt. Zart wie die Blüten einer Orchidee soll sich die Wäsche auf der Haut anfühlen.«

»Ich seh schon, wir müssen bald wieder eine private Modenschau machen. Ich finde übrigens den Rock viel schicker, wenn er kurz ist. Aber meine Eltern sind da ja genauso wie deine. Lieber knöchellang und bieder. Für sie werden wir wohl immer die kleinen Mädchen bleiben, die sie beschützen wollen.« Käthe seufzte.

»Sieht so aus, ja. Und auch wenn sie es lieb meinen, nervt es. Aber lass uns lieber von etwas anderem reden. Wie geht es David? Konntest du ihm den Büstenhalter mit Nachtkleid denn schon vorführen?«

»Habe ich noch vor.« Sie schlug die Lider nieder. »Ich hoffe, du denkst nicht schlecht von mir deswegen?«

»Aber nicht doch.« Das war auch wirklich so.

Käthe faltete kurz die Hände ineinander und schaute Ottilia wieder an. »Er kommt nachher mit seinen Eltern vorbei. Meine Mutter hat schon den Kaffeetisch gedeckt. Du weißt ja, dass Davids Eltern eine Bäckerei in Bayreuth haben, und darüber wollen sie sich austauschen. Also übers Geschäft und dass David viel von Vater gelernt hat. Ich bin schon ganz aufgeregt. David und ich wollen ihnen sagen, dass wir ein Paar sind.

Wünsch mir Glück, dass sie es gut aufnehmen. Aber ich bin guter Dinge.« Sie trat hibbelig von einem Bein aufs andere und so langsam übertrug sich ihre Nervosität auch auf Ottilia.

»Das denke ich auch.«

Ihre Freundin stieß geräuschvoll den Atem aus.

Ottilia hakte sich bei ihr ein. »Gehen wir ein paar Schritte?«

Käthe nickte vergnügt, griff in die Tüte, die sie bei sich trug, und zog eine Zimtschnecke heraus. »Die ist ganz frisch. Beiß rein.«

Da sagte Ottilia nicht Nein. Sie liebte Zimtschnecken und der Teig war tatsächlich noch lauwarm und roch herrlich.

Kauend fragte sie: »Du, Käthe, wie fühlt es sich eigentlich an, verliebt zu sein?«

Käthe kicherte. »Das habe ich dir doch eigentlich schon erklärt.«

»Ich möchte es genauer wissen.«

Sie schürzte die Lippen. »Hm. Fragst du das etwa wegen Ernst? Ist da doch was?«

Ottilia verdrehte die Augen. »Nein. Ich will nichts von Ernst. Das ist nach wie vor so.«

Käthe kicherte wie ein kleines Mädchen, was Ottilia zum Stirnrunzeln brachte. Glaubte sie ihr nicht? »Was? Das ist die Wahrheit.«

Käthe fing sich wieder. »Schon gut. Nur die Vorstellung: Du und verliebt …«

»Jetzt sag schon«, drängelte Ottilia.

Leider hatte sie keine Geschwister, die sie hätte fragen können. Ein Bruder und eine Schwester waren kurz nach der Geburt gestorben. Das war gewesen, bevor sie auf die Welt gekommen war. Nun war Käthe für sie so etwas wie ein Schwesternersatz und der Sohn von ihrer Tante Bärbel eine Art Bruder.

»Wie müsste es sich denn anfühlen für dich? Also das Verliebtsein. Eine Idee?«, fragte Käthe.

Ottilia überlegte und kam schnell zu einem Fazit. »Großmutter sagt, man wird es wissen, wenn es so weit ist. Ich denke, man fühlt sich frei dabei. Wie ein Vogel. Und gleichzeitig so, als würde man heimkommen.«

Käthe wiegte den Kopf hin und her. »Hm, nicht schlecht. Aber es ist noch besser«, erwiderte sie dann mit glänzenden Augen und ihr verträumter Blick schweifte in die Ferne.

»Du hast mal gesagt, es kitzelt einen. Wie genau und wo?«, fragte Ottilia eindringlich.

»Na ja, es kitzelt vor allem im Bauch. So ein warmes Gefühl.«

»Im Bauch? Und das soll schön sein?«

»Ach, Tilia, du wirst es eines Tages selbst merken, ganz sicher. Aber ich verrate dir, wie ich mich noch fühle.«

Ottilia aß den Rest der Zimtschnecke und lauschte gespannt.

»Also, das Gefühl, verliebt zu sein, ist für mich wie …« Träumerisch blickte Käthe gen Himmel. »… in Zuckerwatte oder frische Zimtschnecken beißen, wie das Balancieren auf einem Brückengeländer, so wie wir es als Kinder manchmal gemacht haben. Wie das Sitzen vorm Kaminfeuer im Winter, so romantisch wie ein Sonnenuntergang und … noch viel schöner als all das zusammen. Ich fühl mich beschützt in Davids Nähe, geborgen, ja, wie zu Hause angekommen.«

Ottilia spürte eine tiefe Sehnsucht in sich aufsteigen, aber auch Verlegenheit.

»Du wirst ja ganz rot«, bemerkte Käthe und lachte.

Von der Straße her erklangen erboste Stimmen und machten der verlockenden Vorstellung von Liebe einen Strich durch die Rechnung.

Erschrocken blieb Ottilia stehen und sah sich um.

»Was ist denn da los?«, sprach Käthe ihre Gedanken aus.

Ottilia ergriff eine ihrer Hände. »Komm. Schauen wir nach.«

Sie eilten bis zur Ecke der Gasse. Etwas Bedrohliches schien in der Luft zu liegen.

»Warum werft ihr Steine gegen unser Haus? Wir haben euch nichts getan. Haut ab!«, rief Frau Wagner, die drei Häuser von der Bäckerei entfernt zusammen mit ihrem Mann einen Schreib- und Süßwarenladen führte. Seit über vierzig Jahren gab es diesen Laden inzwischen.

»Haut ab, Drecksjuden!«, riefen ihr drei junge Männer in Uniform von der gegenüberliegenden Straßenseite aus zu. »Packt eure Koffer und geht dorthin, wo ihr hingehört – in die Hölle!«, legten sie nach. Ihre Gesichter waren zu gehässigen Fratzen verzogen.

Ottilia hielt vor Schreck die Luft an. Käthe schüttelte den Kopf und wurde bleich wie die Fassade des Postgebäudes gegenüber. Der warme Sommerwind schien kühler zu werden und die Farben des Tages mit einem Mal blasser.

Die Eheleute Wagner sahen erschrocken zu Ottilia und Käthe herüber, während die Männer verbal weiter auf sie einhackten. Die Uniformierten erinnerten Ottilia an zähnefletschende Hunde. Bis zu diesem Tag hatte sie gar nicht gewusst, dass die Wagners Juden waren.

»Unser Heimatland muss gesäubert werden von diesem Pack«, donnerte ein Passant, der bis jetzt alles stillschweigend beobachtet hatte.

Die drei Männer nickten ihm zu und zeigten mit ausgestreckten Zeigefingern auf die Wagners.

Frau Wagner schluchzte. Ihr Mann nahm sie in die Arme.

Ottilia kannte die Wagners seit ihrer Kindheit. Sie waren ein Teil davon. Und nun sollten sie nicht mehr zu ihnen gehören? Nur weil sie Juden waren? Mensch war doch Mensch, so wie ein Baum ein Baum war. Egal, welche Art Blätter er trug oder welche Farbe sein Stamm besaß, dachte Ottilia. Außerdem waren alle Juden, die sie kannte, stets nett zu ihr und ihrer Familie gewesen. Stolze, fleißige Menschen mit Herzen, die genauso schlugen wie die aller anderen auch, und die ein Recht auf Frieden und Freiheit hatten.

Noch nie zuvor hatte Ottilia Frau Wagner derart aufgewühlt erlebt. Ängstlich an ihren Mann geklammert, stand sie mit an den Mund gepressten Händen da und zitterte am ganzen Leib. Herr Wagner versuchte, Fassung zu bewahren, hielt das Kinn in die Höhe gestreckt und die Schultern gestrafft. Nur seine Lippen bebten und bei genauerem Hinsehen konnte Ottilia die Angst in den Augen lesen. Dabei waren die Männer viel jünger als er und hätten ihm und seiner Frau Respekt zollen müssen.

Ottilia reichte es, als die Lümmel in Richtung der Eheleute spuckten. »Was für eine Frechheit! Herr und Frau Wagner sind Menschen wie alle anderen auch«, schmetterte sie den Männern entgegen. Ihre Kopfhaut prickelte vor Wut und das Herz schlug ihr bis in den Hals.

Die Uniformierten hielten inne und starrten sie an.

»Pssst«, machte Käthe und wollte sie wegziehen.

Doch Ottilia blieb stehen, als hätten ihre Füße Wurzeln geschlagen. Kurz darauf kamen die Schürmanns aus der Bäckerei, gefolgt von Kundschaft.

»Käthe, komm her«, zischte Herr Schümann. Sein Blick und die zusammengezogenen buschigen Brauen duldeten keinen Widerspruch.

Käthe gehorchte, blieb aber in der Tür stehen. Die Schürmanns waren liebevolle Eltern, aber ihre Kinder, Käthe und ihr älterer Bruder Friedhelm, mussten gehorchen.

»Geh heim, Ottilia«, sagte Käthe in flehendem Ton. »Oder noch besser: Komm mit rein. Die lassen sich eh nix sagen.«

Ottilia hob den Kopf. »Ich komm schon zurecht.«

»Bist du nicht die Ottilia vom Aden-Hof?«, fragte einer der Uniformierten. Vom Sehen kannte Ottilia die Männer, die höchstens zwei oder drei Jahre älter waren als sie. Nur ihre Namen wollten ihr nicht einfallen.

»Mein Name geht dich nichts an.«

»Ohooo!«, rief einer seiner Kumpels.

»Das Fräulein duzt uns plötzlich«, warf der andere ein.

»Geh nach Hause, bevor wir dich mitnehmen, und spiel mit deinen Puppen, Ottilia-Kind«, meinte der Dritte.

Empört darüber, dass sie sie verhöhnten, funkelte sie den großen blonden Kerl an, der sie zuerst angesprochen hatte.

»Gehen Sie, Fräulein Ottilia«, bat Herr Wagner leise.

Seine Frau hatte inzwischen aufgehört zu schluchzen, sah zu ihr herüber und nickte. »Das bringt dir nur Ärger und sonst nichts«, sagte sie besorgt.

Ottilia wusste, dass sie sich auf brennendes Pflaster begeben hatte, stemmte jedoch die Hände in die Hüften und schüttelte den Kopf. Sie konnte nicht anders. Gleichzeitig kam ihr ihre Tante in den Sinn. Bärbel hatte, als Hitler 1935 auf dem Weg zu den Richard-Wagner-Festspielen in Bayreuth durch die Stadt gefahren war, am Straßenrand ein wenig abseits der Menschentrauben einen Besenstiel anstatt einer roten Fahne mit dem Hakenkreuz hochgehalten. Sie war nicht zurückgewichen, als ein Mann der sogenannten grünen Polizei zu ihr gestürmt war, um ihr den hölzernen Gruß zu entreißen. Wie ein Fels hatte sich Bärbel ihm entgegengestellt und ihn stur angesehen, so wie er sie.

Ihre Tante hatte Glück gehabt, denn der Mann aus Hitlers Reihen war im Grunde seines Herzens wohl ebenfalls gegen den Führer und sein Regime gewesen. Denn warum sonst hatte er sie nicht verhaftet und sie stattdessen inständig gebeten, derartigen Unsinn mit dem Besen zu unterlassen, wenn ihr das Leben lieb war? Vor seinen Kameraden, die ihm nachfolgten, hatte er das Ganze als Missverständnis dargestellt. So war Bärbel mit einem blauen Auge davongekommen. Manche Leute, die es mitbekommen hatten, hatten ihr abschätzige Blicke zugeworfen, die meisten ihr jedoch zugenickt. Für Ottilia war Bärbel eine Heldin. Später erklärte sie der Familie, dass sie ein Zeichen der Gegenwehr hatte setzen wollen und die Angst vor einer Verhaftung dabei völlig ausgeblendet hatte.

»Geh endlich nach Hause, Ottilia. Denk auch an deine Familie. Die da drüben änderst du nicht mit ein paar Worten. Leider«, zischte Käthes Vater und holte sie damit aus ihren Gedanken. Er schob seine Tochter ins Haus, ehe sie noch etwas sagen konnte.

»Was ist jetzt? Oder willst du, dass wir dich verhaften?«, rief einer der Männer ihr zu und machte Anstalten, die Straße zu überqueren.

»Der ihr Vater ist Mitglied der Partei«, sagte einer seiner Kameraden.

Das schien ihn nicht zu beeindrucken, denn er zuckte mit den breiten Schultern. »Na und?«

»Die beiden hier sind fleißige Kaufleute, ehrliche Menschen. Sie haben niemandem etwas getan. Ich kenne sie, seit ich klein bin«, stieß Ottilia hervor. »Und außerdem spiele ich nicht mehr mit Puppen, denn ich bin eine erwachsene Frau.«

»Ja, aussehen tust du wie eine erwachsene Frau, aber benehmen tust du dich nicht so«, gab einer der Uniformierten zurück.

Sie hob das Kinn. Da kam Herr Wagner zu ihr und packte sie am Handgelenk.

Augenblicklich kam der Blondschopf ein paar Schritte näher, riss die Augen auf und brüllte: »Lass deine Judenfinger von dem deutschen Mädel!«

Ein paar Leute, die vorübergingen, mischten sich nicht ein, schielten aber neugierig in seine Richtung und die der Wagners. Der Passant von vorhin klatschte.

Frau Wagner schluchzte wieder, woraufhin ihr Mann zurück zu ihr ging und sie in den Laden drängte.

»Das Geschäft wird dir nicht mehr lange gehören, Jude. Gar nichts sollte euch mehr gehören.« Die Uniformierten spuckten auf den Boden, wo er gerade zuvor noch gestanden hatte.

Ottilia stellten sich die Nackenhaare auf.

Eine ältere Dame, die den Bürgersteig entlangkam, schüttelte den Kopf. Über wen, war ungewiss.

Der Hass auf Juden, dachte Ottilia, wuchs wie das Geschwür eines Krebskranken und vergiftete die Gesellschaft. Es kam immer öfter vor, dass Juden aus ihren Geschäften und Häusern vertrieben oder Kinder aus den Schulen geholt wurden.

Gleich darauf verließ die Frau des ehemaligen Bürgermeisters die Bäckerei. Mit ihr zusammen erschien wieder Käthe in der Tür. Frau Hagen trat auf den Gehsteig und hob ihren Stock in Richtung der Männer, die gerade zu einer neuen Hassrede ansetzten und noch näher kommen wollten.

»Jetzt ist's aber genug!«, rief Frau Hagen den Uniformierten mit ihrer tiefen Stimme zu.

Soweit Ottilia wusste, war ihr Gatte in der Partei und ihre Tochter Führerin einer BDM-Gruppe. Ottilia zollte ihr Respekt dafür, dass sie dennoch das Wort gegen die Uniformierten erhob. Und es schien Gewicht zu haben, denn plötzlich zogen die Männer weiter, sangen aber vor sich her: »Deutschland soll sauber sein, haut weg endlich das Judenschwein. Sollt zusammen mit dem Teufel die Hölle teil'n.«

Ottilias presste die Zähne so fest aufeinander, dass ihr Kiefer schmerzte.

»Und jetzt verschwinde nach Hause, Fräulein«, zischte Frau Hagen ihr zu.

Herr Wagner bedankte sich bei ihr, aber sie ging an ihm vorbei, als wäre er gar nicht anwesend. Irritiert blickte er ihr nach, wandte sich dann wieder Ottilia zu. »Danke, Fräulein

Aden, für Ihren Mut. Aber setzen Sie Ihr Leben nicht für uns aufs Spiel. Sagen Sie Ihrer Familie lieb gemeinte Grüße von uns. Wir werden Sie nie vergessen.«

»Dass Sie Juden sind, ändert doch nichts an meiner Sympathie für Sie und Ihre Frau.«

Er lächelte leicht, wenn auch schwermütig. »Das ehrt dich. Meine Frau und ich sind sogenannte Vierteljuden. Aber Jude ist Jude, so die felsenfeste Meinung der Partei.«

»Mensch ist Mensch«, erwiderte Ottilia.

Herr Wagner nickte. »Leider sehen das nicht alle so«, sagte er kaum vernehmbar.

»Ich werde meine Eltern grüßen. Und keine Sorge, Herr Wagner, ich setze mein Leben nicht aufs Spiel. Was ich gesagt habe, war rechtens. So etwas kann doch nicht ewig Bestand haben. Die sollten mal ihr Hirn einschalten, die von der NSDAP. Und bitte, duzen Sie mich doch weiter wie früher.«

Wohlwollend lächelte er und bei seinem milden Gesichtsausdruck wurde ihr warm ums Herz in diesen menschlich kalten Tagen.

»Du bist ein kluges und gutes Kind. Das wussten wir schon immer.«

»Vielleicht sollten Sie wie die anderen auch weg aus Deutschland, Herr Wagner.«

»Ja, das wird wohl das Beste sein. Und wenn sich die Lage beruhigt, kommen wir vielleicht wieder.«

Ottilia umarmte ihn. »Ich werde Sie vermissen.«

Er klopfte ihr sanft auf den Rücken. »Gott schütze dich.«

Sie warf ihm noch einen Mut machenden Blick zu, holte ihr Rad vom Hinterhof und winkte Käthe, die wieder am Eingang des Geschäftes stand und traurig dreinblickte.

Aufbruch

Hedda

Das Summen meines Handys holte mich aus der Geschichte ins Hier und Jetzt zurück. Sascha hatte geschrieben: *Bin in zwei Stunden da. Freu mich schon, mit dir anzustoßen. Sekt bring ich mit.*

Ich lächelte und antwortete: *Sehr gut. Freu mich auch.*

Ich hatte ihn unmittelbar nach dem Besuch bei Theo angerufen, weil ich die Neuigkeit nicht länger für mich behalten konnte. Auch meine Eltern wussten bereits Bescheid und freuten sich riesig für mich. Sie standen wie meist hinter mir und meinen Träumen. Auch dafür liebte ich sie.

Mein Blick fiel auf den marineblauen Koffer und den Rucksack, der danebenstand. Ich überlegte, ob ich vielleicht doch noch was vergessen hatte einzupacken, und schaute mich in der kleinen Wohnung um. Bis auf den Brief von Monika, der auf dem Wohnzimmertisch neben dem Laptop lag, hatte ich alles verstaut.

Während ich auf Sascha wartete, überarbeitete ich das zweite Kapitel meines Romans und klickte mich danach ins Internet. Ich wollte schauen, ob der Hof mit dem Haus von Monikas Großeltern und den Nebengebäuden nach wie vor auf Immobilienportalen zu finden war. Und tatsächlich: Über einen Link konnte man sogar einen virtuellen Rundgang über den Hof starten. »Gott sei Dank. Ich komme sozusagen nicht zu spät«, flüsterte ich. Zum Rundgang gab es ein Exposé mit Grundstücksdaten. Auf den Fotos sah alles gut erhalten aus und war für eine halbe Million Euro zu haben. Ein stolzer Preis, für mich leider unerschwinglich. Ich wünschte nur, ich hätte bereits mit ihrem Sohn gesprochen. Bisher waren die Versuche gescheitert. Ich erreichte ihn und seine Frau Viktoria weder telefonisch noch vor Ort. Die beiden wohnten in einer Dachgeschosswohnung eines Mietshauses im Münchner Stadtteil Feldmoching. Daniel wusste bereits von mir. Das hatte Monika jedenfalls in ihrem Brief erwähnt. Ich nahm ihn an mich und las ihn zum bestimmt inzwischen hundertsten Mal:

Meine liebe Hedda,
nun bin ich in meinem neuen Zuhause. In einem Land ohne Grenzen, voller Liebe und Licht. So stelle ich mir das Jenseits zumindest vor. Ein Ort, wo ich hoffentlich alle meine Lieben wiedertreffen werde. Mutti, Vati, meine Geschwister, auch Vatis Schwester, sie alle. Sei nicht traurig. Glaub daran, dass es mir nun besser geht. Ich habe Daniel auch einen Brief geschrieben, ihm von dir erzählt. Auch dass du bis zum Verkauf des Hofs und Wäldchens jederzeit dort ein- und ausgehen darfst und ein Auge auf alles haben sollst, was den oder die zukünftigen Besitzer angeht. Lass dich von Viktoria bloß nicht einschüchtern, sollte sie das versuchen. Ich weiß, sie kann das gut. Aber ich vergebe ihr. Sie hat schließlich auch ein Herz wie jeder Mensch. Sie sollte nur manchmal mehr darauf hören und nicht alles immer nur

rational entscheiden wollen. Ich denke eben, das täte ihr besser. Und Daniel auch.

Unsere Zeit hat mir so viel bedeutet, Hedda. Ich bin sicher, es war Schicksal, dass wir uns getroffen haben. Du bist eine wunderbare Seele. Allein die Geschichten, die ich von dir gelesen habe, zeigen mir, dass du tiefer blickst, mitfühlend bist und eben das Herz am rechten Fleck hast. Ich bin keine große Schreiberin. Daher schließe ich nun mit den besten herzlichsten Wünschen für dich

Deine Freundin Monika

PS: Bis wir uns wiedersehen!

Ich hauchte dem Brief einen Kuss auf. »Ja, bis wir uns wiedersehen, Monika. Irgendwann und irgendwo da oben.« Ich steckte das Schreiben in das eierschalenfarbene Kuvert zurück. Kurz darauf klingelte es an der Wohnungstür. Sascha stand davor, begleitet von sämtlichen Parfümnoten, die er sicherlich aus der Parfümerie mitbrachte, in der er arbeitete.

»Hallo Süße«, begrüßte er mich mit der versprochenen Flasche Sekt und umarmte mich ein wenig stürmisch.

»Danke dir. Komm rein.«

Ich führte ihn ins Wohnzimmer und holte zwei Gläser für den Sekt aus der Küche, den Sascha sogleich köpfte.

»Natürlich alkoholfrei«, sagte er.

»Sehr gut.«

Sascha war seit der Grundschule bester Freund und beste Freundin in einem für mich. Er wusste, dass ich keinen Alkohol trank, seit ich mal einen gehörigen Geburtstagsrausch gehabt hatte und es mir drei Tage hintereinander schlecht ergangen war. Außerdem musste ich sowieso auf mein Herz aufpassen.

Ich betrachtete Sascha. Er sah, trotz kleinem Bauchansatz, wie immer adrett aus. Aber nicht nur ein wenig Hüftgold hatten wir gemeinsam. Wir waren beide rund eins fünfundsiebzig groß, Singles und standen auf Männer. Er schenkte uns von dem Sekt ein, der golden sprudelte.

»Herzlichen Glückwunsch zu den Neuigkeiten. Deine Träume werden wahr. Ich freu mich riesig für dich. *Unter dem Dornenhimmel*, also das, was ich schon davon kenne, ist der Hammer.«

Ich lächelte. Das von ihm zu hören, bedeutete mir viel. »Danke dir.«

Wir stießen an und Sascha trank sein Glas auf ex. »Hast du diesen Daniel inzwischen schon erreicht oder seine Frau?«, wollte er dann wissen.

Ich schüttelte den Kopf.

»Aber ich hätte es schon gern, bevor ich nach Oberfranken fahre. Obwohl er ja Bescheid weiß, dass ich ins Haus darf. Er wird also nicht aus allen Wolken fallen, falls er dann dort auftauchen sollte. Den Brief von Monika wird er ja sicher längst bekommen und gelesen haben.«

Doch da waren ja noch die Dinge, die ich ihm von Monika persönlich sagen sollte.

Sascha fuhr sich mit einer Hand durch das blonde, leicht lockige, kurze Haar. »Vielleicht geht er einem Gespräch absichtlich aus dem Weg und seine Frau auch«, sinnierte Sascha.

Der Gedanke war mir auch schon gekommen.

»Wie auch immer. Fahr nach Oberfranken, folge weiter deinem Herzen und alles andere wird sich schon ergeben. Da bin ich sicher«, machte Sascha mir Mut. »Was anderes: Wann darf ich *Unter dem Dornenhimmel* weiterlesen? Du hast doch inzwischen schon mehr überarbeitet, oder?«

Ich nickte und übergab ihm den Laptop. »Gern jetzt. Und ich lese auch noch mal mit«, beschloss ich.

Eine schicksalhafte Begegnung

Ottilia

Die Stimmen um einen zweiten Krieg wurden immer lauter. Auch die Schüler und Lehrkräfte in der Gewerbeschule sprachen davon. Ottilia betete jeden Tag, dass sich die Gerüchte bald zerschlagen würden.

Die Partei hielt jedoch an ihrer wahnwitzigen Ansicht fest, die Juden wären an allem auf der Welt herrschenden Übel schuld. Das Thema wollte und musste Ottilia unbedingt noch einmal mit ihrem Vater besprechen und diesmal sollte er ihr nicht ausweichen. Nicht ohne Grund protestierten Geistliche und Gläubige der verschiedenen Glaubensrichtungen in den vergangenen Jahren gegen die NSDAP. Sie sahen in ihr eine Gefahr, vor der sie auch öffentlich warnten. Der Stadtpfarrer Hollfelds sprach gar davon, dass den Menschen durch die Partei der Glaube genommen werden solle. Aber er war nicht der Einzige, der sich auflehnte. Ottilia hatte unlängst mitbekommen, dass sich manche Landwirte weigerten, den gewinnbringenden Viehhandel mit Juden abzubrechen. Dafür wurden sie insbesondere von den Gastwirten, die den Juden den Zutritt zu ihren Wirtschaften verboten, als Judenfreunde beschimpft. Unglaublich, vor allem menschenverachtend war das, fand Ottilia.

Vor ein paar Jahren, so erinnerte sie sich, war ein Landwirt aus einem kleinen Dorf in der Nähe verhaftet worden, nur weil er sich kritisch gegen Staat und Partei geäußert hatte. Er war ins Zuchthaus nach Bayreuth gekommen. Vorhin, von Angesicht zu Angesicht mit den Uniformierten, hatte sie diese Geschichten und die Sorge verdrängt, ihr könnte das Gleiche widerfahren. Jetzt aber, nachdem sich ihre Wut, ihr innerlicher Sturm gegen die Ungerechtigkeit, die den Juden, aber auch Behinderten entgegenschlug, gelegt hatte, wurden ihr die Knie weich. Grund, von ihrer Überzeugung abzuweichen, war das für sie allerdings noch lange nicht.

Sie dachte weiter über all die Entwicklungen in der letzten Zeit nach. Immer mehr reglementierte die Partei, und das, wie es schien, willkürlich. Sogar Straßen und Orte wurden nach ihrem Willen umbenannt, selbst bei ihnen.

Ottilias Gedanken verdichteten sich und drehten sich wie in einem Karussell, während sie nach Antworten und Lösungen suchte. Sie trat heftiger in die Pedale. Als sie die Kinderbewahranstalt im Bartholomäus-Spital passierte, vernahm sie plötzlich eine laute männliche Stimme.

»Obacht!«

Nur einen kurzen Blick hatte Ottilia in den wolkenlosen Himmel geworfen. Ruckartig senkte sie den Kopf, nahm unmittelbar vor sich einen jungen Mann wahr.

Geistesgegenwärtig riss sie das Rad herum. Doch es war zu spät für ein Ausweichmanöver. Sie streifte den Fremden mit dem Lenker und verlor das Gleichgewicht. Ehe sie sichs versah, landete sie mit einem Rums seitlich auf dem Gehsteig.

Ein brennender Schmerz durchzog ihr rechtes Bein bis in den Beckenbereich. Die Umgebung drehte sich. Ottilia rieb sich den Kopf und blinzelte nach oben. Das Gesicht über sich nahm sie nur verschwommen wahr.

»Oh nein«, entfuhr es ihr. »Tut mir leid.« Sie wollte sich aufrappeln und betete, dass sie, ihr Kleid und das Rad keine nennenswerten Schäden davongetragen hatten.

Der Fremde bückte sich und griff Ottilia unter die Arme. »Kommen Sie, ich helfe Ihnen auf, Fräulein.«

Die Stimme hatte sie doch schon einmal gehört? Dieses dunkle, warme Timbre jagte ihr einen angenehmen Schauder über den Rücken. Sobald Ottilia wieder fest auf dem Boden stand, wurde ihr Blick klarer. Sie sah in zwei dunkelgrüne Augen, die an Tannen aus dem Wald erinnerten. Fasziniert und nicht zur kleinsten Bewegung fähig, verlor sie sich darin.

»Tut Ihnen etwas weh?«, fragte der junge Mann.

Sie schüttelte den Kopf.

»Und Ihnen?«

»Mir ist nichts passiert. Aber danke der Nachfrage.«

»Gott sei Dank.« Ottilia riss sich von seinem Anblick los. Nun wusste sie, wer er war. Jedenfalls war sie sich ziemlich sicher. Das durfte nicht wahr sein! »Eduard Galbert«, murmelte sie. Sie war also dem Sohn des Feindes ihrer Familie direkt in die Arme gefahren.

Er zog die Brauen zusammen. »Was?«

Sie antwortete nicht, starrte ihn weiter gebannt an.

Obwohl sie in der gleichen Stadt lebten, waren sie beide sich nicht oft über den Weg gelaufen und wenn, dann hatten sie sich immer nur aus der Ferne gesehen.

»Sie sind doch Ottilia Aden?«

Sie nickte.

Wieder verlor sie sich in seinen grünen Augen. Die Iriden waren von einem kräftigen schwarzen Rand umzogen, was ihnen den intensiven Ausdruck verlieh. Doch da war noch etwas anderes, das sie anzog. Etwas, das dahinter lag.

Eduard musterte sie kurz, dann hob er ihr Rad auf.

Ottilias linker Oberschenkel brannte wie Feuer. Das wollte sie sich jedoch auf keinen Fall anmerken lassen. Sie biss die Zähne zusammen, ging ein paar Schritte und versuchte, dabei nicht zu humpeln. Währenddessen inspizierte sie ihr Kleid, das zum Glück nichts abbekommen hatte.

»Wirklich alles gut mit Ihnen, Fräulein Aden?«

»Ja, alles prima.«

»Das freut mich. Sie scheinen ein Glückskind zu sein.«

»Ich bin aber kein Kind«, stellte Ottilia klar und ging zu Eduard zurück.

Kind, durchfuhr es sie, nannten ihre Eltern sie oft genug, und sie mochte das überhaupt nicht. Sie war seit ein paar Wochen achtzehn, also eine junge erwachsene Frau, und wollte auch so betitelt und behandelt werden.

»Entschuldigung. *Junge Dame* meine ich. Besser?«, fragte Eduard. Er übergab ihr das Rad, das er hin- und hergeschoben hatte, um zu prüfen, ob noch alles funktionierte. »Scheint in Ordnung zu sein. Wieder Glück.«

Ottilia war erleichtert, nickte und verkniff sich ein Lächeln. Für einen Moment vergaß sie, dass sie mit einem Galbert sprach, die sonst eher rüpelhaft auftraten. Jedenfalls immer, wenn sie einen der Adens getroffen hatten.

»Ich war vorhin in Gedanken. Sonst bin ich eine aufmerksame Radfahrerin. Sie müssen aber auch mehr aufpassen, Herr Galbert.«

Eduard schürzte die vollen Lippen. Während er nachzudenken schien, wie er auf ihr Schuldeingeständnis und den gleichzeitigen Mitschuldspruch reagieren sollte, betrachtete Ottilia ihn eingehend. Er hatte ein eckiges Gesicht mit weichen Zügen und einen gebräunten Teint. Als er die Brauen über seinen tief liegenden Augen zusammenzog, berührten sich diese beinahe. »Ich gebe zu, ich hätte auch mehr schauen müssen. War wohl in Gedanken. Aber freut mich, eine Aden zu treffen, die einen Fehler zugeben kann.«

Ottilia konnte den Hohn zwischen den Worten nicht überhören und war sofort alarmiert. »Was soll das heißen?«

Eduard hob das Kinn. »Was ich gesagt habe.«

»Verstehe.« Ottilia stockte, denn eine Gruppe Uniformierter kam ihnen entgegen. Es waren andere Männer als die, die die Wagners angepöbelt hatten. Aber ihre Gesinnung war immer die Gleiche.

»Nicht schon wieder«, murmelte sie.

Eduard runzelte die Stirn. »Was nicht schon wieder?«

Sie nickte in Richtung der Männer und Eduard folgte ihrem Blick.

Die Parteiler trugen das Haar kurz geschnitten und seitlich gescheitelt. Ihre Gesichter wirkten hart wie Stein und sie benahmen sich so selbstsicher, als könnte ihnen niemand etwas anhaben. Im Grunde war es auch so. Sie gingen strammen Schrittes und aufrechter Haltung im Gleichschritt, wirkten wie eine Mauer aus gusseisernen Körpern und grüßten im Chor mit tiefer, fester Stimme: »Heil Hitler!« Ihr rechter Arm schnellte dabei nach vorn wie ein Schwert, das auf den Gegner gerichtet wurde.

Ottilia tat, als hätte sie nichts gehört, und wunderte sich, dass Eduard den Gruß ebenfalls nicht erwiderte.

Einer der Wichtigtuer stoppte, wandte sich um und fixierte ihn mit zu Schlitzen verengten Augen. Der junge Galbert hielt seinem Blick stand, was Ottilia imponierte. Schließlich unterbrachen auch die Kameraden des Uniformierten ihren strammen Marsch.

»Guten Tag«, sagten Eduard und Ottilia wie aus einem Mund.

Der Mann verengte die Augen und musterte sie.

»Komm weiter, Hans. Die Parteifreunde warten«, zischte einer aus der Gruppe.

»Sie haben den Gruß nicht ordnungsgemäß erwidert«, entgegnete dieser.

»Wir haben jetzt keine Zeit, uns darum zu kümmern. Los!«

Hans knurrte und blähte die Nasenflügel. »Das nächste Mal erwarte ich einen anständigen Deutschen Gruß. Grüßen Sie Ihren Vater, Fräulein Aden.«

Ottilia stockte. Er kannte sie also. Und er schien Respekt vor ihrem Vater zu haben. Wohl, weil er der Partei angehörte.

Wortlos wandte sie sich ab und hörte dann die gleichmäßigen festen Schritte der Männer, die sich entfernten. Sie spürte Erleichterung darüber. Es waren schwere Schritte, die auf das Pflaster trafen, als wollten sie ein Erdbeben auslösen.

Eduard forschte in Ottilias Blick. »Manche munkeln, dass es vielleicht bald Krieg geben wird. Das macht Angst. Ich hoffe, es kommt nicht dazu. Dass Ihr Vater der Partei dient, davon habe ich schon gehört.« Diesmal lagen Argwohn und Abneigung, vielleicht sogar ein Hauch Feindseligkeit in seiner Stimme. Das hörte Ottilia genau. Aber in dem Fall konnte sie das verstehen. Er war also auch gegen die Partei.

»Ja, leider. Aber das heißt nicht, dass er deswegen ein schlechter Mensch ist. Auch wenn die Galberts das wohl sowieso denken«, entgegnete sie auf seine Worte hin.

Eduard seufzte, sagte aber nichts weiter dazu.

Als Ottilia weitergehen wollte, durchzog ein stechender Schmerz ihre Wade. Sie biss die Zähne zusammen und sackte ein wenig in die Knie.

Sofort war Eduard an ihrer Seite und stützte sie. »Von wegen keine Schmerzen …«

Sie schüttelte den Kopf. »Nicht der Rede wert. Geht schon wieder.«

»Jetzt lassen Sie mich Ihnen doch helfen und begraben Sie Ihren Stolz mal für einen Moment, Fräulein Aden.« Er lehnte ihr Rad an die Hauswand und hievte sie kurzerhand auf seine Arme. War das zu fassen?

»Herr Galbert, was sollen die Leute denken? Lassen Sie mich runter!«, empörte Ottilia sich und hörte mehr ihre Mutter als sich aus ihren Worten sprechen. Was ihr selbst nicht gefiel.

»Nein, vergessen Sie das schnell wieder«, erwiderte Eduard und sie glaubte, ein Schmunzeln in seinen Mundwinkeln zu erkennen.

Unerhört!, protestierte ihr Verstand, während ihrem Herzen eigentlich ganz gut gefiel, dass der Feind sie auf Händen trug.

Ein paar Leute kamen ihnen entgegen und beäugten sie. Sie wirkten nachdenklich. Was den Schaulustigen wohl gerade durch den Kopf ging?, durchfuhr es Ottilia. Fast musste sie grinsen. Eduard setzte sie auf einer nahe stehenden Bank ab und setzte sich neben sie.

»Sie müssen schleunigst zu einem Arzt und sich Ihr Bein ansehen lassen. Versprochen? Ich begleite Sie.«

»Nein!«, sagte Ottilia entschieden.

»Nein?« Eduard neigte den Kopf zur Seite und fixierte sie.

»Ich bin kein Zimperlieschen. Sicher habe ich mir das Bein beim Hinfallen nur ein wenig verdreht. Ich gebe Großmutters Feuerwasser aus der Apotheke drauf, falls sie noch was davon daheim hat.«

»Sie meinen mit Feuerwasser Melissengeist?«

»Ja.«

»Ich kann Ihnen welchen aus der Apotheke besorgen«, sagte er hastig.

Ottilia schüttelte den Kopf, obwohl sie seinen Vorschlag großzügig fand. Konnte es sein, dass dieser zuvorkommende, im Großen und Ganzen so manierliche Mensch wirklich zu den Galberts gehörte?

»Keine Umstände, Herr Galbert. Auch ein Schluck Eierlikör für die innere Heilung wird guttun. Davon haben wir immer daheim. Den stellen meine Großmutter und Tante gern selbst her. Für den Eigenverbrauch aber nur.«

Eduard lachte. »Wie bitte? Eierlikör als Heilmittel?«

Was gab es da zu lachen? »Das hat mein Opa mütterlicherseits immer gesagt, als er noch gelebt hat«, erklärte sie ihm und ärgerte sich darüber, dass es trotzig geklungen hatte.

»Tut mir leid, dass er nicht mehr ist. Meiner ist auch schon tot«, gab Eduard zurück und senkte den Blick.

Irgendwie beschlich sie das Gefühl, dass der Verlust ihrer Großväter nicht das Einzige war, was sie gemeinsam hatten. Sie wunderte sich über sich selbst. Der Sturz hatte offenbar einiges an ihrem Kopf beschädigt.

Wieder betrachtete sie den jungen Opponenten. An der grauen Hose, den schwarzen klobigen Schuhen und dem beigen Hemd, das ordentlich in die Hose gesteckt war, hingen Sägemehl und ein paar Späne, die ihr erst jetzt auffielen.

Eduard schaute fragend drein. »Ist was?«

Sie schüttelte den Kopf und blickte ein wenig beschämt zur Seite, weil er sie beim Mustern ertappt hatte.

»Und Sie? Mögen Sie mir ein wenig über sich erzählen?«, fragte er plötzlich.

»Warum?«

»Interessiert mich halt.«

Langsam richtete sie den Blick wieder auf ihn. »Über mich wissen Sie schon genug, glaube ich. Ich über Sie noch nicht viel.«

»Lässt sich ändern, wenn Sie wollen.«

Zuerst hatte sie vor, entgegen ihrer Neugier sein Erzählangebot abzulehnen, nickte dann jedoch. »Also gut«, begann Eduard. »Ich bin jetzt zweiundzwanzig, habe ab August 1935 ein halbes Jahr Reichsarbeitsdienst als Erntehelfer bei einem Großbauern in der Nähe von Bamberg leisten müssen und anschließend den Wehrdienst hinter mich gebracht. Damals habe ich ihn noch als Abenteuer und gute Sache angesehen. Nun möchte ich endlich meine Schreinerlehre fertig machen, die ich in England bei einem Onkel begonnen habe – und zwar hier. Bei einem Schreinermeister aus Hollfeld. Nebenbei helfe ich meinen Eltern und meiner Schwester auf dem Hof. Sie wollen, dass wir den beide mal übernehmen. Emmi wünscht sich jedenfalls, dass wir das zusammen machen. Mal sehen, was die Zukunft bringt … hoffentlich keinen Krieg.«

Er war also ein pflichtbewusster Schreiner und Sohn. Was er über die Angst vor einem weiteren Krieg sagte, empfand Ottilia gleichermaßen. Noch eine Gemeinsamkeit also. »Das hoffe ich ebenfalls. Also, dass es keinen zweiten Krieg geben wird. Einer war schon viel zu viel. Er steckt vielen Leuten noch tief in den Knochen.«

Eduard nickte. »Sie sind also anders als Ihr Vater eingestellt und gegen die Partei? So wie ich und meine Familie.«

Ottilia hatte sich noch nie so lange mit einem eigentlich fremden Mann unterhalten. Ihr Verstand empfahl ihr, nicht tiefer auf den vermeintlichen Feind einzugehen, das Herz aber sprach vehement dagegen. »Ja, bin ich«, erwiderte sie mit fester Stimme.

»Gefällt mir.« Auf seinen Lippen lag ein angedeutetes Lächeln. Die Kirchenuhr schlug sechs Mal.

Eduard sprang auf. »Schon so spät. Muss nach Hause. Meine Schwester muss sonst die Stallarbeit heute ganz allein machen. Schade, ich würde mich gern weiter mit Ihnen unterhalten, auch wenn …«

Ottilia kniff die Augen zusammen und blickte zu ihm auf. »Ich eine Aden bin?«

Er räusperte sich. Eine Strähne seines braunen Haares fiel ihm in die Stirn. »Ich bin nicht gewillt, alle Menschen eines

Volkes über einen Kamm zu scheren, Fräulein Aden«, antwortete er zweideutig.

Das klang nicht nur vernünftig, die Aussage gefiel ihr auch. »Sehr gut, ich nämlich auch nicht.« Ihre Blicke hielten einander ein paar Sekunden fest, während Ottilia ein warmer Windhauch streifte.

»Ich muss auch los«, sagte sie dann.

»Wird es denn wirklich gehen?« Er deutete auf ihr Bein.

Zwar zwickte es noch, doch das wäre bald vergangen. »Keine Sorge.« Sie stand auf, ging zwei Schritte vor und zurück. »Kein Problem.«

Er sah sie skeptisch an. »Sicher?«

Irgendwie süß, dachte Ottilia. »Sicher.«

»Na gut. Vielleicht sehen wir uns mal wieder?«

Ottilia nickte. »Bestimmt. Wir wohnen ja in der gleichen Stadt.«

Sie spürte, dass sie rot wurde.

»Dann bis vielleicht bald, Fräulein Aden.«

»Ja«, gab sie schnell zurück, nahm ihr Rad und ging weiter. Nach ein paar Metern blieb sie stehen, drehte sich nach ihm um und merkte, dass er selbiges machte. Ihre Blicke trafen sich und er lächelte, wobei seine Augen funkelten wie der Edelstein an dem goldenen Ring ihrer Großmutter, den diese als junge Frau von ihrem Mann bekommen hatte. Ihre Großmutter hatte ihn ihr vor einem Jahr zum Geburtstag geschenkt. Ein vorzeitiges Erbstück. Ottilia bewahrte ihn wie einen Schatz in ihrem Schmuckkästchen auf. Und genau so, sagte ihr Herz, würde sie das mit dieser Erinnerung machen. Sie lächelte ebenfalls, blickte dann wieder nach vorn und setzte ihren Weg fort.

Der Gedanke an Eduards Stimme und die tannengrünen Augen verursachte ein leichtes, seltsam aufregendes Kribbeln in ihrem Bauch, das von einer heimeligen Wärme begleitet war. So hatte sie bisher noch nie empfunden. Was war das? Sie wurde doch nicht krank? Doch dann musste sie an das denken, was Käthe ihr über die Symptome des Verliebtseins erzählt hatte. Wäre das denn möglich nach so kurzer Zeit?

Unsinn! Sie schüttelte den Kopf über sich selbst. »Er ist ein Galbert, Ottilia«, flüsterte sie sich zu. Niemals würde und könnte sie für einen Galbert schwärmen oder gar mehr empfinden. Sie drängte diesen Gedanken zurück. Die Worte ihres Vaters begleiteten sie. »Die Galberts sind wie der Teufel. Sie können charmant sein, aber nur, wenn sie was im Schilde führen oder wenn sie was von einem wollen. Leider fallen immer noch genügend Leute darauf rein.«

Ottilia seufzte. Das Herz in ihrer Brust schlug schneller, als ihr klar wurde, dass sie trotz aller Warnungen den Erzfeind wiedersehen und sich ein eigenes Bild von ihm machen wollte. Aber ob das wirklich klug war? Über die Antwort waren sich ihr Herz und ihr Verstand uneinig.

Ein weiteres Kapitel

Hedda

Obwohl ich noch Lust hatte, weiter zu überarbeiten, spürte ich deutlich, dass meine Augen eine Erholung brauchten. So weit ich konnte, streckte ich die Arme kurz nach oben, lehnte mich dann zurück und beobachtete Sascha, der direkt neben mir auf der Couch saß. Sein Blick richtete sich verklärt auf einen Punkt an der gegenüberliegenden Wand.

»Ich finde die Story bis jetzt klasse.«

Ich staunte. »Keine Kritik?«

Er schüttelte den Kopf. Das machte mich stolz. Sehr sogar. Ich drückte ihm spontan einen Kuss auf die Wange, was ihn schmunzeln ließ.

»Kann ich noch mehr lesen, Hedda?«

Das ging nicht. Denn ich blieb meinem Prinzip treu. Unbearbeitetes war erst einmal nur noch für meine Augen bestimmt. »Nein. Du kennst die Regel, Sascha.«

Er schmollte. »Ach, komm schon.«

Eisern schüttelte ich den Kopf.

»Gut. Dann verlange ich wenigstens einen Spoiler. Ich kann sonst heute Nacht nicht einschlafen.«

Ich verdrehte die Augen und lachte. »Du kannst schlimmer sein als ein Kleinkind, wenn du etwas willst.«

Er blinzelte mir zu. »Bitte.«

»Nervensäge.«

»Bitte!«

»Also gut.«

Gleichzeitig legten wir den Kopf in den Nacken, gestützt von der Couch, und schlossen die Lider. Vor meinem inneren Auge sah ich die weitere Geschichte um Monikas Eltern in kleinen Szenen ablaufen, während ich sie Sascha erzählte. »Nach Ottilias Rückkehr auf den elterlichen Hof half sie ihrer Tante Bärbel noch in der Schneiderei, die sich in zwei nebeneinanderliegenden Zimmern im zweiten Stock des Bauernhauses befand. Ihre Tante bildete Lehrlinge aus. Neben Ottilia hatte sie damals zu der Zeit noch ein Lehrmädchen. Bärbel wohnte zusammen mit ihrem Sohn Hermann, der zwei Jahre älter war als Ottilia, im gleichen Haus wie Ottilia, deren Eltern und Großmutter Hedwig mütterlicherseits. Hermann arbeitete hauptsächlich auf dem Hof mit; er hatte eine Ausbildung als Landwirt gemacht. Die Tante war Witwe. Warum, wirst du später noch erfahren. Jedenfalls merkte Bärbel Ottilia sofort an, dass sie aufgewühlt war, obwohl die sich bemühte, normal zu wirken.«

»Und sie hat ihr von dem Treffen mit dem vermeintlichen Feind erzählt?«

»Nein. Aber das Aufgewühltsein, das Ottilia seit dem Treffen mit ihm in sich spürte, blieb auch in den folgenden Tagen noch und ließ sie oft unkonzentriert sein. Was natürlich nicht unbemerkt blieb bei ihrer Familie. Aber letztendlich fand Ottilia immer eine Ausrede. Sie wusste, es wäre besser, Eduard zu vergessen.«

»Aber sie konnte nicht. Den hübschen Eduard mit den tiefgrünen Augen. Ihr Herz siegt. Ach, das wünsch ich mir«, warf Sascha ein und seufzte sehnsüchtig. »Und ich wünsch mir auch so einen Eduard.«

»Dich fasziniert die Geschichte also vor allem wegen Eduard.« Ich lachte leise. »Stimmt's oder hab ich recht?«

Sascha machte große Augen und sah mich ernst an. »Nein. Ich finde auch Ottilia klasse.«

Ich stupste ihn mit einem Ellbogen gegen den Arm. »Du wirst deinen Eduard schon noch finden und deine Hochzeit haben, von der du seit Jahren träumst, Sascha.«

Wir warfen uns einen kurzen Blick zu.

»Das wünsche ich dir auch, Hedda.«

Ich winkte ab. »Ach, das muss ich nicht haben. Ich wollte eh nie heiraten«, erinnerte ich ihn.

»Aber einen Traummann willst du dennoch.«

»Ja, das schon.«

»Wir gehen beide auf die dreißig zu.« Er zeigte auf seine Armbanduhr. »Tick, tack, tick, tack.«

Ich verdrehte gespielt genervt die Augen. »Ich weiß, die Uhr tickt. So, wollen wir uns nun gegenseitig bemitleiden oder soll ich weitererzählen?«

Sascha atmete tief durch. »Lieber weitererzählen und nach vorn schauen.«

Damit war ich absolut einverstanden und legte los: »Als Ottilia von einem Unterrichtstag zurückkam, schimpften ihre Eltern wieder einmal über die Galberts. Ihr Vater sogar so sehr, dass sie fürchtete, er würde sich vor Aufgebrachtheit noch übergeben müssen. Schließlich verbat sich Ottilia die Gedanken an Eduard, wollte vorsichtig bleiben. Vor allem auch deshalb, weil ihr noch einmal mehr bewusst wurde, dass es nichts brachte, von ihm zu träumen. Er gehörte eben zu den Feinden. Weder diese noch Ottilias Familie würden eine Verbindung, ob freundschaftlich oder mehr, zwischen Eduard und ihr akzeptieren. Außerdem hatte sie ihn erst einmal getroffen.«

»Hört sich an wie das Schicksal der zwei Königskinder«, flüsterte Sascha.

»Es war wirklich so gewesen. Ottilia träumte mehr denn je von einer eigenen Modekollektion und einem Café. Sie machte neue Entwürfe und schneiderte sie in ihrer wenigen Freizeit. Von feiner Damenunterwäsche aus Seide und vor allem Spitze bis zu schönen Kleidern mit neuen Schnitten. Und sie richtete das Café in Gedanken schon einmal ein. Mit dem Entrümpeln des Schuppens hatte sie schon ein wenig beginnen können.«

»Ich bin gespannt, was ihre Eltern dazu sagen, wenn sie es mitkriegen oder sie ihnen davon erzählt.«

»Außer Käthe weiß es eigentlich niemand.«

»Eigentlich?«

»Hermann, also ihr Cousin, erwischte sie einmal beim Zeichnen von Unterwäsche und war natürlich sofort neugierig. Aber sie packte die Entwürfe gleich zur Seite und ließ ihn mit seinen Fragen auf dem Trockenen sitzen.«

Sascha wurde nachdenklich. »Hm, ich kann Ottilia gut verstehen, dass sie zögerlich war, das damals auszuplaudern und zu zeigen. Wenn ich daran denke, wie meine Eltern zuerst reagiert haben, als ich mich geoutet habe! Ist zwar nicht das Gleiche, aber ich glaube, man kann es in gewisser Hinsicht schon vergleichen.«

Ich nickte und hörte ihm weiter zu. »Der Gedanke allein, dass ich meine Homosexualität auch draußen öffentlich machen wollte, war für sie unvorstellbar.« Er schlug für einen Moment die Hände vor den Mund. »Mein Gottchen, was sollen denn die Nachbarn denken, ihre Freunde, die Familie? Für manche war es dann auch wirklich ein Skandal, wie du ja weißt. Und eine junge unverheiratete Schneiderin, die aufreizende Unterwäsche genäht hat in den wohl meist allgemein konservativen Zeiten, vor allem auf dem Land … Ja, ist ein Wagnis.«

Ich erinnerte mich nur zu gut an Saschas Outing und die schwierigen Monate danach. Das alles hatte uns noch einmal mehr zusammengeschweißt. Er hatte eine Weile bei mir gewohnt, bis sich seine Eltern und das Umfeld wieder beruhigt hatten.

»Ottilia hatte übrigens nichts gegen Menschen, die das gleiche Geschlecht lieben. Sie war früher beim Bund deutscher Mädel gewesen. Aber als sie achtzehn wurde, hatte sie, wie auch ihre Freundin Käthe, den Übertritt zum BDM-Werk Glaube und Schönheit abgelehnt. Insbesondere, da die Anführerin ihrer zukünftigen Gruppe über Juden und Behinderte, ob körperlich oder geistig, herzog. Auch Menschen, die das gleiche Geschlecht liebten, waren bei ihr verpönt.«

»Widerlich. Aber sie wird mir immer sympathischer«, erwiderte Sascha und drückte meine Hände. »Ach, Schatz, ich werde nie vergessen, wie du dich für mich eingesetzt und ihnen bei der Familienfeier allen die Meinung über Toleranz gegeigt hast. Du kannst nicht nur gut schreiben, sondern auch gut reden, Hedda. Jedenfalls hast du sie zum Nachdenken gebracht. Seitdem wird es immer besser mit ihrem Verständnis für mich und meine schwule Seite. Ich hoffe, Ottilia fand auch den Mut, all ihre Ideen, also auch die mit der Unterwäsche, offen zu zeigen, dazu zu stehen. Du wirst es mir ja noch nicht verraten. Oder doch?«

Er sah mich direkt an und ich hob die Brauen. »Nur so viel. Sie ist wohl stärker gewesen, als sie selbst oft gedacht hat.«

Er zeigte auf mich. »Dann hat sie also was mit dir gemein. Hab endlich Mut, dein Leben umzukrempeln. Zuerst würde ich mir eine neue Wohnung suchen. Hier erinnert dich doch ständig alles an diesen Mike.«

Ich schaute mich um und atmete durch. »Drum ist es ja auch gut, wenn ich mal hier rauskomme.«

Wir lehnten die Köpfe seitlich aneinander. »Zurück zu *Unter dem Dornenhimmel*«, sagte ich dann, auch um das Thema Mike abzuschließen.

»Okay. Also hat Hermann geschwiegen gegenüber Ottilias Familie, was die Entwürfe anging, die er gesehen hat?«, wollte Sascha dann wissen.

»Ja, hat er. Für Ottilia war ihr Cousin zwar oft ein Plagegeist und eine Nervensäge, dennoch mochte sie ihn. Und er mochte sie, auch wenn er das nie sagte. Mit seinen Gefühlen hielt er oft hinterm Berg. Auch was seinen Vater betraf. Den hatte er nie kennengelernt, er starb an Tuberkulose, als Bärbel im neunten Monat schwanger war. Hermann gab nie zu, dass ihm ein Vater fehlte, aber Ottilia merkte es ihm bei der ein oder anderen Gelegenheit an.«

Sascha sank ein wenig tiefer in die Couch.

»Der Arme.«

Da gab ich ihm recht. »Sein Schicksal und das seiner Mutter berührte mich auch sehr, als ich das erste Mal im schwarzen Büchlein darüber gelesen hab. Und das tut es noch.«

Sascha nickte. »Und Ottilia? Ich meine, wann hat sie denn Eduard wiedergetroffen?«

»Das steht in einem neuen, noch nicht überarbeiteten Kapitel.« Langsam wurde ich müde und Kopfschmerzen stellten sich ein. Ich rieb mir die Stirn mit einer Hand. Seit der Sache mit meinem Herzen wurde ich viel schneller müde als früher. »Bald mehr. Versprochen. Fühl mich nur ein wenig schlapp gerade.«

Sascha prüfte die Temperatur meiner Wangen und im Nacken. »Fieber scheinst du nicht zu haben, aber du bist bleich geworden. Ich glaub, ich lass dich für heute mal in Ruhe.« Er stand auf.

»Nein, bleib doch noch. Geht sicher gleich wieder.«

»Nichts da. Ruh dich aus. Du willst morgen fahren und dazu brauchst du einen klaren Kopf.« Er küsste mich auf die Wange. Vermutlich hatte er recht.

»Wann fährst du eigentlich los?«

Ich zuckte mit den Schultern. »Weiß ich noch nicht so genau.«

»Fahr vorsichtig.«

Ich verdrehte die Augen. »Mach ich. Du hörst dich an wie meine Eltern. Die machen sich auch Sorgen, weil ich so weit fahren will. Aber hey, ich bin schon ein großes Mädchen.«

Sascha verzog einen Mundwinkel. »So war's nicht gemeint. Aber dein Herz …«

Er war süß. »Ich weiß. Ich pass auf mich auf. Du auf dich aber bitte auch.«

»Mach ich. Wäre ja zu gern mitgekommen. Leider ist mein Jahresurlaub aufgebraucht. Aber wir telefonieren. Schon allein, weil ich unbedingt wissen will, wie es mit Ottilia und Eduard weitergeht.«

Ich nickte. »Ich kann dir auch immer mal ein Kapitel schicken. Oder ja, eben erzählen.« Damit gab Sascha sich zufrieden.

Die Nacht verging wie im Flug und als ich am nächsten Morgen gegen sieben Uhr erwachte, versprach der blaue Himmel einen wunderschönen Sommertag. Der Schlaf hatte mir gutgetan, ich fühlte mich ausgeruht und fit. Das Blutdruck-Messgerät zeigte Normalwerte. Na bitte! Dennoch gönnte ich mir noch Zeit, blieb im Bett und holte meinen Laptop heran, um die Kapitel, die ich gestern Sascha erzählt hatte, zu überarbeiten. Es klappte prima und machte mich zufrieden. Voller Tatendrang machte ich mich danach fertig, putzte mir die Zähne, duschte und zog mir ein rotes knielanges Sommerkleid mit weißen Streifen an. Ob es Ottilia gefallen hätte? Mein Blick fiel wieder auf den

Laptop, der geradezu nach mir schrie. Ich musste unbedingt noch ein oder zwei weitere Kapitel überarbeiten und legte los. Die Sehnsucht nach Ottilia und Eduard, gepaart mit der nach Monika, ließ mich nicht los, und je tiefer ich erneut in ihre Geschichte eintauchte, desto mehr stiegen wieder der Mut und das Verlangen, nachher nach Oberfranken aufzubrechen.

Wiedersehen

Ottilia

Eine Woche später

Nachdem Ottilia die Stallarbeit an diesem überwiegend sonnigen Samstag erledigt hatte, wollte sie sich sogleich auf den Weg zu einer Wiese ihrer Eltern machen, um dort Gras zu mähen, das als Heu trocknen sollte. Das Mähen ging ihr immer schnell von der Hand. Auch, weil es ihr Spaß machte. Sie atmete die Luft tief in ihre Lunge, als sie nach draußen in den Hof trat. Die Klinge der Sense, die sie bei sich trug, war frisch gewetzt und blitzte in der Sonne. Ottilia lächelte und lauschte dem Zwitschern der Vögel und dem Summen von Bienen und Mücken.

»Brichst du schon auf, Tilia?«, hörte sie die Stimme ihrer Mutter und wandte sich um. Magdalena trat aus dem Schatten des Hauses.

»Ja. Der frühe Vogel fängt den Wurm.«

Ihre Mutter nickte. »Fleißig. Aber auch wenn schon die Sonne scheint, das Gras ist noch feucht und lässt sich deshalb schwerer mähen. Du kannst also ruhig noch mit dem Aufbrechen warten.«

Hermann und Ernst, die in der Nähe des Stalles an der Schubkarre werkelten, stimmten ihrer Mutter zu.

Doch Ottilia wollte nicht warten. »Ich will auch noch mal bei Käthe in der Bäckerei vorbeischauen und ihr kurz helfen.« Das stimmte auch.

»Hier ist noch genug zu machen«, machte sie ihre Mutter aufmerksam.

»Ich weiß. Das erledige ich schon noch.«

»Dann gut. Ich verlass mich auf dich.«

»Kannst du, Mutter.«

»Hermann und ich kommen später mit dem Wagen und kutschieren ein wenig von dem frisch gemähten Gras heim für die Kühe!«, rief Ernst ihr nach. Ihre Kühe waren reine Stall- und keine Weidenkühe.

Ottilia wandte sich kurz nach ihm um und lächelte. »Sehr gut. Dann bis später.« Er zog die beige Stoffkappe vom Kopf und winkte ihr damit. Hermann kratzte sich hinter einem seiner abstehenden Ohren und grinste. Ottilia war sicher, er hatte schon gemerkt, dass Ernst sie gern sah.

Am Rand des Hofs traf Ottilia auf ihren Vater, der gerade vom Feld kam. Haar und Bart sahen zerzaust aus und auf seiner Stirn glänzte Schweiß. Kein Wunder, dachte sie. Er war viel zu warm angezogen. Und er sah müde aus, was wohl nicht nur der Arbeit geschuldet war. Er war tags zuvor spät von einem Hollfelder Wirtshaus nach Hause gekommen. Dort hatte ein regionales Parteifreundetreffen stattgefunden. »Du hast es aber eilig«, stellte er fest.

Ottilia zeigte auf die Sense. »Gras für die Viecher machen.«

Ihr Vater räusperte sich und packte sie am Handgelenk, als sie an ihm vorbeiwollte. In seinen Augen schien sich ein Gewitter zusammenzubrauen. »Nie wieder. Hörst du, Ottilia?«

Sie durchfuhr ein Zittern. Obwohl sie keine Angst vor ihm hatte, Respekt flößte er ihr dennoch ein. »Was nie wieder, Vater?«

»Nie wieder wirst du dich in politische Sachen einmischen. Schon gar nicht öffentlich. Verstanden? Das ist gefährlich!« Er spuckte ihr die Worte förmlich entgegen. Feine Tropfen seines Speichels benetzten ihr Kinn.

»Du redest von dem Vorfall mit den Wagners vor ein paar Tagen?« Sie hatte ihm davon erzählt und er war selbst betrübt darüber gewesen. Allerdings hatte er gehofft, man würde die Sache vergessen. Nun hatte man ihn aber anscheinend darauf angesprochen. Er kam näher. »Ja, den Vorfall meine ich. Das ist das Problem der Wagners, Tilia. Wir müssen uns da raushalten, können nichts für sie tun. So leid es mir tut. Und das tut es wirklich. Sie sollten am besten schleunigst das Land verlassen, solange sie noch können.«

Ottilia glaubte, ein hilfloses Flackern in seinem Blick zu erkennen. Ihr Vater war stets ein Fels in der Brandung für sie gewesen, doch nun schien dieser Fels zu bröckeln. Wenn er schon Angst hatte, dann war der Sturm, den sie bereits länger am Horizont vermutete, nicht nur ein Sturm, sondern ein Orkan.

»Nur weil sie Juden sind, lässt du sie fallen?«, musste Ottilia dennoch auf seine letzten Worte erwidern.

»Versteh doch. Das hat damit nichts zu tun.«

»Die NSDAP ist schlecht, Papa.«

»Jeder muss in diesen Zeiten an sich und die eigene Familie denken, Ottilia, und Geschwätz vermeiden. Mensch, Kind, du hättest verhaftet werden können!«, zischte er und sein Blick wurde stechender.

»Das hast du mir schon mal gesagt.«

»Ich kann es gar nicht oft genug sagen, glaub ich.« Er wischte sich mit einer Hand über die Stirn.

Ottilia schauderte.

»Der Gauleiter in Bayreuth und all die sind mächtige Männer, Tilia. Männer, die über Tod und Leben richten können. Halt also künftig wirklich deinen Rand. Mehr sag ich nicht mehr dazu. Der Vorfall bleibt weiterhin unter uns. Hoffen wir nur, dass die, die es mitbekommen haben, nun auch darüber schweigen. Deine Mutter würde sich nur zu sehr aufregen. Du sagst auch nichts. Haben wir uns verstanden?!« Ihr Vater schien jedes Wort in ihren Kopf hämmern zu wollen.

Er wartete ihre Antwort nicht ab, sondern ließ sie los und setzte seinen Weg fort. Für ihn war alles gesagt. Ottilia warf einen nachdenklichen Blick über die Schulter und sah ihm nach. Ein dicker Kloß bildete sich in ihrem Hals und schien ihr die Luft abzuschnüren. Ihr Vater, merkte sie deutlich, hatte Angst wie sie. Gott im Himmel, fragte sie sich, was war nur mit der Welt los?

Ottilia lehnte die Sense an einen Baumstamm, wischte sich mit einer Hand Schweiß vom Gesicht und tauchte mit der Zimtschnecke, die Käthe ihr vorhin mitgegeben hatte, in den Wald, der sie mit kühlendem Schatten und würzigen Gerüchen von Holz, Moos, Blättern und Gräsern empfing. Er grenzte an eine Wiese ihrer Eltern und gehörte hälftig den Adens und hälftig den Galberts. Die Grenze wurde strikt eingehalten und war mit Marksteinen markiert, die ein Stückchen weit aus der Erde ragten, aber fast gänzlich mit Moos überwuchert waren. Ottilia schaute sich um. Hier in der Natur gelang es ihr, richtig durchzuatmen. Sie breitete die Arme aus und schloss für ein paar Momente die Augen, während sie den letzten Bissen der Zimtschnecke aß. Hier draußen in der Natur schmeckte sie noch besser als sonst. Wieder dachte sie an ihr Café. Sie hatte Käthe vorhin beim Verzieren einer Birnen-Apfelmus-Torte mit Teigriemchen geholfen. Käthe und sie waren sich einig, dass sie diese Torte unbedingt auch im zukünftigen Café anbieten mussten. Ottilia hatte noch jetzt den süßlich fruchtigen Duft in der Nase. Sie schaute sich um. In ihrem Zauberwald, wie sie ihn nannte, gab es keine dunklen Gedanken, keine Uniformierten, keinen Hass gegen Juden oder andere Menschen, nur das Zwitschern der Vögel, den Geruch von Wildblumen und Moos und das Rauschen der Blätter und Gräser, wenn der Wind sie berührte. Immer wieder zauberhaft, dachte sie. Dann spähte sie zur Grenze hinüber und auf die andere Seite.

»Auch die Adens und Galberts haben eine Front, an der sie sich bekämpfen. Lass sie klüger werden, lieber Gott. Wenn es schon der Rest der Welt nicht schafft«, flüsterte sie dem Himmel zu.

Sonnenstrahlen verfingen sich in den Ästen und sie dachte an das, was ihr ihre Großmutter Hedwig vor Langem über den Ursprung allen Streits zwischen den Adens und Galberts erzählt hatte.

»Die Adens und Galberts haben zwar nie eine enge Freundschaft gehabt, aber ausgesprochene Abneigung, gar Hass, gab es nicht zwischen den Bauersleuten. Der Samen des Hasses wurde damals durch einen schrecklichen Vorfall im Nordwald, den du deinen Zauberwald nennst, gesät. Karl, der Bruder von Eduard Galberts Großvater, und meiner, der Ludwig, Gott hab ihn selig, waren als junge Burschen durchaus befreundet gewesen. Sie haben sich auch oft gegenseitig geholfen bei der Hofarbeit. So auch an jenem Tag beim Holzmachen im Wald. Es hatte geschneit, war bitterkalt. Die zwei Männer sind mit Axt und Spalter losgezogen. Während der Arbeit, ich denke durch die Schneelast, ist ein Ast von einem Baum abgebrochen und hat den Karl tödlich am Kopf getroffen. Ludwig ist sofort los, hat Hilfe geholt, aber die kam zu spät. Karl ist noch im Wald verblutet. Die Behörden haben gesagt, dass es ein Unfall war. Die Galberts meinen aber, dass er nicht verblutet wäre, wenn Ludwig ihn nicht liegen gelassen hätte und allein losgezogen wäre. Ludwig hat sich dann auch selbst die Schuld gegeben, aber den Galberts war das egal. Ludwig war in den Augen der Galberts ein Mörder und wir diejenigen, die ihn deckten. Fünf Jahre nach dem Vorfall im Wald ist Ludwig gestorben. An einer Lungenentzündung. Für die Galberts war das höhere Gerechtigkeit. Seitdem gibt der Familienkrieg keine Ruhe. Je älter ich werde, desto mehr finde ich, sollten die Hitzköpfe diese Streitigkeiten begraben und sich lieber auf Wichtigeres konzentrieren. Auf die Zukunft. Die Vergangenheit kann man eh nicht mehr ändern.«

Das fand Ottilia auch. Sie legte den Kopf in den Nacken und blickte in das Blätterdach eines Ahorns. Eine schreckliche Vorstellung, dass einer seiner wunderschönen dicken Äste sie aus heiterem Himmel treffen und ihr Leben auslöschen könnte, wo sie noch so jung war und viel vorhatte. Sicher hatte Karl auch Träume gehabt, genau wie Ludwig, dem sie, auch wenn sie ihn nicht persönlich gekannt hatte, seine Schuldgefühle glaubte. Es war wohl vielmehr so, dass der Schock, den die Galberts gehabt hatten, und die Wut über Karls Tod einen Schuldigen gebraucht hatten, an dem man sie auslassen konnte.

Ottilia erinnerte sich weiter an das Gespräch mit ihrer Großmutter. »Dazu wurden Gerüchte gesät, Ludwig wäre eifersüchtig auf den Karl gewesen. Warum und auf was wurde dabei nicht genannt. Ich bin sicher, dass es damals ein Unfall war. Ludwig hat oft nächtelang Rotz und Wasser geheult und Albträume gehabt. Ich hab ihn oft beten hören und da hat er gesagt, dass er Karl vermissen würde. Er hat auch wiederholt den Herrn im Himmel gefragt, warum er zugelassen hat, dass der Ast sich vom Baum gelöst hat und die Galberts ihn nun beschuldigen.«

Ottilia tat Ludwig so leid und sie kam nicht umhin, sich zu fragen, was wohl Eduards Meinung zu dieser Geschichte war. Langsam setzte sie einen Fuß vor den anderen und nahm einen

Baum nach dem anderen in Augenschein. Im Sommer konnte man sofort sehen, ob Äste vertrockneten oder keine Blätter trugen oder der Baum schütter aussah. Das hatte Ottilia von ihrem Vater gelernt. Aber die hier sahen alle gesund aus. Sie war froh. Plötzlich vernahm sie das Knacken von Geäst und sah sich um. Zwei Gestalten durchstreiften den Wald. Der Wind trug eine männliche Stimme zu Ottilia.

Vielleicht Eduard?, fragte sie sich und merkte, dass zumindest ihr Herz nichts dagegen hätte.

»Dort hinten bei der Hütte sind noch schöne Äste für Brennholz, da holen wir uns welche«, hörte sie den Mann sagen, der wohl nicht allein war. Nein, sie war sicher, das war nicht Eduard. Die Stimme war rauer. Sprach er etwa von der Hütte, die ihrem Vater gehörte und die er schon lange auf Vordermann bringen wollte? Neben Holzscheiten lagerte darin allerlei Gerümpel, auch alte Decken. Hermann sollte sich laut ihrer Mutter darum kümmern, fiel ihr ein. In unmittelbarer Nähe tauchten der Mann, den sie gehört hatte, und eine Frau in ihrem Blickfeld auf. Sie erkannte sie sofort. Es waren Maximilian Galbert und Eduards Schwester Emmi. Einmal, erinnerte sich Ottilia, hatten die Galberts ihnen vorgeworfen, die Marksteine zu ihren Gunsten versetzt zu haben. Letztendlich stellte sich jedoch heraus, dass diese durch die Wetterbedingungen mit der Zeit tiefer ins Erdreich gerutscht und von Moos und Brennnesseln überwuchert worden waren. Eine Entschuldigung für die falsche Verurteilung seitens der Galberts hatte es leider nie gegeben.

Maximilian Galbert war ein großer Mann mit breiten Schultern, ergrautem kurzem Haar und einem dunklen Schnäuzer. Er besaß harte Gesichtszüge, ganz anders als sein Sohn Eduard. Seine Kleidung, beiges Hemd und graue Stoffhose, sahen fast zu ordentlich aus für Arbeitskleidung. Emmi verschränkte die Arme vor der Brust. Sie trug wie üblich ein Kopftuch und eine graue

Schürze über ihrem braunen knöchellangen Arbeitskleid. Sie war zierlich, besaß aber eine maskuline Statur. Mit verengten Augen hob sie das spitze Kinn, als würde sie Ottilia durch die bloße Anwesenheit angreifen wollen.

»Guten Tag«, grüßte Ottilia mit distanzierter Freundlichkeit.

Immerhin erwiderte Maximilian Galbert ihren Gruß mit einem Nicken.

»Lass uns weitergehen, Vater. Die Luft hier ist heute nicht gut«, sagte Emmi.

Maximilian brummte etwas vor sich hin. Ottilia konnte sich nicht erinnern, Emmi Galbert schon einmal auf den Rockzipfel getreten zu sein. Es reichte offensichtlich, dass Ottilia den Adens angehörte. Sie beide waren sich zwar in ihrem Leben schon einige Male über den Weg gelaufen, hatten aber selten Worte miteinander gewechselt. Emmi hängte sich bei ihrem Vater ein und spuckte in ihre Richtung, bevor sie weitergingen. Ottilia schüttelte den Kopf über diese Dreistigkeit, ließ sie jedoch unkommentiert.

Das Mähen des Grases lenkte Ottilia ein wenig von der Wut in ihrem Bauch ab. Vor allem ärgerte es sie, dass sie sich überhaupt über Emmis Verhalten aufregte. Sie war gerade mit ihrer Arbeit fertig geworden, als Hermann und Ernst mit der Stute Liese, die den Holzwagen zog, vorbeikamen, um wie versprochen einen Teil des Grases aufzuladen. Liese war unter ihren Tieren auf dem Hof der größte Liebling ihres Vaters. Guter Laune pfiffen die Jungs vor sich hin. Ottilia war ihnen beim Beladen des Wagens behilflich, legte zu guter Letzt die Sense seitlich ins aufgeladene Gras und zog sich auf den Wagen hoch. »Fertig!«, sagte sie dann zufrieden und atmete den Geruch des frisch geschnittenen Grases ein.

»Pass auf, Tilia, dass du dich nicht auf das Sensenblatt setzt«, mahnte Ernst sie, während er auf den Wagen kletterte.

»Keine Angst«, erwiderte Ottilia, fand es aber nett, dass er sich sorgte.

»Er ist halt verschossen in dich«, rief Hermann und lachte.

»Blödmann«, erwiderte Ernst, rieb sich die Nase und lief rot an.

»Und du, Tilia? Magst du Ernst nicht besonders gut leiden?«, bohrte Hermann weiter.

Ernst schluckte schwer und zupfte an den Grashalmen herum.

»Wir müssen weitermachen«, sagte Ottilia.

Hermann lachte. »Uhhh, du weichst aus. Ernst, ich glaube, ich habe bei Tilia ins Schwarze getroffen.«

»Hast du nicht. Ernst und ich sind gute Freunde«, musste Ottilia erwidern. Sie sah, dass Ernst nickte, aber traurig dreinblickte. Doch es war besser, wenn er die Wahrheit wusste.

Hermann schmollte. »Schade. Ihr wärt echt ein schönes Paar. Wer weiß, ob du noch einen abkriegst, wenn du weiter so wählerisch bist.«

»Das geht dich nichts an«, erwiderte Ottilia.

»Das stimmt«, gab Ernst ihr recht.

Sie beschloss, den Heimweg doch zu Fuß anzutreten, sprang vom Wagen und ging nach vorn zu Liese, die sie zwischen den Ohren streichelte. Dabei entfuhr der Stute ein wohliges Brummen. »Hermann redet halt manchmal gern einen Stuss. Aber bring auch ihn gut heim. Ich geh zu Fuß«, sagte Ottilia zu ihr. So laut, dass es auch die Jungs hören konnten.

Als würde Liese sie verstehen, was Ottilia manchmal auch glaubte, brummelte sie ein wenig lauter und machte sich auf den Weg. Ottilia wartete noch eine kleine Weile und folgte dann. Auf ihrem Weg musste sie wieder an Emmi und deren Vater denken. Die Augen der Galberts hatten nur so gesprüht vor Hohn und Ekel. Als wäre sie, nur weil sie eine Aden war, eine Aussätzige. So, dachte sie sich, mussten sich die Juden fühlen. Jedes Wort, das sie sagten, war vor allem bei Parteilern nichts wert. Jeder ihrer Blicke wurde gar als Unverschämtheit gedeutet. Als könnten sie allein damit Unheil und Krankheit verbreiten. Eigentlich war egal, was sie taten, am Ende war es sowieso falsch. Genauso war sie sich vorhin im Wald vor den sogenannten Feinden vorgekommen. Ottilia biss sich auf die Unterlippe, so fest, dass sie fast blutete.

Was machte denn der Sohn des Apothekers, Amon Kassel, bei ihnen auf dem Hof?, fragte sich Ottilia, als sie nach Hause kam. Er stand ihrer Mutter gegenüber in der Nähe der Linde, die einen großen Schatten warf.

»Vielen Dank, Amon. Das ist sehr aufmerksam und nett von deinem Vater, dass er dich extra herschickt deswegen und du den Weg auf dich genommen hast«, sagte ihre Mutter. So nett hörte man sie selten. Sie drückte Amon eine Geldmünze in die Hand.

»Nicht der Rede wert, liebe Frau Aden. Das habe ich sehr gern gemacht. Ich habe zu danken, dass Sie uns so eine treue Kundin sind. Wiedersehen.« Amon lächelte und steckte die Münze in eine Hosentasche.

»Wiedersehen und einen schönen Gruß an die Eltern.«

Er nickte. »Richte ich aus.«

Mit strammen Schritten und gestrafften Schultern kam er Ottilia entgegen. Er war geschniegelt von Kopf bis Fuß. Schwarzer Anzug, weißes Hemd, glänzende dunkle Schuhe. Als hätte er vor, in eine Oper zu gehen. Das strohblonde kurze Haar trug er gescheitelt. Die braunen tief liegenden Augen richteten sich auf sie.

»Schönen guten Tag, Ottilia.«

»Dir auch, danke«, erwiderte sie.

Er blieb etwa zwei Schritte vor ihr stehen. Amon Kassel, das wusste Ottilia von ihrer Mutter, wollte irgendwann ganz in die

Fußstapfen seines Vaters treten und die Apotheke übernehmen. Zurzeit absolvierte er dafür ein Studium.

Amons Augen blitzten auf und irgendwie glaubte sie, eine Art Erwartung darin zu erhaschen.

»Schönes Wetter heute. Gehst du auch an den See?«, wollte er wissen.

Warum fragte er das? »An den See?«

»Ja. Zum Schwimmen. Das kühle Wasser tut Geist und Körper gut. Und Bewegung ist immer gesund.«

»Ich bewege mich genug«, entgegnete Ottilia.

»Das ist eine andere Art Bewegung«, erwiderte er ein wenig strenger, räusperte sich und lächelte wieder.

Sie lächelte kurz zurück. »Ein anderes Mal vielleicht. Ich habe viel zu tun. Aber ich wünsche viel Spaß beim Baden.«

Sie ging an ihm vorbei auf ihre Mutter zu, die noch immer dastand und sicher die Ohren spitzte.

»Also dann, ich merk es mir. Auf ein anderes Mal!«, rief Amon.

Ottilia ließ die Frage unbeantwortet. Was sollte das eben? Hatte er versucht, anzubandeln?

Ihre Mutter sah ihm lächelnd nach und faltete die Hände wie zu einem Gebet. Ottilia wusste, dass sie Amon mochte und ihm eine erfolgreiche Zukunft voraussagte. »So ein netter junger Bursche. Er mag dich, das seh ich. Ihr wärt ein schönes Paar. Und er ist so nett. Hat mir meine Kopfschmerztabletten extra vorbeigebracht. Er war vor ein paar Tagen auch bei Bärbel. Hat ihr die Medikamente für Hermanns schwaches Herz gebracht.«

Ihr Cousin war mit einem kleinen Herzfehler auf die Welt gekommen und musste seither Tabletten dagegen einnehmen. Operieren konnte man den Fehler nicht. Die Arbeiten auf dem Bauernhof erledigte er stets mit Vorsicht und genug Pausen. Nur auszuruhen, würde ihn, so wie er sagte, jedoch erst recht krank machen.

»Und auch mit Amons Eltern würden wir uns gut verstehen. Außerdem wären wir medizinisch gesehen immer bestens versorgt. Das …«, schwärmte Ottilias Mutter weiter.

»Mutter!« Ottilia musste sie unterbrechen. Sie wollte nicht verkuppelt werden. Schon gar nicht mit Amon Kassel.

Ihre Mutter verdrehte die Augen. »Was denn? Du bist jetzt in einem Alter, wo Weiblein nun mal nach Männlein schauen und umgekehrt. Und ich als deine Mutter, mit viel mehr Erfahrung, weiß halt, dass Amon eine gute Partie wäre. In jeder Hinsicht.«

Ottilia verzog das Gesicht. »Für die Hofarbeit wäre er wohl ungeeignet«, sagte sie noch.

»Den Hof kann auch Hermann mal weiterführen. Mit tüchtigen Gehilfen und einer fleißigen Frau an der Seite.«

Ottilia ging weiter. Sie hatte keine Lust, dieses Gespräch fortzusetzen.

»Das nächste Mal nimmst du seine Einladung halt an und schaust dann mal. Oft ist manches auf den zweiten Blick besser als auf den ersten«, hörte sie ihre Mutter noch sagen.

Amon war mit ihr in die Schule gegangen. Er war immer besserwisserisch und arrogant gewesen. Besonders Kindern gegenüber, die ein wenig länger brauchten, um etwas zu verstehen, oder die in ärmlichen Verhältnissen aufwuchsen. Außerdem hatte Ottilia unlängst beobachtet, dass er einen alten Mann jüdischer Abstammung zur Seite gestoßen hatte, nur weil der auf der Straße an ihm vorbeigegangen war. Natürlich war Amon auch Mitglied der Partei und unterstützte diese laut ihrem Vater, wo er nur konnte. Genau wie sein Vater es tat. Und auch die Mutter engagierte sich. Unter anderem in der NS-Frauenschaft, die sich vorwiegend der Schulung der »weiblichen Gebiete«, vor allem Mutterschaft und Hauswirtschaft, verschrieben hatte. Niemals würde sie diesen Menschen mit jener Gesinnung auch nur als Freund bezeichnen können.

Fremd-vertraute Heimat

Hedda

Endlich da. Der Stau auf der Autobahn Richtung Fränkische Schweiz hatte mich fast eine Stunde aufgehalten. Ich parkte mein silbernes Cabrio vor den Toren der Salvatorkirche und dem Friedhof. Hollfeld war, soweit ich es bis jetzt gesehen hatte, eine beschauliche kleine Stadt. In einem Blumenladen hatte ich einen Strauß mit weißen Rosen und Lilien gekauft, die Monika so mochte. Es tat mir leid, dass ich bei ihrer Beerdigung nicht hatte anwesend sein können, weil ich dafür noch nicht gesund genug gewesen war. Aber ich war sicher, Monika war mir nicht böse. Der Himmel über mir war strahlend blau. Ich sah es als gutes Zeichen. Blumenduft und Vogelgesang hüllten mich ein, als ich den Kiesweg zwischen den Gräbern entlangging und nach Monikas suchte. Sie hatte mir den Weg damals beschrieben. Auch die Galberts hatten hier ein Grab. Aber das würde ich ein anderes Mal besuchen.

»Ich werde im Familiengrab der Adens liegen. Am Fuß unserer schönen Salvatorkirche und direkt neben der Mauer, die Friedhof und Straße trennt. Eine Reihe weiter, fast auf gleicher

Höhe, ist das Familiengrab der Galberts zu finden.« Der Wind schien Monikas Worte aus der Erinnerung zu mir zu tragen.

Der Friedhof und seine Gräber waren liebevoll gepflegt. Das Grab von Monikas Familie war schnell gefunden. Ihr Name stand unter denen ihrer Lieben und leuchtete mir aus dem Grau des Grabsteines silbern entgegen. Ein Kloß schob sich in meine Kehle und Tränen stiegen mir in die Augen.

»Ich bin hier«, flüsterte ich und meine Stimme kippte. Mitten auf dem Grab waren in herzförmiger Anordnung bunte Blumen gepflanzt und mit weißen Kieselsteinen umrandet. Auf einer runden tellergroßen Marmorplatte kniete ein steinerner weißer Engel, der den Kopf gen Himmel richtete. Neben dem Weihwassergefäß am unteren Rand der grauen Steineinfassung steckte eine grüne Kunststoffvase mit einem bereits verwelkten Rosenstrauß in der Erde. Sicher hätte Monika nichts dagegen, wenn ich diesen durch meinen ersetzte. Ich gab Monika ein wenig Weihwasser und sprach noch einmal leise mit ihr, als wäre sie hier. »Ich werde deinen letzten Willen erfüllen, Monika. Das verspreche ich dir. Leider konnte ich mit Daniel noch nicht sprechen deswegen. Ich vermi…«

»Hedda?«

Ein Stich durchfuhr mein Inneres. Erschrocken wirbelte ich herum. Auch wenn ich Daniel damals nur kurz gesehen hatte, erkannte ich ihn gleich wieder.

»Sie sind also tatsächlich hergekommen«, sagte er. Er musterte mich mit seinen blauen durchdringenden Augen, als ich eine Hand auf meinen Brustkorb presste und kurz die Luft anhielt. Ein wenig steif stand er, sommerlich gekleidet in Jeans, beigen Sneakers und weißem Hemd, vor mir und hob die dünnen Brauen. Seine Gesichtszüge erinnerten mich sofort an Monika, vor allem die wohlgeschwungenen vollen Lippen.

Ich entließ die Luft aus meiner Lunge. »Hallo Herr Hauser. Meine Güte, haben Sie mich erschreckt!«

»War keine Absicht. Bin seit ein paar Tagen hier, um … Egal. Ich wollte gerade das Grab meiner Mutter besuchen. Mit Ihnen habe ich nicht gerechnet.«

Ein Zufall, der vielleicht sein musste, durchfuhr es mich. Daniel klang ein wenig mechanisch und kühl.

»Ich wollte Monika frische Blumen bringen.« Ich zeigte auf den Strauß.

Daniel nickte. »Das sehe ich. Und wann fahren Sie wieder nach Hause?«

Er ließ mich keine Sekunde aus den Augen. Ich ihn aber auch nicht. »Ich habe Monika etwas versprochen, und bis ich das erledigt habe, bleibe ich hier. Im Haus ihrer Großeltern. Es ist mir eine Ehre. Den Brief haben Sie doch sicher gelesen.«

Er atmete tief durch und nickte. »Ich habe, ehrlich gesagt, nicht gedacht, dass Sie den verrückten letzten Willen meiner Mutter erfüllen werden. Demnach dürfen wir das Haus nur an jemanden verkaufen, den auch Sie als würdig empfinden. So ein Schwachsinn.«

Was redete er da? »Das ist kein Schwachsinn. Ihre Mutter hat sich schon was dabei gedacht.«

Er schüttelte den Kopf und schnalzte mit der Zunge. »Sie haben sie doch gar nicht gekannt. Nur ein paar Tage.«

»Wir waren wie seelenverwandt.«

Er lachte leise. »Viktoria hat recht. Das ist doch alles Irrsinn«, stieß er dann aus.

Zwei ältere Damen, die in unmittelbarer Nähe vorbeigingen, schielten zu uns herüber.

»Fahren Sie nach Hause, Frau Siebert. Meine Frau, also Viktoria und ich, werden das Haus schon an den oder die Richtigen verkaufen. Dazu brauchen wir keinen moralischen Aufpasser. Mir liegt ja auch daran, dass es nicht in falsche Hände kommt. Ob Sie es glauben oder nicht. Viktoria ist der gleichen Meinung.«

So kühl, wie er es sagte, war ich mir da nicht sicher.

»Viktoria hat sich allein schon über den Brief zu sehr aufgeregt. Sie findet, es ist ein Vertrauensbruch ihr gegenüber vonseiten meiner Mutter. So gesehen ist es das auch. Sie traut einer Fremden mehr zu, den richtigen Käufer für ihren geliebten Hof zu finden, als uns, ihrem Sohn und ihrer Schwiegertochter. Meine Frau macht das auch sehr traurig. Zudem ist sie krank«, sprach er leiser weiter und kam einen Schritt näher.

Ich wich keinen Millimeter zurück, musste aber den Kopf noch ein Stückchen mehr in den Nacken legen. Daniel überragte mich um fast zwei Köpfe. »Ich weiß, und das tut mir leid für Sie beide. Ich hoffe, es geht ihr bald wieder besser.«

Daniel entgleisten sämtliche Gesichtszüge. »Von Viktorias Burn-out hat Mutter Ihnen also auch erzählt. Genau wie unsere Familiengeschichte. Einer Wildfremden. Und Sie schlachten es nun aus und machen einen Roman draus. Kommen wir auch drin vor?«

Ich schluckte trocken. So viel Abneigung war mir bisher noch nie entgegengeschlagen. »Nein. Und ich schlachte gar nichts aus, Herr Hauser. Ich bin aus ehrlichem Herzen hier. Monikas Eltern wollten die Geschichte über ihre Liebe und ihr Leben damals selbst niederschreiben. Vor allem aber bin ich hier, weil ich Ihnen von Ihrer Mutter noch etwas ausrichten soll. Leider hat Sie Ihnen das nicht mehr persönlich sagen können. Das hat sie sehr bedauert.«

Daniel blinzelte und wirkte auf einmal irritiert. »Wissen Sie auch das mit der Scheidung meiner Eltern? Und warum sie sich haben scheiden lassen? Meine Mutter war kein Engel. Ich kann ihr das, was sie Papa und damit auch mir angetan hat, nicht verzeihen. Sie hat unsere Familie zerstört. Hat sie das auch erzählt?«

»Sie hat Sie geliebt, Daniel. Sie waren …«

»Es reicht jetzt. Sie wissen gar nichts.«

Er machte kehrt.

Störrischer Esel. Aber das konnte ich auch. »Ich bleibe hier, werde auf den Hof ziehen. Ich kann nicht anders«, rief ich ihm nach.

Die Damen von vorhin reckten die Hälse. Daniel blieb stehen und wandte sich nach mir um. Dann kam er noch einmal zurück und baute sich erneut vor mir auf.

»Meine Mutter war eine Betrügerin. War nicht leicht für mich als Scheidungskind und für Papa, der gehörnte Ochse zu sein. Das ist unentschuldbar, das werde ich ihr nie verzeihen. Auch nicht im Tod. Wahrscheinlich wollte sie mir sagen, wie leid ihr das alles tut. Sie hat ihren Fehler ja nie zugegeben. Zumindest hat sie nie darüber geredet, außer, dass sie es sich anders gewünscht hätte. Lächerlich!«, zischte er.

Mein Magen krampfte sich zusammen und mein Herz ertrank in Trauer. »So über Monika zu reden, hier an ihrem Grab, das ist nicht in Ordnung.«

Daniel lachte. »Maßregeln Sie mich gerade?«

»Ich sage nur meine Meinung.«

»Sie wissen im Grunde doch gar nichts.«

Meine Kopfhaut prickelte vor Aufregung. »Ihr Vater hat Ihre Mutter betrogen. Das weiß ich«, stieß ich hervor.

Erneut lachte er. »So ein Irrsinn. Hat meine Mutter Ihnen das erzählt?«

Ich erschrak über meine eigenen Worte, hätte das nicht sagen sollen. Monika wollte doch nie, dass Daniel davon erfuhr.

Daniel wurde ernst. »So etwas Dreistes wie Sie ist mir ja noch nie untergekommen.«

»Wir sollten woanders weiterreden, Daniel.«

»Nein. Verschwinden Sie. Und zwar sofort. Ich meine damit aus meinem Leben.« Seine Stimme zitterte.

Ich schloss kurz die Augen und atmete durch. So sollte das Ganze sicherlich nicht ablaufen. Idiotin, schimpfte ich mich selbst. »Ich hätte das alles anders machen sollen. Die Emotionen sind mit mir durchgegangen. Wissen Sie, Monika war immer froh, dass Sie und Ihr Vater sich so gut verstehen und dass er Ihnen so viel bedeutet. Sie wollte nie, dass Sie die Wahrheit erfahren. Mir ist das herausgerutscht. Bitte lassen Sie uns für Monika einen gemeinsamen Weg finden und normal miteinander reden. Später, woanders. Ich habe es ihr, wie gesagt, versprochen«, sagte ich weiterhin ruhig.

Ich legte meinen Strauß auf die Graberde und wandte mich dann wieder an Daniel.

Der stand da wie versteinert. »Mutter hat gelogen, was meinen Vater angeht. Er ist nicht so. Auf ihn konnte und kann ich mich immer verlassen. Er war oft mein Fels in der Brandung. Mutter war meist nur auf sich selbst bedacht«, flüsterte er, vielmehr zischte er die Worte.

Ich sagte besser nichts mehr dazu. Zumindest nicht hier.

»Ich fahre jetzt zum Hof und warte dort auf Sie. Wenn Sie bereit sind, kommen Sie vorbei, Herr Hauser.« Ich ging langsam an ihm vorbei.

»Und danach verschwinden Sie aus meinem, unserem Leben?«, fragte Daniel.

Ich blieb stehen und drehte mich zu ihm um. »Sie wissen, was im Brief steht«, erinnerte ich ihn noch einmal.

Er verdrehte die Augen. »Das ist doch …«

»Bis das alles erfüllt ist, was ich Monika versprochen habe, werde und muss ich bleiben. Guten Tag noch.«

Ich ging weiter auf den Ausgang zu, traurig, dass unser erstes Aufeinandertreffen so steinig verlaufen war. Aber irgendwie hatte ich es geahnt.

»Sie haben mir meinen Tag versaut. Okay. Aber wehe, es kommt etwas weg. Wir haben eine Bestandsliste gemacht. Auch der Makler weiß Bescheid«, rief Daniel mir nach.

»Keine Sorge«, erwiderte ich und war froh, als ich den Ausgang des Friedhofs passierte.

Auf den Spuren der Vergangenheit

Hedda

Hollfeld war eine Kleinstadt mit Charme, die Modernes und Altes vereinte und damit meiner Meinung nach ein einzigartiges charakterliches Stadtbild erschuf. Hier trafen Vergangenheit, Gegenwart und Zukunft aufeinander. Auch die umliegende Natur faszinierte mich. Große Felder, Wiesen, Wälder und Bäche durchzogen die teils hügelige felsige Landschaft. Es gab mir ein seltsames und schönes Gefühl, Ottilias und Eduards Fußstapfen zu folgen. Immer wieder durchkreuzten Gedanken an Monikas Sohn meine eigentlich gute Stimmung und zogen sie runter. Was er gesagt hatte, wühlte in mir wie ein Sturm, der das Meer aufbrauste. Aber ich war auch stolz auf mich, dass ich mich nicht von ihm zum Aufgeben verleiten ließ. Auch wenn er mich sogar ein wenig wie eine Verbrecherin behandelt hatte. Dabei wollte ich doch nur helfen. Gut, ihm die Wahrheit über seinen Vater so ins Gesicht zu posaunen, war nicht klug von mir gewesen. Trotzdem, Monika hatte verdient, dass er die

Wahrheit über sie erfuhr. Sie selbst war so bescheiden gewesen, teils harmoniesüchtig. Das kannte ich sonst von mir auch. Ich schluckte auch oft lieber, als an der Front zu kämpfen. Aber im Grunde hatte es auch befreit, für sich selbst und seine Meinung einzustehen. Es fühlte sich richtig an.

Eine an den Weg angrenzende Wiese zog mich magisch an, sodass ich den Wagen stoppte. Eigentlich wollte ich vor einer Minute noch so schnell wie möglich am Hof ankommen, doch nun hatte ich das Gefühl, erst einmal tief und in Ruhe durchatmen zu müssen. Ich parkte am Rand der Wiese, stieg aus, ging ein paar Schritte durch das weiche Gras, legte den Kopf in den Nacken und breitete die Arme aus. Um mich herum pulsierte das Leben – Mücken, Schmetterlinge, Grillen, Vögel – und doch war es so ruhig. Eine angenehme Ruhe. Mir war, als hätte Monika mich gebeten, hier einen Halt einzulegen. Sie hatte den Duft von Gras geliebt und das Lied der Natur. Genau wie ihre Eltern. Und plötzlich überkam mich wieder diese Sehnsucht nach ihr und ihnen. So, als wären sie Teil meiner eigenen Familie. Langsam öffnete ich die Augen und sah zu meinem Cabrio hinüber. Noch nie hatte ich unter freiem Himmel an einem Skript gearbeitet. Das wollte ich nun nachholen. Einmal nicht hetzen, sich Zeit lassen, sagte ich mir. Ich holte meinen Laptop vom Rücksitz und eine Decke und machte es mir auf der Wiese bequem.

Träume

Ottilia

Ottilia stellte den Besen, mit dem sie am Nachmittag den teilweise geteerten elterlichen Hof gekehrt hatte, in das kleine gemauerte Häuschen zurück, in dem sie mit viel träumerischer Vorstellung ein Café sah. Der Vater ihrer Mutter hatte das Gebäude einst zusammen mit Ottilias Vater gebaut. Damals hatte es der Familie als Werkstatt für allerlei Arbeiten gedient. Ottilia schob einen der vielen Kartons mit alten Sachen zur Seite, dann noch einen und einen weiteren. Sie seufzte. Allein den sogenannten Schuppen auszuräumen, würde viel Arbeit bedeuten. Als sie nach einer Weile wieder nach draußen trat, entdeckte sie Ernst, der aus dem Schweinestall kam. Sie grüßten sich.

»Gewerbeschule schon aus?«, fragte er.

»Die Sommerferien haben begonnen. In nächster Zeit ist also keine.«

Er nickte und ging weiter. »Ah ja, stimmt.«

Seine Blicke blieben weiter bei ihr, weshalb er fast über ein herumliegendes Brett gestolpert wäre. Es war ihm sichtlich peinlich. Ottilia verkniff sich ein Schmunzeln. Sie rechnete es ihm hoch an, dass er wohl nicht böse auf sie war, weil sie ihm vor ein paar Tagen eine Abfuhr erteilt hatte.

»Ich habe neue Spitze bekommen«, teilte ihr wenig später Bärbel mit, als Ottilia noch einmal den Schuppen öffnete und sich den Innenraum betrachtete.

»Hörst du zu, Tilia?«

»Ja, Tante.«

»Dann kannst du dein Kleid für das Schützenfest fertig nähen. Aber nicht jetzt, sondern nach Feierabend. Es sieht wirklich interessant aus.«

»Das freut mich. Vielen Dank, Tante Bärbel. Auch für die Spitze.« Ottilia schob noch ein paar Bretter, Kartons und eine Schubkarre voller alter Werkzeuge zur Seite, um dann mit Schritten die Länge des Raums zu messen.

»Aber das mit der Unterwäsche lässt du lieber, Tilia.«

Inzwischen wusste sie davon. Hermann hatte sich bei ihr verplappert und Ottilia sich ihr schließlich anvertraut. »Und schau bloß, dass deine Eltern nichts davon erfahren oder besonders die älteren Leute aus Hollfeld. Du weißt doch, wie manche sind und wie sie Neuigkeiten ausschmücken können.«

Aufhören mit dem Entwerfen und Nähen der Wäsche wollte Ottilia keinesfalls. Der richtige Zeitpunkt, sie auch öffentlich zu zeigen, würde schon noch kommen. Dessen war sie sich sicher. Sie freute sich schon darauf, das Kleid auf dem Schützenfest auszuführen.

Bärbel lehnte sich an die Tür des Schuppens. »Ach ja. Und der Reißverschluss muss noch in den Mantel von Frau Mehlinger eingearbeitet werden. Sie schaut nachher vorbei. Sophia kommt leider nicht aus der Mittagspause zurück. Daher musst du es machen. Ich muss mich heute noch um eine größere Stoffbestellung kümmern. Vorrat zu haben, ist immer gut, und sehr gute Angebote darf man nie vorüberziehen lassen. Wir können ja auch auf dem Dachboden Stoff lagern, bis wir ihn brauchen.«

»Darf ich dir bei der Stoffauswahl helfen? Und sag mal, was hat die Sophia denn?«

»Sie hat sich übergeben.«

Das tat Ottilia leid für sie. Sie mochte Sophia, die auch Lehrmädchen bei Bärbel war. »Die Arme. Ich hoffe, ihr geht's bald wieder gut.«

»Sicher nur eine kleine Magenverstimmung. Sie hat wieder zu viele Äpfel in sich reingestopft und Wasser dazu getrunken. Hast du denn in deiner Pause überhaupt schon was gegessen, Tilia?« Ihre Tante forschte in ihrem Blick. »Und warum machst du so seltsame Schritte hier drin?« Bärbel band sich die rote Schürze mit dem weißen Spitzensaum neu, die sie über ihrem beigen knöchellangen Kleid trug. Wie Ottilia kleidete sie sich auch im Alltag gern schicker.

»Ich will als Schneiderin eben mein eigenes Aushängeschild sein«, hatte sie dazu einmal gegenüber Ottilias Mutter bemerkt. Diese hatte sie damals damit aufgezogen, was sie aber seitdem nicht mehr machte.

»Mir kam vor einer Weile nur so eine Idee, Tante.«

Bärbel hielt inne. »Verrätst du sie mir?«

Ottilia überlegte. Ihr stieg der Geruch von Staub in die Nase. Sonnenstrahlen brachen durch die bunten verschmutzten Fenster und warfen hübsche Muster und Sprenkel in den Raum. Ludwig Aden hatte die Fenster, die von einer Kirche stammten, einst von einem Freund gekauft und eingebaut. »Vielleicht könnte man hieraus mal etwas machen. Etwas Besonderes, Tante Bärbel.«

Bärbel kräuselte die Nase. »Aus dem alten Schuppen, meinst du? Ich weiß nicht.«

Ottilia nickte und blieb ernst. In ihrer Vorstellung sah das Häuschen von außen aus, wie Ottilia und Käthe es kannten, doch wenn Ottilia es in Gedanken betrat, eröffnete sich ihr eine neue Welt. Dort duftete es nach Kaffee und Kuchen. Die Wände waren holzgetäfelt oder gestrichen und es gab eine Theke mit verschiedenen Kuchen, Torten und Gebäck. Der Boden des Hof-Cafés war mit einem Teppich belegt und alles glänzte. Auch die Fenster strahlten wie neu. Ihr buntes Licht tanzte durch das Interieur und ließ es noch einmal zauberhafter erscheinen. Noch nie hatte Ottilia einen schöneren Traum gehabt. Jedenfalls keinen, an den sie sich erinnern konnte.

»Ein Café, in dem ich eigens entworfene und genähte Kleider vorstellen kann. Und du kannst deine Näharbeiten auch zeigen. Die Käthe macht auch mit, liefert Köstlichkeiten aus der Bäckerei, und auch ich will die ein oder andere mitbacken«, eröffnete Ottilia ihrer Tante.

Diese lachte laut auf.

Ottilia wusste nicht, was an ihrem Vorschlag so lustig war. »Es ist mein Ernst«, legte sie nach.

Ihre Mutter kam vorbei und blieb in der Tür stehen. »Was ist so lustig? Habt ihr nix zu tun?«

Bärbel wurde ruhiger und räusperte sich. »Doch. Nur, deine Tochter hat verrückte Träume. Das ist ja nichts Schlechtes, aber das …«

»Ich meine es wirklich ernst«, wiederholte Ottilia und legte eine Hand auf den Türrahmen, dessen grauer Lack an einigen Stellen abblätterte.

»Träume sind Schäume. Um im Leben zu bestehen, braucht es einen klaren Blick und fleißige Hände, die zur richtigen Zeit zugreifen und richten«, gab ihre Mutter zu bedenken.

Ottilia schaute sich noch einmal im Schuppen um.

»Ich bin sicher, was ich vorhabe, kann ein Erfolg werden. Ich habe so viele Ideen …«

»Was willst du denn machen?«, fragte ihre Mutter und ließ die Blicke zwischen Bärbel und ihr hin- und herpendeln.

Ottilia verriet ihr den Plan letztendlich. Während sie erzählte, schaute ihre Mutter immer skeptischer drein. Bärbel hingegen schien das alles ein wenig nachdenklicher zu machen.

»Träum diesen Traum lieber weiter. In der Wirklichkeit bräuchtest dafür reichlich Geld und wirklich gute Ideen, Tilia. Hast du nicht. Also vergiss das Ganze«, zog ihre Mutter ein nüchternes Fazit.

Bärbel schaute sich ebenfalls um. »Nun gut, die Idee ist nicht schlecht, das muss ich sagen. Aber der Schuppen wird von Jahr zu Jahr mehr zu einer Bruchbude. Abreißen sollte man den eher als restaurieren. Das würde echt viel Zeit und Geld kosten.«

»Ach, ich glaube, es sieht schlimmer aus, als es ist«, gab Ottilia zurück. »Er braucht nur einen ordentlichen Putz, ein paar neue Ziegel und ein Ausräumkommando.«

»Und das willst alles du machen?«, fragte ihre Mutter und hob ungläubig die Brauen. »Du hast doch jetzt schon genug um die Ohren.«

»Behalte den Traum vielleicht für später mal im Hinterkopf«, schlug ihre Tante vor. »Ich würde sagen, du konzentrierst dich erst mal komplett auf deine restliche Schneiderlehre bei mir.«

Ottilias Mutter nickte und hängte sich bei ihrer Schwester ein. »So sehe ich das auch. Und jetzt komm, Bärbel. Wir wollten doch Obst einmachen.«

Bärbel nickte und ging mit ihrer Mutter Richtung Haus. »Coco Chanel ist auch ihren Träumen gefolgt und hat damit Erfolg. Und das werde ich auch haben«, sagte Ottilia. Doch die beiden reagierten nicht darauf.

Ottilia verabscheute die Nationalsozialisten und ihre seltsamen und oft grausamen Ansichten von Tag zu Tag mehr.

Sie hatte keine Lust, zu einem gehorsamen Mitglied dieser Gesellschaft, die sich offenbar für den Nabel der Welt hielt, erzogen zu werden und sich von hochnäsigen Führerinnen Befehle erteilen zu lassen. Der Ideologie der Nationalsozialisten nach sollten deutsche Frauen vor allen Dingen Mutter und fleißige Hausfrau sein. Mutter zu werden, war in Ordnung. Das wollte sie sowieso irgendwann. Und auch für Hausarbeit war sie sich noch nie zu fein gewesen. Aber vor allen Dingen sollten das ihre Aufgaben sein? Das, so dachte sie sich, konnten sich diese Parteileute schnell wieder aus dem Kopf schlagen. Sie wollte eigene Entscheidungen treffen, ihre eigenen Träume leben. Ottilia besah sich im Spiegel ihrer Stube. Die cremefarbene Spitze war das i-Tüpfelchen, das ihrem diesjährigen Schützenfestkleid noch gefehlt hatte. Darunter trug sie einen schneeweißen Büstenhalter aus Seide mit weinrotem Spitzensaum, kleinen roten eingestickten Punkten und eine dazu passende Unterhose. Auf das traditionelle Dirndl verzichtete sie. Der Saum des Rocks endete bei den Knien. Nur die zwei Zentimeter breite löchrige Spitze mit den Zacken bedeckte sie. Auch die zuvor übliche Zweifarbigkeit hatte ausgedient. Ottilia setzte auf viele bunte Farben und Muster wie Punkte und Streifen. Sie nähte verschiedene Formen zu einem Stoffstück zusammen und erstellte daraus ihren persönlichen Schnitt. Enge Taille, leichte Falten, die Schultern frei, der Ausschnitt wellenförmig. Als Schuhwerk wählte sie weiße schlichte Sandalen.

»Bist du narrisch?«, bemerkte Hermann.

Ottilia drehte sich erschrocken um. Sie hatte die Tür nur angelehnt. Hermann kam herein. »Raus, du Lausbub!«, rief sie.

Doch er verharrte mit glänzenden Augen. »Siehst ja aus, als würdest du zum Fasching wollen. Da hat mir das, was ich mal auf deinem Block gesehen habe, schon viel besser gefallen.«

Ottilia eilte auf ihn zu, schob ihn zurück in den Flur.

»Sei still«, sagte sie und schloss die Tür. Sie hörte ihn leise lachen, dann seine Schritte auf den Dielen. Seufzend ging sie zurück zum Spiegel und ließ sich nicht verunsichern. »Von wegen«, sagte sie. »Mir gefällt's.« Das Haar band sie sich zu einem Zopf und kaute wie Käthe eine Weile auf ihrer Unterlippe, bis diese an Farbe gewann. Auch ihre Wangen wirkten bleich, weshalb sie ein paar Mal hineinkniff. Danach konnte es losgehen.

Ottilia begrüßte Käthe mit einer Umarmung, als sie sie am Samstagnachmittag zum Schützenfest abholte. »Auf zum Schützenfest, Käthchen.«

Doch ihre Freundin ließ die Arme schlaff an den Seiten hängen und wirkte auch sonst eher betrübt. Dabei hatte sie das Schützenfest, wie sie in letzter Zeit oft sagte, doch gar nicht abwarten können. »Mama und Papa haben ja einen Stand auf dem Festplatz, wo sie Gebäck verkaufen und Brot. Heute haben sie mir den ganzen Tag freigegeben, weil mein Bruder Friedhelm mit aushilft, wollen mir eine Freude damit machen. Ich soll Spaß haben.«

Ottilia verstand nicht. »Und das willst du nicht nutzen?«

Käthes Augen, fiel Ottilia auf, sahen matt aus, Schatten zeichneten sich darunter ab. Das Haar wirkte ungekämmt und strähnig.

»Du siehst gut aus«, meinte Käthe, doch irgendwie kam es Ottilia vor, als würde sie nur ablenken wollen von sich.

»Bist du etwa krank?«, wollte Ottilia besorgt wissen.

Käthe schüttelte den Kopf, dann schniefte sie plötzlich. »David …«, sagte sie und stockte. Ein ersticktes Schluchzen entkam ihren Lippen. Es hörte sich an, als hätte es tief in ihrer Seele geschlummert.

Ottilias Herz krampfte. »Was ist mit ihm?«

Im nächsten Moment fiel Käthe ihr um den Hals. Vom Schützenfestplatz her waberte Blasmusik zu ihnen und der

Geruch von festlichen Bratwürsten lag in der Luft. Käthes zierlicher Körper wurde erschüttert, als wäre ein Erdbeben losgebrochen.

Ohne Ottilia loszulassen, sagte sie: »Seine Eltern und er, sie werden das Land verlassen …« Wieder stoppte sie und schluchzte.

Ottilia drückte sie sanft eine Armlänge von sich. »Was?«

»Dass sie Vierteljuden sind«, kam es Käthe über die bebenden Lippen. »Ihnen wurde vor ein paar Tagen die Bäckerei in Bayreuth enteignet. Sie soll in den Besitz eines Deutschen übergehen. Vater kennt den. Soll ein richtiger Macht- und Geldgeier sein.«

Ottilia glaubte, nicht richtig zu hören. Sie begann zu frösteln.

Die Verzweiflung und Trauer in Käthes Stimme schlug sich auf Ottilia nieder und setzte sich in ihr fest wie ein Geschwür.

»Die verdammte Partei«, schimpfte sie. Doch was brachte das? Offensichtlich konnte niemand sie aufhalten.

»Und dass es Krieg geben wird, da ist er sich auch sicher. David und seine Eltern haben die Ausreiseanträge schon gestellt. Sie haben meine Eltern gebeten, ihr Geschäft zu übernehmen und bei den Behörden darum zu bitten, und auch mit diesem anderen zu reden, dass er es ihnen überlässt. Papa überlegt es sich. Friedhelm wollte ja sowieso eine eigene Bäckerei aufmachen.«

»Das ist alles so schrecklich«, murmelte Ottilia und konnte nur wieder den Kopf schütteln. Ihr fehlten die Worte, um das, was sie fühlte, richtig zum Ausdruck zu bringen. »Vielleicht kann mein Vater was tun«, fiel ihr ein.

Der kleine Hoffnungsschimmer zauberte sofort ein Leuchten in Käthes Augen. »Meinst du?«

»Durch die Partei kennt er viele Leute. Vielleicht kann da einer helfen. Lass uns gleich zu ihm gehen, ja? Noch ist er zu Hause.«

Käthe holte ihre Handtasche. Als sie zurück war, wischte Ottilia ihr die Tränen von den Wangen. Käthe schniefte und blinzelte. »Also los.«

Sie hoffte, dass ihr Vater helfen konnte. Früher, als sie klein gewesen war, da hatte sie gedacht, dass er selbst die Erde mit zwei Händen stemmen könnte, ein Zauberer war, einer, den nichts erschütterte.

»Ich werde David bestimmt nie wiedersehen. Er und seine Eltern wollen nach England auswandern. So weit weg. Sie haben dort Verwandtschaft. Davids Tante hat vor zwei Jahren einen Engländer geheiratet. Sie wohnen dort auf dem Land.«

»England ist nicht das Jenseits, Käthe. Ihr könntet euch schreiben«, sagte Ottilia und ging noch schneller. Fast rannten sie.

Zwei wankende Männer kamen ihnen entgegen. Dem einen hing das Hemd aus der Hose, der andere hatte zerzaustes Haar.

»Ja, das stimmt schon. Wir überlegen uns was. Diese skrupellosen Uniformierten verhaften immer mehr Leute. Schon das Reden mit Juden kann dich in Teufels Küche bringen«, flüsterte Käthe Ottilia zu.

Hinter einem der Fenster des Wagner'schen Hauses entdeckte Ottilia im Vorbeieilen Herrn Wagner. Er winkte ihr mit traurigem Blick zu und sie winkte zurück. Sie wünschte, sie könnte mehr für sie tun. Das Ehepaar hatte das Herz am rechten Fleck und keinem etwas getan.

»Dieser Hitler ist doch dumm«, schimpfte Ottilia und spürte, wie ihre Kopfhaut wieder einmal unangenehm zu prickeln begann. Die Langgasse kam ihr an diesem Tag ihrem ursprünglichen Namen nach tatsächlich lang vor.

»Aber er schafft es, so viele Menschen auf seine Seite zu ziehen. Das ist ja das Schlimme«, sagte Käthe und kickte ein Stück Zeitung, das auf dem Pflaster lag, weg.

»Er ist der Teufel, der verführt. Leider glauben ihm viele seine blühenden Reden. Wenn er nachdenken würde und tatsächlich Krieg führen will, dann hätte er mit den Juden, die er zum Kämpfen verpflichten würde, doch ein noch größeres Heer. Daran scheint er nicht zu denken. Ich will damit nicht sagen …« Ottilia holte Luft. »… dass es Krieg geben soll.«

»Ich weiß, was du damit sagen willst. Aber Hitler hält sich anscheinend für Gott«, erwiderte Käthe leise.

»Ich sag ja, er ist dumm. Und dumme Leute machen irgendwann Fehler.«

»Darauf ist nur zu hoffen, Tilia.« Dann bat sie sie, etwas zu erzählen, das sie von den dunklen Gedanken wenigstens ein wenig ablenken würde.

Ottilia kam Eduard in den Sinn. Sie hatte Käthe noch nicht von dem Zusammenstoß erzählt. Und wenn sie nun etwas ablenken konnte, dann sicher diese Geschichte. Käthes Augen wurden immer größer, während sie ihr lauschte.

»Du und der Feind? Meine Güte! Ist das auch wahr, Tilia?«

»Ich schwöre, ja.«

Käthe lachte. »Entschuldige, das ist … unglaublich.«

»Ich weiß.«

»Aber wie es sich anhört, scheint er doch ganz nett zu sein.«

Ottilia nickte. »Glaub ich auch.«

Käthe stoppte kurz und suchte ihren Blick. Dabei verengte sie die Augen. »Er hat dich beeindruckt, stimmts?« Sie schmunzelte.

Ottilia zog sie weiter und fühlte sich verlegen. »Was heißt beeindruckt? Ich hätte eben, nach allem, was ich schon von den Galberts mitbekommen habe, nicht gedacht, dass einer aus ihrer Reihe tanzt.«

Käthe konnte wenigstens wieder lachen, was Ottilia freute. »Am Ende verliebt ihr euch.«

Ottilia lachte. »Irrsinn. Ich hab ihn seitdem nicht mehr gesehen.«

»Aber er wäre der erste Mann, der dich interessiert. Also in die Richtung, die ich dir erklärt habe«, gab Käthe ihr zu bedenken.

Ottilia schluckte trocken. »Ach was. Das ist wirklich Irrsinn. Schluss jetzt mit dem Thema.«

Käthe zwinkerte ihr zu. »Das werden wir ja noch sehen.«

Wenigstens schien sich ihre Laune gebessert zu haben, dachte Ottilia, konnte aber das Kribbeln, das wieder in ihr aufkeimte, nicht leugnen.

Ottilias Vater schüttelte den Kopf und zerstörte jäh Käthes Hoffnung.

»Das ist Gesetz von ganz oben. Die Parteimitglieder würden auch mich sofort verhaften lassen, wenn ich anbrächte, dass diese Leute von dem Enteignungsrecht verschont bleiben sollten. Sie würden mich einen Juden-Sympathisanten schimpfen. Das ist für die Partei Verrat am deutschen Vaterland. Ein krankes Denken, aber im Moment haben die den längeren Arm. Tut mir leid für den Jungen und seine Eltern.« Er senkte den Kopf.

Ottilia merkte, dass er das nicht gern sagte, und glaubte ihm daher jedes Wort. Auch die Uniform, die er an diesem Tag trug, konnte seinen Stolz nicht halten. Langsam erhob er sich, streifte die Jacke ab und warf sie achtlos auf die Eckbank. Sein Gesicht war bleich und nackt wie der Mond in einer kalten Winternacht.

Er drehte sich um und sah Käthe direkt an. Behutsam legte er dabei die Hände auf ihre Schulter. »Es tut mir wirklich leid, Käthe, dass ich keine besseren Nachrichten habe. Dass die Familie ausreist, ist das Beste, was sie nun tun kann. Und zwar gleich. Es wird für Juden immer schwieriger, auszureisen. Ausreisen, das sollten auch die Wagners tun, die ich nach wie vor sehr schätze. Aber bitte, haltet euch auch von ihnen fern. Es klingt feige, ich weiß …«

Ottilia nickte. »Es ist feige. Aber ich versteh dich, Vater. Und ich habe den Wagners bei unserem letzten Treffen das mit dem Ausreisen schon ans Herz gelegt.«

Er atmete tief durch. »Wir haben eine Abmachung, Tilia.«

»Ja, habe ich nicht vergessen.«

»Gut!« Er seufzte. »Herrgott, ich bin doch selbst nicht sehr stolz auf mich, dass ich mit im Parteiboot sitze. Es ist tatsächlich nur reine Taktik. Die Zeiten sind düster und wir können nur eins tun: beten, dass sie schnell vorübergehen.«

Käthe nickte, Tränen rannen ihr über die Wangen. Der Anblick zerriss Ottilia schier das Herz.

»Weißt du, Ottilia, es wäre außerdem nicht so einfach, der Partei plötzlich den Rücken zu kehren. Ich habe erlebt, dass man ehemalige Mitglieder und deren Familien bedroht hat.«

»Was?«

»Wir müssen alle sehr vorsichtig sein. Das kann ich nicht oft genug betonen.«

Er strich ihr mit einer Hand über den Rücken, wobei sie eine Wärme durchfuhr, die sie schon lange nicht mehr von ihm bekommen hatte.

»Ich hasse die Nationalsozialisten genauso wie du«, betonte er noch.

Sie war überglücklich über diese Worte, schlang die Arme um seinen Hals und drückte sich an ihn. »Ich hab dich lieb, Papa. Wir können stolz auf uns sein, dass wir auf der richtigen Seite stehen. Und dass wir das tun, davon bin ich überzeugt. Auch wenn dort momentan keine Sonne scheint, so tut sie das doch in den Herzen der Menschen.«

Käthe nickte ihnen zu.

»Das hast du schön gesagt, Tilia«, sagte ihr Vater. Als Ottilia ihn losließ und sich umdrehte, stand ihre Mutter in der Tür und sah ihnen sorgenvoll entgegen.

Wiedersehen

Ottilia

Ottilia begleitete Käthe bis nach Hause vor die Tür ihres Elternhauses. Grölende und lachende Burschen in Schützenfesttracht kamen ihnen entgegen. Zu gern hätte sich Ottilia von ihrer ausgelassenen Art anstecken lassen. Doch sie litt mit Käthe.

»David sagte, er wird irgendwann zurückkommen. Ich werde auf ihn warten. Wir kennen uns zwar noch nicht lange, aber dennoch schon so gut, als wären wir schon Jahre befreundet. Mama sagte, das gibt es. Aber sie hat Bedenken deswegen«, sagte Käthe.

Ottilia konnte sich vorstellen warum, schwieg jedoch und unterbrach sie nicht.

»Sie sagt, sie will nicht, dass ich durch eine derartige Fernbeziehung unglücklich bin. Dazu brauche es Erfahrung und Reife. Aber ich weiß, dass ich, dass wir das schaffen. Weil das zwischen uns so innig ist. Fester als Beton. Verstehst du? Wir sehen uns wieder. Ja! Ich muss diese Gedanken haben. Sie sind meine Brücke, mein Halt.«

Das verstand Ottilia gut und sie wünschte ihrer Freundin, dass sie mehr als das sein würden. Sie sollten wahr werden.

Die Burschen wichen ihnen aus. Zwei pfiffen durch die Finger. Ottilia achtete nicht darauf und legte einen Arm um Käthe. »Weißt du, Käthe, meine Oma Hedwig sagt immer, was zusammengehört, findet einen Weg, um zusammen sein zu können. Und dass Liebe eben nicht von rosa Wolken, Zuckerguss und Luft lebt, sondern auch Arbeit bedeutet.«

Käthe nickte. »Ich bin bereit dafür. Das spüre ich.«

Ottilia wünschte David und ihr von Herzen, dass sie stark genug für alles waren, was da auf sie beide zukam.

»Und was sagt David?«

»Er will, dass ich glücklich bin. Bei allem, was ich tue. Keinesfalls will er, dass ich mich ihm verpflichtet fühle. Er ist jedoch sicher, dass er es aushalten wird, auf mich zu warten.«

»Ein kluger junger Mann, dein David.« Ottilia schenkte Käthe ein Mut machendes Lächeln. »Ich bin jedenfalls an deiner Seite, wann immer du mich brauchst.«

Käthe lächelte zurück. »Das weiß ich doch. Danke, Tilia. Und ich bin an deiner.«

Ein Motorengeräusch ließ Ottilia aufhorchen. Auf der anderen Straßenseite vor dem Postgebäude parkte ein schwarzer Wagen, der so sauber poliert war, dass der Lack glänzte. Käthe blieb stehen und schaute hinüber, doch Ottilia zog sie weiter. »Nicht beachten.«

Ein paar Männer stiegen aus, die Gesichter stählern, mit Augen, die Ottilia an eingefrorene Murmeln denken ließen. Sie strafften die Schultern und ließen die Blicke prüfend durch die Umgebung schweifen.

»Meinst du, die sind wegen der Wagners hier?«, fragte Käthe.

Ottilia hoffte es nicht. Die Männer trugen kurz geschorenes Haar. Fehlte nur noch eine Peitsche in den Händen, dachte

Ottilia. Sie waren die Verkörperung von Zucht und Ordnung. Ottilia hätte zu gern durch ihre Schädel in ihre Gehirne geschaut. Was ging nur in solchen Menschen vor? Und ob alle, die sich so gaben, auch wirklich überzeugt von dem waren, was sie taten? Sie dachte an ihren Vater und an den Mann der grünen Polizei, der ihre Tante hatte davonkommen lassen, als sie einen Besen anstatt der Parteifahne gehalten hatte. Die Ausnahmen von der Regel gaben ihr Mut und Hoffnung.

»Wenn das mit den Juden so weitergeht und noch schlimmer wird, dann ist zu hoffen, dass viele dieser Marionetten doch noch aufwachen und umkehren. Nämlich auf die Seite des Verstands«, sagte Ottilia leise.

Käthe nickte. Zwei junge Mädchen in Dirndln, die an den drei Uniformierten vorbeigingen, grüßten diese mit dem Deutschen Gruß.

Die Männer standen stramm, lächelten aber nicht und grüßten sofort und in gleicher Manier zurück. Danach lenkten sie die Blicke zu Ottilia und Käthe. Das unwohle Gefühl in Ottilia verstärkte sich.

»Heil Hitler!«, rief einer der drei ihnen zu.

»Wir tun, als hätten wir es nicht gehört«, flüsterte Ottilia und schob Käthe schnell weiter. Das Haus der Schürmanns war nur noch ein paar Schritte entfernt. Da kam der, der gerufen hatte, über die Straße geeilt. Seine zwei Kameraden folgten ihm. Fest traten sie mit ihren Stiefeln auf das Pflaster. Ottilia schnürte sich der Brustkorb zusammen, aber sie wollte es sich nicht anmerken lassen.

»Seid ihr schwerhörig?«, bellte der, der den anderen beiden vorausging und zuerst bei ihnen war. Er richtete die grauen Augen auf sie und seine Lippen, über denen er einen Schnäuzer wie Hitler trug, zuckten.

Lachhafte armselige, aber leider gefährliche Marionette, dachte sich Ottilia, wandte den Blick aber nicht ab. Anders als Käthe, die zur Seite sah.

»Wir waren in ein Gespräch vertieft, haben Sie nicht gehört«, erklärte Ottilia dem Uniformierten. Ihre Kehle fühlte sich mit einem Mal staubtrocken an und sie schluckte.

Seine beiden Begleiter lachten dunkel. Ihr Anführer ließ seine Hand knapp an Ottilias rechtem Ohr vorbeischnellen. »Heil Hitler, die jungen Damen!«, brüllte er so laut, dass es Ottilia kurz in den Ohren schmerzte.

»Ich bin doch nicht taub«, stieß sie aus.

Der Mann, den sie höchstens ein paar Jahre älter als sich selbst schätzte, weitete die Augen.

Käthe streckte den Arm aus und erwiderte mit zitternder Stimme den Gruß. Ottilia verzieh ihr, sie hatte Angst und wusste, dass auch sie nun besser zurückrudern sollte, doch ihre Zähne pressten sich wie fremdbestimmt fest aufeinander. Der Uniformierte, der sich immer noch direkt vor ihr aufbaute, stierte sie an. Seinen Begleitern rutschte das Lächeln aus dem Gesicht. Eisige Kälte vertrieb die Hitze des Tages. Sie kam direkt aus den Seelen der Männer. Das spürte Ottilia genau. Käthe stupste sie an und warf ihr einen mahnenden Blick zu.

»Warum grüßt du nicht zurück, wie es sich für eine deutsche Frau gehört?«, fragte der Anführer weiter.

»Weil … Mein Arm tut weh. Ich habe in den letzten Tagen und heute hart auf den Feldern meiner Eltern gearbeitet«, stieß Ottilia hervor und war froh, dass ihre Stimme nicht kippte.

»Dann sag wenigstens den Gruß. Oder willst du verhaftet werden?«

»Nur meine Freunde duzen mich«, erwiderte Ottilia ausweichend.

»Die ist ganz schön frech, Reinhard«, bemerkte einer der drei Männer.

Die Marionette hieß also Reinhard, durchfuhr es Ottilia. Er brummte und trat einen Schritt näher, sodass sie seinen Atem auf ihrem Gesicht spürte. Er roch säuerlich und nach Rauch.

»Ausweise«, donnerte er. »Du weißt, dass wir jeden verhaften dürfen, der gegen die Partei ist. Und du scheinst …«

»Das würde meinem Vater nicht gefallen.«

»Bitte, Ottilia«, flüsterte Käthe und linste zur Haustür ihres Elternhauses.

»Wer ist dein Vater?«, fragte der, der bis jetzt noch gar nichts gesagt hatte.

Seine Stimme klang nicht gar so kühl wie die seiner Kameraden.

»Albert Aden. Er ist Mitglied der Partei.«

Der Uniformierte sah seine Mitläufer fragend an.

»Kennen wir nicht«, antwortete Reinhard schließlich.

»Ich wiederhole. Ausweise!«, donnerte er dann und winkte mit einem Finger.

Ottilia und Käthe kramten ihre hervor und reichten sie ihm.

»Und ihr seid allein unterwegs? Ohne männliche Begleitung. Ledig?«, fragte er dann, während er die Papiere inspizierte.

Die anderen beiden rückten näher, um ebenfalls einen Blick darauf zu werfen. Die Männer waren definitiv nicht aus Hollfeld. Ottilia hatte noch keinen von denen zuvor in der Stadt gesehen.

Was ging es sie an, warum sie ohne männliche Begleitung unterwegs und ob sie liiert waren?, dachte sich Ottilia.

»Ich begleite meine Freundin nur nach Hause.«

Käthe nickte. »Ich wohne gleich da. Meinen Eltern gehört die Bäckerei.«

Reinhard hob das Kinn. »Das ist keine Antwort auf meine Frage.«

Ottilia konnte sich gerade noch zurückhalten, nicht die Augen zu verdrehen.

»Wir wollten auf das Volks-, Sport- und Schützenfest und dort unsere Freunde treffen. Doch wie gesagt geht es meiner

Freundin nicht so gut und daher begleite ich sie nun wieder nach Hause«, erklärte sie.

Reinhard glotzte ihr abermals direkt in die Augen.

»Deutsche junge Frauen sollten sich nicht ohne schützende Begleitung auf der Straße herumtreiben. Es ist immer noch viel jüdisches Gesindel unterwegs.«

Ottilia presste die Zähne aufeinander und hätte diesen Reinhard am liebsten geohrfeigt. Seine Genossen nickten und sahen nun ebenso streng drein wie er.

Eduard Galbert kam plötzlich von der anderen Straßenseite her zu ihnen. »Allerdings, es treibt sich weit mehr Gesindel herum, als man meint«, sagte er.

Ottilia merkte, dass sie Eduard anstarrte. Mit ihm hatte sie nicht gerechnet. Die jungen Männer fuhren herum. Ottilias Herz machte einen Satz und sie glaubte erst, es würde gar nicht mehr weiterschlagen, so erschrocken einerseits, aber so erfreut andererseits war sie, Eduard hier zu sehen.

»Da bist du ja, Ottilia«, sagte er, als hätten sie sich verabredet, und die drei von der Partei ließen ihn zu ihr durch.

Er nahm ihre Hände in seine und gab ihr einen Kuss auf die linke Wange. Ein Lächeln huschte über seine Lippen.

Ottilia glaubte das alles nicht. »Hallo Eduard«, sagte sie. Vielmehr war es ein Stottern. Auch Käthe wirkte wie eingefroren. Eduards Finger waren warm, fühlten sich an manchen Stellen nur ein wenig rau an, merkte sie. Sie sah ihm in die Augen, die glänzten.

»Du siehst wunderschön aus«, sagte er.

Ottilia kam sich überrollt vor und spürte, dass sie rot wurde, was ihr unangenehm war. Sie warf Käthe einen Blick zu und die ihr. Noch nie zuvor hatte sie ihre Freundin und sich selbst derart perplex erlebt.

Reinhard räusperte sich. »Sie sind also der Freund der jungen Dame? Sie wirkt recht überrascht.«

Ottilia schüttelte den Kopf. »Schön, dass du endlich da bist, Eduard. Und ja, er ist mein Freund.«

Eduard bestätigte dies mit einem Nicken.

Reinhard spitzte die Lippen. »Sie sollten so eine hübsche junge Frau mit vorlautem Mundwerk besser das nächste Mal von zu Hause abholen. Nicht, dass ihr unterwegs mal etwas passiert. Sie sollten sie zügeln«, maßregelte Reinhard ihn.

Eduard grinste nur, was Reinhard nicht sehen konnte.

»Ich vertraue darauf, dass sie schon das Richtige tun wird.«

Ottilia merkte, dass er es mehr zu ihr als zu dem Uniformierten sagte. Ihr gefiel, was sie hörte; es verstärkte das warme, befremdliche und doch schöne Gefühl für Eduard in ihrem Herzen gegenüber dem Feind. Sie glaubte sich fast in einem Traum.

»Und was ist mit der anderen jungen Frau?«, fragte einer der drei Männer und deutete auf Käthe.

Käthe erstarrte erneut.

Eduard reagierte sofort. »Horst musste noch mal heim, dort was erledigen. Ich begleite derweil beide Damen. Muss ich Sie deswegen um Erlaubnis bitten?«

»Horst ist halt manchmal ein Träumer«, warf Ottilia ein und Käthe stimmte ihr leise zu.

Reinhard nickte Eduard zu. »Du da. Nicht frech werden, gell?«

»Keineswegs sollte meine Frage frech erscheinen. Sie ist ernst gemeint«, bemerkte Eduard ruhig und gab sich erstaunt.

Ottilia mochte seinen Schneid.

Reinhard streckte einen Arm aus. »Ausweis!«

Eduard zögerte nicht, griff mit der freien Hand in eine Tasche seiner grauen Jacke und reichte dem Uniformierten das Papier.

»Eduard Galbert aus Hollfeld«, las Reinhard vor und sah dann von ihm zu Ottilia und zurück. »Ein deutsches junges gesundes Paar. Das lob ich mir.« Seine Genossen nickten.

»Seid ihr schon verlobt? Wenn nicht, dann beeilt euch. Der Führer setzt besonders auf junge Paare, die Nachwuchs zeugen.«

Ottilia konnte nicht glauben, welch Dreistigkeit diesem Reinhard innewohnte.

»Wir wollen im nächsten Frühjahr heiraten«, erzählte Eduard wie aus der Pistole geschossen.

Ottilia verschluckte sich an der eigenen Spucke und musste ein paar Mal husten. Käthe klopfte ihr auf den Rücken.

Der Uniformierte verengte die Augen und warf einen Blick auf ihre Hände. »Wo ist dann der Verlobungsring?«

Ottilia merkte, dass Eduard nun doch ein wenig ins Wanken geriet. »Den lasse ich meist ausgezogen, weil ja so viel Gesindel herumläuft draußen. Nicht wahr?«, antwortete sie schnell.

Eduard nickte und Käthe schloss sich an. »So sehen Dav… Horst und ich das auch.«

»Sehr klug«, warf einer von Reinhards Begleitern ein.

Der stimmte zu. »Sehr gut. Dann weiter so. Heil Hitler!«

Ottilia entging nicht, dass Reinhard oft die Stimme Hitlers zu imitieren versuchte. Was für ein Hanswurst!, dachte sie.

»Jawohl«, erwiderte Eduard nur.

»Heil Hitler«, riefen die anderen beiden wie aus einem Mund.

Käthe vollzog den Gruß erneut, presste die Worte aber nur undeutlich zwischen den Zähnen hervor.

Eduard und Ottilia hoben nur rasch den Arm und ließen ihn ebenso schnell wieder sinken, sagten aber nichts.

Da machte Reinhard einen Schritt auf sie zu. In seinen Augen tobte ein Funkenregen.

Ottilia und Eduard warfen sich einen kurzen Blick zu, dann bellten sie aus voller Leibeskraft in das Gesicht des Uniformierten: »Heil Hitler!« Fast hätte Ottilia gelacht, weil sie es dadurch sogar schafften, diesen Reinhard ein paar Schritte zurückzudrängen. Er wischte sich ihre Speicheltropfen aus dem

Gesicht, sagte aber nichts mehr und machte augenblicklich kehrt. Seine Kameraden folgten ihm. Ottilia atmete auf und wandte sich an Eduard. »Danke. Auch wenn Lügen nicht fein sind.«

Der lächelte. »War nur eine Notlüge. Die wird Gott uns verzeihen. Und gern geschehen.«

Käthe lockerte sich, grinste und ließ die Blicke zwischen ihnen hin- und herspringen. »Ich muss schon sagen, auch wenn ihr Feinde seid, passt ihr prima zusammen, finde ich.«

Eduard und Ottilia tauschten erneut Blicke, und sie war berührt und froh, als sie sah, dass er, wie sie vorhin, errötete.

Sie streckte Eduard eine Hand hin. »Es gibt genug Feindschaften. Daher schlag ich zwischen uns Frieden vor.«

Eduard zögerte nicht, einzuschlagen, was sie außerordentlich freute. »Frieden.«

»Wie geht es Ihrem Bein?«, fragte Eduard. Ihnen war noch Zeit für einen Spaziergang geblieben, nachdem sie Käthe bis zur Haustür begleitet hatten. Sie hatte ihnen viel Spaß gewünscht und Ottilia einen vielsagenden Blick zugeworfen. Ottilia merkte, dass Käthe Eduard gleich leiden konnte, obwohl sie ihn, wie sie unlängst sagte, genauso wenig kannte. Ottilias Kopf hatte sie vor einer Zustimmung gewarnt, doch die Stimme des Herzens war lauter gewesen. So hatte sie den Zauberwald als Zielort vorgeschlagen. Größtenteils mit einem Schweigen, das jedoch nicht unangenehm war, waren sie nebeneinanderher gelaufen. Als sie in das Wäldchen eintauchten, atmete Ottilia die frische würzige Luft, die von Tannennadelduft und Moos dominiert wurde, tief ein und langsam wieder aus. Sie spürte, dass sie nervös war neben Eduard, aber auch glücklich. Ihr Blick wanderte Richtung Waldgrenze. Über die Begegnung, die sie dort mit Eduards Schwester und Vater gehabt hatte, schwieg sie lieber. Sie wollte den Frieden, der zwischen Eduard und ihr herrschte, nicht verscheuchen und die zarten Bande, die sie gerade knüpften, nicht zerstören.

»Sie sehen wirklich hübsch aus, Ottilia«, machte er ihr ein Kompliment.

Sie lächelte. »Danke. Sie sehen auch nicht übel aus.«

Er lachte leise. »Danke.«

Eduard war gut gekleidet, auch wenn ihm die Sachen ein wenig zu groß schienen. Er trug eine graue Stoffhose, dazu ein weißes Hemd und Hosenträger. Der Wind spielte mit ein paar Strähnen seines Haars. Es sah weich aus und glänzte in der Sonne. Ottilia wäre zu gern einmal mit den Fingern hindurchgefahren. Eduard stoppte bei der Grenze.

»Können wir uns nicht duzen?«, fragte Ottilia ihn dann.

Eduard lächelte. »Sehr gern.«

Sie reichten sich die Hände und sahen sich dabei erneut in die Augen. Und wieder war da diese seltsam schöne Anziehung, die bei jedem neuen Blickwechsel stärker zu werden schien. Ehe Ottilia sichs versah, waren ihre Lippen einander ganz nah. Sie spürte Eduards warmen Atem auf ihrem Mund, sog ihn ein und wünschte sich etwas, das sie sich noch nie von einem Mann gewünscht hatte. Mein Gott! Er sollte sie küssen, jetzt und hier, dachte sie und verbot es sich zugleich. Der Feind, der im Grunde keiner war, berührte ihr Herz auf magische Weise.

»Wirklich wunderhübsch«, stammelte Eduard.

Ottilia glaubte schon eine Berührung zu spüren, als plötzlich ein Schuss durch das Gehölz waberte. Erschrocken fuhren sie auseinander und sahen sich um. Raben krächzten und ein paar Singvögel stoben auf. Ansonsten war nichts Ungewöhnliches zu entdecken.

»Sicher ein Wildjäger«, beruhigte Eduard Ottilia.

Sie nickte und wünschte sich eine Fortsetzung des Moments von eben, doch Eduard machte keine Anstalten mehr, dorthin zurückzukehren. Er nahm sie an einer Hand und zog sie weiter über die Grenze. Ottilia aber stoppte.

»Was ist?«, fragte Eduard und drehte sich nach ihr um.

»Was, wenn uns einer aus deiner Familie hier sieht? Ich meine, du und eine Aden. Das sehen sie sicher nicht gern. Genauso wenig wie meine …«

»Die sind alle auf dem Schützenfest. Keine Angst, Ottilia.«

Ottilia ließ sich wieder auf seinen intensiven Blick ein und fasste Mut. »Hab ich nicht«, erwiderte sie dann. Sie war noch nie auf der anderen Seite gewesen. Hier waren die Bäume ein wenig dichter. Auf der Seite der Adens gab es mehr Nadelbäume.

Eduard führte sie zu einem Ahorn, dessen Stamm eine Ausbuchtung besaß, die an ein Herz erinnerte. Er fuhr sie mit einem Finger nach.

»Sieht aus wie ein Herz«, sagte Ottilia.

Eduards Augen verklärten sich ein wenig. »Ja. Ein Herz im Galbert'schen Wald.«

Ottilia schmunzelte. »Unglaublich.«

Er schielte zu ihr rüber. »Aber wahr. Das hättest du wohl nicht gedacht, oder?«, fragte Eduard.

Sofort wurde sie wieder ernst. »Wie meinst du das?«

»Nur so.«

Damit gab sich Ottilia nicht zufrieden. »Nein, mal ehrlich.« Sie verschränkte die Arme vor der Brust und legte den Kopf leicht schief, während sie Eduard forschend ansah.

Der umrundete den Baum, ließ seine Hand aber auf dem Stamm ruhen. »Ich habe ein Herz, Ottilia.«

Als Eduard wieder bei ihr ankam, blieb er dicht vor ihr stehen.

»Das habe ich nicht angezweifelt«, sagte sie und blickte zu ihm hoch.

»Wirklich nicht? Kein Vorurteil? Ich meine, weil ich ein Galbert bin.«

Ottilia kräuselte die Nase. »Nun gut. Ein bisschen vielleicht.«

»Und nun nicht mehr?«

Sie lächelte und er tat es ihr nach. »Ich glaube nicht. Und du?«

»Ich auch nicht. Schade, dass unsere Familien sich weiter bekriegen. Das habe ich ihnen gestern sogar gesagt.«

Das erstaunte Ottilia. »Und?«

Eduard lehnte sich gegen den Baumstamm und seufzte.

»Vater wollte nichts davon hören und hat mich gar gefragt, ob ich krank wäre.«

»Wie kann man nur so stur sein?« Ottilia schüttelte den Kopf.

»Das sind deine Leute aber auch. Regen sich schon über Kleinigkeiten auf.«

Auch das wollte Ottilia nun genauer wissen. »Von welchen Kleinigkeiten sprichst du denn da?« Ihr Magen zog sich zusammen.

Eduard riss ein Stück Baumrinde ab und untersuchte es, bevor er es wegwarf. »Deine Mutter hat unlängst behauptet, meine Mutter wollte sich beim Metzger vordrängeln. Sie hat es ihr einfach lautstark unterstellt und sie deswegen gleich angeschrien«, erzählte er.

»Mutter wird nie ohne Grund laut.« Auch wenn Ottilia wusste, dass sie schon einmal voreilig aus der Haut fahren konnte und dabei oft übertrieben reagierte.

»Ich glaube meiner Mutter, dass sie sich ihrer Sache sicher war.«

»Das ehrt dich. Ich meiner aber auch.«

Eduard verzog einen Mundwinkel. »Weißt du was? Lass uns lieber nicht mehr über unsere Familien reden. Sonst zerstreiten wir uns am Ende auch noch. Das fände ich sehr schade.«

Ottilia wusste, dass er recht hatte. Dennoch spürte sie, dass sich bereits ein kleiner Graben in ihre jungfräuliche Freundschaft grub. Vielleicht war sie doch zu gutgläubig gewesen, hatte sich von rosa Wolken verleiten lassen.

»Ich glaube, ich sollte zurück und noch mal nach Käthe schauen. Sie macht gerade schwierige Zeiten durch.«

»Das tut mir leid.«

Sie wollte weiter, doch Eduard bat sie zu bleiben.

»Was denn noch?«, fragte sie.

»Bist du nun beleidigt?«

»Nein.« Sie wandte den Kopf zur Seite.

Er suchte ihren Blick. »Gib zu, du bist beleidigt. Zumindest ein wenig.«

»Wenn, dann zu Recht, finde ich.«

Er schob die Brauen zusammen, sodass sie sich fast berührten. »Nur weil ich das mit deiner Mutter erwähnt habe?«

Ottilia fühlte sich in eine Ecke gedrängt und war enttäuscht von Eduards Reaktion. »Guten Tag, Eduard.«

Sie ärgerte sich, dass ihr Treffen so endete. Doch bevor es wirklich noch richtigen Streit geben würde, zog sie lieber die Reißleine.

»Wirklich, Ottilia, ich wollte dich nicht verletzen!«, rief Eduard ihr nach.

Traurigkeit stieg in ihr hoch und die satten Farben des Waldes schienen sich zu trüben. Sie fühlte sich wie jemand, der ins weite Meer hinausgeschwemmt wurde, weit weg von einer Insel, die Sicherheit versprach, was sich nun jedoch als trügerisch herausstellte.

»Besser gleich als später!«, erwiderte sie. Ein seltsames Kitzeln drang in ihre Nase und trieb ihr Tränen in die Augen. Sie sollte, nein, sie musste die Finger von Eduard lassen.

Heimlichkeiten

Ottilia

Ausgelassen wurde am letzten Tag des Festes im Schützenhaus, das auf einer Anhöhe umrahmt von Bäumen stand, getanzt. Draußen gab es ein paar Verkaufsbuden, einen Verlosungsstand, eine Schiffschaukel und ein Bodenkarussell. Süßlicher Duft, der aus zwei Buden kam, vermischte sich mit deftigem Bratwurstgeruch. Auf dem kiesbelagerten Schützenplatz standen Bänke und Tische. Die Männer, die dort saßen, stießen ihre Bierkrüge aneinander, die Frauen lachten, Kinder rannten ausgelassen umher. Nahezu alle Besucher des Festes hatten sich fein herausgeputzt. Uniformierte sorgten dafür, dass Zigeuner und andere Menschen, die sie als Gesindel ansahen, sich fernhielten. Manche Frauen trugen traditionelle schwarze knöchellange Tracht mit Stickerei. Ottilia und Käthe gingen den Uniformierten aus dem Weg. Die Hitze des Tages senkte sich auf Hollfeld hinab und schien das Pflaster der Straßen zum Glühen zu bringen. Sie suchten sich ein schattiges Plätzchen auf einer freien Bank unter einem der hohen Bäume unweit des Schützenhauses, von wo aus sie den Festplatz gut überblicken konnten. Ottilia ertappte sich dabei, dass sie nach Eduard Ausschau hielt. Er wollte trotz des Streits am Ende ihres Spaziergangs einfach nicht aus ihrem Kopf verschwinden, noch viel weniger aus ihrem Herzen. Sie entdeckte Emmi Galbert an einem der Tische. Eduards Schwester saß einem Mann gegenüber, dem sie zulachte. Er hob seinen Bierkrug und trank einen großen Schluck, während sie ihr dunkelrotes Kopftuch prüfte. Es passte farblich zu dem hochgeschlossenen Trachtenkleid, das ihr oben herum jedoch zu groß war. Neben ihr unterhielten ihre Eltern sich angeregt mit ein paar Leuten aus Hollfeld. Frau Galbert trug das dunkle Haar geflochten und hochgesteckt. Sie war stets elegant, sah aber meist verhärmt drein. Von Eduard keine Spur. Auf einem hölzernen Podest wurde der Schützenkönig geehrt. Dieses Jahr war es der Sohn des Bürgermeisters geworden, ein hagerer Kerl in Festtracht mit stechenden kleinen Augen. Ottilia hatte ihn noch nie gemocht. Maximilian Galbert schien kurz angebunden und nicht begeistert, als er ihn zum Anstoßen aufforderte. Vielleicht, sinnierte Ottilia, lag dies daran, dass der Sohn des Bürgermeisters der Partei angehörte. Soweit sie kürzlich gehört hatte, war keiner der Galberts Mitglied, was sie ihr wieder sympathischer werden ließ.

Ottilias Herz machte einen Satz, als Eduard auf der Bildfläche erschien. Käthe stieß ihr leicht mit dem Ellbogen in die Seite, während Ernst sich ungefragt zu ihnen beiden setzte, und nickte in seine Richtung. »Da, der Eduard«, flüsterte sie.

»Ja, ich weiß.« Ottilia spürte Ernsts Blicke auf sich und schielte zu ihm. Sie fühlte sich ertappt, wollte sich aber nichts anmerken lassen.

»Was ist denn so interessant da unten?«, fragte er.

»Alles«, bemerkte Ottilia schnell.

Käthe nickte und grinste. »Ich hätte jetzt Lust, zu schaukeln und Zuckerwatte zu essen. Mein Vater hat mir Festgeld mitgegeben. Ich lade dich ein, Tilia«, sagte sie dann und erhob sich. »Kommst du?«

Ottilia war froh, dass Käthe wieder besserer Laune war. Von dem Streit mit Eduard hatte sie ihr nur bedingt erzählt. Sie sah wieder zu ihm hin. Er hatte sich inzwischen zu dem Mann gesetzt, der mit Emmi gesprochen hatte, und war in ein Gespräch vertieft. Unwillkürlich musste Ottilia wieder an ihre kleine Auseinandersetzung denken.

»Ich weiß nicht. Ich glaube, ich bleibe lieber hier«, sagte sie. Ein Schatten überzog auch ihr Herz.

Käthe verzog enttäuscht das Gesicht.

»Ich schaukle sehr gern mit dir, Käthe. Und ich lade dich ein«, meinte Ernst und stand auf.

Käthe wiegte den Kopf leicht hin und her. »Hm.«

Ottilia winkte sie weg. »Geht ruhig. Ich warte hier auf euch.«

Ernst strahlte über das ganze Gesicht und bettelte Käthe schier mit seinen Blicken an. Offensichtlich war er ihr auf einmal sehr zugeneigt. Ottilia seufzte innerlich. Der Arme, dachte sie. Wenn er sich nun bei Käthe Hoffnungen machte, würde er den zweiten Korb kassieren.

Käthe überlegte noch kurz, dann stand sie auf. »Na, wenn das so ist. In Ordnung.« Ernst und sie eilten weiter. »Vielleicht überlegst du es dir ja noch und kommst nach«, rief sie Ottilia zu.

Sie nickte und knetete die kleine Handtasche auf ihrem Schoß mit den Fingern. Wieder wanderten ihre Blicke zu Eduard. Er erhob sich schließlich und lenkte seine Aufmerksamkeit in ihre Richtung. Ihr stockte der Atem. Sofort wandte sie sich in eine andere Richtung, hielt es aber nicht lange aus und spähte ein paar Sekunden später abermals zu den Galberts hinüber. Doch Eduard war verschwunden. Sie ließ die Blicke über den Platz schweifen. Zwei Buben rangelten miteinander und fuhren sofort auseinander, als ein Uniformierter zu ihnen trat. Kurz darauf blieb neben der Bank, auf der Ottilia saß, ein Paar stehen, das die Köpfe zusammensteckte. »Wir sollten nach Hause gehen, Jakob«, sagte die junge Frau in einem braunen Dirndl mit silberschwarzen Knöpfen und weißem Spitzenbesatz am Saum.

»Wir haben doch die Ausweise«, beruhigte sie ihr Begleiter. Er strich der Frau mit einer Hand über einen Arm. Ihr Blick blieb an zwei Uniformierten hängen.

»Was, wenn die merken, dass wir Juden sind und die Ausweise nicht …?«, flüsterte sie und stoppte.

Ottilia stutzte. Der junge Mann schielte zu ihr herüber und zog die Frau schnell weiter. Die zwei spielten mit dem Feuer. Aber Ottilia hatte Respekt vor ihrem Mut. Am liebsten hätte sie ihnen gesagt, dass sie auf ihrer Seite stand. Insgeheim wünschte sie dem Paar Glück, so wie den Wagners, David und seinen Eltern und allen anderen Juden, die von den Nationalsozialisten verfolgt wurden.

»Ich möchte nicht, dass das Gesagte so zwischen uns stehen bleibt«, hörte sie auf einmal eine bekannte Stimme hinter sich, die ihr einen wohligen Schauer über den Körper jagte. Ottilia erhob sich von der Bank und wirbelte herum.

»Eduard«, stieß sie aus.

Ihr Herz flatterte und ihr Unterleib zog sich zusammen. Sie wusste noch nicht, ob sie das Gefühl liebte oder doch eher seltsam fand.

»Hallo Ottilia. Ich dachte, ich komm mal rüber. Du sitzt hier so einsam. Ich möchte nicht mit dir streiten. Wir hatten uns doch ganz gut verstanden. Ich glaube sogar, mehr als gut.« In seinen Augen lag ein flehender Ausdruck.

Ottilia presste die Lippen aufeinander und nickte. Eine Welle der Erleichterung flutete ihr Inneres. Ihr Herz hatte ihm im Grunde doch schon verziehen. »Ja, wir haben uns gut verstanden.«

Eduard sah sie weiter an. Er trug ein weißes Hemd und braune knielange Lederhosen, die ihm gut standen.

»Nimmst du meine Entschuldigung an?«, fragte er, da Ottilia nichts mehr sagte.

Ganz so leicht wollte sie es ihm dann doch nicht machen. »Ich habe kein ›Es tut mir leid‹ gehört.«

»Bist du immer so spitz …?«

»Was?«

Er lächelte. »Es tut mir leid.«

Ottilia schmunzelte. »Angenommen, Herr Galbert.«

Ihr war, als würde Eduard sie mit seinen Blicken an sich ketten.

»Ein Vorschlag«, sagte er. »Wir könnten das Thema Eltern aussparen, während wir uns weiter kennenlernen. Denn der Streit zwischen den Familien hat ja nichts mit uns zu tun und sie brauchen auch nichts von uns zu wissen.«

Gute Idee, dachte Ottilia. »Ich stimme zu.«

Eduard atmete auf.

»Darf ich dich also bald entführen? Über die Grenzen Hollfelds hinaus?«, fragte er.

Die Heimlichkeiten bereiteten ihr ein aufregendes Prickeln, das ihren ganzen Körper in Besitz nahm. Doch was hatte er nun mit ihr vor?

»Und wann gedenkst du das zu tun?«

Eduard beugte sich zu ihr hinab, da sich ein paar junge Leute in ihre Nähe gesellten, und flüsterte ihr zu: »Treffen wir uns bei der Hütte im Zauberwald? Morgen Abend?«

Ihr Herz hüpfte vor Vorfreude. »In Ordnung. Sagen wir um sechs?«

»Ja, da bin ich mit der Arbeit in der Schreinerei fertig und kann sagen, dass ich noch etwas im Wald erledige.«

Ottilia überlegte. »Da bin ich dann auch schon in der Schneiderei fertig und mit dem Haushalt, wenn ich mich beeile, und kann behaupten, noch mal auf unseren Wiesen nach dem Rechten zu schauen.«

Sie lächelten sich zu. Ottilia hätte die ganze Welt umarmen wollen, wenn das möglich gewesen wäre. Mit einem Mal fühlte sich das Leben voller an, wärmer und heller, und in diesen Momenten vergaß sie sogar den drohenden Krieg und die Uniformierten. Die Luft schien mit Millionen Möglichkeiten gespickt und voller Träume. Sogar die Sterne schienen nicht mehr ganz so unerreichbar. Und auch wenn sie wusste, dass dieses Gefühl trügerisch war, hielt sie sich daran fest.

Ottilia machte sich, nachdem sie Käthe nach dem Fest nach Hause begleitet hatte, sofort auf den Heimweg. Ein paar Leute, vornehmlich weibliche, schauten auf ihr Kleid. Auch auf dem Festplatz hatten es die Leute bestaunt, was sie stolz machte. Ihre Eltern, die kurz auf dem Fest vorbeischauten, um dort etwas zu essen, hätten weniger auffällige Kleidung besser gefunden. Trotzdem beglückte Ottilia die Reaktion der Leute. Weniger allerdings freute sie sich über das Auftauchen Amons. Er trat aus einer der Gassen, als hätte er dort schon auf sie gewartet. Ein Lächeln steckte in seinen Mundwinkeln. »Guten Tag, Ottilia.«

Sie straffte die Schultern und grüßte ebenso freundlich, aber distanziert zurück. Dabei machte sie keine Anstalten, auch nur eine Sekunde innezuhalten. Amon trug eine NS-Uniform, die ihn noch strenger aussehen ließ. Mit strammen Schritten ging er neben ihr her.

»Gehst du zurück zum Schützenfest?«, wollte er wissen.

»Ich bin auf dem Nachhauseweg. Schönen Tag noch.«

Doch er blieb an ihrer Seite und legte die Hände auf dem Rücken ineinander. »Ich begleite dich. Eine schöne junge Frau wie du sollte immer in beschützender Begleitung gehen.«

Seine geschwollene Wortwahl passte zu seiner Eitelkeit.

»Keine Sorge, Amon. Ich kann gut auf mich selbst aufpassen.«

Amons Gesichtsausdruck duldete keine Widerrede. »Verzeihung, aber das ist eine törichte Antwort.«

Was erlaubte er sich? Sie warf ihm einen erstaunten Blick zu. »Wie bitte?«

»Die Stadt ist noch nicht rein und damit gerade für zarte und schöne Frauen, wie du es bist, gefährlich.«

Ottilia konnte ein Lachen nicht unterdrücken, während er ernst blieb. Das wurde sie auch und sah ihn offen an. »Rein von was?«

»Juden und anderem Gesindel«, erwiderte er mit vor Ekel erregtem Unterton in der Stimme.

Ottilia schüttelte den Kopf und lief schneller. »Mir hat noch kein Jude etwas getan, Amon. Jeder Jude, den ich kenne, ist anständig.«

Nun war er es, der lachte. »Lass dich nicht blenden, Ottilia. Denn das kann der Teufel gut.«

Allerdings. Nur waren es die falschen Leute, in denen er den Satan sah. »Ja, der Teufel ist listig. Und du solltest die Augen aufmachen, um zu sehen, wo er wirklich steckt.«

Amon holte sie ein und packte sie an einem Arm. »Maßregle mich nicht, Ottilia. Ich will nur dein Bestes und du lachst mich aus. Dabei solltest du uns, die wir dafür sorgen, dass Frauen wie du zukünftig in Sicherheit leben können, als Helden betrachten.«

Ottilias Kopfhaut prickelte und sie riss sich los. Am liebsten hätte sie Amon geschüttelt. Seine Lider flackerten. Ottilia öffnete den Mund, doch die innere Stimme sagte ihr deutlich, dass sie sich zusammenreißen sollte. Amon würde sich ohnehin nicht bekehren lassen. Sein stechender Blick verriet, dass er derjenige war, der geblendet war. Von Hitler und seiner

Maschinerie. Wer andere Menschen unterdrückte, der konnte kein wahrer Führer sein, jedenfalls keiner, der es wert war, dass man zu ihm aufsah. Egal, was er sonst den Menschen predigte. Diese Gedanken blieben felsenfest in ihr verankert. Beharrlich blieb Amon an ihrer Seite, bis sie den Hof ihrer Eltern erreichten. Ottilia atmete auf. »So, hier sind wir. Nun kannst du mich aber allein lassen«, sagte sie.

Ihre Mutter, die wieder daheim war und den Hühnern Körner auf den Weg streute, reckte den Hals nach ihnen. Sie wischte sich die Hände an ihrer Schürze und winkte.

Amon grüßte zurück und fixierte Ottilia. »Ich wollte nicht grob sein vorhin. Tut mir leid.«

Wenigstens, dachte sie, entschuldigte er sich. Dabei kam er ihr jedoch so nahe, dass sie seinen Atem im Gesicht spüren konnte.

Die Kälte, die seine Augen ausstrahlten, ließ sie frösteln. Wenn ihr jemand hätte weismachen wollen, dass Amon damit einen Winter auslösen konnte – in dem Moment hätte sie es geglaubt.

»Ein wichtiger Rat für dich, Ottilia. Sag zu keinem anderen, der in der Partei ist, das, was du mir vorhin über Juden gesagt hast. Dort gibt es Männer, die nicht lange fackeln und wie ich ein Auge zudrücken. Und dann können dir auch dein Vater und ich nicht mehr helfen. Ich denke aber, du bist klug genug und wirst noch zur Vernunft kommen.« Er hob die Brauen. »Auch was uns angeht. Ach, und noch ein wichtiger und kluger Rat meinerseits: Kleide dich unauffälliger.«

Ottilia würgte innerlich. Amon schlug die Hacken zusammen. »Bis bald, Ottilia. Ich freue mich auf unser Wiedersehen.«

Endlich zog er von dannen wie ein übler Sturm. Ottilia sah ihm kurz nach und dann zu ihrer Mutter, die ihr entgegenkam. »Sieh an. Hast du es dir doch anders überlegt, was Amon angeht?«, fragte sie und strahlte dabei über das ganze Gesicht.

Ottilia ging an ihr vorbei. »Nein. Und das werde ich auch nicht.«

»Lass dir helfen«, sagte Ottilia und nahm die weiße Kreide an sich, um Sophia am nächsten Tag in der Schneiderei bei der Schnittmusterübertragung einer Bluse aus marineblauem Seidenstoff zu helfen.

Das Lehrmädchen lächelte. »Danke schön.«

Am Morgen hatte sie sich, wie sie erzählte, beim Schneiden eines Brotlaibs gehörig in die rechte Hand geschnitten. Die Wunde musste sogar genäht werden. Daheim wollte sie deswegen aber nicht bleiben.

»Ich war ja erst krank«, hatte sie gesagt.

Bärbel lobte den Fleiß, den sie jeden Arbeitstag zeigte. Sie stand direkt hinter ihnen beiden und schaute ihnen mit strengem Blick über die Schultern.

»Hier musst du die Kreide noch ein wenig deutlicher über den Stoff ziehen, sonst siehst du später nicht mehr genau, wo der Schnitt verläuft, Ottilia.«

»Ja, Tante«, erwiderte sie und folgte der Aufforderung sogleich.

»Wie ist denn dein Kleid bei den Leuten auf dem Schützenfest angekommen?«, wollte Bärbel dann wissen.

»Käthe hat es sehr gefallen. Manche Damen haben neugierig geguckt, aber nichts gesagt. Es hat jedenfalls Aufmerksamkeit auf sich gezogen und ich denke, keine schlechte.«

»Schön.« Bärbel verschränkte die Arme vor der Brust. »Und sonst?«

Ottilia sah ihre Tante verdutzt an. »Und sonst?«

»Hast du keinem Mann damit den Kopf verdreht?«

Ottilia dachte an Eduard und spürte sofort wieder dieses Kribbeln in sich. »Wer weiß?«, gab sie zurück. Eigentlich verging keine Minute mehr, in der sie nicht an ihn denken musste und wollte.

»Dem Amon vielleicht? Leni hat gesagt, dass er dich heimbegleitet hat. Hat das ›Wer weiß‹ also vielleicht mit ihm zu tun?«, meinte Bärbel und zeigte auf den Stoff. »Jetzt kannst du mit dem Abstecken anfangen.« Sophia reichte Ottilia eine kleine Schachtel mit Nadeln. Gleich mit der ersten stach sich Ottilia in die Kuppe des Zeigefingers. »Autsch.«

Ihre Tante seufzte. »Deswegen sollst du ja den Fingerhut nehmen. Wie oft muss ich das noch sagen?«

»Ich kann mit Fingerhut nicht arbeiten, Tante. Und das werde ich auch nie können. Ich hab es oft genug probiert.«

»Dann jammer nicht rum. Mach weiter und vergiss das Erzählen nicht. Wir waren bei Amon.« Sie zwinkerte Ottilia zu.

Das Kribbeln verflog und wurde durch ein angewidertes Gefühl ersetzt. »Amon hat mir mit Sicherheit gar nichts verdreht«, antwortete Ottilia und merkte, dass sie dabei wütend klang.

Ihre Tante wechselte einen erstaunten Blick mit Sophia, sagte aber nichts dazu, wofür Ottilia sehr dankbar war.

Sie warf einen Blick auf die Uhr, die über der Holztür hing und monoton vor sich hin tickte. Normalerweise genoss sie die Arbeit in der Schneiderei. Doch heute wurde ihr jede Minute zu lang. Das Nähstüberl, wie Tante Bärbel ihre Schneiderei gern nannte, war mit Liebe eingerichtet. Vor den mit einem weißen bodenlangen Vorhang verhangenen Fenstern wuchsen rote Hängegeranien in Holzkästen. Die Blüten hatten die gleiche Farbe wie Teppichstücke, die Bärbel auf dem teilweise knarzenden Bretterboden ausgelegt hatte. An den Wänden hingen verschiedene Holzregale, in denen fein säuberlich Nähutensilien, wie buntes Garn und Stoffballen, sortiert waren. Es gab drei schwarze gusseiserne Nähmaschinen mit Pedalbetrieb und einen größeren Tisch, an dem sie gerade arbeiteten. In einer

Ecke standen zwei Schneiderpuppen. Die eine trug den Rock, den sich eine Kundin schneidern ließ, die andere das Sakko eines Herrn. An den Wänden hingen, neben Bärbels gerahmtem Meisterbrief, ein paar Fotografien mit Hochzeitspaaren, für die sie die Kleidung genäht hatte. Der Raum nebenan, der durch einen Rundbogen getrennt wurde, diente als Büro mit Schreibkram und Alben verschiedener Stoffanbieter. Darin enthalten waren kleine aufgeklebte Stoffmuster, die Ottilia so gern ansah. Unweit des Fensters stand ein Sekretär mit zwei Stühlen. Ottilia liebte Stoffe. Allein wenn sie sie ansah, kamen ihr oft neue Ideen für Kleider, die sie dann meist zuerst auf ihrem Block festhielt. Der war ein Geschenk von ihrer Oma Hedwig zum Beginn ihrer Lehre gewesen und sollte eigentlich als Tagebuch dienen. Stoffe, auch für ihre Unterwäsche, kaufte Ottilia meist von einem Teil ihres Lohns in Bayreuth oder Bamberg. Manchmal bekam sie aber auch welchen geschenkt. Zum Geburtstag etwa. Schon als Kind wollte sie, wie auch ihre Tante, Schneiderin werden. Wenn daraus nichts geworden wäre, wäre sie Bäckerin geworden. Ottilia bewunderte Bärbel, dass sie sich nach ihrer Lehre bei einer Schneiderin aus einem benachbarten Ort und dem Abschluss als Meisterin selbstständig gemacht hatte, obwohl ihr Vater erst dagegen gewesen war. Laut Bärbel hatte er die Meinung vertreten, dass Frauen teils in die Küche, teils aufs Feld gehörten und die Kinder zu hüten hatten. »Das hat er oft gesagt. So ist er halt erzogen worden«, hatte ihre Tante ihr vor einer Weile erzählt. Und nun predigte ja auch die Partei ein solches Frauenbild. Bärbels Mann Jakob hatte das damals zum Glück anders gesehen und hinter ihr gestanden. Er war auf der Bank beschäftigt gewesen und hatte zwei linke Hände gehabt, was Bärbel mit ihrem handwerklichen Geschick gut ausgleichen konnte.

»Dein Onkel hatte immer Angst, wenn ich ohne Fingerhut genäht habe«, sagte Bärbel gerade und Wehmut schlich sich in ihre Stimme. Sie hatte sich nach seinem Tod nie neu verliebt und wollte dies, wie sie sagte, auch nie. Für sie gab es nur eine große Liebe im Leben, und das war ihr Jakob gewesen. Dessen Platz konnte und sollte kein anderer einnehmen. Ottilia bewunderte sie dafür, wie fest ihre Liebe zu ihm doch war.

Als Sophia später weg war und die Zeit mit Eduard näher kam, wummerte Ottilias Herz so stark, dass ihr ein wenig schwummrig davon wurde.

Sie fragte sich, ob sie sich so fühlte, weil sie sich schon ein wenig in Eduard Galbert verliebt hatte. Aber konnte das angehen? So schnell? Vielleicht irrten ihre Gefühle auch, zumal sie in Sachen Verliebtsein ja noch ein Grünschnabel war. Höchstens nett und interessant, sagte sie sich schließlich, fand sie ihn.

»Tante Bärbel?«, fragte sie, schnappte sich den borstigen Besen und begann damit, den Holzboden zu fegen. Durch die Arbeit des Tages hatten sich dort Staub, Stoff und Garnreste angesammelt. Ihre Tante sah vom Sekretär zu ihr herüber.

»Was schaust du denn so bedröppelt drein? Du kannst nach dem Kehren Feierabend machen.«

»In Ordnung. Du, Tante, darf ich dich mal was fragen?«

Bärbel verzog einen Mundwinkel. »Natürlich. Du fragst doch sonst auch nicht erst, ob du was fragen darfst.« Sie schüttelte den Kopf und lachte leise.

Ottilia nahm ihren Mut zusammen. »Wann hast du gemerkt, dass du in Onkel Jakob verliebt warst? Hat das lange gedauert?«

Schnell fegte sie weiter.

Ihre Tante hob die Brauen. »Warum willst das denn wissen?«

»Kam mir nur so in den Sinn.«

Bärbel verschränkte die Arme vor der Brust und lehnte sich auf ihrem Holzstuhl zurück. »Nur so? Vorhin sind wir ja von dem Thema weggekommen, ob du jemandem auf dem Schützenfest den Kopf verdreht hast. Oder ist es etwa umkehrt so?«

»Vergiss es. War dumm …«

»Nein, es hat nicht lang dauert, bis ich gemerkt hab, dass mein Herz für Jakob schlägt«, fiel ihr Bärbel dann ins Wort.

Ottilia stoppte. Ihre Gedanken ratterten wieder.

»Bei uns war's Liebe auf den ersten Blick gewesen. So was gibt's also tatsächlich.« Bärbel atmete tief durch, ihr Gesichtsausdruck verklärte sich, als würde sie gerade vor sich Bilder aus der Vergangenheit sehen.

»Dein Onkel war ein sehr lieber, gefühlvoller Mann. Ich hab mich von Anfang an von ihm beschützt gefühlt. Er hat sich so auf unseren Bub gefreut. Auf dem Sterbebett hat er mir gesagt, dass er noch sehr gern bei uns bleiben würde. Aber er nahm auch die Pläne vom Herrgott an. Ich geb zu, dass ich damals mit dem da oben gehadert habe.«

Bärbels Lippen zitterten ein wenig. Sie blinzelte und räusperte sich. »Ich glaub schon, dass Jakob und ich uns mal wiedersehen dürfen. Der Gedanke hat mir schon oft geholfen und mich auch mit Gott versöhnt.« Sie nickte, wohl mehr für sich, und wischte sich eine Träne aus dem rechten Auge.

Ottilia tat es weh, ihre Tante so traurig zu sehen. »Das glaube ich auch, Tante Bärbel. Tut mir leid, dass ich durch meine Fragerei die Vergangenheit aufgerüttelt hab.« Ottilia stellte den Besen weg, ging zu ihr hinüber und umarmte sie.

»Ach was. Ich denke eh jeden Tag an ihn und an das, was war und was noch hätte sein können. Weißt du, Tilia, er fehlt halt. So sehr. Und Hermann, auch wenn er es nicht sagt und vor allem vor mir immer den starken Mann spielen will … an ihm merke ich, dass er einen Vater, *seinen* Vater, auch wenn er ihn nur aus Erzählungen kennt, sehr vermisst.« Sie drückte Ottilia von sich und schniefte leise. »Und jetzt verrate mir, warum du gefragt hast. Bist du etwa verliebt?«

Ottilia starrte ihre Tante an und die sie. Sie war kurz davor, Bärbel alles zu erzählen, machte im letzten Moment jedoch einen Rückzieher. Sicher würde sie ihr sofort ausreden, sich weiter auf Eduard einzulassen.

»Nein. Ich weiß ja auch noch gar nicht, was das ist.«

»Glaub mir eins, Tilia: Das wirst du wissen, wenn es so ist.«

Ihre Worte hallten in Ottilia wider. »Käthe ist verliebt. Und das ging ziemlich schnell. Nur deshalb frage ich«, legte Ottilia nach.

»Käthe ist also verliebt. Und du vielleicht ja bald in Amon. Wer weiß? Schau nur immer recht gut hin. Nicht nur mit dem Herz und den Augen, vor allem auch mit dem Kopf.«

»Nein, ganz sicher verliebe ich mich nicht in den. Außerdem ist er in der Partei.«

Bärbel erhob sich. »Ja, habe schon gehört, dass er dort recht aktiv ist. Dennoch hält deine Mutter viel von ihm. Na ja, dein Vater ist ja auch dadrin.« Sie seufzte und blätterte in einem Heft. »Die meisten, vor allem die jungen Leute, rennen diesem Hitler und den Großen von der Partei doch nur nach. Ohne wirklich zu wissen, was sie damit eigentlich tun. Ich habe schon mit einigen geplaudert. Da kommt das deutlich raus. Das ist alles nicht gut.«

»Aber die Partei weiß, was sie tut. Und auch Amon weiß das. Das hat er mir klargemacht. Schon allein deswegen mag ich ihn nicht.«

»Versteh ich und bin, ehrlich gesagt, froh drüber«, meinte Bärbel.

Das Schlagen der Uhr erinnerte Ottilia daran, dass sie nicht mehr viel Zeit hatte. Die letzte Stunde war im Gegensatz zu denen davor wie im Flug vergangen.

Ottilia umarmte ihre Tante. »Hab dich lieb, Bärbel.«

»Ich dich auch, Kind. Und jetzt mach endlich Feierabend. Der Boden passt so.«

»Gut. Dann werde ich mal zu Käthe fahren«, sagte Ottilia und machte sich auf den Weg. Die kleine Notlüge musste sein.

»Mit dem Drahtesel? Fahr vorsichtig«, rief Bärbel ihr nach.

»Ja. Keine Sorge.«

Das stürmische Herzklopfen raubte Ottilia immer mal wieder kurzzeitig den Atem. Auf den Straßen Hollfelds tummelten sich zum Glück keine Uniformierten. Sie rieb ihre Hände unterm Fahren abwechselnd an ihrem Rock ab. Die Handflächen waren feucht vor Aufregung, als sie beim Zauberwald ankam. Tief durchatmend stieg sie von ihrem Rad und schob es bis zum Rand des Waldes. Dort parkte sie es hinter einem Gebüsch und setzte den Weg durch den Wald bis zur Hütte zu Fuß fort. Die kühlenden Schatten des ausklingenden Tages taten gut. Eduard schien noch nicht da zu sein. Ottilia beschlich ein ungutes Gefühl. Hatte er vielleicht kalte Füße bekommen? Doch kurz darauf kam er um die Hütte herum und strahlte dabei über das ganze Gesicht. Er hatte sich fein gemacht. Das Hemd über der schwarzen Stoffhose war blütenweiß und die braunen Schuhe glänzten. Ottilia fand, dass ihr orangefarbenes Kleid mit dem weißen Punktedruck dazu einen guten Kontrast bildete. Was für ein schicker junger Mann, dachte sie. Würde sie nicht wissen, wer er war, hätte sie ihn glatt für einen Vorführherrn für Bekleidung gehalten.

»Ottilia, schön, dass du gekommen bist.«

Langsam kam er auf sie zu. Ottilia blieb stehen und lächelte, während ihr Herz gegen die Rippen hämmerte.

»Gleichfalls«, bemerkte sie. Dicht blieben sie voreinander stehen. Ottilia blickte zu ihm hinauf in seine leuchtenden Augen.

»Du siehst hübsch aus, Ottilia.«

»Danke … Du auch.« Sie mochte, dass er sein Haar natürlich trug, und die leichten Locken darin. Wieder verspürte sie den Drang, mit den Fingern hindurchzufahren.

»Fällt es nicht auf, wenn du in Ausgehkleidung weggehst?«, fragte er und musterte sie von oben bis unten.

»Nein. Ich zieh mich gern auch im Alltag so an. Hab mir deswegen schon so manches anhören dürfen von meinen Eltern und der Tante.« Was erzählte sie da? Sicher interessierte ihn das nicht.

Eduard lächelte weiter und einen Tick mehr. »Gefällt mir.«

»Was jetzt genau?«

Er musterte sie von oben bis unten. »Alles.«

Ottilia fühlte sich immer mehr geschmeichelt.

Er hielt ihr einen Ellbogen hin. »Darf ich dich nun also entführen?«

Entführen? Klang spannend. »Wohin?«

»Zu einem meiner Lieblingsspazierwege und in ein Café.«

Und das vielversprechend. Doch sie erschrak ein wenig. »Ein Café in Hollfeld? Aber was, wenn uns jemand sieht und uns daheim verpetzt?«

Er schüttelte den Kopf. »Ich dachte mir schon, dass du diese Bedenken hegst. Nein, nicht in Hollfeld.«

Ottilia kräuselte die Stirn. »Aber es wird zu lange dauern, wenn wir ein Café außerhalb aufsuchen. Bis wir dort zu Fuß ankommen …«

»Nicht zu Fuß«, unterbrach Eduard sie und führte sie um die Hütte herum. Dort bückte er sich und reichte ihr dann einen halbrunden Lederhelm.

»Der müsste passen. Ist wie meiner. Probier ihn mal.«

Ottilia staunte. Unterdessen griff er nach dem zweiten, der in unmittelbarer Nähe lag, setzte ihn sich auf und schloss den Haltegurt unter dem Kinn.

»Du hast ein Motorrad?«

Er nickte.

»Und hoffentlich auch einen Führerschein?«

Nun lachte Eduard. »Ja, stell dir vor.«

Ottilia kaute auf der Unterlippe. »Und ich soll da mitfahren? Etwa hinten drauf?«

»Hinten drauf. Aber wenn du zu viel Angst hast, dann verstehe ich das. Dann können wir auch hier im Wald ein wenig herumlaufen und uns unterhalten.«

Ottilia beschloss, das Abenteuer zu wagen. Außerdem überkam sie die Neugier, auf so einem Gefährt mitzufahren und Eduard dabei ganz nahe zu sein. Kurzerhand zog sie sich den Helm auf. Er passte tatsächlich wie angegossen. Es sollte also wohl so sein.

»Dann los.«

Eduard verzog einen Mundwinkel zu einem Lächeln und zwinkerte ihr zu. »Auf die Antwort hatte ich gehofft und dich nicht falsch eingeschätzt.«

Eduard hatte die Maschine an einer Lichtung geparkt. Das Röhren des Motors und das Vibrieren gefielen Ottilia. Das Ding klang fast wie ein Traktor und den ihres Vaters fuhr sie gern. Sie merkte, dass sie Eduard vertraute, weshalb der Spaß die anfängliche Angst überwog, die sie vor ihm, wie sie meinte, erfolgreich verbergen konnte. Sie schlang ihre Arme um ihn und lehnte den Kopf seitlich an die Lederjacke, die er übergezogen hatte. Ihn zu spüren, verstärkte das Kribbeln in ihrem Bauch. Eduard fuhr nicht zu schnell und nicht zu langsam, eher vorsichtig. Ottilia genoss den Wind, der ihr auf dem Weg Richtung Heiligenstadt um die Nase wehte. Wollte Eduard dort mit ihr ein Café besuchen? Sie kannte Heiligenstadt zwar, war dort aber noch nie in einem Café gewesen. Bis spätestens acht, hatte sie zu Hause gesagt, wäre sie zurück. Unter der Woche war sie nie länger weg. Sie drängte die Gedanken beiseite und mit jedem Kilometer, den sie zurücklegten, war sie sicherer, dass sie auf dem besten Weg war, sich wirklich in Eduard Galbert zu verlieben, wenn sie es nicht schon getan hatte. Das Kribbeln sprach jedenfalls dafür. Ottilia genoss den Ausblick auf die felsige und auch grüne Landschaft und liebte die sich schnell abwechselnden Gerüche. Von herb bis süßlich war alles dabei. Das Schloss von Aufseß thronte in seiner weißen Pracht auf einer Anhöhe. Ottilias Großmutter hatte ihr als Kind erzählt, dass dort das Christkind wohnte, und Ottilia hatte es lange geglaubt. Sie lächelte, als sie daran dachte, dass sie ihre Großmutter dazu hatte überreden wollen, es zu besuchen. Hedwig war immer eine andere Ausrede eingefallen.

Sie ließen Aufseß hinter sich.

»Ist dir kalt?«, fragte Eduard, als sie durch ein längeres Waldstück fuhren.

»Nein, überhaupt nicht.«

Unweit davon bog er rechts in einen schmalen Weg, der zu einem weiteren Schloss führte. Greifenstein gehörte einer gewissen Familie Stauffenberg. Eduard stoppte das Motorrad bei einer eingezäunten Koppel, auf der drei weiße Pferde grasten. Die Auffahrt zum Schloss führte um einen kleinen Hügel herum, den ein Rundtempel der Ceres krönte. Gleich danach erstreckte sich eine lange Allee, von alten mächtigen Linden gesäumt, bis zum Burgtor. Ihre Äste sahen teils aus wie knorrige Finger.

»Ich liebe es, die Allee entlangzuwandern oder in den unmittelbaren Wäldern. Die Ruhe der Natur gibt einem immer Kraft und macht den Kopf frei«, erzählte Eduard. »Außerdem beobachte ich die Pferde gern. Mein Onkel aus England hat auch zwei Pferde. Eins schwarz, eins weiß.«

Ottilia lächelte. »Kannst du reiten?«

»Ein wenig.«

»Ich nicht.« Sie schaute sich um. »Hier ist es wirklich schön.«

Die Abendsonne strahlte auf sie beide hinab. Sommerblumen wiegten sich im sanften Wind auf den umliegenden Wiesen. Eduard streckte ihr eine Hand hin, die sie langsam ergriff. Ihre Finger verschränkten sich und die Wärme seiner Haut drang in sie und kroch bis in die letzte Faser.

Sie gingen unter den Blätterdächern der Linden, die magische Schattenspiele auf den Boden zeichneten, dicht nebeneinanderher.

Jeder hing seinen Gedanken nach, ab und zu lächelten sie sich an und genossen einfach die Gegenwart des anderen. Kurz darauf kamen sie an eine ehemalige Zugbrücke, die von stehenden Steinlöwen flankiert wurde. Das Spitzbogentor am Ende der Brücke bildete den Eingang zur Burg. Über dem Tor befand sich neben dem Familienwappen der Stauffenbergs ein Wehrerker.

»Ein imposantes Gebäude«, stellte Ottilia fest.

Eduard nickte. »Stimmt. Früher wollte ich immer ein Ritter sein.«

Ottilia lachte. »Und ich eine Prinzessin.«

»Wer weiß, vielleicht waren wir das auch mal, vor langer Zeit. Ritter und Prinzessin.«

Sie lachten beide. »Du meinst in einem früheren Leben?«

»Ja.«

Sie lehnte sich an die steinerne Mauer der Brücke. Niemand außer ihnen schien hier zu sein. Ottilia streckte die Arme nach oben. Sie fühlte sich frei und unbeschwert. Eduard stellte sich vor sie und stemmte sich mit durchgestreckten Armen an der Mauerkante ab, während er ihr in die Augen sah. Sie ließ sich von seinem Blick festketten, spiegelte sich in ihm wider. Langsam ließ sie die Arme sinken. »Vielleicht gibt es das ja wirklich. Frühere Leben meine ich. Die Seele ist unsterblich. Daran glaube ich fest«, flüsterte Eduard.

»Interessant«, erwiderte Ottilia.

»Und du? Was glaubst du, Fräulein Aden?«

Über solche Dinge hatte sie schon oft nachgedacht, war sich aber nicht ganz schlüssig.

»Ein Großteil in mir denkt schon, dass die Seele unsterblich ist. Aber ob wir öfters auf Erden weilen, also wiedergeboren werden … Mal glaube ich ja, dann wieder nein. Jedenfalls freue ich mich, dass wir uns getroffen haben.«

Er nickte. »Ich mich auch. Auch wenn …«

Er ließ den Satz unbeendet. Ottilia wollte nicht darauf eingehen, um den Zauber des Moments nicht zu zerstören. Aber sie wollte mehr von ihm hören, liebte es, seiner angenehmen Stimme zu lauschen. Im Grunde war es auch ohne Bedeutung, wer er war, solange sie zusammen waren. Dann zählte nur das, nur sie beide waren wichtig.

»Du bist mir so vertraut, Ottilia. Was nicht daran liegt, dass wir aus demselben Ort kommen«, sagte Eduard.

»Du mir auch, Eduard. Das alles überrollt mich und ich kann dennoch nicht aufhören … Ich meine …«

Ihr fehlten die richtigen Worte. Es war, als hätte Eduard sie verzaubert.

»Wenn es Seelenpartner gibt, dann, denke ich, habe ich meinen gefunden«, sagte er und lächelte.

»Du meinst mich?«

Er lachte. »Ja. Es ist verrückt und doch so … selbstverständlich unverständlich. Wir kennen uns bisher nur vom seltenen Sehen und doch ist da schon so eine große Anziehung.«

Sie zog die Unterlippe zwischen die Zähne und merkte, dass sie rot wurde. »Ja, stimmt. Du hättest Dichter werden sollen.«

»Findest du?«

»Ja, finde ich.«

Seine Hände wanderten zu ihrer Taille und sie wünschte sich, er hätte sie an sich gezogen und geküsst. Das Kribbeln in ihr wurde übermächtig. Sie war froh, dass er so dicht bei ihr stand und sie festhielt, sonst wäre sie wohl vor Aufregung in die Knie gesunken. Was um alles in der Welt passierte mit ihr? Sie hatte sich immer mehr Magie in ihrer Welt gewünscht und nun war sie da. Allein durch Eduards Anwesenheit. Alles um sie herum schien verzaubert. Käthe behauptete, Liebe wäre wie Zuckerwatte zu essen, mit dem Karussell zu fahren, auf einer Brücke zu balancieren und noch viel schöner als all das zusammen. Und Bärbel sagte, man würde es schon spüren, wenn die Liebe einen erwischt hatte. Es stimmte.

»Über was denkst du nach?«, fragte Eduard und lächelte immer noch. Sein Blick schien verklärt, als wäre er gerade erst erwacht.

Ottilia ließ sich darauf ein. »Käthe hat mir unlängst erklärt, wie es sich ungefähr anfühlt, wenn man Gefühle für einen Mann hegt.«

»Und wie fühlt es sich an?«

»Wie deine Nähe«, erwiderte sie leise. Da kam Eduard mit dem Gesicht näher, bis sich ihre Nasenspitzen berührten.

»Ich würde dich so gern küssen, Ottilia Aden. Oder ist es zu früh?«, fragte er dann.

»Meine Eltern würden mich ohrfeigen für die Antwort, genau wie mein Verstand es gerade tut. Aber Großmutter Hedwig sagt immer, hör auf dein Herz.«

»Und was sagt dein Herz?«

»Rede nicht länger, sondern tu es einfach.«

Kaum hatte sie es ausgesprochen, trafen seine Lippen auf ihre. Ein warmer weicher kurzer Kuss, der reichte, um Ottilias Inneres zum Explodieren zu bringen.

Der Aden-Hof

Hedda

Ein paar Wolken zogen auf und ich setzte meinen Weg zum Aden-Hof fort. Wieder kam es mir vor, als wäre Monika an meiner Seite. Etwa zweihundert Meter vor dem Ziel kam ich an dem kleinen Häuschen vorbei, das einst Monikas Eltern bewohnt hatten. Sie hatten sich damit einen Traum von etwas mehr Unabhängigkeit erfüllt. Auch diesen Part ihres Lebens hatte ich in späteren Kapiteln meines Romans eingebaut. Gänsehaut überzog meinen Körper. In jenem Haus hatten Ottilia und Eduard glückliche Jahre verbracht. Ich war sicher, dass in dem Gemäuer noch ein Teil ihrer Seele steckte. Das Haus sah genau so aus, wie ich es mir vorgestellt hatte. Ein Junge saß auf einer Schaukel, die an einem Lindenbaum befestigt war, und schwang sich darauf in die Höhe. Dabei sang er etwas vor sich hin. Das musste Johann sein. Seine Wangen glühten wie ein reifer Apfel. Er schien richtig glücklich zu sein. Kein Wunder. Dieses Zuhause würde mir auch gefallen. Das Häuschen besaß ein rotes Ziegeldach, eine weiße Fassade und grüne Fensterläden. Der Garten war gepflegt und von einem

Holzzaun umgeben. Der Geruch von frischer Farbe zog mir entgegen. Vergangenheit und Gegenwart vermischten sich wieder einmal in meinem Kopf. Der Junge winkte mir und ich winkte zurück, dann fuhr ich langsam weiter.

Mit Bedacht drehte ich den Schlüssel im Schloss der hölzernen weinroten Tür, die zu einem großen Bauernhaus mit südseitigem Balkon gehörte. Die Fenster waren kleiner als die, die ich von Wohnhäusern kannte. Auf den Fensterbrettern standen Blumenkästen mit verwelkten, teils verdorrten Tannenästen und Weihnachtsdeko. Rote und silberne Kugeln, ein wenig Glitter. Die Kästen hatte Monika zu Weihnachten wohl noch selbst gesteckt. Mir wurde das Herz schwer. Auch der Garten in der Nähe des Hauses sah ungepflegt aus. Ich erinnerte mich, dass Monika mir erzählt hatte, Daniel und Viktoria würden sich, das hatten sie ihr versprochen, um ihre geliebten Blumen und alles andere kümmern. Wenn *das* Kümmern hieß, dann hatten sie davon eine andere Vorstellung als ich. Ich drückte den Griff der Tür nach unten, wie es Monika wohl Tausende Male getan hatte, und trat in einen Flur, dessen Wände lachsfarben gestrichen waren. Fotos hingen dort. Eine Kommode beherbergte ein großes Seidenblumengesteck. Mir wurde wieder schwerer ums Herz. Ich besah mir die Fotos näher. Einige zeigten Ottilia und Eduard sowie den Rest der Familie Aden. Ich kannte sie, weil dem Büchlein auch Fotos mit rückseitiger Beschreibung beigefügt waren. Auf den meisten hier aber war Daniel zu sehen.

»Ach, Monika«, sagte ich leise und wünschte, sie wäre nun direkt aus einem der Zimmer gekommen, die ich mir als Nächstes ansah. Wie in der Stadt war hier Modernes und Altes vereint und strahlte Liebe sowie Gemütlichkeit aus. Etwa der grüne Kachelofen im Wohnzimmer oder der Esstisch in der großzügigen cremefarbenen Küche. Auf den Fensterbrettern standen Kräuter, die jedoch eingetrocknet waren. Die Erde in den Töpfen wurde langsam schon zu Staub. Zudem roch es in den Räumen abgestanden, weshalb ich erst einmal durchlüftete. Das Haus schien mit mir durchzuatmen. Ein großes Bad mit frei stehender Wanne, ein Abstellraum und ein Gäste-WC gehörten ebenfalls zum Parterre. Ich ging mit meinem Gepäck weiter hinauf ins zweite Stockwerk. Dort, wo auch Bärbels Schneiderei gewesen war. Monika hatte mir erzählt, dass ihre Mutter sich im Meyer-Haus eine eigene eingerichtet hatte, aber auch hier gern noch in der von Bärbel genäht hatte. Ich ging die schmale geradlinige Treppe mit dem hölzernen weiß lackierten Geländer nach oben und stieß auf einen neuen Flur, von dem Türen abgingen. Hinter der ersten befand sich noch ein kleines Bad mit Dusche. Auf der gleichen Seite folgte ein Gästezimmer, das in Grün- und Brauntönen gehalten war. Ein Bett mit schneeweißem Laken zierte die Mitte. Rechts davon stand eine weiß gestrichene Kommode mit Spiegel, gegenüber ein großer Schrank. Beides schien neu hergerichtet worden zu sein. Das Fenster des Zimmers zeigte Richtung Scheune. Dann, war ich mir sicher, war das früher die Mädchenstube von Ottilia gewesen. Und Monikas Schlafzimmer das ihrer Eltern, bevor sie in das kleinere Haus zogen. Ich stellte mein Gepäck ab. An den Wänden hingen gerahmte Zeichnungen, die der Signatur nach alle von Ottilia stammten. Sie hatte wirklich ein begnadetes Talent gehabt. Ich kam mir vor, als wäre ich gerade in meinen Roman getaucht. Auf einem kleinen Tischchen standen gerahmte Fotos von Daniel und Viktoria sowie den Adens. Hier im Gästezimmer würde ich schlafen. Ganz klar. Ein wohliges und ehrfürchtiges Gefühl durchschlich mich. Ich ging wieder hinaus und öffnete die nächste Tür auf der anderen Seite. Es gab so viel zu entdecken. Dort war einst, so wie Monika es mir mal beschrieben hatte, Hermanns Stube gewesen. Eine Tür weiter befand sich Bärbels. Und daneben die Schneiderei. Die alten schweren schwarzen Maschinen mit Fußbetrieb waren noch die gleichen wie damals. Fast alles in der Schneiderei war so belassen worden, wie es gewesen war. Das hatte Monika gesagt. Auf Regalen stapelten sich ein paar Stoffballen. In einem Schrank fanden sich allerlei Garn, Scheren und Nadeln. An der weiß getünchten Wand hing Bärbels Meisterbrief in einem schwarzen Rahmen. Ich strich mit einem Finger leicht darüber. Nicht nur dort hatte sich eine Staubschicht niedergelassen. Ich öffnete das Fenster, das in den Hof zeigte. Fast glaubte ich, Ottilias und Bärbels Stimmen und die der anderen im Haus zu hören, als ich die ebenso schmale Treppe zum Dachboden bestieg. Die Räume dort waren fast komplett leer geräumt. Staub tanzte im Licht der durch die kleinen Fenster einfallenden Sonnenstrahlen. Für einen Moment glaubte ich, Schritte auf den alten Brettern zu hören, und hielt inne. Alles war still. Wie schön wäre es, sie alle hier anzutreffen, mit ihnen zu reden, Leben im Haus zu wissen. Aber die Vergangenheit Monikas und ihrer Lieben kehrte nicht zurück. Alles, was ich tun konnte, war, sie festzuhalten, auf meine eigene Weise und mit Monika im Herzen.

»Freut mich sehr, dass du gut angekommen bist, Hedda«, sagte Sascha, mit dem ich ein wenig später telefonierte.

»Wie man es nimmt.«

»Du meinst die Begegnung mit Daniel.«

»Ja.«

Ich ging in Monikas Küche auf und ab und entdeckte immer mehr Kleinigkeiten, die sie hinterlassen hatte. Wie etwa feine Gewürze, einen Schrank voller Schokolade, einen Weidenkorb mit handgeschriebenen Back- und Kochrezepten, von denen sie viele selbst entworfen hatte. Sie hatte lange noch gehofft, dass wir ein paar nach unserer Entlassung zusammen ausprobieren könnten. »Aber falls ich hier nicht mehr lebend rauskommen sollte, dann vererbe ich sie dir«, hatte sie gesagt und dazu gelacht. Damals war ich so hoffnungsvoll gewesen, für uns beide.

»Hedda? Bist du noch dran?«, fragte Sascha. Ich strich über die Seiten im Rezeptbuch und biss mir auf die Unterlippe. Tränen stiegen mir in die Augen. »Ja?«, brachte ich leise heraus.

»Alles okay. He, das mit Daniel wird schon. Setze einfach deinen Charme ein. Dem kann doch kein Mann widerstehen.«

»Hör auf zu schleimen. Steht dir nicht, Sascha.«

»Tue ich nicht. Soll ich kommen, dich unterstützen?«

»Nein, da muss ich allein durch.«

»Ich glaube an dich.«

Ich lächelte und blickte aus einem der Fenster. »Danke.«

Der Wind fegte ein paar Blätter über den Hof. Beim Café war ich noch nicht. Das wollte ich nachher unbedingt nachholen. Aber noch war ich mit den Eindrücken vom Haus vollends ausgelastet, musste all das erst einmal sacken lassen und richtig ankommen.

»Ich hoffe, du kannst dort auch ein wenig überarbeiten, denn ich will endlich neues Lesefutter.«

»Habe ich zu Hause und auch hier schon. Ein paar Kapitel sind fertig geschliffen. Die kann ich dir nachher gern schicken.«

»Du bist ein Schatz. Nur her damit.«

Ich lachte. »Sobald ich aufgelegt habe, bekommst du sie.«

»Noch habe ich Zeit. Danach stehen einige Termine an, die ich wahrzunehmen habe. Wird eine stressige Zeit. Aber manches habe ich auch schon echt lang vor mir hergeschoben. Zahnarzt und der Check beim Arzt zum Beispiel.«

»Eins nach dem anderen.«

»So wie bei dir. Schritt für Schritt.«

Da gab ich ihm recht. Gleich nach dem Telefonat löste ich mein Versprechen ein und schickte ihm die Kapitel. Inzwischen war es Abend geworden. In einem der Küchenschränke fand ich Teebeutel und gönnte mir einen Früchtetee, nachdem ich ausgepackt hatte. Seltsam, so allein in einem fremden Haus voller fremder Erinnerungen, die einem so nah gingen, als wären es die eigenen. Aber es fühlte sich immer richtiger an, hier zu sein. Ich setzte mich auf die Bank vor dem Haus, schloss die Augen und sog die Gerüche und Geräusche der Natur in mich ein, die dem Hof einen Zauber verliehen. Die Abendluft war mild und Sonnenstrahlen wärmten mich. Erst als die Sonne weg war, ging ich wieder hinein, kuschelte mich auf die Couch und überarbeitete *Unter dem Dornenhimmel* weiter. Es hier zu machen, in Monikas Wänden, verlieh dem Ganzen eine wachsende Realität, die mir immer wieder eine Gänsehaut zauberte.

Träume

Ottilia

Auf dem Nachhauseweg nach ihrem Ausflug mit Eduard glaubte Ottilia, seine Lippen noch auf ihren zu spüren. Sie wünschte sich, sie könnte dieses Gefühl festhalten.

»Sofort anhalten!«, tönte eine Stimme hinter ihr. Ganz sicher gehörte sie zu Amon. Sie ignorierte ihn. Fast erschien er ihr gespenstisch. Sie hatte ihn gar nicht gesehen, als sie vor wenigen Sekunden in die Straße zu Käthe eingebogen war, wo sie kurz noch bei ihrer Freundin vorbeischauen wollte.

»Hast du nicht gehört, Ottilia Aden? Das ist ein Befehl!«, rief Amon.

Ottilia presste die Zähne aufeinander. Nun, da er ihren Namen genannt hatte, konnte sie ihn nicht mehr ignorieren. Er gehörte zu der Teufelspartei und der musste man gehorchen. Sie hoffte, dass sie den Apothekersohn schnell wieder abwimmeln konnte.

Brav hielt sie am Rand des Gehsteigs, drehte sich aber nicht um, sondern wartete, bis Amon zu ihr kam. Er umrundete sie strammen Schrittes und mit kerzengerader Haltung. Fast hätte sie über seinen theatralischen Auftritt geschmunzelt.

»Wo kommst du her?«, fragte er.

Was ging ihn das an?

Ottilia antwortete monoton: »Ich habe auf den Feldern und Wiesen nach dem Rechten geschaut, wie so oft. Ist das verboten?«

Amon seufzte. »Warum gleich so zickig?«

Er grinste frech. Ottilia unterdrückte ein Schnauben.

»Du siehst sehr schick aus. Hast du das Kleid selbst genäht?«

Sie nickte. Er blieb vor ihr stehen und wurde ernst.

»Oder hast du es für jemand Bestimmten angezogen?«

Für einen Moment verschlug es Ottilia die Sprache. »Ich wüsste nicht, was dich das angeht«, musste sie ihm ins Gesicht schleudern, blieb aber ruhig dabei.

»Also doch? Hast du dich mit diesem Jemand getroffen?«

Er verengte die Augen ein wenig, forschte in ihrem Gesicht.

Ihn anzulügen, fiel ihr nicht schwer. Er hatte es durch sein Verhalten nicht anders verdient. »Nein.«

Ein Lächeln überzog seine Lippen. »Also gibt es keinen Mann in deinem Leben, der dir den Kopf verdreht hat.«

»Ich muss nach Hause. Es ist schon spät«, sagte sie und saß wieder auf. Doch Amon hielt ihren Lenker mit einer Hand fest und fixierte sie weiter. »Ich glaube, wenn du sagst, dass ich dich aufgehalten habe, wird deine Mutter beschwichtigt sein und sich gar freuen.«

Sie schluckte trocken. »Glaubst du?«

Er nickte. Seine Selbstsicherheit und Selbstverliebtheit verursachten ein Ekelgefühl in ihr, dass ihr die Galle in den Hals schwappte.

»Und ich glaube, dass du dich gern erobern lässt. Daher die abweisende Haltung mir gegenüber.«

»Ich interessiere mich nicht für Männer«, erwiderte Ottilia salopp und stierte zurück. Ihr war egal, wie er dies nun auslegte.

»Was bedeutet?«, wollte er wissen.

»Das, was ich gesagt habe. Und nun geh mir bitte aus dem Weg, denn ein Mann von Ehre, der du offensichtlich sein willst, hält eine Frau nicht gegen ihren Willen fest.«

Er lachte. »Wie bitte? Ich mache mir rein Sorgen um dich.«

Am liebsten hätte Ottilia ihm auf den Kopf zugesagt, dass sie Leute, die mit Stolz und Überzeugung der Partei dienten, so wie er offensichtlich, für sie tabu und widerlich waren.

»Ich lasse dich gehen. Wenn du mir versprichst, noch einmal über uns nachzudenken.«

Über uns? Ottilia unterdrückte ein Lachen.

»Ach, und ich habe einen Auftrag für dich und deine Tante, möchte aber, dass du ihn ausführst.«

Er sprach, als würde er jeden Satz genau abwägen. Höchstwahrscheinlich war es auch so. Amon Kassel überließ wohl nichts dem Zufall.

Zwei seiner Parteifreunde kamen die Straße entlang und blieben bei ihnen stehen.

»Gibt es Probleme, Amon?«, fragte der eine, ein hoch aufgeschossener junger Mann mit Augen, die so kalt wirkten wie gefrorenes Wasser. Der andere musterte Ottilia.

»Nein. Das ist eine Freundin von mir«, erzählte Amon.

»Ottilia Aden«, stellte sich Ottilia vor.

Die beiden Männer nahmen einen entspannteren Gesichtsausdruck an. »Guten Tag, Fräulein Aden«, grüßten sie wie aus einem Mund.

Ottilia grüßte monoton zurück. Fehlte nur noch, dass Amon sie als seine Lebenspartnerin vorgestellt hätte. Seine Kumpane lächelten ihr nun sogar zu und ließen ihre Blicke nicht von ihr.

»Schaut nicht so. Ihr könnt schon weitergehen und nach dem Rechten sehen. Ich komme gleich nach«, wies Amon die beiden an.

»Jawohl. Wir haben gehört, dass sich drei Juden am Unteren Markt aufhalten und offensichtlich ihre Freizeit dort verbringen«, erzählte sein Kamerad.

Amons rechter Mundwinkel zuckte. »Ihr habt es gehört? Schaut nach und verhaftet das Pack. Sie haben dort nichts zu suchen.« Sofort machten sich die beiden auf den Weg. Amon schaute ihnen nach. Der Hass in seinen Augen machte Ottilia Angst.

»Das ist alles?«, platzte es aus ihr heraus.

Amons Blick schärfte sich. »Was meinst du damit?«

Natürlich hatte sie gehört, dass es Juden seit einer Weile untersagt war, sich in ihrer Freizeit überall frei zu bewegen. Ein Gesetz der Einschränkungen, das vor Absurdität nur so triefte. Bei Nichteinhaltung konnten die Patrouillen sie verhaften und wegsperren, manchmal gar Schlimmeres, wenn man den Gerüchten Glauben schenkte.

»Sie tun doch nichts, außer dort zu stehen und zu reden. So wie wir hier«, sprach Ottilia weiter.

Amon beugte sich vor. »Muss ich dich noch einmal warnen?«, fragte er dann.

Ottilia schluckte trocken und schüttelte den Kopf. Sie glaubte, dass er für die Partei wohl auch über ihre Leiche gehen würde, wenn es sein müsste.

Langsam wich er zurück. »Gut für dich, für uns. Fahre auf direktem Weg nach Hause. Verstanden?«

Endlich ließ er von ihrem Rad ab und ging zur Seite. Sofort schwang sich Ottilia auf den Sattel und trat in die Pedale. Seinen Auftrag an sie und ihre Tante hatte Amon mit keinem Wort mehr erwähnt, was ihr nur recht war. Und Käthe würde bis morgen auf ihren Bericht warten müssen.

Die Nacht erschien ihr wie ein endloser schwarzer Tunnel. Weil sie nicht schlafen konnte und Lust dazu hatte, zeichnete sie neue Unterwäsche- und Kleiderentwürfe in ihren Block. Dabei dachte sie an Eduard, ihren ersten Kuss und an die Wärme in seiner Stimme. Immer wieder ließ sie die Szenen ihres Ausflugs vor ihrem inneren Auge ablaufen. Am liebsten säße sie noch in dem kleinen Café mit der gestreiften Markise und dem leckeren Schokoladenkuchen, den sie sich gegönnt hatten. Zum Glück war es bis zum nächsten Wiedersehen nicht allzu lange hin. Auch wenn es ein Tanz auf dünnem Eis war. Sie hatten abgemacht, sich am Wochenende, dem Samstag, um die gleiche Zeit bei der Hütte zu sehen. Ottilia legte erst gegen vier Uhr morgens den Block beiseite, weil sie dann doch eine gewisse Müdigkeit übermannte. Bis zum Morgen träumte sie von Amon. Ein Albtraum. Sie fand sich inmitten einer Gruppe aus Judenkindern, die von Uniformierten mit Stallgabeln durch die Stadt gejagt wurden. Amon war ihr Anführer. Ottilia trug einen langen grauen Mantel und kurz geschorenes Haar. Ihre Füße schienen am Teer der Straße festzukleben. Nur mit Müh und Not kam sie voran und versuchte, die Kinder unter ihrem Mantel zu verstecken. Der Himmel über ihr zog sich zu einem grauen Tuch zusammen, Sturmwolken lösten sich vom Horizont und schwebten in ihre Richtung. Die Kinder schrien so eindringlich, dass ihr Herz schmerzte. Dann spürte sie eine Berührung an der Schulter und stürzte. Mit einem Schrei, der ihr halb im Hals stecken blieb, erwachte sie neben ihrem Bett. Schweißperlen lagen auf ihrer Stirn, das Herz raste. Sie strich sich ein paar feuchte Strähnen, die sich in ihr Gesicht verirrt hatten, hinter die Ohren. Noch ganz durcheinander rappelte sie sich auf.

»Nur ein Traum, ein böser Traum«, sagte sie leise, um sich selbst zu beruhigen. Tränen stiegen ihr in die Augen. Doch dieser Traum war geboren aus Trauer und Wut. Sie wusch sich das Gesicht über der Waschschüssel, die auf einer kleinen Holzkommode in der Ecke stand. Danach griff sie nach der Bürste und kämmte sich das Haar, um es anschließend zu einem Dutt hochzubinden. Das Schreien der Traumkinder setzte ihr nach wie vor zu. Alles war ihr so wirklich erschienen. Die dunkle Vorahnung, dass es zu einem zweiten Weltkrieg kommen könnte und die Partei die Verfolgung der Juden und anderer armer Menschen fortsetzte, schlimmer noch als bisher schon, ließ sie erzittern. Erstes Morgenlicht flutete ihre Stube. Sie ging zum Schrank hinüber, öffnete ihn, um sich ein Sommerkleid für den heutigen Tag auszusuchen. Bunt sollte es sein. So bunt wie eigentlich das Leben für alle, nicht nur für manche. Früher, als sie Kind gewesen war, dachte sie sich, waren die Sommer noch unbeschwert und leicht gewesen. Nun erschien ihr das Sonnenlicht immer öfter als trügerisch.

Ein Tag später

Amon kam überraschend in der Schneiderei vorbei. Er wollte sich einen Anzug für eine Privatfeier schneidern lassen. Seine Eltern, erzählte er stolz, waren mit dem Gauleiter aus Bayreuth befreundet und von ihm zu seinem Geburtstag eingeladen worden. Auch wenn Ottilia Amons Wunsch widerstrebte, behandelte sie ihn professionell und wie alle anderen Kunden.

»Du bist sehr talentiert und fleißig, Ottilia«, lobte er sie, als sie seine Maße nahm.

»Vielen Dank.«

Ihre Mutter, die vorbeischaute, war nach wie vor entzückt von Amon. Aber Ottilias Großmutter, Bärbel und auch Hermann, das spürte Ottilia deutlich, mochten Amon genauso wenig, wie sie es tat. Sobald Amon weg war, konnte Ottilia wieder aufatmen. Ihr war jedes Mal so, als würde er einem Raum den Atem entziehen, wenn er ihn betrat.

Die Zeit bis zum ersehnten Wiedersehen mit Eduard verging rasch durch die Arbeit am Hof und in der Schneiderei.

Im Zauberwald war die Welt wieder in Ordnung, dachte Ottilia und atmete durch. Sie hatte sich fein gemacht für das Treffen mit Eduard, trug ein schulterfreies violettfarbenes Kleid mit V-Ausschnitt, darüber ein selbst gehäkeltes weißes Jäckchen. Die Blätter der Bäume rauschten im sanften Spätsommerwind, Vögel zwitscherten und in der Ferne schnatterten Enten. Auf ihrem Weg beschloss sie, Eduard nichts von Amon zu erzählen. Sie betete zu Gott und hoffte inständig, dass der Apothekersohn bald das Interesse an ihr verlieren würde und damit die Sache erledigt war. Genau wie sein Schneiderauftrag. Bärbel und sie hatten inzwischen die Schnitte des Jacketts für Amon fertiggestellt. Den Stoff dafür wollte der Inhaber des Stoffgeschäfts gleich am Montagvormittag selbst auf dem Hof vorbeibringen, weil er sowieso in Hollfeld zu tun hatte. Ottilia war außer Puste, als sie zeitgleich mit Eduard an der Hütte ankam. Ihr Herz schlug sofort schneller, als sie ihn sah. Sofort war es wieder da, dieses Kribbeln und Prickeln. Als sie ihm in die Augen sah, war es gänzlich um sie geschehen und sie spürte erst jetzt so richtig, wie sehr sie ihn vermisst hatte.

Eduard trat ganz nah an sie heran. Ihre Blicke verschmolzen, während sich ihre Hände erst zaghaft schüchtern, dann innig und fest miteinander verbanden.

»Darf ich dich küssen?«, fragte Eduard.

Ottilia brachte kein Wort über die Lippen, nickte nur. Einen Wimpernschlag später senkte Eduard seinen Mund auf ihren. Ein Kuss, so warm und weich wie ein federgefülltes Kissen. Eine Berührung, die sie auffing und die Macht zu besitzen schien, alles Schlechte dieser Erde zu vertreiben. Ihre Körper drängten sich aneinander. Ottilia schlang die Arme um

Eduards Hals und der Kuss wuchs zu einem Vulkan, der ihre Herzen überschwappen ließ vor glühender Leidenschaft. Sie traten ein paar Schritte zurück, ohne sich dabei auch nur eine Sekunde loszulassen, bis Ottilia die Bretterwand der Hütte im Rücken spürte. Sie wollte mehr von Eduard, gänzlich mit ihm verschmelzen. Noch nie hatte sie derartige Wünsche gehegt. Er ließ seine Zunge sanft zwischen ihre Lippen gleiten, bis sich ihre Zungenspitzen trafen.

»Ottilia«, flüsterte Eduard in ihren Mund.

»Du kannst mich auch Tilia nennen, wenn du magst.«

»Tilia«, keuchte er.

»Oh Eduard.« Das Prickeln und Kribbeln wurde übermächtig.

Gleichzeitig ließen sie die Hände los. Ottilia fuhr ihm mit den Fingern durchs Haar, wie sie es schon lange tun wollte. Es war so weich, wie sie es sich vorgestellt hatte. Eduard ließ derweilen seine Hände an ihren Hüften entlangwandern, hinauf zu ihrem Busen. Kurz zuckte sie ein paar Millimeter zurück.

Sofort ließ Eduard von ihr ab. »Tut mir leid, Tilia.«

Sie schüttelte den Kopf. »Nein. Muss es nicht. Es war schön, ist schön. Nur … Mich hat da noch kein Mann berührt.« Sie räusperte sich leise, weil ihre Stimme am Ende fast versagte.

»Aber ich wollte dich nicht überrollen.« Er sah verlegen drein.

»Alles gut, mehr als das. Ich will ja, dass du mich berührst.« Erneut küssten sie sich und schauten sich dann eine Weile schweigend an.

»Wollen wir reingehen? In die Hütte? Da sind wir dann ganz für uns«, flüsterte sie.

Eduard nickte. Die Hütte besaß ein Schloss, der Schlüssel lag unter einem moosbewachsenen Stein in der Nähe. Ottilia holte ihn rasch.

Als sie wieder bei Eduard stand, sah der sie ernst an. »Ich will dich auch wirklich zu nichts drängen. Du sollst dich mir auch nie verpflichtet fühlen. Also …« Er stoppte.

Ottilia stutzte, dann lachte sie, bis sie merkte, dass Eduard nicht einstimmte.

Eine tiefe Falte schob sich zwischen seine Augen. »Ich meine es ernst.«

»Eduard. Alles gut. Ich tue alles freiwillig und ich spüre dich so gern. Auch wenn mich alles überrollt, weil ich nicht darauf vorbereitet war, auf das mit uns, was da geschieht … Und ich war mit einem Jungen wirklich noch nie so … eng, innig. Du mit einem Mädchen?«

Er schüttelte den Kopf.

»Du hast also noch nie ein anderes Mädchen geküsst?«

»Doch, das schon«, gab er zu.

Nun wurde sie neugierig, wollte mehr erfahren.

»War sie eine feste Freundin?«

»Nein. Nur ein Flirt.« Seine Wangen färbten sich ein wenig rosa.

»Soso. Du flirtest also gern, Eduard Galbert.«

Er grinste. »Jetzt nur noch mit dir. Das schwöre ich.«

Ottilia hob eine Braue. »Das will ich auch hoffen.« Dann lachte sie.

Er küsste sie auf die Stirn. »Das kannst du auch.«

»Jetzt hast du mich neugierig gemacht und ich will den Rest erfahren. Kenn ich sie vielleicht?«

»Nein. Sie heißt Mary Blymoth. Ich habe sie in England kennengelernt. Sie ist Haushaltshilfe im Haus meines Onkels. Onkel John ist seit fünf Jahren Witwer. Er hat die Schwester meiner Mutter geheiratet, nachdem er sie hier in Deutschland bei einer Reise kennengelernt hatte. Es hat sofort geknistert zwischen den beiden. Damals waren er und sie Anfang zwanzig.

Inzwischen hat er eine neue Frau an der Seite. Ethel. Sie ist nett.«

»Oh, das mit deiner Tante tut mir leid.«

»Mir auch. Sie war sehr nett. Onkel John arbeitet viel. Das Schreinerhandwerk ist seine Leidenschaft. Ich verstehe mich prima mit ihm und auch die Arbeit in seiner Schreinerei hat Spaß gemacht. Ihr Sitz ist in einer Kleinstadt in Oxfordshire. Er hat sie von seinem Vater geerbt, ist ein begnadeter Lehrmeister. Jedenfalls haben Mary und ich uns ein paarmal geküsst und waren aus zum Tanzen. Aber mehr war da nicht. Wir haben auch keinen Kontakt mehr. Wie auch immer. Es gehört eigentlich nicht hierher.«

»Ich wollte es doch hören, Eddie.«

Der Spitzname war ihr spontan eingefallen. Nun konnte er wieder lachen. »Eddie?«

»Gefällt es dir nicht?«

Er schürzte die Lippen. »Bisher hat mich nur meine verstorbene Tante und Emmi manchmal so genannt. Magst du Eduard nicht?«

Sie lachten gemeinsam.

»Doch, natürlich. Eduard klingt irgendwie edel. Und Eddie süß.«

»Mir gefallen Ottilia und Tilia gleichermaßen. Also gut, nenn mich, wie du magst.«

Schlagartig wurde Ottilia wieder richtig bewusst, wem sie da gerade gegenüberstand und wie hasserfüllt Emmi Galbert und Eduards Vater sie hier im Zauberwald angesehen und behandelt hatten. Sie schob die Gedanken jedoch beiseite und angelte sich die Unbeschwertheit von eben zurück.

»Komm, lass uns jetzt reingehen«, sagte sie dann und öffnete die Tür.

»Warst du schon mal in England oder kennst du dort jemanden?«, wollte Eduard wissen, als sie eintraten.

»Ich habe eine jüdische Freundin, die mit ihren Eltern in England wohnt, sich aber seitdem nicht mehr gemeldet hat. Ich denke, sie schreibt mir nur nicht, weil sie mich nicht gefährden will oder … Nein, ihr wird schon nichts passiert sein.« Das hoffte Ottilia inständig. Sie senkte den Kopf. »Eine Schande, was die Regierung mit den armen Leuten macht. Erst kürzlich sind die Wagners, denen der Kaufladen in Hollfeld gehört hat, abgereist. Ich vermisse sie.« Sie hatte sich nicht mal mehr von ihnen verabschieden können, hatte es nur von Käthe erfahren.

Eduard hob ihr Kinn mit einem Finger an, bis sie sich wieder ansahen. »Ja, das ist schlimm und hat hoffentlich bald ein Ende.«

Ottilia seufzte. »Ja, ich hoffe, die wachen noch auf und Hitler geht dahin zurück, wo er hergekommen ist. Wohl aus der Hölle.«

Eduard nickte und Ottilia erklärte ihm, warum ihr Vater der Partei treu blieb.

»Warum erzählst du mir das?«, wollte er danach wissen.

»Weil ich will, dass du siehst, dass meine Eltern nicht mit dieser Politik sympathisieren, sondern sich und vor allem uns nur schützen wollen. Vater ist kein schlechter Mensch und Mutter auch nicht. Auch wenn sie beide Sturköpfe sein können.«

Eduard legte seine warmen Hände an ihre Wangen. »Meine sind auch in Ordnung. Aber eben auch Sturköpfe. Vielleicht kann ja unsere Liebe zum Frieden zwischen ihnen beitragen.«

Ottilia machte große Augen. »Du willst es ihnen sagen?«

»Noch nicht, aber wenn das mit uns Bestand hat, und das hoffe ich inständig, dann ja.«

Dass er auch offen zu ihr stehen wollte, gefiel ihr. »Ja. Das hoffe ich auch.«

»Geben wir uns und ihnen Zeit. Auch wenn ich am liebsten gleich der ganzen Welt von uns erzählen würde.«

»Du und ich. Es geht so schnell und dennoch weiß ich im Grunde meines Herzens, dass es richtig ist«, erwiderte Ottilia.

Eduard fuhr ihre rechte Braue mit einem Finger nach. »Geht mir auch so.«

Sie besiegelten ihre Worte mit einem neuen Kuss. Nicht mehr lange und sie musste zurück nach Hause. Das Geläut des St. Gangolfturms, das man weit über die Grenzen der Stadt hinaus hören konnte, erinnerte sie daran.

»Ehrlich gesagt, wollte ich schon immer mal hier rein«, sagte Eduard dann und schaute sich in der Hütte um. »Als ich ein kleiner Bub war, habe ich mir vorgestellt, dass dadrin die Hexe von Hänsel und Gretel wohnt. Vor allem nachdem Vater …«, erzählte er weiter, hielt dann aber inne.

Ottilia nahm es mit Humor. »Schon in Ordnung. Ich glaube, ich kann mir vorstellen, was du sagen wolltest.«

»Ich habe das Märchen nie gemocht«, ergänzte Eduard mit Nachdruck und ernster Miene.

Der Geruch von Staub stieg ihnen in die Nase. In einer Ecke stand ein Holzklotz, in dem die Axt ihres Vaters steckte. Daneben lagerten Kisten mit altem Werkzeug. An einer Wand lehnte eine Matratze. Spinnenweben hingen in den Ecken und am Sprossenfenster. Eduard zog sie an sich. Eine Hand ruhte auf ihrem Rücken, die andere legte er sanft in ihren Nacken. Und dann küssten sie sich erneut.

Jenseits des Zauberwaldes

Ottilia

Drei Tage später

Amon baute sich vor ihr auf. Sie standen mitten in Hollfeld unweit des Ladens, wo Ottilia Fische für das Familien-Abendessen geholt hatte. Aus dem grauen Himmel begann es leicht zu regnen.

»Geht es dir wieder besser?«, wollte Amon wissen. Ottilia hatte nach gestriger erfolgreicher Anprobe in der Schneiderei seine Einladung zu einem anschließenden Picknick abgesagt. Als Ausrede hatte sie Kopfschmerzen und Übelkeit vorgetäuscht.

»Ja, danke«, erwiderte sie kurz.

Amon nahm ihre Hände und drückte sie. »Schön. Dann können wir unser Vorhaben mit dem Picknick also bald nachholen.«

Sie zog ihre Hände zurück und zeigte auf die Tüte mit den Fischen. »Ich muss nach Hause.«

»Ich würde dich zu gern begleiten, aber leider hab ich einen wichtigen Termin.«

Zum Glück, dachte Ottilia. »Ist in Ordnung. Guten Tag, Amon.«

Er nickte. »Guten Tag und bis sehr bald.«

Ottilia seufzte. Als sie aufblickte, entdeckte sie Eduard, der etwa fünfzig Meter entfernt stand. Er schaute zu ihr her, drehte sich dann aber weg und ging schnell weiter. Amon, der in die andere Richtung gegangen war, war nicht mehr zu sehen. Ottilia ahnte, wie die Szene eben auf Eduard gewirkt haben musste, und eilte ihm nach. In seinem Haar hatten sich ein paar Holzspäne verfangen, bemerkte sie, als sie ihn einholte. Offensichtlich war er gerade von der Arbeit gekommen.

»Es ist anders, als du denkst, Eddie.«

»Ach, was denke ich denn?«, wollte er wissen, ohne stehen zu bleiben.

Ottilia wünschte, er hätte nichts mitbekommen. Sie wollte nicht, dass er sich sorgte, aber eben auch nicht, dass er falsche Schlüsse zog.

»Ich erkläre dir alles in Ruhe. Am Samstag bei unserem nächsten Treffen. Das eben mit Amon …«, sagte sie, kam jedoch nicht weiter. Denn Emmi Galbert tauchte aus dem Lebensmittelladen am Unteren Markt auf und steuerte mit einer Tüte eilig in ihre Richtung. Ihre Augen verengten sich. »Was will die von dir, Eddie?«, fauchte sie.

»Nichts«, erwiderte Eduard und wandte sich von Ottilia ab.

Ottilias Herz schien zu bersten.

Emmi hängte sich bei ihrem Bruder ein und blähte die Nasenflügel. »Komm, gehen wir. Ich habe alles bekommen, was ich wollte.« Sie hob kurz die Tüte an, die Eduard ihr dann abnahm.

»Gut«, sagte er und ging ohne ein weiteres Wort zu Ottilia mit seiner Schwester weiter.

Ottilia konnte noch sehen, dass sie dabei grinste.

Käthe legte einen Arm um Ottilia. Sie war gleich nach dem Zusammentreffen mit Eduard und Emmi zu ihr geeilt, um ihr ihr Herz auszuschütten. Dabei hatte sie Käthe beim Backen in der Backstube geholfen. Danach zogen sich beide in den Kuhstall der Schürmanns zurück, in dem es wohlig warm war und nach Heu und frischen Kuhfladen roch. Dort hatten sie mehr Ruhe, denn Käthes Vater war gekommen, als sie mit dem Backen fertig waren, und hatte große Ohren gemacht. An den gekippten Milchglasfenstern tummelten sich Dutzende von Fliegen. Dicht an dicht saßen Käthe und Ottilia auf einem Heuballen und ließen die Beine baumeln. Seufzend zupfte Ottilia einen Halm aus dem Ballen und drehte ihn zwischen zwei Fingern.

»Ob er noch zu unserem nächsten Treffen am Samstag kommen wird? Er hat gesehen, wie Amon meine Hände genommen hat und ich es erst zugelassen habe.«

»Er kommt bestimmt. Das wird schon. Eduard wird dich ganz sicher verstehen, wenn du ihm alles erzählst«, erwiderte Käthe.

Ottilia wünschte sich nichts mehr. Sie knirschte mit den Zähnen.

»Ich möchte diesen Amon am liebsten in die Wüste schicken. Er hat keinen Anstand, ist dreist und hinterhältig.« Käthe bohrte ihre Finger in das Heu.

Ottilia lehnte ihren Kopf an die Schulter ihrer Freundin. »Und Mutter denkt, er meint das mit den Juden nicht so, ist nur ein Mitläufer. Er weiß, dass sie hinter ihm steht.«

Käthe schnaubte. Sie sah müde und blass aus.

»Erzähl mir nun lieber, wie es dir geht. Hast du etwas von David gehört?«

Ihre Freundin senkte den Blick und schüttelte den Kopf. »Aber eine gute Nachricht gibt es doch. Friedhelm bekommt die Bäckerei«, meinte Käthe dann.

Wenigstens eine gute Nachricht. »Das wird David und seine Eltern mächtig freuen, wenn sie es erfahren.«

»Ja, bestimmt. Ich habe es ihm geschrieben. Das habe ich dir ja noch gar nicht erzählt. Die Cousine meiner Mutter lebt in der Schweiz. Ich habe sie eingeweiht, ihr den Brief für David geschickt. Sie schickt ihn weiter nach England. Die Adresse in England hat mir David gegeben. Und ich habe David vor seiner Abreise die Adresse der Cousine meiner Mutter notiert.«

»Sehr guter Plan. Oma Hedwig hat also recht. Liebe findet immer einen Weg, und was zusammengehört, das findet auch zusammen.«

Käthe sah sie an und nickte. »Stimmt. Ich habe nur eine Heidenangst, dass es wirklich Krieg geben wird und wir alle ihn nicht überleben.«

Sie schlossen einander in die Arme und Ottilia betete, dass Gott dem Bösen doch noch Einhalt gebieten konnte.

Sternennacht

Hedda

Als sich die Dunkelheit über den Hof legte, saß ich immer noch draußen vor dem Haus und blickte in einen Himmel voller Sterne. Monika hatte mir erzählt, dass sie das sehr gern getan hatte. Hier auf der Bank. Und es stimmte, was sie sagte. Auf dem Land erschienen einem die Sterne klarer als in der Stadt. Es war schön mild und ich liebte das Zirpen der Grillen, während ich noch einmal über das zuletzt überarbeitete Kapitel nachdachte. Darin machte Amon Ottilia weiter den Hof. Bei ihrer nächsten Verabredung mit Eduard, zu der er tatsächlich kam, musste sie ihm davon erzählen.

Eduard reagierte zuerst, wie sie es befürchtet hatte. Er wollte sich Amon vorknöpfen. Zum Glück konnte sie ihn letztendlich davon abhalten. Bei Amon musste man besonnener vorgehen.

Ich nickte für mich und beschloss, das Kapitel abzuschließen und so zu belassen. Alsdann machte ich mich an das nächste.

Zeit des Wandels

Ottilia

Ottilia nutzte ihre Mittagspause fürs Häkeln in der Stube und um in Modezeitschriften ihrer Tante zu blättern. In einem der Berichte las sie, dass in diesem Jahr bunte Farben den Kleidermarkt beherrschten. Die bisherige Zweifarbigkeit gehörte also der Vergangenheit an. Die Beine waren von Hohlfalten und Plissees umspielt. Die Abendmode setzte einen Trend mit schulterfreiem Dekolleté, das Ottilia gern bei ihren Kleidern und auch den Blusen, die über den Röcken getragen wurden, umsetzen wollte. Als besonders beliebt galten die Farben Fuchsienrot, Karamell, Rehbraun und Blau. Oft verwendete Muster waren Streifen, Karos und Punkte. Verarbeitet wurden bevorzugt Krawattenseide und Wollstoffe. Mäntel und Jacken, auch Frisuren und Hüte bekamen in diesem Jahr große Aufmerksamkeit. Bei den Männern machten vor allem Anzüge mit feinen Streifen in Dunkelblau das Rennen. Aber das wusste Ottilia schon vorher. Sie war froh, dass Amon mit der abgeschlossenen Schneiderarbeit zufrieden war, die Bärbel ihm am gestrigen Tag übergeben hatte.

Ottilia zuckte ein wenig zusammen, als die Tür zu ihrer Stube aufflog. Hermann schaute herein. »Komm schnell.« Sein Gesicht war aschfahl.

»Was ist denn?«

Er winkte sie mit sich und sie folgte ihm mit einem Karussell aus Gedanken im Kopf. Hermann rannte auf den Hof. Starker Wind blies ihnen entgegen. In der Nähe der Linde standen sich Maximilian Galbert und Ottilias Vater mit starren Mienen gegenüber. Als Galbert ausholte und ihren Vater schubste, schnellte Hermann auf beide zu.

»Das reicht«, donnerte er.

Ottilia folgte ihm weiter. »Warte!«

Doch Hermann war nicht aufzuhalten.

»Verhafte mich doch, weil ich dich einen Seelenmörder genannt hab. Ich steh dazu.« Eduards Vater stemmte die Hände in die Hüften. »Das würde dir so passen, dass du dich als Opfer hinstellen kannst, Aden.«

Ottilias Vater schnaubte.

Eduards Vater erhob einen Finger und zeigte damit auf ihn. »Dieser Hitler wird bald fallen und ihr alle, die zu ihm halten, auch. Dann wäre ich wenigstens ein Held, weil ich ausspreche, was einige andere denken, die noch ein Hirn besitzen. Du, Albert, besitzt jedenfalls keins.«

»Nimm dein Maul nicht zu voll, Maximilian. Ich möcht dich sehen, wenn deine Worte in die falschen Ohren geraten. Dann verhaftet man dich wirklich. Damischer Depp, du. Ich tu mal so, als hätte ich nichts gehört. Und jetzt verschwinde von meinem Hof.«

Maximilian lachte. »Falschere Ohren wie deine gibt's doch gar nicht und auch kein größeres Schandmaul. Und ich bin also dumm und ein Depp?«

Ottilias Vater spuckte zur Seite. »Das hast du gesagt. Aber Einsicht ist bekanntlich der Weg zur Besserung. Ich habe nie gesagt, dass ich dich verhafte. Du verdrehst mir schon wieder das Wort im Mund.« Er wischte sich mit dem Handrücken über die Lippen.

»Lass dich nicht provozieren und komm rein, Papa«, bat Ottilia ihren Vater inständig und ergriff eine seiner Hände. Doch er schüttelte sie vehement ab. Hermann wollte eingreifen, doch ihr Vater wies auch ihn zurück. Ottilias Herzschlag setzte einen Moment lang aus, als sie Eduard am Hofrand auftauchen sah. Schnellen Schrittes kam er näher.

»Was ist denn hier los?«, fragte er und schielte dabei von seinem Vater zu Ottilia und zurück. Seine Kleidung und das Haar waren voller Sägemehl. Ottilia und er wechselten kurze Blicke.

»Albert Aden ist einer von diesen Teufelssöhnen«, keifte Maximilian.

»Du hast doch keine Ahnung, Galbert«, schoss der zurück.

Maximilian ging einen Schritt auf ihn zu. Eduard packte ihn an den Schultern, zog ihn zurück. »Schluss jetzt«, rief er.

»Dein Sohn scheint schlauer zu sein als du, Maximilian«, knurrte Albert.

Das brachte das Fass zum Überlaufen. Maximilian riss sich los und sprang auf Ottilias Vater zu. Die beiden verkeilten sich ineinander. »Du bist schuld, wenn es zum Krieg kommt. Du und jeder Einzelne, der dieser verfluchten Partei hilft«, schrie Eduards Vater.

»Sei besser still jetzt, Vater«, bat Eduard.

Ottilia fühlte sich wie gelähmt. »Hört doch auf. Das ändert auch nichts«, rief sie.

Eduard gab ihr recht und schaffte es letztendlich, die beiden Streithähne auseinanderzuzerren, indem er sich zwischen sie drängte. Ottilias Mutter und Tante waren inzwischen ebenfalls herbeigeeilt. Ottilia bemerkte, dass die Wangenmuskeln ihrer Mutter zuckten und sie beide Hände zu Fäusten ballte.

Hermann zog Ottilias Vater zurück und Eduard hielt seinen in Schach.

»Lass mich los, Junge«, brüllte der. »Dem Aden werde ich seinen Hochmut endgültig austreiben.«

»Na, komm schon. Galbert, mach doch«, rief Albert.

Magdalena stürmte auf ihn zu. »Still jetzt.«

Maximilian Galbert hatte Glück, dachte Ottilia, dass keine Uniformierten in der Nähe waren und seine Worte gehört hatten.

»Ich bin in der Stadt gewesen. Sie haben ein paar Juden verprügelt, auch ihre Kinder. Das damische Pack.« Eduards Vater knirschte vor Wut mit den Zähnen und spuckte in Alberts Richtung.

»Ich finde das doch auch nicht gut, Herrgott noch mal. Und ich bin sicher keiner von denen, die da gleichziehen«, protestierte der.

Maximilian Galbert lachte. »Natürlich. Aber ich habe keine Angst vor euch. Ich glaube an Gott und der wird euch damit nicht durchkommen lassen. Nicht noch einmal.« Er bekreuzigte sich und verzog angewidert das Gesicht. »Der Teufel freut sich auf solche wie dich, Aden.«

»Genug!«, rief Eduard und riss an seinem Vater.

Die Wut der beiden, die Ottilia entgegenschwappte, ließ sie frösteln. Aber sie war stolz auf Eduard, dass er mit ihr an einem Strang zog.

Maximilian schäumte merklich vor Wut, beruhigte sich aber tatsächlich ein Stück weit.

»Verschwindet«, rief Magdalena den Galbert-Männern mit hochrotem Kopf zu.

Bärbel zeigte Richtung Straße. »Jetzt gleich«, befahl sie. Hermann wollte ihnen Beine machen, aber Ottilias Tante hielt ihn zurück. »Gib Ruhe jetzt, denk an dein Herz.«

Maximilian Galbert und Ottilias Familie erdolchten sich geradezu mit Blicken, während Ottilia zu Eduard hinsah. Sie glaubte, Trauer in seinen Augen zu erkennen. Auch sie war traurig über den neuen Streit.

»Schämen solltest du dich, Aden. Ihr alle!«, rief Maximilian noch und ließ sich dann von seinem Sohn wegführen.

»Sei vorsichtiger mit lauten Äußerungen gegen die Regierung, Vater«, riet Eduard ihm.

Ottilia konnte seine Antwort nicht verstehen. Dafür hallten ihr die Worte ihres Vaters im Ohr: »Wenn sich noch einmal ein Aden von einem Galbert einlullen lässt, so wie damals, dann nur über meine Leiche.«

Bärbel nickte und auch Magdalena und Hermann stimmten ihm bei. Ottilia seufzte und folgte Eduard mit den Blicken, während ihr das Herz immer schwerer wurde.

Ottilia konnte die nächste Verabredung mit Eduard kaum erwarten. Als es endlich so weit war, schlich sie sich kurz vor Mitternacht aus dem Haus. Sie trafen sich in der Nähe des Hofs im Schutz einer Hecke. Nur der Mond war Zeuge. Dessen hatte Ottilia sich mehrfach versichert.

»Hallo«, flüsterte sie.

Eduard kam um die Ecke, direkt zu ihr. Seine Augen glänzten wie Regentropfen im Mondlicht. Sie begrüßten sich mit einer Umarmung, die so fest und innig war, dass Ottilia Eduards Herzschlag an ihrer Brust spüren konnte.

»So schön, dass ich dich wiederhabe«, flüsterte er.

Ottilia konnte aufatmen. »Geht mir umgekehrt auch so, Eddie.«

Er sah sie an und lächelte. Doch sie merkte sofort, dass eine gewisse Schwerfälligkeit darin lag.

»Der Streit zwischen unseren Vätern hat mir sehr zugesetzt«, gestand er ihr.

Sie nickte. »Mir auch. Ich hatte so gehofft, es wird besser.«

»Ich auch.«

Er fuhr den mit Spitze besetzten Kragen ihrer rosafarbenen Bluse nach, unter der sie einen ihrer selbst genähten Büstenhalter trug. Ottilia fröstelte ein wenig. Es war kühler als gedacht.

»Der Stoff ist so weich. Wie deine Haut«, flüsterte Eduard. Seine Hand wanderte bis zu ihrer Taille. Ottilia führte sie langsam unter die Bluse und dort ein Stück hinauf. Dabei küssten sie sich. Das Kribbeln in ihrem Bauch nahm zu. Eduard streifte mit den Fingern über den Stoff ihres Büstenhalters, was ihr mehr als gefiel.

»Aus Spitze«, murmelte er.

»Und selbst entworfen und genäht.«

Er wich langsam zurück. »Du nähst auch Unterwäsche?«

Sie nickte. »Aber meine Eltern wissen nichts davon, dass ich Nachtwäsche beziehungsweise Unterwäsche nähe. Nur meine Tante. Und Käthe. Jetzt auch du.« Da fiel ihr noch jemand ein. »Und, na ja … Hermann gewissermaßen.«

Eduard lächelte. »Gefällt mir, dass du auch so etwas nähst.«

Sie lächelte zurück. Das hatte sie so gehofft.

»Und was sagen sie?«, fragte Eduard.

»Käthe sagt, ich soll was aus meinen Ideen machen. Hermann war nur neugierig, sagte aber seitdem nichts mehr, und meine Tante meint, ich würde damit in Ungnade bei den Leuten und meinen Eltern fallen. Aber ich will ja nicht damit durch die Stadt laufen oder so. Ich will diese Art Kleidung nur vorstellen.«

Und dann erzählte sie ihm von ihrem Traum von einem eigenen Café, das sie mit Käthes Unterstützung eröffnen wollte, auf dem Hof ihrer Eltern. Eduard hörte ihr zu und machte nicht den Eindruck, als fände er die Idee lächerlich.

»Meinen Respekt und Segen dafür hast du. Und die Unterwäsche willst du dann auch mal im Café vorstellen? Wenn ja, dann ist das eine gewagte, aber auch wunderbare Idee.«

Ottilia nickte glücklich, dass er ihren Traum teilte.

Behutsam befühlte er die Spitze des Büstenhalters an ihrem Ausschnitt, was ihr eine wohlige Gänsehaut zauberte. »Wenn du Unterstützung mit dem Café brauchst, ich bin da. Soweit ich es kann.«

Sie umarmte ihn wieder. »Du bist wunderbar, Eddie.«

Eins mit dir

Ottilia

Bärbel, die kürzlich aus der Stadt heimgekommen war, stob ins Zimmer und schaltete den Volksempfänger an. »Die Leute erzählen Unglaubliches. Das kommt sicher auch in den Nachrichten«, berichtete sie aufgeregt. »Hört zu.«

»Mach lauter«, forderte Hedwig, die von Hermann in die Stube geschoben wurde.

Bärbel kam ihrer Bitte nach. Laut dem Nachrichtensprecher erlag der deutsche Gesandtschaftsrat Ernst vom Rath in Paris den Verletzungen, die er zwei Tage zuvor durch ein Revolverattentat des siebzehnjährigen Herschel Grynszpan erlitten hatte. Der junge Mann hatte gegen die menschenunwürdige Zwangsdeportation von fünfzehntausend Polen, darunter seine Eltern, aus dem deutschen Reich protestieren wollen.

»Herr Jesus Christ. Das wird die Truppe um Hitler noch mehr gegen die Juden anstacheln«, sagte Hedwig und machte ein Kreuzzeichen.

Das befürchtete auch Ottilia und ihr wurde ganz kalt ums Herz.

»So ein dummer Bursche. David gegen Goliath. Das konnte ja nicht gut gehen«, warf Albert ein.

»Irgendetwas musste er tun. Man muss was tun«, sinnierte Ottilia laut und lehnte sich an den Wohnzimmerschrank. Sie hatte das Gefühl, jemand hätte ihr das Mark aus den Knochen gesaugt. Die Gedanken kreisten, ohne einen festen Mittelpunkt zu finden. Nur was genau konnte und sollte sie tun? Sie trauerte mit dem jungen Mann, der seine Eltern verloren hatte.

»Da siehst aber, wie weit man kommt, wenn man sich gegen die auflehnt. Jemand von denen zu erschießen, ist wie Öl ins Feuer zu gießen«, warnte ihre Mutter.

Ottilias Vater schüttelte den Kopf. »Was hat der geglaubt? Alle damit wachrütteln zu können? Tz.«

Ottilia brauchte frische Luft. Draußen legte sie den Kopf in den Nacken und starrte in den grauen Novemberhimmel.

Ein paar Tage später

Ottilia und Käthe hielten sich so fest an den Händen, dass die Fingerknöchel weiß hervortraten, während sie durch die Straßen Hollfelds liefen. In der Nacht auf den zehnten November hatten SA und SS in Zivil sämtlichen Besitz von Juden, vor allem aber deren Seelen zerstört. Nun wurde das übrig gebliebene Eigentum der Opfer von Hitlers Marionetten bewacht, um es vor Plünderern zu schützen. Eine Ironie, denn zuvor waren es die gleichen Männer gewesen, die ebendieses zerstört hatten. Käthe war Zeugin gewesen, während Ottilias Eltern darauf drangen, dass niemand aus der Familie den Hof verließ. Ottilias Vater hatte mit Argusaugen darüber gewacht. Für Ottilia war ihr Zuhause damit zu einem Gefängnis geworden, das sie von Eduard fernhielt. Ihre letzte Verabredung hatte sie daher nicht einhalten können. Sie hoffte inständig, dass es ihm gut ging.

Käthe erzählte, wie die SS und SA bewaffnet, unter anderem mit Äxten, durch ihre Straße marschiert waren.

»Die haben alles kaputt geschlagen, was Juden gehört. Ihre Gesichter waren hassverzerrt oder ausdruckslos, leer gefegt von jeglichem Gefühl. Schrecklich war das. Eigentlich gibt es gar kein Wort dafür«, erzählte sie, das Gesicht bleich wie Schnee, die Augen voller Angst und Wut. »Gretel Meiersberg wohnt in einem Mietshaus. Die junge Familie unter ihr sind Juden. Die wurden, so hat sie's erzählt, an den Haaren aus dem Haus gezogen. Die Kinder haben geschrien. Dann wurden sie auf Lastwagen geladen, zusammen mit anderen. Wie Vieh. Die Wohnung haben dann die Leute geplündert, die über Frau Meiersberg wohnen. Wie Aasgeier sind sie über das Hab und Gut der armen jüdischen Familie hergefallen.«

»Gott. Das ist so … Ja, es gibt kein Wort dafür«, murmelte Ottilia. Eisige Kälte kroch ihre Wirbelsäule hoch und schien ihr den Atem zu rauben.

In Bayreuth, hatten sie gehört, war es noch viel schlimmer zugegangen. Die Zeitungen aber gaben dem Mob recht. Anders als die anderen Synagogen in Deutschland wurde die Bayreuther, so hieß es, nur deshalb nicht Opfer von Flammen, weil sonst das benachbarte Markgräfliche Opernhaus zerstört worden wäre. Ansonsten hegte der gemeine Mob keine Zurückhaltung, was jüdisches Eigentum und die Menschen an sich betraf.

»Es ist, als wäre der Teufel auf die Welt gekommen«, sagte Ottilia. Die Kälte des Tages konnte mit der, die in ihr wohnte, nicht mithalten. Und dann entdeckte sie Amon. »Der auch noch«, flüsterte sie. Schleunigst wichen sie ihm aus und bogen zum Unteren Markt ab.

Doch Amon hatte sie gesehen, folgte ihnen. »Einen wunderschönen guten Tag die Damen«, grüßte er und holte sie ein.

Ottilia konnte nichts erwidern, aber Käthe erinnerte sie mit einem mahnenden Blick, dass sie sich nicht zu weit aus dem Fenster lehnen und ihn besser nicht provozieren sollte.

»Guten Tag«, antwortete sie nach Ottilia. Sie konnte ein Augenrollen nur schwer unterdrücken.

»Und Heil Hitler natürlich.« Amon streckte einen Arm nach vorn.

Käthe presste den Gruß hervor, hob den Arm aber nicht.

Ottilia blieben die Worte wie eine bösartige Geschwulst in der Kehle stecken.

»Tilia«, sagte Amon auffordernd.

Sie stellte sich dumm. »Der Tag ist kalt und grau und die Straßen voller Gegenstände.«

Amon lachte. »Gegenstände? Das ist Abfall.«

»Und warum wird das alles dann bewacht?«, wollte Ottilia wissen.

Käthe senkte den Blick und hielt sich raus, während Amon weiter strammen Schrittes neben ihnen herging.

Er grüßte einen Kameraden, der mit einem bestiefelten Fuß einen Teddybären von der Straße in eine Ecke kickte. Ottilias Herz barst bei dem Anblick. Die Augen des Teddys schienen sie zu verfolgen. Wo war das Kind, dem er gehörte? War es verschleppt, womöglich verletzt und von den Eltern getrennt worden? Oder hatte es mitansehen müssen, wie diese verhaftet worden waren? Jedes Kind hatte ein Recht auf eine friedliche Kindheit. Ihre Kopfhaut prickelte vor Verzweiflung und Trauer.

»Vorsicht!«, rief Amon und erfasste grob Ottilias Arm.

Sie riss sich los. »Lass das!«, herrschte sie ihn an.

»Da sind Scherben«, erwiderte er mit strengem Blick.

Ottilia straffte die Schultern. »Die hätte ich schon noch gesehen.«

»Aber danke«, bemerkte Käthe rasch.

Amon nickte. »Dankbarkeit kennen manche Menschen wohl nicht«, bellte er dann. »Und ihr habt meine Frage von vorhin noch nicht beantwortet.«

Seine Stimme wurde noch ein wenig kühler.

»Welche Frage?«, wollte Ottilia wissen. Sie kamen an einem Geschäft vorbei, das einem jüdischen Kaufmann gehört hatte. Die Scheiben waren eingeschlagen. Auf der Hauswand stand in schwarzer Farbe *Jud verreck*.

Der Laden der Wagners war verschont geblieben, stellte Ottilia erleichtert fest, wusste aber, dass dies wohl nur der Fall war, weil er inzwischen von Ariern übernommen worden war.

»Ratten sind reiner als Mörder«, flüsterte sie.

»Was?«, fragte Amon.

Warum ließ er sie nicht einfach in Ruhe und ging seinen sogenannten Kameraden nach, damit sie sich gegenseitig den Bauch pinseln konnten?

»Wir wollten nur ein bisschen spazieren gehen und plaudern. Das ist die Antwort auf deine Frage. Guten Tag noch, Amon«, entgegnete Ottilia und lief schneller.

Käthe warf Amon einen Schulterblick zu. »Guten Tag.«

»Man sieht sich sicher bald mal wieder!«, rief er ihnen nach.

»Hört sich an wie eine Drohung«, flüsterte Käthe.

»Ich bin sicher, so sind die Worte auch gemeint. Aber ich habe keine Angst vor ihm.«

»Solltest du aber, Tilia. Sieh dich um. Die verhaften doch jeden, der gegen die Partei ist. Der könnte dir das unterstellen. Du sagtest doch, seine Eltern kennen den Gauleiter.«

Sie warfen sich einen strengen Blick zu. »Dennoch, Käthe. Vergessen wir ihn jetzt erst mal. Ich habe meinen Eltern gesagt, dass ich dich besuche. Endlich haben sie uns wieder vom Hof gelassen.« Ottilia umarmte sie. »Ich wollte dich nicht in Schwierigkeiten bringen.«

»Ich weiß doch. Und am liebsten würde ich jedem Einzelnen von diesen steifen Stöcken eine Ohrfeige verpassen und sie rütteln, so eine Wut habe ich. Meine Eltern sehen das genauso. Was sagt denn dein Vater dazu?«

Sie steuerten auf die Bäckerei zu. Eine Frau eilte in einem grauen Mantel an ihnen vorbei und versteckte eine herumliegende Vase darunter. Sie senkte den Kopf, als sie sie passierte.

»Hast du das gesehen?«, fragte Käthe.

Ottilia nickte. »Viele Menschen sind solche Egoisten.«

»Eine Kundin hat sich sogar damit gebrüstet, einer jüdischen Mutter eine Ohrfeige gegeben zu haben. Meine Mutter hat sich danach geweigert, sie zu bedienen, was die Frau absolut nicht verstehen konnte. Sie hat meine Mutter dann eine dumme Gans geschimpft und gesagt, dass wir sie nie wieder im Laden sehen würden. Zum Glück.«

Ottilia schüttelte den Kopf. »Und sie sind dumm«, ergänzte sie. Warum sahen sie denn das Unrecht nicht, wo war ihr Herz hin?

»Mein Vater«, sagte sie noch, »ist entsetzt über die Ausschreitungen. Ich merke, dass es ihn quält, in der Partei bleiben und den Mitgliedern etwas vorspielen zu müssen. Doch er bleibt, zusammen mit Mutter, der Überzeugung treu, dass wir dann im Falle eines Krieges und auch sonst Vergünstigungen davon haben. Ich sage nichts mehr dazu. Er kennt meine Meinung.«

Käthe zog Ottilia mit sich in die Backstube. »Lass uns was Leckeres backen. Das wird uns ablenken.«

Da war Ottilia sofort dabei.

Ein neuer Tag

Hedda

Ich erwachte zusammen mit dem Morgenlicht, das klammheimlich über das Bett kroch. Gähnend blinzelte ich dagegen an und brauchte einen Moment, um mich zu erinnern, wo ich war. Langsam setzte ich mich auf, streckte mich und sah mich um. »Guten Morgen, Monika«, flüsterte ich. Ob Daniel heute kommen würde, um sich anzuhören, was ich ihm von Monika zu sagen hatte? Ich stand auf, duschte im oberen Bad und machte mir einen Kaffee in der Küche. Pulver und Kaffeemaschine waren schnell gefunden. Nur die Milch im Kühlschrank war schon abgelaufen. Den Kaffee, den ich extra nicht so stark machte, wollte ich draußen genießen. Mein Handy blinkte. Sascha hatte mir eine Nachricht geschrieben: Ich brauche Nachschub. Und zwar schnell. Es ist so gut. Hab dich lieb und bin stolz auf dich.

Ich lächelte und schrieb zurück: Danke. Bekommst du gleich. Ich war noch fleißig gestern. Hier zu überarbeiten, ist noch einmal was anderes, inniger. Hab dich auch lieb.

Nachdem ich ihm die Kapitel geschickt hatte, rief ich bei meinen Eltern an und teilte ihnen mit, dass ich gut in Hollfeld angekommen war und alles seinen Gang ging. Das hoffte ich zumindest sehr.

»Und dieser Daniel kann dich wirklich nicht anzeigen wegen Hausfriedensbruchs oder so? Ich meine, er könnte die Echtheit des Briefes seiner Mutter anfechten. Dein Vater hat da auch Bedenken«, sagte Mutter.

Ich nahm einen Schluck Kaffee. »Er weiß, dass er echt ist. Davon bin ich überzeugt. Macht euch keine Sorgen.«

»Na gut, mein Schatz. Aber melde dich wieder.«

»Mach ich auf jeden Fall, Mama. Und ich werde auch bald wieder zu Besuch kommen. Ihr fehlt mir.« Das taten sie wirklich.

»Du uns auch, Liebes. Liebe Grüße von deinem Vater soll ich dir ausrichten, wenn ich dich anrufe. Er ist heute mit einem Fischerfreund angeln.«

Ich lächelte. »Sag ihm liebe Grüße zurück.«

»Mach ich.«

Ich nahm meinen Kaffee und ging hinaus über den Hof auf das Café zu.

Was für ein hübsches kleines Häuschen! Die Tische und Stühle, sogar die Theke waren mit weißen Bettlaken verhängt, um so wohl alles vor Staub zu schützen. Von außen hatte das Gebäude lebendig gewirkt, hier drin jedoch waberte mir die Vergangenheit geisterhaft entgegen. Nur die bunten Sprenkel, geboren durch das Licht, das durch die bunten, wenn auch teils dreckigen Scheiben der Fenster fiel, hauchten allem ein wenig Leben ein. Sie tanzten auf den Laken, dem Boden, den Wänden und der Decke. Das Häuschen war größer, als ich es mir vorgestellt hatte. Spinnenweben hingen in den Ecken. Ich ging zu dem Schrank hinüber, der ebenfalls in meinem Roman vorkam, und legte die Hände auf das Holz, das Eduard einst bearbeitet hatte. Gänsehaut überzog meinen Körper. Dann lief ich über den roten Teppich, der Ottilia damals als Laufsteg gedient hatte. Es war nicht mehr der Gleiche, kam ihm laut Monika vom Aussehen her aber nahe. Er lag mittig im Raum, reichte von der Tür bis zur Theke. Schade, dass das Café nicht weitergeführt worden war, dachte ich und fasste einen Entschluss. Ich wollte wenigstens ein wenig Lebendigkeit zurück auf den Hof bringen.

In der Scheune, in der ich nach Gartenwerkzeugen suchte, hing eine Schaukel von der Decke, die mich sofort an meine Kindheit erinnerte. Ich konnte nicht anders, öffnete das große Tor und schaukelte dem Tag entgegen. Das Kitzeln in meinem Bauch brachte mich zum Lachen. Ich hatte ganz vergessen, wie schön es war, vom Boden losgelöst zu fliegen. Nach einer kleinen Weile aber stoppte ich, um mich wieder dem eigentlichen Vorhaben zu widmen. An der rechten Wand der Scheune lehnte ein Besen. Mit ihm zusammen machte ich mich auf den Weg zurück zum Café. Mit dem Besen würde ich die Spinnweben beseitigen und Staub zusammenkehren. Ich hatte das Gefühl, Monika würde gefallen, was ich vorhatte, und so machte ich mich gut gelaunt ans Werk. Die Arbeit ging mir wie von selbst von der Hand und ich war in Gedanken schon bei den nächsten Schritten: die Fenster zu putzen und vorher noch in der Stadt ein paar Lebensmittel einzukaufen. Erstens, um nicht zu verhungern, und zweitens wollte ich mindestens eins von Monikas Rezepten ausprobieren. Das Klingeln des Handys riss mich aus den Gedanken. Es war Sascha. Ich stellte den Besen weg und ging ran. »Du schon wieder?«

»Störe ich? Ist Daniel etwa da?«

»Nein und nein.«

»Ich will wissen, wie es weitergeht. Habe es gerade inhaliert.«

»So schnell?«

»Ich wollte langsam, aber ging nicht.«

Ich lachte. »Ich habe noch nicht weiter überarbeitet. Gefällt es dir also immer noch?«

»Tut es. Spoiler mir zuliebe. Na komm schon.«

Ich seufzte. »Viel verrate ich aber nicht. Und dann muss ich weitermachen. Ich habe vor, den Hof ein wenig zu entstauben.«

»Für den nächsten Käufer?«

Ich fuhr mit einer Hand über eins der Fensterbretter und blies mir den Staub von den Fingern.

»Ich finde es schon traurig, dass hier offensichtlich so wenig gemacht wurde, seit Monika tot ist. Sie hat mir erzählt, dass sie jeden Tag geputzt hat. Klar, Daniel hat auch einen Job. Aber hier schreit die Einsamkeit und Vernachlässigung einem direkt entgegen, wenn man den Hof betritt.«

»Verstehe. Das ist echt traurig.«

»Ich mache es für Monika. Halt mich für irre, aber ich habe das Gefühl, sie kann alles sehen.«

»Ich halte dich nicht für irre, Hedda. Hör nur weiter auf dein Bauchgefühl.«

Ich nickte, als könnte er es sehen. »Danke. Mach ich.«

»Und jetzt erzähl, bevor ich weitermuss. Hab einen Yogakurs belegt. Dort machen auch hübsche Männer mit. Habe ich beim Anmelden gesehen. Da lief gerade ein Kurs.«

Ich schmunzelte. »Verstehe. Na, dann viel Spaß.«

»Werde ich sicher haben.«

»Also gut. Hier ein kleiner Spoiler: Mitte Dezember 1938 hatte sich laut den Nationalsozialisten der spontane Volkszorn in der Zerstörungsnacht gegen das jüdische Volk gerichtet und sich, wie die Nazis meinten, zu Recht letztendlich entladen. Doch Ottilia und auch ihr Vater und der Rest der Familie waren sich sicher, dass das Ganze ein gezielter Pogrom der Partei gewesen war. Auch Eduard war dieser Meinung.«

»Widerlich, diese Nazis«, zischte Sascha.

»Ja.«

»Und Ottilia und Eduard? Haben sie sich weiterhin heimlich getroffen und wurden erwischt? Ist echt spannend.«

Ich zog einen Schlussstrich. »Nein, mehr sag ich jetzt nicht. Geh zum Yoga und ich mach hier weiter.«

»Aber schick mir die nächsten Kapitel, sobald du sie fertig hast.«

Ich verdrehte lächelnd die Augen. »Ist gut.« Ich freute mich, dass er so begeistert war. Das gab mir erneuten Mut, die Geschichte weiterzuschleifen. Noch bevor ich in die Stadt aufbrach und nachdem ich auch noch die Fenster des Cafés geputzt hatte, nahm ich dort ein Laken von einem der Tische und Stühle, holte meinen Laptop und überarbeitete das Skript weiter.

Das Weihnachtsgeheimnis

Ottilia

Ottilia achtete auf jeden Schritt. Die Straßen und Wege waren an manchen Stellen spiegelglatt. Sie dachte mit Stolz an das, was Eduard ihr vorhin bei ihrer erneuten heimlichen Verabredung erzählt hatte. Eduard hatte in jener Pogromnacht zwei jüdischen älteren Männern geholfen, die von Uniformierten zusammengeschlagen wurden. Zum Glück konnten sie und Eduard ihnen entkommen. Eduard war sicher, dass ihn die Angreifer nicht erkannt hatten. Er hatte sich seine Mütze tief in die Stirn gezogen und einen Schal angehabt.

Ottilia schaute sich um. In ein paar Fenstern der Stadt brannten Kerzen, die wie ein Hoffnungsschimmer in die Dunkelheit leuchteten. Doch der heutige Friede schien trügerisch. Nur ein paar Menschen waren unterwegs. Wenig später fuhr ein schwarzes Automobil in Schrittgeschwindigkeit die Straße entlang. Wer weiß, dachte sie, ob nicht vielleicht Amon darin saß. Schleunigst verschwand sie in der Gasse, die zum Hinterhof der Schürmanns führte. Sie hatte Käthe eingeweiht, dass sie an diesem Tag Eduard im Zauberwald treffen würde.

In Käthes Stube brannte Licht. Sie hatten ausgemacht, dass sie Steinchen als Zeichen ihrer Rückkehr ans Fenster werfen sollte, was nicht lange unbemerkt blieb für Käthe. Sie schaute zu ihr herunter. »Hallo Tilia. Und? Ist alles gut gegangen?«

»Ja, alles prima. In ein paar Tagen treffen wir uns wieder.«

Käthe legte eine Hand auf ihren Brustkorb. »Freu mich für euch.«

Ottilia lächelte. »Ich geh jetzt heim.«

Käthe warf ihr eine Kusshand zu. »Geh mit Vorsicht. Ist ja schon dunkel und hat gefroren.«

Ottilia fing den Gruß ihrer Freundin mit einer Hand auf, nickte und machte sich auf den Rückweg zur Straße. Am Ende der Gasse nahm sie eine Silhouette wahr, die, je näher sie kam, sich als Amon entpuppte. Was wollte er schon wieder? Breitbeinig verschränkte er die Arme vor der Brust und schaute ihr entgegen. Dazu lächelte er unverschämt.

»Was soll das, Amon?« Sie wollte an ihm vorbei, doch er folgte ihren Bewegungen.

»Erst, wenn du mir eine Frage beantwortest. Eigentlich zwei.«

Er trug das Haar wieder gescheitelt und die Uniform, die ihn noch strenger wirken ließ.

Ottilia seufzte leise. »Welche?«

»Wo kommst du gerade her?«

Das war leicht zu beantworten. Die innere Unruhe versuchte sie, vor ihm zu verbergen. »Von Käthe.«

»Und wo warst du vor Käthe?«

Ottilia stockte, doch dann lachte sie. »Was geht dich das an, Amon? Nichts, finde ich.«

»Doch, tut es. Schon allein aus parteilichen Gründen.«

Ottilia schluckte schwer.

Das ungute Gefühl in ihr verdoppelte sich. Er würde sowieso nicht aufgeben. »Also gut. Ich war halt in der Stadt unterwegs.«

»Allein?«

Ottilia atmete tief durch. »Ja.«

»Jetzt ist es dunkel und du gehst allein nach Hause. Die Zeiten sind nicht mehr so ungefährlich wie früher. Ich meine, dass ich dir das schon gesagt hätte.«

»Habe es nicht vergessen.«

Er hob das Kinn. »Und dennoch widersetzt du dich meinem Rat, genau genommen mir allgemein.« Seine Augen verengten sich. Dann trat er noch einen Schritt näher.

Ottilia hob ebenfalls das Kinn. »Du bedrängst mich. Das gefällt mir nicht, Amon Kassel.« Er sollte nicht meinen, dass sie Angst vor ihm hatte, auch wenn er ihr die gerade machte.

»Du hast dich mit einem jungen Mann getroffen. Außerhalb der Stadt. Und ich weiß auch, wer er ist.«

Ottilia stockte der Atem für ein paar Sekunden und ihr war, als würden im nächsten Moment die Knie nachgeben und sie in sich zusammensacken. Dennoch versuchte sie, einen gelassenen Eindruck zu erwecken. Leider lag ihr die Schauspielerei noch nie sonderlich.

»Sag mir seinen Namen, Ottilia«, forderte Amon.

Sie ballte eine Hand zur Faust. »Warum sollte ich, wenn du ihn doch schon weißt?«

Er grinste eiskalt. »Eduard Galbert. Ich meine mich zu erinnern, dass seine und deine Familie zerstritten, gar verfeindet sind. Weist du mich seinetwegen immer wieder zurück?«

Wie dreist, dass Amon Kassel sie nun auch noch ausspionierte. »Was geht dich das an, mit wem und wo ich mich treffe?«, herrschte sie ihn an.

Er hob einen Finger. »Nicht frech werden, Tilia.«

»Nenn mich nicht Tilia. Ottilia, am besten Fräulein Aden.«

Amon lachte laut. »Du machst mir ganz sicher keine Vorschriften, Tilia.«

Er betonte ihren Namen, zischte ihn geradezu.

»Gibt es Probleme, Kamerad?«, fragte ein Mann in Uniform, der zu ihnen trat.

Amon machte eine abwehrende Handbewegung. »Nein. Ich regele das allein. Geh weiter.«

Der Mann schien zu merken, dass Amon wütend war, nickte und zog schnell von dannen. Anscheinend hatten seine Kameraden Respekt vor ihm. Ottilia glaubte zeitweise, ihr würde die Luft wegbleiben. Sie atmete leise tief durch.

»Und jetzt? Willst du mich verhaften lassen, weil ich mich kurz mit einem Galbert getroffen habe? Er ist nicht jüdisch. Nicht ganz, nicht halb und nicht viertel. Und wenn …«

»Sei still!«, stieß Amon aus und packte ihre Hände.

Sie ließ ihn nicht aus den Augen, genauso wenig wie er sie.

»Ich habe Beweise, dass er ein Judensympathisant ist. Er hat kürzlich welchen, die in eine Kontrolle geraten sind, zur Flucht verholfen. Ich muss das melden.«

Ottilias stockte. Nein, dachte sie.

Amon neigte den Kopf leicht nach rechts. »Es sei denn …«

Er lächelte, aber seine Mundwinkel zuckten. Ottilia wünschte sich, ein großes Loch würde sich unter ihren Füßen auftun und sie könnte darin zusammen mit Eduard und allen, die auf dieser Erde ein Herz besaßen und ungerecht behandelt wurden, in eine bessere Welt fliehen. Weg von Menschen wie Amon. Ottilia wollte sich ihre Unsicherheit nicht anmerken lassen. »Welche Beweise hast du denn?«

»Fotos. Ich besitze eine neue Kamera. Das Entwickeln mache ich selbst. Fotografieren ist ein Hobby von mir.«

Er ergriff eine ihrer Hände und zog sie mit sich bis zur nächsten Laterne. Dort stellte er sich so hin, dass ihr Licht auf die zwei Fotos fiel. »Sieh hin«, forderte er.

Ottilias Blick richtete sich auf die Schnappschüsse. Eindeutig war darauf Eduards Gesicht zu erkennen. Ihr wurde übel.

»Die Genossen, denen dein Eduard ein paar eingeschenkt hat, damit das Judenpack fliehen konnte, erfahren sicher liebend gern, wer der Verräter ist. Ich hätte es auch nicht gewusst, wenn ich ihm nicht gefolgt wäre. Als er und die Juden sich in Sicherheit wiegten, umarmten die ihren Retter stürmisch, wobei der seine Mütze verlor.« Auch das hatte Amon auf einem Foto festgehalten.

Ottilia schluckte schwer. »Was willst du für dein Schweigen?«, presste sie hervor, obwohl sie es sich schon denken konnte.

Amon strich ihr mit einem Finger über die linke Wange. »Nur weil ich dich mag, Ottilia Aden, schlage ich dir einen Kompromiss vor. Überleg dir gut, was du darauf antwortest.«

Ihr Blut schien zu gefrieren. »Sag schon.«

»Ich bin bereit, das alles für mich zu behalten, wenn du mit dem Galbert Schluss machst und mich endlich erhörst. Ich bin sicher, du wirst es nicht bereuen und mir später sogar dankbar sein für das jetzt.«

Sie würgte leise.

»Was ist? Ist das nicht ein mehr als fairer Vorschlag? Du wirst deinen Eduard verlassen, ihm erzählen, dass du dich eben neu verliebt hast. Nicht mehr und nicht weniger. Wenn ich herausfinde, dass du ihm ein Sterbenswörtchen von unserem Pakt berichtest, löse ich mein Versprechen zu schweigen auf der Stelle. Verstanden?«

Ottilia zog sich der Brustkorb zusammen und ihre Seele schien in tausend Splitter zu bersten. Ihr blieb nichts anderes übrig. Sie war sicher, Amon würde keine Sekunde zögern, Eduard an Hitlers Leute auszuliefern. Schon jetzt zerriss ihr Herz, wenn sie daran dachte, dass sie Eduards brechen musste.

»In Ordnung, Amon.«

Er nickte und lächelte. »Wusste ich es doch! Du bist ein kluges Mädchen, Tilia.«

Dunkle Schatten

Ottilia

Ein paar Tage später

Ottilia hatte Käthe inzwischen eingeweiht, was Amons Erpressung anging. Ihre Freundin fühlte mit ihr, sah sich aber dem Ganzen genauso hilflos gegenüber wie Ottilia. Nun stand Ottilia vor Eduard und musste den schwersten Schritt ihres bisherigen Lebens tun. Dieses Mal trafen sie sich auf einem anderen Waldweg. Eduard nahm sie in die Arme. Ein letztes Mal, dachte sie und ließ sich für einen Moment fallen. Doch dann drückte sie sich von ihm weg und sagte, ohne ihm in die Augen zu schauen: »Ich habe nachgedacht, über uns. Ich muss dir das nun sagen. Und bitte, hasse mich nicht dafür, Eduard.«

Eduard zog die Brauen zusammen. »Was ist denn los, Tilia?«

Er lehnte sich an einen dicken Baumstamm und runzelte die Stirn, ließ sie keine Sekunde aus den Augen. Ottilias Knie zitterten. Sie nahm allen Mut zusammen, dann stieß sie hastig aus: »Es ist vorbei. Das mit uns. Es ist besser so.«

Sie hörte ihre Stimme, die ihr selbst fremd vorkam. Schnell machte sie kehrt, wollte davonlaufen, doch Eduard hielt sie an einem Arm fest.

»Warum wirfst du das alles so plötzlich weg, Tilia? Was ist passiert?«

Seine Worte trafen sie wie Hammerschläge, die auf ihr Herz niederprasselten. Sie senkte den Blick. »Ich habe mich verliebt«, flüsterte sie. Er sollte sie ruhig hassen, auch wenn ihr dies die Seele zerriss. Hauptsache, er war in Sicherheit.

»Verliebt? In wen? Ich dachte, du und ich … Sieh mich doch bitte an. Du wirkst so gar nicht wie die Tilia, die ich kennengelernt habe.«

Ottilia zwang sich, den Blick wieder zu heben. Ihr Kopf kam ihr tonnenschwer vor. Sie schluckte die Tränen hinunter, die in ihr hochstiegen, und versuchte, bestimmt und deutlich zu klingen, als sie rief: »Doch, ich bin es. Ich habe mich nun in Amon Kassel verliebt. Und jetzt lass mich in Ruhe. Es ist, wie es ist!«

Augenblicklich ließ Eduard sie los, schüttelte den Kopf und schaute sie an, als hätte sie sich gerade in ein Monster verwandelt. So fühlte sie sich auch. Ohne zu zögern, rannte sie davon, querfeldein und nach Hause. Die Tränen, die nun nicht mehr aufzuhalten waren, schienen Furchen in ihre Wangen zu brennen.

»Was ist denn mit dir los? Du siehst aus, als wärst du in einen Sturm geraten«, meinte ihre Mutter. Sie rupfte ein Huhn in der Nähe des Hauses über einem Eimer, der mit dampfendem Wasser gefüllt war.

»Mir geht es auch nicht so gut. Vielleicht brüte ich eine kleine Wintergrippe aus«, erwiderte Ottilia hastig.

Ihre Mutter musterte sie. »Dann schleunigst ins Bett, nicht, dass du uns alle ansteckst. Ich bring dir dann einen Tee. Meine

Güte, da scheint ja wieder so eine Grippe umzugehen. Ich habe schon von ein paar Fällen gehört.«

Ottilia nickte nur und zog sich in ihre Stube zurück.

Der Schmerz, den Ottilia sich selbst und Eduard zugefügt hatte, zufügen musste, war kaum auszuhalten. Ihre Mutter hielt Wort und brachte ihr etwa eine halbe Stunde später eine Tasse Tee vorbei.

»Steht vor der Tür«, rief sie. »Soll ich den Arzt rufen?«

Ottilia verneinte. Sie konnte gerade noch ein Schluchzen unterdrücken. In Gedanken ohrfeigte sie Amon für seine Dreistigkeit und wünschte ihm ein warmes Herz, welches er offensichtlich nicht hatte. Denn sonst, sagte sie sich, würde er niemals derart handeln. Sie lag in ihrem Bett, starrte an die Decke und schlief unter Tränen nach einer Weile ein. Sie träumte von einem tiefen Graben, den Amon zwischen Eduard und ihr geschlagen hatte. Er zog sich durch den ganzen Zauberwald. Nicht nur das, ihre Hütte stand in Flammen und Eduard, der im Rauch des Feuers weilte, spuckte ihr entgegen, so wie Emmi es damals getan hatte.

Ottilia wollte ihm die Wahrheit entgegenschreien, doch ihre Stimme war so tonlos wie Schnee, der auf die Erde rieselte. Amon, der mit einer Hacke im Graben stand, lachte aus tiefster Kehle. Seine Augen endlos dunkle Höhlen. Er winkte Ottilia zu sich, zog sie an wie von Zauberhand. Sie wollte sich wehren, aber konnte nicht.

»Du gehörst mir, Tilia. Nur mir«, keuchte Amon und verzog das Gesicht zu einer Grimasse. Als er sie küssen wollte, erwachte sie mit einem Schrei und rang nach Atem.

Amon verschränkte seine rechte Hand mit ihrer linken und lächelte, als sie sich wie verabredet in der Stadt trafen.

»Ich hoffe, Eduard ist nicht allzu traurig«, sagte er spöttisch und grüßte ein älteres Ehepaar mit dem Deutschen Gruß, wobei er wenigstens kurz Ottilias Hand losließ.

»Heil Hitler, Herr Kassel«, grüßten sie zurück und lächelten.

»Sehr vorbildlich«, lobte Amon und wandte sich dann wieder Ottilia zu. Ihr entging nicht, dass das Paar auch ihr zunickte und dabei neugierig dreinsah. Sicher fragten sie sich, ob Amon und sie ein Paar waren, was ihr einen Schauder über den Rücken jagte.

Amon griff mit der freien Hand Ottilias Arm und hob ihn grob an. »Heil Hitler!«, rief er dann. In seinen Augen spiegelte sich eine Mahnung. »Das nächste Mal grüßt du. Als mein Mädchen verlange ich das von dir. Verstanden?«

Ottilia presste die Zähne aufeinander. Zu gern hätte sie ihm ihre Meinung an den Kopf gedonnert. Doch dann dachte sie wieder an seine Drohung und nickte lieber.

»Verstanden.« Galle schwappte ihr in die Kehle. Sie ekelte sich teilweise vor sich selbst.

Amon lächelte siegesgewiss. »Sehr schön. Wir werden uns schon noch verstehen, Tilia.« Er tätschelte ihre Wange mit einer Hand und sie setzten ihren Weg fort.

»Bald werde ich dich meinen Eltern vorstellen und die Verlobung müssen wir auch bekannt geben.«

»Verlobung? Schon?«

»Bevor ich in den Krieg ziehe und als Held zurückkomme, möchte ich dich geheiratet haben.«

»Dass es Krieg geben wird, ist vorerst ein Gerücht, und ich hoffe …«

»Ich bin sicher, es wird darauf hinauslaufen«, unterbrach Amon sie.

Ottilia blieb in der Nähe eines Kastanienbaumes stehen und versuchte, regelmäßig zu atmen.

Amon stellte sich direkt vor sie. »Musst du dich ausruhen?«

»Nur kurz.«

»Lass dich nicht so gehen. Reiß dich zusammen.«

»Mir ist nicht gut«, keuchte sie. »Ich möchte nach Hause.«

Er stierte sie an. »Du bist doch nicht etwa schwanger von diesem …«

Erschrocken erwiderte sie seinen Blick. »Was?«

»Habt ihr …?« Er knirschte mit den Zähnen.

Ganz sicher würde Ottilia ihm nicht die Wahrheit über die innigsten Momente mit Eduard verraten. Doch bevor er nachbohrte, erwiderte sie mit einem klaren »Nein«.

Die Antwort stimmte Amon offenbar zufrieden. »Sehr gut. Dann kann es nicht so tief gewesen sein.«

Er schob eine Hand unter ihren Mantel. »Bei mir musst du nicht warten.« Langsam ließ er seine Finger zu ihrem Busen wandern. Ottilia schob seine Finger weg und ging weiter. »Ich möchte es langsam angehen, Amon. Verstanden?«

Er holte sie ein und ging neben ihr her. »Vergiss nicht, liebste Tilia, wer hier den längeren Arm hat.«

Frau Schürmann schob Ottilia einen Laib Brot über die Theke. Bärbel hatte sie beauftragt, einen zu holen. Käthe kam gerade aus der Backstube.

»Ottilia.«

»Käthe. Ich wollte eh kurz zu dir.«

»Schön. Wie geht's dir?«, fragte Käthe und sah besorgt aus. »Du siehst so weiß aus wie unser Mehl.« Sie zog Ottilia in den Flur neben der Theke.

Ottilia schluckte schwer. »Amon will die Verlobung. Am Samstag möchte er meine Eltern damit überraschen. Ja, das wird eine Überraschung. Vor allem Mutter wird sich freuen.«

Käthe hielt in ihrer Bewegung inne und machte große Augen. Nun wurde auch sie bleich. »Nein. Du Arme.«

»Das Schlimmste ist, dass Eduard denkt, ich hätte ihn einfach fallen gelassen. Für einen wie Amon, der die Partei anhimmelt«, flüsterte Ottilia ihrer Freundin zu.

Käthe fuhr die Fugen der grauen Wandkacheln mit einem Finger nach und schüttelte den Kopf. »Das darf nicht sein, dass so einer wie Amon gewinnt. Dass das Böse schon wieder die Macht hat. Ich habe meine Gedanken hin und her gewälzt nach einer Lösung für euch.«

»Ich auch, Käthe. Ich auch! Aber es gibt keine.«

Käthes Wangenmuskeln zuckten. »Außer Amon würde sterben.«

Ottilia riss die Augen auf. »Nein, das wünsche ich niemandem.«

»Ja, war ja nur so ein Gedanke.« Käthe legte ihr die Hände auf die Schultern. »Gib die Hoffnung nicht auf.«

»Du auch nicht. Hast du was von David gehört?«

Käthes Augen wurden heller. »Er hat mir geschrieben. Über die Cousine meiner Mutter. Sie hat mir seinen Brief weitergeleitet. Ich bin so froh, dass er und seine Familie wohlauf sind. Allerdings glauben sie auch, dass es Krieg geben wird.«

Ottilia seufzte. »Als wäre der Teufel auf die Welt gekommen. So kommt es mir oft vor«, flüsterte sie dann.

Klare Worte

Hedda

Gerade, als ich Sascha die nächsten Kapitel wie versprochen gemailt hatte und los zum Einkaufen wollte, kam Daniel auf den Hof gefahren. Die Reifen seines nachtschwarzen Autos wirbelten Staub auf. Knapp vor mir kam der Wagen zum Stehen. Einen Moment hatte ich gedacht, er wollte mich damit einschüchtern. Dann erkannte ich, dass nicht er, sondern Viktoria am Steuer saß. Sie stieg zuerst aus, gefolgt von Daniel. Der Wind trug ihr süßliches Parfüm zu mir.

»Was sollte denn das, Schatz?«, fragte Daniel seine Frau und schaute über das Autodach zu ihr hinüber. Sie schürzte die Lippen. »Was meinst du?« Sie zog sich die Sonnenbrille ab und steckte sie in das rote schulterlange Haar. Ihre braunen Augen, die mich musterten, funkelten, aber sie lächelte mir zu.

»Sie sind also tatsächlich hier«, sagte sie dann.

»Guten Tag«, erwiderte ich.

Viktoria lachte leise, als hätte ich einen Witz gemacht, und verschränkte die Arme vor der Brust. Sie sah dünn aus, fast zerbrechlich, was ich von ihrem Blick nicht behaupten konnte, den sie weiterhin wie die Klinge eines Schwerts auf mich richtete. Genau wie ihr Lächeln.

Ich wandte mich an Daniel. »Schön, dass Sie wirklich gekommen sind.«

Auch wenn es mir doch lieber gewesen wäre, erst mit ihm allein zu sprechen. Aber vielleicht gewährte Viktoria mir das ja.

Daniel nickte mir zu. »Hab ich doch gesagt. Und Sie, dass Sie danach verschwinden.«

Ich blieb weiterhin ruhig. »Gesagt habe ich es nicht, nur genickt.«

»Ist doch das Gleiche.«

Ich wollte standhaft bleiben. »Ich habe Monika an ihrem Sterbebett etwas versprochen und das muss und will ich halten. Ihr zuliebe.« Es gelang mir, dass meine Stimme klar und fest klang.

Viktoria schüttelte den Kopf. »Das respektieren wir ja. Übrigens, es gibt schon einen Interessenten. Und der wird sich sehr bald das Haus zusammen mit unserem Makler ansehen.«

Ich lächelte. »Gut, dann bin ich dabei. Ich weiß, welche Vorstellungen Monika von dem neuen Besitzer beziehungsweise der neuen Besitzerin hatte.«

Viktoria sah zu ihrem Mann. »Das kann doch nicht sein. Sag was, Daniel. Wer der Käufer ist, sollten schon am Ende wir entscheiden und keine Bekannte deiner Mutter. Oder hat sie uns das etwa nicht zugetraut? Das macht mich traurig.«

Daniel atmete tief durch und schlug die Beifahrertür hart ins Schloss. Dann kam er um den Wagen herum und trat neben mich. In seinen Augen lag Abwehr, aber nicht die gleiche Kälte, die Viktoria ausstrahlte. Aus ihrem Lächeln war inzwischen eine Art Schmollen geworden. »Sagen Sie, was Sie zu sagen haben, und dann verlassen Sie das Grundstück meiner Familie«, forderte Daniel.

»Und das Skript. Das wollen wir übrigens lesen, bevor es veröffentlicht wird«, warf Viktoria ein.

Daniel nickte. »Ja, so ist es.«

»Kein Problem«, entgegnete ich.

Viktoria schlug um sich. »Verdammt, ich habe mein Mückenspray vergessen.«

Daniel wandte sich ihr zu. »Steig doch wieder ein. Ich regele das hier.«

Das tat sie auch, ließ aber die Scheibe ein kleines Stück nach unten fahren. Dachte sie, dass die Mücken durch den Spalt nicht reinkommen würden? Egal.

Daniel widmete sich wieder mir. Der eher herbe Geruch seines Parfüms kroch mir in die Nase. Er war, anders als Viktoria, leger gekleidet. Blaue Jeans und rotes Shirt. Sie trug ein enges knielanges gelbes Kleid und weiße Sandalen. Dazu war sie stark geschminkt. Irgendwie erfüllte sie das typische Bild einer Frau der Großstadt.

»Sie brauchen wirklich nicht zu bleiben«, sagte Daniel.

»Wie gesagt …«

»Meine Mutter hat immer eine romantische Ader gezeigt. Dabei konnte sie so eiskalt sein. Sie will mich und Viktoria nur weiter ärgern. Sogar nach ihrem Tod. Das finde ich traurig.« Er hob die Brauen und schob einen kleinen Stein mit der Spitze seines rechten Schuhs hin und her.

»Das ist nicht wahr, Herr Hauser«, erwiderte ich ruhig.

Unsere Blicke hielten aneinander fest.

»Sie haben sich auch von ihr blenden lassen.«

»Unsinn. Ich glaube ihr jedes Wort, das sie mir gesagt hat.«

»Dann tun Sie mir leid. Was wollten Sie mir denn nun eigentlich noch sagen?«

»Gehen Sie nach Hause und lassen Sie uns in Ruhe«, rief Viktoria.

Ich schaute zu ihr. »Monika hätte sich übrigens sehr gefreut, wenn Sie beide sich nähergekommen wären. Sie war traurig, dass Sie das abgeblockt haben«, entfuhr es mir.

Viktoria schüttelte den Kopf. »Wenn, dann hat sie mich immer abgeblockt. So sieht es aus.«

Daniel schien seiner Frau zu glauben.

Viktoria stieg wieder aus.

Dieses Mal war ich diejenige, die tief durchatmete. »Hören Sie, ich meine nichts böse. Aber vielleicht hat sich Monika von Ihnen beiden auch manchmal vernachlässigt gefühlt. Sie haben sie wenig besucht. Und das Haus …« Ich drehte mich um.

»Was ist damit?«, wollte Daniel wissen.

»Allein die verwelkten Blumen machen mich traurig.«

»Dafür war keine Zeit. Andere Sachen sind wichtiger«, sagte Viktoria. »Daniel, mach was. Es gibt immer noch die Möglichkeit, die Polizei zu rufen.«

Ich suchte Daniels Blick, den er schließlich erwiderte. »Ich will nichts Falsches. Und Monika wollte es auch nicht, Daniel«, sagte ich ruhig.

»Sie sind eine Fremde.«

»Ja, ich weiß. Aber irgendwie auch nicht. Ich meine, ich fühle mich Monika so verbunden, dem allem hier.«

»Dann ruf ich eben die Polizei«, sagte Viktoria und zückte ihr Handy.

»Dass ich hier bin, ist mein gutes Recht«, erwiderte ich.

Daniel nickte ihr zu. »Das stimmt, Viktoria. Lass gut sein.«

»Ich meine es nur gut, Daniel«, erwiderte sie.

»Ich weiß doch, Liebling.«

Sie stieg wieder in den Wagen.

»Sie sagte, dass sie Sie liebt, Herr Hauser. Und dass sie stolz auf Sie ist. In allem. Sie wusste, dass Sie aufrichtig sind, fleißig. Sie wünschte Ihnen nur das Beste. Auch sagte sie, dass sie weiß, dass Sie oft nicht anders handeln konnten.«

Daniel presste die Lippen aufeinander und wurde merklich nachdenklich. Doch dann schlich die Kühle in seine Gesichtszüge zurück. »Sie wusste im Grunde gar nichts von mir. Und dann benutzt sie eine Fremde, um mir das ausrichten zu lassen.«

»Sie sagte, Sie haben oft nicht zugehört.«

Seine Kiefermuskeln zuckten. »Sie hat es nicht anders verdient, hat mich belogen, was meinen Vater angeht. Und dann erzählt sie auch noch Lügen über ihn.« Er ging zur Beifahrertür seines Wagens. »Also gut. Dann bis bald.«

»Du bist immer zu gutmütig«, schimpfte Viktoria.

»Hör bitte auf, Schatz«, bat Daniel sie und drehte sich noch einmal zu mir. »Das Skript drucken Sie bitte für mich aus und bringen es in unserem Hotel vorbei. Wittenbacher Hof.«

»Warum wohnen Sie eigentlich nicht hier?«, wollte ich wissen.

»Hier? Niemals«, antwortete Viktoria für Daniel. Der sagte gar nichts dazu.

»Anderer Vorschlag, weil noch nicht alles überarbeitet ist«, sagte ich, bevor Daniel einstieg.

Er hob die Brauen. »Ach.«

»Kommen Sie vorbei und lesen Sie den bereits überarbeiteten Teil auf meinem Laptop. Das kann ich anbieten. Und den Rest bekommen Sie dann später nach und nach.«

Viktoria schüttelte den Kopf und ließ den Motor an.

Aber Daniel sagte überraschend zu.

Die Worte von Monikas Sohn kehrten wie ein Bumerang in meinen Kopf zurück. Ich hatte die Abneigung gegenüber Monika in seiner Stimme gehört. Es tat mir weh. Dennoch, ich konnte mich nicht täuschen, da war auch Wehmut gewesen. Und die empfand man doch nur, wenn man jemanden auch liebte. Vielleicht konnte ich Daniel noch knacken, wenn ich mit ihm allein reden konnte. In dem Sinn war es gut, dass ich ihm das mit dem Skript so angeboten hatte. Was Viktoria anging, hatte sich Monika wohl leider nicht getäuscht. Selbst jetzt, nach ihrem Tod, hegte sie eine offensichtliche Abscheu gegen sie. Wieder einmal zog es mich zu meinem Skript. Es war wie eine Art Therapie für mich, daran zu arbeiten, und Beruhigung brauchte mein aufgebrachtes Inneres nun dringend. Morgen würde ich einen Abstecher in die Stadt machen, ein paar Lebensmittel kaufen und die Bäckerei der Schürmanns besuchen, die es vielleicht noch gab. Auch dem Zauberwald wollte ich unbedingt einen Besuch abstatten.

Fürs Überarbeiten zog ich mich unter den Lindenbaum zurück. Bevor ich mich ihm zu Füßen auf eine Decke setzte, strich ich mit den Fingern über die raue Rinde. Der Baum hatte viel von damals miterlebt und auch Monika gekannt. Ich tätschelte seinen Stamm wie einen alten Freund, dann ließ ich mich auf die Decke nieder und klappte den Laptop auf. Schon nach der ersten Zeile war ich wieder völlig in Ottilias und Eduards Welt gefangen. Nach dem Überarbeiten eines Kapitels surrte mein Handy. Ich schielte auf das Display. Es zeigte eine Nachricht von Sascha an: Musste die Kapitel gleich lesen. Schick mir gefeilten Nachschub, sobald vorhanden. Lieber Gruß. Dein nerviger Kumpel

Ich rief ihn kurzerhand an, wollte ihm von Daniels und Viktorias Besuch erzählen und seine Meinung darüber wissen. »Hi Sascha. Hast du kurz Zeit?«

»Was gibt's?«

Als ich mit meiner Erzählung geendet hatte, meinte er: »Sehr gut.«

»Was genau findest du sehr gut?«, fragte ich ihn.

»Dass Daniel kommt und das Skript lesen will. So kannst du ihn noch mal allein bearbeiten und das bringt dich seinem

Herzen vielleicht ein Stück näher. Jetzt hab ich fast wie ein Poet geklungen, oder?«

»Genau das denke ich auch«, erwiderte ich nachdenklich.

»Danke für das Kompliment. Ich und ein Poet. Wer hätte das gedacht? Ich am allerwenigsten.«

Ich lachte.

»Hm? … Spaß beiseite. Ich drück die Daumen. Auch wegen des Interessenten.«

»Danke.« Ich schaute mich um und atmete tief durch. »Ist schon herrlich hier. Ein ganz besonderer Flecken Erde. Liegt aber wohl auch daran, dass ich Monika kennenlernen durfte und um die Vergangenheit ihrer Familie weiß. Weißt du, wenn ich genug Geld hätte, würde ich den Hof vielleicht sogar kaufen. Ich bin ja auf dem Land aufgewachsen. Deshalb erinnert mich das alles auch an meine Kindheit. Die Düfte, die Farben, die Freiheit.« Eine Mücke setzte sich auf den Bildschirm meines Laptops und vollzog dort einen kleinen Tanz, als würde sie sich über meine Worte freuen.

»Klingt, als wärst du verliebt«, sagte Sascha.

Ich kreuzte die Füße und lächelte. »Ja, glaub schon.«

»Dann kauf es. Nimm einen Kredit auf. Du wolltest doch dein Leben umkrempeln, mehr wagen.«

Ich stockte. »Aber doch nicht so arg. Und mit so einem Risiko. Kredit? Nein, kommt nicht infrage.«

»Ich spiele nachher Lotto. Wenn ich gewinne, kauf ich dir den Hof.«

Ich lächelte. »Tolles Angebot. Dann mal los.«

»Na gut. Versprochen.«

»Ich nehme dich beim Wort.« Käme es zu dem unwahrscheinlichen Fall, würde ich das Geld bestimmt nicht annehmen, zumindest nicht geschenkt.

»Kannst du. Aber eine Bedingung habe ich. Erzähl mir, was im nächsten Kapitel passiert. Und die folgenden schickst mir dann.«

Unverbesserlich. Aber ich freute mich auch, dass er den Fortlauf gar nicht abwarten konnte. »Also gut.«

»Bin ganz Ohr.«

Ich lehnte meinen Kopf an den warmen Baumstamm, schloss die Augen und erzählte also: »Ottilias Mutter vor allem freute sich natürlich sehr über die Verbindung zwischen Amon und Ottilia. Bärbel allerdings verstand diesbezüglich nur Bahnhof. So erging es auch Hermann, der Amon ebenso wenig leiden konnte. Und auch ihre Großmutter und der Vater wunderten sich über den plötzlichen Gefühlswechsel vonseiten Ottilias, wünschten beiden aber viel Glück. Weihnachten feierten Ottilia und Amon, nach dem Wunsch seiner Eltern, hauptsächlich bei ihm, jedoch noch ohne Ottilias Eltern. Amons Eltern waren streng, liebten ihren Sohn jedoch abgöttisch. Käthe stand Ottilia, so gut es ihr möglich war, zur Seite. Wenigstens sie war insoweit glücklich, als David und sie sich schreiben konnten und sie wusste, dass es ihm in England gut ging. Mehr später.«

»Schade, aber danke. Ich hab Kopfkino und Amon wird gerade … Nein, ich sag es lieber nicht. Der arme Eduard, die arme Ottilia.« Er seufzte. »Überarbeite nun mal schön weiter und dann wieder her damit.«

»Mach ich.«

Sobald ich aufgelegt hatte, ließ ich Klaviermusik über den Laptop im Hintergrund laufen und feilte weiter. Musik beflügelte mich, und das schaffte sie auch dieses Mal wieder.

Sturmwolken

Ottilia

Weihnachten verging, ohne dass Ottilia Eduard gesehen hatte. Die meiste der wenigen Freizeit hatte sie mit dem Nähen neuer Unterwäsche verbracht, die sie größtenteils in einer Truhe auf dem Dachboden verstaute. Ottilias Sehnsucht wuchs von Tag zu Tag. Nicht einmal der heiligen Weihnachtsmesse hatte Eduard beigewohnt. Insgeheim hatte sie gehofft, ihn dort zu sehen. Zu ihrem Leidwesen waren Amon und auch dessen Eltern an ihrer Seite. Die Kassels waren strenge Katholiken, die eine Ehefrau merklich vor allem als Mutter und am Herd sahen. Eine Meinung, die ihr Sohn teilte. Dass sie ein Café eröffnen wollte, hatte Amon ihr sozusagen verboten, was sie ihn noch mehr verabscheuen ließ. Er hatte durch Zufall davon Wind bekommen, als er Käthe und sie vor ein paar Tagen belauscht hatte. Danach hatte er Ottilia gleich zur Rede gestellt, als planten Käthe und sie ein Verbrechen.

»Du wirst im Kleid meiner Mutter heiraten. Das ist wunderschön, aus Spitze und Seide. Die Schneiderin, die es gemacht hat, war eine wahre Künstlerin. Wir werden übrigens am ersten

Juli heiraten. So haben es auch meine Eltern vor fünfundzwanzig Jahren gemacht. Der Juli ist ein Glücksmonat«, teilte ihr Amon bei einem Spaziergang über die Flure unweit von Hollfeld mit. Sie hörte ihm stillschweigend weiter zu. »Sie sind meine Vorbilder in vielen Dingen und noch so glücklich wie am ersten Tag. Du kannst viel von ihnen lernen.«

Schön, dass er sich so gut mit ihnen verstand, doch von ihnen zu lernen, darauf verzichtete Ottilia lieber.

Sie spürte die Anspannung in der Luft. Amon schritt kerzengerade neben ihr her. Er hatte einen schwarzen Mantel über die Uniform gezogen. Fehlte nur noch eine Peitsche, durchfuhr es Ottilia. Auch sie trug einen Mantel, den ihr Bärbel letzten Winter geschenkt hatte und der die Kälte gut abschirmte. Er war eine wunderschöne Arbeit und aus violettem Stoff. Die Schnitte dazu stammten aus einer Modezeitschrift. Zu eigenen Entwürfen, so sagte Bärbel oft, fehle ihr leider die Kreativität und Zeit. Jede Minute, in der Amon Zweisamkeit forderte, widerte Ottilia an. Sie zog ihren Mantel vorn enger zusammen. Der Januar des Jahres 1939 war nicht nur bitterkalt, sondern auch meist verschneit. Ottilia hörte das Wiehern eines Pferdes. Kurz darauf kam ein Schlitten, der von zwei Pferden gezogen wurde, um eine Rechtskurve direkt auf sie zu. Ottilia hielt die Luft in ihrer Lunge gefangen, als sie erkannte, dass Eduard ihn lenkte. Ihr Herz machte einen Satz und überschlug sich, während die Sehnsucht nach ihm neu geboren wurde. Sie erinnerte sich, dass er ihr einmal von dem Schlitten Marke Eigenbau erzählt hatte und davon träumte, damit mit ihr durch einen verschneiten Winterwald zu fahren. Neben ihm saß Emmi, direkt dahinter johlten ein paar junge Leute. Wahrscheinlich Freunde der beiden. Eduards Gesicht versteinerte, sobald er Amon und Ottilia erkannte.

»Heil Hitler«, grüßte Amon und ein Grinsen überzog sein Gesicht. Er drückte Ottilia einen Kuss auf die Wange, die den

Kopf wegdrehte. Eduard scherte nach rechts aus. Er nickte nur zur Begrüßung. Das Lachen und Johlen der jungen Leute hinter ihm war verebbt. Nur einer hob die Hand, allerdings die linke, schwieg jedoch. Die anderen sahen schnell in die andere Richtung.

»Anhalten!«, befahl Amon daraufhin.

»Amon, lass doch bitte«, bat Ottilia.

Doch er hörte nicht auf sie.

Eduard stoppte tatsächlich. Ottilias Herz geriet ins Stocken, das Blut in Wallung.

»Muss das jetzt sein, Amon?«, fragte Ottilia und zerrte an seinem Ärmel.

Er riss sich los. »Bleib stehen. Bin gleich zurück.«

Mit großen Schritten ging er zum Wagen.

»Sitz ab!«, befahl er Eduard.

»Warum?«, fragte er und vermied es merklich, ihn direkt anzusehen.

»Weil ich es sage. Ausweis!«

Ottilia verdrehte die Augen über Amon.

»Du weißt doch genau, wer ich bin, Amon.«

»Für dich Sie und Herr Kassel«, schnauzte Amon.

»Für wen hält der sich?«, keifte Emmi.

»Ruhe!«

»Dann siezen Sie uns aber auch, Herr Amon Kassel«, forderte Emmi und Eduard gab ihr recht.

»Runter vom Wagen, in einer Reihe aufstellen und Papiere vorzeigen«, brüllte Amon.

Emmi warf Ottilia einen vorwurfsvollen Blick über die Schulter zu und verzog angeekelt das Gesicht. Zu gern wäre Ottilia zu Eduard gelaufen und hätte sich ihm anvertraut. Doch damit würde sie nicht nur ihn in Gefahr bringen, also verharrte sie.

Eduard stieg zuerst ab, gefolgt von den anderen. Wie befohlen stellten sie sich in einer Reihe am Wegesrand auf, hinter dem sich von Schnee bedeckte Felder und Wiesen erstreckten. Die Bäume sahen aus wie frisch gezuckertes Gebäck aus der Bäckerei von Käthes Eltern. Der Himmel riss auf und ließ ein paar Sonnenstrahlen durch, die dort, wo sie auftrafen, den Schnee glitzern ließen. Eine Magie, die Amon gerade mit Füßen trat.

Eduard, seine Schwester und die anderen zeigten artig die Ausweise.

Wie erwartet blieb Amon bei Eduard am längsten stehen, lächelte ihm höhnisch ins Gesicht. Dann ließ er den Arm nach vorn schnellen. Eduard zuckte keinen Millimeter. »Heil Hitler!«, zischte Amon.

Auffordernd sah er Eduard an. Der reagierte nicht.

»Bist du schwerhörig, Galbert? Mach den Deutschen Gruß. Und zwar sofort.«

Ottilia trat einen Schritt auf ihn zu und sah ihn eindringlich an. »Bitte, Eduard.«

Emmi blähte die Nasenflügel. »Was will die denn?«

»Die, Fräulein Galbert, ist meine Verlobte. Wir werden im Sommer heiraten.«

Eduard schielte zu ihr und verengte ein wenig die Augen.

Ottilias Herz setzte einen Schlag lang aus.

»Na, dann herzlichen Glückwunsch«, erwiderte Eduard.

»Vielen Dank.« Amon lachte ihm ins Gesicht.

Emmi schüttelte den Kopf. »Das passt ja«, flüsterte sie.

»Gehen wir jetzt bitte weiter?«, drängte Ottilia Amon. Der reagierte nicht.

Ottilia fiel auf, dass der Ausdruck in Eduards Augen gebrochen aussah. Am liebsten hätte sie ihn umarmt und ihm alles gesagt.

Amon schien es zu genießen, dass er Eduard gängeln konnte, und verharrte.

»Dann laufe ich eben allein weiter«, sagte Ottilia und wandte sich zum Gehen.

»Du bleibst!«, schrie Amon daraufhin und warf ihr einen dunklen Blick zu. Sogar Emmi zuckte kurz vor Schreck. Eduard zog die Brauen zusammen und sah zu ihr hinüber.

Ottilia gehorchte besser, was Amon sichtlich gefiel. »Brav«, erwiderte er und wandte sich dann wieder an Eduard. »Das nächste Mal seid ihr dran«, bellte er.

Eduard schüttelte den Kopf. »Wir haben nichts getan, das Unrecht wäre.«

»Lass ihn doch reden«, warf Emmi ein.

Amons Gesichtszüge entgleisten. Er zeigte mit einem Finger auf Eduard. »Ich an deiner Stelle würde lieber den Mund halten, Galbert.«

Ottilia warf Eduard einen bittenden Blick zu, den er auffing. Danach war er zum Glück wirklich still. Bevor Amon den Weg fortsetzte, hängte er sich bei Ottilia ein und drückte ihr einen Kuss auf den Mund. Sie musste es sich gefallen lassen.

Eine Nacht ohne Sterne

Ottilia

In der letzten Zeit schränkte Amon Ottilia zunehmend ein. Immer mehr kam es ihr vor, als folge er ihr wie ihr eigener Schatten. Sie spürte, dass ihre Träume darin ertranken, sie stetig müder wurde. Das blieb auch Bärbel nicht verborgen, die sie darauf ansprach. Doch Ottilia schwieg. Bärbel sollte sich keine Sorgen machen und sie konnte ihr auch nicht helfen. Sie ging Eduard bestmöglich aus dem Weg, denn ein Wiedersehen, da war sie sich sicher, hätte die Wunden nur vergrößert. Käthe war bemüht, sie auf andere Gedanken zu bringen. Auch an diesem Tag, als sie sich in der Nähe des Stalles der Schürmanns trafen. Käthes Bruder Friedhelm führte inzwischen die Bäckerei, die ehemals David und seinen Eltern gehört hatte, erfolgreich in Bayreuth weiter. »Wir können ihn dort gern mal besuchen«, schlug sie Ottilia vor. »Ich will Friedhelm in nächster Zeit unter die Arme greifen. Wir fahren dann immer mit dem Zug vom Hollfelder Bahnhof nach Bayreuth und zurück. Komm doch das nächste Mal mit.«

Ottilia nickte.

»Amon wird dich doch gehen lassen?«

»Ich hoffe«, erwiderte Ottilia. Es widerte sie an, dass er auch über ihre Freizeit bestimmen wollte.

Ottilia knetete die Hände ineinander. »Zum Glück will er erst im Sommer heiraten. Bis dahin ist mir hoffentlich ein triftiger Grund eingefallen, diese Hochzeit platzen zu lassen.«

Käthe nickte. »Ich überlege fieberhaft mit. Wir finden schon einen Plan. Zuversicht, sagt Mutter immer, ist wichtig.«

»Womit sie recht hat. Aber meine schwindet von Tag zu Tag leider immer mehr. Als Nächstes muss ich die Einladung zu einem Kaffeetrinken mit Amons Eltern überstehen.«

Käthe sah sie mitleidig an und winkte sie dann mit sich. »Jetzt zeig ich dir was, was dich von Amon sicher ablenken wird. Eins unserer Schweine, die Helga, hat Ferkelchen bekommen. Zartrosa Wonneproppen. So süß.«

Das war eine Überraschung, die Ottilia tatsächlich ein wenig ablenkte.

Amon beäugte Ottilia von oben bis unten, als er sie vor dem Treffen mit seinen Eltern daheim abholte. Er wartete im Wohnzimmer auf sie, in Gesellschaft von Ottilias Mutter und Großmutter. Ottilia hatte sich für einen weiten Rock aus verschiedenen Stoffen, den sie kürzlich genäht hatte, und eine violette Bluse entschieden. Amons Gesicht versprach Kritik, doch sie ignorierte es, ging zu Hedwig und gab ihr einen Kuss. »Bis später, Oma.«

Die tätschelte ihre rechte Wange mit einer Hand. Ihre Augen leuchteten mild. »Bis später, Kind. Und hoffentlich viel Spaß.«

Ottilia versuchte zu lächeln, was ihr nur halbwegs gelang.

Ihre Mutter nickte ihr voller Stolz zu. »Viel Spaß und liebe Grüße.«

»Danke«, erwiderte Amon, blieb aber wie angewurzelt stehen.

Ottilia zog sich ihren grauen Ausgehmantel, Mütze und Schal an. Sie wollte das Treffen so schnell wie möglich hinter sich bringen und hängte sich bei Amon ein.

Der legte einen Finger an den gespitzten Mund. »Ein längerer Bleistiftrock wäre angebrachter«, sagte er.

Ottilia verzog einen Mundwinkel. »Ich habe keinen.«

»Aber Bärbel. Sie leiht ihn dir sicherlich. Er müsste passen«, warf ihre Mutter schnell ein.

Ottilia würgte sie, natürlich nur in Gedanken. »Da muss ich sie erst fragen.«

Amon schien die Zeit gern zu investieren. »Dann hurtig. Und zieh zum Kaffeetrinken eine weiße Bluse dazu an. Darüber ein Strickjäckchen. Das wird einen besseren Eindruck auf Mutter und Vater machen als die bunten Fetzen.«

Ottilia schnaubte leise. »Eigentlich lasse ich mir nicht vorschreiben, was ich anzuziehen habe«, kam sie nicht umhin zu entgegnen.

»Amon meint es ja nur gut«, flüsterte ihre Mutter ihr zu.

Hedwig zuckte mit den Schultern. »Also mir gefällst du, so wie du bist, Mädel. Ich versteh nicht …«

Amon stellte sich in das Blickfeld der Großmutter und lächelte Ottilias Mutter zu. »Meine Eltern möchten euch übrigens am kommenden Sonntag zum Essen einladen. Mutter macht Blaukraut und Braten mit Serviettenklößen.«

Ottilias Mutter legte die Hände zusammen wie zu einem Gebet. »Mein Mann und ich lieben Serviettenknödel und Braten. Vielen Dank für die Einladung, Amon. Richte ihnen bitte aus, dass wir sehr gern kommen und sie auch sehr bald einladen werden. Wir sind ja nun alle bald eine Familie. Wir werden uns gegenseitig bereichern.«

Ottilia schüttelte es allein bei dem Gedanken daran, und auch Hedwig sah nicht gerade glücklich drein.

Sturm der Liebe

Ottilia

Ottilia waren weite Röcke durchaus lieber. Der Bleistiftrock engte sie ein. So wie Amon.

»Hak dich bei mir unter«, befahl er ihr.

»Ist das Maß der Vorschriften für heute, was mich angeht, noch nicht voll?« Sie musste ein wenig sticheln, um den inneren Druck wenigstens ein bisschen loszuwerden.

Amon blieb stehen und blickte ihr tief in die Augen. »Du tust, was ich will. Verstanden?«, fuhr er sie an.

Wie mechanisch ging sie weiter neben Amon her. »Ja, verstanden.«

»Dann ist ja gut.«

Das Kaffeekränzchen konnte beginnen. Amons Mutter sah wieder herausgeputzt, aber auch streng aus in ihrem schwarzen Bleistiftrock und der weißen Bluse mit hochgeschlossenem Spitzenkragen. Das Haar hatte sie zum Dutt gesteckt. Amons Vater hatte sich für einen grauen Anzug mit Fliege entschieden. Seine Brille mit den runden Gläsern erinnerte Ottilia an den

Direktor ihrer früheren Schule. Herr und Frau Kassel begrüßten ihren Sohn und Ottilia nett. Ihr fiel jedoch auf, dass sie distanzierter als beim letzten Zusammentreffen waren.

»Sehr ordentlich, die junge Tilia«, lobte Amons Mutter.

»Wohl wahr«, gab Herr Kassel zurück.

Amon lächelte. »Nach meiner Anleitung.«

Die Eltern zeigten sich angetan. Ottilia sagte nichts dazu. Eine Hausgehilfin schenkte Kaffee aus einer schneeweißen Porzellankanne in weiße Tassen. In der Ecke tickte monoton eine Wanduhr vor sich hin, als langweilte sie sich ebenso wie Ottilia. Sie sah sich um. Die Wände waren mit hellen Blumentapeten verziert und die Möbel aus lackiertem Kirschholz glänzten im Schein der Sonnenstrahlen, die durch die Fenster fielen. Kein Staubkorn tanzte durch die Luft. Ottilias Kehle fühlte sich trocken an und schien sich immer mehr zu verengen. Sie saß kerzengerade auf der Stuhlkante, so wie Amon und seine Eltern. Allerdings ließ sie die steife Haltung, und nicht nur die, langsam verkrampfen, sodass ihr Magen ab und zu ein wenig stach.

»Ihr Vater ist also auch in der Partei, wie ich gehört habe«, sagte Herr Kassel, nachdem jeder ein Stück Kuchen auf seinem Teller hatte. Er sah lecker aus. Geteilter Schokoladenteig mit Cremefüllung. Der Deckel war mit Puderzucker bestäubt. »Ja«, antwortete Ottilia knapp.

Amons Eltern nickten. »Das loben wir. Und du? Wo bist du politisch aktiv, Ottilia?«, wollte Frau Kassel wissen.

»Nirgends mehr.«

Herr und Frau Kassel wechselten fast erschrockene Blicke. »Ich war beim BDM, habe aber danach nicht weitergemacht«, ergänzte Ottilia.

»Und warum?«, wollte Frau Kassel streng wissen. Ihr Mann hob interessiert, fast tadelnd die Brauen. Und auch Amon schien Ottilias Antwort sehr zu interessieren.

Ottilia schoss Galle in den Hals. »Weil ich ja meine Lehre mache und auf dem Hof meiner Eltern mithelfe. Was meine Pflichten sind, weiß ich selbst. Dazu brauche ich keinen … Verein.«

»Aha«, meinte Frau Kassel nur.

»Ottilia ist fleißig und weiß, was sich gehört«, warf Amon ein.

Sie staunte über den Rückenwind.

»Ja, wird hoffentlich so sein«, murmelte Herr Kassel und seine Frau nickte.

Ottilia schob sich ein Stück Kuchen in den Mund. Er schmeckte so gut, wie er aussah. Vielleicht würde Frau Kassel ihr das Rezept verraten? Als sie hinuntergeschluckt hatte, sagte sie: »Ich hoffe nur, es wird keinen Krieg geben.«

Herr Kassel zuckte mit den Achseln und nahm einen Schluck Kaffee. Seine Frau hielt ihre Tasse mit abgespreiztem Finger an ihrem dünnen Henkel fest und nippte daran.

»Herr Hitler will nur das Beste für uns, das deutsche Volk. So wie Eltern für ihren Sohn, der aber oft seinen eigenen Kopf hat. Aber wir vertrauen ihm mal«, teilte Amons Vater mit.

Amon nickte ihm zu. »Das könnt ihr auch, Vater und Mutter.«

Ottilia verkniff sich die Worte, die ihr auf der Zunge lagen, und ertrug den Rest des Beisammenseins oft in Stille. Auch das Fragen nach dem Kuchenrezept war ihr vergangen, besonders als von der geplanten Hochzeit mit Amon die Rede war.

Amons Mutter hatte von ihrem Kleid geschwärmt, das sie Tilia bald zur Anprobe geben wollte, und von all den wunderbaren Dingen, die ihr Sohn für die Partei und in der Apotheke leistete. Ihrer Meinung nach war er ein Kavalier und Genie und Ottilia konnte sich glücklich schätzen, dass er sie als seine zukünftige Frau erwählt hatte. Beinahe beschlich Ottilia das Gefühl, dass sie erwarteten, sie müsste sich dafür bei ihm bedanken. Vielleicht, dachte sie, hatten sie sich eine andere Schwiegertochter erhofft. Doch im Grunde waren ihr die Gedanken dieser Leute egal. Sie würden sich sowieso nichts sagen lassen. Als sie nach dem Kaffeekränzchen allein in Amons Stube waren, zeigte er sich halbwegs zufrieden mit seiner zukünftigen Frau.

»Du darfst das nächste Mal den Mund ruhig öfters aufmachen. Meine Eltern und ich beißen schon nicht.«

Da war sie sich nicht sicher. Sie schaute sich in dem großzügigen Zimmer mit zwei großen Fenstern und hoher gewölbter Decke um. An den Wänden hingen gerahmte Fotos von Pferden. Auf einem Foto saß Hitler auf dem Rücken eines schwarzen Hengstes vor dem Festspielhaus in Bayreuth. Er reckte das Kinn und streckte den Rücken durch. Ottilia schauderte. Man könnte annehmen, dachte sie, dieser Mensch wäre ein persönlicher Freund Amons. Ein wenig glich er ihm auch von den Gesichtszügen her. Er lächelte in die Kamera, doch seine Augen waren wie die Amons von eisiger Kälte geprägt.

Des Weiteren war der Raum mit einem Holzschrank, Bett und Sekretär ausgestattet. An den Wänden hingen noch drei Regale, auf denen sich Bücher aneinanderreihten, darunter diverse Medizinbücher und Bildbände. Ein wenig abseits entdeckte sie eine kleine Fotokamera. Amon folgte Ottilias Blick und verengte die Augen.

»Falls du nun an die Fotos denkst, die ich von dem Galbert gemacht habe, und dich fragst, wo ich sie habe, dann verrate ich es dir … nicht.« Er lachte.

Ottilia war sich ohnehin sicher, dass die Partei Amon auch ohne Fotobeweise glauben würde. »Ich habe an gar nichts gedacht.«

»Ist auch besser für dich und Eduard Galbert.«

Allein, wie er seinen Namen aussprach, missfiel Ottilia.

»Magst du eins der Bücher mit mir ansehen?«, fragte sie und hoffte, damit Amon von seinem eigentlichen Vorhaben ablenken zu können.

»Später«, sagte er und drängte sie Richtung Bett. Dabei entledigte er sich seiner Jacke und öffnete die Knöpfe ihrer Bluse mit gierig zitternden Fingern. Beim Anblick des Büstenhalters aus weißer Spitze staunte er. »Wo hast du den her?«

»Selbst gemacht«, antwortete Ottilia knapp.

Amon schob die Brauen zusammen. »Solche trägst du aber hoffentlich nur für mich und nicht für Kundschaft, oder? Oder hast du vor, sie Kundschaft vorzuführen? Vielleicht gar männlicher?«

»Nein!«

»Gut. Was würde das auch für ein Bild machen. Hast du die Unterwäsche also nur wegen mir angezogen und etwa auch gemacht?«

Ottilia hätte ihm am liebsten ins Gesicht gespuckt. »Den habe ich schon länger«, antwortete sie nur.

»Zieh ihn aus.«

Ottilia spürte die Kante des Betts an ihren Beinen.

Amon schob energisch eine Hand in ihren Nacken, ergriff dann ihr Haar und zog ihren Kopf ein wenig nach hinten. In seinen Augen lag ein lüsterner Ausdruck. Ottilia überlegte noch, wie sie es anstellen konnte, ihm erfolgreich vorzuspielen, dass ihr übel war, da presste sich ihr der Kuchen von vorhin nach oben in die Kehle. Fast hätte sie sich daran verschluckt. Sie öffnete den Mund und hustete, um es wieder hinunterzuschlucken. Amon ließ sie los. »Meine Güte, Ottilia. Was ist los mit dir?«

Ottilia hustete erneut. »Entschuldige, Amon.«

Mit einem Ruck zog er eine Schublade seines Sekretärs auf, holte ein Stofftaschentuch daraus hervor und gab es ihr.

Ottilia ließ sich aufs Bett nieder. »Es tut mir wirklich leid.« Sie nutzte die Chance, baute sie gar weiter aus. »Ich habe schon den ganzen Tag so ein Kratzen im Hals. Ich denke, ich bekomme eine kleine Frühlingsgrippe«, sagte sie.

Amon ging noch einen Schritt zurück und legte eine Hand auf seinen Brustkorb. »Dann solltest du dich besser zu Hause auskurieren. Grippe ist zudem ansteckend.«

Sie nickte und erhob sich sofort. Erleichterung überkam sie. »Ich will dich ja auch nicht gefährden mit deinem Asthma.«

»Ja. Aber ich gebe dir noch Tee und ein Erkältungsmittel mit.«

Sie lächelte. »Das ist lieb von dir. Danke.«

»Und ich werde dich jeden Tag besuchen. Natürlich mit viel Abstand. Das musst du verstehen, Tilia.«

»Jeden Tag ist nicht nötig.«

Er zeigte Richtung Tür und ging voran. »Doch, ist es«, erklärte er mit Nachdruck. »Und nun folge mir.«

Ottilia gehorchte. Die Aussicht, ihn in den nächsten Tagen immer nur kurz sehen zu müssen oder vielleicht sogar gar nicht, war wie ein Geschenk des Himmels.

Die Apotheke war so sauber wie die Räume und Flure im restlichen Haus. Amon füllte aus einer der braunen Flaschen, die säuberlich auf Holzregalen standen, etwas Pulver in ein Tütchen.

»Ein pflanzliches Mittel, das sehr gut hilft bei einem Katarrh. Misch einen halben Teelöffel in den Tee.« Auch den füllte er in eine Papiertüte und schob beides über die massive Eichentheke mit den kleinen Schubladen, die allesamt silberne Griffe besaßen.

Ottilia bedankte sich bei Amon.

»Ich begleite dich natürlich noch nach Hause. Wenn leider auch mit etwas Abstand. Ich folge dir«, sagte er.

Sie widersprach nicht, war nur heilfroh, bald wieder zu Hause zu sein.

Als sie nach draußen traten und ein paar Schritte gegangen waren, konnten sie von der Anhöhe aus, auf der das Kassel-Anwesen lag, einen Teil der Straße mit Käthes Laden überblicken. Dort jagte ein Mob aus Menschen einen Mann vor sich her, der fast über die eigenen Füße stolperte. Ein Schild baumelte ihm um dem Hals.

Amon blieb stehen und Ottilia ebenfalls.

»Blutschande gehört bestraft«, brüllten die Leute. Selbst Kinder waren darunter.

»Die Jüdin hat dich verhext«, brüllte der Mob. »Schande über dich und deine Familie.«

Ottilia schüttelte den Kopf über die Verfolger. »Er hatte wohl ein Verhältnis mit einer Jüdin. Jemanden deshalb so vorzuführen, das ist eine Schande.«

Amon und sie tauschten Blicke, aber er sagte nichts dazu. Als die Leute nicht mehr zu sehen waren, fragte er, ob es ihr schon besser ging.

Sie hüstelte. »Nein, ganz sicher nicht, wenn ich so etwas höre und sehe.«

Die Rufe der Menschen, die dem Mann galten, waren noch zu hören. Ein Chor aus Hass. Was, fragte sich Ottilia, erlaubten sich diese Leute? Sie hetzten einen armen Mann halb nackt durch die Straße, nur weil er sich ihrer Meinung nach in die falsche Person verliebt hatte. Eine Jüdin, die ein Mensch war wie alle anderen. Durch deren Adern Blut floss, die ein Herz besaß, eine Seele und von Gott genauso gewollt war wie jedes Wesen, das lebte. Verwundert stellte Ottilia fest, dass Amon noch immer schwieg. Dann schob er sie vor sich her, ihre Hand wollte er wohl aus Angst vor Ansteckung nicht mehr berühren. »Wir gehen einen Umweg.« Der führte durch eine Gasse und danach über einen schmalen Pfad. An seinem Ende war es nicht mehr weit bis zum Aden-Hof. Amon verabschiedete sich dort von ihr und wünschte ihr »Gute Besserung«. Er schien es auf einmal sehr eilig zu haben.

Vergangenheit und Zukunft

Hedda

Am nächsten Tag machte ich mich auf den Weg in die Stadt. Aber nicht mit dem Auto, sondern mit dem Rad, das ich in der Scheune gefunden hatte. Es musste Monika gehört haben. Es machte Spaß, mal wieder in die Pedale zu treten. Das letzte Mal war Jahre her, aber wie sich herausstellte, hatte ich es nicht verlernt. Ich stoppte vor dem neu renovierten Postgebäude mit dem geschwungenen Schriftzug *Altes Postamt* auf der grauen Fassade. Fast genau gegenüber lag die Bäckerei, die es also noch gab, und das ehemalige Wohn- und Ladenhaus der jüdischen Familie Wagner. Was wohl aus ihnen geworden war? Heute war das Haus anscheinend nur noch Wohnhaus. Ich schob das Rad über die Straßenseite und schaute in das rechteckige Schaufenster der Bäckerei, in der auf einer Glasplatte ein paar Torten ausgestellt waren, die ich am liebsten alle probiert hätte. Dazwischen lagen Lichterketten und Rosenblüten. Das Schaufenster war sichtlich mit Liebe dekoriert worden. Ich warf einen Blick nach links und entdeckte die Gasse, die zum Hinterhof der Schürmanns führte. Sie war durch ein schulterhohes Holztor versperrt, das es laut Ottilias Notizen damals nicht gegeben hatte. Ich spähte über das Tor hinweg, konnte am Ende der Gasse aber nur den Teil eines Hofs und einen Ausschnitt eines Gebäudes sehen. Schließlich betrat ich die Bäckerei und kaufte Brot, Gebäck und zwei Stück Torte. Die Frau hinter der Theke war mir sofort sympathisch. Sie hatte ein gewinnendes Lächeln und eine angenehme Stimme.

»Entschuldigung für die direkte Frage. Aber sind Sie eine Verwandte von Käthe Schürmann?«, fragte ich, als ich gezahlt hatte.

Die zierliche Frau mit dem roten kinnlangen Lockenhaar und dem rundlichen Gesicht, aus dem mir zwei grüne warme Augen entgegenleuchteten, nickte. »Ja. Ich bin Oma Käthes Enkelin. Julia. Ich hab die Bäckerei von meinen Eltern übernommen. Warum fragen Sie?« Sie schob die Brauen zusammen.

Zwei ältere Frauen betraten den Laden. »Grüß Gott«, sagten sie wie aus einem Mund.

»Grüß Gott«, grüßten Julia und ich zurück. Danach beantwortete ich Julias Frage: »Ich bin eine Freundin von Monika Galbert. Mein Name ist Hedda Siebert. Wir haben uns im Krankenhaus in München kennengelernt, waren ein paar Wochen auf der gleichen Station, bis …« Ich schluckte schwer. »… sie gestorben ist. Sie hat mir manches von Ihrer lieben Oma Käthe erzählt.«

Julia senkte kurz den Blick. »Das mit Monika ist traurig. Sie musste viel zu früh von uns gehen und so unerwartet. Das hat meine Eltern auch sehr getroffen, als sie noch in Hollfeld wohnten. Mittlerweile sind sie aber nach Spanien ausgewandert. Mama vor allem mochte Monika gern. Ich auch. Sie hat mir oft von meiner Oma Käthe und meinem Opa David erzählt. Ich habe meine Großeltern sehr geliebt. Sie sind kurz hintereinander gestorben. Opa an gebrochenem Herzen, haben die Ärzte gesagt. Ihre Liebe war so besonders, dass sie nie lange ohneeinander sein wollten.«

Das war traurig und wundervoll zugleich, derart zu lieben. Ich konnte sie sehr gut verstehen. Der Krieg hatte sie lange genug getrennt.

»Ist der Hof denn nun schon verkauft?«, wollte eine der Damen wissen, die hinter mir standen.

»Noch nicht«, antwortete ich nur.

Julia verzog einen Mundwinkel. »Was darf es denn sein?«, fragte sie die Frau.

»Fünf Brötchen und ein Bauernbrot«, gab diese schnell zurück und reichte Julia eine Stofftasche.

Die nahm sie entgegen und machte sich daran, die Brötchen und das Brot einzupacken.

»Habe gehört, dass der Sohn alles geerbt hat. Auch das Café. Na ja, schön hergerichtet wurde ja alles von Monikas Ex-Freund, dem Achim. Der hat seine ganze Kraft und sein Geld da reingesteckt, und der Dank dafür war, dass sie ihn eiskalt rausgeworfen hat. Der arme Mann«, erzählte die andere Kundin und kam kopfschüttelnd näher an die Theke heran, in der allerlei Gebäck auslag, das zum Anbeißen lecker aussah.

»Das sind Gerüchte. Monika hat alles selbst bezahlt«, erwiderte ich.

Die Frauen sahen einander skeptisch an. »Na ja. Das hat sie halt immer behauptet.«

»Es ist so. Ich könnte es sogar beweisen«, nahm ich Monika weiter in Schutz.

Monika hatte davon gesprochen, dass sie alle Unterlagen im Haus auf dem Hof aufbewahrte. Sicher hätte ich sie gefunden. »Ach?«, sagte eine der Frauen.

»Wer sind Sie denn?«, wollte die andere wissen.

»Eine Freundin Monikas.«

»Ich weiß auch, dass es stimmt, was Monika sagt. Aber sollen böse Zungen doch glauben, was sie wollen«, warf Julia ein und lächelte mir zu.

Die beiden Damen rümpften die Nasen.

»Das sagte Monika auch«, meinte ich.

Ich erwiderte Julias Lächeln. Die Frauen erinnerten mich an die Tratschtanten, die Eduard und Ottilia in ihrem Notizbüchlein erwähnt hatten. »Wollen Sie vielleicht auch was trinken? Unsere Schokolade mit Sahne ist der Renner. Hausgemacht«, lenkte Julia das Thema um.

»Danke, gern«, gab ich zurück und war gespannt.

»Na ja, vielleicht stimmt es ja echt und der Achim hat vielen nur Märchen erzählt«, flüsterte die Kundin der anderen zu.

Die schaute sich das Gebäck in der Auslage an. »Ich sag jetzt gar nichts mehr dazu. Kann mir auch egal sein.«

»Mir ist es nicht egal«, musste ich noch loswerden. Danach beachtete ich die Frauen nicht mehr.

Julia nahm eine der silbernen Kannen. Daraus schenkte sie Schokolade in eine weiße Porzellantasse und garnierte sie mit einer karamellfarbenen Sahnehaube und einem Kleeblatt aus Zartbitterschokolade mit einem Hauch Blattgold.

Ich staunte. »Wow. Das sieht gigantisch aus.«

»Die Schokolade haben Monika und meine Mutter vor Jahren zusammen kreiert. Sie wurde auch im Café verkauft. Sehr schade, dass es geschlossen hat und nun mit verkauft werden soll. Aber vielleicht findet der neue Besitzer ja Gefallen daran und eröffnet es neu«, sagte Julia und setzte einen verträumten Blick auf. »Ich war sehr gern dort und vermisse es sehr.«

Sie schob die Tasse über die Theke. Leise zog ich mich damit an einen der vier Tische zurück. Julia bediente derweilen die Kundinnen fertig. An den Wänden entdeckte ich gerahmte Fotos, die die Backstube von früher zeigten. Julia kam zu mir und erzählte mir, wer darauf zu sehen war. Auf einem veranstaltete

Käthe mit ihrem Vater eine Mehlschlacht. Auf einem anderen stand sie neben David. Das Foto war wohl im Hinterhof aufgenommen worden. Ein kleines Mädchen weilte zwischen ihnen. Bestimmt ihre Tochter, dachte ich. Weitere Fotos zeigten den Umbau der Bäckerei. Auch früher hatten hier an der Stelle ein paar Tische gestanden. Der Boden war weiß-blau gefliest gewesen und durch Parkett ersetzt worden. Zwei große braungoldene Lampenschirme, die farblich zur rosafarbenen Tapete des Verkaufsraums passten, und ein paar Deckenstrahler beleuchteten den Raum.

»Sind Sie noch länger in Hollfeld?«, fragte Julia, als die Damen gegangen waren.

Ich erklärte ihr in der Kurzversion meinen Herzensauftrag für Monika, was sie merklich beeindruckte.

»Finde ich gut. Dann viel Glück und ein gutes Gespür«, sagte sie. Ich gab die Tasse zurück und dankte ihr. Für die Schokolade, ihren Wunsch und auch für sonst alles, was sie gesagt hatte. Sie war wirklich nett.

»Und solches Geschwätz wie von den beiden sollte man echt nur belächeln. Die Leute sollten immer erst vor der eigenen Tür kehren.«

Da stimmte ich ihr voll und ganz zu. Neue Kundschaft betrat die Bäckerei.

»Wenn Sie wollen, dann besuchen Sie mich doch gern mal auf dem Hof«, schlug ich ihr noch vor, bevor ich ging. Ein Angebot, das sie sehr gern annahm.

Ich schob den Drahtesel, wie Ottilia ihr Rad meist genannt hatte, weiter durch die Straßen Hollfelds bis hinauf zum Marienplatz mit den einfassenden Häuserreihen, einer Kastanienallee und gepflegten Grünanlagen. Dominiert wurde der Platz mit seinem frühmittelalterlichen Charakter von dem einstigen rot-weiß-grauen Wehrturm St. Gangolf, der zu einer Kirche gehörte und Hollfelds Wahrzeichen war. Ein imposantes Gebäude. Auf meinem Rückweg zum Hof stoppte ich am Steinweg bei einer Bücherei, die früher den Schmuckladen der Schusters beherbergt hatte. Im Roman hatte ich sie zu einer Apotheke gemacht und Peter Schuster in Amon Kassel umbenannt. Das weiße Haus besaß grau gestrichenes Fachwerk und war neu hergerichtet worden. Ein paar Kinder kamen heraus, gefolgt von einem jungen Ehepaar. Sie lächelten mir zu. »Grüß Gott.«

»Grüß Gott«, gab ich zurück. »Darf ich Sie etwas fragen?«

Die Frau und der Mann nickten.

»Die Familie, die früher hier wohnte … gibt es da noch Verwandte? Oder sind Sie vielleicht Verwandte der Schusters?«

»Nein. Wir haben nur gehört, dass das Haus von der Familie damals verkauft wurde. Und die neue Besitzerin hat erst selbst hier gewohnt und es dann vermietet. An uns. Aber wenn Sie wollen, können Sie sie gern selbst fragen«, erzählte der Mann.

Ich schüttelte den Kopf. »Nicht nötig. Aber danke für die Information.«

»Nichts zu danken«, erwiderte er, nahm eines der Kinder Huckepack und lief mit seiner Familie weiter. Ich blieb noch eine Weile stehen und betrachtete das Fenster, hinter dessen Scheiben Ottilia einst so manche Ängste ausgestanden hatte. Und für einen Moment glaubte ich, einen Blick auf Amons Gesicht dahinter zu erhaschen.

Bevor ich zurückfuhr, kaufte ich noch Lebensmittel in einem der Supermärkte. Nach dem Abendessen zog ich mich mit meinem Laptop auf die Couch zurück und überarbeitete weitere Kapitel von *Unter dem Dornenhimmel.* Im Hintergrund ließ ich wieder Klaviermusik laufen, schaltete eine kleine Tischlampe ein und zündete noch ein paar Kerzen an. So war es richtig heimelig.

»Es ist so gemütlich, Monika«, flüsterte ich und atmete wohlig durch. Dann machte ich mich ans Werk.

Der Beweis

Ottilia

Die Arbeit in der Schneiderei lenkte Ottilia von ihren dunklen Gedanken zumindest ein wenig ab.

Als sie von ihrer Nähmaschine aufsah, merkte sie, dass Bärbel sie beobachtete.

»Was ist?«, fragte Ottilia.

»Ich war nur in Gedanken.«

Ottilia war mit ihrer Tante Bärbel allein, Sophia war schon nach Hause gegangen.

»Darf ich fragen, in welchen?«

»Der Rosenthal Juri, mit dem ich früher, als ich fünfzehn war, mal Händchen gehalten habe, wurde in Bayreuth umgebracht. Langjährige Freunde von ihm haben behauptet, er hätte was bei ihnen gestohlen. Schmuck und Brot. Die Nationalsozialisten haben Juri dann gejagt und auf offener Straße erschossen wie einen tollwütigen Fuchs.« Ihre Worte waren in Wut und Trauer getränkt.

Ottilia schlug eine Hand vor den Mund. »Mein Gott.«

Bärbel schaute traurig drein. »Du sagst es. Wo ist der bloß? Schläft der? Frag ich mich immer öfter.«

»Das frag ich mich auch, Tante Bärbel.« Ottilia brach das Schweigen wieder, das sich dann zwischen sie legte. »Warst du in ihn verliebt damals, also in diesen Juri?«

Bärbel lächelte schwermütig. »Vielleicht, ein bisschen.« Die Falten zwischen ihren Augen wurden tiefer, wenn sie nachdenklich oder aus Wut die Brauen zusammenzog, fiel Ottilia auf.

»Die Leute haben hier in Hollfeld einen Mann durch die Straße gejagt. Nur weil er eine Jüdin liebt. Das Paar wurde verraten. Das Foto des deutschen Mannes wurde in einen der Schaukästen gestellt.« Das machte man mit sogenannten Feindesfreunden, sprich Leuten, die Juden halfen oder bei welchen, die noch einen Laden besaßen, einkaufen gingen. Auf den Fotografien wurde in fast allen Fällen die Anschrift des jeweiligen Sympathisanten vermerkt. Ein gefundenes Fressen für Judengegner, die ihren Hass ausleben wollten.

»Das ist alles so schrecklich. Bei kleinsten Vergehen werden Juden nun verhaftet, sogar umgebracht. Und die Polizei schaut einfach weg. Was ist das für eine Welt, Ottilia? Was sind das für Menschen, die so brutal vorgehen?«

»Ja, dieselben Fragen stelle ich mir auch jeden Tag.«

»Aber wie kannst du einen Mann heiraten, der offensichtlich auf der Seite des Teufels steht? Oder denkst du da nun wie deine Mutter, dass er nur ein Mitläufer ist, der noch aufwachen wird? Dann habt ihr meinen Segen.«

Ihre Worte trafen Ottilia mitten in die Seele.

»Weil ich muss«, murmelte sie und erschrak sogleich, dass sie ihre Gedanken ausgesprochen hatte.

Bärbel sah sie verdutzt an. »Was hast da gerade gesagt?«

»Nichts«, erwiderte Ottilia hastig. Ihr Magen brannte mit einem Mal, als wäre darin ein Feuer entfacht. »Ich brauche einen Schluck Milch. Mein Magen ...«

Sie stand auf und wollte gehen, doch Bärbel stellte sich ihr in den Weg. »Ich will dir nicht in deine Herzensangelegenheit dreinreden, aber du scheinst mir zerrissen und unglücklich zu sein damit. Sollte das nicht anders sein, wenn man verliebt ist?«

Ottilia öffnete die Lippen ein wenig, sagte aber nichts, obwohl sie drauf und dran war.

»Wenn du reden willst – ich bin da, Ottilia.« Die warme Stimme ihrer Tante und die Tatsache, schweigen zu müssen, trieben ihr Tränen in die Augen. Sie fiel Bärbel um den Hals. »Danke. Ich hab dich lieb. Aber bitte frag nicht mehr danach. Ich muss da allein durch. Bitte.«

Als Amon gegen Abend vorbeikam, um nach ihr zu schauen, war Ottilia zum Glück im Stall und tagträumte während der Arbeit vor sich hin. In ihrer Vorstellung war ihr kleines Café voller Menschen, die keinen Krieg gegeneinander führten, guter Gerüche, buntem Licht und von schöner Kleidung verzaubert. Sie nahm sich fest vor, demnächst vermehrt am Schuppen zu arbeiten. Die zusätzliche Arbeit würde sie, da war sie sicher, auch von der Sehnsucht nach Eduard und den Problemen ablenken. Amons Stimme waberte zu ihr. Er hielt Abstand zu ihr.

»Ich hoffe, meine zukünftige Frau hat sich gut ausgeruht oder tut es noch. Gestern ging es ihr nicht so gut.«

Ottilia biss sich auf die Unterlippe. Sie blieb mucksmäuschenstill vor Olga, einer braun-weiß gefleckten Milchkuh, auf dem Holzschemel sitzen.

»Sie ruht sich noch aus«, erwiderte Bärbel ein wenig schnippisch.

Ottilia atmete auf und dankte ihrer Tante insgeheim.

»Gut, dann schaue ich morgen wieder vorbei. Ich habe sowieso nicht viel Zeit und näher will ich ihr besser heute auch nicht kommen. Habe gleich eine wichtige Parteisitzung. Ich werde vielleicht vom Gauleiter befördert. Richten Sie Tilia meine Genesungswünsche aus. Guten Abend noch und Heil Hitler.«

»Guten Abend noch«, erwiderte Bärbel nur und Amon schien es anscheinend durchgehen zu lassen oder hatte es nicht mehr gehört. Kurz darauf kam Bärbel in den Stall. »Amon war da.«

»Ja, habe ich gehört.«

Sie runzelte die Stirn. »Dir ging es nicht gut?«

»Ist vorbei.«

»Aha. Verstehe.«

Ottilia lächelte ihr zu. »Danke, Tante Bärbel.«

Sie nickte nur, schaute sie noch einen Moment lang an und verließ den Stall dann wieder.

Der Abend war kühl, dennoch wollte Ottilia noch mit dem Rad zum Zauberwald fahren, nachdem alle Arbeiten auf dem Hof erledigt waren. Außerdem versuchte sie so, den Plänen für die sommerliche Hochzeit mit Amon zu entgehen, die ihre Mutter bereits fieberhaft schmiedete. Im Gegensatz zu Ottilia konnte sie es nicht abwarten, das Hochzeitskleid zu sehen. Hier im Zauberwald fühlte sich Ottilia fernab all dessen. Auch wenn diese Freiheit trügerisch, da nur von kurzer Dauer war.

Der Wald war wie eh und je ein Parfüm voller würziger Gerüche. Sie streifte durch die Stille und lauschte dem Lied der Vögel und dem Summen der Mücken, bis in unmittelbarer Nähe Äste knacksten. Ottilia drehte sich um. Zuerst sah sie niemanden, doch dann tauchte Eduard hinter einer dickstämmigen Eiche hervor.

»Bist du mir gefolgt?«, fragte sie verdutzt.

Er stützte sich mit einer Hand am Stamm des Baumes ab. »Nein. Ich habe nur nach dem Wald geschaut. Weiter nichts.«

Fast knickte sie ein. Aber sie musste hart bleiben, durfte ihm keine Hoffnung machen.

»Auf unserer Seite?«

»Eure Seite, unsere Seite. Ist doch im Grunde egal. Ottilia …«

»Was willst du? Es ist alles gesagt.«

Er kam einen Schritt auf sie zu. Gleichzeitig machte sie einen zurück. »Das glaube ich dir nicht mehr«, sagte Eduard.

Ottilia zog die Stirn in Falten. »Nein? Aber es ist so. Geh.«

Es war schwer, das Gegenteil von dem zu sagen, was sie eigentlich wollte.

»Ich habe gehört, dass Amon dich bedroht. Er zwingt dich doch, mit ihm eine Beziehung einzugehen. Du tust das, um mich zu schützen, nicht wahr?«, stieß Eduard hervor.

Woher wusste er das? »So ist es nicht.« Tausend Gedanken und Fragen schossen gleichzeitig durch ihren Kopf. Sie wandte sich um, wollte gehen, doch Eduard folgte ihr, packte sie an der Schulter, wirbelte sie herum und hielt sie dann an den Armen fest. »Es ist so, nicht wahr?«, donnerte er.

»Nein!«, rief sie und wollte ihn abschütteln. »Lass mich los oder ich schreie.«

Er suchte ihren Blick, dem sie auswich. »Hier ist keiner. Er hat Fotos von mir. Von der Schlägerei. Richtig?«

Ottilia atmete unregelmäßig, Tränen verschleierten ihren Blick. Sie blinzelte sie weg.

»Richtig?«, wiederholte Eduard.

Sie merkte, dass es keinen Sinn machte, weiter zu leugnen. »Ja«, flüsterte sie schließlich.

Langsam erwiderte sie seinen Blick.

»Aber das hättest du mir sagen müssen, Ottilia.«

Sie schüttelte den Kopf. »Und dann? Hättest du mit ihm geredet und ihn umgestimmt? Er ist eiskalt, Eduard. Ich habe versucht, eine Lösung zu finden für uns. Aber … Da … Ich finde keine.« Sie schluckte ein Schluchzen hinunter.

Eduard zog sie in eine Umarmung, die sie mit Leben und Wärme erfüllte. Sie erlaubte sich, in diesem Moment die Anspannung fallen zu lassen und nur zu fühlen. Ihn zu spüren. Ihm nah zu sein. Das war besser als Zuckerwatte, Schneeflocken auf der Zunge oder was auch immer.

»Ich liebe dich, Tilia.«

Drei Worte, die sie mit reinem Glück erfüllten. Sie konnte, wollte nicht länger an sich halten: »Ich dich auch. Ich habe nie aufgehört damit. Nicht eine Sekunde.«

Eduard vergrub sein Gesicht in ihrem Haar. Sich zu versöhnen, war so schön. Doch über ihren Häuptern, wusste Ottilia, schwebte ein dunkles Schwert.

»Amons Eltern sind mit dem Gauleiter befreundet, Amon soll sogar befördert werden. Der Gauleiter und Amon würden dich … Ich will gar nicht dran denken. Wir haben keine Chance, Eduard. Wir müssen vernünftig sein und …«

Augenblicklich drückte er sie eine Armlänge von sich. »Ich will nicht, dass du dich meinetwegen erpressen lassen musst.«

Sie sah ihn direkt an. »Ich glaube weiter an das Schicksal und daran, dass sich eine Lösung finden wird. Ich überlege jede Minute fieberhaft. Aber du wirst schweigen. Bitte, Eduard.«

Eduard knurrte leise. »Aber …«

»Nein, versprich es mir. Beherrsche deine Gefühle. Du musst es schaffen. Wir müssen uns, bis wir eine Lösung haben, voneinander fernhalten.«

Ottilia merkte, wie schwer es ihm fiel, und wusste, wie er sich gerade fühlte, denn ihr ging es nicht anders.

»Vielleicht finde ich doch noch etwas über ihn heraus, das ich ebenso gegen ihn verwenden kann«, sagte sie.

»Oder ich«, erwiderte Eduard und kniff die Augen zusammen.

Heimlichkeiten

Ottilia

Ottilia sann über den letzten Spaziergang mit Amon vor über einer Woche nach oder vielmehr über die junge Frau und den kleinen Jungen, der bei ihr gewesen war. Amon und Ottilia hatten beide vor der Apotheke angetroffen, in der er noch etwas holen wollte. Die Frau, offensichtlich Jüdin, hatte um Einlass für sich und ihren Sohn gebettelt, ein wenig Geld und Nahrung, doch Amon hatte sie und ihr Kind weggescheucht wie lästige Fliegen. Kurze Zeit später war ihm übel geworden. Er war noch immer ans Bett gefesselt. Ottilia hob eine Hand und strich mit den Fingern über ihre linke Wange, während sie weiter über den elterlichen Hof ging. Als sie Amon gebeten hatte, der Frau und dem Kind doch zu helfen, hatte er eine Hand gegen sie erhoben und sie geohrfeigt. Sein Hass gegen Juden war abscheulich groß. Das war noch schlimmer als die Ohrfeige, dachte Ottilia. Hermann, der ihr nachpfiff, riss sie aus ihren Gedanken.

»Spinner«, sagte sie für sich und schüttelte den Kopf. Ihm gefiel wohl das weiße Kleid mit den eingearbeiteten Spitzen, Dreiecken, Kreisen und Punkten, das sie in den letzten Tagen in ihrer freien Zeit genäht hatte. Der Kragen hatte einen welligen Ausschnitt, genau wie der Saum.

Sonnenschein flutete Hollfeld und die Umgebung. Ein milder junger Tag, der auch sonst ein guter zu werden versprach, denn sie wollte ihn fernab der Stadt verbringen. Friedhelm, Käthes Bruder, erwartete seine Schwester und sie in Bayreuth und sie war schon so gespannt darauf, die Bäckerei zu besichtigen. Eduard wollte dort zu ihnen stoßen. Käthe hatte ihnen versichert, dass Friedhelm genauso schweigen konnte wie sie. Ottilia mochte den rothaarigen dünnen Friedhelm mit den vielen Sommersprossen. Er war ein ruhiger und bodenständiger Mensch. Amon hatte sie von ihrer Kurzreise nichts erzählt. Ottilia hatte ihn auf das Drängen ihrer Mutter hin einmal besucht.

Wäre es nach Ottilia gegangen, hätte sie sich nur kurz bei seinen Eltern nach seinem Befinden erkundigt. Er hatte Fieber und eine leichte Lungenentzündung, die er unbedingt zu Hause auskurieren wollte und die vielleicht ansteckend war. Weshalb sie zum Glück Abstand halten musste. Ihre Genesungswünsche meinte sie jedoch ehrlich. Niemand, so ihre Meinung, hatte verdient, körperlich zu leiden, auch wenn seine Seele von Dunkelheit geprägt war. Sie konnte aber auch nicht verhehlen, dass sie sich freier fühlte, seit Amon das Bett hüten musste. Von weiteren Besuchen rieten er und seine Eltern ihr sogar selbst ab, was sie vernünftig fand.

»Nicht, dass du auch krank wirst«, hatten sie gesagt und dabei ein wenig milder als sonst gewirkt.

Ottilia machte sich auf den Weg. »Viel Spaß in Bayreuth«, rief Bärbel ihr nach.

Ottilia wandte sich kurz nach ihr um und winkte voller Vorfreude auf den freien Nachmittag. Ihre Füße, die in weißen Sandalen steckten, überschlugen sich fast, so schnell lief sie, als der Hof hinter ihr lag. Käthe erwartete sie bereits am Bahnhof.

Käthe lächelte ihr zu. »Eduard kommt also mit dem Motorrad nach? Das hatte ich doch richtig verstanden?«

»Ja. Er arbeitet nur bis Mittag heute und hat den Nachmittag frei genommen.«

Ottilia trat von einem Fuß auf den anderen. Ihre Freundin kicherte. Wohl weil sie bemerkte, dass Ottilia Hummeln im Hintern hatte. Als der Zug einrollte und sie eingestiegen waren, überließ Ottilia Käthe den Fensterplatz.

Käthe spitzte zu ihr herüber. »Du bist ganz nervös und deine Wangen leuchten.«

Ottilia befühlte sie mit ihren Händen. »Normale Temperatur, würde ich sagen.«

»Dein Fieber ist auch kein Gewöhnliches«, flüsterte Käthe und zwinkerte ihr zu.

Das konnte Ottilia nicht leugnen. Allerdings bereitete es ihr nach wie vor Kopfzerbrechen, dass sie noch keine Lösung für das Problem gefunden hatten, welches den Namen Amon trug.

»Was ist mit David? Hat er sich wieder gemeldet?«

Käthe zupfte an ihrer braunen Stofftasche herum, die auf ihrem Schoß lag. »Per Brief, der gestern ankam. Er vermisst mich nach wie vor. So wie ich ihn.« Sie seufzte. »Würde halt so gern mit ihm reden. Wenn nur das Telefonieren ins Ausland nicht so gefährlich wäre. Noch viel gefährlicher als das Schreiben.« Ihr Blick trübte sich. Ottilia ergriff ihre Hand und drückte sie. »Hauptsache, ihr könnt überhaupt kommunizieren, hm?«

Käthe nickte und lächelte ein wenig. »Ja, das stimmt. Ich würde ihm so gern ein Foto schicken.« Sie kramte in ihrer Tasche und holte eine schwarze Kartonschachtel heraus, die mit Samt überzogen war.

»Was ist dadrin?«, fragte Ottilia über die ratternden Fahrgeräusche hinweg.

»Eine Leica. Also eine Fotokamera. Die hat mein Vater mir zu Weihnachten geschenkt.«

Ottilia staunte. »Ich wusste gar nicht, dass du gern fotografierst, Käthe.«

»Ich auch nicht. Bis ich die Liebe dazu durch einen Onkel von mir entdeckt hab.«

Sie öffnete die Schachtel und holte die Kamera ans Tageslicht. Sie hatte eine handliche Größe, ein schwarzes Gehäuse und silberne Knöpfe. Schickes Wunderding, dachte Ottilia.

»Damit mache ich Fotos von der Bäckerei für David und seine Eltern und schicke sie mit.«

Ottilia lächelte ihr zu. »Sehr gute Idee. Da freut er sich sicher. Aber du musst mit aufs Foto und mir nur noch erklären, wie die Kamera funktioniert. Dann mache ich gern die Fotografien.«

Käthe lächelte einen Tick mehr. »So machen wir es. Und ich mache eins von dir für Eduard und eins von ihm für dich.« Sie zwinkerte Ottilia zu und sie lachten gemeinsam.

·

»Vater hat erzählt, dass Bayreuth, so wie andere Städte seit der Machtübernahme Hitlers auch, eine Umgestaltung in Form von Repräsentationsbauten erhalten soll. Hat er von Parteifreuden gehört«, erzählte Ottilia ihrer Freundin.

Käthe hängte sich ihre Tasche mit der Kamera behutsam um und schürzte die Lippen. »Also ich finde die Stadt schön so, wie sie ist.«

Ottilia gab ihr recht. Ihr gefiel Bayreuth mit seinen schmucken Häusern und Geschäften, Kirchen und Parks. Die Stadt besaß Charme.

Vom Bahnhof aus liefen sie zur Bäckerei. Ihren Sitz hatte sie am grünen Hügel, unweit des imposanten Festspielhauses.

Die Bäckerei war ein kleines Backsteingebäude mit weiß umrandeten Fenstern und weißer Holztür. An einer der Scheiben erkannte man Reste von Farbe, die einst den Schriftzug *Juden raus* gebildet hatte. Ottilia schauderte.

»Friedhelm kann zwar wunderbar backen, aber das Putzen fällt ihm mehr als schwer. Er hasst es geradezu, ist aber dennoch ordentlich. Er sagt immer, es kostet jeden Tag großen Anlauf, dem inneren Schweinehund in den Hintern zu treten«, sagte Käthe.

Ottilia sah sich um. Eine Allee aus Bäumen, die Schatten spendeten, säumte die Straße, die direkt an dem etwa zweihundert Meter entfernten Festspielhaus vorbeiführte. Und dann entdeckte sie Friedhelm, der ihnen entgegenkam.

Er begrüßte sie mit einem angedeuteten Handkuss. »Da seid ihr ja.« Die weiße Mütze auf seinem Kopf war ein wenig mit Mehl bestäubt.

»Ein wahrer Edelmann«, lobte Ottilia.

Käthe kicherte wieder und fiel ihm dann um den Hals, als hätten sie sich schon Ewigkeiten nicht mehr gesehen. »Hallo Bruderherz.«

Soweit Ottilia von Käthe wusste, blieb Friedhelm öfter über Nacht in der Bäckerei. Im zweiten Stock hatte er ein Zimmer bezogen. Die Wohnung darüber hatte auch Davids Eltern gehört und war damals ebenfalls enteignet worden. Die Zimmer wurden von den neuen Besitzern vermietet.

»Wie geht es dir?«, wollte Käthe von Friedhelm wissen.

»Viel Arbeit, wenig Zeit.« Er strahlte über das ganze Gesicht. »Aber für euch nehm ich mir die sehr gern. Schön, dass ihr da seid. Ich habe Kakao gemacht und ihr dürft euch euer Lieblingsgebäck dazu aussuchen.«

»Das klingt verlockend«, meinte Ottilia.

Friedhelm nickte ihr zu. »Das klingt nicht nur so. Versprochen.«

Seine Augen hatten den gleichen warmen Ausdruck wie Eduards. Neben der Bäckerei wuchs eine große Eiche, die den Platz zu einem Viertel in Schatten tauchte.

»Im Sommer stelle ich dort Tische mit Decken und Stühle auf. Dann können die Leute ihren Kaffee draußen genießen. Vielleicht kannst du mir ja ein paar Decken nähen. Schön bunt am besten«, sagte Friedhelm.

»Sehr gern«, erwiderte Ottilia.

Friedhelm zeigte auf die Bäckerei. »Und jetzt hereinspaziert.« Das ließen sie sich nicht zweimal sagen. »Hast du die Kamera dabei?«, fragte er seine Schwester.

Die hob ihre Tasche an und nickte.

Das Interieur der Bäckerei war hell und gemütlich, ein kleiner Raum mit abgetrennter Backstube. Der Verkaufsraum besaß eine gläserne Theke, in der die Backwaren ausgestellt waren, und die ließen Ottilias Herz höherschlagen. Butterkuchen, Bienenstich, Pflaumenkuchen, Hefekränze, Hefezöpfe, Apfelkuchen. Torten gab es nur auf Bestellung.

»Hast du keine Windbeutel? So warm ist es ja noch nicht, dass sich die Sahne nicht gut schlagen lassen würde«, bemerkte Käthe.

»Die wollte ich mit Ch… Dafür hatte ich keine Zeit mehr«, sagte Friedhelm.

Ottilia wusste, dass das mit der Sahne eine verzwickte Sache war. Bei Außentemperaturen um die dreißig Grad war es nahezu unmöglich, sie steif zu bekommen. Käthe und Ottilia waren letzten Sommer schier daran verzweifelt, als sie versucht hatten, die Sahne ohne Gelatine hinzubekommen. »Denn die macht einen unnatürlichen Geschmack, sagen viele Kunden. Daher nehmen wir sie ungern«, hatte Käthe ihr erklärt.

Käthe musterte ihren Bruder interessiert. »Keine Zeit also? Oder wer ist ›Ch‹?«

Er wurde rot, ging hinter die Theke und holte ein Säckchen mit Kakaopulver darunter hervor.

»Du magst deinen doch noch mit Zucker, Ottilia?«, fragte er.

»Ich glaube, mein Bruder verheimlicht mir was«, flüsterte Käthe ihr zu und lachte.

Ottilia stimmte mit ein.

Käthe schürzte die Lippen. »Hm, bist du verliebt, Friedhelm?«

Er spitzte die Lippen zu einem Kuss. »Das werde ich dir nicht auf deine neugierige Nase binden, Schwesterlein. Damit du es gleich zu Hause weitertratschst.«

Käthe sah entsetzt drein. »Ich bin keine Tratschtante. Das weißt du doch.«

Er wiegte den Kopf hin und her. »In dem Fall wärst du sicher eine.«

Sie verzog einen Mundwinkel. »Komm schon, verrat, wer ist sie?«

Friedhelm stellte sich stur. »Jetzt nicht, später. Wenn ich sicher bin, dass es wirklich was Ernstes ist. Und jetzt ein anderes Thema.«

»Mein Bruder ist verliebt«, sang Käthe. Friedhelm verdrehte die Augen und verschwand in die Backstube, doch sie folgte ihm.

Gefangene Liebe

Ottilia

Ottilia warf einen sorgenvollen Blick auf die Uhr. Eduard war schon eine halbe Stunde überfällig. Dann widmete sie sich wieder Käthe und Friedhelm, die sich vor der Bäckerei für ein Foto positionierten.

»Noch mehr lächeln, bitte«, bat sie beide.

Käthe zeigte ihre Zähne. »Mach auch eins für Friedhelms Schwarm.«

»Und eins für David«, gab Friedhelm zurück.

Käthe wurde ernst und boxte ihm in die Seite. Ein Uniformierter fuhr auf seinem Fahrrad vorbei.

»Nicht so laut über David reden. Allein der jüdische Name kann für Probleme sorgen. Weißt du doch«, mahnte Käthe ihren Bruder.

»Entschuldige. Ich habe einen Moment nicht nachgedacht.«

Käthe lächelte wieder. »Ist ja nichts passiert.«

»Ich werde in Zukunft besser aufpassen. Vielleicht sollten wir ihn anders nennen, wenn wir mal über ihn sprechen. Wie wäre es mit … Heinz?«

Käthe war einverstanden und auch Ottilia wollte sich künftig in der Öffentlichkeit an diese Absprache halten.

Endlich hörte sie das ihr inzwischen vertraute Geräusch von Eduards Motorrad, und der Tag schien noch einmal schöner. Eduard parkte die Maschine unter der Eiche, saß ab und kam auf sie zu. Freudig ging Ottilia ihm entgegen und schloss ihn in die Arme. »Schön, dass du da bist, Eddie.«

Sanft ließ er seine Hände über ihren Rücken wandern. Für ein paar Sekunden standen sie unbeweglich da. Ottilia sog seine Wärme und den Geruch auf wie eine Wüstenblume das Wasser, das sie rettete. Auch sie fühlte sich gerettet, immer dann, wenn sie in Eduards Nähe war.

Nachdem Eduard mit ihnen einen weiteren Kakao geteilt und sich die Bäckerei angesehen hatte, verabschiedeten Ottilia und er sich von Käthe und ihrem Bruder. Friedhelm wünschte ihnen das Beste und dass sich das Problem mit Amon bald in Luft auslösen würde, wofür Ottilia und Eduard ihm herzlich dankten. Käthe wollte über Nacht bei Friedhelm bleiben und Ottilia mit Eduard zurück nach Hause fahren. Doch erst einmal lagen noch ein paar Stunden Zweisamkeit vor ihnen, aus der Ottilia auch Kraft für die nächste Zeit mit Amon schöpfen wollte. Eduard stoppte das Motorrad am Schlosspark Fantaisie in Eckersdorf. Der Ort lag rund sieben Kilometer von Bayreuth entfernt. Ottilia war erst einmal in dem Park gewesen, den Eduard für einen Spaziergang ausgewählt hatte. Zum Kommunionsausflug mit ihrer Firmpatin Bärbel. Sie lächelte, als Eduard und sie Hand in Hand das offen stehende schmiedeeiserne Tor passierten und damit Erinnerungen an jenen Tag erwachten.

Er wandte sich ihr zu, zog sie sanft an sich und küsste sie. Ein weicher warmer Kuss, in den sie sich fallen ließ. Ihre Hände vereinten sich fester und schließlich gingen sie weiter.

»Das Schloss war der Sommersitz der Herzogin Elisabeth Friederike Sophie von Württemberg«, erzählte Ottilia. Das hatte ihr Vater mal gesagt.

»Interessant. Das wusste ich noch nicht.«

Sie gingen durch eine Allee aus Lebensbäumen, die zu einem Springbrunnen führte. In der Nähe stand eine Steinbank, auf die sie sich niederließen. Niemand sonst war hier. Für einen Moment schloss Ottilia die Augen und atmete wohlig durch.

»Ich wünschte wirklich, wir könnten hierbleiben. Es ist so friedlich und romantisch.«

»Das stimmt«, flüsterte Eduard, als könnte er sonst die Vögel im Park vertreiben.

Er küsste sie auf den Scheitel. Sie schaute zu ihm auf und in nachdenkliche Augen. »Was ist?«

Eduard zögerte mit einer Antwort. »Die Vorstellung, dass Amon dich berührt, obwohl du das nicht willst, macht mich wütend.«

Ottilia legte eine Hand auf seine rechte Wange. »Ich halte das durch.«

»Ich will nicht, dass du etwas durchhalten musst. Du hast es verdient, glücklich zu sein.«

»Das bin ich wieder, seit wir uns versöhnt haben. Ich wollte nie, dass du dich so grämst wegen mir, Eddie. Und genau das tust du jetzt.« Sie blickte ihm tiefer in die Augen. »Und ich wollte vermeiden, dass du etwas Unüberlegtes tust.«

»Und wenn ich mich stelle? Das wäre eine Lösung.«

Ottilia erschrak. »Ich habe befürchtet, dass du so was sagen könntest. Das wäre dumm. Sie würden dich verhaften. Manche Leute verschwinden dann einfach. Wer weiß, was die mit einem machen, Eduard? Das wäre tausendmal schlimmer für mich als alles andere.« Sie redete immer schneller. »Du musst mir versprechen, dass wir weiter gemeinsam nach einer Lösung suchen und du diese vergisst.«

Eduards Kiefermuskeln zuckten.

»Bitte, Eduard!«

Er nickte. »Gut.«

Ottilia nahm die Salbe entgegen, die ein Gehilfe, der Amon in der Apotheke vertrat, am nächsten Tag vorbeibrachte.

»Die ist für Ihren Vater«, sagte der junge Mann.

Sie war sicher, dass er sie für seinen Rücken brauchte.

»Ich gebe sie ihm. Danke.«

Der Gehilfe, ein dünner hochgewachsener Mann, kräuselte die Nase und blickte Richtung Stall. Anscheinend störte ihn der Geruch von Kuhfladen.

»Und ich soll Ihnen noch was ausrichten«, sagte er dann mit ein wenig erstickter Stimme.

»Ja?«

»Der junge Herr Kassel möchte Sie heute Abend sehen. Gegen sechs Uhr. Und Sie sollen pünktlich sein.«

Ottilia stockte. »Geht es ihm denn schon besser?«

Der Apothekergehilfe nickte.

»Und ansteckend ist er auch ganz sicher nicht?«

»Nein. Da kann ich Sie beruhigen, Fräulein. Was soll ich ihm ausrichten?«

Ottilia seufzte leise. »Dass mir sein Wunsch Befehl ist.«

Der Gehilfe sah ein wenig nachdenklich drein, nickte dann aber und wandte sich zum Gehen.

»Moment«, rief Ottilia ihm nach. »Sagen Sie ihm, dass ich da sein werde. Sonst nichts.«

Amon empfing sie im Wohnzimmer seines Elternhauses. Er weilte auf der Couch. Sein Gesicht war bleich, aschgraue Ringe zeichneten sich unter den prüfend dreinblickenden Augen ab. Eine beige Wolldecke war über seine Beine gestülpt. Amon streckte eine Hand nach ihr aus. »Komm. Ich bin nicht mehr ansteckend, sagte der Doktor. Du bist zehn Minuten zu spät.«

»Tut mir leid.«

»Und du hast dich nicht einmal bei meinen Eltern erkundigt, um zu fragen, wie es mir geht.«

»Deine Eltern haben mir empfohlen, mich erst einmal von dir fernzuhalten wegen deines Zustandes. Ich hatte aber auch sehr viel um die Ohren und …«

»Jetzt komm schon her. Wir sind allein. Meine Eltern sind in der Apotheke und schauen unserem depperten Gehilfen auf die Finger«, unterbrach er sie.

»Ich fand ihn eigentlich ganz nett und tüchtig.«

»Die Einschätzung von gutem Personal musst du schon uns überlassen, Liebes.«

Sie musste sich dazu zwingen, auf ihn zuzugehen. Sobald sie in Reichweite war, zog er sie auf seinen Schoß. Ihr fiel auf, dass seine Lippen pergamentartig aussahen. Kein Wunder. Die Luft im Raum war staubtrocken. Es roch nach Desinfektionsmittel.

»Soll ich lüften?«, fragte Ottilia und wollte wieder aufstehen. Doch Amon hielt sie fest.

»Nein. Ganz sicher nicht. Mich friert noch zu schnell. Und jetzt sag: Hast du mich vermisst, Tilia?«

Sie nickte schnell.

Amon strich ihr übers Haar. »Brav. Ich dich auch. Wenn ich wieder ganz bei Kräften bin, dann kümmere ich mich noch intensiver denn je um dich. Das ist ein Versprechen.«

Sie hatte es befürchtet.

»Schön, Amon.«

Er lächelte. »Und jetzt gib mir einen Kuss und lass uns ein wenig Zweisamkeit genießen. Umso schneller bin ich wieder auf den Beinen.«

Ottilia biss die Zähne zusammen und ließ den Kuss über sich ergehen. Zum Glück war Amon schnell wieder müde, sodass er ihre Gegenwart nicht allzu lange in Anspruch nahm.

Die Stunden bis Mitternacht vergingen für Ottilia so schleichend, als würde man einer Schnecke beim Überqueren einer Straße zusehen. Sobald es so weit war, sputete Ottilia sich, aus dem Haus zu kommen. Ein Uhu entließ seinen dunklen Ruf in die Nacht, die gespenstisch wirkte. Ottilia blickte hinauf in das Antlitz des silbernen vollen Mondes, der sie ein wenig blendete. Das Leben steckte voller Wunder, dachte sie, die für viele leider oft in der Selbstverständlichkeit versickerten.

Eduard wartete wie ausgemacht hinter einem Gebüsch außerhalb des Aden-Hofs. Ottilias Herz wummerte wie verrückt und ihr Unterleib zog sich wohlig zusammen, als sie ihn sah. Sie hielten sich an den Händen fest und begrüßten sich mit einem innigen Kuss. »Wir sind verrückt«, flüsterte sie Eduard danach zu.

»Ich bin nur verrückt nach dir.«

Sie lachte leise und er stimmte mit ein. Alles war ruhig. Sie gingen querfeldein, bis sie zu einer kleinen Hütte kamen. Ottilia stellte fest, dass die Tür nicht einmal abgeschlossen war. Sie biss sich auf die Unterlippe.

»Komm«, sagte sie dann und huschte mit Eduard über die Schwelle. Sogleich schloss sie die Tür wieder hinter sich. In der Hütte lagerten Stroh, Heu und ein paar leere Säcke. Genug Material, um sich ein kuscheliges Plätzchen zu schaffen. Zwar war das heimliche Treffen nervenaufreibend, fand Ottilia, vor allem aber aufregend und romantisch. Das Verlangen, Eduard zu spüren, Haut an Haut, wurde übermächtig. Und auch er schien wie ausgehungert nach körperlicher und herzlicher Wärme. Sie ließen ihren Gefühlen freien Lauf und entblätterten sich gegenseitig. Doch dann, einander nackt gegenüberstehend, verharrten sie und betrachteten sich. Mondlicht fiel durch eine kleine Luke im Dach und flutete einen Teil ihrer Körper. Ottilias Atem ging noch schneller, das Herz pochte wild gegen die Rippen und sie verspürte ein angenehmes Prickeln zwischen den Schenkeln.

»Ich brauche dich, Ottilia Aden«, flüsterte Eduard. »Denn du bist meine andere Hälfte. Jetzt weiß ich, was ich im Leben immer vermisst habe.«

»Geht mir umgekehrt auch so, Eduard«, flüsterte sie. Eduard senkte seine Lippen einen Wimpernschlag lang auf ihren Mund, hob sie dann hoch und legte sie sanft ins Heu.

Sie lachte kurz. »Das pikst!«

»Ich leg dir meine Jacke unter. Warte.«

Energisch schüttelte Ottilia den Kopf und wurde ernst. Genau wie er.

»Nein, ich kann nicht mehr warten, Eddie. Ich will dich spüren. Jetzt!«

Er legte sich sanft auf sie und Ottilia drängte sich ihm entgegen. Sie genoss die kleinen Explosionen, die dann folgten, und tauchte in ein Meer aus wilden und zärtlichen Gefühlen ein. Ihre Seelen schienen zu verschmelzen und Ottilia beschlich die Zuversicht, dass alles noch gut werden konnte.

Ein neuer Tag

Hedda

Ich genoss die frische Landluft. Vorhin hatte ich Sascha noch die zuletzt gefeilten Kapitel geschickt und war auf sein Urteil gespannt. Das ließ nicht lange auf sich warten. Er rief mich an. »Na, Lieblingsautorin und Lieblingsfreundin, wie geht's?«

Ich stellte ein Glas zum Abwasch in die Spüle und lächelte. »Gut, Lieblingsfreund.«

»Ich habe die Zeilen gleich aufgesaugt. Wie geht es weiter? Und wie geht es dir? Ich träume vom Yogakurs. Der Trainer ist echt sexy. Würde dir sicher auch gefallen.«

»Sexy also. Na, dann viel Spaß weiterhin mit dem Yoga.«

»Vielen Dank. Und schick mir wieder was zu, wenn du neues Material hast.«

»Mach ich, klar.«

»Kleiner Spoiler bitte.«

»Sascha …«

»Bitte!«

Ich gab mich geschlagen und legte los: »Ein paar Tage vor Ende März 1939 las Ottilias Vater der Familie aus der Zeitung vor. Großbritannien und Frankreich hatten sich auf gemeinsamen Widerstand gegen jede weitere Aggressionspolitik des Deutschen Reichs geeinigt. Einigung, dass wünschte sich Ottilia nach wie vor auch zwischen den Galberts und Adens. Und Amon fieberte weiterhin der Hochzeit entgegen. Auch das Hochzeitskleid hatte er ihr bereits vorbeigebracht. Änderungswünsche, so sein Wunsch, mussten mit seiner Mutter abgesprochen werden. Ottilia hatte wenig Interesse an dem Kleid und demnach wollte sie es auch nicht ändern.«

»Kann ich gut verstehen«, warf Sascha ein.

»Ein paar Tage später machte Ottilia eine seltsame Beobachtung, als sie zu einem der Felder unterwegs war, um dort Rüben zu stechen. In der Ferne sah sie Amon mit einer schwarzhaarigen Frau. Die beiden schienen zu streiten. Ottilia wollte sich näher anschleichen, doch sie verschwanden in einem nahe gelegenen Waldstück.«

»Haben sie sie etwa gesehen?«, fragte Sascha.

»Nein. Beim nächsten heimlichen Treffen erzählte Ottilia Eduard jedenfalls davon. Doch der konnte sich auch keinen Reim aus dem Ganzen machen. Da fiel Ottilia plötzlich die Jüdin ein, die sie einmal vor Amons Apotheke, zusammen mit einem Kind, gesehen hatte. Aus der Ferne hatte die Frau, die Ottilia mit Amon beobachtet hatte, so ausgesehen. Auch fiel ihr wieder der Mob ein, der den jungen Mann wie einen Verbrecher durch die Stadt getrieben hatte.«

»Der, der eine Beziehung mit einer Jüdin hatte?«

»Genau. Amon hatte damals zuerst richtig erschrocken auf Ottilia gewirkt, als er es mitbekommen hatte. Sie fragte sich also, ob es sein konnte, dass er und die Jüdin ein Verhältnis gehabt hatten.«

»Und haben sie?«

»Tja. Das erfährst du später.«

»Hedda.«

»Später. Und jetzt vergiss mal deinen Yogakurs und den sexy Trainer nicht. Bericht wird erwartet.«

»Bekommst du. Und danke, auch für den Cliffhanger.«

Ich lachte. Nach dem Frühstück räumte ich auf, wischte ein wenig Staub und beschloss dann, noch ein paar Kapitel zu überarbeiten, bevor ich dem Unkraut im Garten und den Blumenkästen mit den alten Tannenästen und Weihnachtsschmuck zu Leibe rücken wollte. Den Besuch im Zauberwald verschob ich noch einmal. Denn vielleicht würde Daniel schon heute vorbeischauen.

Das Geheimnis

Ottilia

»Du bist zu unserer Verabredung gestern gar nicht erschienen, Amon. Warum?«, fragte Ottilia und war gespannt auf seine Antwort. Sie fasste in den Eimer mit den Körnern für die Hühner und warf sie auf dem Hof aus. Ein paar flatterten Amon um die Beine, was ihm unangenehm zu sein schien. Rasch nahm er ihr den Eimer weg, stellte ihn ab und umschlang ihre Hüfte mit den Armen. »Unwichtig. Lass uns lieber die Zweisamkeit jetzt genießen.«

Ottilia forschte in seinen Augen. Was, wenn das, was Eduard und sie vermuteten, wirklich stimmte? Keinesfalls hatten sie vor, die arme Frau und das Kind öffentlich an den Pranger zu stellen. Doch wenn es so war, würde Ottilia für ihr Schweigen von ihm fordern, Eduard und sie in Ruhe zu lassen.

Ihr fiel auf, dass seine Haltung nicht ganz so kerzengerade war wie sonst, und auch die sonst so penible Sorgfältigkeit ließ zu wünschen übrig. Sein Haar war zerzaust und das Hemd knittrig.

»Alles in Ordnung?«, fragte Ottilia.

Amon ließ sie los und trat einen Schritt zurück. »Sag mal, bin ich in einem Verhör?«

»Nein. Ich … sorge mich nur.«

Er kam wieder näher, schob eine Hand in ihren Nacken und flüsterte: »Ich habe dich vermisst.« Danach presste er seine Lippen für ein paar Sekunden hart und unnachgiebig auf ihre. Ottilia spürte den Druck noch, als er schon losgelassen hatte.

»Jetzt stelle ich die Fragen, Tilia. Die erste ist, ob das Hochzeitskleid passt oder ob noch viel geändert werden muss.«

Ottilia hatte es gleich am Morgen angezogen. Vor den Augen Bärbels und ihrer Mutter. Ihre Mutter war sofort entzückt gewesen. Bärbel hingegen sah es wie Ottilia. Einige der eingearbeiteten Details waren zu übertrieben. Der Stoff war aus zarter weißer Spitze, der Schnitt eher gerade gehalten, ein wenig androgyn sogar. Doch die Broschen, Rüschen und Perlen überlagerten das Kleid. Dazu gab es einen riesigen Schleier.

»Für den du Hilfe brauchst, wenn du dich nicht damit verheddern willst«, hatte ihre Tante gesagt.

Ottilia war es gleich. Sie hoffte, das Kleid kein zweites Mal und schon gar nicht vor einem Altar tragen zu müssen.

»Es soll so bleiben, wie es ist«, sagte sie zu Amon.

Er strahlte über das ganze Gesicht. »Das ist ja wunderbar. Auch wieder ein Zeichen.«

»Ein Zeichen für was, Amon?«

»Dass wir zusammengehören. Und jetzt werde ich dich entführen.«

Ottilia nahm den Eimer wieder zur Hand. »Wohin willst du mich denn entführen?«

»Wir könnten am See spazieren gehen. Dort gibt es ein Ruderboot, das man nutzen darf. Damit könnten wir fahren. Ist sicher romantisch.«

»Heute nicht. Wir haben neue Aufträge reinbekommen, die dringend sind. Die muss ich neben der Hofarbeit heute noch erledigen. Der Kunde ist König. Weißt du ja auch.« Sie griff in den Eimer und warf neue Körner aus.

Amon hielt ihren Arm fest. Ihre Blicke trafen sich. »Ich bin doch wohl wichtiger als irgendwelche Aufträge. Außerdem bin ich dein König«, herrschte er sie an.

Ottilia riss sich los. »Lass das!«

Amon blähte die Nasenflügel und wollte etwas erwidern, da hörte sie die Stimme ihres Vaters. »Alles in Ordnung, Ottilia?«

»Ja. Amon wollte gerade gehen, Papa«, erwiderte sie und schaute Amon eindringlich an.

Der atmete tief durch, nickte dann aber ihrem Vater zu. »Schönen Abend noch.«

»Gleichfalls«, entgegnete Ottilias Vater und ging langsam weiter.

»Wir sehen uns. Bis sehr bald«, sagte Amon zu Ottilia, die nichts darauf erwiderte. Erst einmal war sie froh, dass er von dannen zog.

Am nächsten Tag schaute Ottilia nach der Arbeit bei Käthe vorbei. Sie hatten sich in ihr Zimmer zurückgezogen. Ein Zettel lag auf dem kleinen Holztisch, den Käthe als Schreibtisch nutzte. Darauf waren Dinge für eine Reise nach England vermerkt, die sie, so hoffte sie, bald antreten konnte. Auch ein Koffer stand schon bereit.

»Die Vorbereitungen dazu sind sehr wichtig für mich. Sie geben mir ein gutes Gefühl. Blöd, oder?«

Ottilia schüttelte den Kopf. »Gar nicht.«

»Jetzt wieder zu euch. Also, Eduard und du denkt, dass Amon vielleicht etwas mit dieser Jüdin gehabt hat und sogar deren kleiner Sohn von ihm sein könnte?«

»Ja. Natürlich wird er sich mir da nicht offenbaren, wenn ich ihn direkt fragen würde. Wir müssen die Frau finden. Sie beobachten.«

»Oder sie aushorchen«, warf Käthe ein.

»Ja, aber das geht schlecht. Was, wenn sie damit zu Amon rennt?«

»Ich könnte …«, schlug Käthe vor.

Ottilia verneinte. Das wäre viel zu gefährlich für Käthe. »Wenn Amon das merkt …«

»Ich werde vorsichtig sein.«

»Das ist so lieb von dir, dass du uns helfen willst. Aber das kannst du anderweitig.«

»Und wie?«

»Könntest du mir die Leica leihen?«

Käthe nickte und Ottilia erklärte ihr den Plan, der ihr zusammen mit Eduard eingefallen war. »Wir werden Amon beobachten. Wir hoffen, er trifft sich noch einmal mit ihr. Dann machen wir Beweisfotos, mit denen wir ihn konfrontieren würden.«

Käthe zögerte keinen Augenblick und holte ihr die Kamera.

Tage voller Hoffnung

Ottilia

In den folgenden Wochen wurde Amon zum Kreisleiter befördert, was ihn in seiner Arroganz stärkte. Ottilia war froh, dass er viel Zeit mit dieser neuen Aufgabe verbrachte und sie sich immer nur kurz sahen. Leider konnten Eduard und sie ihm nach wie vor nichts nachweisen, das ihn zum Einhalt bezüglich seiner Erpressung gebracht hätte. Auch Käthe hatte keine Idee. So mussten Ottilia und Eduard nicht nur ihren Familien, sondern auch ihm gegenüber weiterhin vorsichtig bleiben und sich heimlich treffen. Inzwischen hatte sich auch Eduard einen eigenen Fotoapparat zugelegt und dafür auf Erspartes zurückgegriffen.

Ottilia und Eduard trafen sich in dieser Nacht unter sternenklarem Himmel bei einem Wäldchen unweit des Hofs. Irgendwo krächzte ein Käuzchen und Glühwürmchen flogen umher. Hand in Hand gingen sie am Saum des Waldes entlang. Ottilia spürte deutlich, dass Eduard angespannt war.

»Worüber denkst du nach?«, fragte sie.

Eduard zögerte, dann sagte er: »Hat er dich … ich meine, konntest du Amon wieder entgehen, wenn ihr euch gesehen habt? Es tut mir leid, dass ich es wissen muss. Aber es lässt mir keine Ruhe.«

Ottilia drückte seine Hand fester. »Schon in Ordnung.«

Ihre Blicke tauchten ineinander. »Es ist nichts passiert, außer mal ein Kuss.«

Sie bemerkte, dass Eduard die freie Hand zur Faust ballte. »Wenn es doch nur um mich ginge, um mich allein. Mir wäre egal, was mit mir passiert.«

»Mir aber nicht, Eddie. Wir sitzen in einem Boot.«

Sie stellte sich vor Eduard und sah ihn an. »Und jetzt lass uns die freie Zeit genießen.«

Er nickte, legte eine Hand an eine ihrer Wangen und küsste sie dann sanft und zärtlich.

Zwei Tage später

Ottilia setzte einen Schritt vor den anderen, bis sie schließlich am Steinweg ankam. Amon hatte sie abends zum Picknick eingeladen. Um ihn nicht wütend zu machen, hatte sie zugestimmt.

Schon von Weitem konnte sie Amon sehen. Er war nicht allein. Ottilia stockte der Atem. Die junge Frau und das Kind standen im Schatten einer Mauer, unweit der Apotheke, vor ihm. Die Frau hatte einen Rucksack geschultert. Sie trug die gleiche zerschlissene Kleidung wie die beiden letzten Male, als Ottilia sie gesehen hatte. Der Junge drückte sein Gesicht in den Rock der Frau und schlang die Arme um sie, während Amon auf sie einredete. Allerdings konnte Ottilia nicht verstehen, was er sagte. Dazu musste sie näher heran. Sie hatten sie noch nicht bemerkt. Ottilia duckte sich, ging leise voran und suchte etwa zehn Meter weiter Schutz hinter einer Tonne. Dort stellte sie den Picknickkorb ab und zog den Fotoapparat hervor, den sie vorsorglich mitgenommen hatte. Sie hatte Amon bereits gesagt, dass Fotografieren ihr neues Hobby war. Er würde sich also nicht wundern, wenn er die Kamera sah. Ottilia schaute sich um. Niemand sonst war in der Nähe. Ihr Herz raste. Sie dankte Gott und dem Erfinder dieses Wunderapparats, als ihr Finger den Auslöser für ein Foto gedrückt hatte.

»Verschwinde«, sagte Amon zu der Frau.

»Bitte, Amon. Hilf wenigstens deinem Sohn zu flüchten«, bat die Frau. »Wir brauchen Papiere, Geld. Man hat uns alles gestohlen. Bitte gib uns was. Dann bist du uns los.«

»Halt dein jüdisches Schandmaul, Sarah.«

Sie klammerte sich an seine Schultern. »Ich heiße Bathia. Warum bist du nur so geworden? Wir haben uns doch einmal geliebt.«

Amon stieß ihre Hände weg. »Die Zeiten ändern sich.«

»Du könntest …«

»Nein! Ich kann gar nichts, nicht für euch. Ihr seid Gesindel und mein größter Fehler.«

Wie konnte er nur so etwas sagen? Ottilia schüttelte den Kopf. Amon schaute sich um. Gerade noch rechtzeitig konnte Ottilia ihren Kopf zurückziehen.

»Bitte, Amon. Hilf wenigstens Joel. Er ist zwei Jahre und hat sein ganzes Leben noch vor sich.«

»Verschwindet, bevor uns noch jemand hört und sieht.« Er stieß mit einem Fuß nach ihnen. Der Junge schrie kurz auf. Ottilia zerriss es das Herz. Wie konnte Amon sogar gegenüber seinem eigenen Kind so eiskalt sein? Sie wagte einen neuen Versuch und machte noch ein Foto. Nicht nur ihre Finger zitterten. Sie konnte nur hoffen, dass die Fotografien nicht zu sehr verwackelt waren. Bathia ließ sich vor Amon auf die Knie fallen, umfasste seine Beine mit den Armen, das Kind zwischen sich und Amon. Der Junge wimmerte. Ein Bild der Hilflosigkeit.

Amon zog die Mutter hoch und stieß sie und den Jungen zurück. »Haut endlich ab oder ich bring euch um. Elendes Judenpack«, stieß er aus. Dann rannte er zurück zur Apotheke und verschwand darin. Ottilia beschloss, die Fotos sofort entwickeln zu lassen, und machte sich auf den Weg zum örtlichen Fotografen, der ihren Auftrag entgegennahm. Es war bekannt, dass er die Nationalsozialisten nicht mochte, daher war Ottilia ziemlich sicher, dass er nicht unter Amons Einfluss stand und diesem eventuell die Fotos zeigen würde. Danach ging sie zu Amon. Er war ganz bleich um die Nase, als er ihr öffnete.

»Wir müssen unser Picknick verschieben«, sagte er kühl.

»Geht es dir nicht gut?«

»Das geht dich nichts an. Ich melde mich«, herrschte er sie an und schloss die Tür wieder.

Käthe, bei der Ottilia gleich, nachdem sie bei Amon gewesen war, vorbeischaute, klatschte in die Hände. »Damit kannst du ihn festnageln. Gott, ich freu mich so.«

Eine Hoffnung, die Ottilia auch mit Eduard teilte, mit dem sie sich am selben Tag nachts wieder in der Hütte traf.

»Vielleicht sind wir bald frei von Amon«, sagte Eduard. Er hob sie hoch, drehte sich mit ihr im Kreis, bis ihnen schwindlig wurde und sie im Heu landeten.

Die Kehrseite der Medaille

Ottilia

Ottilia, die gerade in eine Näharbeit vertieft war, blickte auf, als Käthe in die Schneiderei gestolpert kam.

»Hallo allerseits«, grüßte sie.

»Käthchen. Was machst du denn hier?«, fragte Ottilia.

»Ich hab Neuigkeiten für dich. Kann ich dich kurz draußen sprechen?«

Bärbel nickte Ottilia zu, als die sie fragend ansah. »Geh schon.«

Ottilia folgte Käthe in den Flur und zog die Tür hinter sich zu. »Welche Neuigkeiten?«, wollte sie dann von ihrer Freundin wissen.

Käthe war noch ganz außer Atem. »David hat wieder geschrieben. Gott sei Dank geht es ihm gut.«

Ottilia strich ihr über einen Arm. »Wie schön. Das freut mich sehr.«

»Ich hatte ihn im letzten Brief gefragt, ob er vielleicht eine Bathia kennt, die einen kleinen Sohn hat. Und ja – er hat sie mir auch beschrieben. Zierliche Gestalt, etwa so groß wie ich, schwarzes langes Haar, ein etwas volleres Gesicht. Ihre Eltern sind bei einem Unfall vor vier Jahren gestorben.«

Ottilia war sicher, dass er dieselbe Bathia meinte. »Das mit ihren Eltern ist schrecklich. Die arme Frau.«

Käthe nickte. »Das stimmt. Bathia wohnte in Bayreuth. Sie hat auch Bekannte in Hollfeld. Einer von ihnen ist ein sehr guter Freund von David, der ihm das alles mal erzählt hat, weil sie Bathia kurz getroffen haben. Dass der Vater ihres Kindes ein Deutscher ist, daraus hat Bathia vor ihren Freunden zwar kein Geheimnis gemacht, aber niemandem verraten, wer er ist. Sie sagte nur, er hat Angst, in Schwierigkeiten zu kommen, weil sie Jüdin ist.«

Das bestätigte, was Ottilia gesehen und gehört hatte.

»Ich muss ihn mit den Fotos konfrontieren, aber ich will Bathia und Joel nicht in Schwierigkeiten bringen. Ich hoffe einfach, Amon lässt uns in Ruhe. Und vielleicht können wir im gleichen Zug auch was für Bathia und den Jungen tun.« Ottilia biss sich auf die Unterlippe und nickte entschlossen, Euphorie überkam sie. »Nun muss ich die Fotos abwarten. Weiß David, wo genau Bathia und ihr Sohn wohnen oder gewohnt haben?«

Käthe nickte. »David schrieb, sie wohnten in einem Zimmer eines alten Hauses mit einem jüdischen Wollgeschäft im ersten Stock in der Königsallee. Ich habe bei Friedhelm nachgefragt. Er weiß, dass das Haus geräumt und der Laden in der Pogromnacht zerstört wurde.«

Das auch noch.

»Bathia und ihr Sohn kamen dann bei Freunden in Hollfeld unter. Aber wer die sind, weiß ich nicht. Wann kannst du die Fotografien denn abholen? Ich würde gern mitkommen«, fragte Käthe.

»Morgen Nachmittag. Abends treffe ich mich dann mit Eduard kurz im Zauberwald, um sie ihm zu zeigen.«

»Dann hol ich mit dir die Fotos ab«, erwiderte Käthe entschlossen.

Ottilia war einverstanden.

Zum Glück waren Ottilia die Fotografien gelungen. Käthe freute sich mit ihr. Nachdem sie sie abgeholt hatten, schauten sie sie in Käthes Stube an. Nur das Letzte war ein wenig unscharf geworden.

»Bathia hat zu Amon gesagt, sie brauche dringend Geld für eine Ausreise und die nötigen Papiere. Ich würde den beiden so gern helfen, Käthe.«

Käthe steckte die Fotos zurück in den Umschlag, in dem der Fotograf sie Ottilia überreicht hatte. »Ich halte die Augen offen nach den beiden. Allerdings fürchte ich, dass sie sich wegen der umherschleichenden Uniformierten nicht oft auf die Straßen trauen. Die Gefahr, verhaftet zu werden, ist zu groß.«

Ottilia seufzte und machte sich gehbereit. Gleich würde sie Eduard im Zauberwald treffen. »Eben. Ich weiß«, erwiderte sie auf Käthes Bedenken hin. Käthe reichte ihr den Umschlag, den Ottilia sorgfältig in der kleinen Tasche, die sie bei sich trug, verstaute. Dann machte sie sich auf den Weg.

Eduard wartete schon bei der Hütte im Zauberwald auf sie. »Hast du die Fotografien?«, fragte er ungeduldig, kaum dass sie bei ihm ankam.

»Ja. Moment.« Sie kramte in ihrer Tasche, zog den Umschlag hervor und reichte ihm ihn.

Eduard setzte sich damit auf einen Baumstumpf. Mit zittrigen Fingern öffnete er den Umschlag und zog die drei Fotos heraus, die er danach eins nach dem anderen betrachtete.

»Die sind toll geworden. Du bist ein Naturtalent, Tilia«, sagte er, als er fertig war, und schaute zu ihr hoch. Dann sprang er auf und umarmte sie stürmisch.

Ottilia lachte. »Nicht so stürmisch, Eddie.«

»Das ist unser Freifahrtschein ins Glück«, rief er.

»Und nicht so laut«, mahnte sie ihn. Eduard begann mit ihr zu tanzen, und für ein paar Sekunden schienen alle Sorgen klitzeklein.

Zwei Tage später

Amon erwartete Ottilia bei sich zu Hause. Seine Mutter öffnete ihr und bat sie mit strenger Miene, im Wohnzimmer auf ihren Sohn zu warten, nachdem Ottilia ihren Hitlergruß nur mit einem »Guten Tag« erwidert hatte. Sie hielt die Handtasche, in der sie die Fotos verstaut hatte, gut fest und zog es vor, stehen zu bleiben, statt sich zu setzen. Das monotone Ticken der Standuhr in der Ecke erfüllte den Raum. Ottilias Herzschlag aber war lauter.

Frau Kassel kam zu ihr und beäugte sie von oben bis unten. »Die Farbe deines Kleids erinnert an einen Zitronenfalter. Ist das eine Eigenkreation?«, wollte sie wissen.

Ottilia lächelte ein wenig, auch wenn Amons Mutter nicht einmal dazu ansetzte.

»Ja, ist es.«

»Aha. Nun ja. Ich bevorzuge knöchellange Kleider und mein Sohn auch. Ich dachte, du weißt das.«

»Ja, das weiß ich«, erwiderte Ottilia knapp.

Amons Mutter hob eine Braue. »Dann verstehe ich ehrlich gesagt nicht …«

Amon kam herein und unterbrach seine Mutter. »Guten Tag, Ottilia.«

Zum ersten Mal war Ottilia froh, ihn zu sehen. Er trug seine Uniform und die Nase in die Luft erhoben.

Sogleich nahm er Ottilia an einer Hand und führte sie zur Tür. »Entschuldige, Mutter. Wir möchten allein sein und ziehen uns in meine Stube zurück.«

Frau Kassel nickte ihm zu. »Wenn du meinst.«

Amon schien es eilig zu haben. Beinahe rannte er und schloss zügig die Tür hinter ihnen ab, sobald sie in seiner Stube angekommen waren. Den Schlüssel steckte er ein. Danach kam er auf Ottilia zu, schlang die Arme um ihre Taille und zog sie an sich. Als er sie küssen wollte, wich sie ihm aus. Erstaunt starrte er sie an. »Was ist?«

»Lass mich los, sofort, Amon.«

Amons Blick schärfte sich. »Wie bitte?«

Sie dachte an Eduard. Er hatte ihr geraten, Amon die Fotos nicht allein zu zeigen, doch sie fand das Treffen hier und jetzt war der richtige Zeitpunkt. Sie wollte auch nicht länger warten.

»Ich weiß, dass du Vater eines kleinen Sohnes bist, Amon«, sagte sie ihm und sah ihn offen an.

Amon erstarrte, dann jedoch lachte er. »Was? Woh…? Was redest du da für einen Unsinn?«

Er ließ sie los. Ottilia zog die Fotografien aus ihrer Handtasche und gab sie ihm.

Danach ging sie langsam zurück, Richtung Tür. Amon besah sich die Fotografien hektisch, dann schüttelte er den Kopf, schaute Ottilia an und zerriss sie langsam vor ihren Augen.

»Ich habe die Negative, Amon.«

Er kam auf sie zu. Ottilia legte eine Hand an den Türgriff. »Sperr auf, Amon.«

»Einen Teufel werde ich tun. Was hast du vor. Mich erpressen?«, zischte er.

»Ich werde nichts sagen, Amon. Wenn du Eduard und mich in Ruhe lässt. Schweigen gegen Schweigen.«

Amon schnaubte und blieb dicht vor ihr stehen. Ottilia spürte die Tür im Rücken. »Man wird euch nicht glauben.«

»Oh doch. Das wird man, Amon. Wir haben noch mehr Beweise als die Fotos, dass der Kleine dein Sohn ist«, pokerte Ottilia.

Amon stand der Hass ins Gesicht geschrieben. »Du kleines Miststück.«

»Überleg es dir, Amon. Schweigen gegen Schweigen. Wie gesagt.«

Er zog einen Arm hoch, hielt dann aber inne.

Ottilia zuckte, was Amon zum Lachen brachte.

»Du Hure.« Ehe sie sichs versah, packte er sie an den Schultern und stieß sie auf sein Bett. Rücklings landete Ottilia darauf. Amon kniete sich auf sie und legte seine Hände an ihre Kehle.

»Ich könnte dich umbringen. Hier und jetzt.«

»Eduard weiß alles. Er und ... noch jemand. Sei nicht dumm, Amon. Ich liebe dich nicht und werde es auch niemals tun. Wir haben beide unser Leben noch vor uns. Du lässt uns in Ruhe und wir dich. Bathia und ihr Sohn werden ausreisen. Wir beschaffen ihnen die nötigen Papiere. Nur Geld für die beiden möchte ich von dir. Das bist du deinem Sohn schuldig«, keuchte Ottilia, als Amon langsam fester zudrückte.

Amons Nasenflügel blähten sich, seine Augen spien Funken.

»Denk an die Rassenschande, Amon. Eduard wartet draußen. Wenn ich in fünf Minuten nicht zurück bin, wird er zur Polizei gehen.«

Amon ließ sie los, wich zurück und stellte sich kerzengerade hin. Schweiß perlte auf seiner Stirn.

»Ich will mit dem Bastard und seiner Mutter nichts mehr zu tun haben. Wenn ihr mich verratet, verratet ihr auch die beiden«, keifte Amon.

»Wir haben sie gut versteckt, alles sehr gut durchdacht. Wenn du es darauf ankommen lassen willst, dann ...«

»Schweigen gegen Schweigen also«, unterbrach er sie zischend.

Ottilia erhob sich vorsichtig, fast wie in Zeitlupe. Dann reichte sie ihm eine Hand. »Ja. Gegenseitiges Schweigen.«

Seine Lippen bebten, doch schließlich schlug er ein.

Der Interessent

Hedda

Ich beneidete jeden, der einen Garten hatte. In meiner kleinen Wohnung in München besaß ich nicht einmal einen Balkon, lediglich ein paar Grünpflanzen in der Wohnung. Sascha hatte versprochen, während meiner Abwesenheit regelmäßig nach ihnen zu schauen. Ich wusste, dass ich mich auf sein Versprechen verlassen konnte. Ich atmete den Geruch der Erde ein und lächelte. Das Jäten des Unkrauts in Monikas Garten machte Spaß, erdete mich sozusagen. Auch das Entleeren und Auswaschen der verwilderten Blumenkästen hatte gutgetan. Ich freute mich schon darauf, sie neu zu bepflanzen. Die Sonne trieb mir einen Schweißfilm aufs Gesicht, aber das störte mich nicht. Erst als ich ein Motorengeräusch hörte, hielt ich inne und zog mir die Gartenhandschuhe aus. Daniels Wagen rollte auf den Hof, gefolgt von zwei weiteren Fahrzeugen. Die Wagen parkten unweit des Hauses. Ein Mann mittleren Alters mit Bauchansatz und Anzug entstieg dem einen. Er zog sich die Sonnenbrille von der spitzen Nase und sah zu mir her. Viktoria und Daniel stiegen unterdessen aus ihrem Auto. Mit ihrem weißen Hosenanzug und den roten Pumps hätte Viktoria eher zu Mister Anzug gepasst, durchfuhr es mich, als zu Daniel, der wieder leger gekleidet war. Genau wie der Mann, der aus dem anderen Fahrzeug stieg. Schätzungsweise war er in Daniels Alter.

»So, da sind wir also«, sagte der Mann mit Anzug und steckte sich die Sonnenbrille in sein kurzes lockiges Haar. Er verzog den Mund zu einem Lächeln und zeigte schneeweiße Zähne, die genauso glänzten wie sein Auto. Seine Augen jedoch blieben kühl. Viktoria lächelte ihm und dem anderen Mann überschwänglich zu, mich beachtete sie gar nicht. Nur Daniel sagte ein »Hallo« in meine Richtung.

»Hallo«, grüßte ich zurück und fragte mich, ob die beiden Herren Interessenten waren.

Langsam ging ich der Gruppe entgegen und sie mir.

»Ich bin …«, sagte ich.

»Nicht wichtig«, fiel mir Viktoria ins Wort.

»Vicky. Sei lieb«, flüsterte Daniel und legte einen Arm um sie.

Viktoria verdrehte die Augen. »Aber ist doch so. Und nenn mich nicht Vicky, Schatz.«

Daniel nickte, seufzte aber leise.

Der andere leger gekleidete Mann grinste in sich hinein.

»Das ist eine Freundin meiner Mutter. Hedda Siebert«, stellte Daniel mich vor. Er zeigte auf Mister Anzug. »Das ist unser Makler Herr Friedrich und das …« Er wandte sich an den anderen Mann. »… ist Herr Marquardt, der sich für den Hof interessiert.«

»Verstehe«, sagte ich nur.

Der Makler musterte mich seltsam, während Herr Marquardt mir eine Hand reichte. »Ebenfalls einen guten Tag«, wünschte er mir.

Den Wunsch konnte ich nun sehr gut gebrauchen. »Danke. Bisher war er ganz gut.«

Viktoria scannte mich von oben bis unten. »Was treiben Sie hier?« Sie nickte Richtung Garten.

»Ich jäte Unkraut.«

Sie lachte. »Weshalb?«

»Monika hat mir erzählt, wie wichtig ihr Ordnung und ihre Blumen waren«, erklärte ich ruhig, aber bestimmt.

»Lass sie doch«, sagte Daniel.

Der Makler wandte sich an Viktoria. »Ich habe Ihnen und Ihrem Mann doch sowieso ans Herz gelegt, dass Sie das Grundstück ein wenig mehr herrichten sollten«, flüsterte er.

»Wissen Sie, was das kostet? Ich habe schon einen für das Grab beauftragt. Damit die Leute nicht reden. Ist Daniel ja wichtig«, sagte Viktoria.

Obwohl sie leise sprachen, verstand ich jedes Wort.

Daniel senkte den Blick. Irgendwie schien ihm das alles unangenehm zu sein. Das wäre es mir an seiner Stelle auch gewesen. Herr Marquardt runzelte die Stirn, wartete aber den Austausch geduldig ab.

Viktoria straffte die Schultern. »Na gut. Machen Sie ruhig weiter, solange Sie noch denken, hier sein zu müssen, um aufzupassen, Frau Siebert.«

»Gut«, erwiderte ich.

Der Makler grinste in sich hinein. Ich konnte mir vorstellen, dass er mich für naiv hielt. Aber meinetwegen sollte er denken, was er wollte.

»Mir ist egal, ob bepflanzt oder was auch immer«, warf Herr Marquardt ein und schaute Richtung Haus. »Meine Frau hat sowieso ihre eigenen Vorstellungen, die sie dann auch umsetzen wird. Können wir nun mit der Führung beginnen? Ich habe nicht so viel Zeit.«

Der Makler wurde ernst und eilte an die Seite des Interessenten. »Natürlich, Herr Marquardt. Kommen Sie.« Ich sah den beiden nach, wie sie kurz darauf im Haus verschwanden.

Viktoria schnaubte und warf erst Daniel und dann mir einen genervten Blick zu. Der schnalzte mit der Zunge. »Reg dich nicht auf, Liebes.«

»Tue ich aber. Du weißt, was so eine Situation mit mir macht. In die uns deine Mutter gebracht hat.«

Daniel strich ihr über den Rücken. »Frau Siebert wird sowieso bald weg sein. Der Interessent ist nett und ich habe ein gutes Gefühl, dass er das Anwesen nehmen wird. Also reg dich nicht unnötig auf.«

Sie schnaufte durch und begutachtete den Boden genau, bevor sie einen weiteren Schritt machte.

»Woher ist der Interessent?«, wollte ich von Daniel wissen.

»Aus Bayreuth. Er möchte mit seiner Frau aufs Land ziehen. Sie haben kürzlich geheiratet. Ihre zukünftigen Kinder sollen mal auf dem Land aufwachsen. Sie sind also bald von Ihrer Verpflichtung erlöst und können gehen.« Er hob die Brauen.

Viktoria nickte, ihre Wangenmuskeln zuckten.

Das klang ja schon fast so, als wäre der Kaufvertrag nur noch eine Formalität.

»Ja, mal sehen, ob er es wirklich nimmt. Noch ist es ja nicht vertragsfest«, erwiderte ich.

Viktoria ging ein paar Schritte auf und ab. Dann stoppte sie und zeigte auf mich. »Ganz sicher können Sie in den nächsten Stunden abreisen. Ist nicht böse gemeint.«

Natürlich nicht. Makler und Interessent kehrten bereits wieder zurück und trugen ein Lächeln auf den Gesichtern. Die Besichtigung schien ein Erfolg gewesen zu sein. Nun, wenn der Interessent wirklich vorhatte, mit seiner Frau hier einzuziehen und die zukünftigen Kinder großzuziehen, dann gönnte ich ihm das Anwesen natürlich. Monika hätte das sicher auch so gesehen.

»Ich nehme es«, sagte Herr Marquardt an Viktoria gewandt und klang mehr als entschlossen.

Die strahlte über das ganze Gesicht und all ihr Missmut schien mit einem Mal verflogen. Nur Daniel wirkte genauso verhalten wie ich. Aber wieso eigentlich?, fragte ich mich.

»Sehr schön. Das war eine schnelle Entscheidung«, mischte sich der Makler ein. »Dann mach ich gleich alles fertig, wenn Herr und Frau Hauser einverstanden sind, und der Vertrag kann dann sehr bald unterzeichnet werden, Herr Marquardt.«

»Natürlich sind wir einverstanden«, rief Viktoria.

Daniel nickte. Der Makler lachte.

Ein windiger Typ, dachte ich.

»Sehr gut«, antwortete der Interessent.

Aber irgendwie fehlte mir etwas in seinem Blick, wenn er ihn über den Hof schweifen ließ. Leidenschaft, Feuer.

»Das war wirklich eine schnelle Entscheidung«, bemerkte Daniel.

Herr Marquardt nickte. »Nun ja. Warum lange überlegen? Es ist ein großartiges Anwesen. Hier werden meine Frau und ich uns sehr wohl fühlen. Der Hof ist genau das, was wir gesucht haben. Sie bekommen den genannten Preis dafür. Ausräumen müssen Sie halt noch. Die Möbel und so brauch ich nicht. Kann alles auf den Sperrmüll.«

»Ja, vieles ist Gerümpel. Aber manches werden wir versuchen zu verkaufen. Ein bisschen was bekamen wir ja schon los«, sagte Viktoria und lächelte Daniel zu. »Nicht wahr, Schatz?« Sie legte einen Arm um ihn.

»Ja, Liebes.«

Der Interessent nickte. »Okay.«

Eine halbe Million Euro bekamen Daniel und Viktoria für Monikas Vergangenheit. Das war eine stolze Summe.

Warum, fragte ich mich, war eigentlich die Frau des Interessenten nicht dabei? Und warum hatte er sich eigentlich rein das Haus genauer angesehen und den Rest nur flüchtig aus der Ferne?

»Ich muss da noch etwas wissen, Herr Marquardt«, warf ich ein.

Alle Augen richteten sich auf mich.

»Fragen Sie ruhig«, erwiderte er mit einem Lächeln. Aber es erreichte seine Augen nicht.

»Sie haben den Hof heute zum ersten Mal betreten. Richtig?«

Herr Marquardt nickte und zog dabei die Brauen zusammen. »Meine Frau und ich haben das alles bisher virtuell gesehen. Und?«

»Was soll denn das jetzt werden?«, fragte Viktoria leise und verdrehte die Augen.

Daniel schloss sich ihr an, weil sie es ihren auffordernden Blicken nach auch so verlangte. »Ja, worauf wollen Sie hinaus?«

»Nun, ich frag mich halt, warum Ihre Frau das alles nicht auch in Wirklichkeit sehen will.«

Der Mann stockte und Viktoria verengte die Augen, schob ihn weiter. »Wir freuen uns wirklich sehr für Sie. Sie müssen die Frage von Frau Siebert nicht beantworten«, säuselte sie.

Herr Marquardt warf mir einen Schulterblick zu. »Sie ist leider krank, aber vertraut mir, dass ich schon die richtige Entscheidung für uns treffe.«

Viktoria lachte unecht. »Sollte man auch, wenn man sich liebt. Nicht wahr? So ist es bei uns auch.«

Ich sah Daniel an und er mich. »Hören Sie auf. Er ist der Richtige«, sagte er leise zu mir.

Da war ich mir nun nicht so sicher. »Hoffentlich.«

»Sie haben nicht zu entscheiden. Viktoria und ich haben geerbt.«

»*Sie* haben geerbt«, rutschte es mir heraus. So hatte es mir Monika gesagt.

»Viktoria gehört, was ich habe, und umgekehrt. Sagen Sie mal, wollten Sie vielleicht einen Keil zwischen meine Frau und mich treiben? Das können Sie vergessen.« Er verschränkte die Arme vor der Brust und hob das Kinn.

»Keineswegs. Ich will nur Monikas letzten Willen erfüllt wissen. Und zwar richtig, mit ganzem Herzen.«

Daniel lachte. »Sie tun echt, als wäre meine Mutter eine Heilige gewesen. Das war sie nicht. Wie oft …«

»Wenn der Vertrag unterzeichnet ist, gehen Sie«, rief Viktoria mir zu.

Der Makler verabschiedete sich von Weitem von Daniel, genau wie der Interessent, und stieg lachend in seinen Wagen. Eingebildeter Fatzke, durchfuhr es mich.

»So ist es«, sagte Daniel auf die Worte seiner Frau hin, ging zu ihr und gab ihr einen Kuss auf die Wange, bevor auch sie sich vom Hof verabschiedeten.

»Tief durchatmen. Ein und aus«, sagte Sascha, als wir später telefonierten.

Ich legte mich auf die Couch und befolgte seinen Rat. Dann sagte ich: »Das war, als würde ich in einem schlechten Film mitspielen, sag ich dir. Schrecklich. Ich traue diesem Marquardt nicht, keinem von denen. Ich werde mal über den recherchieren. Vielleicht finde ich was über ihn raus, was meine Vermutung bestätigt.«

»Marquardt aus Bayreuth hast du gesagt?«

»Ja.«

Ich hörte, wie er etwas eintippte und dann fluchte. »So ein Mist. Mein Laptop hat den Geist aufgegeben. Hat schon gestern gezickt.«

»Hast du das nicht schon vor zwei Monaten gesagt? Kauf dir doch einen neuen.«

»Warte. Hab's gleich. Ich schau übers Handy.«

»Danke, aber lass. Ich schau dann selbst.«

Und das tat ich auch, sobald ich aufgelegt hatte, konnte aber nichts außer der Privatadresse und dem Facebook-Account eines Jan Marquardt in Bayreuth finden. Sein Profilbild bei Facebook zeigte eindeutig, dass ich beim richtigen Mann gelandet war. Außer einem Foto, das ihn in den Bergen zeigte, und einem geposteten Spruch, der mir gar nicht zusagte, hatte er allerdings nichts öffentlich gestellt. »Manchmal muss man über eigene Schatten springen, um ein Ziel zu erreichen, und das Herz hintanstellen. Hm«, las ich mir selbst leise vor.

Doch dann stachen mir die Angaben über seine Person ins Auge. Laut denen war Marquardt Assistent der Geschäftsleitung bei Landtraum Bayern und Oberfranken, Beziehungsstatus: Single. »Single? Und was genau macht Landtraum Bayern und Oberfranken?«, fragte ich mich und recherchierte gleich auf Facebook weiter. Binnen Sekunden war ich schlauer. Mir fiel fast die Kinnlade nach unten. »Eine Hotelkette.« Ich sog scharf Luft ein, als mir ein übler Verdacht kam, dem eine Idee folgte.

»Landtraum Bayern und Oberfranken. Jenny Weißer am Telefon. Was kann ich für Sie tun?«, meldete sich eine nette Stimme am anderen Ende.

Ich ging in Monikas Wohnzimmer auf und ab, das Handy fest an ein Ohr gepresst. »Hallo. Hier ist Frau Schönfeld. Sagen Sie, gibt es denn in der Nähe von Hollfeld eins Ihrer Hotels? Ein Freund hat das behauptet, aber ich finde nichts. Oder ich habe ihn falsch verstanden. Wenn, ist dann vielleicht dort eins geplant?«

Die Kette hatte sich auf alte große Bauernhäuser und Höfe spezialisiert, die größtenteils von ihr umgebaut und um Freizeitanlagen und ein Swimmingpool erweitert wurden. Da hätte wohl Monikas Café keinen Platz. Und dass aus dem Haus mal ein Hotel werden würde, das, da war ich überzeugt, hätte Monika nicht gewollt.

»Also, es gibt noch kein Hotel von uns in der Umgebung von Hollfeld. Aber wir arbeiten tatsächlich daran. Mehr darf ich dazu aber nicht sagen.«

Mir wurde leicht übel. »Sie suchen also noch nach einem geeigneten Objekt?«

»Ja. Nun aber genug. Wir informieren auch auf unserer Website darüber, wenn es Neuigkeiten gibt. Ich hoffe, ich konnte Ihnen damit helfen.«

»Mehr können Sie mir …«

»Wirklich nicht.«

»Sie haben mir dennoch sehr geholfen. Vielen Dank und guten Tag.«

Ich legte den Kopf in den Nacken. Vielleicht, dachte ich dann, sollte ich diesen Jan Marquardt direkt fragen, was er wirklich mit dem Hof vorhatte. Ich zögerte noch kurz, dann wählte ich seine Nummer, die ich glücklicherweise im Telefonbuch fand. Allerdings ging nur die Mailbox an, weshalb ich den Anruf auf später verschob. Das Herz pochte mir vor Aufregung bis zum Hals. Was, wenn ich recht hatte und dieser Marquardt nur vorgab, mit seiner Frau, die es laut Facebook nicht gab, hierherziehen zu wollen, und später das Anwesen an die Hotelkette abtrat? Sicher würde er dafür eine sehr gute Provision kassieren.

Bevor ich es noch einmal bei ihm probieren wollte, überarbeitete ich Ottilias und Eduards Geschichte weiter. Ich brauchte das nun einfach. Dazu zog ich mich in die Schneiderei zurück. Ich pustete die kleinen Staubhäufchen der Holzwürmer vom Tisch, stellte meinen Laptop darauf und setzte mich auf den Stuhl. Als ich mit dem Lesen anfing, glaubte ich fast die Geräusche der alten Nähmaschinen aus der Vergangenheit zu hören.

Düstere Aussichten

Ottilia

26. August 1939

Gegen sechs Uhr abends radelte Ottilia zum Zauberwald, wo Eduard wohl schon auf sie wartete. Dabei dachte sie an die Geschehnisse der vergangenen Wochen. Zum Glück hatte Amon Bathia und ihrem Sohn Geld gegeben, was die Reiseerlaubnis für beide erleichtert hatte. Eduard und Ottilia waren voller Hoffnung für die beiden, was ihre Zukunft in Amerika anbelangte, und auch für sich selbst. Doch die Schatten, die die Angst vor einem Krieg und die Feindschaft zwischen ihren Elternhäusern heraufbeschworen, folgten ihnen nach wie vor. Ottilias Familie nahm die Nachricht, dass es doch keine Hochzeit zwischen ihr und Amon geben sollte, mit geteilten Gefühlen auf. Sie hatte ihnen gesagt, dass Amon und sie letztendlich herausgefunden hatten, dass es zwischen ihnen doch nicht passte. Ottilias Mutter wollte das nicht akzeptieren. Sie hatte versucht, mit ihm und seinen Eltern zu reden, doch die Herablassung, mit der Amon und sie sie dann abgewiesen hatten, hatte ihr endlich die Augen geöffnet. So war Amon nun auch für ihre Mutter Geschichte.

»Wenn man an den Teufel denkt«, flüsterte Ottilia vor sich hin, als sie Amon beim Passieren der Straße vor einem ehemaligen jüdischen Laden zusammen mit ein paar seiner Parteifreunde entdeckte. Sie lachten dunkel und setzten an, die Straßenseite zu wechseln. Ottilia war Amon seit ihrer damaligen Unterredung in seiner Stube nicht mehr begegnet und wollte nun mit ihrem Anblick keine Erinnerungen bei ihm wecken. Also stoppte sie und versteckte sich in einer Gasse.

Amon und seine Begleiter kamen näher. Ottilia konnte ihre strammen Schritte hören und die schrillen Stimmen. Sie presste sich rücklings gegen eine der Hauswände und betete, dass sie sie nicht entdeckten. Die Männer verharrten ein paar Schritte von ihr entfernt, direkt vor dem Eingang zur Gasse. Sie dachte an Eduard, wünschte sich schon bei ihm.

In den letzten Tagen hatten sie beide überlegt, ins kalte Wasser zu springen und ihre Liebe endlich vor ihren Familien offenzulegen. Denn eins war wohl so sicher wie das Amen in der Kirche: Die Streitereien zwischen den Adens und Galberts würden wohl nie aufhören.

»Was für eine Ehre, für das Vaterland zu kämpfen. Ich bin stolz über den Einberufungsbefehl«, hörte Ottilia Amon sagen.

»Das sind wir alle. Heil Hitler!«, rief einer seiner Begleiter und die anderen stimmten mit ein. Endlich gingen sie weiter. Ihre Stimmen wurden leiser. Doch was Amon gesagt hatte, hallte in Ottilias Ohren nach wie ein Donnergrollen. Die Uhr der Stadtkirche schlug viertel sieben. Wie benebelt schob Ottilia ihr Rad aus der Gasse und radelte weiter. Ihre Gedanken überschlugen sich. Anscheinend hatten Amon und seine Kameraden einen Einberufungsbefehl bekommen. Warum? Kam nun der Krieg? Und was war mit Eduard? Hatte auch er …?

Sie stoppte den Gedanken. »Nein«, stieß sie aus und trat heftiger in die Pedale.

Nahezu atemlos kam sie am Rand des Zauberwaldes an, warf das Rad hin und rannte bis zur Hütte. Von Eduard keine Spur. Sie eilte um die Hütte herum, dann ein Stück durch den Wald und wieder zurück. Das Knacksen von Ästen ließ sie innehalten.

»Eduard?«

»Ja. Ich bin hier.« Er tauchte zwischen zwei Bäumen hindurch.

Sie atmete auf, stolperte nahezu auf ihn zu.

»Tut mir leid, dass ich zu spät bin, Tilia.«

Ottilia fiel ihm in die Arme. »Ich habe Amon in der Stadt gesehen, er mich aber nicht. Und ich habe gehört, wie er und ein paar junge Männer über ihre Einberufung geredet haben. Aber es ist doch kein Krieg.« Sie sah Eduard an.

Angst kroch ihr in die Knochen und ließ sie frösteln, als hätte der Sommer dem Winter Platz gemacht.

Eduards Blicke sprachen Bände. »Nein, es ist noch kein Krieg.«

»Jedenfalls nicht offiziell, stimmt's?«, stammelte Ottilia.

»Ich weiß es nicht, Tilia.«

Sie schluckte schwer. »Sag nicht, dass du auch …«

»Doch«, unterbrach er sie. »Emmi hat das Schreiben im Briefkasten gefunden und es mir gegeben, als ich von der Schreinerei nach Hause gekommen bin.«

Ottilias Welt brach in Milliarden Scherben, die sich in einer endlosen Dunkelheit verloren und ihre Seele zerschnitten.

»Nein«, flüsterte sie.

Eduard zog sie an sich und schloss seine Arme um sie, doch Ottilia wand sich frei und fasste einen Plan. »Wir verstecken dich. Oder wir reisen gemeinsam ins Ausland.«

Eduard schüttelte den Kopf. In seinen Augen schwamm eine Trübheit, die ihr noch mehr Angst machte. »Das geht nicht, Ottilia.«

»Doch, es muss. Es muss einfach!«

»Sei nicht kindisch.«

»Ich bin nicht kindisch, Eduard«, rief sie und holte Luft. »Ich will dich nur nicht verlieren.« Ihre Kehle schnürte sich zusammen.

Eduard griff sie an den Schultern. »Ich bin da und, wie gesagt, es ist noch kein Krieg.«

»Noch.«

Sie fühlte sich, als hätte sie jemand in einen reißenden Fluss gestoßen und sie würde versuchen, sich an jedem noch so kleinen Fels festzukrallen.

Eduard hielt sie weiter fest und fixierte sie.

»Ich werde, ich muss gehen, Tilia. Wir müssen diese Zeit gemeinsam durchstehen. Denk an das Schicksal, das uns bisher schon so geholfen hat. Das alles kann nicht umsonst gewesen sein.«

»Man weiß es nicht, ob es uns noch einmal helfen wird. Das ist mir zu riskant, Eduard.«

»Außerdem würdest du im Ausland vor Kummer untergehen. Du gehörst hierher.«

Ottilia schlug die Hände vors Gesicht und weinte hemmungslos. Sie konnte nicht anders.

»Ich hasse Hitler und alle, die ihm helfen.«

»Ich bin bestimmt sehr bald wieder da.« Seine Worte klangen auf einmal weit entfernt. Ottilia riss sich zusammen, so gut es ging, und sah wieder zu Eduard auf, wollte ihm glauben, versuchte es krampfhaft.

»Wann musst du weg?« Sie traute sich kaum, die Frage zu stellen, die ihr stockend über die Lippen kam.

»Übermorgen geht es schon los. In den frühen Morgenstunden.«

Sie biss sich auf die Innenseite einer Wange, bis es schmerzte. »Weißt du, wohin es dann geht?«

Er schüttelte den Kopf.

»Das ist alles so unfair. Wir wollten doch unseren Familien alles sagen und dann … Eduard, ich kann dich nicht gehen lassen.«

Eduard lehnte seine Stirn an Ottilias. »Wir verschieben es.«

»Was?«, fragte Ottilia.

»Es ihnen zu sagen. Wenn ich zurückkomme, dann werden wir es gemeinsam tun. Ich möchte nicht, dass sie dir Vorwürfe machen und ich dir nicht beistehen kann.«

Sie sah ihm an, dass das nicht der einzige Grund war.

»Du hast selbst Angst. Daher sagst du das. Angst, dass du doch nicht zurückkommen könntest. Du willst nicht, dass sie Bescheid wissen, weil der Ärger dann umsonst wäre. Und Ärger wird es geben. Das liegt auf der Hand.«

»Ottilia!« Er wich ein Stückchen zurück und sah ihr fest in die Augen. »Wir müssen beide das Beste hoffen. Du wirst auf dich aufpassen und ich werde auf mich aufpassen. Wenigstens weiß ich jetzt, dass Amon auch weg sein wird. Ich traue ihm nach wie vor nicht.«

Ottilia schmiegte sich abermals an ihn, so fest sie nur konnte. »Alles könnte so einfach und schön sein, wenn es das Böse nicht gäbe«, flüsterte sie und nahm seine Wärme mit ihrem Herzen auf.

Abschied

Ottilia

»Wo willst denn hin? Es regnet doch in Strömen«, rief Hedwig Ottilia nach. Es dämmerte früher als die Tage zuvor.

»Ich muss noch mal zu Käthe«, log sie.

»Zu wem?«

»Zu Käthe, Oma.«

»Warte, Tilia.«

Ottilia drehte sich nach ihrer Großmutter um. Hedwig spritzte ihr Weihwasser entgegen. »Du wirkst so betrübt. Hast du Sorgen im Herzen?«

Sie hätte sich ihrer Oma zu gern anvertraut, doch sie wollte nicht, dass sie sich unnötig sorgte und aufregte.

»Ich komm zurecht, Omi.«

»Du kannst mir alles sagen. Das weißt du.«

Ottilia lächelte. »Ich weiß.«

»Dann kommst du halt damit zu mir, wenn du bereit dazu bist, gell?«

Ottilia eilte zu ihr und gab ihr einen Kuss auf die Wange. »Danke.« Ihre Großmutter schaute sie an und hielt sie an einer

Hand fest. »Tilia. Ein Rat noch. Jede wahre Liebe hat einen besonderen Schutzengel. Darauf kannst du dich verlassen.«

Manchmal beschlich Ottilia das Gefühl, ihre Großmutter könnte ihr in die Seele blicken oder ihre Gedanken lesen. Ihre Weisheiten jedenfalls gaben ihr meist, wie auch dieses Mal, Zuversicht. »Ich werde auf jeden Fall daran denken.«

Ihre Großmutter ließ ihre Hand los und nickte. »Gut.«

Ottilia verabschiedete sich und eilte nach draußen.

Im Hof stieß sie mit ihrer Mutter zusammen, die gerade mit Hermann das gehackte Holz neben der Scheune mit einer Plane abgedeckt hatte. »Was hast du es denn so eilig, Ottilia?«

»Käthe braucht mich. Bis später. Abendbrot ist angerichtet, steht auf dem Tisch.«

»Lauf langsam, sonst rutschst du. Es hat erst frisch geregnet!«, rief ihr ihre Mutter nach.

Doch Ottilia konnte nicht. Das Seitenstechen, das sich alsbald einstellte, ignorierte sie. Normalerweise hätte sie das Rad genommen, doch das hatte einen Platten, den ihr Vater ihr richten wollte.

Eduard und Ottilia vergaßen Zeit und Raum in der kleinen Hütte des Zauberwaldes. Der Regen peitschte gegen das Fenster, während sie sich liebten. Vielleicht, durchfuhr es Ottilia siedend heiß, das letzte Mal. Mit aller Gewalt scheuchte sie den Gedanken davon und dachte an das, was ihre Großmutter vorhin gesagt hatte. Eduard senkte seine Lippen auf ihre. Ihre Körper waren eins, genau wie ihre Seelen. Ottilia hatte noch nie derart intensiv gefühlt wie an diesem Abend. Der Wind streifte um die Hütte wie ein Vagabund und ließ die Bretter hier und da ächzen. Ottilia spürte Eduards schweißfeuchten Körper an ihrem, als sie beinahe gleichzeitig kamen. Ein Rausch der Sinne, der jedoch schnell von der Gegenwart eingeholt wurde und ihr Glück überschattete. Am liebsten wäre Ottilia in Eduard gekrochen oder hätte ihn an sich gefesselt, sodass er nicht fortkonnte. Bald musste er aufbrechen, die Reise in die Ungewissheit antreten, weg von ihr, ohne das Ziel zu kennen. Wenn sie daran dachte, sah sie ihn in kalten Nebelschwaden verschwinden. Zusammen mit vielen weiteren Männern, die von zu Hause weggehen mussten, weil ein Mann namens Hitler es so wollte.

»Nichts ist so mächtig wie die Liebe. Kein Krieg der Welt kann die Liebe töten. Und vielleicht gibt es ja auch keinen«, flüsterte Eduard.

Ottilia sah ihm in die glänzenden Augen, als er auf sie hinabblickte.

»Das ist wahr«, flüsterte sie zurück.

»Du siehst, wir sind unsterblich. Auf jeden Fall weiß ich, dass meine Liebe zu dir unsterblich ist, Tilia.«

Er legte seine Lippen abermals auf ihre und sie küssten sich, bis es draußen dämmerte. Ottilia legte sich neben ihn und bettete ihren Kopf auf seine Brust. Sie schwiegen eine Zeit lang, während sie sich gegenseitig streichelten.

»Musst du nicht langsam nach Hause?«, fragte Eduard, als sie eine Stunde später noch immer nebeneinanderlagen.

»Es stürmt noch. Sie werden denken, dass ich bei Käthe den Sturm abwarte. Alles gut. Außerdem will ich nicht weg von dir, Eddie.«

Sie nahm sich das goldene Kreuzkettchen ab, das sie von Bärbel, ihrer Patentante, zur heiligen Kommunion bekommen hatte, und legte es Eduard um. Dabei schluckte sie schwer.

»Damit du etwas von mir dabeihast, Eddie. Es soll dir Glück und dich wieder heil nach Hause bringen.«

Eduard nahm ihr Gesicht zwischen seine Hände.

»Ich habe auch etwas für dich. Ich bin froh, dass es noch rechtzeitig fertig geworden ist.« Er setzte sich auf.

Ottilia war gerührt und gespannt zugleich.

Eduard griff nach seiner Hose, die neben der Matratze lag, und zog aus einer ihrer Taschen ein Medaillon hervor. Es besaß die Form einer Muschel. Auch Ottilia setzte sich auf und bestaunte das kleine Schmuckstück.

»Leider habe ich keine Kette dafür. Das Medaillon hat mir meine Oma väterlicherseits vererbt. Sie hat darin ein Bild meines Opas aufbewahrt, das ich ausgetauscht habe.« Eduard gab es ihr. Vorsichtig klappte sie das Medaillon auf, das innenseitig mit rotem Samt verkleidet war und ein winziges Foto enthielt, das sie beide vor Friedhelms Bäckerei zeigte.

»Ich war noch mal bei ihm und er hat mir das Negativ überlassen.«

»Das ist ein wunderschönes Geschenk, Eddie. Danke.«

Ottilia drückte das Medaillon an ihre Brust, Tränen stiegen ihr in die Augen und ließen Eduard verschwommen aussehen. Rasch blinzelte sie sie weg und schniefte leise. Eduard nahm ihre Hände in seine und kam ihrem Gesicht ganz nahe. »Wir werden uns wiedersehen, Ottilia«, flüsterte er und schenkte ihr ein Lächeln, das sie zögerlich erwiderte.

Am ersten September 1939 tönten die Worte aus dem Radio. Deutschland schoss zurück. Damit waren Vermutung und Angst zur Tatsache geworden. Hermann hatte es ironischerweise seinem kranken Herz zu verdanken, dass er nicht einberufen wurde.

Zwei Tage später erklärten Großbritannien und Frankreich Deutschland offiziell den Krieg. Eduard war fort, in die Ungewissheit gezogen, und Ottilia glaubte manchmal, vor Angst ohnmächtig zu werden. Er hatte versprochen, ihr zu schreiben, wenn es möglich war. Über Käthe, die sich einverstanden erklärte. Seitdem wartete sie täglich auf einen Brief.

Unter dem Dornenhimmel

Ottilia

Mitte September 1939

Müde blickte Ottilia durch das Küchenfenster hinaus in den blauen wolkenlosen Himmel. Was für ein trügerischer Schein, dachte sie sich. Als würden sich dahinter spitze Dornen verbergen. Ihre Gedanken sprangen durcheinander und malten sich die schrecklichsten Bilder aus. Die Ungewissheit über Eduards Verbleib war schwer zu ertragen.

»Ich habe gehört, dass sie Eduard Galbert eingezogen haben«, erzählte ihre Mutter.

Ein Stich durchfuhr Ottilia, als sie ihre Mutter seinen Namen sagen hörte.

»Ja, das habe ich auch gehört. Ist ein hübscher junger Mann. Gott schütze ihn und alle, die noch in diesen verdammten Krieg ziehen müssen«, warf Hedwig ein und schlug ein Kreuzzeichen.

Ottilia schloss sich an.

Ihr Vater warf einen abgelutschten Knochen auf den Teller. »Ja, arme Teufel allesamt. Ich wünsche ihnen alles Glück. Na ja, fast allen.«

Ottilia riss der Geduldsfaden. Sie schoss hoch und rannte nach draußen. Denn sie wusste genau, wen er aus seinen guten Wünschen ausschloss.

»Was hat die denn?«, rief Hermann.

Ottilia rannte, ohne innezuhalten. Der Wind trocknete ihre Tränen, bis sie bei Käthe ankam, die gerade das Schaufenster der Bäckerei von außen putzte.

Erschrocken blickte sie Ottilia entgegen, legte das Putzzeug beiseite und nahm sie in die Arme. »Mein Gott, was ist denn los, Tilia?«

Ottilias Körper erschütterten Wellen der Trauer. »Dieser Hass … Die Ungewissheit, ich …« Sie konnte nicht weiterreden, wollte auch nicht. Schluchzer erstickten ihre Stimme.

Käthe suchte ihren Blick. »Ich wollte nachher zu dir. Um dir etwas zu geben«, sagte sie dann.

Ottilia blinzelte die restlichen Tränen weg und schniefte leise. Ein Hoffnungsschimmer brach das Dunkle, das sich in ihre Seele geschlichen hatte.

Käthe lächelte vielversprechend.

»Sag bloß, es ist ein Brief von Eduard gekommen?«

»Warte. Bin gleich wieder da«, sagte sie und verschwand nach drinnen.

Ottilia kaute aufgeregt auf ihrer Unterlippe und faltete die Hände ineinander. Nur eine halbe Minute später kehrte Käthe mit einem Brief zurück. Das weiße Kuvert sah ein wenig mitgenommen aus.

»Keiner hat mitbekommen, dass der Brief gekommen ist. Außer mir natürlich«, erzählte Käthe.

Ottilias Vater bekam die Post oft direkt vom Postboten in die Hand gedrückt.

Ottilia küsste das Kuvert. »Danke, Käthe.« Mit zitternden Fingern riss sie es auf, wobei es ihr fast aus der Hand fiel.

Ottilias Herz schlug so heftig, dass ihr ein wenig schwummrig im Magen wurde. Sie lehnte sich gegen die Hauswand. Das dünne Papier mit der teils verwackelten Schrift zitterte in ihren Fingern.

Liebste Tilia,
ich hoffe, es geht Dir gut. Bin so weit weg von der Heimat, von Dir. Ich zähle die Schritte, die ich bräuchte, bis ich wieder bei Dir wäre. Wir sind am ersten September in Polen angekommen und jetzt in Lodz. Der Einmarsch gelang ohne Hindernisse. Zivilbevölkerung ist kaum in Sicht. Da bin ich froh. Nur Vieh begegnet uns oft. Hunger müssen wir auch nicht leiden. Mach Dir also keine Sorgen um mich. Ich denke an Dich, meine Tilia. Durch Deine Kette, die ich trage, ist wenigstens ein kleiner Teil von Dir bei mir. Du bist mein Schutzengel, mein Talisman und das Wertvollste überhaupt. Gestern habe ich einen Regenbogen gesehen und gedacht, dass Du ihn mir geschickt hast. Als Zeichen, dass unsere Liebe eine Art Brücke ist, durch die wir alle Hindernisse überwinden können. Ich liebe Dich.
Bis bald
Dein Eddie

Käthe reckte den Hals. Auch wenn der Brief sehr persönlich war, gab Ottilia ihrer besten Freundin Einblick. Schließlich war sie wie eine Schwester für sie, der sie absolut vertraute.

»Danke, dass ich ihn lesen darf«, sagte sie.

»Ich habe keine Geheimnisse vor dir.«

Käthe lächelte, während Tilia die Worte Eduards, die die Sorgen wenigstens ein wenig vertreiben konnten, sacken ließ. Seine teils poetischen Zeilen berührten sie tief in der Seele. Die Hauptsache war, dass es ihm gut ging und er nicht kämpfen oder jemanden hatte töten müssen. Sie dankte Gott im Himmel dafür und betete, dass es so bleiben würde.

Zu Hause in der Nacht, als Ruhe im Haus war, schrieb Ottilia ihm zurück:

> *Liebster Eduard,*
> *Du weißt gar nicht, was mir Deine Zeilen bedeuten. Ich hoffe, dass Dich dieser Brief auch wirklich erreicht. Hier ist alles ruhig und ich wünsche Dir, dass es dort, wo Du bist, auch so bleibt und Du bald wieder in der Heimat sein kannst. Ich freue mich so auf Dich und unsere gemeinsame Zukunft. Das mit unseren Eltern bekommen wir schon hin. Ich glaube, das alles macht uns nur noch stärker. Wir müssen immer das Positive herausziehen. So wie Du es auch schon einmal gesagt hast. Durch Dich sehe ich vieles anders, intensiver. Du hast einen festen Platz in meinem Herzen. Herzlichst und in Liebe*
> *Deine T.*

Um sich von den schrecklichen Neuigkeiten abzulenken, verbrachten Käthe und Ottilia die folgenden Tage mit weiteren Planungen, was das Café anging. Zudem entwarf sie neue Kleider, aber auch Hosen aus Seidenstoff und einen Sommermantel aus leichtem Stoff. Ihre Tante sah ihr dabei regelmäßig über die Schulter.

Käthe und ihre Eltern hatten neue Sorgen. Denn Friedhelm wurde eingezogen. Käthe übernahm nun manchmal zusammen mit Charlotte, Friedhelms Verlobter, den Bäckereidienst in Bayreuth. Was sie beruhigte, war, dass es David und seinen Eltern so weit gut ging. Nur schreiben wollte er vorerst nicht mehr, weil ein Briefwechsel gefährlicher war denn je.

Das Angeln nach Wahrheit

Hedda

Ich machte eine Pause mit dem Überarbeiten und probierte nochmals, Jan Marquardt zu erreichen. Ich musste mit ihm reden, bevor der Vertrag unterschrieben wurde.

»Jan Marquardt. Hallo.«

Endlich!

»Hallo. Hier ist Hedda Siebert. Die Frau, die vorübergehend auf dem Hof wohnt, den Herr Hauser verkaufen will.«

»Frau Siebert? Sie wünschen?«

Ich nahm all meinen Mut zusammen. »Wissen Sie, ich kannte Frau Monika Galbert und es war ihr ein Herzenswunsch, dass der Hof an jemanden verkauft wird, der ihn wirklich so belässt, wie er ist. Also im Großen und Ganzen.«

»Was wollen Sie nun von mir hören?«

Ich schluckte schwer. »Die Wahrheit!«

Schweigen am anderen Ende.

»Herr Marquardt? Ich habe Frau Galbert versprochen, dass ich darauf achte, dass den Hof jemand bekommt, der ihn genauso achtet wie sie, der seine Seele erhält. Dort ist Monika aufgewachsen, dort haben Generationen ihrer Familie gelebt. Ich muss wissen …«

»Rufen Sie mich nie wieder an!«, unterbrach er mich und legte auf.

Ich stutzte. Bedeutete das, dass ich soeben einen wunden Punkt berührt oder ihn einfach nur beleidigt hatte? Klasse, ich war also keinen Schritt weiter. Sollte ich ihn vielleicht noch mal anrufen oder ihm über Facebook schreiben? Das Klingeln an der Haustür lenkte mich ab. Schnell eilte ich nach unten und öffnete. Zu meiner Überraschung stand Julia vor der Tür und hielt eine lecker duftende Papiertüte hoch. Vielmehr war es aber wohl der Inhalt, der so verlockend roch.

»Zimtschnecken. Nach Oma Käthes Rezept«, sagte sie und lächelte mir mit ihren schneeweißen Zähnen zu. »Ich hab heute frei und dachte, ich komm mal vorbei und wir trinken eine Tasse Kaffee. Aber nur, wenn Sie Zeit haben.«

Eine nette Idee. »Sehr gern. Freu mich. Und wenn Sie wollen, können wir auch gern Du sagen.«

Julia nickte. »Super. Machen wir.«

Käthes Nachfahrin war eine dieser Personen, die einem sofort vertraut vorkamen. Ich mochte ihre natürliche, ungezwungene und herzliche Art.

»Ich habe auch Fotos dabei. Von Oma Käthe und Opa David.«

»Wirklich? Das ist ja toll.« Ich trat zur Seite und bat sie herein.

Wir machten es uns in der Küche am Tisch gemütlich, nachdem ich Kaffee gekocht und Julia mir beim Decken geholfen hatte. Ich konnte mich gar nicht an den Fotos sattsehen, die sie mir dann zeigte. »Die beiden haben traumhaft ausgesehen. Ein schönes Paar«, sagte ich ehrlich. Käthe und David schauten mit Stolz in den Augen in die Kamera und strahlten über das ganze Gesicht. Neben ihnen stand ein weißer Stuhl, auf dem ein Strauß Blumen lag. Wohl der Brautstrauß.

»Ja. War eine Hochzeit nach jüdischem Brauch«, erzählte Julia. »Die zwei feierten hier in Hollfeld im kleinen Kreis.«

Sonnenstrahlen schienen durch die Fenster. Wir beschlossen, unseren Kaffee nach draußen zu verlegen, setzten uns auf die Bank vor dem Haus. Dort, wo Ottilias Großmutter Hedwig immer so gern gesessen hatte. Aber sicher war es nicht dieselbe Bank. Dafür war sie zu neuwertig. Unsere Tassen stellten wir neben uns und auch die Zimtschnecken hatten wir dabei.

Ich biss in das Gebäck, das genauso lecker schmeckte, wie es aussah. Nach Zucker, frischem Teig, außen leicht rösch, innen weich und fluffig, mit Zimt-Zitronen-Glasur. »Herrlich«, sagte ich mit vollem Mund. »Entschuldige.«

»Wofür?« Julia lachte. »Die bieten wir vier Mal in der Woche an.«

»Jetzt weiß ich, warum Ottilia so verrückt danach war. Die haben echt Suchtfaktor.«

Julia lachte und biss in ihre. »Freut mich und Oma sicher auch.« Sie zwinkerte dem Himmel zu. Dann wandte sie sich wieder an mich. »Und du bist also hier, um Monikas letzten Willen zu erfüllen. Das hat mich tief berührt, muss ich sagen. Willst du mir alles noch einmal genauer erzählen? Ich bin neugierig, aber ich werde alles für mich behalten.« Sie schlug die Beine übereinander und sah mich offen an.

Ich spürte wieder, dass ich ihr vertrauen konnte. Deshalb erzählte ich ihr die längere Version, die auch meine Vorahnung bezüglich Jan Marquardt enthielt.

Julia hörte mir aufmerksam zu, unterbrach mich nur selten.

»Dieser Marquardt wird nun wohl bei Monikas Sohn petzen gehen. Könnte ich mir vorstellen. Oh Mann. Verzwickt und traurig. Monika war so ein lieber Mensch, der so viel mitmachen musste, der aber nie aufgehört hat, seine Träume zu leben, immer wieder aufgestanden ist, und nun das.«

Da konnte ich ihr nur beipflichten. »Ich hoffe, dass alles noch gut wird. Und wer weiß, vielleicht täuscht mich mein ungutes Gefühl ja auch.«

Julia wünschte es mir sehr und ich mir auch. Eine junge Familie auf dem Hof würde sicher auch Monika gefallen.

Julia legte den Rest ihrer Zimtschnecke beiseite. »Darf ich das Büchlein mal sehen?«

Ich holte es ihr. Ganz behutsam blätterte sie darin und ich konnte die Begeisterung dafür in ihren Augen sehen. »Wahnsinn. Da hält man sozusagen ein ganzes Leben, nein, zwei in Händen.«

»Auf den letzten Seiten stehen noch ein paar Notizen. Daraus, habe ich mir überlegt, werde ich einen Epilog schreiben.«

»Ich muss das Buch unbedingt lesen, wenn es fertig ist.«

»Natürlich.«

Julia strahlte mich an. »Ach, da freu ich mich drauf, Hedda.«

Wir waren so locker zusammen, als würden wir uns schon viel länger kennen.

»Schade, dass du keine halbe Million übrig hast, oder ich. Vielleicht sollte ich Lotto spielen oder mir einen Millionär angeln. Aber einen mit Herz und gutem Appetit, der auch backen kann. Dann würde ich den Hof kaufen und das Café neu eröffnen. Und er würde dafür die Kuchen und so machen.«

Ich strich mit den Fingern über das Büchlein. »Meinen Prinzen habe ich auch noch nicht gefunden. Bisher waren es nur Frösche. Und im Glücksspiel habe ich auch noch keinen Treffer gelandet. Zumindest keinen großen. Aber Gesundheit ist eh das Wichtigste.«

Julia nickte. »Das stimmt. Aber ein toller Mann wäre schon auch was.«

Wir lachten beide und tranken noch eine Tasse Kaffee, bei der Julia mir von ihrer Leidenschaft fürs Backen erzählte.

Als sie weg war, entschloss ich mich, Daniel aufzusuchen. Auch Julia fand, dass es wohl das Beste wäre, offen mit ihm über meine Bedenken zu reden. Persönlich fand ich besser, weshalb ich zu dem Hotel in der Stadt fuhr, wo Daniel und Viktoria wohnten. Leider traf ich sie dort nicht an und kehrte auf den Hof zurück. Kaum war ich wieder im Haus, rief Daniel mich an.

»Frau Siebert. Wir sind gerade auf dem Weg nach Bayreuth zu Herrn Marquardt. Er will abspringen. Er hat vor zehn Minuten angerufen. Er sagte, er hat mit Ihnen telefoniert und hat es sich daraufhin anders überlegt. Was haben Sie ihm gesagt?« Er schien außer sich.

Jan Marquardt hatte anscheinend doch ein Gewissen. »Ich habe nur eine Vermutung geäußert«, erwiderte ich ehrlich.

»Welche ist das?«

»Sie soll verschwinden und uns in Ruhe lassen!«, rief Viktoria im Hintergrund.

Daniel antwortete ihr nicht. »Morgen komme ich vorbei und will Sie nicht mehr auf dem Hof antreffen. Und das Skript schicken Sie mir eben per Post.«

»Ich sagte doch …« Weiter brauchte ich nicht zu reden, denn er hatte aufgelegt. Ich atmete tief durch. Nun galt es abzuwarten, wie sich das mit Marquardt weiterentwickelte. Auf keinen Fall würde ich hier weggehen, bevor alles so verlief, wie Monika es sich gewünscht hatte.

Den restlichen Tag verbrachte ich mit weiterer Gartenarbeit, fuhr in die Stadt und kaufte bunte Sommerblumen für die Kästen, die ich auch gleich einpflanzte. Von Daniel hörte ich nichts mehr. Und als die Nacht hereinbrach, überarbeitete ich bei Kerzenschein auf der Bank vor dem Haus mein Skript weiter. Zwischendurch warf ich einen Blick in den sternenübersäten Himmel und stellte mir vor, Monika würde mir von dort oben aus zusehen.

Das Fischen nach Glücksmomenten

Ottilia

Anfang Oktober 1939

Als Ottilia an diesem Sonntag von der Kirche nach Hause zurückkehrte, überkam sie eine Leere, die ihr Angst machte und die erst am darauffolgenden Dienstag wieder verschwand, als Käthe ihr vor ihrem Aufbruch nach Bayreuth einen Brief von Eduard zusteckte. Um ihn zu lesen, zog sich Ottilia in die Scheune zurück. Der Geruch des Heus und Strohs schien sie dabei zu umarmen.

> *Meine Liebste,*
> *tausend Dank für Deine Zeilen, die mir die Welt bedeuten. Tut mir leid, dass ich erst jetzt antworten kann. Tilia, was geschieht mit der Welt? Die Leute essen hier sogar Fleisch von Tierkadavern, so groß ist die Not inzwischen geworden. Am*

27.9. kam ein überraschender Befehl. Wir sollten das Feuer einstellen, weil Warschau sich bedingungslos ergeben hat. Das wurde natürlich gefeiert. Viele Kameraden tranken Wodka. Nun kehren wir nach Deutschland zurück. Ich hoffe auf ein sehr baldiges Wiedersehen mit Dir. Jeder Meter bringt mich Dir näher und mir ist, als könnte ich Dein Herz bereits schlagen hören. Ich denke immerzu an Dich. Du bist mein Anker auf diesem Wellengang, der nun hoffentlich ruhiger wird.

In freudiger Erwartung und Liebe
Dein Eddie

Ottilia war, als würde ein Strom aus Leben ihre Adern durchfließen. Eduards Nachricht erfüllte sie mit Energie. Erst da wurde ihr bewusst, wie seelisch ausgehungert sie davor oft tatsächlich gewesen war. Die Soldaten kehrten also nach Deutschland zurück. »Danke, Gott im Himmel!« Sie legte den Brief ins Heu und tanzte vor Glück. Eduard lebte und er würde bald wieder nach Hause kommen.

Warten

Ottilia

Ende Mai 1940

Dicke Regentropfen fielen aus einem monoton grauen Himmel, der wie ein schweres Tuch über Hollfeld hing. Ottilia stand mitten auf dem Hof ihrer Eltern und reckte das Gesicht gen Himmel. Den Regen auf der Haut zu spüren und wie er ihre Kleidung durchdrang, erinnerte sie daran, dass sie noch lebte. Es gab immer mehr Momente, wo sie das anzweifelte. Die Angst um Eduard, von dem sie seit Monaten kein Lebenszeichen erhalten hatte, lähmte zunehmend ihre Gefühle. Sie wusste, dass sie die Hoffnung nicht aufgeben durfte, sagte sich das immer wieder vor, wie ein Gebet. Doch sie war wie ein Acker, der von der Hitze des Sommers ausgedörrt wurde. Morgen, beschloss sie, würde sie sich heimlich zum Hof der Galberts schleichen und schauen, ob Eduard vielleicht inzwischen doch nach Hause zurückgekehrt war und nur noch keine Zeit gefunden hatte, mit ihr Kontakt aufzunehmen. Es war irrsinnig, aber sie brauchte diesen Hoffnungsfunken, um weiterleben zu können. Schon ein paarmal hatte sie ihn in Anspruch genommen. Ein Ende des Krieges war genauso wenig in Sicht wie der Friede zwischen den Häusern Aden und Galbert.

Ottilia zwang sich, in den Stall zu gehen und bei den Viechern auszumisten. Arbeit war immer eine gute Ablenkung. Ihre Mutter kam ihr mit einem Korb voller Lebensmittel, die sie in der Stadt gekauft hatte, entgegen. »Dieses Sauwetter«, schimpfte sie und musterte Ottilia.

»Du wirst immer dünner. Heute isst du mal gescheit zu Mittag. Gibt gleich was. Und raus aus dem Regen!«

Ottilia nickte nur. In letzter Zeit hatte sie immer weniger Hunger. Sie ging weiter in den Stall. Dort schnappte sie sich eine Mistgabel und scharrte Mist zwischen den Schweinen zusammen, die quiekend um sie herumliefen.

Der Regen ließ nach, als Ottilia mit der Stallarbeit fertig war. Am Hof roch alles wie frisch gewaschen, der Boden dampfte. Regentropfen fielen von den zart rosaweißen Blüten der beiden Kirschbäume am südlichen Rand des Hofs und ein paar Sonnenstrahlen brachen durch den dunklen Himmel.

Ottilia blinzelte nach oben. Der Himmel sah ein paar Sekunden gespenstisch schön aus. Nach dem Mittagessen war Ottilia froh, dass die Arbeit des Tages noch nicht getan war. Gleich war Dienst in der Schneiderei angesagt. Trotz des Krieges kam regelmäßig Kundschaft vorbei.

Sophia fuhr ihr mit dem Rad entgegen. »Italien wird in den Krieg eintreten. Das hat der Mussolini gesagt«, verkündete sie aufgeregt und bremste scharf vor Ottilia ab.

Ottilia konnte das Wort Krieg nicht mehr hören. Sophia stellte den Drahtesel, der ein wenig zu groß für sie erschien, in der Nähe des Hauses ab und begleitete Ottilia in die Schneiderei, wo Bärbel schon auf sie wartete.

Die winkte beide zu sich. »Schaut mal. In Amerika werden die ersten Damenstrümpfe aus Nylon zum Verkauf angeboten.« Sie hielt eine Zeitschrift hoch.

Ottilia besah sich den Artikel. Auch ihr gefiel, was sie sah. »Das ist toll, Tante. Die Röcke sollten demnach kürzer werden, damit man mehr von den Nylons sieht. Ich nähe die Röcke ja auch gern kürzer.«

»Ja, allerdings. Sie werden immer kürzer. Du warst also der neuesten Mode schon voraus.«

Ottilia lächelte und Sophia steckte ihre Nase in die Zeitschrift.

»So, und jetzt an die Arbeit.« Bärbel klatschte in die Hände.

Sophia schmollte und zog sich hinter ihren Arbeitstisch mit der Nähmaschine zurück. Nachdem sie sich alle ans Werk gemacht hatten, bemerkte Ottilia, dass ihre Tante sie musterte.

»Wir machen uns alle Sorgen um dich, Tilia«, sagte sie schließlich.

Ottilia, die gerade einen neuen Faden in ihre Nähmaschine fädelte, hielt inne. Ihr war unangenehm, dass ihre Tante sie darauf ansprach. »Müsst ihr nicht. Mir geht es gut. Wirklich!« Das war zwar gelogen, doch niemand konnte ihr helfen. Nur Eduard, indem er zurückkehrte. In ihren Träumen sah sie ihn oft zwischen schreienden Soldaten und Feuerbällen, denen er zu entkommen versuchte.

»Du weißt ja, dass du über alles mit mir reden kannst.«

Ottilia nickte Bärbel zu. Aber sie würde, da war sich Ottilia sicher, aus allen Wolken fallen, wüsste sie den Grund für ihren Kummer. Zudem hatte erst gestern wieder ihr Vater über die Galberts geschimpft wie ein Rohrspatz.

Kurz darauf schaute die alte Frau Meyer vorbei. Sie wohnte mit ihrem Mann unweit des Hofs in einem kleinen Haus mit gepflegtem Rosengarten, den Ottilia schon als Kind bewundert hatte. Die Rosen dienten ihr auch bei der Stickerei schon mal als

Inspiration. Die nette Dame brachte verschiedene Sachen, die geändert werden mussten. Ihr graues Haar wurde immer weißer und sie ging noch gebückter als das letzte Mal, als Ottilia sie gesehen hatte. Ottilia nahm den Auftrag entgegen und begleitete Frau Meyer dann die Stufen nach unten bis zur Haustür.

Anna Meyer musterte sie mit ihren blauen Augen. »Du schaust müde aus, Tilia. Alles in Ordnung?«

Ihr feines Gespür war Ottilia schon immer aufgefallen. »Bis auf den Krieg … Hab nur nicht gut geschlafen, Frau Meyer.«

»Ja, dieser elende Krieg.« Frau Meyer schüttelte den Kopf und legte eine ihrer warmen Hände auf Ottilias rechte Schulter. »Vielleicht magst du mal vorbeikommen, wie früher, und dir unsere neuen Rosen ansehen. Die sind gelb wie die Sonne und duften nach Zitronen. Da geht einem das Herz auf und der Unmut verfliegt ein wenig.«

Ottilia war schon lange nicht mehr bei den Meyers zu Besuch gewesen, hatte sie aber nie vergessen und sich hin und wieder kurz mit ihnen über den Gartenzaun unterhalten.

Für einen Moment hatte sie das Gefühl, Anna Meyer könnte ihr in die Seele blicken.

»Danke für das wunderbare Angebot. Ich schaue gern mal vorbei.«

Anna Meyer lächelte. »Mein Mann und ich freuen uns auf deinen Besuch.«

Nach getaner Arbeit in der Schneiderei und am Hof kam Ottilia sehr gern auf das Angebot zurück.

Herr und Frau Meyer begrüßten sie mit strahlenden Gesichtern. Ihre einzige Tochter wohnte seit Jahren mit ihrem Mann in Berlin. Die beiden besuchten die alten Leute ein paarmal im Jahr. Das Landleben, hatte Frau Meyer Ottilia mal erzählt, lag ihrer Tochter noch nie, auch wenn sie in jenem kleinen Haus auf die Welt gekommen war. Anna Meyer schmierte

Ottilia eine Stulle Brot mit Honig, wobei sie weder mit der Butter noch mit dem Honig geizte.

»Danke schön. Wie früher«, sagte Ottilia und ein Stück Kindheit erwachte.

»Du und die Käthe mochten früher ja immer eine dicke Schicht Butter drunter. Und du bist so dünn wie eh und je und kannst es gut vertragen. Eine Frau sollte sowieso immer ein wenig mehr auf den Rippen haben, finde ich.«

»Das sag ich auch immer«, warf Herr Meyer ein und lachte. »Meine liebe Frau sollte selbst auf ihren eigenen Rat hören.«

»Schon gut, mein Lieber«, erwiderte diese.

Ottilia aß ihr Brot mit Genuss, das genauso schmeckte wie damals, und sie genoss die Minuten bei den alten Leuten.

Wieder zurück auf dem Hof ihrer Eltern, kam sie am Schuppen vorbei und verharrte dort. Sie stellte sich mal wieder vor, wie das Café fertig aussehen könnte. Vielleicht mit einer bunten Fassade. Bei schönem Wetter sollten ihre Gäste auch die Möglichkeit bekommen, draußen zu sitzen. An Tischen mit kleinen Blumenvasen und Kärtchen, auf denen stand, welche Kuchen im Angebot waren. Die Kindheitserinnerungen, die die Meyers in ihr aufgewühlt hatten, berührten ihre Muse. »Träumst mal wieder von einem Café?«, fragte ihr Vater im Vorbeigehen und lachte.

Ottilia fuhr herum. »Kannst du Gedanken lesen?«

Hermann, der an seiner Seite ging, stimmte in sein Lachen ein.

»Ja, lacht nur. Ihr werdet schon noch sehen«, versprach Ottilia mit Nachdruck und tat, als würde sie das Gerede nicht weiter ärgern. Sie wollte eine tüchtige Geschäftsfrau sein und Träume zum Leben erwecken.

Am nächsten Tag schaute Ottilia bei den Galberts vorbei und versteckte sich in der Nähe des Hofs hinter einem dickstämmigen Baum. Vorsichtig lugte sie am Stamm vorbei auf den Hof. Eduards Mutter und Emmi waren gerade dabei, Eimer über den Hof zu tragen. Wasser schwappte über den Rand. Der Wind drehte sich, sodass Ottilia verstehen konnte, was Emmi zu ihrer Mutter sagte: »Ich hoffe ja, dass dieser Krieg bald ein Ende findet und Eduard und alle anderen Soldaten endlich nach Hause dürfen. Wenn ich Hitler hierhätte, dem würde ich gehörig in den Hintern treten. Und zwar mit Anlauf und stinkenden Stiefeln.«

»Und ich würde dir helfen«, erwiderte ihre Mutter.

»Ich auch«, flüsterte Ottilia.

Resigniert, weil ihre Hoffnung endgültig zerplatzte, zog sie weiter und hielt dabei das Medaillon, das Eduard ihr geschenkt hatte, fest in einer Hand.

Eine endlose Nacht

Hedda

Ich zog mich nach drinnen ins Bett zurück, als es draußen doch kühler wurde, und telefonierte mit Sascha, der gerade einen neuen Laptop ausprobierte. Die Inlays der Betten waren mit Federn gefüllt und richtig kuschelig. »Erzähl mir bitte, wie es weitergeht, bis ich das Ding zum Laufen gebracht habe und wieder damit arbeiten und vor allem dein Skript lesen kann. Auf dem Handy einen längeren Text lesen, geht für mich gar nicht. Okay, Hedda?«

Ich richtete mein Kissen noch einmal und lächelte. »In Ordnung, du Diva.«

»Also Max findet mich überhaupt nicht divenhaft.«

Ich staunte. »Max? Der sexy Trainer vom Yoga-Kurs?«

»Genau der. Echt süßer Typ. Wir schwimmen auf der gleichen Wellenlänge, wenn du verstehst, was ich meine.«

Ich freute mich so für Sascha. »Verstehe ich. Viel Glück.«

»Er hat mich gefragt, ob ich mit ihm nach der nächsten Stunde was trinken gehen will. Und ob ich will.«

»Wenigstens du hast Glück mit Männern.«

»Nicht aufgeben. Auch nicht, was Daniel betrifft. Du hast das Richtige gemacht.«

Ich verzog den Mund. »Findest du?«

»Sonst würde ich es ja nicht sagen.«

Sein Wort in Gottes Gehörgang.

Nachdenklich strich ich mit den Fingern über die Bettdecke und erzählte Sascha, was in den überarbeiteten Kapiteln, die er noch nicht kannte, stand. Beim letzten holte ich noch ein wenig weiter aus: »Ottilia war nicht die Einzige, die immer größere Angst vor Luftangriffen hatte. Die ersten Attacken auf Oberfranken durch britische Bomber hatte es im Juli 1940 gegeben. Hollfeld war verschont geblieben. Jedes Flugzeug, das Ottilia am Himmel sah, ließ ihr gefühlt das Blut in den Adern gefrieren. Wäre mir nicht anders ergangen. Der Schrecken des Krieges wurde immer größer. Sie und Käthe mussten Reichsarbeitsdienst im Bezirkskrankenhaus Hollfeld leisten, wo viele Kriegsverwundete untergebracht waren. Beim Überfall auf die Sowjetunion im Juli wurde Ottilia fast verrückt über die Frage, wo Eduard war und wie es ihm ging. Nach wie vor hatte sie kein Lebenszeichen von ihm. Käthe bangte mit ihr. Auch um ihren Bruder und natürlich auch um David. Friedhelm hatte sich aus einem Lazarett gemeldet. Er hatte einen Streifschuss erlitten und eine Knieverletzung. Käthe hatte gehofft, er dürfe nach Hause, wurde aber, weil sein Zustand sich schnell besserte, wieder in den Krieg zurückgeschickt. Und dann hörte Ottilia, dass Amon gefallen war. Trotz allem, was er ihr angetan hatte, betete sie für seine Seele.«

»Er ist gefallen. Also in echt?«

»Ja. So steht es in Eduards und Ottilias Notizbuch. Auch, dass Ottilia trotz allem für seine Seele betete.«

»Sie war sehr großzügig. Eine wirklich starke Frau.«

Da konnte ich ihm nur zustimmen. »Ja, allerdings.«

»Und du bist das auch. Du weißt es oft nur noch nicht.«

»Die starke Frau überarbeitet jetzt noch weiter. Schlaf gut, Sascha, und träum süß.«

»Aber mach nicht mehr allzu lang. Du brauchst auch deinen Schlaf. Denk an dein Herz.«

Wie hätte ich das können? Es hämmerte mir geradezu gegen die Rippen, wenn ich an diesen Jan Marquardt, Viktoria und Daniel dachte. Ich zog den Laptop, den ich während des Telefonats zur Seite gestellt hatte, wieder auf meine Beine und wollte vor dem Einschlafen noch ein oder zwei Kapitel schleifen.

Immer weiter

Ottilia

August 1941

Die nächsten Wochen verbrachten Ottilia und Käthe oft im Bezirkskrankenhaus ihrer Stadt, um weiter bei der Versorgung von Kriegsverletzten zu helfen.

Das Stöhnen und Ächzen der Verwundeten waberte durch die Flure und Zimmer des riesigen Gebäudes. Käthe reichte ihr einen Korb mit neuen Mullbinden und eilte zum nächsten Patienten. Ottilia empfand großes Mitleid mit den oft jungen Soldaten. Gesund und voller Kraft waren sie losgezogen und teils schwer verletzt heimgekehrt. Was für eine Tragödie, durchfuhr es sie. Manche der Männer hatten ganze Gliedmaßen verloren und weinten und wimmerten leise vor sich hin, andere schimpften oder schrien. Es gab aber auch welche unter ihnen, die einfach nur an die Decke starrten und schwiegen oder gar ohnmächtig wurden.

Das Lächeln eines jungen Soldaten, wenn es auch nur ein kleines war, aber war wie ein Sonnenstrahl an einem

Gewitterhimmel. Er winkte sie zu sich. »Der Anblick einer hübschen Krankenschwester entschädigt für vieles«, sagte er.

Ottilia tupfte ihm die Stirn, die von Schweißperlen übersät war, und kümmerte sich um sein Bein. Blut sickerte durch den Verband. Die blauen Augen des Mannes, der schätzungsweise um die zwanzig war, erinnerten sie an Eduards und lösten eine neue Welle der Sehnsucht und des Bangens um ihn in ihr aus. Der Soldat sog scharf Luft ein, als sie ihm den Verband abnahm. »Ich bin ganz vorsichtig«, versprach Ottilia.

»Schwester, schnell. Ich glaube, mein Mann stirbt!«, rief eine Frau hinter ihr und riss an ihr.

Ottilia wirbelte erschrocken herum. Ehe sie sichs versah, zerrte die Frau sie drei Betten weiter. Der Mann, der dort lag, zitterte am ganzen Leib. Er riss den Mund auf, die Lippen waren blau wie das Gefieder eines Eisvogels.

»Verrecken soll der Führer«, bellte die Frau. »Nimmt mir den Mann und den Kindern den Vater.«

Ottilia rannte los und holte einen Arzt hinzu. Das Zittern nahm zu, der Mann verdrehte die Augen, bis nur noch das Weiße zu sehen war. Seine Frau betete. Schnell zog der Doktor die Bettdecke weg, entblößte die Beine. Da sah Ottilia, dass ihm das rechte Bein unterhalb des Kniegelenks fehlte. Der Verband war durchnässt von Blutschlieren und Eiter. Die Augen des Arztes sprachen Bände.

Er seufzte, schüttelte den Kopf und sah dabei erst die Frau, dann Ottilia an. »Er wird sterben. Der Wundbrand … Die Medikamente haben nicht geholfen. Schauen Sie lieber nach den anderen«, sagte er und ging dann einfach weiter.

Ottilia sah ihm mit großen Augen nach. Die Frau rutschte neben ihr auf die Knie und weinte. »Nein, bitte nicht, bitte nicht.« Ottilia wurde übel, aber sie riss sich zusammen und blieb bei dem Ehepaar. Sanft streichelte sie über das schweißnasse Haar des Mannes. Er schien schon weit weg zu sein und wurde ruhiger. Ottilia begann ein Lied zu summen. Irgendeine Melodie, die ihr gerade einfiel. Die Frau sah sie an, Tränen rannen ihr in dicken Perlen über die Wangen, aber in ihrem Blick lag Dankbarkeit. Sie erhob sich und streichelte ihrem Mann mit der freien Hand übers Haar.

»Alles wird gut«, sagte sie leise.

Ottilia nickte ihr zu.

Das Zittern hörte schließlich ganz auf und der Soldat kam noch einmal zu sich, suchte mit den Blicken nach seiner Frau. »Bis später, Klara. Ich liebe dich«, murmelte er.

Ottilia spürte wohl genau wie Klara, dass das Unausweichliche gekommen war. Wellen der Trauer überkamen sie.

Die Frau wirkte auf einmal gefasster und nickte dem Soldaten zu. »Wir sehen uns wieder. In einer besseren Welt, mein Liebling«, murmelte sie.

Ottilia schnürte sich die Kehle zusammen, und als der Soldat seinen letzten Atem ausgehaucht hatte, glaubte sie für einen Moment, ein Windhauch würde sie streifen. Und wieder dachte sie an Eduard.

Drei Tage später

Nach der sonntäglichen Kirche sah Ottilia Eduards Eltern, die sich beim Stadtpfarrer für seine hoffnungsvolle Predigt bedankten. Für einen Moment spielte sie mit dem Gedanken, einfach zu ihnen hinüberzugehen und zu fragen, ob sie etwas von Eduard gehört hätten. Doch die eisigen Blicke, die sie ihr zuwarfen, ließen sie das Vorhaben schnell wieder über Bord werfen.

»Die Wehrmacht hat die russischen Städte Narwa und Nowgorod eingenommen«, verkündete ihr Vater, als sie nach

Hause kam und sich fürs Krankenhaus umzog. Auch an diesem Tag hatte sie Dienst. Ihr Vater saß auf seinem Lieblingssessel und lauschte dem Volksempfänger, während er mit den Fingern seinen Bart zwirbelte. Hin und wieder hörte er auch ausländische Sender, obwohl das gesetzlich verboten und im schlimmsten Fall sogar mit der Todesstrafe bedroht war.

Im Krankenhaus bekam Ottilia mit, wie ein Soldat einer Schwester von einem netten Kerl namens Eduard erzählte, dem er seine Rettung verdanke. »Er hat eine Freundin in Hollfeld«, hörte sie ihn sagen. Sie stockte. Sprach der Mann etwa von ihrem Eduard? Sie bat die Schwester hastig, sich weiter um den Patienten kümmern zu dürfen, wogegen die zwar nichts einzuwenden hatte, aber deutlich verwundert war.

»Der gefällt dir wohl?«, flüsterte sie und zwinkerte ihr zu.

Ottilia lächelte nur.

»Nur die tiefe Wunde, die seine Stirn durchzieht, ist weniger schön. Die wurde im Feldlazarett genäht. Leider unsauber. Sie eitert nun. Stammt von einem Granatsplitter. Sein Bein wurde schlimmer von der Granate getroffen. Die im Lazarett haben das Bein zwar versorgt, aber letztendlich war es so schlimm, dass es amputiert werden musste. Deswegen haben sie ihn hierher ins Krankenhaus geschickt.«

Sie reichte ihr einen Wattebausch und Desinfektionsmittel. »Für die Stirnwunde. Zum Säubern.«

Ottilia schluckte schwer, als sie der Schwester, die, wie es ihr Vater genannt hätte, gut im Futter stand, die Sachen abnahm.

»Ruf mich wieder, wenn du die Wunde gesäubert hast.«

Der Soldat hatte also gleich zwei bittere Souvenirs des Krieges mitgebracht. Er lächelte Ottilia zu. In seinen dunklen Augen lag ein warmer Schimmer.

»Das Schmerzmittel, das der Doktor mir gegeben hat, ist ein Wunder. Ich spüre kaum noch was.« Er nickte ihr zu. »Hallo. Ich bin Bruno«, stellte er sich ihr vor.

»Hallo Bruno. Ich muss deine Wunde reinigen.«

Er biss die Zähne zusammen, als sie das Desinfektionsmittel mit einem Wattebausch vorsichtig auf seine Stirn drückte.

»Entschuldige, Bruno.«

»Ach was. Brennt nur ein wenig. Glaub mir, es gibt Schlimmeres. Viel Schlimmeres.«

Sie wusste, dass er damit den Krieg meinte. Das Lächeln verebbte und sein Blick wurde starr, so wie sie es in letzter Zeit so oft bei verwundeten Soldaten oder denen, die ein paar Tage Urlaub in der Heimat machen durften, gesehen hatte.

Der Krieg veränderte ihre Seelen, riss tiefe Kerben hinein. Ottilia packte erneut die Wut über Hitler und seine Anhänger, die unschuldige Menschen in ihren irrsinnigen Wahn hineinzogen.

Sie musste ihn direkt fragen. »Kennst du vielleicht einen Eduard Galbert?« Er nickte und ihr war, als würde die Sonne noch einmal aufgehen an diesem Tag.

»Dein Freund?«, fragte er. Er hob die Brauen, setzte zu einem Lächeln an, zischte dann aber vor Schmerz.

»Ja. Ich fürchte, das Schmerzmittel lässt nach.«

Er blinzelte ihr zu. »Bist du etwa Ottilia?«

Das Herz schlug ihr bis zum Hals. »Ottilia Aden«, stieß sie aus, fast zu laut. »Hast du Eduard gesehen? Geht es ihm gut?« Die Worte überschlugen sich und am Ende kippte ihre Stimme.

»Ja. Wir waren in der gleichen Truppe.«

Ihr wurde eiskalt. »Waren?«

»Ich habe ihm mein Leben zu verdanken. Er hat mich gepackt und mitgezerrt. Die Granate hätte mich sonst wohl komplett zerfetzt.« Ein Schütteln durchfuhr den Körper des Mannes und in seinen Augen lag ein Ausdruck des Schreckens.

»Mein Gott … Und Eduard?«

»Keine Angst. Ihm ist nichts passiert. Er hat von dir erzählt.«

Ottilias Atem setzte wieder ein. »Er lebt also. Gott sei Dank!«

»Zumindest als ich ihn das letzte Mal gesehen habe.« Der Soldat lächelte abermals. »Ihr seid sehr verliebt, oder?«

Sie nickte und legte einen Finger an ihre Lippen. »Aber psst.«

»Ich weiß schon. Eduard und ich haben uns angefreundet und er hat mir anvertraut, dass eure Familien nichts davon wissen dürfen. Ich schweige wie ein Grab.«

Nun lächelte auch Ottilia. Hoffnung keimte in ihr auf. Eduard lebte. Sie dankte Gott im Himmel. »Doch wo ist er jetzt?«

»Er hat Heimaturlaub beantragt. Keine Ahnung, ob der bewilligt wurde.«

»Hat er denn meine Briefe erhalten?«

»Wir wurden ein paar Mal versetzt. Kann also sehr gut sein, dass manche nicht ankamen. Ich weiß aber, dass er dir geschrieben hat.«

Tränen stiegen ihr in die Augen. »Er lebt. Gott sei Dank.« Sie machte ein Kreuzzeichen und küsste Bruno auf die Stirn.

»Autsch. Nicht so …«

»Entschuldige, entschuldige vielmals.«

»Ich kann dich ja verstehen, Ottilia Aden. Jung, verliebt … Und dann diese Bestie Krieg, die alles kaputtmacht.« Speicheltropfen begleiteten seine Worte und sein Gesicht verzog sich kurz hasserfüllt. »Wir alle hoffen auf ein baldiges Ende. Ich glaube, die meisten merken langsam, dass Hitler jeden Mann nur benutzt, während er in Sicherheit sitzt.«

Ottilia nickte. Brunos Meinung konnte sie nur unterschreiben.

»Eduard hat mich in einen Graben gezogen und dort, so gut es ihm möglich war, versorgt und gesagt, er würde Hilfe holen. Danach bin ich weggekippt und im Lazarett wieder aufgewacht. Ich komme aus einem Dorf, paar Kilometer von Hollfeld weg. Komisch, dass ich dich noch nie gesehen habe. War ja auch öfters in Hollfeld. Endlich wieder in der Heimat, wenn auch erst einmal hier.«

»Hauptsache, du lebst.« Und Eduard! Sie musste herausfinden, ob er schon zu Hause war.

»Sag ihm Grüße, wenn du ihn siehst.«

»Mach ich. Danke, Bruno.«

Dass sie einen neuen Freund von Eduard getroffen hatte, der ihr endlich Auskunft über dessen Verbleib geben konnte, musste Schicksal sein. Eine andere Schwester rief nach ihr, als sie loswollte. »Hier rüber. Es sind neue Patienten eingetroffen.«

Ottilia fiel es äußerst schwer, noch zu bleiben und nicht gleich bei den Galberts vorbeizuschauen, riss sich aber zusammen und half mit, die neu Eingetroffenen zu versorgen.

Das Blut rauschte so schnell durch ihre Adern, dass ihre Schläfen pochten und sie das Klopfen des Herzens in den Ohren hörte. Ihre Hände zitterten, als sie sie auf den Stamm des Baumes unweit des Galbert'schen Hofs legte und um ihn herumlugte. Niemand war auf dem Hof zu sehen. Sie kaute auf ihrer Unterlippe und verharrte noch ein ganzes Stück. Nur Eduards Vater lief einmal über den Hof, zog dabei aber ein Gesicht wie tausend Jahre Regenwetter. Doch keine Spur von Eduard. Als sich ein Traktor näherte, brach sie ab und ging nach Hause. Die alte Angst begleitete sie.

Ottilia erwachte durch ein Geräusch an ihrem Fenster, das sich anhörte wie Regentropfen. Doch dafür war es viel zu kurz. Die Stirn in Falten gezogen, setzte sie sich im Bett auf und lauschte. Da war es wieder. Sie schlug die Bettdecke zurück und huschte hinüber zum Fenster. Ein kleiner Stein flog gegen die Scheibe und ließ sie vor Schreck fast aufschreien. Sie schaute nach draußen und erkannte eine Gestalt, die unten vor dem Fenster herumschlich. Die Konturen kamen ihr sofort bekannt vor. Ihr Herz machte einen Satz. »Eduard!«, rief sie und schlug sich eine Hand vor den Mund. Hoffentlich hatte sie keiner gehört. In ihr entfachte ein Feuerwerk. Hastig riss sie das Fenster auf und beugte sich hinaus.

»Eduard?«, flüsterte sie.

Die erhoffte Antwort kam prompt. »Ja.«

Ein Kribbeln erfüllte Ottilia und kroch von den Zehenspitzen bis zu den Haarwurzeln und zurück. Das war seine Stimme. Er war da!

Sie zwickte sich in den rechten Oberarm, hoffte, dass das nicht bloß ein Traum war, bereute es jedoch im gleichen Moment. Wenn es so wäre, wollte sie es gar nicht wissen. Doch sie blieb an Ort und Stelle. Kein Traum.

»Ich komme runter«, flüsterte sie und schlüpfte in ihre Hausschuhe. Der Weg von ihrem Zimmer nach draußen war ihr noch nie so lang vorgekommen. Sie rannte auf Zehenspitzen über den Hof, direkt auf Eduard zu. Er blieb im Schatten des Rhododendronbusches und empfing sie mit offenen Armen. Sie flog buchstäblich hinein. Ihre Körper pressten sich aneinander. Sie legte die Hände an sein Gesicht und betrachtete ihn im Schein des Mondes. Seine Wärme verscheuchte die Ungewissheit und Angst. Die brauchte sie um ihn nicht mehr zu haben, zumindest im Moment nicht.

»Ich hatte solche Angst um dich, Eduard.«

Eduard sah sie direkt an und konnte es fast nicht glauben, dass er wirklich hier war.

»Ich auch um dich, Tilia. Ich habe auf meine Briefe keine Post mehr von dir bekommen.«

»Ich habe dir geschrieben. Mehrmals. Aber Käthe bekam keine Briefe von dir für mich.«

»Dann gingen sie verloren. Wahrscheinlich, weil ich ein paarmal versetzt wurde. Und einmal wurde ein Bote erschossen, der die Post bringen sollte.«

»Mein Gott.«

Er sah sie so eindringlich an, dass eine Gänsehaut sie überlief. »Dieser Krieg fordert so viele unschuldige Opfer, Tilia.«

Ottilia schüttelte den Kopf. Sie umarmten sich abermals, so fest sie nur konnten. »Ich liebe dich doch so sehr, Tilia.«

»Ich dich auch. Mehr als mein Leben.« Sie traute sich kaum zu fragen. »Bleibst du nun da?«

Er drückte sie sanft von sich und langsam wich ihm das Lächeln aus dem Gesicht. »Ich muss in zwei Wochen zurück an die Front. Dieser elende Krieg wird weitergehen. Wer weiß, wie lange noch. Aber jetzt erzähl mal. Wie geht es dir, deiner Familie?«

Er musste also zurück. Aber erst einmal war er hier. »Wir kommen zurecht. Deine Leute sind sicher auch umgekommen vor Sorge.«

Er nickte. »Sie waren überglücklich, mich zu sehen. Emmi wollte mich gar nicht mehr loslassen und Mutter hat geweint, was sie sehr selten tut. Tu mir einen Gefallen. Das habe ich meiner Familie auch gesagt. Frag mich nicht aus über das, was ich dort im Krieg erleben musste. Ich will mich nur auf zu Hause konzentrieren in den Tagen, die ich hier sein darf.«

Ottilia versprach es ihm, nahm ihn an der Hand und rannte mit ihm zur Scheune. Als sie das Tor hinter sich geschlossen hatten, küssten sie sich zärtlich und stürmisch zugleich. »Bleib diese Nacht bei mir«, bat sie Eduard. Er nickte und lächelte. Wie sie allein sein Lächeln vermisst hatte.

»Bis zum Morgengrauen. Emmi hat gesagt, dass sie mich verwöhnen will in der Zeit, in der ich zu Hause bin. Ich fürchte, die lässt mich kaum aus den Augen. Aber wir beide finden Wege.«

»Ja, bitte. Ich will dich ihnen aber nicht wegnehmen oder …«

Er legte einen Finger auf ihre Lippen. »Ich liebe meine Familie, aber auch du bist meine Familie. Und mir am wichtigsten. Wenn der Krieg vorbei ist und ich heil zurückkomme, dann müssen sie das akzeptieren.«

Ottilia durchfuhr ein eisiger Schauer. »Du wirst zurückkommen, Eddie.«

Eduard strich ihr mit einer Hand übers Haar. »Ich werde alles dafür tun. Das versprech ich dir.«

In ihr brannte ein hoffnungsvolles Feuer. »Oder du gehst erst gar nicht mehr zurück und versteckst dich. Wir finden sicher eine Lösung, wo und …«

Eduard schüttelte vehement den Kopf. »Nein, das geht nicht, Ottilia. Ich hasse den Krieg, versteh mich nicht falsch. Aber was, wenn Deutschland gewinnt? Dann müsste ich mich ein Leben lang verstecken. Und wenn sie mich finden und du vielleicht da mit hineingezogen wirst, als Helferin … Das würde ich mir nie verzeihen. Ich glaube fest daran, dass uns das Schicksal hilft. Es hat mich wieder heil zu dir zurückgeführt und das wird es wieder tun. Weil wir zusammengehören. Du bist mein Schutzengel, Tilia.«

Ottilia schluckte ihre Tränen hinunter. »Und du bist mein Schicksal, mein Leben, Eduard Galbert. Und du wirst immer meine einzige große Liebe sein. Egal, was passiert.«

Ein Schimmer, gleich dem Licht einer Sternschnuppe, legte sich in seine Augen. Ottilia musste seine Entscheidung akzeptieren. Auch wenn es ihr das Herz zerriss, dass er sich erneut, so wie viele andere auch, jeden Tag der Lebensgefahr aussetzen würde für eine kranke Idee.

Rasch und so leise wie möglich stiegen sie die Stufen der Leiter hinauf, die zum Heuboden führte. Sobald sie oben angekommen waren, fielen sie sich wieder in die Arme und landeten im weichen Heu. Der würzige Duft umhüllte sie.

»Übrigens: Amon ist gefallen.«

Er schaute sie an. »Wirklich?«

Sie nickte. »Trotz allem, das wünsche ich keinem. Aber …« Sie stoppte und Eduard versiegelte ihren Mund mit einem weichen warmen Kuss, in den sie sich fallen ließ. Als sie sich kurz lösten, musste sie Eduard noch etwas erzählen: »Ich habe Bruno getroffen, deinen Kriegsfreund.«

Eduard stockte. »Bruno! Das letzte Mal, als ich ihn gesehen habe, da haben sie ihn auf einer Trage weggebracht. Es war … schrecklich.«

»Er hat mir erzählt, dass du ihn gerettet hast.«

»Wie geht es ihm? Wo hast du ihn getroffen?«

Eduard setzte sich auf.

»Im Krankenhaus in Hollfeld. Es geht ihm zum Glück wieder so weit gut, er konnte gut versorgt werden.«

»Gott sei Dank.« Eduard bekreuzigte sich.

Ottilia strich ihm über einen Arm. »Jeden Tag, den ich bis jetzt dort war, hatte ich Angst, du würdest in einem der Betten liegen, schwer verwundet.«

»Ich passe wirklich sehr gut auf mich auf, Tilia. Vor allem für dich.« Er hauchte ihr einen Kuss auf die Stirn.

Was hätte er auch sonst sagen sollen?, dachte Ottilia.

»Und jetzt lass uns bitte nicht mehr vom Krieg reden. Morgen werde ich Bruno besuchen.«

Er legte sich zurück und zog Ottilia an sich.

Am nächsten Tag

Dunkle Wolken zogen herauf, kurz bevor Eduard und Ottilia Hollfeld erreichten. Sie hatten sich zu einem kleinen Ausflug auf seinem Motorrad in der Nähe des Zauberwalds getroffen und waren durch die Natur gefahren. Eduard hatte ihr erzählt, dass er zuvor bei Bruno gewesen und sehr froh war, dass er auf dem Weg der Besserung war. Auch wenn er ein Bein verloren hatte. Auf dem Rückweg von ihrem Ausflug nach Hollfeld hatte es wie aus Kübeln zu regnen begonnen. Trotz des Wetters wollte Ottilia nicht, dass Eduard sie weiter als bis zur Straße fuhr, in der Käthe wohnte. Dort stellten sie sich unter ein Vordach, auf das der Regen trommelte.

»Lass mich dich noch nach Hause bringen. Nur bis zu den Meyers«, bat Eduard.

»Bist du verrückt?«

Ottilia schaute sich um und als sie sicher war, dass niemand in der Nähe war, küsste sie Eduard zum Abschied und wollte losrennen, doch Eduard hielt sie an einem Arm fest.

»Bitte, Tilia«, bat er inständig.

»Es ist nicht kalt. Und fressen wird mich auch keiner.«

»Mir wäre wohler.«

Sie lächelte und verdrehte die Augen. »In Ordnung. Aber wenn uns jemand zusammen sieht und Fragen stellt, dann hast du hoffentlich eine gute Ausrede parat.«

»Versprochen.«

Eduard setzte sie bei einem hölzernen Kreuz ab, das etwas zwanzig Meter von den Meyers entfernt am Wegesrand stand. Eine von der Witterung mitgenommene Jesusfigur blickte auf sie herunter.

»Treffen wir uns morgen Nacht in der Scheune, am Heuboden?«, flüsterte Eduard.

»Sehr gern. Du brauchst aber nicht zu flüstern. Jesus weiß sowieso alles.«

Eduard blickte kurz zu ihm auf und nickte Ottilia dann zu. »Stimmt. Ich freu mich auf morgen.« Er legte seine Hände an ihre Oberarme und schenkte ihr einen warmen Blick.

»Ich mich auch. Gegen Mitternacht?«

Nachdem er ihren Vorschlag bejaht hatte, beugte er sich zu ihr runter.

»Eduard! Was …?«, sagte jemand hinter ihnen.

Ottilia schaute an Eduard vorbei, der drehte sich um. Emmi stand ein paar Meter von ihnen entfernt und hielt sich einen schwarzen Regenschirm über den Kopf. Langsam kam sie näher. Sie sah aus, als hätte sie einen Geist gesehen.

»Ich hab dich gesucht, Eddie. Weil du schon lange mit dem Motorrad unterwegs bist bei dem Sauwetter.« Sie schob die Brauen zusammen.

Eduard räusperte sich. »Ähm ja. Alles ist gut.«

Emmi lenkte den Blick missbilligend auf Ottilia.

»Was tut die bei dir?«

Ottilia trat einen Schritt zur Seite und schaute Emmi offen an. »Eduard war so freundlich und hat mich hergebracht. Ich war auf dem Heimweg. Also vielen Dank, Herr Galbert.« Sie nickte ihm zu.

»Keine Ursache«, murmelte Eduard.

Emmi legte den Kopf leicht schief, während sie die Blicke von Eduard zu Ottilia und zurück wandern ließ.

»Wenn das unsere Eltern erfahren …«

»Die müssen nicht alles wissen«, gab Eduard zurück.

Emmi schnaubte und zeigte auf Ottilia. »Verhex mir bloß nicht meinen Bruder. Sonst …«

»Sonst?«, fragte Ottilia und wich Emmis Blick nicht aus.

Die trat einen Schritt näher. »Sonst lernst uns Galberts mal richtig kennen.«

»Ich kann schon auf mich aufpassen, Emmi«, warf Eduard ein und stellte sich vor Ottilia.

»Du beschützt eine Aden?«, stieß Emmi hervor.

Eduard seufzte tief. »Jetzt übertreib mal nicht.« Ottilia stellte sich neben ihn.

»Ich übertreibe? Gewiss nicht. Unser Vater ist erst vorhin wieder mit den Adens aneinandergeraten.«

»Was war denn der Grund?«, wollte Ottilia wissen.

»Grund? Ihr seid einfach immer rotzfrech. Halt dich bloß von Eduard fern.«

»Er hat mir nur geholfen.«

»Was war der Grund, Emmi?«, fragte nun auch Eduard.

»Ich hab's doch gerade gesagt.« Sie ging an Ottilia vorbei und rempelte sie dabei an. Ottilia riss sich zusammen und sagte nichts dazu.

»Jetzt reicht es. Das ist kindisches Verhalten«, schimpfte Eduard.

Emmi blieb der Mund offen stehen.

»Ist doch wahr, Emmi. Diese dummen Streitereien um nichts und wieder nichts.« Die Adern an Eduards Hals standen wie Seile hervor, während er Emmi fixierte.

»Die Adens haben einen aus unserer Familie auf dem Gewissen. Schon vergessen? Dabei haben die gar kein Gewissen, sind falsch und frech«, widersprach Emmi.

»Inzwischen bin ich sicher, dass es ein Unfall war. Die Behörden waren sich auch …«, erinnerte Eduard sie.

»Für uns war es Mord. Und all das andere, was die sich schon geleistet haben. Mutter hat nicht umsonst mal ein Magengeschwür bekommen. Der Arzt hat sogar gesagt, dass es davon kommen kann.«

Ottilia musste noch etwas sagen: »Wir alle tragen eine Teilschuld. Aber wenn wir uns mal zusammensetzen würden …«

»Niemals!«, unterbrach Emmi sie. Eduard und Ottilia waren inzwischen durchnässt bis auf die Knochen. »Lass uns heimfahren, Eduard. Sonst wirst du noch krank.« Emmis Blick wanderte zu dem Helm, den Ottilia in Händen hielt. »Hast du immer zwei dabei?«, fragte sie ihren Bruder.

»Ja.«

Ottilia merkte genau, dass sie ihr Zusammensein weiterhin skeptisch machte. Sie nahm Ottilia den Helm weg und setzte ihn sich auf. »Na komm. Lass uns heimfahren und vergiss die Aden. Ich will dich nur schützen. Du bist zu gutmütig, Eddie. Und die Adens nutzen so was zu gern aus.«

»Quatsch!«, erwiderte Eduard.

Ottilia konnte nur noch traurig den Kopf schütteln.

Emmis Hass war nahezu greifbar. Sie nahm Eduard an einer Hand. »Komm.«

Der riss sich los. »Ottilia hat recht. Alle Galberts und Adens sollten sich endlich mal an einen runden Tisch setzen und offen reden. Aber in Ruhe.«

Emmi klappte den Schirm zu und stieg auf Eduards Motorrad. »Du redest so einen Stuss, Bruderherz.«

»Ich gehe besser. Das hat keinen Sinn«, warf Ottilia ein und machte sich auf den restlichen Heimweg.

»Trotz allem noch einen guten Abend«, rief Eduard ihr nach. »Und tut mir leid.«

Ottilia wandte sich um. »Schon gut. Euch auch trotzdem noch einen guten Abend.«

Ottilia drehte sich nicht mehr um. Tränen, die ihr über die Wangen liefen, vermischten sich mit dem wieder einsetzenden Regen.

Eduard wirkte niedergeschlagen, als er und Ottilia sich das nächste Mal nachts auf dem Heuboden der elterlichen Scheune trafen.

Da beschlich Ottilia eine Idee. »Vielleicht sollten wir unseren Familien das mit uns doch schon sagen und sie so dazu bringen, sich doch mal an einen, wie du gesagt hast, runden Tisch zu setzen. Natürlich mit uns zusammen.« Ottilia beugte sich ein wenig vor, auf Eduard zu. »Und dann können wir mit unserer Liebe vielleicht viel bewirken. Nein, nicht nur vielleicht. Ich glaube daran.«

Eduard zerrupfte ein paar Strohhalme.

»Wäre ja zu schön. Emmi hat natürlich nicht den Mund gehalten und daheim erzählt, dass ich dich fast bis nach Hause gefahren hab. Mutter war außer sich, dass du mich ihrer Meinung nach ausgenutzt hast. Und Vater behauptet, dein Vater hätte ihn beklaut.«

»Ich weiß. Mein Vater hat davon lautstark berichtet.«

Eduard machte ein betretenes Gesicht. Ottilia setzte sich neben ihn und bettete ihren Kopf seitlich an seine Brust. »Du siehst, wie groß der Hass ist, Tilia. Da wird ein einziges Gespräch nicht reichen, um ihn zu dämpfen.« Er nahm ihre Hände in seine. »Das müssen wir gemeinsam Schritt für Schritt schaffen. Und dazu muss und will ich an deiner Seite sein. Wenn wir es jetzt tun und ich danach wieder wegmuss, wer weiß für wie lange – und ja, ob ich wiederkomme –, dann wäre das eine dumme Idee. Du wärst dann zwischen den Fronten ganz allein. Wir haben das doch schon mal besprochen und ich bin nach wie vor der gleichen Meinung und werde auch dabei bleiben.«

»Ich bin stark genug, um das alles zu schultern«, entgegnete sie. Schließlich konnte der Wille, das hatte sie schon öfter gehört, Berge versetzen.

»Ich möchte es nicht so. Bitte, Ottilia. Lass uns noch warten.«

Sie haderte mit sich, gab aber letztendlich nach. »In Ordnung. Du musst mir versprechen, mehr als gut auf dich aufzupassen und wiederzukommen.« Sie wich zurück und suchte seinen Blick, den er erwiderte.

»Ich gebe mein Bestes.«

Ottilia schmiegte sich wieder an ihn und ließ die Tränen, die ihr über die Wangen liefen, in seinem Hemd versickern.

Das Versprechen

Ottilia

August 1942

Ottilia lief über die Wiese Richtung Zauberwald. Sie dachte an den letzten Brief von Eduard, der vor über einem Monat gekommen war. Die Antwort hatte sie gleich danach losgeschickt. Ihm darin auch erzählt, dass Bruno inzwischen nach Hause entlassen worden war. Er wohnte in einem Dorf hinter Bayreuth. Leider hatte Eduard laut seinen letzten Zeilen keinen weiteren Urlaub genehmigt bekommen und kämpfte an der Seite zig anderer Soldaten an der Ostfront. In seinen Briefen hatte er Ottilia wiederholt gebeten, die Hoffnung nicht aufzugeben, aber ihm ein Versprechen zu geben. Er wünschte sich von Herzen, dass sie auch ohne ihn glücklich werden würde, sollte er nicht zurückkehren.

> *Lebe und geh vorwärts. Lache, genieße die Sonnenstrahlen und all die schönen Dinge, die das Leben sicher noch für Dich bereithält. Ich*

möchte nicht, dass Du Dich meinetwegen grämst und traurig bist und das Leben dadurch vergisst. Bitte versprich mir das mit Deinem nächsten Brief. Aber natürlich will ich am liebsten das Leben mit Dir teilen und freue mich so sehr darauf, Dich wiederzusehen. Ich möchte nur, dass Du weißt, dass ich Dir, egal was geschieht, nur das Beste wünsche.

Ein glückliches Leben ohne Eduard. Das konnte und wollte Ottilia sich nicht vorstellen, dennoch versprach sie ihm, dass sie es versuchen würde. Noch nie zuvor war es ihr so schwergefallen, Worte zu Papier zu bringen. Als sie den Zauberwald erreichte, genoss sie den Frieden, den er ausstrahlte. Doch woanders gingen der Krieg und der Hass weiter. Auch gegen die Juden. Und es gab so viele Flüchtlinge, die aus zerbombten Städten per Bahn nach Hollfeld kamen und Unterschlupf suchten. Laut der Flüchtlingskommission hatten auch die Adens genug Wohnraum zur Verfügung und wurden verpflichtet, ein paar dieser armen Menschen aufzunehmen. Ottilia kümmerte sich zusammen mit ihrer Familie um ein paar Frauen, Männer und Kinder.

Die Umsetzung der Pläne für das Café hatte sie auf Eis gelegt. Zu oft waren ihre Gedanken dunkel oder leer, entzogen der Kreativität die Energie wie Wasser dem Feuer. Außerdem bewohnten längere Zeit wechselnde Flüchtlinge den Schuppen, der dafür zuvor von ihr und ihrer Familie fast komplett ausgeräumt und notdürftig, unter anderem mit Matratzen und Waschschüsseln, ausgestattet worden war. Immer wieder hörte man von Bombenangriffen in Großstädten. Bayreuth war bisher verschont geblieben. Vielmehr schien Nürnberg das bevorzugte Ziel der alliierten Bomber. Ottilia schüttelte es bei dem Gedanken. Ihr Hofhelfer Ernst war inzwischen verwundet aus dem Krieg zurückgekehrt und ließ sich von seinen Eltern in Bayreuth gesund pflegen.

Ottilia atmete die frische Luft tief ein, die von vertrauten Gerüchen, süßlich bis herb, durchsetzt war. Vögel zwitscherten unbeschwert in den Tag, und als Ottilia einen Schatten direkt neben der Hütte bemerkte, hegte sie für einen Augenblick die Hoffnung, es wäre Eduard, der dort auf sie wartete. Aber sie irrte. Der Schatten entpuppte sich als herabgebrochener dicker Ast, der auf das Dach gefallen war und halb darüber hinweg hing. Verwirbelter Staub tanzte in der Luft, als sie die Hüttentür öffnete und die Schwelle passierte. Eine Weile setzte sie sich auf die Matratze. Dann holte sie Briefpapier und Stift, die sie vor einer Weile unter der Matratze versteckt hatte, und schrieb Eduard noch einen Brief.

Lieber Eduard,
ich hoffe und bete, dass es Dir den Umständen entsprechend gut geht. Mein Herz zehrt von den schönen gemeinsamen Erinnerungen. Hermann kam nun, trotz seiner Erkrankung, in ein Wehrertüchtigungslager und wird in Militärtaktik und an Waffen ausgebildet. Meine Tante und wir alle haben große Angst, dass bald auch Kinder in den Krieg geschickt werden. In Hollfeld habe ich vorhin ein paar Jungen angetroffen, die sich damit brüsteten, dass sie den Feind sofort in die Knie zwingen würden. Die waren noch keine fünfzehn. Kinder, die gar nicht wissen, was auf sie zukommt. Im Radio hört man immer nur von den tollen Erfolgen der Wehrmacht, womit man viele Menschen blendet. Ich denke, das alles ist nur Schönrederei. Immer wieder hört man von Bombenangriffen der

Alliierten auf deutsche Städte. Wir blieben bisher verschont. Wer weiß, wie lange noch. Von Käthe soll ich Dich lieb grüßen. Sie arbeitet weiter fleißig in der Bäckerei in Bayreuth, hilft aber wie ich auch im Krankenhaus. Das Klagen und Leid ist kaum auszuhalten. Pass weiterhin gut auf Dich auf. Ich brauche Dich, vermisse Dich und bin in Gedanken immer an Deiner Seite.

Herzlichst und in Liebe
Deine T.

Sie faltete das Briefpapier zusammen und steckte es sorgfältig in das weiße Kuvert. Danach machte sie sich auf den Weg zurück nach Hollfeld und gab den Brief bei der Post auf.

Wieder daheim, machte sie sich mit Bärbel und ihrer Mutter daran, für die Wehrmachtssoldaten an der Ostfront warme Kleidung und Decken zusammenzuräumen. Die Flüchtlinge halfen ihnen. Es waren zwei Familien, die oft in sich gekehrt, aber nett waren. Ottilia und ihre Tante hatten aus alten Stoffresten noch ein paar Decken genäht. Auch einiges an Kleidung war zusammengekommen. Magdalena spendete zwei alte Mäntel, Ottilia Socken. Aus dünnen Pullovern wollte sie eine weitere Decke nähen und mit Zeitungspapier füttern. Vater gab Jacken, die er nicht mehr tragen konnte, Hermann ebenfalls. Auch Hedwig spendete Kleidung. Im Mitteilungsblättchen der Stadt wurde wieder einmal zu einer Sammelaktion aufgerufen. Ottilia steckte einer jüdischen Familie, die sich auf dem Land bei Bekannten versteckte, Kleidung und Essen zu. Daheim erzählte sie niemandem davon. Bärbel bat Ottilia, kurz mit ihr zu kommen. Ohne zu zögern, folgte sie ihrer Tante in Hermanns Stube. Auf einer Kommode lagen Bilderbücher und Zeichnungen. Zeichnen, das konnte Hermann gut. Vor allem junge Mädchen und Landschaften.

Bärbel fuhr mit den Fingern darüber, dann brach sie in Tränen aus. Ottilia hielt sie umarmt.

»Er hat mir geschrieben«, erzählte Bärbel dann.

Ottilia sah ihre Tante an. »Wie geht es ihm?«

»Nicht gut. Sie haben mit ihm geschimpft, weil er tollpatschig sei im Umgang mit Waffen. Deswegen bekam er sogar einmal Hiebe. Er hasst Waffen und will nicht in den Krieg. Mein armer Bub. Dein Vater hat schon geschaut, ob er da was machen kann, weil er doch in der Partei ist. Hermann ist doch krank. Diese Bastarde …«

Sie schluchzte und Ottilia zog sich der Magen zusammen. »Ich bete jeden Tag, dass dieser Krieg endlich ein Ende findet. Gott wird da sicher nicht mehr lange zusehen«, versuchte Ottilia, ihre Tante zu beruhigen.

»Gott!«, stieß Bärbel aus. »Mir kommt's vor, als würde der schlafen.«

Ottilia musste ihr recht geben. Sie konnten nur eins tun: sich gegenseitig festhalten und auf ein Wunder hoffen, während von unten mal wieder der Schlager Lili Marleen aus dem Volksempfänger tönte, als wäre die Welt in Ordnung.

Ein neuer Tag

Hedda

Das Klingeln des Handys holte mich aus dem Schlaf. Die Augen noch halb geschlossen, tastete ich auf dem Nachttisch danach und ging ran. »Wer stört?«

»Ich bin's.«

»Sascha. Hallo.« Ich gähnte.

»Hast du noch geschlafen? Na ja, ist kein Wunder.«

Ich nickte, als könnte er es sehen. »Ich habe gestern noch länger überarbeitet.«

»Habe ich mir schon gedacht. Habe Deine Mail bekommen, die du mir mitten in der Nacht geschickt hast. Die Kapitel habe ich zum Frühstück verschlungen. Echt gut.«

Da freute ich mich. Ich schielte zur Uhr, die über der Tür hing. »Was? Schon fast zwölf? Meine Güte. Hier auf dem Land schlaf ich deutlich besser als daheim.«

»Du hast ja Urlaub und es dir auch verdient. Also, wie geht es weiter? Gib mir einen kleinen Spoiler.«

»Dieses Mal nicht. Aber weißt du was? Ich überarbeite nach dem Frühstück noch etwas weiter und schick dir die Kapitel dann.«

»Versprochen?«

»Ist die Frage ernst gemeint? Dann bin ich beleidigt.«

»Natürlich nicht. Ach, was für ein schöner Tag.«

»Du klingst so euphorisch«, stellte ich fest.

»Liegt vielleicht daran, dass ich gleich mit Max was trinken gehe.«

Das freute mich für Sascha. »Dann viel Spaß.«

Er lachte. »Werden wir sicher haben.«

Ich kroch aus dem Bett und öffnete das Fenster. Frische Landluft, gespickt mit würzigen Gerüchen, küsste mich endgültig wach. Es hatte geregnet, was ich an den Pfützen erkannte, die sich hier und da auf dem Hof gebildet hatten. Nun jedoch versprach es ein schöner Tag zu werden. Der Himmel riss auf und zeigte blaue Flecken.

Nach einer Dusche und herrlichem Frühstück mit aufgebackenen Brötchen und Marmelade überarbeitete ich weiter und fragte mich, was nun mit Marquardt war. Ich war sicher, Daniel würde diesbezüglich gleich vorbeikommen.

Nach dem Krieg

Ottilia

Ende Juni 1948

Obwohl dieser unselige Krieg schon lange beendet war, zogen sich die Tage wie endlose Schatten dahin. Seit Eduards letztem Brief Anfang 1945, der von der Ostfront abgeschickt worden war, hatte Ottilia nichts mehr von ihm gehört. In seinen Briefen davor hatte er sich so gut wie nie über seine Situation beklagt, die mit Sicherheit alles andere als leicht gewesen war. Einerseits wären die Briefe sonst aber auch nicht durch die Militärzensur gegangen und andererseits wollte er sie wohl auch nicht noch mehr beunruhigen. Lieber hatte er darüber geschrieben, wie sehr er sie vermisste und wie er sich mit Erinnerungen an ihre Zeit über Wasser hielt. Viele Soldaten aus der Umgebung waren im Krieg gefallen. Manche Leute behaupteten im Spätsommer 1945, dass Soldaten, auch welche aus Oberfranken, von der Roten Armee gefangen genommen und in Kriegsgefangenenlagern untergebracht worden waren. Einmal hatte Ottilia allen Mut zusammengenommen und Emmi Galbert in der Stadt angesprochen, ob sie schon etwas von Eduard gehört hätte. Sie hatte sie mit großen Augen angestarrt und ihr dann ins Gesicht gesagt, dass sie und ihre Eltern wohl nur auf die Nachricht hofften, dass Eduard gefallen sei. Ottilia hatte erschrocken verneint, doch Emmi hatte nicht darauf reagiert und war weitergegangen. Die meiste Zeit des Wartens auf seine Rückkehr verbrachte Ottilia in einer Art Kokon, was sie nach außen hin meist zu überspielen versuchte. Nur Käthe wusste, wie es in ihr aussah. Leider war es für sie nie zu einer Reise nach England gekommen. Dafür war David nach Ende des Krieges nach Deutschland gereist, pflegte aber zurzeit seine schwerkrank gewordene Mutter, die in England bleiben wollte. Käthe vermisste ihn, wollte aber Ottilia nicht im Stich lassen und auch ihren Eltern weiter unter die Arme greifen. Sie würden sich, sobald es ging, wiedersehen. Für Ottilia war Käthe ein wahrer Fels in der Brandung.

Sie musste oft an die Kriegszeiten und deren Ende denken. Nach dem Einmarsch der Alliierten waren Heimaturlauber und verwundete Soldaten aufgefordert worden, sich am Hindenburgplatz zu melden, wo sie in Gefangenschaft genommen wurden. Hermann war in dieser Zeit wegen eines kleinen Herzanfalls bettlägerig, keiner fragte zum Glück nach ihm. Anders als nach ihrem Vater.

Einer der Alliierten hatte ihn auf dem Hof aufgesucht und sich Notizen gemacht, weil er Mitglied der Partei gewesen war. Wie er Ottilia danach anvertraute, war er sich wie ein Verbrecher vorgekommen. Dass er nicht aus Überzeugung Mitglied gewesen war, hatte der Amerikaner erst geglaubt, als Ottilia sich in die Befragung eingemischt hatte. Sie hatte ihm versichert, dass ihr Vater nur Mitläufer gewesen war und letztendlich Angst gehabt hatte, aus der Partei auszusteigen. Ihr schien, als sähe ihr Vater sie seitdem in einem anderen Licht.

In den umliegenden größeren Städten hatten zig Menschen durch die Angriffe ihr Zuhause verloren, litten unter

Hunger und Kleidernot. Alles war knapp. Neben freiwilligen Kleiderspenden hatte auch der Tauschverkehr, der schon während des Krieges stattgefunden hatte, eine immer größere Rolle bekommen und alle, die noch ein Zuhause besaßen, wurden aufgefordert, Flüchtlinge aufzunehmen.

Die Zeitungen quollen über vor Kleinanzeigen. Winterschuhe wurden zum Beispiel gegen Sandalen getauscht und armen Leuten alte Decken und ein paar Kartoffeln sowie Milch gebracht.

Die meisten Amerikaner und Russen, denen Ottilia begegnet war, waren freundlich gewesen. Aber es gab auch schwarze Schafe unter ihnen. Sie hatte schreckliche Geschichten über Vergewaltigungen von Frauen durch Alliierte gehört. Auch Käthe hatte ihr einst berichtet, ein Amerikaner hätte sie in der Bäckerei bedrängt, die von amerikanischen Streitkräften beschlagnahmt worden war. Ihr Bruder Friedhelm, der zum Glück lebend aus dem Krieg zurückgekehrt war, war ihr zu Hilfe gekommen. Käthes Vater war bis Ende 1947 gezwungen gewesen, vor allem Brot für die Besatzungsmacht in Oberfranken herzustellen. Nun war die Bäckerei wieder in seinem alleinigen Besitz, worüber auch Käthe mehr als froh war. Auch die Bäckerei in Bayreuth war vorübergehend beschlagnahmt gewesen. Ottilias Hoffnung, Eduard wiederzusehen, war inzwischen nur noch ein Funke, den sie mit aller Macht am Leben erhalten wollte.

Ottilia lief vom Haus in den Hof hinaus, wo ihre Eltern und ihre Tante arbeiteten. Ihre Mutter hängte Wäsche auf eine Leine, die zwischen Scheune und Haus über den Hof gespannt war. Ein paar Hühner und Gänse rannten gackernd und schnatternd umher. »Manche Leute schwätzen noch heute darüber, dass wir die fast kampflose und für das Volk schonende Übergabe der Fränkischen Schweiz vier Männern zu verdanken haben. Zwei

Gottesmännern, dem Oberbürgermeister und einem hohen SS-Offizier«, erzählte Bärbel. Sie schälte auf einem Schemel sitzend Kartoffeln, deren Schalen sie in einen Eimer vor sich fallen ließ.

»Ja, das habe ich auch schon oft gehört«, warf Hermann ein. »Die sollen sich Anfang April 1945 im Pfarrhaus Hollfeld getroffen und verabredet haben, Bamberg und die Juralinie nicht zu verteidigen und die dortigen Munitionsfabriken nicht zu vernichten. Dafür haben sie die Fränkische Schweiz kampflos übergeben.«

Ottilias Mutter warf ein Bettlaken über die Leine. »Unsere Gottesmänner. Wahre Helden.«

»Wenn's denn wahr ist, was die Leute reden«, bemerkte Bärbel und verzog das Gesicht.

Ottilia holte ihr Rad aus der Scheune.

»Ist doch egal, wie es war. Denken wir lieber nach vorn, nimmer zurück«, sagte Hermann, der etwas am Scheunentor reparierte.

Ottilia sah ihn an. »Weise Worte, Hermann.«

Er lächelte. Seit dem Krieg war er viel reifer geworden, fiel ihr immer wieder auf.

»Wo willst du denn hin?«, fragte ihre Mutter.

»Ich fahr mal zur Wiese bei unserem Wald. Das Gras wenden.«

»Du solltest dir lieber was Alltagstauglicheres anziehen für die Arbeit. Aber wie oft hab ich das schon umsonst gesagt?«, erwiderte ihre Mutter.

»All meine Kleidung ist alltagstauglich. Ist nur eine Sache der Perspektive«, erwiderte Ottilia. Sie fuhr mit dem Rad zur Bank vor dem Haus, wo ihr kleiner Rucksack lag. Darin hatte sie einen Apfel und eine Illustrierte ihrer Tante für eine kleine Arbeitspause verstaut. Sie schnallte den Rucksack auf den

Gepäckträger und sagte: »Wir alle hätten mehr Farbe nötig nach der Vergangenheit.«

Bärbel stimmte ihr zu und erntete einen bösen Blick von ihrer Schwester, den sie aber ignorierte.

Der Rock des Kleides, das Ottilia in besonders dunklen Kriegstagen aus bunten Resten genäht hatte, warf durch den aufkommenden Wind leichte Wellen um ihre Beine, als sie losfuhr. Dazu trug sie grüne Arbeitsstiefel, die zwar schon verschlissen waren, aber noch taugten. Sie hatte sie, wie auch andere Schuhe und Kleidung ihrer Familie, notdürftig geflickt. Lange, da war sie sicher, würden sie allerdings nicht mehr halten. Alsbald wollte sie sich über die Tauschbörse neue besorgen und auch gleich nach neuer Kleidung für ihre Großmutter und die anderen schauen.

Ein frischer Frühlingswind begleitete Ottilia zur Wiese nahe dem Zauberwald. Wie so oft, stellte sie sich vor, Eduard wäre an ihrer Seite, was die Sehnsucht jedoch nur wenig schmälerte.

Heimkehrer

Ottilia

Ottilia legte die Sense beiseite, setzte sich ins Gras und blätterte gespannt in der Illustrierten ihrer Tante, während sie den mitgebrachten Apfel aß. In einem der Berichte stand, dass sich Frauen trotz noch weit verbreiteter textiler Knappheit und anderer Entbehrungen schick fühlen wollten. Viele richteten den Blick auf Paris und seine Mode. Die strenge Senkrecht-Silhouette mit breiten Schultern war zum Glück Vergangenheit. Ottilia sog die Zeichnungen und Berichte gierig in sich auf. Alles, was Mode betraf, interessierte sie. In einem weiteren Artikel erzählte eine Hausfrau, wie sie sich ein Sommerkleid mit weitem Rock aus einer ehemaligen karierten Stofftischdecke genäht hatte. Für Herren gab es ein Schnittmuster für einen Anzug mit breiten, geraden Schultern. Das lange Jackett wirkte sackförmig. Ottilia fand es schrecklich, weil es unförmig aussah. Sie sah eine Herausforderung darin, sich auch um die Garderobe der Männer Gedanken zu machen.

Die Sonne war schon ein Stück weitergewandert, stellte sie fest, als sie wieder aus den Seiten auftauchte. Zeit, um weiterzumachen. Schnell packte sie die Illustrierte weg und ging wieder an die Arbeit. In fließenden Bewegungen ließ sie das Sensenblatt durch das Gras der Wiese fahren und verhedderte sich dabei in einer Spirale aus Gedanken. Die an Eduard schmerzten zu sehr, weshalb sie ihren Traum vom Café, in dem sie Mode vorführen und mit Käthe leckeres Gebäck und Kuchen verkaufen würde, weiterträumte. Nach dem Krieg hatten sie trotz magerer Zutaten gebacken, Kaffeeersatzkuchen etwa, und neue Rezepte kreiert. Nun, da durch die Währungsreform die Regale der Läden langsam wieder voller wurden, konnte und wollte sie ihre Ideen auch verwirklichen.

Ihre Tante fand es noch zu verfrüht, den Traum von Modevorführungen in einem Land-Café schon bald umzusetzen. Ihre Meinung dazu hatte sie Ottilia erst kürzlich gesagt: »Natürlich gibt es Frauen, die sich wieder schicker kleiden wollen. Aber ganz sicher steht das jetzt nicht im Vordergrund. Wir sind ja nicht in Paris oder Berlin. Zudem sind Stoffe noch Mangelware.«

Fast jeder dritte Hollfelder Bürger war ein Flüchtling aus dem Sudetengau, Schlesien, Ostpreußen oder anderen Gebieten. Ottilia hatte kurz nach dem Krieg sogar zwei Kinder und ihre Mutter in ihrer kleinen Stube einquartiert. Inzwischen waren sie weitergezogen. Im Vordergrund ihrer Idee, sinnierte Ottilia, standen die Menschen, die sie damit aus dem noch oft grauen Alltag holen wollte. Der Meinung war auch Käthe. Neue Ideen hatten sich in den Kopf gesetzt. Blusen zum Beispiel, denen Ottilia einen eigenen Schnitt geben wollte, um jede Erinnerung an die zuvor im Reichsarbeitsdienst übliche Form zu tilgen. Besonders in Berlin, so hatte sie gehört, war das Bedürfnis nach Mode gleich nach dem Krieg groß gewesen. Dort hatte es nach Kriegsende auch die erste Modenschau gegeben. Dazu lieferten Kunden Stoffe von Gardinen, Laken, Mäntel des Militärs, Tischdecken, Bettdecken und so fort, woraus schöne Kleidung entstand. Sie dachte an die Wehrmachtsuniformen, die nach dem Krieg in großen Mengen vorhanden waren. Käthe und Ottilia hatten damals probiert, eine Uniform mit Heidekraut, Zwiebelschalen und Ochsengalle umzufärben. Allerdings war das Ergebnis unschön gewesen, denn die ganze Aktion hatte in ihnen ein Würgen hervorgerufen.

»Die Farbe ist jetzt noch grässlicher als zuvor. Als wäre sie aus Verzweiflung gestorben«, war Käthes Fazit gewesen, dem Ottilia nur hatte zustimmen können. Gleichzeitig hatte sie aber auch über die Beschreibung lachen müssen. In den Zeitungen hatte Ottilia immer wieder von Anzeigen gelesen, in denen Frauen für ihre Männer oder Männer selbst händeringend nach Mänteln, Hosen und Jacken gesucht hatten. Trotz Mangel an vielem konnten sich Bärbel und Ottilia nie über fehlende Aufträge beklagen. Im Gegenteil. Sehr viele Leute wollten Kleidung aus alten Gardinen, Fallschirmseide oder eben Militärkleidung genäht haben. Möglichst bequem und einfach sollte sie für die älteren Leute auf dem Land sein. Doch immer wieder hörte Ottilia vor allem von jungen Frauen den Wunsch nach mehr Weiblichkeit. Besonders nach den dunklen Jahren. Ottilia und Bärbel arbeiteten oft halbe Nächte oder auch mal eine ganze hindurch, um die Aufträge und alle anderen Arbeiten, die der Hof bescherte, unter einen Hut zu bekommen. Ein Lächeln stahl sich bei dem Gedanken hübscher Frauen, die ihre Unterwäsche und darüber schöne Kleider trugen, auf Ottilias Lippen.

Fast mechanisch ging ihr dabei die Arbeit mit der Sense von der Hand. Plötzlich trug der Wind einen Duft zu ihr, der sie an Moschusrosen und damit an Eduard erinnerte. Die Sehnsucht nach ihm traf sie mit voller Härte. Sie warf den Kopf in den Nacken und blickte gen Himmel, der sich zu verdunkeln schien. Nein, sie wollte nicht wieder in ein Loch fallen. Hastig mähte sie weiter, konnte die Tränen aber nicht aufhalten, die sich in ihre Wangen brannten. Ihre Finger schlossen sich so fest um den Sensenstiel, dass die Knöchel weiß hervortraten. Aus dem Augenwinkel bemerkte sie eine menschliche Silhouette am Waldesrand. Erschrocken hielt sie inne. War es vielleicht einer der Alliierten? Sie reckte den Hals und zog die Lider ein wenig zusammen. Zweifellos, an der Lichtung stand jemand. Leicht gebeugt kam die Gestalt näher. Ottilia verharrte gebannt. Dabei, dachte sie, sollte sie doch lieber die Beine in die Hände nehmen und losrennen. Doch die Silhouette kam ihr bekannt vor. Träumte sie? Augenblicklich ließ sie die Sense ins Gras fallen, als sie sicher war. Ihr Bauch flirrte vor Aufregung, ihre Kopfhaut prickelte, als stünde sie unter Strom.

»Eduard«, flüsterte sie. Vielleicht spielte ihr die Sehnsucht nur einen Streich, geboren aus dem jahrelangen Wunschdenken, Eduard möge heil nach Hause zurückkehren. Sie betete, dass es nicht so war. Das Herz schlug ihr bis zum Hals. So wie damals im Jahr 1938, als sie Eduard Galbert durch ihren Zusammenstoß das erste Mal näher gekommen war.

So nahe, dass ihr die kleinen schwarzen Punkte in seinen tannengrünen Augen aufgefallen waren und vor allem das Leuchten darin. Zum ersten Mal hatte sie an jenem Tag erfahren, wenn auch zuerst unbewusst, wie es sich anfühlte, wenn eine Frau von einem Mann fasziniert war. »Eduard!«

»Tilia!«

»Gott im Himmel, danke!« Ottilia schlug die Hände vor den Mund. Wie hypnotisiert ging sie ihm entgegen, erst langsam, dann immer schneller. Ein Zittern schlich sich durch ihren Körper, Vorfreude und Angst legten ihr Herz in Ketten.

Eduard ließ den zerschlissenen erdfarbenen Rucksack von den Schultern fallen.

»Ottilia! Ich bin zu Hause«, keuchte er.

Sie lachte und weinte gleichzeitig. »Bei mir«, brachte sie dann zitternd hervor.

Ottilias Herz überschlug sich ein paarmal. Seine Stimme war unverkennbar. Für zwei, drei Sekunden stockte ihr der Atem. Den Rest des Weges, der sie trennte, rannten sie sich entgegen. Ottilia konnte den Boden unter ihren Füßen nicht mehr spüren. Ihr war, als würde sie dicht über ihn hinwegschweben.

»Tilia! Endlich«, flüsterte Eduard, als sie sich in die Arme fielen. Er war dünner geworden, fiel ihr auf. Doch nicht schwächer, denn er griff unter ihre Arme, hob sie hoch und drehte sich mit ihr im Kreis. Dieses Mal würde sie Eduard und ihr Glück festhalten, komme, was wolle. Eduard lachte. Dann verlor er den Halt und sie landeten rücklings im weichen Gras. Sich gegenseitig mit den Blicken fixierend blieben sie dicht nebeneinander liegen. Ottilia kam es vor, als hätte sich die Zeit plötzlich zurückgedreht oder als befänden sie sich wirklich in einem Traum.

All die Erinnerungen von damals überrollten sie schier und liefen wie ein Film vor ihrem inneren Auge ab.

»Ich kann es nicht glauben. Du bist hier! Das ist kein Traum, nicht wahr?«, fragte Ottilia und traute sich nicht, Eduard nur einen Augenblick loszulassen. Sie wollte es auch nicht.

»Für mich schon«, erwiderte er.

»Ja, stimmt. Dann lass ihn uns bloß weiterträumen, gemeinsam.«

Mit einem Strahlen im Gesicht nickte er und sah sie weiter an. Er hatte Bartstoppeln und Falten unter den Augen, die aussahen wie tiefe Gräben. Eine zwei Zentimeter große rosafarbene Narbe durchzog seine Stirn. Ottilia erschrak. Behutsam hob sie eine Hand. Als sie damit der Narbe näher kam, zuckte Eduard zurück. Ottilia hielt inne, ließ ihre Hand sinken.

»Wie … wie geht es dir? Hast du Schmerzen?«, fragte sie leise.

Eduard küsste ihre Finger und schüttelte den Kopf. »Jetzt nicht mehr«, flüsterte er. »Die Narbe stammt von einem

Granatsplitter, der mich in Russland an der Front getroffen hat, ist aber schon längst verheilt. Leider saß der Splitter so tief, dass mir die Narbe wohl lebenslang erhalten bleiben wird. Doch damit kann ich leben. Und du hoffentlich auch.«

»Was redest du da? Hauptsache du lebst, bist zurück.«

Sie drückte sich so fest an ihn, als wollte sie in ihn kriechen. Er schloss seine Arme um sie.

»Wie schön, dich zu spüren! Endlich wieder!«

»Ja, wie schön.«

»Ich wurde endlich aus der Gefangenschaft in Polen entlassen.«

Langsam ließ Ottilia ihn los, setzte sich auf und musterte ihn. »Ich habe jeden Tag für dich gebetet und mir gewünscht, dass du nach Hause kommst.«

»Jetzt bin ich hier und dieses Mal bleibe ich für immer. Ich hatte Glück. Anders als so viele andere.«

Trauer überzog sein Gesicht.

Oh nein. »Das tut mir leid, Eduard.«

»Mir auch.«

Ihre Blicke begegneten sich abermals und nach einer Weile flüsterte Eduard: »Sag mir, dass der Krieg unserer Liebe nichts anhaben konnte.«

Ottilia lächelte leicht, schüttelte dann den Kopf. »Nichts und niemand kann das«, flüsterte sie und schlang die Arme abermals um ihn.

Er senkte den Kopf in ihre Halsbeuge. »Du duftest so gut, nach Natur, nach meiner Ottilia.«

Als er zurückwich, hielt der altbekannte Glanz Einzug in seine Augen. »Und du bist so hübsch wie eh und je, Ottilia Aden.«

»Du gefällst mir auch nach wie vor.« Sie lächelte. »Ach, Eduard. Wie hat mir allein der Blick in deine Augen gefehlt.

Wie ist es dir ergangen? Und du bist bestimmt hungrig und müde.«

Er ergriff ihre Hände. »Ich war müde, aber nun bin ich hellwach. Hunger habe ich keinen. In Heiligenstadt bekamen wir von einem netten älteren Ehepaar was zu essen. Brot und Milch. Ihre zwei Söhne sind im Krieg gefallen. Sie haben gesagt, dass ich sie an ihren jüngsten Sohn Benedict erinnere.«

Ottilia schluckte hart. »Das ist grausam, nicht vorstellbar, welche Trauer sie tragen.«

Eduard nickte. »Dieser verdammte Krieg forderte so viele unschuldige Opfer. All die Soldaten, Juden, Sinti, Roma. Weißt du, wie viele Opfer Hollfeld zu beklagen hat?«

Ottilia senkte den Kopf. »Zu viele.« Gestorben für ein sinnloses Desaster und ein machthungriges Monster.

Eduard atmete tief durch und schüttelte den Kopf. »Selbst ein Gefallener ist einer zu viel.«

Tränen stiegen ihr in die Augen, einerseits geboren aus Erleichterung, dass er leibhaftig und gesund zurückgekehrt war, andererseits aus Glück, weil der Krieg ihrer Liebe nichts hatte anhaben können. Behutsam löste Eduard sich nach einer kleinen Weile von ihr und bettete seinen Kopf an ihre Brust.

»Weißt du, wie es meiner Familie geht?«

»Soweit ich weiß, sind alle gesund.«

Er atmete auf. »Gott sei Dank. Und bei euch?«

»Bei uns auch. Der Hermann kam wegen seiner Herzkrankheit heim, war am Ende des Krieges als Flakhelfer eingesetzt worden, Vater bei der Polizei. Mutter arbeitete in verschiedenen Einrichtungen und Bärbel und ich viel in der Schneiderei. Auftragsarbeiten. Soldatenkleidung hauptsächlich.«

»Ein Glück, dass es deinen Leuten und wohl auch meinen gut geht. Es gab viele endlos graue Minuten, in denen ich dachte, dass ich dich, meine Familie und Heimat nie wiedersehen darf. Das war meine größte Angst. Dass Gott das zulässt.«

Ottilia fuhr ihm mit einer Hand durchs Haar, das ein wenig strohig war. »Ja, die Angst war auch hier jede Minute präsent. Dein letzter Brief ist so lange her. Die Ungewissheit war mein stetiger Begleiter.«

Ohne aufzublicken, antwortete Eduard: »Ich habe dir geschrieben, sooft ich konnte. Die Briefe gingen wohl verloren. Und ich hatte auch Urlaub beantragt, der jedoch abgelehnt wurde. Und dann kam ich in Gefangenschaft. Da gab es so gut wie keine Minute Freiheit, nur im Kopf. Aber ich will nicht darüber reden.«

Sie konnte ihn verstehen. »Jetzt bist du hier und dafür danke ich Gott.«

»Ich auch, Tilia.«

Er setzte sich aufrecht hin und holte ein Foto aus einer Tasche seiner verschlissenen Jacke. Das Foto war an den Ecken eingerissen. Ottilia fiel auf, dass er noch immer ihre Kette trug.

»Keine Ahnung, wie oft ich das Foto und den Anhänger der Kette schon geküsst habe. Beides waren Glückskleeblätter für mich«, erzählte er ihr.

Ottilia schmiegte sich an ihn. Ihre Herzen schlugen im gleichen Takt.

»Oh Eduard. Ich geb dich nie wieder her.«

Er strich ihr mit den Händen über den Rücken. »Ich dich auch nicht. Es ist vorbei, endlich ist dieser verdammte Krieg vorbei.«

Langsam lösten sie sich voneinander. Es gab so vieles, das sie ihn noch fragen wollte, sich aber nicht traute. Ihre innere Stimme sagte ihr, dass es besser war, ihm Zeit zu lassen. Meine Güte, sie hatten sich wieder, er lebte. Das zählte am meisten.

»Du bist eine richtige Frau geworden. Ich meine, das warst du auch 1939 schon. Aber jetzt … noch mehr, Tilia. Das Kleid steht dir außerordentlich gut. Du bist so schön. Jeder Kamerad, dem ich dein Foto gezeigt habe, hat mich um das hübsche Mädel beneidet.«

Was er da sagte, machte sie verlegen und sie musste fast grinsen, als seine Blicke an dem V-förmigen Ausschnitt hängen blieben. Eduard stieg Röte in die Wangen. »Hast du es selbst genäht?«

Sie nickte stolz.

»Wunderschön. Ein Regenbogen, der zusammen mit dir den grauen Himmel der Vergangenheit aufreißt und die Wolken vertreibt.«

Sie legte ihre Hände an seine Wangen. »Du bist ein Poet, Eduard Galbert.«

»Ach was.«

»Doch.« Sie fand schön, dass sie beide eine kreative Ader teilten.

»Ich freue mich, dass dir mein Kleid gefällt. Ich habe mir beim Nähen fest gewünscht, dass ich es dir eines Tages vorführen kann.«

Sie erhob sich und drehte sich vor ihm einmal langsam im Kreis und Euphorie erfüllte jede Faser ihres Körpers. »Weißt du, wie ich mich fühle? Als könnte ich gerade die ganze Welt umarmen.«

Eduard sprang auf und sie stoppte. Er hielt sie an den Schultern fest und lachte.

»Ich auch.«

»Eine elegante Dame, die ich damals vor Ausbruch des Zweiten Weltkriegs bei den Richard-Wagner-Festspielen in Bayreuth gesehen habe, hat mich durch ein bunt schillerndes Abendkleid, das sie getragen hat, inspiriert. Ich wollte nur einen pfiffigeren Schnitt. Der Rock wirft spezielle Wellen, wenn man sich schnell dreht. So wie die Gondeln eines Kettenkarussells auf einer großen Kirmes«, erklärte sie und hob die Brauen. »Willst du die Wellen sehen?«

Er ließ sich zurück ins Gras fallen, riss einen Grashalm ab, steckte ihn sich in einen Mundwinkel und nickte. Und für einen Moment kamen er und die ganze Welt ihr unbekümmert vor. Der Krieg war zwar vorbei, aber überall spürte man noch seine Nachwirkungen. Doch hier auf der Wiese unweit des Zauberwaldes schien ein Stück ihres persönlichen Himmels zu wohnen.

Sofort streckte Ottilia ihre Arme aus, um die Balance besser zu halten, und begann, sich um die eigene Achse zu drehen.

»Tatsache. Es stimmt wirklich!«, rief Eduard.

Fast war es zwischen ihnen wie früher. Der Krieg hatte viel zerstört, aber gegen ihre Liebe war er machtlos.

»Ich glaube es nicht! Bruderherz? Bist du es wirklich?« Sie hielten inne und schauten in die Richtung, aus der die weibliche Stimme kam. Emmi Galbert näherte sich ihnen mit gebeugter Haltung und großen Schritten. Ihr Mund stand offen, während sie ihren Bruder fixierte.

Sie kam über das Feld, das an die Wiese angrenzte.

»Emmi!«, rief Eduard, sprang auf und breitete die Arme aus.

Schluchzend fiel Emmi ihrem Bruder in die Arme. »Dank dem Himmel. Du bist wieder da. Wir dachten schon …« Sie stoppte und musterte ihn mit einem Ausdruck des Befremdens. Dann sah sie kurz zu Ottilia hinüber und zog die Brauen zusammen.

Eduard drückte seine Schwester eine Armlänge von sich.

»Wo kommst du her, Eddie? Ich meine, wir dachten … Und wie geht's dir?« Emmi musterte ihn von oben bis unten.

»Mir geht's gut. Bin gesund. Ich wurde aus der Gefangenschaft in Polen entlassen. Bin teils zu Fuß, teils mit dem Zug, teils per Anhalter nach Hause gekommen«, erzählte er ihr.

Emmi umarmte ihn abermals. »Ich bin so froh, so unendlich froh, dass du lebst, Bruderherz. Aber warum tanzt die Aden hier vor dir?« Sie schaute wieder zu Ottilia. In ihrem Blick lag ein abschätziger Ausdruck.

»Ich freue mich eben für Eduard. Für jeden, der heil nach Hause zurückkehrt, aus Krieg, aus Gefangenschaft, überhaupt«, erwiderte Ottilia.

Eduard lächelte ihr zu.

»Hm«, machte Emmi. Sie widmete sich wieder ganz ihrem Bruder und dann weinte sie. Es war das erste Mal, dass Ottilia Emmi Galbert weinen sah. Dabei zitterte Emmi am ganzen Leib. Dann hängte sie sich bei Eduard ein. »Lass uns heimgehen, Eddie. Mutter und Vater, sie alle werden Augen machen, wenn sie dich sehen. Wir haben dich so vermisst. Du hast hinten und vorn gefehlt. Nicht nur bei der Arbeit. Vor allem im Herzen.«

Ottilia konnte das zu gut verstehen.

Emmi überhäufte das Gesicht ihres Bruders mit Küssen. Eduard lachte leise und unterdrückte dabei hörbar ein Schluchzen. Wie vor dem Krieg wollte er stark wirken, bemerkte Ottilia.

»Ich habe den letzten Anhalter gebeten, mich einen Kilometer vor der Heimat aussteigen zu lassen. Ich wollte über unseren Zauberwald nach Hause laufen, die Heimatluft riechen.« Er ließ die Blicke über die Wiese fliegen. »Zu Hause! Endlich.«

»Welcher Zauberwald?«, fragte Emmi und zog die dünnen, fast geradlinigen Brauen ein wenig zusammen.

Eduard und Ottilia wechselten Blicke.

»Unser Wald da.«

»Den wir mit den Adens teilen müssen?« Sie lachte. »Das soll ein Zauberwald sein?«

»Ich nenne ihn manchmal halt so, weil er eine Art Magie besitzt.«

»Für mich ist das ein Stück Land voller Bäume und Gestrüpp, mehr nicht. Aber du warst schon immer ein Poet und Träumer.«

»Na und? Was ist schlimm dran?«, gab er zurück.

Ottilia lächelte. Emmi wurde ernst und schielte zu ihr, dann sah sie wieder ihren Bruder an. »Nichts.«

»Na dann.«

Eine aufkommende Windböe wehte ihr Kopftuch ins Gras. Es war Emmi sichtlich unangenehm. Ihr braunes Haar war so licht wie eh und je. Böse Zungen aus der Stadt munkelten nach wie vor, sie würde eine ewige Jungfer bleiben und beheimate mehr männliche als weibliche Hormone, was den spärlichen Haarwuchs erklärte. Zudem wirkte ihr Gesicht, auch wenn es über die Kriegsjahre noch dünner geworden war, so wie der Rest ihres Körpers, eher maskulin. Ottilia gab nicht viel auf das Geschwätz der Leute. Sie hob das Tuch auf und reichte es Emmi. Die riss es ihr aus der Hand und setzte es sich wieder auf. Energisch band sie einen Knoten unter dem Kinn und wischte sich Tränen vom Gesicht.

»Willst du dich nicht bei Ottilia bedanken?«, fragte Eduard seine Schwester.

Ottilia winkte ab. »Nicht nötig. Ich habe das …«

Emmi stierte sie an. »Fass nie wieder etwas an, das mir gehört, Ottilia Aden!«

»Ich wollte nur behilflich sein.«

Emmi stieß ein Lachen aus. »Wisst ihr Adens überhaupt, was das ist? Höflichkeit, Anstand?«

»Sehr wohl. Und das habe ich ja auch gerade gezeigt«, konnte Ottilia nicht an sich halten.

Eduard seufzte. »Ich hatte gehofft, inzwischen hätte sich auch der Sturm zwischen den Adens und den Galberts wenigstens etwas gelegt«, meinte er und sah Ottilia an. Traurig senkte sie für einen Moment den Blick.

»Ach, Eddie. Die ändern sich doch nie. Wenn du erfährst, was alles war … Dazu später«, sagte Emmi. Sie legte eine Hand an seine Wange, während Ottilia wie versteinert dastand.

Eduard schaute fragend zu ihr rüber, aber sie erwiderte dieses Mal nichts auf Emmis Aussage. Dazu würde sie Stellung nehmen, wenn sie mit Eduard allein war.

Emmi hängte sich bei ihrem Bruder ein. »Jahrelang dieser elende Krieg, die Ungewissheit, die Nöte – das hat jetzt alles ein Ende, Eduard. Viele fleißige gute Männer aus unserer Stadt und den Dörfern sind gefallen. Sinnlos! Nun weiß ich mehr denn je, was es bedeutet, eine Familie zu haben. Besonders wir als Familie müssen mehr denn je zusammenhalten und allen noch gebliebenen Widrigkeiten von außen trotzen. Jetzt wo du wieder da bist, bin ich sehr zuversichtlich, dass wir alles schaffen.«

»Jeder Krieg ist sinnlos, Emmi. Auch die kleinen«, sagte Eduard mit Nachdruck.

Zwischen Emmis Brauen bildete sich ein imaginäres Fragezeichen. »Wie meinst du das?«

»Ich glaube, du hast mich schon verstanden, Schwesterherz.«

Sie zog ihn mit sich. »Jetzt lass uns endlich heimgehen.« Eduard drehte sich nach Ottilia um. Die schickte ihm eine Kusshand hinterher und er lächelte, was sie erwiderte. Zu gern hätte sie ihn begleitet. Doch eine Versöhnung mit den Galberts schien im Moment aussichtslos.

Die Nachricht

Ottilia

Ottilia wollte nicht mehr an Emmi und den Streit ihrer Familien denken. Vielmehr war sie glücklich, dass Eduard wieder hier war. Sie war sicher, dass die Wunden, die beide Kriege im Herzen und in den Seelen der Überlebenden hinterlassen hatten, nur langsam, wenn überhaupt je, heilen konnten. Doch gerade in diesen Zeiten wollte Ottilia, nun mehr als zuvor, aufrecht stehen und dem Schicksal die Stirn bieten. Die Freude über Eduards Rückkehr war übermächtig, als sie auf ihrem Rad nach Hause fuhr. Ein paar Leute, die ihr entgegenkamen, sahen sie verwundert an, wohl weil sie leise vor sich hin sang und nicht aufhören konnte zu lächeln.

Zu Hause stob sie in die Küche. Ihr Vater, der am Holztisch saß, war gerade dabei, eine schief geschnittene Scheibe Brot mit Schmalz zu bestreichen, und blickte auf. Tante Bärbel saß ihm gegenüber und zerkleinerte Zwiebeln mit einem Messer in kleine feine Würfel, die sie in einer weißen Schüssel sammelte. Sie erzählte Ottilias Vater, dass sich Hermann in ein Mädchen verliebt hatte. Davon hörte Ottilia zum ersten Mal. »Das ist ja schön. Freut mich für Hermann. Ich habe auch eine Neuigkeit. Es gibt einen Heimkehrer.« Sie konnte es nicht länger für sich behalten. Bärbel blickte auf. »Und wer ist es?«

Ottilias Vater steckte sich das Ende des langen grauen Bartes, der ihm fast bis zum Bauchnabel reichte, in den Kragen seines beigen Hemdes. Danach biss er herzhaft in sein Brot und brummte: »Ja, wer?«

»Eduard Galbert!«, stieß Ottilia hervor.

Die Augen ihres Vaters und ihrer Tante weiteten sich. »Der junge Galbert. Sieh an. Damit hätte ich nicht mehr gerechnet. Das gibt's ja nicht. Diese Galberts haben das Glück echt gepachtet«, brabbelte ihr Vater.

Ottilia sah ihn erschrocken an. Hatte er sich etwa gewünscht, Eduard wäre tot? Gut, dass er ihn nicht mochte, wusste sie. Aber dass er so weit gehen würde in seinem Hass, das hätte sie nicht gedacht. Sie schämte sich für ihn. Und noch mehr als das. Es machte sie traurig.

»Albert, schäm dich«, sprach Bärbel Ottilias Gedanken aus.

Eine tiefe Falte bildete sich zwischen seinen Brauen. »Herrgott, ich habe doch nur gesagt, dass die Galberts das Glück echt gepachtet haben, nix weiter.« Er schnaubte. »Der Teufel hilft eben seinen Leuten«, brabbelte er in seinen Bart.

Die Tür ging auf und Ottilias Mutter kam herein. »Wer hat was gepachtet?«, fragte sie. Sie ließ das Reisig, das sie auf den Armen trug, in einen Holzkorb fallen, der vor dem Ofen stand.

»Der junge Galbert ist wieder daheim«, teilte Bärbel ihr mit.

»Und Vater gönnt es ihm nicht«, ergänzte Ottilia. Sie konnte nicht anders.

Er ließ eine Faust auf die Tischplatte sausen. »Auf welcher Seite stehst du eigentlich, Tochter? Die Galberts wollten uns an den Pranger stellen mit ihrer Behauptung, wir wären

Judenhasser. Nur weil ich damals in der Partei war. Das verdammte Pack.«

»Du weißt, es ist eine Sünde, so was zu sagen. Denken kannst es, aber nicht äußern«, erinnerte ihn Ottilias Mutter und nickte Richtung Kruzifix, das im Herrgottswinkel hing.

»Ich glaube, dass der Herrgott auch Gedanken hört«, mischte sich Ottilia ein.

Ihre Mutter machte eine abwehrende Handbewegung.

»Und du bist doch immer so sehr darauf bedacht, was die Leute von uns denken«, erinnerte ihr Vater ihre Mutter.

Sie verschränkte die Arme vor der Brust und hob das Kinn. »Keine Sorge. Die überzeuge ich schon von der Wahrheit.«

Maximilian Galbert war der felsenfesten Überzeugung, jemand aus Ottilias Familie hätte sie damals ein paar Monate vor Kriegsende an die NSDAP verraten. Die Galberts hatten Juden in einem ihrer Felsenkeller versteckt. Nach einem anonymen Hinweis flog das Versteck auf und eine Frau mit zwei Kindern und einem alten Mann waren abgeführt worden. Den Galberts hatte die SS nicht nachweisen können, dass sie tatsächlich etwas mit den Juden zu tun gehabt hatten. Zum Glück hatten sie die Anklage somit fallen gelassen. Es hatte fast einem Wunder geglichen. Ottilia war sicher, dass keiner aus ihrer Familie das Versteck, das sie vom Stadtpfarrer gewusst hatten, verraten hatte. Der Pfarrer hatte sich damals gegenüber ihrem Vater verplappert. Seit Ottilia davon gewusst hatte, hatte sie den Leuten über ihn heimlich Essen zukommen lassen, ohne dass die Galberts es mitbekommen hatten.

»Ich muss wirklich aufpassen, dass ich mich nicht vergesse, wenn ich einen von den Galberts sehe«, zischte ihr Vater.

Er wandte sich an ihre Mutter. »Jeder Kirchgang wird zum Martyrium, Leni«, knurrte er.

Ottilias Mutter, die das Haar wieder streng zum Knoten gebunden trug, ging zu ihm hinüber und massierte ihm die

Schultern. Sie besaß sichtbare Muskeln in den Oberarmen. Ihr Gesicht allerdings wirkte ausgemergelt wie das von Emmi Galbert. Bei allen hatte der Krieg Spuren hinterlassen. Zeugnisse einer Zeit, in der Tyrannen geherrscht hatten.

»Vergiss die Galberts, Albert. Denken wir lieber an uns.«

Ihr Vater seufzte. »Ich wünschte, ich könnte die vergessen.« Er stand auf, nahm sein Brot mit und ging nach draußen. Ottilias Mutter folgte ihm.

Bärbel sah ihnen nach und fixierte danach Ottilia. »Du scheinst mehr als froh zu sein, dass Eduard wieder da ist. Oder täusche ich mich?«

Ottilia schluckte trocken. Sie spielte kurz mit dem Gedanken, ihre Liebe zu Eduard endlich öffentlich zu machen, besann sich dann aber anders. Sie wollte ihm nicht vorgreifen. Außerdem, sagte sie sich, sollte Eduard erst einmal zur Ruhe kommen.

»Wie kommst du darauf, Tante Bärbel?«, erwiderte Ottilia und setzte einen Topf Wasser auf, mit dem sie sich den Staub der Arbeit abwaschen wollte.

»Weil deine Wangen rot sind wie Apfelbäckchen«, warf Hermann höhnisch ein. Ottilia hatte ihn gar nicht kommen hören. Er stand in der Tür und grinste breit. Er hatte wohl vom Flur aus gelauscht.

»Ist halt warm hier drin«, erwiderte Ottilia rasch.

»Was redet ihr?«, schallte die zittrige Stimme der Großmutter aus der Wohnstube.

»Nicht so wichtig«, rief Hermann.

Ottilia war aufgefallen, dass ihre Großmutter in letzter Zeit häufig fast den ganzen Tag in ihrem Schaukelstuhl saß und aus dem Fenster starrte. Nur bei warmem, sonnigem Wetter zog es sie in den Hof, wo sie gern den Vögeln lauschte. Das hatte sie früher in jungen Jahren gern und oft zusammen mit ihrem Mann getan. Von kleinen gemeinsamen bedeutsamen Momenten mit ihm hatte sie Ottilia schon oft erzählt.

»Vor allem verstand es dein Opa, wie man eine Frau liebt.« Als sie das sagte, hatte sie verschmitzt gegrinst und über Ottilias verlegenen Blick gelacht.

Auch erzählte sie in letzter Zeit öfter von der Vergangenheit oder davon, wie tragisch Ottilias Großvater ums Leben gekommen war. Etwa ein Jahr nach dem Ersten Weltkrieg, den er mit abgefrorenen Zehen überstanden hatte, war er auf einem Feld beim Pflügen von seinem Pferd getreten und tödlich verletzt worden.

»Ich glaube«, hatte Ottilias Mutter kürzlich gesagt, »sie ist in Gedanken die meiste Zeit bei ihrem Johann.«

Ottilia liebte ihre Großmutter für ihre Sanftmut und ihre Schlagfertigkeit, die sie trotz allem immer noch besaß. Auch Ottilia vermisste ihren Großvater oft.

»Aber dein Vater hat recht. Die Galberts sind uns gegenüber oft wirklich sehr ungerecht«, meinte Bärbel.

Ottilia konnte den Hass ihrer Familie gegenüber Eduards Familie förmlich riechen. Er brachte die Luft zum Knistern und es schien, als bräuchte es nur einen neuen Funken, um eine riesige Explosion auszulösen. Wenn es nach ihrer Familie ging, besaß auch Eduard als Galbert eine höllische Seele. Seine Stimme war die des angeblich Bösen, seine Berührungen die Berührungen eines Teufels. Sie sollte sich nichts vormachen. Nie würden sie ihre Liebe zu ihm billigen. Resigniert nahm Ottilia den Topf vom Herd und trug ihn in den kleinen Waschraum, der direkt an den Raum angrenzte, der zu einem Kartoffelkeller führte. Auch wenn die Tür dorthin geschlossen war, kroch stets ein erdiger Geruch durch die Ritzen. Rasch füllte Ottilia die Blechwanne halb mit kaltem Wasser und fügte anschließend das warme aus dem Topf hinzu. Dann holte sie noch zwei Töpfe voll erwärmtem Wasser, schloss anschließend die Holztür hinter sich und entledigte sich wenig später ihrer Kleidung. Langsam stieg sie in das Wasser und zog die Knie an. Das wohlige Nass umarmte sie. Sie schloss die Augen und träumte von Eduard. Sie vermisste ihn so sehr. Doch dieses Mal war es anders, leichter zu ertragen. Denn der Wunschgedanke, der sie in den letzten Jahren Tag für Tag begleitet hatte, hatte sich erfüllt. Eduard lebte und er war zurück.

Geständnisse

Hedda

Daniel war doch noch nicht aufgetaucht, was mich wunderte. Inzwischen ging es schon auf Mittag zu. Ich überarbeitete ein weiteres Kapitel und verspürte danach einen Anflug von Hunger. Ich ging in die Küche und machte mich an die Zubereitung einer Suppe mit verschiedenen Gewürzen, Gemüse und Nudeln. Ein Anruf von Sascha unterbrach mich. »Ich liebe deinen Roman«, sagte er, nachdem ich ihn begrüßt hatte.

Sein Lob gab mir Mut. »Danke. Habe inzwischen ein weiteres Kapitel überarbeitet.«

»Wie schön. Gib mir einen Einblick. Bitte!«

»Also gut.« Ich legte das Handy auf die Küchenablage, klickte auf laut und stellte einen Topf mit Suppe auf den Herd. Dann schnitt ich Gemüse, während ich erzählte. »Das nächste Mal sahen sich Ottilia und Eduard in der Kirche und warfen sich heimliche Blicke zu. Ottilia hatte sich extra hübsch gemacht. Sie trug eins ihrer bunten Kleider. Damit sorgte sie für Aufsehen bei einigen Leuten. Ältere Herrschaften sahen in den bunten Farben blanken Hohn, andere sprachen Ottilia hingegen dafür ihre Bewunderung aus.«

»Na, zum Glück. Wäre ja schlimm, wenn es nur negative Kritik für Ottilias Kleid gegeben hätte.«

»Allerdings. Es machte Ottilia nur traurig, dass ihre Mutter den Lästerzungen große Aufmerksamkeit schenkte. Aber immerhin zeigten sich Bärbel, Hermann und dessen neue Freundin Ilse beeindruckt von Ottilias Nähkunst.«

»Das ist schön. Und Hermannchen hat sich also verliebt. Wie süß.«

Ich lächelte. »Ja. Wie du dich in deinen Max.«

»Na ja, verliebt ist noch zu früh gesagt, Hedda. Er ist sehr aufmerksam und sexy.«

Ich gab ein paar Gewürze aus dem Garten in den Suppentopf. Das Rezept für die Nudel-Kräuter-Gemüse-Suppe hatte ich aus Monikas Rezeptbüchlein. Sie hatte mir im Krankenhaus erzählt, dass sie sich fast jeden Tag eine Suppe gekocht hatte.

»Freu mich sehr für dich, Sascha. Vielleicht ist Max dein Schicksal, der Mister Right.«

Er seufzte wohlig. »Ach ja, wäre traumhaft. Und jetzt erzähl mal weiter.«

Ich ließ eine Prise Salz in das Suppenwasser rieseln. »Okay. Ottilia stellte die meisten Näharbeiten ihrer Aufträge für Kleider in der Schneiderei her und fand es nur gerecht, wenn Bärbel beim Gewinn mit beteiligt wurde. Die Aufträge liefen also über die Schneiderei. Da immer noch Stoffmangel herrschte, bat Ottilia die neuen Kundinnen, nach Möglichkeit eigenes Material mitzubringen.«

»Gute Idee.«

»So, und nun Ende der Vorschau.«

»Schade. Aber schick mir bald wieder mehr.«

»Natürlich.«

Von draußen drang Motorengeräusch zu mir. Ich warf einen Blick aus dem Fenster und sah Daniel auf den Hof fahren. So wie es aussah, war er allein gekommen.

»Ich muss aufhören, Sascha. Monikas Sohn kommt gerade.«

»Ruf mich an und erzähl mir, wie das Treffen war.«

»Ja, mach ich.« Ich beendete das Gespräch mit Sascha, stellte den Herd auf Sparflamme und ging nach draußen. Vor der Tür traf ich auf einen aufgewühlten Daniel. Sein Haar sah zerzaust aus, das Hemd knittrig. Als wäre er gerade aufgestanden. Er zog sich seine Sonnenbrille ab und musterte mich.

»Sie sind bestimmt hier, um mir die Leviten zu lesen. Weil ich immer noch da bin und …«, sagte ich dann.

Es überraschte mich, als er mich unterbrach und verneinte.

»Können wir drinnen weiterreden?«, bat er dann.

Ich nickte verdattert und ging einen Schritt zur Seite. »Klar.«

Er ging voraus in die Küche, setzte sich an den Tisch und rieb sich mit einer Hand über das Gesicht. Sein Blick wanderte Richtung Herd.

»Möchten Sie vielleicht einen Teller Suppe? Nach dem Rezept Ihrer Mutter«, bot ich ihm an.

»Nein danke. Jan Marquardt hat sich übrigens nicht umstimmen lassen.«

Ich konnte nicht behaupten, dass ich traurig darüber war.

»Sie haben gewonnen, Frau Siebert.«

Gewonnen. Wie sich das anhörte.

»Und wohl zu Recht«, setzte er nach. Ich staunte und sah ihn fragend an.

»Marquardt sollte tatsächlich den Hof ankaufen und dann an seinen Chef nach einer Weile weiterverkaufen. Erst wollte er es nicht zugeben, aber dann hat er doch.«

Ich setzte mich Daniel gegenüber und hob die Brauen. »Oh.«

»Überrascht Sie das wirklich?«, fragte er.

»Ich hatte gehofft, dass ich unrecht habe mit meiner Ahnung.«

Daniel lehnte sich zurück und atmete geräuschvoll aus. »Sie hatten mit noch was recht.«

Ich zog die Brauen zusammen.

»Ich habe mit meinem Vater gesprochen, nachdem Sie behauptet haben, nach Aussage meiner Mutter hätte er sie betrogen. Ich habe ihm alles von Ihnen erzählt. Und nach dem Termin gestern rief er an und hat zugegeben, dass das alles schon so stimmt.« Daniel lachte bitter. »Dass eben auch er oder vor allem er daran Schuld trägt, dass damals die Ehe zwischen ihm und meiner Mutter zerbrochen ist. Ich bin ein Idiot, habe ihm vertraut. All die Jahre.«

Ich stockte. »Ihr Vater hat alles zugegeben?«

Daniel nickte und sah noch zerknirschter aus. In dem Moment tat er mir richtig leid.

»Gestern war ein Tag der Wahrheit, würde ich sagen. Wenn, dann kommt Scheiße immer auf einmal. Mein Vater hat ein schlechtes Gewissen bekommen. Nein, er sagte, dass er das schon länger hat. Dass er schon öfter mit mir hatte reden wollen, besonders nach Monikas Tod. Sie können sich vorstellen, dass mir das erst mal den Boden unter den Füßen weggerissen hat.«

»Wenigstens will er nun komplett ehrlich zu Ihnen sein. Besser spät als nie«, versuchte ich, ihm Mut zu machen.

»Ich muss das erst alles sacken lassen. Wird dauern, bis ich ihm das verzeihen kann.«

Das war verständlich. Ich musste Daniel eine Frage stellen. »Wollen Sie immer noch, dass ich schon gehe?«

Er spitzte die Lippen, überlegte. Seine Augen wirkten matt, wie gebrochen.

»Bleiben Sie. Es ist mein Erbe, war auch eine Zeitlang mein Zuhause. Und es ist ja der Wunsch meiner Mutter, dass Sie hier sind.«

Er schaute sich um und ich war froh über das, was er gerade gesagt hatte.

»Es wird sich sicher ein toller Interessent finden, der das hier genauso lieben wird wie Monika«, sagte ich ihm.

Daniel nickte. Seine Hände ballten sich zu Fäusten. Dann stieß er hervor: »Viktoria wusste, was der Interessent vorhatte und dass so etwas nie in meinem Sinn war. Unabhängig von Mutters Wunsch.«

Ich öffnete den Mund und hielt für ein paar Sekunden erschrocken die Luft in meiner Lunge gefangen. Dann entließ ich sie stoßartig. »Was? Das … das tut mir leid, Herr Hauser.« Dass Viktoria kühl war, wusste ich inzwischen. Doch dass sie so weit gehen würde, das hätte ich nicht von ihr gedacht.

»Viktoria mochte Mutter noch nie. Gut, ich habe auch kein gutes Haar an ihr gelassen. Das muss ich zugeben. Aber dass sie für Geld so über meinen Wunsch hinweggeht, mich hintergeht, das ist unglaublich. Wer einen Menschen liebt, der tut so etwas nicht.« Seine Kiefermuskeln zuckten. »Aber als ich vorhin sagte, dass das, was mein Vater getan hat, das Schlimmste ist, da habe ich mich getäuscht. Das Schlimmste an allem ist, dass ich meine Mutter im Stich gelassen habe. Ich hätte viel mehr für sie da sein müssen. Sie hat mich sicher vermisst, nicht wahr? Sie hat Ihnen so viel gesagt.«

Am liebsten hätte ich ihn jetzt in den Arm genommen. »Das eigentlich für Sie bestimmt gewesen wäre, meinen Sie? Ja, sie hätte Sie sehr gern noch mal gesehen. Und dann hat sie eben mich beauftragt, Ihnen das zu sagen, was Sie …« Meine Stimme versagte und Tränen schossen mir in die Augen. »Sie hat Sie wirklich sehr geliebt, Daniel.«

Daniel schluckte ein paar Mal schwer. »Ich sie auch. Ich habe es nur nicht zeigen wollen, konnte es auch nicht zulassen. Weil ich eben dachte … Für mich war die Scheidung meiner Eltern eben schlimm.«

»Verstehe ich.«

Er ließ eine Faust auf die Tischplatte sausen. »Ich war ein Idiot. Und ich hätte bei ihr sein müssen, als sie gestorben ist.«

»Sie konnten doch nicht, weil Sie die Grippe hatten. Dafür können Sie nichts.«

Er blinzelte und starrte mich an. »Grippe? Ich hatte schon lange keine Grippe mehr.«

Meine Gedanken flogen durcheinander. »Aber Viktoria hat Ihrer Mutter doch gesagt, dass Sie nicht kommen können, weil Sie krank sind. Und laut den Ärzten wusste Viktoria, wie es um Ihre Mutter steht. Also dass sie sehr bald versterben wird. Aber dann wurde ja auch Viktoria krank, hat sich bei Ihnen angesteckt und konnte nicht mehr kommen. Monika hat das verstanden.«

Daniel erhob sich. Ein Schweißfilm lag auf seiner Stirn. »Dann hat sie auch da gelogen. Viktoria meine ich.«

Daniel ging in der Küche auf und ab und starrte vor sich hin, während er erzählte: »Viktoria ist nach ihrem letzten Besuch im Krankenhaus zu mir gekommen, hat gesagt, Mutter will uns beide erst mal nicht mehr sehen, sie will ihre Ruhe haben. Wir sollten auch nicht anrufen, und die Ärzte hätten gesagt, sie wäre so weit stabil. Ich habe meiner Frau blind vertraut. So sollte es ja auch sein. Oder?«

Ich nickte.

»Ich war dann völlig überrascht, als die Nachricht kam, dass Monika, also Mutter, gestorben ist. So schnell. Wo es doch geheißen hat, sie wäre stabil, wenigstens einigermaßen. Viktoria meinte, sie redet mit den Ärzten, wollte mir unbedingt alles abnehmen.« Seine Worte überschlugen sich fast, so schnell redete er. Er zückte das Handy, tippte darauf herum, steckte es dann aber wieder ein. »Nein. Ich muss das mit ihr persönlich klären«, murmelte er, mehr zu sich selbst. Danach ging er eilig hinaus. Kurz darauf hörte ich das Motorengeräusch und er fuhr vom Hof.

Die Gedanken daran, dass Viktoria Daniel darum gebracht hatte, sich von seiner Mutter zu verabschieden, nagten in mir. Wie konnte ein Mensch nur so eiskalt sein?

Gegen Abend dann kam Daniel wieder. Nicht minder bleich, aber ruhiger. »Viktoria hat zugegeben, dass sie Angst hatte, Monika würde mich noch überreden, das Haus doch nicht zu verkaufen, sondern selbst einzuziehen. Deshalb das ganze Spiel. Das ist doch irre. Ich meine, ja, ich spielte mal mit dem Gedanken, den Hof selbst zu übernehmen, habe das auch mal kurz meiner Mutter gegenüber erwähnt. So schlecht fand ich es damals, als ich hier wohnte, nämlich nicht. Aber zusammen mit Mutter hier zu wohnen, das hätte ich nicht mehr gewollt.«

Ich bat ihn herein und er folgte mir ins Wohnzimmer, wo er sich auf die Couch und ich mich in einem Sessel ihm gegenüber niederließ. Ich ließ ihn reden und hörte zu, denn ich merkte, dass er das brauchte. Offensichtlich hatte sich einiges in ihm angestaut.

»Alles unglaublich, oder? Das mit Viktoria«, sagte er, nachdem er einmal richtig Luft geholt hatte.

Ich räusperte mich und nickte. »Ja. Allerdings. Und jetzt?«

»Sie will zurück nach München, spielt die Beleidigte. Im Grunde habe ich mich von ihr die ganze Zeit nur herumschubsen lassen. Wie ein blödes Weichei. Und das bin ich normalerweise nicht. Es tut viel mehr weh, dass ich so verarscht worden bin, als dadrin.« Er tippte sich mit einem Finger gegen den Brustkorb. »Verstehen Sie?«

Ich nickte und dachte dabei an Mike. »Zu gut.« Auch wenn unsere Trennung letztendlich eher einvernehmlich abgelaufen war.

Er atmete tief durch. »Es ist vorbei. Ich will die Trennung. Eigentlich ist die schon längst überfällig, wenn ich mal ganz ehrlich zu mir selbst bin. Mutter hat es nie ausgesprochen, aber ich habe die paarmal, wo Viktoria und sie aufeinandertrafen, genau gemerkt, dass Mutter dachte, sie ist nicht die Richtige für mich. Erst dachte ich, sie ist nur eifersüchtig, will mir wieder einen Menschen, der mir wichtig ist, madig machen. Also wollte ich ihr unbedingt beweisen, dass Viktoria und ich zusammenpassen. Auch beweisen, dass eine Beziehung funktionieren kann, selbst dann, wenn es mal Probleme gibt. Dass man deswegen nicht gleich aufgibt und sich einen anderen Partner sucht. Aber das, was Viktoria sich geleistet hat, ist ein massiver Vertrauensbruch, der so tief ist, dass ich ihn nicht verzeihen kann. Nicht jetzt und auch nicht später. Selbst wenn ich wollte. Und jetzt verstehe ich da auch Mutter. Viktoria will eine Versöhnung. Aber ich kann das nicht mehr. Sie packt gerade, fährt nach München zurück.« Er rieb sich mit einer Hand übers Gesicht. »Ich bleibe noch ein paar Tage, brauche jetzt erst mal Zeit für mich, und dann schauen wir, wie wir das mit der Wohnung machen, die uns beiden gehört, und regeln auch alles andere.«

»Das alles tut mir ehrlich leid für Sie, Herr Hauser.«

Er presste kurz die Lippen aufeinander und zuckte mit den Schultern. »Tja. Wie sagt man so schön? Das Kind ist in den Brunnen gefallen.« Er atmete einmal tief durch und streckte mir dann eine Hand hin. »Duzen?«

Ich zögerte, doch dann schlug ich ein. »Gern.« Das kleine Lächeln, das sich daraufhin auf seine Lippen schlich, war wie ein wärmendes Feuer an diesem regnerischen Tag, an dem sich die Sonne letztendlich doch nicht hatte durchsetzen können.

»Möchtest du vielleicht etwas trinken?«, fragte ich ihn, als sich Schweigen zwischen uns legte.

»Meine Mutter hat gern mal ein Glas Rotwein abends getrunken. Hat sie mal erwähnt. Es müsste also Wein in der Speisekammer sein. Trinken Sie, ich meine, trinkst du ein Glas mit mir? Ich hole eine Flasche und wenn keine mehr da ist, fahre ich eben in die Stadt ...«

Ich winkte dankend ab. »Ich trinke keinen Alkohol. Auch wenn mein Arzt meinte, ein bisschen ab und zu wäre sogar ganz gut für mein Herz.«

»Ach so. Entschuldige. Ich dachte, es wäre alles wieder okay.«

»Ist es auch. Dennoch.«

Daniel sah mich mitfühlend an und mir wurde warm ums Herz. »Ich bin so froh, Daniel. Dass wir nun normal miteinander reden. Das würde Monika bestimmt sehr freuen. Ich sehe sie gerade in Ihren ... deinen Augen.«

Er lächelte, was mir guttat. »Danke, Hedda. Dass du so hartnäckig bist und offensichtlich ein gutes Herz hast. Ohne dich wäre wohl viel im Dunkeln geblieben. Ach ja. Und ich bin gespannt auf den Roman.«

Ich spitzte die Lippen. »Ich glaube, ich springe da über meinen Schatten, ziehe was auf meinen Datenträgerstick und überlasse dir die überarbeiteten Kapitel.«

»Das wäre super. Würde mir viel bedeuten.«

»Und mir, wenn du sagst, falls dir was nicht gefällt.«

Er nickte. »Versprochen.«

Diese Wende war wie ein Wunder und ich begann, mich langsam wohl in Daniels Nähe zu fühlen.

»Erzähl mir ein wenig mehr von dir. Was du beruflich machst, neben dem Schreiben, ob es einen Mann in deinem Leben gibt, Kinder. Was du magst. Und du kannst mich auch gern fragen. Obwohl ich glaube, über mich weißt du auch dank meiner Mutter schon viel.«

Nun lächelte auch ich. »Und ich habe so gehofft, dass es die Seite, die sie mir von dir erzählt hat und die du mir jetzt zeigst, wirklich gibt«, ergänzte ich.

Daniel war auf der Couch eingeschlafen. Wir hatten uns richtig verquatscht und waren durch die Räume gestreift. Dabei waren wir über viele Erinnerungen in Form von Fotos oder Gegenständen gestolpert. Darunter ein blauer Topf mit weißen Punkten, in dem, wie Daniel sagte, sie ihm oft Vanillepudding gekocht hatte. Den liebte er immer noch. Daniel fand alte Kerben in einem Fensterbrett im oberen Stockwerk wieder, die er dort mit einem Messer hineingeritzt hatte. Jede stand, wie er mir erzählte, für einen Tag Warten auf das nächste Treffen mit seinem Vater. Daniel war ein guter Mensch, wie Monika, und ich war froh, ihn nun richtig kennenlernen zu dürfen. Leise und vorsichtig, damit er nicht aufwachte, legte ich ihm eine Decke über die Beine, nahm meinen Laptop und hatte Lust, einen weiteren Teil meines Skriptes zu überarbeiten. Die Bekanntschaft mit dem neuen Daniel beflügelte mich geradezu.

Konkrete Pläne

Ottilia

Endlich wieder allein. Es war kurz nach Mitternacht, als Ottilia und Eduard sich am Heuboden in der Scheune auf dem Aden-Hof trafen. Dieses Mal hatte Ottilia eine kleine Öllampe dabei, die sie neben einen Heuballen stellte. Das flackernde Licht erhellte zur Hälfte Eduards Gesicht. Die Narbe, die seine Stirn durchzog, war in Schatten getaucht.

»Wie lange ist es her, dass wir das letzte Mal hier oben waren?«, fragte Eduard und pustete ihr zärtlich eine Haarsträhne aus dem Gesicht.

Ottilia lachte leise. Sein Atem kitzelte sie. »Gefühlt ist es eine Ewigkeit her«, sagte sie dann.

Sie schlang die Beine um seinen Oberkörper und rutschte auf seinen Schoß.

Eduard legte den Kopf in den Nacken.

»Küss mich, Tilia.«

Das hatte sie sowieso vorgehabt.

»Ich will dich heiraten«, flüsterte Eduard, als sich ihre Lippen berührten. »Am liebsten auf der Stelle.«

»Ja, das wäre schön«, flüsterte sie zurück. Und dann verloren sie sich in einem langen innigen Kuss, zogen sich die Kleider gegenseitig vom Leib und liebten sich so leidenschaftlich wie nie zuvor. Es fühlte sich mehr als richtig an. Für einen Moment glaubte Ottilia, sie beide von oben sehen zu können. Schweißbenetzte Körper, aufgewühlte Seelen, in denen eine Hoffnung schlummerte. Auf Frieden in den eigenen Reihen, auf Liebe und Glück, größer als das Universum und darüber hinaus.

Käthe folgte Ottilia über den Hof der Adens zum Schuppen. Den Tag über war Ottilia in Gedanken bei Eduard. Seine Rückkehr und ihre letzte Nacht erfüllten sie mit Euphorie. Käthe war besonders guter Laune, denn David hatte sich gemeldet. Seine Mutter war langsam auf dem Weg der Besserung. Da Käthe es nicht mehr aushielt, auf ihn zu warten, hatte sie beschlossen, so bald wie möglich zu ihm nach London zu reisen.

Ottilia öffnete die Tür zum Schuppen.

Käthe folgte ihr in das Häuschen. »In ein paar Wochen will ich los nach London, wenn alles klappt.«

»Ich wünsch es dir.«

Käthe lächelte ihr zu. »Danke.«

»Und bis dahin richten wir gemeinsam das Café her. Dann vergeht die Zeit sicher ganz schnell.«

Käthe schaute sich um und hob eine staubbedeckte alte Decke auf. »Das wollte ich auch vorschlagen.«

Ottilia zeigte nach vorn. »Ich dachte mir, da vorn, wo die alte Matratze liegt, soll die Theke mit den Kuchen und dem Gebäck hin. Und eine Kaffeemaschine.«

Käthe folgte ihr mit den Blicken. »Ja, sehr gut.«

Ottilia konnte alles schon genau vor sich sehen. »Hinter der Theke sollen Schränkchen oder Regale hängen. Für das Geschirr, die Gläser und Tassen.« Ottilia legte nachdenklich einen Finger an die Lippen. »Oder wir räumen die in einen Schrank.« Sie ging zu dem alten Eckschrank aus Eiche hinüber, der in der Ecke stand und immer mehr Staub ansammelte.

»Der muss nur ein wenig aufgehübscht werden.«

»Der Schrank hat auf jeden Fall Charme.« Käthe zog Ottilia ihren Entwurfsblock, den sie bei sich hatte, aus den Fingern.

»Schau mal rein.«

»Gern.«

Käthe begann zu blättern.

Die neuesten Entwürfe wollte Ottilia alsbald umsetzen. Sie alle, auch die Unterwäsche, sollten bei der Eröffnung des Cafés vorgeführt werden.

»Die Entwürfe sind wieder Meisterklasse, Tilia. Eine Modenschau mit leckeren Köstlichkeiten aus der Backstube. Das ist eine unschlagbar verführerische Kombination«, schwärmte Käthe und ließ sich auf einen klapprigen Stuhl nieder.

Ottilia hatte den Stuhl schon längst entsorgen wollen, doch bevor sie Käthe warnen konnte, war es zu spät. Er gab nach und sie landete mit einem Rums auf dem Po.

»Meine Güte. Geht's dir gut?«, fragte Ottilia und streckte ihr eine Hand entgegen.

Käthe ließ sich von ihr hochziehen und klopfte sich den Staub aus ihrem Rock. »Nichts passiert. Mein Po ist gut gepolstert. Aber deinen zukünftigen Gästen solltest du auf jeden Fall mal bessere Sitzgelegenheiten anbieten.«

Ottilia nickte ernst. »Tut mir echt leid.«

Ihre Freundin lachte. »Du solltest dein Gesicht sehen, Tilia. Mir geht's wirklich gut. Keine Sorge.«

Käthe hielt ihr den Block unter die Nase und tippte auf die Zeichnung einer Frau mit kurzer Jacke und Hose. Unter der Jacke, die Blazer und Jackett in einem war, trug sie eine Pulloverbluse mit Krawatte, dazu einen ausladenden Rock.

Daneben hatte Ottilia eine kürzere Rockvariante und einen Bleistiftrock gezeichnet.

»Gehört das alles zusammen?«, wollte Käthe wissen.

Ottilia nickte. Die Idee hatte sie letzte Nacht schier überfallen und ihr keine Ruhe gelassen, bis sie sie auf Papier verewigt hatte. Sie konnte es kaum erwarten, ihre neuen Einfälle umzusetzen.

»Ich nenne den Entwurf schlicht und einfach die Mehrvarianten-Linie.«

»Klingt ja interessant«, staunte Käthe.

»Ich habe mir das so gedacht.« Sie fuhr mit einem Stift über die Zeichnung. »Man kann den ausladenden Rock abnehmen. Darunter befindet sich dann der Bleistiftrock. Also wenn man sich mal nicht entscheiden kann.«

»Verstehe«, sagte Käthe und wirkte ehrlich fasziniert, was Ottilia nicht nur freute, sondern auch bestätigte.

»Dazu gibt es den Pullover, der aus einem wenig festeren Stoff genäht wird als eine Bluse. Dazu kann eine feine Seidenkrawatte getragen werden.«

»Eine Krawatte?«

»Die Krawatte für Damen ist zierlicher als die der Männer und auch um ein paar Zentimeter kürzer. Und was die Jacke betrifft, die kann wahlweise länger gemacht werden. Die zusätzliche Länge kann durch das Öffnen eines Reißverschlusses auf der Innenseite herausgelassen werden.

»Raffiniert«, stammelte Käthe.

»Leider fehlen noch die passenden Stoffe. Wenn ich die nicht habe, dann kann ich auch nicht alle Leidenschaft in einen Entwurf stecken.«

Käthe nickte. »Das ist ungefähr so wie mit dem Backen. Hast du Eier, die nicht ganz so gut sind, und schlechteres Mehl, fehlt der richtige Antrieb.«

»Richtig. Tante Bärbel hat ihre Händler schon darauf angesprochen. Dauert wohl noch, bis wieder guter Stoff zu haben ist. Aber in Bayreuth oder Bamberg soll es noch Händler geben, die eventuell etwas auf Lager haben. Und es gibt ja noch den Schwarzmarkt.«

Käthe blätterte weiter und wurde ein wenig rot, als sie auf eine Frauenzeichnung in Unterwäsche stieß.

»Für den Büstenhalter hatte ich auch eine neue Idee«, erklärte Ottilia.

»Und welche?«

»Die Körbchen zu polstern. Für Frauen, die ihren Busen zu klein finden.«

Käthe schob ihre halbmondförmigen Brauen zusammen und blickte auf ihre Brust. »Polstern also. Klingt ja spannend. Hätte ich das nötig? Was meinst du?«

Sie streckte ihren Busen heraus.

»Finde ich nicht.«

Käthe lächelte stolz. »Ich auch nicht. Und woraus werden die Einlagen sein?«

»Aus Schaumstoff oder mit Watte gefüllte Kissen. Die Einlage wird in der gewünschten Dicke in die eingenähten Körbchentaschen geschoben. Manche Oberteile und Kleider wirken durch zu wenig Busen nicht optimal. Das könnte dadurch angepasst werden.«

»Das hört sich genial an, Tilia. Meine Mutter ist zwar schön schlank, hat aber kaum Brust. Sie verzweifelt oft an ihrem zu kleinen Busen. Darf ich ihr davon erzählen?«

Ottilia nahm ihr das Büchlein wieder ab und legte es beiseite. »Lieber noch nicht. Aber bald. In Ordnung?«

»In Ordnung.« Käthe spitzte die Lippen. »Du, das wäre doch auch etwas für Eduards Schwester.«

Ottilia schüttelte den Kopf. »Die würde nie etwas von mir tragen.«

Bärbel schaute zu ihnen herein. Sie sah müde aus. »Na, womit verbringt ihr den Abend?«

Käthe zeigte auf Ottilias Block. »Tilia hat wundervolle Ideen. Irgendwann wird ihre Mode überall bekannt sein.«

Ottilia tippte sich an die Stirn. »Übertreib nicht, Käthchen.«

»Mach ich nicht.«

Bärbel seufzte leise. »Ich finde es wirklich wunderbar, dass deine Arbeit schon so manche Frau verzaubert hat. Aber ich bin halt nach wie vor der Meinung, dass die Leute auf dem Land eher praktische Kleidung brauchen.«

Ottilia nickte. »Ich weiß, Tante.«

Bärbel wünschte ihnen noch viel Spaß beim Träumen, wenn es denn dabei vorerst bliebe, und verließ den Schuppen dann wieder.

Käthe legte einen Arm um Ottilia. »Ich glaube an dich.« Sie schaute sich noch einmal um. »An die Wände gehören gerahmte Fotografien. Mit Skizzen deiner Arbeiten.«

»Und Fotos, die vor allem dich beim Backen zeigen«, warf Ottilia ein. »Die Wände streichen wir vanillefarben.«

Käthe war einverstanden. »Und an die Fenster könnten wir Vorhänge … Nein, keine Vorhänge.«

Ottilia nickte. »Ja, das brauchen sie nicht.« Sie überlegte, was ihre Nähsachen anging. »Vielleicht sollte ich ein paar meiner Arbeiten Leuten vom Fach vorstellen.«

Käthe nickte. »Ja, warum nicht? Sehr gute Idee. An wen hast dabei gedacht?«

»An Warenhändler aus Hollfeld. Mal sehen. Doch erst einmal brauche ich eben wirklich passenden Stoff, in schönen Farben.«

»Wird schon. Ich halte auch die Ohren offen.«

Sie lächelten sich zu. »Danke, Käthe. Du bist die Beste.«

»Weiß ich doch.«

»Sie kann doch auf dem Hof arbeiten, für Bärbel, und nebenbei das Café betreiben mit der Käthe. Muss ja nicht jeden Tag geöffnet haben. Dann bekommt sie den Anteil des Ersparten, das ich für sie seit ihrer Geburt zurückgelegt habe und erfolgreich im Krieg verstecken konnte, eben gleich und sie kann es dafür hernehmen«, schlug Ottilias Großmutter am nächsten Tag beim Mittagessen vor. »Liegt ja mittlerweile als D-Mark auf meinem Konto.« Bisher war sie die Einzige, neben Käthe und Eduard, die an Ottilias Traum glaubte. Ottilia war ihr so dankbar dafür.

Ottilias Mutter schüttelte den Kopf. »Herrgott, Mutter. Ein Café und so auffällige Mode in den jetzigen Zeiten, hier im ländlichen Hollfeld. Die Leute werden uns einen Vogel zeigen.« Sie stieß Ottilias Vater, der sich gerade eine Portion Gänsefleisch in den Mund schob, mit dem Ellbogen gegen einen Arm. »Jetzt sag auch mal was dazu, Albert.«

»Ja, deine Mutter hat recht«, brabbelte er.

Hermann nahm sich noch eine der Kartoffeln, die es zum Braten gab, und grinste. »Nähst du auch wieder Spitzenunterwäsche, Tilia?«, wollte er wissen.

Unlängst hatte sie ihn beim Spitzeln erwischt, als sie an einer gearbeitet hatte. Ottilia tat, als hätte sie die Frage nicht gehört.

Ihre Mutter bekreuzigte sich. »Heilige Mutter Gottes. Spitzenunterwäsche?«

»Was ist dabei? Ich habe diesbezüglich eine Bestellung aufzugeben«, warf Hermann ein. Dieses Mal ohne zu grinsen. Er schien es durchaus ernst zu meinen.

»Albert. Ein Donnerwetter wäre jetzt angebracht«, rief Ottilias Mutter.

Er verschluckte sich an einem neuen Bissen Fleisch und spülte ihn mit einem Schluck Wasser hinunter. Alle Blicke ruhten auf Ottilia. »Du nähst sündige Wäsche? Das hört mir auf«, rief er.

Ottilia seufzte und beschloss, ihr Schweigen über Bord zu werfen. »Die Wäsche ist fraulich, nicht sündig. Keine Sorge.«

»Findet Ilse auch«, sagte Hermann. »Sie hätte gern einen Büstenhalter mit Spitze und eine Unterhose dazu. Das Garn für die Spitze hat sie selbst.«

Ottilia nickte. »Mach ich ihr.«

»Und über die Bezahlung werden wir uns sicher einig werden.«

»Nehmt es als Geschenk. Ich mag Ilse.«

Hermann machte große Augen und schürzte die Lippen. »Echt? Dann vielen Dank. Das ist sehr großzügig von dir.«

Bärbel und Ottilias Eltern warfen Hermann einen wütenden Blick zu. Der blieb gelassen.

»Musstest du jetzt hier mit dem Thema Unterwäsche anfangen?«, fuhr Bärbel Hermann an.

Der runzelte die Stirn. »Ich dachte ehrlich, es wüssten alle schon. Also ich finde das echt nicht schlimm oder so.« Er setzte zu einer Entschuldigung gegenüber Ottilia an.

Sie machte eine abwehrende Handbewegung. »Schon gut.«

»Sag mal, Bärbel«, warf Ottilias Mutter ein, »hast du etwa davon gewusst? Also von der Unterwäsche?«

Bärbel atmete tief durch. »Ja, aber ich habe ihr schon gesagt, dass sie eher praktische Kleidung nähen soll.«

Ottilias Mutter nickte und fixierte Ottilia. »Also. Hör auf mit dem Schmarrn und verwende den kostbaren Stoff für Sinnvolles und Nützliches. Und das mit dem Café, das verschiebt du und Käthe auf bessere Zeiten. Wenn die Leute wieder mehr zum Geben haben. Damit es sich lohnt.«

»Wie sieht denn so ein Büstenhalter genau aus?«, wollte Ottilias Vater wissen.

»Albert!«, rief Ottilias Mutter.

Der zuckte mit den Schultern. »Ich frag doch nur.«

»Schöner als die aus den Illustrierten«, stieß Hermann hervor.

Bärbel winkte ab. »Jetzt lassen wir das Thema aber.«

Ottilias Vater spitzte die Lippen und fing erneut einen ernsten Blick seiner Frau auf.

»Seit wann interessierst du dich für Spitzenwäsche?«

Er zuckte mit den Schultern. »Ich bin nur neugierig. Und ja, Ottilia, deine Mutter hat schon recht. Hör auf sie.« Er räusperte sich und aß weiter.

»Aber es ist trotzdem gute Handarbeit«, mischte sich Bärbel noch einmal ein.

Ottilia hätte sie am liebsten für das Lob umarmt.

»Also unterstützt du das doch?« Ottilias Mutter fixierte ihre Schwester.

Bärbel pustete Luft aus. »Dass ich die Arbeiten von Ottilia allgemein ansehnlich finde und qualitativ hervorragend, darf ich doch wohl sagen. Das eine hat aber mit dem anderen nichts zu tun.«

Dass sie ihrer Schwester mit offenem Blick widersprach, gefiel Ottilia.

Hedwig schlug mit den flachen Händen neben ihrem Teller auf den Tisch. »So. Ich will jetzt mal so eine Unterwäsche betrachten. Und zwar gleich. Dann schauen wir mal, ob sie wirklich so sündig ist.«

Ottilias Mutter sog scharf Luft ein. »Nichts da! Schon gar nicht bei Tisch und unter den Augen des Herrn.« Sie zeigte auf das Holzkreuz mit der metallenen Jesusfigur im Herrgottswinkel.

»Der sieht eh alles. Also auch schon längst die Unterwäsche«, meinte Hedwig und nickte Ottilia zu. »Geh zu und hol uns geschwind welche.«

Scheinbar resigniert stocherte Ottilias Mutter in ihrem Teller.

Ottilia klopfte vor Aufregung das Herz bis zum Hals, als sie sich auf den Weg machte. Hermann lächelte vor sich hin und ihr Vater bekam glühende Ohren, sagte aber nichts mehr.

Bärbel und Hermann hatten den Tisch bereits halb abgeräumt, als Ottilia mit einer Schachtel voller Unterwäsche in die Küche zurückkam.

Auch Ilse war inzwischen hinzugekommen und begrüßte sie mit einem freundlichen »Grüß Gott« und einem erwartungsvollen Lächeln.

Holz knisterte im Ofen und es roch ein wenig nach Rauch. Ottilia stellte die Schachtel unter den erwartungsvollen Augen aller auf die Mitte des Tisches und öffnete sie langsam. Dann überließ sie sie ihrer Familie.

Ilse befühlte zuerst die Stoffe und Spitze mit den Fingern und nahm einen Büstenhalter heraus. »Wunderschöne Arbeit. Und so weich«, schwärmte sie, was Ottilia glücklich machte und auch mutiger. »Danke.«

»Wunderschön«, machte auch Ottilias Großmutter ihr ein Lob und besah sich ein Nachthemdchen. »Hast du sehr fein gemacht. Dem Johann hätte das auf jeden Fall gefallen. Früher hatte ich aber schon auch auf schöne Unterwäsche geachtet.« Hedwig lachte ein wenig spitzbübisch.

»Oma, Oma«, meinte Hermann und lachte ebenfalls.

Ottilias Mutter bekreuzigte sich abermals und verschränkte dann die Arme vor der Brust. »Verrucht«, sagte sie leise.

»Und?«, fragte Ottilias Vater. Als auch er einen der Büstenhalter befühlen wollte, hielt sie seine Hand fest.

»Leni. Was soll denn das?«

»Ich mein ja nur.«

Er schmollte und zog sich in die Wohnstube zurück.

»Viel besser als der Stoff meiner alten Unterwäsche«, meinte Ilse.

Hermann lächelte ihr mit hochroten Wangen zu. »Und schöner«, murmelte er.

»Das auf jeden Fall.« Ihre Hände verschränkten sich und sie warfen einander schwer verliebte Blicke zu.

Bärbel lächelte Ottilia zu. »Schön ist das wirklich.«

»Das dient doch nur sündigen Gedanken. Besser, es bleibt in der Schachtel. An meinem Esstisch hat das nichts zu suchen«, rief Ottilias Mutter und steuerte auf die Tür zu. »Wenn ich wiederkomme, ist das alles verschwunden. Verstanden?«

An den nächsten beiden Tagen musste Eduard, wie er Ottilia bei einem kurzen Treffen erzählte, viel auf dem Hof seiner Eltern mithelfen. Auch die Arbeit in der Schreinerei in Hollfeld hatte er wieder aufgenommen. Ottilia hatte ebenfalls viel zu tun. Die Frauen, die sie vor einer Weile nach der sonntäglichen Messe getroffen hatte, waren nachmittags in der Schneiderei vorbeigekommen und hatten ihre Maße nehmen lassen. Stoffe für die gewünschten Kleider konnten sie allerdings noch immer nicht auftreiben.

»Sobald welcher da ist, werde ich die Kleider nähen und mich wieder melden«, versprach Ottilia ihnen. Bärbel war mit dem Auftrag zufrieden. Nur die Stoffknappheit machte auch ihr nach wie vor zu schaffen.

»Ich werde demnächst auf dem Schwarzmarkt in Bayreuth nachfragen«, schlug Ottilia vor. Damit war ihre Tante einverstanden.

Sophia war an diesem Nachmittag unterwegs, um Kunden mit fertigen Auftragsarbeiten zu beliefern, wozu Ottilia ihr ihr Rad geliehen hatte.

Ihre Tante druckste ein wenig herum.

»Was ist?«, fragte Ottilia.

»Ich möchte gern mal einen der Büstenhalter und Unterhosen probieren.«

Ottilia glaubte erst, sich verhört zu haben. »Ehrlich?«

Bärbel nickte. »Ja. Hol schon welche, sonst überleg ich es mir vielleicht doch noch anders.«

»Schon unterwegs.« Ottilia sprang auf und holte die Schachtel mit der Unterwäsche aus ihrer Stube, die sie unter dem Bett aufbewahrte.

»Was poltert dort oben denn so?«, rief Hedwig vom unteren Flur aus.

Ottilia warf einen Blick nach unten, als sie aus der Stube zurückkam. Hermann schob die Großmutter in ihrem Rollstuhl bis zum Treppenansatz und öffnete dann die Haustür.

»Das bin ich! Entschuldige, Oma«, rief Ottilia und machte langsamer.

»Ah du. Komm mal runter zu mir, Tilia. Ich muss dir was Wichtiges sagen. Und du, Hermann, kommst dann wieder.« Er gehorchte sogar ohne Widerrede.

Auf leiseren Sohlen ging Ottilia die Stufen hinunter. »Soll ich dich nach draußen schieben?«

»Das macht der Bub gleich. Hör zu, Ottilia.«

Sie ergriff Ottilias Hände. Obwohl Hedwigs faltig waren, fühlten sie sich weich an. »Du suchst doch Stoff für deine Entwürfe.«

Ottilia nickte.

Ihre Großmutter nickte Richtung Treppe. »Dann geh rauf auf den Dachboden. Dort stehen zwei große Truhen. In denen sind alte Sachen von mir und dem Johann drin. Ich habe die schönsten Kleider immer aufgehoben und gepflegt. In die Truhen hat deine Mutter auf meinen Wunsch hin immer frisches Mottenpapier gelegt. Ansonsten hat da niemand hingelangt. Der Johann hat die Truhen mit seinen eigenen Händen gemacht. Nimm dir raus, was du willst, und zerschneide die Kleidung. Mach was Neues draus. Es wird Zeit. Anziehen tut sie so ohnehin keiner mehr. Und ich meine Kleidung erst recht nicht.«

Ottilia ging vor Hedwig in die Knie. »Bist du sicher, Oma?«

Die Augen ihrer Großmutter glänzten und sie lächelte. »Ganz sicher.«

»Das ist eine große Gabe, Oma.«

»Du hast eine große Gabe, mein Kind. Mach was draus.«

Ottilia umarmte sie. »Danke, Oma. Vielen, vielen Dank.«

Bärbel drehte sich vor dem Standspiegel in der Schneiderei hin und her. »Die Unterwäsche sitzt wie angegossen. Als hättest du sie für mich genäht«, sagte sie.

Ottilia besah sich ihre Tante mit den Augen einer Schneiderin, erfolgreich ausgebildet mit Brief und Siegel, worauf sie sehr stolz war. »Steht dir wunderbar, Tante Bärbel.« Ihre Tante besaß einen apfelförmigen schönen Busen. Einlagen für die Körbchen waren bei ihr nicht nötig, wie sie fand.

Die Wangen Bärbels färbten sich leicht rosa. »Schon gewagt aber.«

»Du musst ja nicht so auf die Straße gehen.«

Ihre Tante sah sie ernst an, dann aber musste sie lachen und Ottilia stimmte mit ein. »Bei Gott, das wäre eine Schau. So manch einer würde da wohl einen Herzinfarkt kriegen.« Sie räusperte sich. »Dennoch. Ich bleibe bei meiner Meinung. In ein paar Jahren sind die Leute bestimmt entspannter. Wenn sich auch sonst alles noch mehr von den Jahren des Krieges erholt hat. Gut Ding will eben Weile haben, Tilia. Und du bist ja noch jung.«

Ottilia seufzte. Entbehrt hatte sie vieles lange genug, dachte sie sich. Außerdem hatte sie das sichere Gefühl, dass die Zeit für das Café und ihre Mode gekommen war und sie endlich richtig loslegen sollten. Sie dachte an all die Soldaten, die im Krieg hatten sterben müssen, viele waren noch so jung gewesen. »Weißt du, der Krieg insbesondere hat mich eines gelehrt, Tante Bärbel. Dass es morgen oder übermorgen schon zu spät sein kann. Zu spät, um seine Träume zu leben.«

Bärbel sah sie an, sagte aber nichts dazu.

Die Stoffe aus den Truhen von Ottilias Großmutter und Großvater waren tatsächlich gut erhalten. Ottilia fand, dass Hedwig, die heutzutage meist Schürzen trug, auf den wenigen alten Fotos, die sie und Johann zeigten, eine schicke Frau gewesen war. Aber auch ihre Alltagskleidung war stets gepflegt. Ihre Kleider aus den Truhen besaßen schmale, gerade Schnitte, hohe Krägen, Rüschen und Volants. Die meiste Kleidung stammte wohl aus der Zeit, in der sich die Frau in einem ersten Umbruch zwischen Unterdrückung und Emanzipation befand. Helle Stoffe in Blau, Rosa, Creme und Weiß dominierten. Ottilia atmete tief durch. Auch ihr Großvater hatte, laut ihrer Großmutter, auf ein sauberes Auftreten geachtet. Seine Kleidung anzufassen, war, als würde Ottilia ihn in die Arme schließen dürfen. Ottilia kniete vor den Truhen. Im Hintergrund gurrten die Tauben in ihrem Verschlag im Spitzdach um die Wette und schlugen hin und wieder wild mit den Flügeln.

Ottilia überlegte. Aus den Stoffen der dunklen Anzüge und hellen Hemden ihres Opas ließ sich mit Sicherheit auch etwas machen.

»Wie wäre es mit Krawatten für Frauen und Männer, bestickt mit schönen Mustern? Oder mit Büstenhaltern aus hellem Hemdstoff, bestickt mit weißen kleinen zarten Blüten?«, fragte sie in den Raum, als erwartete sie eine Antwort von den Tauben. Sie nahm ein paar Kleidungsstücke mit nach unten in die Schneiderei, breitete sie dort aus und spann ihre Gedanken weiter.

Ihre Mutter bekam davon nichts mit und Bärbel hatte nichts dagegen. Danach ging sie zu Hedwig, die in der Stube saß und Zeitung las.

»Die Sachen sind alle ganz wunderbar, Oma. Aber dennoch hab ich schon ein schlechtes Gewissen, wenn ich eure Erinnerungsstücke einfach zerschneide.«

Hedwig sah sie über den Rand ihrer Lesebrille an. Sie lächelte, was einige ihrer Fältchen noch tiefer wirken ließ. »Bloß keine Zurückhaltung. Ich habe alles ernst gemeint, was ich gesagt habe. Du machst alles schon richtig, wenn du weiter auf dein Herz hörst. Das darfst du nie vergessen.«

Ottilia küsste ihre Großmutter auf die Stirn. »Nie, nie werde ich das vergessen. Versprochen, Oma.«

Hedwig lachte. »Na, das will ich auch hoffen, junges Fräulein.«

Storchennest?

Ottilia

Mitte Juli 1948

Ottilia liebte es, wenn sich das Sonnenlicht in den bunten Scheiben des Schuppens brach. Mit jedem Handgriff wurde er lebendiger. An diesem Tag verspachtelte sie Risse im Innenputz. Wie das ging, hatte ihr ihr Vater einmal gezeigt. Jeder Fortschritt, und war er noch so klein, erfüllte Ottilia mit Euphorie. So wie die Liebe zu Eduard. Sie gab ihr Energie, schenkte ihr den Himmel auf Erden, der es vermochte, die dunkelsten Gedanken letztendlich doch wieder mit Licht zu füllen. Kürzlich hatte sie sich einen Gewerbeschein besorgt und ihren Block mit neuen Ideen für Unterwäsche, Kleider und auch Hosen angereichert. Die Stoffe der Kleidung ihrer Großeltern war bereits über die Hälfte aufgebraucht und die Auftragsarbeiten konnten mit Stoffen vorwiegend vom Schwarzmarkt zur vollen Zufriedenheit der Kundinnen beendet werden. Insbesondere auf ihre Büstenhalter mit der Schaumgummieinlage war Ottilia besonders stolz.

»Die brauchst du aber nicht. Deine Brüste haben die perfekte Größe«, hatte Eduard zu ihr gesagt, als sie ihm davon erzählte. Sie liebte das Kribbeln, das sich in ihr ausbreitete, wenn er ihren Busen mit Küssen liebkoste. In Gedanken an seine Küsse lächelte sie sehnsüchtig, konzentrierte sich dann aber wieder auf das Hier und Jetzt.

»Du bist meine Muse, Eduard«, flüsterte sie, als wäre er hier, und schickte sich nach den Verputzarbeiten an, den Schrank mit den kleinen Glasvitrinen von seinem alten Platz zu verbannen.

»Was hast du denn damit vor? Der bricht ja fast auseinander«, scherzte Hermann, der hereinschneite. Er schüttelte den Kopf, während er an seiner Pfeife zog.

»Wenn Mutter dich beim Rauchen erwischt, gibt's lange Ohren«, mahnte ihn Ottilia.

»Ich bin erwachsen.«

Hermann pustete Rauch aus, der sich zu einem Kringel formte. Ottilia staunte. »Gut, oder?«, fragte Hermann.

»Ja. Übertreib's aber nicht mit dem Rauchen. Denk an dein Herz.«

»Ich rauche nur hin und wieder. Keine Sorge.«

Hermann schaute sich im Café um. Der Rauch seiner Pfeife ließ sie husten, was ihn zum Glück draußen damit weitermachen ließ. Mit den Fingern strich sie über den Schrank. Eduard hatte ihr versprochen, sich um das alte Stück zu kümmern und ihn herzurichten. Damit es keiner von ihrer Familie mitbekam, wollte er dies bei Nacht und Nebel tun. Eigentlich hatten beide vorgehabt, ihren Familien endlich reinen Wein einzuschenken, was ihre Liebe betraf, doch dann war ein neuer Streit entbrannt. Die Galberts hatten die Adens als Taubendiebe bezichtigt, was mit einer Schlägerei zwischen ihrem und Eduards Vater in einem Gasthaus geendet hatte. Inzwischen war der wahre Dieb, ein Flüchtling, gefasst, dennoch wollten sich die Galberts nicht entschuldigen. Eduard hatte sie darum gebeten, aber seine Familie dachte nicht daran. Sturschädel, allesamt, dachte Ottilia. Sie hielt kurz inne, als sie ein Anflug von Schwindel überkam. Sie atmete tief durch, ging in die Hocke. Ein kalter Schweißfilm bildete sich in ihrem Gesicht und ihr wurde kurz übel. Sie hoffte inständig, dass sie sich keine Erkältung eingefangen hatte. Mit der Hand wischte sie sich den Schweiß von der Stirn. Langsam erhob sie sich wieder und ging nach draußen, um frische Luft zu schnappen. Sie lehnte sich an eine Seitenwand des Schuppens. Hermann kam zu ihr.

»Alles in Ordnung?«

»Mir ist nur ein wenig schwindlig. Vielleicht brüte ich eine Grippe aus.«

Hermann hakte sich bei ihr unter. »Ja, kann sein. Vielleicht solltest du dich ins Bett legen. Ich bring dich zum Haus.«

Er klang richtig besorgt. Plötzlich spürte sie ein Brennen im Magen, das sich bis in ihre Kehle zog, und ihr wurde so übel, dass sie sich übergeben musste. Und das direkt vor Hermanns Füße.

Der legte ihr eine Hand auf den Rücken und stützte sie mit der anderen.

»Geht schon wieder«, sagte sie und richtete sich auf.

»Komm.« Seine Stimme klang wie von weither. Der Boden schien zu schwanken. Die letzten Meter trug Hermann sie und brachte sie ins Haus, wo er sie auf dem Sofa absetzte. Dann verschwand er.

Ottilia streckte die Beine aus. Sie versuchte, gleichmäßig zu atmen.

»Meine Güte. Was ist los?«, rief ihre Mutter. Hermann hatte sie wohl geholt.

»Ich glaube, sie hat sich was eingefangen«, sagte Hermann.

In Ottilias Ohren setzte sich ein Rauschen fest und sie musste die Augen schließen. Als sie sie wieder öffnete, waren auch Bärbel und Hedwig da und besahen sie sorgenvoll. Doch sie fühlte sich stabiler. Auch das Rauschen war weg.

»Du hast eine halbe Stunde geschlafen«, erzählte Bärbel.

»Ich hol einen Arzt«, meinte ihre Mutter.

»Nein, nicht nötig. Mir geht es besser.«

»Sie hat auch schon wieder rosa Wangen«, bemerkte ihre Großmutter.

Ottilias Mutter reichte ihr ein Glas Wasser. »Du hast dich wohl ein wenig übernommen. Weil du nicht hörst und doch weiter am Café werkelst. Für nichts und wieder nichts.«

Ottilia trank einen großen Schluck Wasser und stellte das Glas beiseite.

»Schwanger wirst du ja nicht sein«, witzelte Hedwig.

Ottilias Mutter befeuchtete ihr die Stirn mit einem kühlen Lappen. »Rede doch nicht so dumm daher, Mutter«, murrte sie dabei.

Doch Ottilia stockte der Atem. Was, wenn ihre Großmutter recht hatte? Sie versuchte, sich ihr Erschrecken nicht anmerken zu lassen. Nahezu unbewusst strich sie sich über den Bauch. Ein Kind von Eduard, geschaffen aus ihrer beider Liebe. Ottilia seufzte leise. Das wäre, unter anderen Umständen, das schönste Geschenk, das sie sich vorstellen konnte.

Zwei Tage später

Sorgsam legte Ottilia eins ihrer selbst entworfenen und genähten Kleider aus bunt zusammengewürfelten Stoffen, die sie aus der Kleidung ihrer Großeltern genäht hatte, in eine Schachtel. Der glockige Rock war derzeit in der großen Modewelt äußerst beliebt, blieb aber für die meisten Frauen nur Wunschdenken oder nur als Foto in einem Magazin erschwinglich. Das jedenfalls hatte sie im Radio gehört. Sie packte ein paar Büstenhalter mit Einlagen zu passenden Unterhosen in eine neue Schachtel, die sie mit weißem Seidenpapier ausgelegt hatte. Obenauf legte sie ein paar selbst geschnittene weiße Kärtchen mit der Aufschrift:

Schneiderarbeiten von Ottilia Aden
Schneiderin aus und mit Leidenschaft

Darunter hatte sie ihre Adresse vermerkt und dazu eine kleine Ankleidepuppe und einen Kleiderentwurf gezeichnet. Ihr Gefühl sagte ihr, dass der Gang zu den Hofmanns, die einen Laden in Hollfeld besaßen, richtig war. Lächelnd schloss sie den Karton. Zudem fühlte sie sich großartig. Kein Schwindel und keine Übelkeit hatten sie mehr überkommen.

»Mein erster Gang als eigenständige Geschäftsfrau«, sagte sie leise zu sich selbst und machte sich auf den Weg in die Stadt.

Käthe hatte ihr am Tag zuvor aufgeregt erzählt, dass der Kleiderladen der Hofmanns seit Kurzem wieder geöffnet hatte. Als Ottilia das gehört hatte, war sie sofort Feuer und Flamme gewesen und wollte den Hofmanns ein paar ihrer Arbeiten zum Verkauf anbieten. Sie würde damit zwei Fliegen mit einer Klappe schlagen und sogleich Werbung für sich und vor allem die Schneiderei machen.

Ottilia hatte sich ein himmelblaues Kleid für ihren Auftritt bei den Hofmanns angezogen, das sie noch nie getragen hatte. Das Kleid war eine Arbeit, die schon längere Zeit zurücklag und ihre Mehrvariantentechnik enthielt. Der Bleistiftrock unter dem Glockenrock, den sie in dem Fall wie einen seidenen Ballon geschneidert hatte, war aus derselben Farbe. Nur der Stoff war anders, fester und robuster. In das weiße blusenähnliche Oberteil hatte sie ein Jäckchen aus feiner schwarzer Spitze eingearbeitet. Dazu trug sie einen weißen Gürtel aus Seide, mit dem sie jedoch nicht ganz glücklich war. Ein dünner Ledergürtel mit feiner silberner Schnalle hätte noch besser gepasst. Vielleicht fand sich im Sortiment der Hofmanns einer.

Die Hofmanns waren schon vor dem Krieg für ausgefallene Warenangebote bekannt gewesen.

Das Geschäft lag gleich neben dem Posthaus. Das um die Ecke laufende Schaufenster war mit Herrenkleidung für den Alltag und ein paar Damenschürzen und einem braunen knöchellangen einfachen Kleid dekoriert, das die Hofmanns einer hölzernen Kleiderpuppe übergezogen hatten. Neben Kleidung verkaufte die Familie auch Schreibutensilien. Das großzügige graue Haus mit den zwei Giebeln, die zur Straßenseite zeigten, war Geschäft und Wohnung in einem, wobei das Geschäft das untere Drittel bildete. Ottilia musste zugeben, dass sie sich in ihrem Kleid wie eine Prinzessin fühlte. Sie konnte es kaum erwarten, den Hofmanns ihre Arbeiten zu zeigen. Die Leute, die ihr begegneten, musterten sie im Vorbeigehen von oben bis unten. Zu gern hätte Ottilia gewusst, was sie dachten, vor allem, ob ihnen gefiel, was sie sahen.

Frau Hofmann, eine fünfzigjährige Dame mit Dutt, stand hinter der Theke, unter deren Glasplatten, unterteilt in Fächern, Knöpfe und Zwirn, vornehmlich in Grau- und Brauntönen, lagerten. Früher hatte man dort einige Ledergürtel, Krawattennadeln und hochwertige Seidenschals, Schmuck, auch Taschen bewundern können. Ottilias Hoffnung, dort einen weißen Ledergürtel zu ergattern, blieb unerfüllt.

Neben den Knöpfen gab es immerhin ein wenig Spitze in Weiß und Schwarz. Der Preis für den Meter hatte es allerdings in sich. Frau Hofmanns Mann hielt sich in einem der Hinterräume auf und kümmerte sich um den Schreibkram.

Frau Gertrud Hofmann verzog die dünnen Lippen zu einem zuckersüßen Lächeln. Sie besaß eine überaus schlanke Figur und war um einen Kopf größer als ihr Mann. Das Gesicht hatte sie wie immer hell gepudert, die Lippen waren rot geschminkt. Vater hatte einmal gesagt, dass Frau Hofmann so groß war, dass sie ihrem Mann Erich direkt auf die Glatze schauen konnte.

Ein Geruch aus Staub und Parfüm wehte Ottilia entgegen. Der Bretterboden knarzte unter ihren Füßen. Bärbel hatte vor dem Krieg bei den Hofmanns öfters Nähsachen, auch Stoffe, eingekauft und auch hin und wieder Ottilia oder Sophia für Besorgungen geschickt.

»Ja, die Ottilia. Guten Tag. Schon lange nicht mehr gesehen.« Frau Hofmann sprach leise, aber mit rauer Stimme.

Ottilia erwiderte ihr Lächeln. »Grüß Gott.«

Frau Hofmann legte den Kopf schief. »Was kann ich dann für dich tun? Meine Güte, aus dir ist ja eine richtige Dame geworden.«

Sie kam um die Theke herum und musterte sie von oben bis unten und zurück. »Was ist das denn für ein Kleid? Hast du das aus einer Modezeitschrift nachgeschneidert oder irgendwo gekauft?«

Ottilia schüttelte den Kopf und stellte die mitgebrachte Schachtel auf die Theke. »Das habe ich selbst entworfen und genäht. Gefällt es Ihnen?«

Gertrud Hofmann stockte und rückte die Brille zurecht, die auf ihrer spitzen Nase saß.

»Das ist ja interessant. Ja, es ist durchaus hübsch.«

Ottilia war so aufgeregt, dass sie zeitweise glaubte, nicht genügend Luft zu bekommen. Nun war es so weit. Sie musste sich zum ersten Mal als eigenständige Geschäftsfrau beweisen, auch wenn sie diesbezüglich noch in den Kinderschuhen steckte.

Frau Hofmann ging um sie herum und rieb sich das Kinn mit zwei Fingern.

»Das ist ein Mehrvariantenkleid«, erklärte Ottilia ihr.

Die Geschäftsinhaberin blieb vor ihr stehen.

»Dieser Schnitt. So etwas habe ich noch nie gesehen.«

»Ich habe vor einer ganzen Weile von so einem Ballonrock geträumt«, vertraute Ottilia Frau Hofmann an.

»Darf ich mal anfassen?«

Ottilia nickte und Frau Hofmann bückte sich ein wenig und befühlte den Stoff, den Ottilia am Saum leicht zusammengezogen hatte, wodurch die Ballonform entstand.

»Großartig. Fühlt sich sehr locker an.«

»Und schränkt auch nicht beim Gehen ein. Genauso wenig wie der Bleistiftrock darunter. Ich habe rechts und links je einen kleinen Schlitz in den Stoff eingearbeitet.«

Frau Hofmann blinzelte verdutzt. »Du hast unter dem Glockenrock noch was drunter?«

»Deshalb nenne ich es Mehrvariante.« Ottilia knöpfte binnen Sekunden und ohne dabei den Seidengürtel abnehmen zu müssen, den Ballonrock ab und faltete ihn zusammen, sodass er mühelos in eine Tasche passen würde. Frau Hofmann nahm ihr den Rock ab und staunte über den darunter. Ottilia hatte ihn mit Spitze veredelt. Ottilia drehte sich einmal um sich selbst und sagte: »Jetzt ist der Bleistiftrock knapp knielang. Ich könnte ihn aber noch knöchellang herauslassen.«

»Sehr … interessant«, wiederholte Frau Hofmann und umrundete Ottilia erneut.

»Und dann diese Bluse, der Pulli mit eingearbeitetem Jäckchen«, ergänzte sie. »Dazu könnte man wahlweise auch noch eine Damenkrawatte oder einen Seidenschal tragen.«

»Eine Damenkrawatte? Raffiniert.« Frau Hofmann schmunzelte. Sie machte große Augen. »Und das verkaufst du in der Schneiderei deiner Tante? Oder schneiderst du deine eigenen Einfälle nur für dich?«

»Ich wollte, ehrlich gesagt, *Ihnen* Arbeiten von mir anbieten. Deswegen bin ich hier.«

Frau Hofmann hob die Brauen. »Ach wirklich?«

Ottilia deutete auf die mitgebrachte Schachtel.

»Na, dann lass mal sehen.«

Zuerst zeigte Ottilia der Ladenbesitzerin das Kleid, von dem diese sofort entzückt war.

»Das nehme ich auf jeden Fall. Und auch das, das du anhast, würde ich gern meinen Kunden anbieten.« Sie nahm es entgegen, stellte sich vor einen großen Spiegel, der zwischen Kleiderständern mit Zweckmode für Frauen und Männer stand, und lächelte. »Das ist ja, als würde Paris oder New York dem kleinen Hollfeld einen Besuch abstatten. Wenn ich ein paar Jahre jünger wäre, würde ich es anziehen.« Sie seufzte. »Und wenn mein Busen ein wenig üppiger wäre.«

»Auch dafür habe ich eine Lösung«, sagte Ottilia. Ihre Aufregung wuchs und dennoch fühlte sie sich wie beflügelt und großartig, weil einer Geschäftsfrau mit jahrelanger Modeerfahrung gefiel, was sie ihr bisher angeboten hatte.

»Dann zeig mal deine Lösung. Was ist noch in der Schachtel?«

Ottilias Wangen begannen ein wenig zu glühen.

»Unterwäsche für Frauen.«

Frau Hofmann atmete geräuschvoll durch. »Die verkaufen wir auch. Alles zweckmäßig und in guter Qualität. Ist nur leider fast alles schon weg.«

»Meine ist auch zweckmäßig und hat eine gute Qualität. Und sie ist … anders.«

Ottilia breitete ihre Modelle auf der Theke aus. Frau Hofmann trat zu ihr und reichte ihr das Kleid. Dann hielt sie einen der Büstenhalter hoch.

»Meine Güte«, stammelte sie und befühlte den seidigen Stoff und die Spitze mit den Fingern.

»Die Spitze habe ich selbst gehäkelt, neue Muster ausprobiert.«

Ottilia holte die Schaumstoffeinlagen aus der Schachtel, die sich ganz unten befanden, und schob zwei davon seitlich in die Körbchen eines Büstenhalters. »So kann man die Brust größer wirken lassen, wenn man möchte. Außerdem fühlt es sich an wie ein weiches Kissen.«

Frau Hofmann sagte nichts. Sie legte den anderen Büstenhalter hin und nahm den von Ottilia. Vorsichtig, als wäre er zerbrechlich, hielt sie ihn sich an ihren Busen und stellte sich damit erneut vor den Spiegel. Dann drehte sie sich um und gab ihn schnell zurück.

Ein Schrecken durchfuhr Ottilia. »Gefällt er Ihnen nicht oder finden Sie so etwas unangemessen für die Zeit?« Ihr Selbstbewusstsein drohte zu bröckeln.

Wortlos zog sich Frau Hofmann den grauen Pullover, zu dem sie einen weißen Seidenschal und eine silberne Kette trug, über den Kopf. Unter dem Pullover kam ein fleischfarbenes Hemdchen zum Vorschein. Schnell verschwand sie in einer der zwei Umkleidekabinen, die sich im hinteren Bereich des Ladens befanden. »Komm mit«, bat sie sie dabei. Ottilia folgte ihr. Ein paar Sekunden später tauchte Frau Hofmann wieder auf und begutachtete sich mit strengem Blick vor einem anderen Spiegel. Sie befühlte den Büstenhalter mit ihren Händen.

»Mein Gott. Das ist wie Zauberei. Meine Brüste sind gewachsen«, stieß sie hervor und lachte. Ottilia erwachte aus ihrer Starrheit.

»Dieser Stoff allein ist zauberhaft. So weich, so …«, schwärmte Frau Hofmann.

»So zärtlich wie die Berührung des Liebsten«, ergänzte Ottilia, als Frau Hofmann nichts mehr sagte und merklich nach Worten suchte.

»Genauso ist es«, sagte sie schließlich.

Sie zog sich ihren Pullover wieder über und rief: »Erich, komm mal her.«

Der stapfte ein wenig müde dreinblickend in den Verkaufsraum und grüßte Ottilia mit einem leisen »Grüß Gott«.

»Grüß Gott, Herr Hofmann.«

» Fällt dir etwas Neues an mir auf?«, wollte Gertrud Hofmann von ihm wissen und straffte den Rücken, während sie die Hände in die Hüfte stemmte.

Ihr Gatte setzte seine Brille auf. Zwischen den Brauen bildete sich eine tiefe Falte. Dann spitzte er die Lippen und ging auf seine Frau zu, um ihr etwas zuzuflüstern. Sie lachte. »Genau richtig erkannt, mein Lieber.«

Herr Hofmann schüttelte den Kopf. »Aber wie?«

Da zeigte Gertrud auf Ottilia. »Magie.« Sie zwinkerte ihr zu und Herr Hofmann kam aus dem Staunen nicht mehr heraus.

»Das ist doch Ottilia Aden. Ich dachte, sie ist wie ihre Tante gelernte Schneiderin und keine Zauberin«, bemerkte er.

Er hob seine faltigen Hände mit den Leberflecken und wollte den Busen seiner Frau berühren. Doch sie schlug ihm auf die Finger. »Später, Erich. Also wirklich«, flüsterte sie.

Ottilia grinste und senkte kurz den Blick.

Herr Hofmann schaute ein wenig verdutzt drein, als sie ihn wieder hob. »Du wolltest doch meine Meinung«, sagte er zu seiner Gattin.

Frau Hofmann achtete nicht mehr auf ihn und er zog sich schulterzuckend zurück.

»Wir werden sie anbieten«, beschloss sie und nickte Ottilia zu. Sie konnte ihr Glück kaum fassen.

»Viele Frauen lechzen schließlich nach fraulicher Mode, besonders nach den grauen schrecklichen Jahren. Und wer weiß, wann wir wieder eine neue Lieferung der bisherigen Unterwäsche bekommen. Mich hast du überzeugt. Und meinen Mann ja merklich auch.«

Ottilia stieß einen kleinen Jubelschrei aus, mäßigte sich aber gleich wieder. »Das ist … Vielen Dank, Frau Hofmann.«

Gertrud Hofmann lächelte. »Ich danke dir. Ach, und bring mir auch das Kleid, das du gerade trägst, später noch vorbei. Alles andere kannst du hierlassen. Und wenn es sich gut verkauft, machen wir einen richtigen Vertrag zusammen. Wenn du so weitermachst, wirst du eine gute Geschäftsfrau, Ottilia Aden.«

Ottilia war voller Stolz.

Frau Hofmann besah sich noch einmal im Spiegel. »Du hast meinem Tag Sonnenschein und Inspiration verliehen.«

»Sie mir auch«, erwiderte Ottilia und verabschiedete sich. Das, was gerade passiert war, musste sie unbedingt sofort Käthe erzählen.

Käthe tanzte mit Ottilia im Kreis durch den Verkaufsraum der Bäckerei. Im Moment waren sie dort allein.

»Ich freu mich so für dich, Tilia«, jubelte Käthe.

»Ich mich auch. Bin so erleichtert. Danke.«

Sie stoppten. »Wofür denn?«, fragte Käthe.

Ihre Eltern kamen herein und beobachteten sie verdutzt.

»Du hast mich darauf gebracht, meine Kleidung den Hofmanns anzubieten. Aber das wissen nur du und Eduard bis jetzt«, flüsterte Ottilia ihrer Freundin zu.

Käthe legte einen Finger an ihre Lippen. »Ich schweige. Aber lange wirst du das nicht verheimlichen können.«

»Vielleicht ist es besser, ich lasse es eine Überraschung werden. Wenn die Leute begeistert kaufen würden, dann wäre Mutter sicher auch mal stolz auf mich.«

Käthe nickte. »Ich wünsche es dir von Herzen.«

Sie tanzten wieder zusammen durch den Laden und lachten.

»Wir wissen zwar nicht, worum es geht, aber ihr benehmt euch wie Kinder«, warf Frau Schürmann ein. Ihr Mann stimmte ihr lachend zu.

»Und jetzt Schluss. Wenn Kundschaft kommt, dann fragt die sich sicher, ob ihr verrückt geworden seid«, meinte Käthes Mutter.

Käthe schürzte die Lippen. »Ich finde, man sollte das Gefühl des Kindseins nie ganz verlieren, Mama.«

Sie hielten inne. Doch die Umgebung drehte sich für Ottilia weiter. Das Schwindelgefühl war das gleiche, das sie vor ein paar Tagen im Café gehabt hatte. Sie hatte es schon wieder vergessen. Kraftlos sackte sie auf die Knie, so als hätte sie eine fremde Macht dorthin befördert. Schweiß trat ihr auf die Stirn. Der Boden wankte, als wäre er eine bewegliche Scheibe. Wenn sie die Augen schloss, wurde es nur noch schlimmer.

»Ottilia? Alles gut?«, hörte sie Käthes Stimme wie von weither. Sie spürte, dass sie zurückgezogen und mit dem Rücken gegen die Wand gelehnt wurde. Jemand hielt ihr ein Glas Wasser an die Lippen.

»Trink«, sagte Käthes Mutter.

Ottilia nippte von dem Wasser und atmete ruhig. Gott sei Dank ging es ihr wenig später besser. Langsam erhob sie sich. Käthes Vater griff ihr dabei unter die Arme.

»War sicher nur die Aufregung und das schnelle Tanzen. Ich werde nicht jünger«, stammelte Ottilia.

Sie ging ein paar Schritte. Noch fühlte sie sich ein wenig wacklig, aber der Schwindel war verflogen.

»Wie geht's dir jetzt?«, fragte Käthe. Die besorgten Blicke der Schürmanns lagen weiter auf ihr.

»Wieder prima.«

Käthes Mutter reichte ihr eine Semmel. »Iss die. Du bist ja auch viel zu dünn, Mädel.«

Ottilia nahm sie dankend an. Sie war ganz frisch, so wie Ottilia sie am liebsten mochte. Doch dieses Mal verursachte der Geruch ihr neue Übelkeit. Etwas, das sie vor Käthe und ihren Eltern unerwähnt ließ. »Ich esse sie auf dem Heimweg. Danke«, sagte sie. Käthe ließ es sich nicht nehmen, sie bis zum Hof zu begleiten.

»Wirklich alles wieder gut, Tilia?«, fragte sie.

Ottilia behielt die Gedanken, sie könnte wirklich schwanger sein, erst einmal für sich und nickte nur.

»Und bei dir? Als ich gekommen bin, hast du traurig ausgesehen«, sagte sie zu Käthe. Die frische Luft tat ihr gut und die Übelkeit verschwand. Zum Glück, dachte Ottilia. Nun konnte sie auch die Semmel genießen.

Sie lehnten sich an die Hauswand. Käthe schob mit einer Schuhspitze einen kleinen Stein hin und her und zuckte mit den Schultern.

»Jetzt sag schon«, bat Ottilia.

»Ach, David findet meine Idee zu gefährlich. Und meine Eltern auch.«

»Du meinst die Reise?«

Sie nickte und verzog einen Mundwinkel. »Allein soll ich besser nicht reisen. Ich bin doch kein kleines Mädchen mehr. Aber natürlich will ich auch nicht, dass sie sich Sorgen machen.«

»Ehrlich gesagt, würde ich mir die auch machen. Aber ich finde deinen Mut toll und …«

»Ist gut, habe ich gesagt. Ich bleibe. David will ja, sobald er kann, herkommen.«

»Das ist doch schön.«

Käthe atmete tief durch und nickte. »Ich hoffe nur, es dauert nicht mehr allzu lange, bis wir uns endlich wiedersehen können.«

Ottilia nickte ihr zu. Sie konnte sie gut verstehen.

Gemeinsam einsam

Hedda

Als ich am nächsten Tag erwachte, merkte ich, dass mein Laptop verschwunden war und dass die Decke, die ich gestern Daniel über die Beine gelegt hatte, nun meine bedeckte. Von Daniel fehlte jede Spur. Kaffeeduft waberte von der Küche zu mir. Noch ein wenig verschlafen stand ich auf und lief durch die Räume. »Daniel?«

Keine Antwort.

Schließlich fand ich ihn draußen mit meinem Laptop unter dem Lindenbaum sitzend. Er schien ganz versunken, während er auf den Bildschirm starrte, und mich gar nicht zu bemerken.

»Guten Morgen«, sagte ich ein wenig lauter und lehnte mich an den Rahmen der Haustür. Daniel blickte hoch. In Händen hielt er eine Tasse. Ich vermutete mit Kaffee. Er nickte mir zu und lächelte. Ein Anblick, an den ich mich gewöhnen konnte. Sein Haar sah ordentlich gekämmt aus, und auch sonst wirkte er viel fitter und aufgeräumter als gestern.

»Guten Morgen, Hedda. Wieder ein schöner Tag. Diesen Sommer haben wir echt Glück. Ich wollte dich nicht wecken.«

Er atmete tief durch und streckte die Arme von sich. »Die Landluft ist echt fantastisch.«

Ich nickte. »Das stimmt, du Dieb.«

Daniel runzelte die Stirn und tat unschuldig. Sein Gesichtsausdruck brachte mich zum Lachen.

»Ich lese seit ungefähr drei Stunden und es gefällt mir immer besser«, erzählte er, als ich mich neben ihm niederließ.

»Was? Seit drei Stunden?«

Er trank von seinem Kaffee. »Und wenn es dich nicht stört, würde ich jetzt gern weiterlesen. Kaffee ist noch welcher da. Frische Croissants hab ich auch geholt. Liebe Grüße von Julia übrigens. Sie hat mir gesagt, dass ich nett zu dir sein soll. Ich glaube, ich konnte sie beruhigen.«

Ich warf einen Blick auf den Laptop. Daniel war auf Seite dreihundertachtzig. Schnell nahm ich ihm den Laptop weg.

»Hedda«, stieß er hervor. »Ich sollte doch lesen, dachte ich.«

»Ja, schon. Aber ich mag es nicht, wenn jemand Unbearbeitetes von mir liest. Und du bist drei Seiten drüber.« Ich klappte den Laptop zu. »Der gehört nun wieder mir.«

Daniel blinzelte mir entgegen. »Okay. Verstehe.«

»Danke.« Ich stand auf. »Und jetzt hol ich mir einen Kaffee.« Ich lief los.

»Hedda?«

Ich drehte mich zu ihm um.

»Die Geschichte ist wirklich gut. Wenn ich lese, dann kann ich all die Szenen vor meinem geistigen Auge sehen, und manchmal glaube ich sogar, die Stimmen meiner Großeltern hören zu können. Die Zeilen haben mich an vielen Stellen sehr berührt. Meinen Segen zur Veröffentlichung hast du.«

Wir tauschten ein paar Sekunden Blicke, dann lächelte ich und Daniel stimmte mit ein. »Danke. Das bedeutet mir sehr viel, Daniel.«

Er erhob sich und schaute sich um. »Schon schade, dass das alles bald nicht mehr der Familie gehört. Aber was sollte ich mit einem ganzen Hof anfangen?«

Da hatte ich sofort Ideen. »Na ja, das Café zum Beispiel könnte neu eröffnet werden. Und wenn du die richtige Frau findest, können hier eure Kinder spielen.«

Daniel schüttelte den Kopf. »Ich und ein Café? Ich gehe gern in eins und trinke auch super gern Kaffee. Aber das wäre nichts für mich. Und das andere – das liegt wohl noch in weiter Zukunft. Es wird sich schon noch ein passender Interessent finden. Einer, der auch meiner Mutter genügen würde. Und dir, auch mir. Keine Sorge.«

Ich nickte. »Gut.«

»Ich würde sagen, ich fahre jetzt mal zurück ins Hotel und nerve dich nicht weiter, damit du schön weiter überarbeiten kannst. Und wenn du magst, können wir heute Abend zusammen essen und ich lese, was du bis dahin geschafft hast. Bin schon gespannt.«

Ich tat, als würde ich überlegen. »Okay.«

Daniel schien sich echt zu freuen, denn er strahlte plötzlich über das ganze Gesicht. »Super. Dann bis später. Ich bring nur noch schnell die Tasse rein.«

Ich streckte ihm einen Arm entgegen. »Gib her. Ich nehm sie mit.«

Er reichte sie mir. »Danke.«

»Für so eine Kleinigkeit doch nicht.«

Er wurde ernst. »Ich meine damit vor allem, dass ich mich trotz allem, was mit Viktoria und meinem Vater ist, nun doch ganz gut fühle. Und irgendwie auch befreiter. Ich glaube, wir können vielleicht gute Freunde werden, Hedda.«

Der Gedanke gefiel mir. »Das wäre schön, Daniel. Bis später.«

»Bis später.«

Nach ein paar Schritten hörte ich erneut Daniels Stimme: »Ähm, gibst du mir vielleicht einen kleinen Spoiler mit auf den Weg, was das angefangene Kapitel betrifft?«

Ich drehte mich um und musste lachte, was Daniel merklich irritierte. »Was ist daran so urkomisch? Nennt man doch so. Kleine Vorschau …«

»Ich habe einen Freund, der das Wort auch benutzt.« Ich erzählte ihm die Kurzversion, die er am Ende auch witzig fand.

»Sascha ist also dein Freund?«, fragte er dann.

»Mein schwuler Freund, ja. Ein wahrer Engel, nur manchmal ein wenig nervig. Aber das kann ich auch sein.«

»Ach ja? Ist mir noch gar nicht aufgefallen.«

Ich merkte, dass er das ironisch meinte, und hob eine Braue.

»Wenn Sascha also manchmal einen Spoiler bekommt, dann ich doch auch. Oder? Wäre fair.«

»Schon gut, schon gut. Also, Ottilia erzählte auch Eduard vorerst nichts von ihren Gedanken bezüglich einer möglichen Schwangerschaft. Wie versprochen, half er ihr mit dem Schrank und hatte eine Idee. Für das Umarbeiten hatte Eduards Schreinermeister Otto Krempler den Schrank abgeholt, damit Eduard ihn in Ruhe in der Schreinerei bearbeiten konnte. Dafür wollte der Meister kein Geld, sondern einen Rock für seine Frau. Ottilias Eltern bekamen nur mit, dass sie den Schrank restauriert haben wollte, und für diesen Lohn schien es ein Schnäppchen zu sein, weshalb sie nichts dagegen hatten. An einem Tag, als alle aus der Familie, bis auf Hedwig natürlich, zur Maisernte auf den Feldern waren, wollte Ottilia Eduard von der Arbeit abholen und ihn mit einer Jacke, die sie für ihn genäht hatte, überraschen. Auch den Rock für die Frau seines Meisters hatte sie dabei. Sie war entzückt, genau wie ihr Mann. Noch glücklicher aber machte Ottilia, dass sie Eduard mit der Jacke eine Freude machen konnte. Aber es gab auch weniger Schönes. Leider wurde aus ihrem Ausflug nichts. Denn wieder überkamen Ottilia Schwindel und Übelkeit, die sie in die Knie zwangen. Diesmal bekam es auch Eduard mit. Aber nicht nur er, sondern auch sein Chef und dessen Frau. Sie veranlassten, dass Ottilia in ihr Haus gebracht und von einem Arzt untersucht wurde. Ende des Kapitels.«

»Schon?«

Ich nickte. »Cliffhanger halten Leser oft bei der Stange.«

Er zeigte auf mich. »Da ist was dran.«

Sascha freute sich riesig für Daniel und mich, als ich ihm bei einem Telefonat am Nachmittag von den Neuigkeiten erzählte. Und ich freute mich für ihn, dass es zwischen Max und ihm sogar ein kleines Küsschen gegeben hatte.

»Hört sich vielversprechend an«, sagte ich.

»Bei euch auch. Vielleicht ist er am Ende dein Mister Right?«

Ich stockte. »Daran dachte ich noch nicht einmal. Er hat jetzt auch anderes im Kopf, genau wie ich. Das mit Viktoria und seinem Vater, dazu das mit Monika, ist schon einiges, was Daniel jetzt verdauen muss.«

»Ja, klar. Aber ausgeschlossen ist es nicht, dass …«

Ich dachte wirklich nicht daran, auch wenn Daniel durchaus gut aussehend und mir nun zudem sympathisch war. »Wie auch immer. Ich genieße mein Single-Leben lieber weiter. Ist unkomplizierter«, erwiderte ich. Auch wenn ich zugegeben schon Sehnsucht nach dem richtigen Deckel hatte.

»Hauptsache, du bist glücklich, Hedda-Schatz.«

»Bin ich. Es freut mich, dass Monikas Wunsch nun wohl doch in Erfüllung geht.«

»Ja, glaube ich dir. Ach, Hedda, und schick mir wieder Text, wenn du welchen fertig geschliffen hast.«

Ich versprach es ihm und rief nach ihm meine Eltern an. Seit dem letzten Telefonat hatte ich nur noch hin und wieder kurz mit ihnen über WhatsApp geschrieben. Sie waren ebenfalls froh, als sie hörten, dass Daniel und ich uns verstanden, und wünschten uns beiden weiterhin viel Erfolg, was einen passenden Interessenten für den Hof anbelangte. Ich schickte ihnen ein paar Fotos, die ich gemacht hatte, und widmete mich danach meinem Skript. Zum Überarbeiten zog ich mich ins Café zurück. Bevor ich anfing, stellte ich den Laptop auf einem der Fensterbretter ab und zog dann die Laken von den Tischen, der Theke und den Stühlen. Sonnenlicht flutete den Raum und ließ wieder bunte Funken tanzen. Ein magischer Ort, durchfuhr es mich. Ich wünschte mir, das Café würde irgendwann von irgendwem, der es zu schätzen wusste, wiedererweckt werden.

Ein neues Leben

Ottilia

Eduards Gesicht war das Erste, das Ottilia sah, als sie die Augen aufschlug. Sie fand sich auf einem grünen Sofa liegend. Eduard und sein Chef Otto Krempler sowie dessen Frau Elisabeth standen vor ihr und blickten sorgenvoll auf sie hinunter.

»Der Arzt ist gleich hier«, sagte Frau Krempler leise und verzog die schmalen Lippen zu einem aufmunternden Lächeln. Das rubinrote Kleid, über das sie eine eierschalenfarbene Schürze trug, stand ihr. Sie fand Frau Krempler nett. Sie war schon einige Male bei ihrer Tante gewesen, um sich Kleider anfertigen zu lassen, die sie in Illustrierten gesehen hatte. Augenblicklich erinnerte sich Ottilia an ihren Zusammenbruch vor der Schreinerei.

»Wo bin ich?«, fragte sie.

»In unserem Wohnzimmer«, erklärte Frau Krempler. Sie wrang einen Lappen über einer kleinen Schüssel Wasser aus, die ihr Mann in Händen hielt, und legte ihn ihr auf die Stirn.

Eduard ging vor ihr in die Hocke. »Geht es dir besser?«, fragte er und musterte sie sorgenvoll.

»Ja.« Ottilia wollte sich aufsetzen, doch Eduard drückte sie sanft zurück.

»Bleib besser noch liegen. Du bist ohnmächtig geworden. Der Arzt kommt gleich.«

»Der Arzt?«, stotterte Ottilia.

»Sie schauen noch recht blass aus wie der Mond, junges Fräulein. Eduard hat recht. Bleiben Sie liegen«, warf dann auch Otto Krempler ein.

Ottilia war gerührt, dass man sich dermaßen um sie sorgte, aber sie wollte besser keinen Arzt.

»Mir geht es wieder gut! Ich brauche also keinen Doktor. Aber vielen Dank für die Mühe. Und entschuldigen Sie die Unannehmlichkeiten«, entgegnete sie und wollte sich erneut aufsetzen.

Frau Krempler schüttelte den Kopf. »Liegen bleiben, Fräulein Aden. Sie waren mindestens zwanzig Minuten bewusstlos. Das muss abgeklärt werden, und zwar sofort. Ich habe es dem Doktor als Notfall geschildert. Daher ist er auch schon auf dem Weg.«

Ottilia sah hilfesuchend zu Eduard und winkte ihn näher. Er beugte sich zu ihr. »Was ist?«, fragte er leise.

»Ich weiß nicht, ob das so eine gute Idee ist«, flüsterte sie ihm zu.

»Doch, ist es, Tilia.«

Ottilia schaute an ihm vorbei zu dem Ehepaar. »Könnten Sie uns kurz allein lassen, bitte?«

»Ja, natürlich«, erwiderte Herr Krempler sofort und seine Frau nickte. Ottilia sah ihnen nach, wie sie das Wohnzimmer, das mit Porzellanfiguren und Biedermeiermöbeln ausstaffiert war, verließen. Eduard fixierte sie und wartete merklich auf eine Erklärung. Hitze stieg in Ottilia auf und wieder war da ein kleines Schwindelgefühl, das sie erneut überrollte. Dann nahm sie allen Mut zusammen und sagte: »Vielleicht bin ich schwanger, Eduard.«

Eduard starrte sie an und sagte erst einmal gar nichts.

»Hast du gehört?«

Er schluckte schwer. »Schwanger? … Bist du sicher?«, stammelte er dann.

»Nein! Deshalb sagte ich vielleicht. Aber es könnte gut sein«, murmelte sie und glaubte innerlich vor Anspannung zu bersten. Eduard stand auf und lief ein paarmal vor dem Sofa auf und ab. Sie beobachtete ihn und Tränen stiegen ihr in die Augen.

»Ich weiß, das wäre nicht gut. Nicht jetzt. Und …«, brabbelte sie.

Eduard blieb bei ihr stehen, ging wieder in die Hocke und drückte ihre Hände. Seine Augen suchten ihre. »Hör zu. Du musst keine Angst haben, wenn es so ist, Tilia. Ich bin da«, flüsterte er dann.

Eine Träne rollte ihr über eine Wange. Sie war froh, dass er das sagte. Und doch: »Ich habe Angst, wenn es so ist.«

Eduard küsste sie auf die Stirn und suchte erneut ihren Blick. »Ich stehe zu dir, zu euch. Wenn es so ist, dann hat das Schicksal es so gewollt, Tilia. Wir wollen doch sowieso zusammenbleiben und es unseren Eltern sagen. Wir hätten das auch schon längst, wenn nicht wieder ein neuer Streit gewesen wäre. Aber im Grunde wird es wohl nie einen richtigen Zeitpunkt geben.« Eduards Stimme war sanfter als ein Sommerabendwind.

Ottilia atmete zittrig aus.

»Tilia, wir stehen vor einem persönlichen Krieg. Aber unsere Liebe wird als Sieger daraus hervorgehen und am Ende hoffentlich Frieden an der Front schaffen. Ich liebe dich.«

»Ich dich auch.«

Er wollte sie gerade küssen, da ging die Tür auf. »Der Arzt ist nun da«, teilte Herr Krempler mit.

Ottilia setzte sich auf und ließ sich dieses Mal auch nicht zurückhalten. »Mir geht es wirklich wieder wunderbar.«

Dennoch ließ das Ehepaar nicht locker. Der Arzt, Doktor Benedikt Büttner, war ein älterer schlanker Herr mit einem grauen gezwirbelten Schnurrbart und einer Fastglatze. Er bat alle Anwesenden, außer Ottilia, draußen zu warten, um in Ruhe seine Untersuchungen durchführen zu können, wie er sagte. Angespannt ließ Ottilia diese über sich ergehen. Letztendlich stellte sich heraus, dass sie einen erhöhten Blutdruck hatte, was aufgrund des inneren Aufruhrs nicht ungewöhnlich war. Doch davon konnte sie dem Doktor nichts erzählen.

»Sie sollten einmal wegen eines Urin- und Bluttestes zu mir in die Praxis kommen. Aber ich tippe eher auf das Wetter, das Ihren Kreislauf durcheinanderbringt. Oder kann es vielleicht sein, dass Sie schwanger …?«

Ottilia schüttelte vehement den Kopf. »Nein. Ich tippe auch auf das Wetter. Bin sehr wetterfühlig«, unterbrach sie ihn. Sie erhob sich und freute sich, dass sie wieder sicher auf den Beinen war. Schnell reichte sie dem Doktor eine Hand, die er kurz drückte.

»Vielen Dank, Herr Doktor, dass Sie mich untersucht haben. Und wie gesagt, es geht mir inzwischen wieder gut.«

Der Doktor hatte einen durchdringenden Blick, der, so kam es Ottilia vor, bis in ihre Seele drang.

»Dennoch empfehle ich Ihnen, bei mir vorbeizuschauen. Ein kleiner Tipp: Gegen Kreislaufschwankungen hilft oftmals schon Traubenzucker. Außerdem holen Sie sich bitte diese Tropfen aus der Apotheke. Ich gebe Ihnen ein Rezept.«

Ottilia nickte. Wahrscheinlich war wirklich nur der Kreislauf schuld daran, dass ihr Körper kurzweilig außer Gefecht gesetzt war. Das Restgefühl, dass sie sich damit vielleicht selbst belog, wollte sie ignorieren.

Die Kremplers, aber auch Eduard, redeten ihr ins Gewissen, als der Doktor gegangen war. Letztendlich versprach sie ihnen, doch in der Arztpraxis vorstellig zu werden. Eduard begleitete sie zum Tor und hakte sich bei ihr unter.

»Geht es dir wirklich besser?«, fragte er besorgt. »Ich geh noch ein Stück mit dir.«

Ottilia lächelte, während ihre Gedanken durcheinanderrasten. »Ja, alles wieder gut.«

»Ottilia.« Er sah sie so eindringlich an wie der Doktor vorhin. »Und wenn dem wirklich so ist … Das, was ich vorhin gesagt habe, habe ich auch wirklich so gemeint.«

Sie legte ihre Hände an seine Wangen. »Ich liebe dich, Eddie.« Sie lächelte.

»Ich dich auch, Tilia. Wirst du wirklich zu Doktor Büttner gehen? Ich kann dich begleiten.«

»Damit die Leute reden? Nein, das mach ich allein.«

»Wir wollen es unseren Eltern doch sowieso bald sagen.«

»Aber ich will, dass sie es dann von uns erfahren und nicht durch dummes Gerede. Verstehst du?«

Er atmete tief durch und nickte. »Na gut, verstehe.«

Herr Krempler kam zu ihnen. »Es ist schön, dass sich wenigstens eine Aden und ein Galbert so gut verstehen«, sagte er zum Abschied und wünschte Ottilia alles Gute. Seine Frau hatte sich bereits von ihnen verabschiedet. Natürlich wussten die Kremplers, wie eigentlich alle in der Umgebung, von der mehr oder weniger unausgesprochenen Feindschaft ihrer Familien.

»Wir beide haben uns schon vor dem Krieg gut verstanden«, entgegnete Ottilia.

Eduard pflichtete ihr bei, woraufhin der Schreinermeister lächelte. Ein Lächeln, das ein Wissen in sich trug, dachte Ottilia. Sie konnte sich nicht täuschen. Er hatte ihnen wohl angemerkt, dass sie sich mehr als gern sahen. Sein Chef klopfte Eduard auf die Schulter.

»Feindschaft tut keinem gut. Krieg hatten wir zudem lange genug. Und die Liebe ist das Schönste und Wertvollste, das ein Mensch besitzen kann. Viel Glück euch beiden.«

Sie sahen ihm lächelnd nach, als er weiterging.

Im Zauberwald

Ottilia

Ottilia und Eduard trafen sich am Abend des nächsten Tages am Rand des Zauberwalds. Hand in Hand liefen sie über einen schmalen Weg entlang, der von der Lichtung aus zur Hütte führte.

»Ich wollte noch mal Danke sagen. Dass du den Schrank so schnell fertig gemacht hast. Aber dafür warst du sicher lange in der Schreinerei.«

»Habe ich sehr gern gemacht.« Er lächelte ihr zu, was sie erwiderte. Herr Krempler hatte den Schrank am Nachmittag von einem Gehilfen liefern lassen.

Ottilia lehnte ihren Kopf an Eduards Arm. »Er ist großartig geworden. Das finden übrigens auch meine Eltern und meine Tante. Sie denken, der Meister selbst hat Hand angelegt.«

»Wenn sie wüssten.«

Ottilia seufzte.

Das Zwitschern der Vögel, das Rascheln der Blätter und der würzige Geruch, der ihnen aus dem Wald entgegenwaberte, hüllten sie in einen Kokon des Friedens.

»Hast du schon was von Frau Hofmann gehört?«, fragte Eduard.

»Noch nicht. Aber bisher weiß zum Glück niemand aus meiner Familie, dass ich nicht nur Kleider angeboten habe.«

Eduard presste die Lippen aufeinander, dann sagte er: »Ich finde, du solltest da weiter auf dein Bauchgefühl hören und dich nicht beirren lassen. Der Erfolg mit der Unterwäsche wird sie irgendwann schon überzeugen.«

Ottilia fand, dass er recht hatte. Als sie die Hütte erreichten, sperrte Ottilia sie auf und sie gingen hinein. An dem kleinen Fenster hingen Spinnenweben, die Eduard näher betrachtete.

»Auch ein kleines Wunderwerk«, sagte er und drehte sich zu Ottilia um. »Wie du.«

Ottilia stellte sich auf die Zehenspitzen, um Eduard zu küssen. Er kam ihr entgegen. Zärtlich legten sich ihre Lippen aufeinander. Langsam ließen die beiden sich auf die Matratze nieder.

»Warst du nun schon beim Arzt?«, wollte er zwischen den Küssen wissen.

»Noch nicht. Heute Morgen war ein wenig Blut in meiner Unterhose.«

»Du meinst, deine monatliche Blutung wird bald richtig einsetzen?«

Sie nickte.

Eduard küsste sie erneut.

»Ich weiß nicht, warum ich erleichtert bin und wiederum auch nicht«, sagte er dann leise.

»Ja, geht mir auch so.« Sie schmiegten sich, so eng es ihnen möglich war, aneinander und genossen es, sich zu spüren.

Ein paar Tage später

Der Doktor kam zu ihnen ins Besprechungszimmer und setzte sich ihnen an seinem Schreibtisch gegenüber. »Es ist alles in bester Ordnung«, sagte er.

Eduard und Ottilia tauschten fragende Blicke. Eduard hatte es sich nicht nehmen lassen, Ottilia zu einer Untersuchung zu begleiten, nachdem ihre monatliche Blutung doch ausgeblieben war und sie über zeitweise heftige Schmerzen im Unterleib klagte, die sie zu Hause zum Glück verbergen konnte. Sie hatten sich entschlossen, einen Doktor in Bayreuth aufzusuchen. Sein Name war Hans Amrun. Ottilia hielt Eduards Hand fest umklammert, ihre Knie zitterten. Der ältere Mann mit der runden Brille auf der hügeligen Nase und dem markant vorgeschobenen Kinn faltete die Hände. Er musterte Ottilia über den Tisch hinweg.

»Alles in Ordnung also. Das bedeutet dann genau …?«, fragte sie vorsichtig.

Der Doktor faltete die Hände wie zu einem Gebet. »Das bedeutet herzlichen Glückwunsch. Sie sind im besten Alter, Mutter zu werden. Ein hervorragender Zeitpunkt.«

Seine Worte hallten in Ottilia nach. Sie hatte genau verstanden, was er gesagt hatte, und dennoch überschlugen sich die Gedanken in ihrem Kopf. »Was?«, murmelte sie.

»Sie erwarten ein Kind«, sagte der Arzt.

Ottilia entgleisten alle Gesichtszüge. Also doch!, durchfuhr es sie wie ein Blitz. Der Boden unter ihr schien sich zu wölben, schließlich ganz zu verschwinden und sie mit ihm.

»Schwanger«, hörte sie Eduard neben sich.

»Sie sind der Vater, nehme ich an?«, fragte der Doktor.

»Ist er«, flüsterte Ottilia. Die Worte des Arztes wiederholten sich unterdessen wie eine Endlosschleife in ihrem Kopf.

»Bin ich!«, erwiderte Eduard und seine Stimme klang ebenso unwirklich wie ihre eigene, aber nicht ohne Stolz.

»Sie haben nicht damit gerechnet, merke ich.«

Ottilias und Eduards Blicke trafen sich erneut.

»Nicht mehr«, entgegneten beide zugleich, woraufhin der Doktor schwieg.

»Ein Kind«, hörte sich Ottilia flüstern.

»Denken Sie etwa über … Abtreibung nach?«, warf der Doktor ein und lehnte sich mit ernster Miene in seinen Stuhl zurück.

Wieder antworteten beide gleichzeitig, dieses Mal bestimmt: »Nein!«

Ottilia fiel ein Stein vom Herzen, und obwohl sie die Neuigkeit noch nicht einmal ansatzweise verarbeitet hatte, schenkte sie Eduard ein Lächeln, welches dieser erwiderte.

Doktor Amrun lächelte. »Gut! Da bin ich sehr froh.«

»Das Schicksal hat entschieden«, flüsterte Ottilia.

Eduard nickte und drückte ihre Hände fester.

»Aber weshalb diese Schmerzen?«, wollte Eduard dann von Doktor Amrun wissen, während in Ottilias Ohren ein Rauschen einsetzte. Dennoch verstand sie alles, was der Arzt sagte.

»Nun, es kann durchaus zu derartigen Unterleibsschmerzen in der frühen Schwangerschaft kommen. Nachdem die Eizelle befruchtet wurde, stellt sich der Körper auf die Veränderung ein. Die Gebärmutter beginnt zu wachsen, das Gebärmutterband wird gedehnt, das gesamte Gewebe und die Muskulatur werden aufgelockert. Alles wird darauf vorbereitet, dass der neue Erdenbürger Platz zum Wachsen hat. Das kann natürlich, wie bei Ihnen Fräulein Aden, vorübergehend mit Schmerzen einhergehen, eben auch welchen, wie schon gesagt, heftiger Natur.

Keine Sorge, es deutet nichts darauf hin, dass etwas unstimmig wäre. Sie haben richtig gehandelt, dass Sie hergekommen sind. Und in Ihrem Zustand, von dem Sie nun wissen, sollten Sie das auch wieder tun, sobald Sie erneut Schmerzen bekommen. Aber ich gebe Ihnen auch ein Mittel mit.«

Ottilia war ihm dankbar für die Aufklärung.

»Das werden wir«, sagte Eduard und fuhr sich mit einer Hand über das Gesicht. »Mein Gott! Ich werde Vater«, murmelte er und legte dann eine Hand vorsichtig auf Ottilias Bauch. Seine Augen strahlten und plötzlich überkam Ottilia das unstillbare Verlangen, Eduard zu küssen. Und das tat sie dann auch. »Halt mich ganz fest, Eddie. Wir werden Eltern. Gott im Himmel.«

Eduard umarmte sie so zögerlich wie nie.

»Frauen brauchen viel Zuwendung. Schwangere Frauen umso mehr. Aber aus Glas ist sie nicht«, sagte der Arzt und lachte.

»Das bin ich allerdings nicht«, erwiderte Ottilia leise und stimmte in das Lachen mit ein, obwohl sie alles noch gar nicht richtig fassen konnte, oder wahrscheinlich gerade deshalb. Die Freude überwog auf jeden Fall.

Eduard zog sie in eine Umarmung, die aber nur ein wenig fester war. »Ich werde sie auf Wolken betten.«

Ottilia hätte sich am liebsten von dem neuen Glück treiben lassen. Wären da nur nicht die Schatten gewesen, die die Streitigkeiten ihrer Familie auf sie warfen.

Nachdem sie die Praxis verlassen und wieder bei Eduards Motorrad waren, schwiegen sie und ließen die neue Realität auf sich wirken. Sie fühlte sich für Ottilia so unwirklich an wie Eduards Rückkehr aus dem Krieg. Schwer zu greifen und doch Wirklichkeit. Nun schwankte sie zwischen Glückseligkeit und Verzweiflung, wenn sie an die Reaktion ihrer Eltern dachte.

»Ich kann es nicht glauben«, durchbrach Ottilia die Stille mit einem Flüstern. »Das ändert noch einmal alles«, fügte sie hinzu.

»Das tut es allerdings!«, sagte Eduard. Er sprach leise, als hätte er Angst, sie zu erschrecken. Dabei legte er einen Arm um ihre Schultern.

Ottilia starrte geradeaus, auf irgendeinen Punkt in der Ferne, da flüsterte Eduard ihr ins Ohr: »Willst du mich heiraten, Ottilia Aden?«

Süsses Noch-Geheimnis

Ottilia

Eine Woche später

Ottilia lag nachts in ihrem Bett. Der silberne Ring an ihrem Finger glitzerte im Schein der Kerze, die sie angezündet hatte und die auf ihrem Betttischchen stand. Sie verspürte warme Wellen in sich aufsteigen, als sie daran dachte, wie Eduard ihr den Ring an den Finger gesteckt hatte, nachdem sie seine Frage mit einem deutlichen Ja beantwortet hatte.

»Wir heiraten«, flüsterte sie dem Mond vor dem Fenster zu. Er zeichnete Schatten an die Wände, durch die sie das Schnarchen ihres Vaters hören konnte, obwohl das Schlafzimmer am anderen Ende des Stockwerks lag. Zum Glück hatte niemand aus ihrer Familie mitbekommen, dass sie in Bayreuth gewesen war. Sie hatte erzählt, sie wolle mit Käthe in der Backstube ein neues Rezept ausprobieren. Nach ihrer Rückkehr und der Erledigung von Hofarbeit war sie mit dem Zuschneiden von Eduards neuer Hose und Jacke beschäftigt gewesen und hatte sich anschließend an den Entwurf ihres eigenen Hochzeitskleids gemacht.

Es sollte ein Traum aus Weiß werden, mit champagnerfarbenen Perlen und Stickereien. Den Schleier stellte sie sich rein aus Spitze und weißen Rosen vor. So wie Frau und Herr Meyer sie sie im Garten hatten. Unter dem Kleid wollte sie einen hauchdünnen, aber blickdichten Büstenhalter und ein ebenso zartes Unterhöschen tragen. Eine Überraschung für Eduard, die sie ihm in der Hochzeitsnacht vorführen würde. Sie wünschte, sie wären schon so weit. Langsam schloss sie die Augen und fuhr mit einer Hand über den Bauch, der noch ganz flach war. Sie war nicht mehr allein. In ihr wohnte eine kleine Seele. Entstanden aus ihrer Liebe. »Unser kleines großes Wunder. Wir werden es schon schaukeln. Vielleicht schaffen Eduard und ich es nicht, unsere Familien zu versöhnen. Aber ich kann mir vorstellen, dass du das kannst, kleiner Engel«, sagte sie und schlief mit diesem Gedanken langsam ein.

Käthe, die tags darauf die Mittagspause mit Ottilia vor dem zukünftigen Café verbrachte, umarmte sie herzlich und stürmisch zugleich. »Ich kann es nicht glauben und kaum erwarten, dass euer Kind auf die Welt kommt, Tilia. Du wirst Mama. Und der Ring, den Eduard dir geschenkt hat, ist so zauberhaft hübsch.«

Ottilia schaute sich um. »Nicht so laut.« Zum Glück war niemand zu sehen. Sie steckte den Ring wieder ein. Offiziell tragen konnte sie ihn nicht. Noch nicht.

Käthe setzte sich neben sie auf einen der zwei Stühle, die sie nach draußen gestellt hatten, und strahlte über das ganze Gesicht. »Ich freu mich so für euch.«

»Danke.« Ottilia ergriff ihre Hände und schaute ihre Freundin an. »Eduard weiß, dass ich dich das nun fragen werde, Käthchen. Aber sprich bitte mit niemandem sonst darüber. Nicht, dass wir uns noch vorzeitig verraten.«

Käthe machte große Augen. »Gut, versprochen.« Der Zopf, den sie sich am Hinterkopf gebunden hatte, wippte hin und her.

»Willst du die Patin von unserem Fröschchen werden und meine Trauzeugin?«

Käthe riss den Mund auf. Vorsichtshalber hielt ihr Ottilia ihn mit einer Hand zu. »Psst.«

Käthe nickte und juchzte leise hinter der vorgehaltenen Hand. »Liebend gern«, sagte sie, sobald Ottilia sie von ihrem Mund nahm. Die anfängliche trübe Stimmung, mit der Käthe vorhin auf ihrem Rad auf den Hof gekommen war, war wie weggeblasen. Darüber reden wollte Käthe nicht.

»Ich habe heute Morgen auch erste Kleidung für das Kleine entworfen«, erzählte Ottilia und legte eine Hand auf ihren Bauch.

»Darf ich auch mal?«, wollte Käthe wissen.

Ottilia ließ sie. Mit jeder Minute, die verging, fühlte sie sich dem Baby mehr verbunden. Auch wenn das Drumherum alles überschattete, sie wollte guter Dinge sein.

Käthe wurde ernst und zog langsam die Hand zurück. »Und wann sagt ihr es deinen und seinen Eltern?«

»Demnächst.«

Käthe hob ihre Hände und drückte die Daumen. »Dann ganz viel Glück dafür.«

»Aber jetzt erzähl mal, was dir auf dem Herzen liegt.«

Käthe seufzte. »Davids Mutter geht es wieder gut, aber sie ist körperlich noch sehr schwach. Und sein Vater arbeitet viel. Genau wie David auch. Er weiß halt noch nicht, wann er kommen kann.«

Ottilia hielt ihre Freundin an den Händen fest. »Es wird schon alles gut werden, Käthe.«

»Hoffentlich. Denn lang halte ich die Sehnsucht nicht mehr aus.«

Ausbruch

Ottilia

Nach der Mittagspause kehrte Ottilia sogleich in die Schneiderei zurück und wurde von einer kühlen Stimmung empfangen. Margot, Bärbels neues Lehrmädchen, das gerade für einen Kunden aus Aufseß eine Hose aus Militärstoff änderte, zog den Kopf ein und war ganz still. Hatte der Ärger mit Margot zu tun? Bisher war Bärbel mit dem Lehrmädchen ganz zufrieden gewesen. Bärbel breitete den Stoff, den sie unlängst in einem Laden in Bayreuth gekauft hatte, auf ihrem Nähtisch in der Schneiderei aus und schnaubte.

»Alles in Ordnung, Tante?«, fragte Ottilia und ging zu ihr hinüber, um sich den Stoff genauer anzusehen. Bärbel reagierte nicht. Hatte sie sie nicht gehört? Der Stoff jedenfalls war Ottilias Meinung nach so, wie die Kundinnen es sich gewünscht hatten. Farbenfroh und leicht.

»Der ist sehr schön, Tante.«

Bärbel hob den Blick. »Ja, endlich konnte er geliefert werden. Habe lange darauf warten müssen.« In ihren Augen flackerte etwas Dunkles. Die sonst weichen Gesichtszüge verhärteten sich. »Sag mal, bist du von allen guten Geistern verlassen, Ottilia Aden?«

Oha. Wenn ihre Tante sie derart betont bei vollem Namen nannte, lag wirklich etwas im Argen. Bärbel hieb eine Faust auf den Tisch, die auch Margot kurz zusammenzucken ließ.

»Margot, mach noch eine Pause. Zehn Minuten. Dann kommst zurück«, zischte Bärbel.

Das Mädchen ließ sich nicht zweimal bitten, erhob sich sofort und verließ die Schneiderei mit großen Schritten.

Ottilias Gedanken rasten. Wusste ihre Tante etwa Bescheid über Eduard und sie und auch die Schwangerschaft?

Bärbel holte tief Luft. »Ich war kürzlich bei den Hofmanns. Du hast gesagt, dass du denen Kleider anbietest und gleichzeitig Werbung für die Schneiderei machst.«

Im ersten Moment war Ottilia erleichtert, dass es ihrer Tante wohl um etwas anderes ging.

»Ja, habe ich auch gemacht«, antwortete sie. »Bist du sauer, weil ich die Schneiderei nicht auch auf den Kärtchen genannt habe? Das hätte ich wirklich tun sollen, kann ich nachholen.«

Bärbel holte ein paar Schnittmuster und legte sie auf den Stoff. »Das ist es nicht, was mich stört. Du hast mit keinem Wort erwähnt, dass du auch die Unterwäsche angeboten hast.«

Ottilia straffte die Schultern. »Frau Hofmann sagte, ihr sei die Unterwäsche ausgegangen, und ich dachte, es ist gut …«

»Du findest das gut?«, unterbrach ihre Tante sie.

Ottilia nickte. »Sei mir nicht böse, aber ich denke, ich bin erwachsen genug, um diese Entscheidung allein zu treffen. Frau und auch Herr Hofmann waren begeistert.«

Bärbel seufzte. »Aber die Leute, Ottilia, die zerreißen sich darüber schon ihr Maul. Wie gedacht. Da fielen laut Frau Hofmann Worte wie verrucht, sündig und so weiter. Das lässt dich und damit in gewissem Maß auch uns Adens in keinem guten Licht dastehen.«

»Die Leute reden so über meine Unterwäsche?«, murmelte Ottilia und ihre Kopfhaut begann zu prickeln.

»Besonders die alte Generation ist entsetzt darüber. Nur sehr wenige sind angetan von den Büstenhaltern mit den gewagten Schnitten und der Spitze. Wie ich gesagt habe, es ist der falsche Zeitpunkt, vor allem der falsche Ort. Deine Mutter sitzt unten in der Küche und heult sich die Seele aus dem Leib, weil sie in der Stadt damit konfrontiert worden ist. Leni ist aus allen Wolken gefallen, kannst du dir ja vorstellen. Und meine Schneiderei ist bekannt für anständige Kleidung. Ich habe mir das alles von unten aufgebaut. Das lass ich mir nicht von dir kaputtmachen, Ottilia.«

Ihre Worte trafen Ottilia wie eine Ohrfeige. Sie konnte ihre Meinung nicht teilen. »Es tut mir leid, wenn du so denkst. Aber ich ruiniere gar nichts, Tante. Wenn die Leute erst einmal nachgedacht haben, richtig nachgedacht, und sich daran gewöhnen, dass …«

»Du holst deinen Kram sofort bei den Hofmanns ab und dann hoffen wir, dass bald Gras über die Sache gewachsen ist. Die wollen die Unterwäsche jetzt nämlich nicht mehr.« Ottilia wusste nicht, was sie denken sollte. Aber sie spürte Enttäuschung, Wut und Verzweiflung in sich aufsteigen. Als sie gehen wollte, lief sie ihrer Mutter in die Arme, die gerade auf dem Weg in die Schneiderei war. Ottilia wich ihrem Blick nicht aus.

»Ich sehe nichts Falsches in meinem Tun«, sagte sie leise, aber bestimmt. »Ich wollte und will nur, dass sich die Frauen wieder fraulicher fühlen, und etwas Schönes erschaffen. Und als Frau Hofmann und Herr Hofmann so begeistert waren von meiner gesamten Arbeit, da war ich erst richtig überzeugt und ermutigt, sie …«

Ihre Mutter unterbrach Ottilias Erklärung, indem sie ausholte und ihr eine Ohrfeige versetzte, die ihren Kopf nach rechts fliegen ließ. Ottilia konnte es nicht glauben. Das letzte Mal, dass ihre Mutter sie geohrfeigt hatte, war schon Jahre her. Damals war sie noch ein Kind gewesen, doch jetzt war sie erwachsen. »Diese Unterwäsche wird verbrannt. Und das Café wird es auch nicht geben. Schluss jetzt mit den Träumereien. Die haben hier keinen Platz.«

Bärbel war Ottilia gefolgt und stand zwei Schritte entfernt. »Die Kleider behalten die Hofmanns ja. Komm schon, Leni. Die Leute werden sich wieder beruhigen«, warf sie ein. Offensichtlich hielt sie die Ohrfeige doch für überzogen. Ottilia jedenfalls war ihrer Tante dankbar, dass sie wenigstens etwas zurückruderte und ihr den Rücken stärkte.

»Ich werde meine Träume nicht wegen ein paar Lästerzungen aufgeben und auch nicht für dich, Mutter. Gut, ich hole jetzt die Unterwäsche, wenn die Hofmanns sie wirklich nicht mehr wollen. Aber ich werde sie weiter entwerfen und auch den Plan mit dem Café nicht aufgeben.«

Ihre Mutter schien ihr gar nicht zuzuhören. »Bei Gott. Wenn ich allein dran denke, was alle nun sagen werden. Auch die Galberts werden klatschen und Schadenfreude haben.«

Ottilia schüttelte den Kopf. »Sollen sie und manche Leute meinetwegen ein Schadenfreudenfest feiern. Na und? Dann lass sie, wenn es sie glücklich macht. Du tust so, als wäre meine Unterwäsche der Nabel der Welt«, erklärte Ottilia und rannte zur Tür, sie wollte nur noch raus.

»Du bist rotzfrech«, rief ihr ihre Mutter nach. »Aber das Leben wird dich schon noch lehren, wie weit man damit kommt.«

Ottilia spürte, dass ihr Tränen, die tief in ihrer Seele geboren waren, über die Wangen liefen. Es tat einfach weh, dass ihre Mutter im Grunde noch nie wirklich an sie geglaubt hatte.

Im Türrahmen verschwamm das Bild vor Ottilias Augen und sie stolperte. Mit einem harten Aufschlag landete sie bäuchlings auf den Steinfliesen des Flurs.

»Tilia.«

Hermann kam zu ihr und half ihr, sich aufzusetzen. »Was machst du denn für Sachen?«

Seine Stimme klang weit entfernt. In Ottilias Ohren rauschte es. Sie bekam wie im Nebel mit, dass ihre Mutter und Bärbel dazukamen. Was sie zu ihr sagten, verstand sie jedoch nicht. Das Rauschen in ihren Ohren war zu laut. Mit zitternden Fingern betastete sie ihren Bauch. In ihrem Herzen sammelte sich Angst.

»Mein Kind!«, rief sie, ehe es ihr selbst bewusst wurde. Langsam schärfte sich ihr Blick wieder und sie bemerkte, dass Bärbel, ihre Mutter und Hermann sie anstarrten, als wäre sie nicht von dieser Welt.

»Wer ist der Vater?«, wollte Ottilias Mutter mit zittriger Stimme wissen, als es Ottilia besser ging und sie wieder aufstehen konnte.

»Was ist denn bei euch los?«, hörte Ottilia die Stimme ihrer Großmutter aus dem Wohnzimmer.

Ottilia ging zu ihr und vor ihr in die Hocke.

Hedwig tätschelte ihre Hände. »Na sag schon, Kind.«

Ottilia sah ihrer Großmutter in die Augen. »Ich bin schwanger, Oma. Und ich liebe den Vater meines Kindes.«

Sie hatte lange genug geschwiegen, musste sich ihrer Familie auch in dieser Sache endlich offenbaren. Es sollte keine Geheimnisse mehr geben.

Hedwig staunte zuerst, dann aber lächelte sie. »Und er liebt dich?«

»Ja.«

Ihre Großmutter nickte. »Dann ist doch alles gut. Meinen Glückwunsch.«

Ottilia umarmte ihre Großmutter. »Danke, Oma.«

Ottilias Mutter packte Ottilia ein wenig grob an der Schulter. »Wer verflucht ist der Vater? Red schon. Schlimm genug, dass ihr miteinander geschlafen habt, ohne verheiratet zu sein.«

Hedwig schüttelte den Kopf. »Absurd. Dein Großvater und ich haben damals auch nicht gewartet. Weil wir wussten, wir gehören zusammen. Warum dann warten?« Ottilia fing Hedwigs Lächeln auf.

Leni schnaubte. »Bitte Hedwig. Sei still.«

Ottilia erhob sich, nahm allen Mut zusammen und drehte sich zu ihr um.

»Eduard Galbert ist der Vater.«

Ihre Mutter taumelte ein paar Schritte zurück. Hermann fing sie auf. Bärbel schlug sich eine Hand vor den Mund, ihr entglitten sämtliche Gesichtszüge. Ottilias Mutter richtete den Blick zum Holzkreuz über der Tür. Dann bekreuzigte sie sich und murmelte: »Jesus, Maria und Josef, steht uns bei!«

Ein Picknick im Zauberwald

Hedda

Ich hatte gerade ein neues Kapitel fertig überarbeitet, als ich jemand draußen im Hof rufen hörte: »Was bilden Sie sich ein?« Kaum hatte ich einen Fuß aus Monikas Café gesetzt, kam mir Viktoria entgegengeeilt. Sie sah wohl nicht nur fuchsteufelswild aus, sondern war es ihrem Geschrei nach auch. Dicht vor mir blieb sie stehen.

»Was? Ich verstehe nicht.«

Viktoria verengte die Augen. »Ihnen habe ich den Streit mit Daniel zu verdanken. Sie verdrehen ihm den Kopf. Genauso wie seine Mutter es immer versucht hat, die mich nie gemocht hat.« Die zwei hatten also gestritten. Wegen mir?

»Monika sagte mir, Sie hätten sich immer auf Distanz gehalten.«

»Monika hat sich immer rausreden wollen. Und Sie mischen sich ein, wollen wohl den Rahm abschöpfen. Aber der und Daniel gehören mir.« Sie strich sich ein paar Haarsträhnen hinter die Ohren, an denen goldene Ohrringe funkelten, und reckte das Kinn. »Verstanden?«

Ich wich ihrem Blick nicht aus. »Daniel trifft seine Entscheidungen selbst. Ich habe nur die Wahrheit gesagt. Weiter nichts.«

Sie blähte die Nasenflügel. »Ich hol ihn mir zurück und Sie kommen mir dabei nicht mehr in die Quere. Sonst …«

Wollte sie mir drohen?

Plötzlich sah ich Daniel. Er eilte über den Hof auf uns zu.

»Viktoria, ich dachte mir schon, dass du nach unserem Streit herkommst. Was soll denn das?«

Seine Frau drehte sich augenblicklich zu ihm um. »Daniel, ich …«

»Es ist alles gesagt. Du machst es nur noch schlimmer. Geh einfach. Hedda hat recht. Ich habe so entschieden. Und wir hatten uns doch schon lange auseinandergelebt. Du liebst mich doch gar nicht.«

Sie stakste in ihren schwarzen Pumps und dem hellen Sommerkleid auf ihn zu und wollte ihm eine Hand auf eine Wange legen. Doch er wich aus. »Daniel, Schatz, was redest du denn da?«

»Wenn du mich lieben würdest, dann hättest du nicht so gelogen. Du hast nur dich gesucht. Dafür bist du genau genommen sogar über die Leiche meiner Mutter gegangen.«

»Jetzt übertreibst du, Daniel.«

»Ich kann das nicht mehr. Ich habe vieles verstanden, aber das, das kann ich dir nie verzeihen, Viktoria.«

»Sie wollte dich doch gar nicht mehr sehen in ihrem Zustand. Sie …«

Er versteifte sichtlich, als sie ihn umarmte. »Hör auf. Ich glaube dir kein Wort mehr.«

Ich sagte besser gar nichts dazu.

Viktoria wich zurück und starrte ihn an. »Das ist wirklich dein letztes Wort?«

»Alles Weitere hörst du von meinem Anwalt.«

Viktoria starrte ihn ungläubig an. »Und die Wohnung? Ich habe da auch Geld reingesteckt, mein Lieber.«

»Bleib meinetwegen dort. Ich suche mir was Neues. Aber geh mir aus den Augen. Und lass Hedda in Ruhe.«

Viktoria kniff die Lippen zusammen. Dann drehte sie sich mir zu und schüttelte den Kopf. Daniel zückte das Handy und bestellte ein Taxi zum Hotel.

»Für wen?«, fragte Viktoria.

»Für dich. Geh jetzt, und zwar auf der Stelle.« Er zeigte in die Richtung, aus der sie gekommen war.

Viktorias Lippen bebten. »Wenn ich mir was antue, bist du schuld.«

»Ich lasse mich nicht mehr moralisch erpressen. Du liebst das Leben und dich zu sehr, um es über Bord zu werfen. Da bin ich sicher.«

Viktoria ging an ihm vorbei. »Ich laufe«, sagte sie und stakste über den Hof.

Ich war heilfroh, als sie weg war. Daniel pustete leise Luft aus und stemmte die Hände in die Seiten. Dann kam er langsam auf mich zu.

»Tut mir leid«, sagte er.

»Mir auch für dich«, flüsterte ich.

Er hielt mir einen Ellbogen hin. »Lass uns abtauchen, Hedda.«

Ich runzelte die Stirn. »Wohin?«

»In die Vergangenheit. Ich brauche jetzt unbedingt Ablenkung.«

»Versteh ich.« Ich holte den Laptop, schloss das Café ab und hängte mich dann bei ihm ein. »Den bring ich nur noch schnell ins Haus.«

Danach verließen wir den Hof gemeinsam zu Fuß. »Hast du wieder weiter überarbeitet?«, fragte Daniel.

Ich nickte. »Ein Kapitel.«

»Erzähl mir, was darin passiert.«

Ich verdrehte die Augen. »Du bist echt genauso schlimm wie Sascha.«

»Und ich hoffe, du kannst mir den Wunsch genauso wenig abschlagen wie ihm.«

»Na gut. Auch Ottilias Vater war natürlich entsetzt, als er hörte, dass seine Tochter ein Kind von dem Sohn seines Erzfeindes erwartete. Doch Ottilias Liebe konnte nichts erschüttern.«

Daniel lächelte mir zu. Für eine Sekunde setzte sich ein zitronengelber Schmetterling auf sein Haar, ohne dass er es merkte.

»Dass die beiden zueinanderhalten, ist die Hauptsache«, sagte Daniel.

»Ja. Und Eduard fand es mutig, dass sie ihrer Familie allein gegenübergetreten war. Auch wenn er ihr natürlich sehr gern den Rücken dabei gestärkt hätte. Eine beneidenswerte Liebe.« Ich seufzte.

»Vor allem bedingungslos«, ergänzte Daniel. Ich war froh, dass er es genauso sah wie ich.

Langsam kamen wir dem ehemaligen Haus der Meyers näher. Milder Sommerwind begleitete uns. Ein kleiner Junge winkte vom Garten aus. Die Frau, die neben ihm Unkraut jätete, richtete sich auf und sah uns entgegen.

»Guten Tag«, grüßte ich sie. Daniel schloss sich an.

Sie lächelte und nickte. »Grüß Gott.«

Wir wollten vorbeigehen, da fragte sie: »Entschuldigung, aber sind Sie nicht der Sohn von Monika Galbert?« Der Wind spielte mit ihrem schulterlangen blonden Haar.

»Ja, bin ich«, erwiderte er.

Die Frau ließ ihren Blick zu mir wandern. »Und Sie sind dann wohl Viktoria.«

»Nein«, erwiderte ich.

»Oh, entschuldigen Sie meine Neugier.«

»Das liegt in der Natur meiner Frau!«, rief ein junger Mann, der gerade aus dem Haus kam.

Sie lächelte leicht verlegen. »Ja, stimmt.«

Der Mann lachte.

»Alles gut«, versicherten wir ihr.

Die Frau legte eine Hand auf den Brustkorb. »Da bin ich froh.«

»Ich bin Hedda, eine Freundin von Monika«, beantwortete ich dann noch ihre Frage von vorhin.

Die Frau zeigte mit dem kleinen Spaten in der Hand auf mich. »Moment. Dann sind Sie Hedda Siebert. Die Schriftstellerin. Oder liege ich wieder falsch?« Die junge Frau kam dicht an den Gartenzaun.

Hatte Monika ihr und ihrem Mann etwa von mir erzählt?

Die Frau drehte sich kurz um. »Ich bin Jenny und das ist mein Mann Peter. Wir wohnen hier mit unserem kleinen Sohn. Unsere Oase des Glücks. Wir haben ein paarmal mit Monika telefoniert, als sie im Krankenhaus war. Leider durften wir sie nicht besuchen. Nur Verwandtschaft, hieß es. Sie war so glücklich über Ihre Bekanntschaft. Nein, falsch. Für sie war es mehr als das. Sie haben ihr viel bedeutet. Freut mich sehr, dass ich Sie kennenlernen darf.« Sie reichte mir eine Hand über den Zaun. Daniel und ich gingen näher. Auch ihr Mann kam an den Zaun und begrüßte uns mit einem Handschlag.

»Und der Hof wird nun tatsächlich verkauft?«, fragte Jenny.

»Du und deine Neugier«, flüsterte Peter und seufzte.

Er war ein sportlich wirkender groß gewachsener Mann mit breiten Schultern und blondem Haar. Jennys blaue Augen nahmen einen traurigen Ausdruck an.

»Ja, wird er«, sagte Daniel.

»Ich war so gern bei Monika im Café. Schade, dass es das nicht mehr gibt. Aber vielleicht findet sich ja ein neuer Besitzer, der Interesse hätte, es wieder zu eröffnen«, meinte Jenny.

Peter legte einen Arm um ihre Schulter. »Ja, das wäre toll.«

»Mal sehen«, erwiderte Daniel. »Ich werde jeden Interessenten nun auf jeden Fall auf Herz und Nieren prüfen. Das bin ich Mutter schuldig und Hedda auch.« Er warf mir einen kurzen Blick zu.

»Ach, wie schön«, sagte Jenny und wandte sich an Daniel. »Monika hat uns viel von Ihnen erzählt. Sie war immer so stolz auf Sie und hat Ihnen von Herzen das Beste gewünscht. Das wünschen wir Ihnen auch. Ihnen beiden.«

Das war nett. »Danke«, sagte ich.

Daniel senkte kurz den Blick. »Ich wünschte, ich könnte noch einmal mit ihr reden«, flüsterte er.

Ich hatte das Gefühl, dass es okay war, ihm mit einer Hand über den Rücken zu streichen.

»Ich denke, wir gehen nie ganz, und sie weiß es«, erwiderte Jenny und Peter nickte.

»Das glaube ich auch«, sagte ich und hatte das Gefühl, dass es Daniel half. Schließlich verabschiedeten wir uns und setzten den Weg fort. Das junge Paar ließ uns noch wissen, dass wir bei ihnen jederzeit herzlich willkommen seien. Ich mochte die kleine Familie, und auch Daniel schien sie sympathisch zu finden.

Die Erkundung der Stadt hatte uns zu verschiedenen Plätzen geführt, die Ottilia und Eduard in ihren Notizen genannt hatten. Darunter zum Beispiel das Bezirkskrankenhaus, das einem Altenheim gewichen war, oder das Geschäft der Wagners, das heute einer Familie als Wohnhaus diente. Ich hatte das Gefühl, dass es uns Ottilias, Eduards und damit auch Monikas Geschichte vertrauter machte.

»Es war ein richtig schöner und interessanter Spaziergang. Danke dafür«, sagte Daniel, als wir zurück auf dem Hof waren.

»Finde ich auch.«

Ich nahm meinen Laptop mit nach draußen, während Daniel die Blumen, die ich inzwischen gepflanzt hatte, in Augenschein nahm.

»Schön geworden«, sagte er und warf mir einen Blick über die Schulter zu.

Ich glaubte ihm, dass er es ernst meinte. Sein Kompliment freute mich. »Danke.«

Er kam zu mir. »Darf ich mitlesen, was du überarbeitest?«

Ich zögerte. »Das wäre eine Premiere für mich.«

»Komm schon.« Er setzte sich neben mich und stupste mich mit einem Ellbogen an.

»Na gut. Aber Ruhe. Wie wäre es dann mit einem Abendessen im Zauberwald?«

»Ein Picknick sozusagen. Klingt sehr gut, Frau Siebert.« Er lachte leise und rückte noch näher. Ich musste zugeben, dass ich seine Nähe mochte. Sie gab mir ein Gefühl von Geborgenheit. So wie ich es bei Monika oft gehabt hatte.

Neue Wege

Ottilia

Frau Hofmann druckste herum, als Ottilia zusammen mit Eduard die Unterwäsche abholte. Er ließ es sich nicht nehmen, sie zu begleiten. Ottilia war stolz, dass er hinter ihr stand.

»Die Wäsche ist leider so gar nichts für uns. Ich hätte das letzte Mal noch genauer hinsehen sollen«, sagte Frau Hofmann und lächelte Ottilia zu.

Es war kein echtes Lächeln. Ottilia behielt ihren Stolz, konnte aber auch die Enttäuschung nicht verbergen. Frau Hofmann hatte sich im Vergleich zu ihrem letzten Besuch völlig gewandelt und nahm eine zunehmende Abwehrhaltung ein, als besäße Ottilia eine ansteckende Krankheit, mit der sie sich tunlichst nicht infizieren wollte. Und dennoch schien sie zwiegespalten.

»Neugierig waren die Leute aber für die kurze Zeit, das muss man sagen«, legte sie nach.

Ihr Mann hatte das Gespräch wohl mitgehört und brachte den Karton mit Ottilias Wäsche an die Tür. »Alles drin. Auch der Büstenhalter, von dem meine Frau anfangs so angetan war.« Er betonte die Worte und seufzte leise.

Es schien Ottilia, als fände er die Entscheidung seiner Gattin nicht richtig.

Die zuckte nur mit den Schultern.

Eduard nahm den Karton an sich. »Ich finde, die Neugier zeigt, dass die Menschen doch Interesse haben. Und was interessant ist, setzt sich letztendlich meistens durch«, bemerkte Eduard und lächelte Ottilia zu.

»In manchen Dingen mag das durchaus zutreffen«, erwiderte Frau Hofmann und wirkte nachdenklich, während sie sie beide betrachtete.

Ottilia konnte sich vorstellen, dass ihr die Frage, ob sie und Eduard ein Paar waren, wie ein Stück glühender Kohle auf der Zunge lag.

»Ach ja«, meinte sie dann. »Die Kleider nimmst du auch gleich wieder mit. Die sind jetzt leider untrennbar mit der Unterwäsche verbunden. So schnell vergessen die Leute nicht. Aber sie werden irgendwann. Und dann können wir es gern noch mal probieren, sie hier zu verkaufen.« Sie wollte sich also ein Hintertürchen offen halten.

Herr Hofmann verschwand wieder und kehrte mit einem weiteren größeren Karton zurück. »Da sind die Kleider drin. Tut mir leid, Mädchen.«

Er schien es ehrlich zu meinen. Eduard reichte Ottilia den kleinen Karton und übernahm den großen.

»Ich werde meine Wäsche zukünftig nur noch in meinem eigenen Café verkaufen. Guten Tag«, war alles, was Ottilia dem Ehepaar zum Abschied noch zu sagen hatte.

Die Einweihung

Ottilia

Eduard schielte kurz zu Ottilia hinüber. »Hoffentlich reißen sie mir nicht gleich den Kopf ab, wenn ich dich nun nach Hause bringe.«

Ottilia bemerkte seine Nervosität, auch wenn er sie vor ihr zu verstecken versuchte. Unweit des Meyer-Hauses stoppte Ottilia und sah Eduard an. »Das würde ich nie zulassen. Wir gehören zusammen. Das müssen sie akzeptieren.«

»Dein Wort in Gottes Ohr«, erwiderte Eduard und küsste sie zärtlich. Ihren Ring trug sie von nun an sichtbar für jeden am Finger.

»Ich liebe dich, Eddie.«

»Ich dich auch, Tilia.«

Er lehnte seine Stirn an ihre. »Und ich hoffe so sehr, dass, wenn wir es nicht schaffen, dann unser Kind eine Brücke zwischen unseren Familien schlagen kann.«

»Ja«, flüsterte Ottilia.

Sie verharrte noch kurz, dann gingen sie weiter und kamen wenig später am Aden-Hof an. Kaum hatten sie ihn zur Hälfte überquert, kamen Ottilias Mutter und ihre Tante aus dem Haus geeilt.

»Stellen wir die Kartons erst mal ins Café. Ich nenn es meistens schon so«, sagte Ottilia schnell und winkte Eduard mit sich.

Bärbel und Ottilias Mutter folgten ihnen.

»Das ist ja die Höhe«, rief ihre Mutter. »Du lässt dich von dem heimbringen?« Ihre Stimme klang ein wenig heiser.

Sie umklammerte den Stiel des Besens, den sie bei sich trug, so fest, als wollte sie ihn mittig brechen.

»Er hilft mir mit den Kartons. Wir haben sie bei den Hofmanns abgeholt. Wie ihr es gewünscht habt.«

Bärbel enthielt sich, starrte sie beide nur an.

»Zusammen?«, stieß Ottilias Mutter hervor.

»Ja. Und sie haben uns viel Glück für die Zukunft als Ehepaar gewünscht.«

»Du hast …?« Sie schüttelte den Kopf, wurde immer bleicher. Dann zeigte sie auf den Ausgang des Schuppens. »Raus, Galbert. Verschwinde.«

»Ich will keinen Unfrieden stiften. Wir beide …«, setzte Eduard an.

»Runter von unserem Hof!«

»Wenn er gehen soll, geh ich mit«, sagte Ottilia entschlossen.

Bärbel seufzte.

Ottilia nahm Eduard an einer Hand und verließ mit ihm das zukünftige Café. Auf dem Weg, der am Hof vorbeiführte, gingen ein paar Leute vorbei, die sie kannten und herübergrüßten. Ottilias Mutter winkte ihnen und grüßte zuckersüß zurück.

»Darf ich in Ruhe mit Ihnen reden? Nur kurz«, bat Eduard dann.

»Nein!«, rief Ottilias Mutter.

Bärbel stupste sie an. »Die Leute schauen«, machte sie ihre Schwester aufmerksam.

Sie schnaubte und schaute zu den Leuten hinüber, die tatsächlich die Köpfe reckten. »Nun gut. Kurz«, gab Ottilias Mutter nach.

»Danke«, erwiderte Eduard und suchte ihren Blick. Doch sie wich ihm aus.

»Auch von mir danke«, sagte Ottilia.

Ihre Mutter knurrte leise. »Deinem Vater wird das gar nicht gefallen. Kann gut sein, dass er deinen … den Galbert aus dem Haus prügelt.«

»Das Risiko nehme ich in Kauf«, erwiderte Eduard.

Ottilia sah genau, dass ihre Tante sich ein Schmunzeln verkniff, als sie Ottilias Mutter ins Haus folgten.

Ottilias Mutter trommelte die ganze Familie herbei, die sich in der Wohnstube versammelte. Nur Ottilias Vater war noch unterwegs. Sobald Eduard und Ottilia sich nebeneinander auf dem Sofa niedergelassen hatten, bespritzte Hedwig sie von ihrem Rollstuhl aus mit einer extra Portion Weihwasser. Ein Lächeln umspielte dabei ihre zuckenden Mundwinkel. »Gott segne und beschütze auch unsere sognannten Feinde«, flüsterte sie.

»Hedwig!«, murrte Ottilias Mutter, doch die alte Dame tat, als hätte sie es nicht gehört.

»Er ist nicht unser Feind«, erwiderte Ottilia.

Eduard atmete neben ihr leise tief durch.

»Wie soll das nur weitergehen? Eine Schande ist das.« Ottilias Mutter schluchzte.

»Warum ist es eine Schande? Weil ich ein Galbert bin? Nur deshalb?«, warf Eduard ein.

Ottilia drückte seine Hand fester. Sie konnte vor allem Trauer und Verzweiflung in seinen Augen lesen und völlig verstehen.

»Wir lieben uns, haben uns verlobt. Schon bevor wir wussten, dass wir Eltern werden. Ich stehe zu Ottilia und unserem Kind. Komme, was wolle«, legte Eduard entschlossen nach.

Stolz erfüllte Ottilia und ihre Blicke streiften ihre Familie, die sich vor ihnen beiden aufgebaut hatten wie eine Front aus Kriegern. Die Uhr an der Wand tickte monoton vor sich hin und schien dabei immer lauter zu werden. Ansonsten war es so still, dass man eine Stecknadel hätte fallen hören können.

»Wir sind sicher, Gott hat es so gewollt«, sagte Ottilia dann.

Ihre Mutter zückte ein Taschentuch. »Ein Skandal ist das. Du bringst mich ins Grab, Ottilia.«

»Menschenskind, so schnell stirbt man nicht«, fuhr Hedwig sie an.

»Mama!«, warf Bärbel leise ein.

Doch Hedwig ließ sich nicht beirren, während Ottilias Vater die Stube betrat. »Ist doch wahr. So ein Irrsinn, was die Leni da sagt. Die Hauptsache ist, die Kinder sind glücklich miteinander. Der Streit zwischen den Familien sollte kein Hindernis sein.«

Ottilias Mutter schluchzte lauter und schnäuzte sich in ihr Taschentuch. »Jetzt sprich auch endlich ein Machtwort, Albert«, forderte sie.

»Mir ist speiübel«, murrte er.

Bärbel sah zu Ottilia und Eduard. »Sie erwarten ein Kind. Das ist nun mal passiert. Und wenn sie sich ehrlich lieben, dann …«

»Ich hör mir das nicht länger mit an.«

»Und ich hör schon die Leute gackern, Leni. Uneheliches Kind und so weiter«, donnerte Albert plötzlich.

Ottilias Mutter hielt inne. »Was bedeutet?«

Er presste kurz die Lippen aufeinander, bevor er sagte: »Wegmachen oder …«

Ottilia konnte nicht fassen, dass er das gesagt hatte. Sie und Eduard standen auf.

»Niemals. Wir werden heiraten und das Kind bekommen. Notfalls verlassen wir Oberfranken«, sagte Ottilia. Auch wenn ihr das das Herz zerreißen würde.

Eduard nickte zustimmend.

Ottilias Vater blähte die Nasenflügel, seine Kiefermuskeln zuckten. Es wurde wieder still, die Luft war zum Zerschneiden gespannt.

Ohne noch etwas zu sagen, stapfte er hinaus und Ottilias Mutter folgte ihm.

Vereiste Fronten

Ottilia

Nach dem aufwühlenden Besuch auf dem Hof ihrer Eltern beschlossen Eduard und Ottilia, einen weiteren Schritt zu wagen und auch gleich mit den Galberts zu reden. Ottilia betete um ein Wunder, dass sie anders reagierten als ihre Familie. Eduard parkte sein Motorrad in der Nähe seines Elternhauses. Direkt ans Haus schlossen die Stallungen für das Vieh und die Gerätschaften an, die zur Feldarbeit benötigt wurden. Zwischen der Scheune, dessen Dach größtenteils mit Moos bewachsen war, und dem Hühnerstall blühte ein Busch mit weißen Rosen. Ottilia erinnerte sich, dass sie bisher erst einmal den Hof der Galberts betreten hatte. Damals war sie ein Kind gewesen. Arglos war sie einer schwarzen Katze mit stahlblauen Augen gefolgt, die sich in der Scheune der Galberts versteckt hatte. In dieser Zeit hatte sie noch nichts von den Streitigkeiten ihrer Eltern mit den Galberts gewusst. Für Ottilia war die Welt größtenteils freundlich gewesen, voller Neuigkeiten und ausschließlich heller bunter Farben.

»Meine Eltern haben nun nur noch uns, Emmi und mich, die auf dem Hof helfen. Meine Großeltern sind ja nicht mehr und Emmi will keine Gehilfen. Auch die Flüchtlinge blieben nicht lange. Keiner ist gut genug für sie.«

»Das tut mir leid, Eduard.« Ottilia merkte seine Verzweiflung und hätte ihm so gern geholfen. Vielleicht, dachte sie sich, könnte sie hin und wieder auf dem Hof und den Feldern mithelfen. Vorausgesetzt, die Galberts ließen das zu.

»Meine Eltern kränkeln immer öfter. Der Doktor sagt, es sind Verschleißerscheinungen. Sie müssen sich viel mehr Ruhe gönnen. Ja gut, mein Onkel Adolf und seine Frau helfen uns zwar manchmal aus, aber jammern gleichzeitig immer, dass sie dadurch mit der eigenen Arbeit nicht mehr richtig nachkommen. Ich helfe mit, so gut und oft ich kann. Aber ich hoffe, dass ich Emmi und auch meine Eltern noch überreden kann, sich doch wieder zusätzliche Hilfe auf den Hof zu holen. Außerdem muss einiges erneuert werden.« Er deutete auf das Dach der Scheune. »Da ist einiges undicht. Und auch das Haus braucht hier und da eine Sanierung.« Er ließ die Blicke schweifen.

Ottilia strich ihm über einen Arm. »Wir kriegen das schon hin. Ich bin auch noch da, kann mithelfen.«

Eduard fixierte sie. »Das würde ich nie verlangen. Dass du auf dem Hof mithilfst, Tilia. Schon gar nicht in deinem Zustand.«

»Ich glaube, ich habe dir schon einmal gesagt, dass ich nicht aus Zucker bin.«

»Dennoch. Deshalb habe ich das nun nicht erzählt. Weißt du was? Ich werde es mit einem eigenen Hofgehilfen versuchen. Für den übernehme ich die ganze Verantwortung. Ob Emmi und meine Eltern wollen oder nicht«, erklärte er weiter und wirkte entschlossen.

»Ich vertraue auf dein Gespür«, entgegnete Ottilia. Eduard küsste sie auf die Nasenspitze.

»Danke, Tilia.« Er atmete tief durch und richtete dann seine Aufmerksamkeit ganz auf das Elternhaus. »Und jetzt komm!«

Ottilias war nicht minder aufgeregt. Das Herz stolperte ein paarmal in ihrer Brust, als sie auf das Haus zugingen und Eduard die Haustür aus lackiertem Eichenholz und mit dem milchigen Glasfenster in der Mitte aufzog.

Emmi, die mit einer Schubkarre voller Mist aus dem Stall kam, stierte ungläubig zu ihnen herüber.

»Hallo Emmi! Sind Vater und Mutter da?«, wollte Eduard wissen und hob seiner Schwester eine Hand zum Gruß, als er sie bemerkte.

Emmi kniff die Augen zusammen. »Sind drin. Was tut die Aden hier?«, wollte sie wissen und musterte Ottilia abwertend.

Eduard seufzte leise. »Sie ist mein Gast.«

»Was? Die?«

»Ihr Name ist Ottilia. Sie ist mir wichtig.«

»Ich weiß, wer sie ist.« Emmi kam zu ihnen. »Seid ihr etwa …?«

Eduard wich ihr nicht aus. »Ein Paar, ja.«

Emmi schluckte schwer und schüttelte den Kopf. »Mein Gott, Eduard. Aber ich hatte da schon mal so eine Vorahnung, konnte es mir dann aber doch nicht vorstellen, dass du so dumm sein kannst, dich auf die einzulassen. Die muss dich verhext haben. Womit?«, stieß sie hervor. Dann lachte sie spöttisch. »Wach auf, Bruderherz.«

Eduard schnaubte. »Sei still, Emmi. Ich will, dass dieser Kindergarten endlich aufhört, Herrgott noch mal.«

Emmi schürzte die Lippen. »Welcher Kindergarten? Ich meine das ernst.«

Eduard zog Ottilia weiter in den Hausflur und schloss die Tür hinter sich und ihr. Das Ticken einer alten großen Kastenuhr, die fast bis zur Decke reichte und neben einer

Holzkommode im Flur stand, war das einzige Geräusch, das sie im Haus vernahmen.

»Vergiss Emmi. Die wird sich schon einkriegen.« Er atmete geräuschvoll durch und deutete den Flur entlang. »Als ich ein kleiner Bub war, war das Haus immer voller Leute. Früher wohnten auch mein Onkel Adolf und seine Frau hier, bis sie auf den eigenen Hof außerhalb Hollfelds gezogen sind«, erzählte er und ein wehmütiges Lächeln setzte sich in seine Mundwinkel.

»Etwas Eigenes will ich auch einmal«, sagte Ottilia.

Eduard lächelte wieder, was Ottilia ein wenig beruhigte. »Ja. Allerdings würde ich gern hier im Ort bleiben.«

Sie nickte. »Ich auch.«

»Irgendwann werden wir uns ein Häuschen leisten können. Vielleicht gibt es mal ein hübsches zu kaufen.«

Ein schöner Gedanke.

Eduard öffnete eine weiß-grau gestrichene Holztür, die in den Angeln quietschte. Dahinter verbarg sich eine Küche. Der Duft von Hefeteig waberte ihnen entgegen. Der Herrgottswinkel über der Eckbank, vor der ein großer hölzerner Esstisch stand, war geschmückt mit Wiesenblumen.

Eduard führte sie weiter in die Wohnstube mit Sofa, einem geschlossenen Kamin, Tisch und Sessel.

Eduards Mutter Isabella lag auf dem Sofa. Sie schlief. Über die Beine hatte sie eine graue Wolldecke gestülpt.

»Lass uns besser später wiederkommen«, flüsterte Ottilia.

Da regte sich Isabella und öffnete die Augen. Ihre dünnen Brauen zogen sich zusammen, sodass sie sich fast berührten. »Träum ich?«, fragte sie.

»Nein, Mutter«, erwiderte Eduard.

Sie legte die Decke beiseite und rieb sich die Augen. »Ich mache gerade eine kleine Pause.« Emmi war ihrer Mutter Isabella Galbert wie aus dem Gesicht geschnitten. Eduard hatte allerdings mehr von seinem Vater.

»Was will die denn hier?«, fragte Isabella und verzog das Gesicht, als hätte Ottilia eine ansteckende Krankheit.

»Wir müssen, nein, wir möchten dir und Vater etwas sagen«, erwiderte Eduard ruhig.

Seine Mutter blickte auf die verschränkten Hände Ottilias und ihres Sohnes. Langsam stand sie auf und kam näher. Ottilia hielt zeitweise die Luft in ihrer Lunge gefangen.

»Was bedeutet dieser Auftritt?«, flüsterte sie.

»Ist Vater nicht hier?«, fragte Eduard.

»Der ist noch im Stall«, sagte sie und blickte zu Ottilia. »Und du, lass meinen Eduard in Ruh. Adens bringen Unglück. Verschwinde!«

Ottilia hatte geahnt, dass sie so reagieren würde.

Emmi kam hereingestürmt. »Eduard ist von allen guten Geistern verlassen«, sagte sie.

Ottilias Magen grummelte. Am liebsten hätte sie sofort die Flucht ergriffen. Doch sie blieb, Eduard zuliebe.

»Ottilia und ich gehören zusammen«, sagte er und fixierte dabei erst seine Mutter und anschließend seine Schwester.

Emmi schüttelte den Kopf. »Mach doch die Augen auf, Eduard.«

Ihre Mutter schnappte nach Luft. »Hast du gewusst, Eduard, dass die Leute über deine Auserwählte reden? Verrucht ist sie. Bietet sündige Unterwäsche und bunte Kleider an. Als gäbe es in diesen Zeiten, die für viele mager und hart sind, nichts Wichtigeres. Ein Hohn ist das.«

»Ich weiß davon und stehe auch da hinter Ottilia.«

Emmi lachte höhnisch und bitter zugleich, während ihre Mutter den Kopf schüttelte und etwas vor sich hin brabbelte.

»Ich wollte den Menschen nur ein wenig Leben zurückgeben«, verteidigte sich Ottilia.

»Du hast hier nichts zu suchen!« Isabella ging an ihnen vorbei und zeigte auf die Tür. »Und jetzt geh!«

»Da habe ich auch noch ein Wort mitzureden, Mutter!«, rief Eduard.

Ottilias Mut und Hoffnung ließen sie im Stich, auch wenn sie versuchte, sie an sich zu ketten. Ihr Magen hob und senkte sich, ihr wurde speiübel. Erschrocken schlug sie sich eine Hand vor den Mund. Sie musste hier raus, bevor sie den Galberts noch vor die Füße spie. Aber nicht nur deswegen. Auf der Stelle machte sie kehrt und rempelte Emmi ungewollt im Vorbeieilen an.

»Du Tölpel. Pass doch auf.«

Ottilia stolperte mehr nach draußen, als dass sie rannte. Sie fühlte sich wie ein Feigling, doch sie konnte nicht zurück. Die Worte von Emmi und Isabella Galbert waren es nicht, die sie hart getroffen hatten. Vielmehr war es die Verzweiflung, die sie in Eduards Stimme vernommen hatte. Seine Trauer über den persönlichen Krieg, das Eis, das sich nicht brechen ließ, sich nur noch verhärtete, tat ihr weh. Das Bild vor ihren Augen verzerrte sich. In der Mitte des Hofs blieb sie stehen und musste erbrechen. Wie ein Schwall entwich es ihrer Kehle. Zitternd fiel sie auf die Knie, stützte sich mit den Händen auf dem staubigen Boden ab. Ihr Hals fühlte sich trocken an wie die Erde, nachdem sie ein paarmal Luft geholt hatte.

Jemand trat zu ihr. Sie stierte auf dreckige dunkle Schuhe. Langsam sah sie auf. Eduards Vater schaute mit strenger Miene auf sie herab. »Eine Aden«, sagte er voller Abscheu.

»Herr Galbert …«, stammelte Ottilia.

»Müsst ihr Adens uns nun schon auf diese Weise zeigen, was ihr von uns haltet?«

Eduard stieß zu ihnen und zog Ottilia in die Arme. »Ottilia. Alles gut?«

Sie schüttelte den Kopf. »Tut mir leid, dass ich so schnell weg bin. Mir war nicht gut. Aber jetzt geht's meinem Magen wenigstens besser.«

Eduard suchte ihren Blick. »Dir muss nichts leidtun. Ich entschuldige mich für Emmi und Mutter.« Dann sah er seinen Vater an.

»Wofür? Und was soll das alles hier überhaupt, das ganze Theater?«, fragte Maximilian Galbert. »Also? Bekomme ich eine Antwort? Und wo ist Mutter?«

»Die steht unter Schock, Papa«, nahm Emmi, die herausgekommen war, Eduard die Erklärung ab und blieb neben ihrem Vater stehen.

»Weshalb das denn?«, wollte er wissen.

Emmi nickte in Richtung ihres Bruders. »Eddie hat eine große Dummheit begangen. Er hält sie in den Armen.«

Eduards Vater runzelte die Stirn. »Was?«

»Hör auf, so dumm daherzureden, Emmi!«, warf Eduard ein.

»Herrgott, was ist denn los? Redet Klartext!«, forderte sein Vater.

Ottilia beschlich ein wenig Mut. Sie wusste nicht, woher er kam, packte ihn aber beim Schopfe, bevor er wieder entwischte, und erwiderte: »Ich bin schwanger.«

Maximilian Galbert erstarrte. »Schwanger?« Sein Blick wanderte zwischen Ottilia und seinem Sohn hin und her. »Doch nicht von dir, Eddie?«, murmelte er dann.

Eduard straffte die Schultern. »Doch. Und wir sind sehr glücklich darüber, Vater.«

Ottilia war stolz auf Eduard und schmiegte sich enger an ihn.

Sein Vater schlug eine Hand vor den Mund. »Heilige Mutter Gottes, erbarm dich unser.«

»Wir lieben uns, Vater!«, erwiderte Eduard und küsste Ottilia auf den Scheitel.

Maximilian Galbert schüttelte vehement den Kopf. »Das geht nicht. Unmöglich!«

»Vater! Bitte, du …«

Er winkte ab. »Nein. Unser Blut wird sich nicht mit dem ihren vermischen.« Er zeigte auf Ottilia. »Nur über meine Leiche. Das ist mein letztes Wort in der Sache. Bringt das wieder in Ordnung. Mir egal wie. Mensch, Eduard, schau nicht nur auf die schöne Verpackung. Schalte dein Hirn ein.«

»Recht hast du, Papa«, mischte sich Emmi erneut ein.

Er nickte.

»Vater, ich weiß, was ich tue. Ich will Ottilia zur Frau und wir werden heiraten. Ich gehöre zu Ottilia und außerdem ist unser Blut längst gemischt. Neues Leben wächst heran«, machte Eduard klar.

»Wir lieben uns«, sagte Ottilia.

»Nein, Eddie. Das kannst du mir, uns nicht antun.« Emmi stemmte die Hände in die Hüften, bevor sie sich umwandte und wegrannte.

Eduard wollte ihr nach, doch sein Vater hielt ihn auf. »Lass sie. Ich kümmere mich um sie. Und du kümmerst dich darum, dass sie hier abhaut.« Er ließ Eduard und Ottilia stehen und folgte seiner Tochter.

Eduard atmete tief durch. »Dann eben ohne sie«, flüsterte er.

Ottilia spürte seine Entschlossenheit, der jedoch auch eine gehörige Portion Trauer nachhinkte. Ihr ging es umgekehrt mit ihrer Familie nicht anders.

»Aber wo gehen wir am besten hin?«, überlegte er.

Da kam Ottilia eine Idee: »Erst einmal in die Hütte.«

»Die im Zauberwald?«

»Ja.«

Er nickte. »Sehr gut. Wir kaufen uns ein paar Vorräte in der Stadt und ziehen uns dorthin zurück. Gleich«, sagte er.

»Ja, vielleicht bringt sie das zur Besinnung, zum Nachdenken. Wenn sie merken, dass wir eigene Wege gehen«, erwiderte Ottilia hoffnungsvoll.

Zauberhaft

Hedda

Daniel und ich luden den Korb mit den Picknicksachen in den Kofferraum meines Cabrios und fuhren bei offenem Dach dem Zauberwald entgegen. Ich hatte auch meinen Laptop eingepackt, weil Daniel mich darum gebeten hatte, und er hatte mitgelesen. Es war ein warmer Abend. In Hollfeld herrschte reges Treiben. Die Leute wirkten unbeschwert. Einige saßen bei dem Wetter draußen vor der Eisdiele oder einem der Restaurants.

»Kein Vergleich mehr zur damaligen Zeit, in der die Nazis an der Macht waren«, sagte Daniel und sprach damit meine Gedanken aus.

»Eine Zeit, die sich nie wiederholen darf. Obwohl es immer noch Tyrannei, Folter und Unterdrückung in dieser Welt gibt.«

Er nickte. »Ja, leider.« Er bat mich, bei der Salvatorkirche einen Stopp einzulegen. Ich erfüllte ihm den Wunsch.

»Ich möchte kurz zum Grab meiner Mutter, wenn das okay ist.«

Natürlich war es das. Es freute mich sogar.

Vogelgesang begleitete uns auf dem Weg dorthin. Ein paar Leute, die uns entgegenkamen, sahen neugierig zu uns hin. Wir grüßten nett und sie gingen tuschelnd weiter.

Daniel ging vor Monikas Grab in die Hocke. Ich tat es ihm nach und stützte meine Ellbogen auf meine Knie. »Ich glaube wirklich, Monika erfährt irgendwie, wie du nun denkst, wie gern du etwas anders gemacht hättest. Für Liebe ist es nie zu spät.« Ich ließ mein Herz sprechen und glaubte an das, was ich sagte.

Daniel lächelte leicht. »Danke. Du weißt, wie man einen aus einem Tunnel holt.«

Er gab seiner Mutter Weihwasser, was ich ihm nachtat. Dann erhoben wir uns.

»Ich werde den Gärtner für das Grab abbestellen, es selbst machen. Egal, wie oft ich dafür herfahren muss«, sagte Daniel.

»Wenn du erlaubst, werde ich dir helfen. Ich kann gern auch hin und wieder herfahren«, schlug ich ihm vor.

»Das wäre nett. Aber wenn, dann nicht umsonst.«

Ich zog die Brauen zusammen. »Natürlich umsonst. Ist ein Freundschaftsdienst. Für Monika vor allem.«

Ich reichte ihm eine Hand. »Schlag ein.«

Er ergriff sie und lächelte. »Okay. Danke.«

»Nichts zu danken.«

Der Zauberwald empfing uns mit verschiedenen Gerüchen und einer natürlichen Magie, die uns beide sofort gefangen nahm. Ich war glücklich zu sehen, dass es die Hütte noch gab. Das Dach war teilweise mit Moos bewachsen, die Scheibe des Fensters gesplittert und die Bretter wirkten hier und da morsch. Brennnesseln und Gräser wuchsen rings um die Fassade und schienen eine schützende Mauer zu bilden. Daniel und ich schauten in die Kronen der Bäume. Vögel zwitscherten, Mücken schwirrten herum und Schmetterlinge setzten sich auf die wild blühenden Blumen, die aus dem Waldboden wuchsen. Daniel trug den Picknickkorb und stellte ihn in der Nähe der Hütte ab. Ich legte eine Decke daneben und ging dann auf die Suche nach der in den Notizen beschriebenen Grenze, konnte aber keine Markierungssteine finden.

»Soweit ich weiß, sind die schon noch da, aber wohl zugewuchert.«

»Ah, okay. Oder die Familien haben doch Frieden geschlossen, sie entfernt und den Wald zusammen genutzt«, sinnierte ich.

»Hat Monika, ich meine, meine Mutter, dazu nichts gesagt?«

»Sie schlug mir vor, die letzten drei Seiten des Notizbuchs erst zu lesen, wenn ich die Geschichte fertig habe, und dann daraus einen Epilog zu schreiben.«

»Verstehe. Hast du den Laptop eingepackt, wie ich dich gebeten habe?«, fragte Daniel dann und warf einen Blick durch das Fenster. »Ich glaube, die Hütte ist voller Gerümpel.«

»Ja, den Laptop hab ich dabei.«

Er wandte sich zu mir um. »Dann Vorschlag: Du erzählst mir, was in dem Kapitel passiert, das du vorhin überarbeitet hast, und ich schau mich derweil in der Hütte um. Besser allein, bevor dir was auf den Kopf fällt. Schaut ja doch hier und da baufällig aus. Schlüssel für die Hütte habe ich im Haus meiner Mutter gefunden.«

»Okay. Aber pass auf dich auf.«

»Mach ich.«

Daniel machte sich an die Arbeit, ein paar Brennnesseln, die vor der Tür wuchsen, zu entfernen, während ich ihm erzählte: »Das Nomadenleben brachte Ottilias und Eduards Familien tatsächlich zur Einsicht. Sie hatten Angst, die beiden zu verlieren und dass dann das Gerede der Leute noch größer werden würde. In der Stadt waberte schon die Neuigkeit von Ottilias

Schwangerschaft, neben ihrer angeblichen Verruchtheit wegen der Unterwäsche, durch die Straßen.«

»Das ist ja widerlich«, warf Daniel ein. Er öffnete die Tür, die zuerst ein wenig geklemmt hatte.

»Ja, finde ich auch. Und man machte sich darüber lustig, dass gerade die Kinder von Erzfeinden heiraten wollten. Alle waren sicher, die Adens und Galberts würden sich bald die Köpfe einschlagen, und freuten sich schon drauf. Daher zog man letztendlich ungewollt an einem Strang und willigte in die Hochzeit ein. Die Eltern wollten dann sogar, dass sie groß aufgezogen wurde.«

Daniel blieb an der Tür stehen.

»Oh Mann. Schlimm, wenn man so viel auf die Leute gibt. Was sie denken und so.«

Ich nickte. »Eduard und Ottilia wäre ein kleines Fest viel lieber gewesen. Bis zur Hochzeit arbeiteten die zwei viel auf dem Hof ihrer Eltern mit. Also jeder bei sich. Für das zukünftige Café kam Ottilia durch eine Auflösung eines Gasthauses in Hollfeld billig an Tische, Stühle, Gläser, Tassen und weiteres Geschirr. Beim Einräumen half auch Käthe mit.«

Daniel entfernte ein paar Spinnweben an der Tür. »Ich finde es klasse, dass sie sich nicht unterkriegen ließen. Aber das geht wohl nur, wenn die Liebe zwischen zwei Menschen wirklich stark ist.«

Wir sahen uns an und schwiegen kurz.

»Und echt, ja«, sagte ich dann. »Das beeindruckt auch mich. Und auch die Freundschaft zwischen Käthe und Ottilia war so eng und unerschütterlich.«

»Und wie geht's weiter?«

»Das lesen wir dann gemeinsam.« Ich ging zu ihm.

Daniel bat mich, draußen noch zu warten, und tauchte in die Hütte ab. Ein wenig später verkündete er: »Dadrin gibt es nicht viel zu sehen, außer eben Gerümpel. Aber ich habe ein wenig Platz geschaffen. Komm rein, wenn du magst. Die Location ist gesichert.«

Daniel hatte recht. In der Hütte gab es nichts mehr, das an Ottilia und Eduard erinnerte. Aber dass sie einst hier gewesen waren und ich ihre Erinnerungen teilte, sie durch die Geschichte, die ich schrieb, durch mein inneres Auge sozusagen miterleben durfte, zauberte mir eine Gänsehaut. Der Geruch von Staub stieg mir in die Nase.

Daniel ergriff meine Hände und tanzte mit mir. Im ersten Moment wusste ich gar nicht, wie mir geschah, so angenehm überrascht war ich von seinem Spontanangriff. »Wie schön einfache Dinge sein können«, sagte er.

Wir sahen uns in die Augen und ich lächelte schließlich. Es war schön, mit ihm zu tanzen.

Der Zauberwald ließ uns träumen. Wir hatten uns unter einem großen Laubbaum auf die Decke zurückgezogen, tranken Johannisbeersaft und aßen die selbst geschmierten Brote dazu. Die Ruhe der Natur war wie Balsam für unsere Seelen.

Daniel legte den Kopf in den Nacken. »Früher, als ich hier gelebt habe, habe ich gern im Wald gespielt und mir vorgestellt, die Bäume wären alle verwunschene Fantasiewesen.«

Ich ließ meinen Blick ebenfalls in die Kronen schweifen. »Dann träumst du also auch gern? So wie ich?«

»Ja. Habe ich nur bis jetzt noch keinem erzählt. Viktoria mag keine Träumer. Außer es geht um Materielles. Aber sie hat mich dann auch immer wieder eingelullt. Sie konnte echt charmant sein, wenn sie wollte. Besonders wenn sie merkte, dass sie doch mal zu weit gegangen war. Ich habe ihr immer wieder verziehen. Ich denke, sie wusste, ich konnte nicht anders. Aber jetzt ist es genug.«

Ich merkte, dass das alles in ihm wühlte wie die Lava eines Vulkans.

Er schaute zu mir her. »Und du bist also auf dem Weg, eine berühmte Autorin zu werden«, wechselte er dann das Thema.

»Autorin ja, berühmt nicht. Klar ist es toll, wenn Leute meine Bücher lesen, und noch schöner, wenn sie sie auch gut finden, ich sie damit berühren kann. Aber so arg berühmt möchte ich gar nicht werden. Ich denke, so was ist auf Dauer ziemlich anstrengend. Allerdings wäre es schon schön, vom Schreiben leben zu können. Mein Beruf im Büro ist eher langweilig. Ich bin noch auf der Suche nach dem für mich perfekten Leben. Aber das braucht auch Mut.«

»Das stimmt. Ich habe wenigstens den Luxus, dort arbeiten zu können, meistens jedenfalls, wo ich will. Und es macht schon Spaß. Aber ich bin auch auf der Suche.«

»Also sind wir zwei Suchende.«

Er nickte und gab mir den Laptop. »Sieht so aus. Und jetzt lass uns bitte weiterlesen, bevor es dunkel wird und uns die Mücken fressen.«

Ich lächelte. »Na gut.«

Ein neuer Beginn

Ottilia

Ottilias Mutter warf einen abschätzigen Blick in den Schuppen, der sich mehr und mehr zu einem Café wandelte. Ottilia und Käthe hatten inzwischen die Innenwände weiß gestrichen, Bilder aufgehängt und die alten Tische und Stühle geputzt, damit Eduard sie später besser streichen konnte. Das war seine Idee gewesen. Die Möbel lagerte Ottilia in der Scheune zwischen. Hermann hatte sich unlängst den Schuppen ganz genau angesehen und festgestellt, dass das Dach und die Fenster besser abgedichtet werden sollten. Ottilias Eltern sprachen seit ihrer Offenbarung, Eduard heiraten zu wollen, nur noch das Nötigste mit ihr, waren aber offensichtlich doch froh, dass Eduard und sie einen Kompromiss eingegangen waren, indem sie zugesagt hatten, bis zur Hochzeit Ende August ohne den anderen auf dem elterlichen Hof zu wohnen. Eine Entscheidung, wie es nach der Hochzeit weitergehen sollte, war allerdings noch nicht getroffen worden. Die Alltagsarbeit ging wie gewohnt weiter. Dass Ottilia ein Kind erwartete, darauf nahmen vor allem ihre Großmutter, Eduard und sie selbst Rücksicht. Sie hielt mit dem

Kehren des Betonbodens inne. Dass Eduard später die Dielen auf einem Wagen der Schreinerei, den Herr Krempler ihm leihen wollte, mitbringen würde, musste Ottilia ihren Eltern noch beibringen. Der Sturm, der in den letzten Stunden über den Hof gefegt war, hatte sich zum Glück gelegt. Bald wollte Ottilia auch die Arbeit an der Außenfassade aufnehmen. Nur die passende Farbe fehlte noch.

Ottilia staunte, als sich Ilse und Hermann zwischen Bärbel und ihrer Mutter vorbeischoben. Mit ihnen hatte sie nicht gerechnet.

»Was schaust du uns so an, als wären wir ein Wunder, Tilia?«, fragte Ilse.

»Tu ich das?«

Alle nickten im Einklang. Hermanns Verlobte trug eine Arbeitsschürze. »Soll ich mich um das Dach und die Fenster kümmern?«, fragte Hermann. Er trug zerschlissene Arbeitskleidung und ließ die Knochen seiner Finger knacken.

»Hör auf«, bat Ilse und Ottilia konnte ihr nur zustimmen.

Hermann schaute perplex drein. »Womit?«

Ottilia und Ilse lachten, Bärbel schmunzelte. Nur Ottilias Mutter blieb ernst und verschränkte die Arme vor der Brust.

»Sehr gern«, sagte Ottilia.

»Ich kann auch gut anpacken«, meinte Ilse.

Ottilia und sie wollten sich um die Beseitigung des Schuttbergs neben dem Schuppen kümmern, der aus alter Pappe, gebrochenen Ziegeln und Brettern bestand.

»Bärbel! Hast du mich schon vergessen?«, rief Hedwig vom Hof aus.

»Mutter, nein. Ich komme.« Sie eilte zu ihr und schob sie Richtung Café. »So. Dein Wille ist mal wieder geschehen, Mutter«, sagte sie dann.

Hedwig lächelte in Ottilias Richtung. »Wird schon.«

»Denke ich auch«, erwiderte Ottilia stolz und bedankte sich noch einmal bei ihren Helfern.

»Vergesst nur die wichtige Arbeit nicht«, gab ihre Mutter zu bedenken und ging dann zurück zum Haus.

»Tun sie schon nicht«, rief Bärbel ihr nach. Ottilia konnte seit Langem wieder einmal richtig durchatmen. »Es ist so schön, wenn die Familie zusammenhält. Also so weit«, sagte sie leise zu ihrer Tante, die ihre Hände betrachtete. Sie waren teils voller Schrunden von der Feldarbeit.

»Ich weiß doch, dass ihr nichts Falsches wollt. Und ich wünsche dir und deinem Eduard alles Gute. Gib deinen Eltern noch Zeit.« Sie legte einen Arm um Ottilias Schultern. »Mei, Mädel, dass du dich aber auch ausgerechnet in einen Galbert verlieben musst. Das ist für sie halt ein Vertrauensbruch. Aber wenn sie mal genau nachdenken, dann werden sie feststellen müssen, dass die Liebe halt eben dorthin fällt, wo sie mag. Und ich habe gemerkt, allein an euren Blicken, dass ihr euch wirklich liebt.«

Ottilia umarmte sie kurz. »Danke für deine Worte und deine Hilfe.«

Bärbel tätschelte ihren Rücken. »Schon gut, schon gut.« Sie drückte sie eine Armlänge von sich. »Sag, ist der Anzug, den du vorhin in der Stube noch mal geändert hast, für Eduard? Und die Hose mit dem blauen Hemd auch?«

Ottilia nickte. »Der Anzug ist für die Hochzeit, die anderen Sachen sind mein Hochzeitsgeschenk für ihn.«

Bärbel hob ein Stück Pappe auf und warf es auf eine der herumstehenden Schubkarren. »Fein geschnitten und genäht. Das wird ihm sicher gefallen.«

»Ich will auch einen Strampler fürs Kind nähen. Ach, mein Kopf quillt über vor neuen Ideen«, schwärmte Ottilia.

Bärbel lächelte. »Wohl nicht nur davon.«

Hedwig klatschte in die Hände. »Nicht so viel reden. Arbeiten. Ich will dadrin schließlich bald mein erstes Stück Kuchen und Kaffee genießen.«

Alle lachten und packten mit an.

Auch Käthes Bruder Friedhelm und seine Verlobte Charlotte, die beide weiterhin die Bäckerei in Bayreuth leiteten und sich inzwischen eine kleine Mietwohnung in der Stadt genommen hatten, kamen in den nächsten Tagen mal zu Besuch auf den Aden-Hof und schauten sich im zukünftigen Café um.

Die Überraschung

Ottilia

Ottilia konnte nicht glauben, was sie sah, als sie am nächsten Abend vom Feld auf den Hof ihrer Eltern zurückkehrte. Sie stellte den Eimer, den sie bei sich trug, ab und wischte sich den Schweiß von der Stirn. Die Plage des Kartoffelkäfers war auch dieses Jahr ein Problem. Im Eimer tummelten sich Hunderte davon, die sie mit den Händen aufgelesen hatte. Ihr Vater würde sie nachher verbrennen. Dabei entstand immer ein widerlicher Gestank, dem Ottilia fernbleiben wollte. Als Kind war ihr einmal schlecht davon geworden und sie hatte sich mehrfach übergeben. Wie in Zeitlupe ging sie auf die Scheune zu und behielt das, was davorstand, im Blick. Nanu, dachte sie, die Tische, Bänke und Stühle, die sie billig durch eine Hollfelder Gastwirtschaftsauflösung ergattert hatte, waren frisch gestrichen. Ihr Vater trat aus dem Café und sah ihr entgegen.

Es war ein kühler Abend. Vom Horizont her zogen dickbauschige dunkle Wolken, die die Sonne verschluckten. Ottilia hoffte, dass die Laune ihres Vaters nicht mit dem Wetter gleichzusetzen war.

»Hallo Vater.«

Er nickte ihr zu und zeigte auf die gestrichenen Möbel. »Deine Tante hat gesagt, dass der Galbert die streichen will. Aber ich dachte, ich mach das jetzt mal. Dann ist es wenigstens gescheit gemacht«, sagte er und schaute auf sein Werk.

Ottilia überhörte den kleinen Seitenhieb mal, rannte auf ihn zu und umarmte ihn. »Tausend Dank.«

Ihr Vater blieb steif in ihren Armen und trat dann zwei Schritte zurück. »Schon gut. Dir wollte ich damit helfen, Tilia. Ist ja dein Traum. Hoffe nur, er wird gelingen«, sagte er ernst.

»Wird er. Bestimmt.«

»Die müssen noch ein paar Stunden trocken. Ich hoffe nur, es regnet nicht.« Er schaute gen Himmel. »Ansonsten müssen wir sie abdecken.«

Ottilia nickte. »Natürlich.«

Auch Ottilias Mutter schaute am übernächsten Tag doch wieder im zukünftigen Café vorbei, als Ottilia nach Feierabend in der Schneiderei noch mal dort war.

»Und was sagst du?«, fragte Ottilia und platzte fast vor Stolz.

Ihre Mutter spitzte die Lippen und legte den Kopf leicht schief. »Sehen kann man es schon«, sagte sie dann, wenn auch mit monotonem Tenor.

Aber das reichte Ottilia. Ihre Mutter fuhr mit einem Finger über einen der inzwischen trockenen Tische und Stühle. Die Dielen waren, wie versprochen, von Eduard geliefert und von Hermann verlegt worden. Ihre Eltern hatten gemurrt, aber Eduard bei der Lieferung zum Glück in Ruhe gelassen. Wohl, weil er danach, wenn auch schweren Herzens, gleich wieder verschwunden war. Aber Ottilia und er wollten nicht noch mehr Öl ins Feuer gießen. Käthe und Ottilia hatten Hermann geholfen und anschließend hatten sie die Stühle und Tische in das zukünftige Café gebracht.

»Übrigens, in der Stadt reden die Leute noch immer über dich. Viele haben auch schon wieder Wind vom geplanten Café bekommen. Da sind sie jetzt natürlich neugierig drauf. Vielmehr auf das, was du an Mode vorführen willst. Du kannst dir ja sicher denken, worauf die meisten warten.«

Ottilia nickte. »Darauf, dass ich Unterwäsche vorführe. Lass dich nicht immer von deren Gerede so beeinflussen, Mama.«

»Ich will nur eins, dass du anständig bleibst in deinem zukünftigen Tun. Damit nehmen wir all den Klatschmäulern den Wind aus den Segeln.«

Höchstwahrscheinlich, dachte Ottilia, war sie vorbeigekommen, um ihr hauptsächlich das zu sagen.

»Sich wahrer Liebe hinzugeben ist nicht falsch. Ich habe also nichts Falsches getan, Mutter, und ich habe auch vor, weiterhin anständig zu bleiben.«

»Ich verlass mich auf dich. Ach, da ist noch was, warum ich hergekommen bin. Ich war erst kürzlich in der Stadt und habe was gefunden, das ich dir geben will. Normalerweise strick ich ja selbst, aber die haben mir so gut gefallen.« Sie zog etwas aus der Tasche ihrer blauen Schürze.

Ottilia traute ihren Augen nicht. Es waren zwei gelbe Kindersöckchen. Ihre Mutter drückte sie ihr in die Hand.

»Dein Kind kommt ja im Februar auf die Welt und die wärmen die Füßchen bestimmt gut.«

»Unser Kind«, sagte sie.

Ihre Mutter atmete tief durch.

Ottilia umarmte sie, Tränen stiegen in ihr auf. »Vielen Dank, Mama. Die werden auch Eduard sicher gefallen.«

Schnell löste sich ihre Mutter wieder von ihr. »Ich muss dann mal weitermachen. Und du schonst dich bitte ein wenig mehr.«

Ottilia versprach es ihr.

Ein Traum aus Taft und Seide

Ottilia

Mitte August 1948

Die blaue Fassade des Cafés sollte ein Farbklecks in den mageren, oft tristen Zeiten sein, dachte Ottilia.

Vor ein paar Tagen war ein Städter aus Bamberg mit seiner Frau auf den Hof gekommen, um ihr und ihrer Familie Schuhe mit Holzsohlen für den Winter, Geschirr, Schmuck und bunte Streichfarbe für Außenwände anzubieten. Dafür bekamen sie von ihren Eltern Lebensmittel und Stroh, das den Stadtleuten, wie sie sagten, zur Fütterung von Kissen und Bettdecken dienen sollte. Die Frau bot auch ihren Pelzmantel zum Tausch. Ottilias Eltern hatten ihnen eingemachtes Obst und Mehl mitgegeben und im Gegenzug auf Anraten Hedwigs die Schuhe und den Pelzmantel genommen. Ottilias Großmutter hatte Sorge, dass sich der Hungerwinter von 1946/47 wiederholen könnte. Sie wollte vorsorgen, was alle aus der Familie auch vernünftig fanden. Verschiedene Vorzeichen der Natur sprachen laut Hedwig dafür, auf die ihre Mutter immer geschworen hatte. Zum Beispiel, wenn die Haare am Nacken der Kühe dicker waren, es oft starken Nebel im August gab oder Eichhörnchen viele Nüsse sammelten. Ottilia hatte den Städtern eine Wolldecke für die Eimer gegeben und war glücklich über den Tausch.

Den endgültigen Namen für das Café hatte sie inzwischen auch gefunden: *Tilias MoCa*. Mo für Mode, Ca für Café.

»MoCa. Das klingt recht neumodisch«, war der Kommentar ihres Vaters dazu gewesen.

»Dann ist es ja gut«, hatte Ottilia erwidert. Die Fensterläden, die Eduard für ihr Café angefertigt hatte, waren von Ottilia inzwischen liebevoll bemalt worden. Mit tanzenden Pärchen und Kindern in bunter Kleidung.

Tante Bärbel betrachtete die *Kunstwerke*. »Malen kannst du also auch richtig gut, Tilia. Respekt. Und Gott sei Dank haben alle mehr als Unterwäsche auf dem Leib.«

Ottilia lachte und Bärbel stimmte mit ein. Die Aufregung bezüglich der Eröffnung, die sie noch vor der Hochzeit veranstalten wollte, wuchs mit jedem sich neigenden Tag. Nicht nur Käthe würde neben dem Liefern von Kuchen und Gebäck beim Bewirten der Gäste helfen, auch Friedhelm, Charlotte, Hermann und Ilse hatten sich dazu bereit erklärt.

»Willst du drin nicht doch noch kleine weiße Vorhänge anbringen?«, fragte Bärbel.

Ottilia hatte ihre Entscheidung diesbezüglich bereits getroffen. »Nein. Das würde die schönen Fenster nur zu sehr verdecken.« Sie machte sich daran, den Namen des Cafés auf das rechteckige Schild, das sie über die Eingangstür hängen wollte, zu malen.

Ottilias Blick fiel auf das Rosenstöckchen, das sie von Frau Meyer bekommen hatte und das sie direkt neben das Café gepflanzt hatte. Leider konnten Frau Meyer und ihr Mann nicht bei der Eröffnung dabei sein. Sie waren inzwischen zu ihrer Tochter nach Berlin gezogen, seit Herr Meyer gestürzt und sich dabei am Rücken verletzt hatte. Von nun an würde er am Stock gehen müssen. Das Haus sollte verkauft werden. Ottilia und Eduard waren sich einig, dass das Häuschen für sie ideal gewesen wäre, doch leider unerschwinglich.

Ottilia schaute den Pfad entlang, der vom Café bis zum Weg führte, der sich am Aden-Hof vorbeischlängelte. Hermann und Eduard hatten ihn aus alten Pflastersteinen gelegt. Hauptsächlich für die zukünftigen Gäste. Zeitweise hatten sie sogar mal ein Wort bei der Arbeit miteinander gewechselt, was Ottilia hoffen ließ, dass doch noch Frieden zwischen den verfeindeten Häusern möglich war. Auch wenn Emmi und Eduards Eltern ihr strikt aus dem Weg gingen. Bärbel ging zurück in die Schneiderei und wünschte ihr noch gutes Gelingen. »Danke«, sagte Ottilia und machte mit einem Lächeln weiter.

Ottilia war glücklich, dass die Arbeit am Café an diesem Tag gut nach ihren Plänen gelungen war. In der kommenden Nacht arbeitete sie an den Stickarbeiten ihres Brautkleids, das zarte Ärmelchen besaß, die die Schultern bedeckten. Sie liebte den Glanz und Glamour der Zwanzigerjahre und nähte demnach Fransen am Saum der Ärmel ein. Das Kleid war oben eng mit welligem Ausschnitt, einer hohen Taille und nach unten hin ausladend. Den Rock aus Fallschirmseide und ein wenig Taft bestickte Ottilia mit weißen Rosen und Perlen, für die ihre Großmutter eine alte Kette geopfert hatte. Ottilia beschloss letztendlich, doch auf einen Schleier zu verzichten. Das Haar sollte ihr in Locken über die Schultern fließen und nur am Rand geflochten und dort mit ein paar Perlen und Blumen geschmückt werden. Um den Hals würde sie eine Kette mit dem Medaillon tragen, das Eduard ihr geschenkt hatte.

Kurz vor Morgengrauen hörte sie ein Klackern an einem der Fensterscheiben der Schneiderei. Erschrocken blickte sie auf, löschte das Licht und schlich sich zum Fenster hinüber, um den Vorhang ein wenig zur Seite zu schieben. Eduard stand im Hof und schaute zu ihr herauf. Was machte er hier, war etwas passiert? Das Lächeln, das sich auf seine Lippen legte, ließ sie entspannen. Schnell öffnete sie das Fenster und beugte sich hinaus. Der Morgen empfing sie mit einer milden Umarmung.

»Eduard, was tust denn hier um die Zeit?«

»Ich musste meine Frau sehen. Und hören, wie es unserem Kind geht«, sagte er leise.

Sie lächelte. Wie süß, dass er sich sorgte. »Uns geht es sehr gut.«

»Arbeitest du schon wieder die Nacht durch?«

»Alles muss fertig werden bis zur Hochzeit. Du kannst bald zum Anprobieren des Anzugs kommen. Mein Kleid darfst aber noch nicht sehen.«

Er zeigte ihr ein strahlendes Lächeln. »Kann es kaum erwarten, dich darin zu sehen.«

»Was ist?«, fragte Ottilia, die ein sehnsüchtiges Kribbeln in sich verspürte. Am liebsten wäre sie aus dem Fenster zu ihm geklettert und hätte sich in seine Arme geschmiegt.

»Ich wünschte, hier gäbe es eine Leiter oder ich könnte fliegen«, sagte Eduard.

Sie biss sich auf die Unterlippe und überlegte. »Bleib, wo du bist.«

Schnell schloss sie das Fenster und huschte auf leisen Sohlen durch die Schneiderei hinaus in den Flur und dann in den Hof, wo Eduard sie mit offenen Armen empfing. Er hob sie hoch und drehte sich zweimal mit ihr im Kreis, bevor er sie wieder absetzte. »Ich habe dich so vermisst, Tilia«, flüsterte er.

Sie lachte leise. »Du hast mich doch erst gestern gesehen.«

»Zu kurz.«

Das stimmte. Die Arbeit in der Schreinerei, auf den Höfen und am Café fraßen die Minuten regelrecht.

»Alles nicht so einfach«, legte er nach. Ottilia nickte und das Strahlen wich immer mehr aus Eduards Gesicht. Dann erzählte er: »Emmi ist mit dem neuen Gehilfen, den ich für die Arbeit am Hof besorgt habe, mal wieder unzufrieden, Vater plagen immer wieder Rückenschmerzen und der Bau der neuen Siedlungen um Hollfeld herum erfordert von Krempler und anderen Betrieben einiges an Materiallieferung. Einerseits ja gut, andererseits fehlt die Zeit. Deshalb fange ich in den nächsten Tagen schon kurz vor Morgengrauen an.«

»Aber übernehmen sollst dich auch nicht. Wir brauchen dich noch.«

Eduard legte eine Hand an ihre rechte Wange und wollte sie küssen, da trat Ottilias Mutter aus dem Schatten des Hauses zu ihnen. »Hab ich doch gewusst, dass ich was gehört habe«, sagte sie.

Erschrocken fuhren Ottilia und Eduard auseinander.

»Mutter. Ich ...«

»Geh nach Hause, Galbert. Ihr zwei brecht schon wieder die ursprüngliche Vereinbarung. Getrennt wird geschlafen, bis ihr verheiratet seid.«

Sie stand im Morgenmantel da, die Arme fest vor der Brust verschränkt. Das lange Haar, das sie tagsüber meist zum Dutt gesteckt trug, hing ihr als geflochtener Zopf über die Schulter.

»Wir sind ja nicht im Bett«, erwiderte Ottilia.

Ihre Mutter löste die Verschränkung und hob einen Finger. »Nicht frech werden, Ottilia.«

»Wir haben nur kurz geredet«, warf Eduard ein.

»Schluss jetzt damit und heim mit dir. Sofort.«

Er nickte ihr zu. »Jawohl, Frau Schwiegermama.«

Ihre Mutter schnaubte und Ottilia musste sich ein Schmunzeln verkneifen. Bevor Eduard verschwand, drückte ihm Ottilia noch einen kleinen Kuss auf den Mund und murmelte: »Bis sehr bald.«

Er lächelte und rannte dann davon.

Ottilia winkte ihm.

»Macht nur so weiter. Dann werdet ihr echt meine zwei letzten Sargnägel sein. Und jetzt komm rein, bevor du dir noch eine Erkältung holst. Denk an das Burzerl«, schimpfte ihre Mutter, ging wieder hinein und löschte das Licht im Flur.

Ottilia folgte ihr und musste trotz allem lächeln. Denn offensichtlich machte sich ihre Mutter Sorgen um ihr ungeborenes Kind. Ein Zeichen der Hoffnung, wie sie fand.

Tag der Eröffnung

Ottilia

Ottilia konnte ihren Herzschlag bis in den Hals spüren. Sie atmete ein paar Mal tief durch und beobachtete ihre Tante, wie sie die gelieferten Torten und Kuchen sowie das Gebäck hinter dem Glas der Theke noch ein wenig hin und her rückte. Zucker, Schokolade und Kaffee waren immer noch rationiert. Deshalb waren die Kuchen und das Gebäck weniger süß und nur mit wenig Schokolade zubereitet, aber dennoch fantastisch gelungen, fanden Ottilia und Käthe. Ottilia hatte Käthe beim Backen, soweit es ihre Zeit erlaubte, unterstützt und Zutaten vom Hof, wie etwa Eier, in die Bäckerei mitgebracht. Als Kaffee würde es Muckefuck, aber auch Bohnenkaffee geben. Es würde schon für alle reichen, hoffte Ottilia. Die Milch für den Kaffee lieferten die Kühe der Adens. Zwischen die gebackenen Köstlichkeiten hatte Ottilia frische Rosenblüten gelegt.

»Zauberhaft«, sagte Bärbel und kam zu Ottilia an den Eingang des Cafés, wo sie beide das Interieur noch einmal prüfend betrachteten.

»Ein Traum«, fasste Ottilia zusammen.

Bärbel nickte. »Ich muss zugeben, das ist es wirklich. Toll gemacht.«

Ihre Worte erfüllten Ottilia mit Stolz.

»Und ich bin so froh, dass es nicht regnet. Ein Zeichen des Himmels vielleicht«, sagte Ottilia.

In den letzten Wochen hatte es immer mal wieder wie aus einem Guss geregnet.

Ottilia prüfte noch einmal alles mit den Blicken. Ein längerer Tisch stand mit einer Bank seitlich der Wand vier runden Tischen mit Stühlen gegenüber. In der rechten Ecke neben dem Eingang hatte Eduard den Schrank, den er restauriert hatte, aufgestellt. Er barg Geschirr, Tassen, Tücher, Tischdecken und Besteck und trug ein getrocknetes Gesteck aus Gräsern und Rosen auf seinem Haupt. An den Wänden waren neue Fotos in goldfarbenen Rahmen hinzugekommen, die die Entstehung des Cafés dokumentierten. Kleine viereckige Deckchen mit Blumenmustern schmückten die Tische. In ihrer Mitte standen Vasen mit lachsfarbenen und weißen Rosen, die Ottilia aus dem Garten der Meyers nehmen durfte. Sie hatte dafür extra von der Poststelle aus in Berlin angerufen und gefragt. Zum Glück ging es den Eheleuten dort unten gut und sie gewöhnten sich immer mehr an die neue Umgebung.

Durch die bunten Fenster fiel Sonnenlicht, das bunte Farbtupfer auf Decke, Boden und Wände warf. Mittig durch das Café zog sich ein gewebter roter Teppich. Den hatte Ottilia auf dem Schwarzmarkt bekommen. Er sollte vor allem als Laufsteg dienen. Hinter der Theke mit der bemalt bunten Oberfläche fanden sich die Holzregale, die Eduard angefertigt hatte. Selbst gemachte Liköre und Schnäpse sowie Rot- und Weißweinflaschen fanden darauf Platz. Die Liköre und Schnäpse hatten ihr Vater und Hermann aus gesammelten Beeren und Früchten gebrannt. Es war Ottilia eine Ehre, dass sie sie anbieten durfte.

»Es ist schöner geworden als in meiner Vorstellung. Ich hoffe, das alles ist kein Traum«, flüsterte Ottilia.

Bärbel legte einen Arm um sie. »Keine Sorge. Du bist hellwach, wenn ich nicht träume.«

Ottilia verschränkte ihre Finger ineinander und lächelte glücklich. Auf der Theke stand ein gebrauchter Perlator für den Kaffee, den ihr Vater auf einem Markt entdeckt und Hermann repariert hatte. Darauf war sie besonders stolz.

Langsam kam es ihr so vor, als könnte Hermann Eduard inzwischen ganz gut leiden. Und der umgekehrt ihn.

Gegen fünfzehn Uhr trudelten die ersten Gäste ein. Fünf Frauen aus Hollfeld, die allgemein als Klatschtanten der ersten Reihe bekannt waren. Sie lächelten zuckersüß, während sie Ottilia begrüßten und alles, vor allem sie, genau musterten.

»Schön, dass Sie gekommen sind!«, sagte Ottilia.

»Das lassen wir uns doch nicht entgehen«, zwitscherte eine der Damen.

Ottilia ließ sie an einem Tisch ihrer Wahl Platz nehmen.

Auch vor dem Café standen ein paar Tische. Ottilia warf einen Blick auf die Uhr. Eduard verspätete sich. Aber sie stand auch allein ihre Frau und trug den Kopf stets erhoben. So hatte es ihr ihre Großmutter geraten. Keiner sollte bemerken, dass ihr Bauch vor Aufregung flatterte. Sie hatte sämtliche Stoßgebete in den Himmel geschickt, dass die Eröffnung ohne Zwischenfälle ablaufen und ein Erfolg werden würde, und wollte alles dafür tun.

Bis jetzt lief alles ganz ruhig und angenehm ab. Alsbald trafen weitere Damen ein, manche in Begleitung ihrer werten Gatten. Die meisten trugen einfache Ausgehkleidung. Viele aus umgefärbtem Militärstoff oder Fallschirmseide. Auch ein paar junge Frauen und Männer in ihrem Alter, die Ottilia mehr oder weniger vom Sehen kannte oder mit denen sie damals in eine Klasse gegangen war, stießen hinzu.

»Kreativ warst ja schon immer«, sagte ihre ehemalige Klassenkameradin Anna Lanzhut und ließ die Blicke schweifen. »Respekt, Tilia.«

»Danke«, erwiderte Ottilia und freute sich über das Kompliment.

Die Plätze im Café und draußen füllten sich nach und nach. Wie Ottilia hörte, waren ein paar ihrer Gäste sogar aus Bayreuth angereist. Dort hatten Friedhelm und Charlotte Mundpropaganda für das MoCa gemacht. In Hollfeld hatte Ottilia lediglich ein paar Zettel in Geschäften ausgelegt. Mit derart großem Zulauf hatte sie allerdings nicht gerechnet.

Hermann und Ilse übernahmen, sobald sie eintrafen, wie versprochen das Bedienen. Ottilia hatte dazu Hermanns Firmanzug umgeändert. Darin sah er aus wie ein feiner Kellner aus einem schicken Restaurant. Sie erkannte ihn kaum wieder. Er bewegte sich zwischen den Leuten wie ein Gentleman und redete auch so. Aus dem Lausbub war ein richtiger Mann geworden.

Ilse lächelte. »Das Café ist so schön geworden, Tilia. Und sieh dich um. Staunende Blicke überall. Das hätten viele wohl nicht gedacht, dass du das schaffst.«

Ottilia beugte sich zu ihr rüber. »Aber ich sehe in den Augen einiger, dass sie wirklich nur aus Neugier gekommen sind.«

Ilse zuckte mit den Achseln. »Ach, lass die. Gibt keinen Grund, sich zu schämen. Im Gegenteil. Ich geh jetzt hinter die Theke und gebe Kuchen und Getränke aus«, sagte sie. Hermann begleitete sie. »Ich komme mit.«

Ottilia sah den beiden nach. Sie waren ein schönes Paar. Ihre Tante kam wieder zu ihr. »Also, Margot kommt pünktlich, um die für sie vorgesehenen Kleider vorzuführen. Und auch Sophia kommt.«

»Sophia? Das ist ja prima.«

»Sie arbeitet seit dem Ende ihrer Ausbildung in Bayreuth in einer Änderungsschneiderei. Gefällt ihr ganz gut dort. Sie macht sich, da bin ich stolz.«

»Kannst du auch sein. Und sie auch auf sich«, erwiderte Ottilia.

Bärbel nickte.

»Ilse und Käthe machen beim Vorführen der Kleider auch mit. Männermode zeige ich dann das nächste Mal. Und die geplante Kindermode wird auch noch umgesetzt und …«

»Nur langsam, Tilia. Schritt für Schritt. Ist immer besser, als zu viel auf einmal zu wollen«, unterbrach ihre Tante sie.

Ottilia spürte ein Prickeln in sich. »Weißt du, Tante, ich sprudele nur gerade über vor Ideen.«

»Und vor Euphorie. Eile mit Weile. Denk an das Würmchen in deinem Bauch. Das merkt, wenn du Stress hast. Dem wird sonst ganz schwindlig.«

»Mach ich, versprochen.« Bärbel hatte ja recht.

Sie dachte an ihre Eltern, die die Eröffnung, wie sie heute Morgen gesagt hatten, erst einmal aus sicherer Entfernung vom Haus aus beobachten wollten.

Ein weiteres Mal schaute Ottilia auf die Uhr. Sie hatte bereits geahnt, dass sich Eduard verspäten würde. Es war ein Samstag, an dem er zwar nicht in der Schreinerei arbeiten musste, aber im Stall und auf dem Feld. Seine Eltern waren krank geworden. Eine Grippe hatte sie ereilt. Von der Eröffnung wollten sie und Emmi erwartungsgemäß nichts wissen. Sie glaubten nicht an einen Erfolg, im Gegenteil. Doch das spornte Ottilia nur noch umso mehr an.

»Wie geht es Großmutter inzwischen?«, fragte sie ihre Tante. Hedwig hatte am Morgen über Kopfschmerzen geklagt. Dabei hatte sie sich so auf die Eröffnung gefreut. Ottilia wollte sie verschieben, doch ihre Großmutter wollte das auf keinen Fall.

»Sie schläft. Das wird ihr guttun«, erwiderte Bärbel und machte sich weiter an die Arbeit.

Die ging auch Ilse und Hermann sowie Ottilia in der nächsten Stunde sehr gut von der Hand.

»Ich geh schon mal in die Schneiderei, wo sich Margot und Sophia umziehen«, teilte ihre Tante ihr dann im Vorbeigehen mit.

Ottilia nickte. »Ilse und ich kommen gleich nach.« Ottilia schaute sich nach Charlotte und Friedhelm um, die eigentlich schon da sein wollten.

»Und wann kommt nun endlich die Modenschau, die auf dem Handzettel angekündigt wird?«, fragte eine der Besucherinnen.

»Keine Sorge, bald«, versprach Ottilia ihr. Sie setzte ein Lächeln auf und eilte mit einem Stück Kuchen auf weißem Porzellanteller an einen der Tische.

»Na, da sind wir gespannt«, warf eine ältere Dame ein.

Der höhnische Unterton war nicht zu überhören. Ottilia ging zurück an die Theke und schluckte die Worte hinunter, die ihr auf der Zunge lagen. Sie wandte sich an Hermann, der mit Ilse hinter der Theke Muckefuck und Bohnenkaffee ausschenkte.

»Schaffst du das hier allein? Ilse und ich kommen bald wieder dazu. Und Charlotte und Friedhelm müssten auch gleich da sein. Wir müssen nur langsam die Modenschau mit vorbereiten.« Ilse streifte sich die Schürze ab. Ottilia konnte ihr ansehen, dass sie schon aufgeregt war.

»Ja, geht ruhig. Ich komme natürlich klar. Du hättest nicht zu fragen brauchen«, erwiderte Hermann fast ein wenig beleidigt und schenkte Ilse ein Lächeln, das diese zurückgab.

»Du bist mein Held«, sagte sie.

Hermanns Lächeln wurde zu einem Grinsen und erinnerte Ottilia an den früheren Lausbub.

Im Hof trafen Ilse und sie auf Friedhelm und Charlotte, die sie mit Wangenküsschen begrüßten. Die beiden hatten einen Gugelhupf dabei sowie ein Säckchen, das mit einem roten Seidenband verschlossen war. »Eigentlich schenkt man Brot und Salz zu einem Einzug. Wir schenken Kuchen und Mehl. Auf dass die Rohstoffe, die zum Herstellen von Köstlichkeiten nötig sind, bald wieder in Hülle und Fülle vorhanden sind«, sagte Charlotte und Friedhelm schloss sich dem an.

Ottilia war gerührt. »Das ist so süß. Vielen lieben Dank.«

Sie wandte sich an Friedhelm. »Darf ich dir Charlotte gleich entführen? Wir bereiten die Modenschau vor.«

Er war einverstanden. »Ich trinke derweil einen Muckefuck und bring die Sachen zu euch ins Haus. Der Kuchen ist schließlich nur für euch.«

»Gern.« Charlotte schickte ihm einen Luftkuss hinterher.

»Danke, Tante Bärbel, dass du mir hilfst«, bemerkte Ottilia, als sie die Schneiderei betraten.

Diese stupste sie leicht in die Seite. »Das ist doch selbstverständlich. Zeig den Leuten, dass du eine Frau mit Stil bist, Tilia.«

Ottilia bedankte sich auch bei Sophia und Margot. Sophia hatte sich kaum verändert. Nur ihre Rundungen waren noch fraulicher geworden.

Auch Käthe, die zehn Minuten später hinzustieß, freute sich schon darauf, eines der Kleider vorzuführen. Ottilia reichte ihr ein Exemplar, das ihre Freundin noch nicht gesehen hatte und ihr sofort ein Strahlen in die Augen zauberte.

»Wahnsinn«, flüsterte Käthe.

»Ja, wenn das kein Erfolg wird, dann weiß ich auch nicht«, meinte Margot.

»Die Leute hierzulande nähen immer noch manchmal Soldatenhosen zu Knickerbockern um und Wolldecken zu Wintermänteln. Es werden auch noch Blusen aus Fallschirmseide genäht und Strumpfhalter und Hosenträger aus Gasmaskenbändern. Dagegen wirkt das wie aus dem Märchen geholt«, erzählte Ilse und hielt sich ein Kleid, das aus bunten Stoffbahnen genäht war, an den Körper.

Als Käthe sich umzog, trug sie einen mit Spitze verzierten weichen Büstenhalter von Ottilia.

»Wollen wir die Eröffnungsrede dann zusammen halten?«, fragte Ottilia Käthe. Die verneinte. »Mach du das bitte.«

»So einen hätte ich auch zu gern«, sagte Margot und zeigte auf den Büstenhalter.

Bärbel wiegelte sofort ab und schickte ihr Lehrmädchen an, sich zu beeilen. »Dazu bist du noch zu jung.«

Sophia lachte. »Das hat sie mir damals auch gesagt. Deine Zeit wird noch kommen, Margot. Nur Geduld.« Sie zwinkerte ihr zu und Margot lächelte.

Als Ottilia zurück ins Café kam, platzte es fast aus allen Nähten. Ottilias Eltern blieben nach wie vor auf ihrem Beobachtungsposten im Haus, was sie zwar schade fand, aber respektierte. Eduard war noch immer nicht da, aber sie machte ihm keinen Vorwurf daraus. Sie wusste ja, dass es nicht einfach für ihn war, alles unter einen Hut zu bringen.

Zwei Frauen in Ottilias Nähe steckten die Köpfe zusammen. »Sie ist schon deutlich dicker geworden, findest nicht auch, Magda?«, fragte die eine. Beide nahmen sie unter die Lupe. Ottilia lächelte dennoch und ging weiter. Ein wenig unbehaglich war ihr doch inmitten der vielen Leute zumute. Ein paar von ihnen kamen ihr vor wie die Krähen, die ihre Schnäbel und Krallen an ihrem Schicksal wetzen wollten. An der Theke angekommen atmete sie tief durch. Dann wandte sie sich ihren Gästen zu, um eine kleine Eröffnungsrede zu halten.

»Ich freue mich, auch im Namen meiner Geschäftspartnerin Käthe Schürmann, über so ein zahlreiches Erscheinen«, begrüßte sie sie und warf ein Lächeln in den Raum.

Ein paar der Leute, darunter Käthes Eltern, klatschten, verstummten jedoch, als sie merkten, dass die anderen Gäste nicht mit einstimmten. Ottilia wollte sich davon nicht verunsichern lassen. Doch das war leichter gesagt als getan. Da kam ihre Tante zurück ins Café und stellte sich neben sie, als hätte sie dies geahnt.

»Rede weiter«, bat diese leise und nickte ihr Mut machend zu.

Ottilia nickte ihr zu, hob den Kopf und wollte ihrem Publikum einen offenen Blick in ihre kreative Seele schenken. »Ich freue mich, Sie hier im Café MoCa zu begrüßen. Es soll ein Ort des Wiedersehens, vielleicht der ersten Begegnung und des Austausches sein. Aber auch der Kreativität. Wie manchen schon bekannt ist, liebe ich nicht nur das Backen, sondern auch das Schneidern und Kreieren von Mode. Insbesondere Damenmode. Modelle für Herren folgen. Auch an Kindermode hängt mein Herz.«

»Das haben wir schon gehört. Also, dass das Herz der Schneiderin vor allem an Männern hängt«, erwiderte eine Frau und lachte. Ein paar Damen stimmten mit ein. Andere ignorierten es oder schüttelten gar den Kopf.

»Obwohl der junge Eduard ja durchaus weiß, wie man sich kleiden muss, um eine Frau zu beeindrucken«, flüsterte eine weitere.

Die Worte, die hörbar aus Boshaftigkeit geboren waren, legten Ottilias Herz in Eis. Sie zwang sich, Ruhe zu bewahren, und fuhr mit ihrer Ansprache fort. »Nun! Ich hoffe, Sie genießen die Kuchen und das Gebäck aus der Bäckerei Schürmann sowie den Muckefuck, es gibt sogar Bohnenkaffee und selbst gemachten Lindenblütentee.« Ottilia war froh, dass offenbar nicht alle Anwesenden gekommen waren, um zu sticheln. Es gab durchaus Gäste, die ihr zulächelten und klatschten. Bärbel und Hermann schlossen sich an. Ottilia wurde mutiger ums Herz. »Ich danke meiner Familie, meinem zukünftigen Mann und lieben Freunden für die Unterstützung, ohne die das alles so schnell gar nicht möglich gewesen wäre.«

Dass einigen der Anwesenden die Gesichtszüge nach diesen Worten entgleisten, gefiel Ottilia.

»Die Modelle, die Ihnen gleich vorgestellt werden, können gern bestellt werden. Laufsteg frei für unsere wunderhübschen Damen, die meine Mode vorführen!«

Wieder klatschten ein paar der Gäste, während andere still und glotzend dasaßen oder wieder die Köpfe zusammensteckten.

Zuerst präsentierte Margot ein Kleid Ottilias. Wie eine Königin und hocherhobenen Hauptes schritt sie damit ins Café über den Teppich, gefolgt von Sophia.

»Ich fühle mich wie ein Filmstar«, sagte diese und lachte.

An der Theke drehten beide um, gingen zurück zur Tür und dann noch einmal hintereinander auf und ab. Ottilia beobachtete die Regungen der Gäste. Die Klatschtanten tuschelten erneut und hoben die Brauen, andere verfolgten jeden Schritt der jungen Mädels, manche mit leicht geöffnetem Mund. Nach ihnen kam Ilse in einem knapp knielangen Kleid in Rosatönen, das im Grunde gar kein Kleid, sondern eine Hose war. »Ein Hosenrock«, stellte Ottilia ihre Arbeit vor. »Nur, dass die Beine so weit geschnitten sind, dass sie einem Rock ähneln.«

»Hosenrock? Noch nie gehört. Wäre mir viel zu kurz«, bemerkte eine ältere Dame. Andere hingegen staunten.

Auch Käthe schien sich bei der Vorführung pudelwohl zu fühlen und Charlotte, die einen bunten knöchellangen Hosenrock trug, der für ein »Ahhh« bei den meisten sorgte, verbeugte sich gar am Ende vor allen.

Ottilia war mehr als zufrieden mit ihren Vorführdamen. Ihre Bewegungen waren anmutig und dennoch natürlich wie ihr Lächeln. Sie wünschte sich, Eduard, seine und der Rest ihrer Familie wären ebenfalls zugegen gewesen.

Tante Bärbel schielte in ihre Richtung und nickte ihr zu. Sie schien zufrieden.

»Und wo ist die Unterwäsche? Oder hat man sich lieber besonnen und ist keuscher geworden, weil man gemerkt hat, dass der Schuss diesbezüglich bei den meisten Leuten nach hinten losging?«, fragte eine Dame in grauem Schürzenkleid geradeheraus. Das Haar trug sie streng zu einem Knoten am Hinterkopf gesteckt.

»Und den zukünftigen Mann sieht man ja auch nicht. Seltsam, oder?«, warf ein Mann ein.

Ottilias Tante weitete die Augen und wurde bleich wie die Wand.

»Bitte schön, meine Damen. Das gehört jetzt aber wirklich nicht hierher«, sagte sie.

»Warum nicht? Wer solche sündige Unterwäsche entwerfen tut, muss durchtrieben sein und hält das schon aus, Schneiderin«, sagte eine Frau, die Ottilia nahezu jeden Sonntag in der Kirche sah. Es war die Gattin des hiesigen Goldschmieds. Die kleinen Augen in ihrem runden Gesicht blitzten auf. Ottilias Magen zog sich zusammen. Ein allgemeines Tuscheln waberte durch den Raum.

Bärbel zeigte sich wortlos beleidigt und wollte nach draußen eilen. Doch Ottilia hielt sie zurück. »Wo willst du hin, Tante?«

»Ich hole eine Mistgabel und treib die Lästertratschen damit aus dem Café.«

»Nein! Wir begeben uns nicht auf ihre Augenhöhe, Tante.«

»Aber …«

»Nein!« Sie sah ihre Tante eindringlich an.

Die seufzte. »Ach, Tilia. Ich habe befürchtet, dass es so kommt, und dachte, ich könnte drüberstehen«, flüsterte sie.

»Man nimmt den Tratschen den Wind aus den Segeln, indem man sie erst gar nicht beachtet. Das können die nämlich am wenigsten abhaben, denke ich«, meinte Ottilia.

»Da hast du wieder recht.«

Drei junge Frauen kamen zu ihnen. Eine war gertenschlank, die anderen beiden ein wenig robuster gebaut. »Wie viel kostet so ein Kleid?«, wollte die Schlanke laut wissen, da der Tratsch um sie herum zunahm.

Eine ihrer Begleiterinnen wiederholte die Frage, als Bärbel sich dumm stellte und »Wie? Ist so laut hier!« rief.

Da wiederholten die drei Frauen die Frage wie aus einem Mund. Tatsächlich schien das dem Giftstachel der bösen Zungen den dunklen Saft zu entziehen, wenn wohl auch nur kurz. Sie hielten inne und horchten. Bärbel und Ottilia lächelten sich zu.

»Natürlich habe ich eine Preisliste«, erklärte Ottilia den Frauen stolz und reichte ihnen ein mit Zeichnungen der Kleider versehenes Papier mit den Preisen dahinter.

»Das ist großartig«, freute sich eine der drei jungen Damen und ihre Begleiterinnen stimmten zu.

»Ich dachte immer, die Adens wären anständige Leute«, stieß ein Mann hervor.

»Ich habe gehört, dass Schusters Erika auch ein uneheliches Kind bekommt. Von einem amerikanischen Soldaten, der sie sitzen gelassen hat. Er soll in seiner Heimat schon verheiratet sein. Sodom und Gomorra ist so was. Da frag ich mich schon, ob die jungen Leute heutzutage noch ein Hirn haben. Denken oft nicht weiter als bis zur Bettkante. Und was wird aus den armen Kindern, die solche sogenannten Mütter dann kriegen? Nichts!«, mischte sich eine grauhaarige Frau ein und schüttelte den Kopf. Ein paar der Anwesenden stimmten ihr zu. Manche lauter, manche leiser.

Es reichte! Käthe war dabei, einzuschreiten, aber Ottilia hielt sie zurück. Auch Hermann, Charlotte und Ilse wollten Ottilia verteidigen. Doch das, sagte sie sich, musste sie allein tun. Sie hatte sich die Suppe eingebrockt und würde sie auch auslöffeln. »Lasst sie. Geht schon mal und bereitet euch für den nächsten Modelauf vor. Bitte!«, bat sie ihre Lieben.

Bärbel nickte ihr zu und schob Ilse und Käthe weiter.

»Bis gleich«, rief Käthe ihr noch zu und Ilse wünschte ihr viel Glück.

Mit gestrafften Schultern stellte sie sich auf den roten Läufer und wich keinem der Blicke aus, die ihr auf verschiedene Weise begegneten.

»Ich, Ottilia Aden, bin ein Mensch, der auch gern ausspricht, was er denkt, aber ich blicke erst tiefer, bevor ich urteile.«

»Herrje. Das tiefer Blicken will ich lieber gar nicht näher wissen, Fräulein Aden. Aber ich kann es mir sehr gut vorstellen«, rief ein Mann und lachte. Seine Frau gab ihm einen Klaps auf den Hinterkopf und er schwieg.

Ottilia tat, als hätte sie es nicht gehört.

»Die Unterwäsche soll nur aus einzelnen Fäden und ein bisschen durchsichtiger Spitze bestehen. Sehr sündig, habe ich gehört. Das hat mir meine Freundin erzählt, die bei den Hofmanns einkaufen war. Sie sollten sich schämen. Zumal Sie angeblich auch noch guter Hoffnung sein sollen, ohne verheiratet zu sein«, mischte sich daraufhin eine Frau ein.

Bärbel, die wieder zurück war, wollte etwas dazu sagen, aber Ottilia bat sie, es nicht zu tun.

Dann fuhr sie fort: »Ja, es stimmt, ich bin schwanger! Von einem wunderbaren Mann, mit dem ich nicht verheiratet bin. Noch nicht.« Sie legte beide Hände auf ihren Bauch. Manche der Anwesenden senkten den Blick, andere schielten zu ihren Nachbarn, wieder andere beäugten sie direkt.

»Dieses Kind ist aus Liebe entstanden, nicht aus einem kurzen Vergnügen heraus. Aus einer Liebe, die lange gereift ist, die den Krieg überstanden hat. Ich bin stolz auf Eduard Galbert, dass er mein Mann werden wird. Er ist meine erste Liebe und wird meine letzte sein. Ich sagte mir immer: Warte, bis dein Herz dir sagt, wer der Richtige ist. Und er ist es!«

»Das kann ich nur zurückgeben, Ottilia«, hörte sie auf einmal Eduards Stimme. Alle Blicke, einschließlich ihre, flogen Richtung Eingang. Eduard lehnte dort am Türrahmen und hatte nur Augen für Ottilia. Ihn zu sehen war, als würde der Himmel nach einem Gewitter aufreißen. Die frostige Atmosphäre war mit einem Mal verschwunden. Ottilia lächelte ihm entgegen und er ihr. Er sah so gut aus in seiner schwarzen Stoffhose, dem weißen Hemd und den schwarz glänzenden Lederschuhen. Direkt hinter ihm stand Käthe und nickte ihr strahlend zu. Sie hatte es sich also nicht nehmen lassen, zuzuhören, was Ottilia zu sagen hatte.

Die Münder sämtlicher Besucher öffneten sich. Sogar den Tratschtanten verschlug es mit einem Mal die Sprache. Ottilias Eltern erschienen hinter Käthe. Wahrscheinlich waren sie gekommen, um Eduard aufzuhalten. Das Gesicht ihrer Mutter war aschfahl und ausdruckslos. Ihr Vater stützte sie. Raschen Schrittes ging Ottilia auf Eduard zu. Er kam ihr entgegen und sie trafen sich auf halbem Wege. »Ich liebe dich und unser Kind. Auf nichts in dieser Welt bin ich so stolz wie auf euch beide. Und ich sage das nicht einfach nur so. Ich bin so glücklich, dass du meine Frau wirst, Tilia.« Er sprach so laut, dass es wohl jeder hören konnte. Dann hauchte er ihr einen Kuss auf die Stirn. Seine Worte brachten wieder Leben in das Café.

Käthe stürmte auf sie beide zu. »Ich freu mich so für euch«, rief sie und fiel erst Ottilia und dann Eduard um den Hals. Über ihre Schulter hinweg sah Ottilia wieder ihre Eltern, die von ein paar Gästen umringt waren und ihnen zögerlich die Hände reichten. Sie wollten ihnen wohl gratulieren oder sie aushorchen. Ottilias Eltern lächelten, doch das Lächeln erreichte ihre Augen nicht. Aber wenigstens hatten sie sich hergewagt.

»Was sagt man dazu? Na, dann hat das Kind doch zwei richtige Eltern. Meinen Glückwunsch«, meinte die Gattin eines Lehrers.

Ottilias Mutter nickte, als gelte die Gratulation ihr. »Danke schön. Unsere Ottilia ist ja auch im besten Alter für ein Kind. Wir haben ja schon lange von Eduard und ihrer Liebe gewusst. Nur an die große Glocke wollten es die jungen Leute halt nicht hängen. Ach, und wir freuen uns schon recht arg auf den Nachwuchs. Eduard ist ein guter Mann.« Sie stupste Ottilias Vater an, der sofort nickte. »Ja, das ist wahr.«

Die Frau lachte und schaute ein wenig verwirrt drein. »Ach wirklich?«

»Wirklich!«, erwiderte Ottilias Mutter bestimmt.

»Na dann.«

Nach und nach verließen die Lästerzungen den Hof. Meist mit gerümpften Nasen, an die sie sich selbst mal fassen sollten, dachte Ottilia. Ihre Mutter sah ihnen nach. Ottilias Vater stand neben ihr und seufzte tief.

»Die meisten glauben uns nicht. Das merke ich, Albert.«

»Ja, glaube ich auch, Leni.«

Ottilia wünschte sich nur eins: dass die Worte ihrer Mutter von vorhin ehrlich gemeint gewesen wären.

Sie lehnte den Kopf an Eduards Schulter. »Schön, dass du da bist.«

»Tut mir wirklich leid, dass ich nicht schon früher da sein konnte. Ich musste Emmi noch verarzten«, flüsterte er.

Ottilia schaute erschrocken zu ihm auf. »Was? Wieso?«

»Sie hat sich auf dem Feld den Knöchel verknackst.«

»Oje. Das tut mir leid für sie.«

»Es ist nichts gebrochen und sie kann schon wieder auftreten.«

»Zum Glück.«

Ottilia zeigte Eduard die noch vorhandenen Kuchenstücke und das Gebäck und bot ihm etwas davon und auch etwas zum Trinken an. Er nahm dankend an, als er hörte, dass er ihr im Moment nur mit seiner Anwesenheit helfen konnte.

Wie geplant setzte sie die Präsentation fort, wobei ihr vor allem Käthe tatkräftig zur Seite stand.

Ottilias Mutter schnaubte leise und gesellte sich neben sie. »Nun gut. Jetzt wissen alle Bescheid. Jetzt müssen wir nur weiter durchhalten. Die Leute sind hauptsächlich zum Ausspähen gekommen. Ich habe es von Anfang an gesagt. Für das Café interessieren sich doch die wenigsten. All die wertvolle Zeit und Kraft, die alle reingesteckt haben, sind am Ende eh für die Katz. Na ja. Es ist, wie es ist. Jetzt hast du es wenigstens mal ausprobiert. Aus jeder Erfahrung lernt man was.«

Ottilia schluckte hart und schielte zu ihrem Vater, der sich hinter ihre Mutter stellte. Er legte eine Hand in ihren Rücken und schob sie nach draußen. »Komm, reg dich nicht weiter auf, Leni.«

Ottilia konnte nicht verhehlen, dass die Worte ihrer Mutter sie trafen. Sie dachte an die Söckchen, die sie ihr geschenkt hatte und die sie mit Hoffnung erfüllt hatten. Sie verpuffte zusammen mit ihrer Euphorie.

Eduard, der alles gehört hatte, stellte seinen Muckefuck weg und nahm sie in die Arme. »Du machst das alles so toll, Tilia. Ich bin so stolz auf dich. Hör nicht auf sie. Ich hätte etwas sagen sollen. Ich geh ihnen nach und …«

»Nein, lass bitte.« Sie schmiegte sich an ihn. »Was du vorhin gesagt hast, vor den Leuten, werde ich nie vergessen.«

Sie vergrub ihren Kopf in seiner Schulter.

»Ich bin auch stolz auf dich, Tilia. Auf euch beide«, warf Käthe ein und schenkte ihnen ein Lächeln.

»Danke«, murmelte Ottilia und ließ sich von ihr mitziehen.

»Weitermachen und Kopf hochhalten. Denn das kannst du mit Würde tun«, ergänzte ihre Freundin.

»Da hat sie verdammt recht«, rief Eduard ihnen nach.

In einer Ecke des Cafés verspritzten noch immer unüberhörbar ein paar böse Zungen ihr Gift. Allerdings konnte Ottilia heraushören, dass ihnen anscheinend die neuen Kleider, die sie in der zweiten Modenschaurunde gesehen hatten, gefielen. Das zu hören, tat gut. Auch die jungen Frauen, die ihr den Auftrag für Kleider gegeben hatten, kamen an jenen vorbei. »Dürfen wir die Unterwäsche sehen?«, fragten sie und setzten einen bettelnden Blick auf.

Etwas, das den Lästerdamen nicht entging, die sofort die Ohren spitzten. »Sie zieht auch noch unschuldige junge Frauen mit in den verruchten Bann. Am Ende rennen die fast nackig in der Stadt rum und behaupten, das sei die neueste Mode«, sagte eine.

»Stimmt. Also wenn du mich fragst, Gretl, dann ist das ein eindeutiger Fall für die Sittenpolizei«, warf ihre Tischnachbarin ein und schob verächtlich ihren leer gegessenen Teller weg. »Nie wieder esse und trinke ich hier etwas. Sonst gilt man noch als Mitläufer einer solchen Schande.«

Ottilia hatte genug. »Ich möchte die Unterwäsche zeigen«, sagte sie entschlossen zu Käthe. »Was haben wir noch zu verlieren? Die Schlangen zischen sowieso weiter. Wichtig sind die, die mich verstehen wollen, auch wenn es nur wenige sind. Und vielleicht kann man doch noch eine der Lästerzungen überzeugen. Vor allem will ich zeigen, dass die Unterwäsche aus mehr als nur Fäden besteht.«

Käthe machte große Augen. »Du willst, dass Margot, Sophia und die anderen Mädels und ich sie vorführen? Jetzt? Gut, bin dabei.«

Das wäre wohl ein Tick zu gewagt, dachte Ottilia. Aber sie freute sich, dass Käthe sogar dazu bereit wäre.

»Nicht am Leib. Wir präsentieren die Wäsche in den Kartons, in denen ich sie aufbewahre. Die stehen unter dem Bett in meiner Stube.«

Käthe nickte. »Du bist die Chefin.«

Ilse und Charlotte, die sie einweihten, waren sofort einverstanden.

Bärbel allerdings tippte sich an die Stirn. »Du gießt Öl ins Feuer, Ottilia.«

Ottilia ergriff ihre Hände. »Sie sollen sich überzeugen, dass die Wäsche nicht unanständig ist, Tante. Und ich will denen, die an mich glauben, diese Wäsche nicht vorenthalten. Ich will es nicht nur tun, ich muss. Bitte versteh mich.« Bärbel pustete geräuschvoll Luft aus. Doch Ottilias Entschluss stand felsenfest und Eduard zu hundert Prozent dahinter, was ihr zusätzlich Kraft gab, das Vorhaben durchzuziehen.

»Bist du jetzt ganz und gar verrückt geworden?«, schalt ihre Mutter. Sie hielt sie im Hausflur auf, nachdem Ottilia ihr von ihrem Plan erzählt hatte. Bärbel stieß zu ihnen.

»Nein, ich bin ganz und gar nicht verrückt, Mutter«, sagte Ottilia. Leni stieß ihre Schwester mit dem Ellbogen in die Seite.

»Jetzt sag doch was dazu, Bärbel. Schließlich gerät auch deine Schneiderei in einen immer schlechteren Ruf.«

Bärbel ballte eine Hand zur Faust. »Egal.«

»Was?«, fragte Magdalena und sah ihre Schwester ungläubig an.

»Ich meine, vielleicht hat Tilia recht.«

Ottilias Mutter lachte laut aus. »Spinnt ihr jetzt alle?«

Ottilia lächelte ihrer Tante dankend zu, gab ihrer Mutter einen Kuss auf die Wange und sagte: »Alles wird gut, Mama. Wirst sehen.« Dann eilte sie weiter.

Der Anruf

Hedda

Ausgelassen kehrten Daniel und ich nach unserem Picknick im Zauberwald auf den Hof zurück. Daniel bestand darauf, mich noch bis zur Haustür zu begleiten.

»War wirklich schön«, sagte er und lächelte.

Das konnte ich nur zurückgeben. Manchmal, fiel mir auf, wirkte er nachdenklich. Wohl wegen Viktoria. Auch wenn er kein Wort mehr über sie verlor. Ich wollte ihn auch nicht über sie ausfragen. Er wusste, dass ich jederzeit ein offenes Ohr für ihn haben würde. Das hatte ich ihm gesagt. Und wenn er darüber mit mir reden wollte, dann gern und jederzeit.

»Sehen wir uns morgen?«, fragte er mich.

»Ja, gut.«

Er lächelte. »Schön. Dann können wir ja gemeinsam weiterlesen oder noch ein wenig durch Hollfeld streifen, auf den Spuren der Vergangenheit. Vielleicht sogar beides.«

Ich nickte. »Und an die Zukunft denken.«

Er atmete tief durch. »Ich muss die Weichen dafür erst mal neu stellen. Mal sehen, in welche Richtung.«

»Meine Mutter sagt immer, man soll auf seinen Bauch hören.«

Daniel nickte. »Kluge Frau.«

Er sah in den Himmel, der aussah, als hätte dort jemand einen riesigen Eimer roter Farbe verschüttet.

»Monika hat immer gesagt: ›Abendrot gut Wetter bot‹, wenn der Himmel so aussah«, erzählte er.

»Na, dann steht unserem Ausflug morgen nichts im Weg.«

»Freu mich drauf. Bis morgen also.«

»Bis morgen.«

Er machte gerade kehrt, als sein Handy klingelte, blieb stehen und ging ran. »Sophie, hallo«, sagte er dann und klang mehr als überrascht.

Keine Ahnung, wer Sophie war.

Leichter Wind zog auf und blies mir ein paar Haarsträhnen in die Stirn, die ich nach hinten strich, als Daniel mich mit großen Augen anstarrte.

»Wann?«, stieß er aus.

Schlechte Neuigkeiten? Ich hoffte nicht. Daniel hatte schon genug mitgemacht in letzter Zeit.

»Ja, klar. Ich komme noch heute.«

Er ließ das Handy sinken und sah auf einmal ganz blass um die Nase aus. »Das war Viktorias beste Freundin Sophie. Viktoria wollte sich das Leben nehmen. Sie hat sie gerade noch gefunden.«

Was? Mir wurde eiskalt. »Oh mein Gott. Wie geht es ihr?«

»Sie ist bei Bewusstsein. Hat Tabletten geschluckt, aber Sophie hat sie dazu gebracht, sie wieder auszubrechen. Sie ist sehr schwach, verlangt nach mir und will partout in kein Krankenhaus. Sie hat Angst, die würden sie in die Psychiatrie überweisen. Ich muss sofort zu ihr.«

Er war völlig durch den Wind, was kein Wunder war.

»Ich melde mich, Hedda«, sagte er.

Ich hielt ihn an einem Arm fest. »So kannst du doch nicht fahren.«

»Doch, glaub mir.«

»Ich kann dich fahren«, schlug ich ihm vor.

Er schüttelte den Kopf, gab mir einen Kuss auf die Wange und rannte dann weiter. »Ich ruf dich an«, versprach er.

Sorgenvoll sah ich ihm nach und berührte dann die Stelle, an der er mich geküsst hatte, mit einem Finger. Ich mochte Daniel inzwischen wirklich gern. »Alles Gute«, flüsterte ich.

Immer wieder starrte ich aufs Handy und wartete auf eine Nachricht von Daniel, während ich im Wohnzimmer auf der Couch lag und mich mit Schokolade und Klaviermusik abzulenken versuchte. Mit dem Überarbeiten wollte ich warten, bis Daniel wieder da war. Einen Anruf meiner Eltern und Saschas kurz darauf würgte ich, auch wenn es mir leidtat, schnell ab. Doch sie verstanden es, als ich ihnen den Grund für die Zeitknappheit erklärte. Umgekehrt freute es mich zu hören, dass es allen gut ging. Besonders Sascha, der über beide Ohren verliebt in Max war. Ich schickte ihm die neu überarbeiteten Kapitel, machte es mir auf der Couch bequem und hing dann weiter meinen Gedanken nach. Bis ich einschlief und erst am nächsten Tag mit dem Klingeln meines Handys in den Ohren aufwachte. Morgenlicht flutete das Zimmer. Ich grapschte nach dem Handy und ging ran.

»Guten Morgen. Hier ist Daniel.«

Ich setzte mich auf. »Wie geht es ihr, dir?« Vor allem dir, dachte ich.

»Gut.«

»Gott sei Dank.«

»Ja. War falscher Alarm.«

Falscher Alarm? »Was bedeutet das?«

»Viktoria und ihre Freundin haben mir absichtlich Angst gemacht. Das Ganze war also nur ein Lockmittel. Sophie hat sich verplappert, sonst hätte ich es wohl geglaubt. Viktoria ist nun sauer auf sie. Ich regele gerade alles hier mit ihr und dann komme ich zurück.«

Das war ja zum Haareraufen. »Das gibt's doch nicht. Sich so etwas auszudenken …«

»Ich erkenne Viktoria nicht wieder. Bin in zwei, drei Tagen wieder in Hollfeld, schätze ich. Dann machen wir dort weiter, wo wir aufgehört haben. Ich würde mich jedenfalls freuen. Und vielleicht gibt es bis dahin schon einen neuen Interessenten.«

»Ja, ich freu mich auf dich. Alles Gute bis dahin.«

Ein kurzes Schweigen folgte, dann sagte Daniel: »Danke. Ich bin froh, dass es dich gibt.«

Ich lächelte. Dass er das sagte, war nett von ihm. »Dito, Daniel. Und wenn du reden willst, du hast ja meine Nummer.«

»Da muss ich nun allein durch. Ich pack das schon. Also. Mach's gut.«

»Du auch.«

Und weg war er. Ich schüttelte den Kopf über Viktoria. Daniel moralisch zu erpressen, ihm solche Angst einzujagen, war das Letzte. Er tat mir ehrlich leid.

Zurück in die Vergangenheit

Hedda

Julia, die mich abends auf dem Hof besuchte, half mir, eine Überraschung für Daniels Rückkehr vorzubereiten. Ich hatte ihr lediglich erzählt, dass er in München ein paar Angelegenheiten zu erledigen hatte. Nach seinem Anruf war ich in die Stadt gefahren, um Backsachen für kleine Minikuchen zu besorgen. Das Rezept dafür hatte ich in Monikas Back- und Kochbuch gefunden.

»Die Marzipanblumen krieg ich auf keinen Fall so hin wie auf dem Foto, das sie eingeklebt hat«, sagte ich zu Julia, die sich eine Schürze umband.

»Ich zeig es dir schon. Ist kein Hexenwerk.«

Ich freute mich sehr über ihren Besuch und darüber, dass wir uns weiterhin so gut verstanden. »Schön, dass du mir hilfst.«

Julia öffnete ein Päckchen Pistazien. »Du bist echt nett. Ich kann Monika schon gut verstehen, dass sie dich gleich ins Herz geschlossen hat.«

»Du machst mich ganz verlegen, Julia«, antwortete ich und siebte Mehl in eine Schüssel.

»Und Daniel?«, fragte sie dann und suchte nach dem Zucker.

»Was soll mit ihm sein? Zucker ist im oberen Schränkchen.«

»Ah, okay.« Julia musste sich ein wenig auf die Zehenspitzen stellen, um an die Dose zu kommen.

»Ihr versteht euch nun wirklich richtig gut, oder?« Sie lächelte verschmitzt und schloss das Schränkchen wieder.

»Ja. Er ist sehr nett.«

»Ich hoffe, du wirfst mich nicht raus, weil ich so neugierig bin. Aber gibt es einen Mann in deinem Leben? Also jemanden, dem dein Herz gehört?«

»Du meinst, ob ich einen Lebenspartner habe?«

Sie nickte.

»Nicht mehr. Ich genieße mein Single-Leben.«

Julia hob eine Braue und maß Zucker in einem gläsernen Messbecher ab. »Na, dann ist ja alles offen.«

Ich machte große Augen. »Du meinst mit Daniel? Nein. Der hat gerade eine Trennung hinter sich und wir kennen uns erst kurz.«

»Na ja, aber daraus kann ja mal mehr werden. Er ist echt fesch.«

Ich warf ihr ein bisschen Mehl entgegen.

Julia lachte und wich aus. »He. Na sag schon.«

»Kein Kommentar«, gab ich zurück und wollte auch gar nicht länger darüber nachdenken. Das alles erschien mir einfach zu weit weg, auch wenn Daniel und ich uns inzwischen wirklich gut verstanden.

»Okay. Aber ich wünsch dir jedenfalls, dass du glücklich bist. Mit oder ohne Mann, Hedda.«

»Danke. Ich dir auch«, erwiderte ich. »Und wie sieht es denn eigentlich bei dir aus? Weißt du, ich bin nämlich auch neugierig.«

Julia zog eine Schulter nach oben, legte den Kopf leicht zur Seite und lächelte verträumt. »Ich bin fest vergeben. Er heißt Ralf. Ist zurzeit nur leider wieder auf Montage. Aber wir freuen uns schon wieder so sehr aufs Wiedersehen.«

»Süß.«

»Ja, ist er. Und ich hoffe, dass er bald einen neuen Job findet und dann diese … Teilzeit-Fernbeziehung aufhört.«

»Ich drück die Daumen.«

»Das ist lieb.«

Die Küchlein wurden perfekt und Julia hatte mir sogar gezeigt, wie man eingefärbtes Marzipan zu Rosen formte. Ich war ganz gut darin. Wir hatten einen wunderbaren Abend, den wir beide mit einer selbst gebackenen Auberginenpizza, deren Rezept ebenfalls aus Monikas Back- und Kochbuch stammte, ausklingen ließen. Als Julia weg war und ich nicht einschlafen konnte, überarbeitete ich *Unter dem Dornenhimmel* doch noch ein Stück weiter und dachte dabei auch wieder an Daniel.

Ein Ja für die Ewigkeit

Ottilia

Zwei Tage vor der Hochzeit

Die Eröffnung des Cafés hatte Ottilia nicht nur Häme, sondern auch neue Aufträge eingebracht. Stoffe und Garn dafür gaben die meisten ihrer Auftraggeberinnen selbst. Auch Unterwäsche war bestellt worden; sie hatte selbst den Klatschtanten die Sprache verschlagen. Käthe war sicher, weil sie ihnen gefallen hatte. Etwas, das sie aber nicht zugeben konnten oder wollten. Vielleicht auch beides. Auch die Backwaren wurden von vielen gelobt, was auch Käthes Eltern freute und stolz machte. Vor allem war Ottilia glücklich, dass Eduard stolz auf »meine zukünftige Frau« war. Außerdem freute er sich, dass sein Onkel John aus England zu ihrer Hochzeit anreisen würde. Ottilia war schon gespannt darauf, ihn persönlich kennenzulernen. Eduard hatte ihr versichert, dass John sich umgekehrt auch darauf freute, sie zu treffen.

Sie war gerade dabei, letzte Handgriffe an ihr Brautkleid anzulegen. Ihre Tante war an diesem Tag in Bayreuth unterwegs und es war nicht viel los in der Schneiderei. Bärbel versuchte in der Wagner-Stadt wieder gute Stoffe aufzutreiben. Die guten Kontakte, die sie in den Jahren als Schneiderin hatte aufbauen können, ließen hoffen. Die Auftragsarbeiten durch die Eröffnung wollte Ottilia nach der Hochzeit nach und nach erledigen. In ihren Träumen war sie schon einen Schritt weiter, wollte sich irgendwann eine eigene kleine Schneiderei einrichten. Vielleicht direkt neben dem Café. Mit dazugehörigem Laden. Das behielt sie aber vorerst für sich. Auch Kuchen und Gebäck wollte sie hin und wieder mit Käthe backen. Ach, dachte sie, der Tag bräuchte einfach mehr Stunden. Vorerst hielt sie das Café geschlossen, denn sonst blieb keine Zeit, die Aufträge für die Schneiderei abzuarbeiten, die noch das meiste Geld einbrachte.

»Darf ich bald auch mal die Unterwäsche anprobieren? Oder gleich?«, fragte das Lehrmädchen und setzte einen bettelnden Gesichtsausdruck auf.

Ottilia überlegte nicht lange. »Gut. Ich hol rasch welche.«

Das Mädchen klatschte aus Vorfreude in die Hände. Ottilia beeilte sich. Gleich nachdem sie die Arbeiten an ihrem Brautkleid abgeschlossen hatte, wollte sie Eduards Anzug, der nach der Anprobe hervorragend gepasst hatte, noch einmal als Überraschung verfeinern und zwei Pattentaschen vorn auf dem Sakko anbringen.

Der Flanell-Oberstoff des gefütterten Sakkos war aus reiner Wolle und mit breitem steigendem Revers gearbeitet und besaß vorderseitig einen edlen silbernen Knopf. Ottilia war zufrieden, aber eben nur fast. Eduard verdiente nur das Beste.

Als Ottilia in die Schneiderstube zurückkehrte, kam ihr Margot bereits entgegen. Ottilia stellte die Schachtel mit der Unterwäsche auf den Materialtisch, öffnete sie und legte drei Büstenhalter und die dazugehörigen Unterhöschen heraus.

Margot zeigte auf den zusammengenähten Zweiteiler. »Darf ich den auch ansehen?«.

Ottilia nickte und Margot legte ihn zu der anderen Wäsche.

»Der gefällt mir am besten. Darf ich mal anprobieren?«

Ottilia warf einen Blick auf die Uhr über der Tür. Es war fast Mittag. Vor dem Abend würde die Tante sicher nicht aus Bayreuth zurück sein und ihre Eltern waren auf dem Feld.

»Also gut.«

Margot juchzte. Zum Umziehen verschwand sie hinter dem tannengrünen blickdichten Vorhang, den Ottilias Vater in einer Ecke angebracht hatte. Er hing an einer Deckenschiene.

Margot beeilte sich mit dem Umziehen und spitzte aus der Kabine, als sie fertig war.

»Komm her«, bat Ottilia.

Das Mädchen genierte sich erst. »Aber wenn jemand kommt.«

»Jetzt ist Mittagszeit. Da kommt schon keiner«, machte Ottilia ihr Mut.

Margot nickte und trippelte mit nackten Füßen auf sie zu, die Lippen fest aufeinandergepresst. Der Zweiteiler passte fast wie angegossen. Nur Margots Brüste waren zu klein für die Körbchen.

Das merkte auch Margot selbst. »Schade«, sagte sie.

»Dein Busen ist ja noch im Wachstum. Ich bin sicher, bald wirst du die Körbchen ausfüllen. Bis dahin können wir ihn ein wenig aufpolstern. Lust?«

Das Lehrmädchen wurde rot, nickte aber. Ihre Augen glänzten. »Ich habe schon einen Freund«, flüsterte sie, als wären sie doch nicht allein. »Aber pssst.«

Ottilia verstand, warum sie sie einweihte. »Versprochen. Und du möchtest dich ihm darin zeigen? Habe ich recht?«

Die Kleine nickte energisch. »Ich gebe dir dafür ein paar alte Kleider, deren Stoff wirklich schön ist und die mir schon längst zu klein sind. Und …«

»Einverstanden«, erwiderte Ottilia und legte zwei Einlagen in die Körbchen.

Das Mädchen lachte. »Kitzelt.«

In dem Moment klopfte es und die Tür ging auf.

Erschrocken fuhren Ottilia und Margot herum, die beide Arme überkreuzt vor die Brust schlug. »Herr im Himmel«, brabbelte sie.

Käthe stand in der Tür und hob die Brauen. »Überraschung!«, rief sie.

»Gott sei Dank, du bist es nur«, entfuhr es Ottilia.

Käthe stockte. »Nur. Na vielen Dank. Und nein.«

Margot und Ottilia tauschten kurz erstaunte Blicke.

»Nein? Was bedeutet das?«, fragte Ottilia ihre Freundin dann.

Käthe schmunzelte. »Nein bedeutet, dass nicht nur ich da bin.«

Hinter ihr erschien ein junger Mann mit schwarzem dichtem Haar und dunklen Augen. Er senkte sofort den Blick, nachdem er Margot fast nackt dastehen sah.

»David!«, stieß Ottilia hervor.

Käthe kam rasch ganz herein und drehte sich zu ihm um, während Margot zurück in die Kabine eilte.

»Keine Angst, Käthe wird nichts sagen und ihr Begleiter sicher auch nicht«, rief Ottilia ihr nach.

»Ich habe geklopft, habe aber nicht abgewartet, bis jemand ›Herein‹ sagte. Entschuldige, Tilia. Aber … Gott, ich bin so aufgeregt, denn David ist da.« Sie schaute zu ihm und lächelte, was er erwiderte.

»Ich freu mich so. Hallo David«, sagte Ottilia.

»Hallo. Schön, dich wiederzusehen.«

»Ganz meinerseits.«

»Ja, endlich ist er da!«, warf Käthe ein. »Er hat mich überrascht. Er stand heute Morgen einfach vor der Tür. Erst dachte ich, ich träume. Meine Eltern haben ihn herzlich aufgenommen. Er kann ein paar Tage bleiben. Wir haben so viel zu bereden.«

Ottilia umarmte Käthe. »Ich freu mich so für dich, für euch.« Sie umarmte auch David. Der gesellte sich neben Käthe.

Das Lehrmädchen hatte sich inzwischen umgezogen und verschanzte sich hinter der Nähmaschine. Ihre Wangen glühten. David verkniff sich sichtlich ein Schmunzeln.

»Steht dir sehr gut«, machte Käthe dem Mädchen ein Kompliment.

»Finde ich auch«, erwiderte Ottilia.

»Und du?«, wollte Käthe dann von David wissen. Der sah perplex drein. Sie stupste ihn leicht in die Seite. »Sag jetzt nicht, du hast nichts gesehen.«

»Doch. Und was ich gesehen habe, war hübsch«, erwiderte er ein wenig zögerlich.

»Danke schön«, flüsterte Margot leise.

»Dir braucht nichts peinlich zu sein. Es ist Unterwäsche, keine Sünde«, sagte Ottilia.

Das Mädchen schaute sie an, dann nickte es. »Stimmt. Und ich finde, jede Frau hat es verdient nach all den grauen schlimmen Jahren, sich wieder richtig fraulich zu fühlen, schöne Wäsche zu tragen. Drüber und drunter.«

Ottilia lächelte. »Genauso ist es.«

Käthe lehnte den Kopf an Davids Oberarm. »Wir sind starke Frauen und wissen, was wir wollen.«

»So ist es«, bestätigte Ottilia und wandte sich an David. »So schön, dass du da bist. Da lade ich dich doch auch gleich auf Eduards und meine Hochzeit ein. Ich bin sicher, Eduard und du, ihr werdet euch gut verstehen.«

David freute sich erkennbar ehrlich über ihre herzliche Begrüßung. Er roch gut, fand Ottilia. Nach Moschusrosen und Sandelholz.

»Danke, dass ihr alle mich so nett aufnehmt«, sagte David.

»Dafür brauchst du dich doch nicht zu bedanken. Für mich ist das eine Selbstverständlichkeit«, sagte Ottilia.

»Für mich nicht. Der Krieg hat gezeigt, dass es das nicht ist. Dass es Unterschiede gibt, und leider denken immer noch Leute wie damals.«

»Ja, stimmt schon«, musste Ottilia ihm recht geben und Käthe senkte betrübt den Blick.

»Was zählt, sind die Menschen, die man liebt und die einem Respekt, Freundschaft und wahre Liebe schenken. Und ich sage mir, solange es Menschen mit dem Herzen am rechten Fleck gibt, kann das Böse nicht gewinnen. Denn die Liebe ist immer stärker«, sagte Ottilia deshalb.

David nickte.

Langsam hob Käthe wieder den Kopf. »Das hast du schön gesagt, Ottilia.«

Tag der Hochzeit

Käthe und Bärbel halfen Ottilia beim Einkleiden in der Schneiderei. Es war ein sonniger Tag. Dass er das vom Wetter her werden würde, daran hatte Ottilia schon fast nicht mehr geglaubt. Die letzten drei Tage hatte es oft geregnet. Sie schwelgte in Gedanken, sah sich schon neben Eduard in der Kirche stehen. Der Altarbereich war mit weißen und roten Rosenbuketts geschmückt. Seitlich an den Holzbänken waren kleine Herzen, aus Blätterranken geflochten und mit je einer roten Rose, angebracht. Farblich passten die Blüten zu dem dunkelroten Teppich, der zwischen den Bankreihen über dem kalten grauen Marmor lag und sich vom Eingang bis zum Altar erstreckte. Das Stecken der Blumen und Schmücken der Kirche hatten Bärbel, Käthe und Ottilia selbst übernommen.

»Das Kleid ist so schön, und du bist es auch«, schwärmte Käthe und schlug kurz die Hände vor den Mund. Ottilias Tante, die hinter Käthe stand, stimmte ihr zu.

»Danke«, erwiderte Ottilia und Tränen stiegen ihr in die Augen. Geboren aus Vorfreude, aber auch ein wenig aus Angst, wie sich die Familien verhalten würden. Schafften sie es an diesem Tag, die Waffen ruhen zu lassen?

Ottilia betrachtete sich prüfend im Spiegel. Zu ihrem Brautkleid trug sie weiße Sandalen, die sie bei einer Schuhtauschbörse erstanden hatte.

Ihre Mutter kam herein. Sie schluchzte in ein Stofftaschentuch und seufzte. In ihrem knöchellangen kaminroten Kleid mit der weißen Seidenstola sah sie wunderschön aus, fand Ottilia. Wären da nur nicht die vorwurfsvollen Blicke, mit denen sie Ottilia bedachte.

»Die Sonne lacht gar höhnisch, der blaue Himmel wirkt wie unechte Schönmalerei, der ganze Tag erscheint mir wie Falschgeld. Aber ich werde lächeln und die Suppe mit auslöffeln, die du uns eingebrockt hast, Ottilia«, flüsterte sie und hob das Kinn.

Ottilia erwiderte besser nichts darauf.

Bärbel holte ihrer Schwester ein Glas Wasser und tupfte ihr mit einem Stofftüchlein Schweißperlen von der Stirn. Danach half sie Ottilia, das Armband mit den Vergissmeinnicht anzulegen.

»Das sieht nicht gut aus«, meinte Ottilias Mutter und schniefte leise.

»Etwas Blaues gehört dazu. Ich finde es hübsch«, erwiderte Ottilia. Sie dachte wieder an Eduard. Wie ihm wohl sein Anzug gefiel? Sie hatte ihn nach seinen Vorstellungen, die sie aus ihm herausgekitzelt hatte, genäht und dann noch Extras als Überraschung angepasst. Trotzdem war sie nicht sicher, ob er sich darin wohlfühlen würde. Sie hoffte es jedoch inständig.

Noch einmal betrachtete sich Ottilia im Spiegel. Käthe hatte ihr das Haar mit dem Feuereisen gekräuselt. Eine rote Rose, die mit ein wenig selbst gehäkelter Spitze umfasst war, zierte die Locken. Sie fühlte sich wie eine Prinzessin, als Bärbel und Käthe sie hinausführten. Ihre Mutter folgte leise jammernd. Ottilia war sicher, dass sie ihr damit ein schlechtes Gewissen machte wollte. Auf dem Hof wartete die Pferdekutsche, die Eduards Chef, Herr Krempler, ihnen mitsamt zwei weißen Schimmeln als Leihgabe für diesen Tag überlassen hatte. Eine großzügige herzliche Gabe, die ihnen beiden sehr viel bedeutete. Ihre Mutter riss sich zusammen, sobald sie nach draußen trat, und legte ein Lächeln auf.

Eduard wartete mit gestrafften Schultern vor der Kutsche und besah sich Ottilia mit glänzenden Augen. »Mein Gott. Das Kleid und du … du bist so wunderschön«, sagte er.

Das konnte Ottilia nur zurückgeben, denn er trug den Anzug sichtlich voller Stolz. Sie war mehr als erleichtert, dass der Anzug passte, und vor allem, dass er Eduard zu gefallen schien. Er wirkte sehr stolz. »Danke. Du auch.«

»Der Anzug ist so, wie ich ihn mir vorgestellt habe. Nein, noch besser. So wie du. Vielen Dank dafür. Ich freue mich schon auf unsere Zukunft mit dir und unserem Kind.« Er küsste Ottilia zart auf die Stirn. Wiesenblumen schmückten die Hochzeitskutsche. Käthe, Ilse und Charlotte hatten die Mähnen der Pferde geflochten und zarte Wiesenblumen eingearbeitet. Langsam rollte die Kutsche über das Pflaster zum Standesamt. Die Gäste folgten, wobei Adens und Galberts in zwei weit voneinander getrennten Gruppen gingen. Leute aus Hollfeld spähten neugierig aus den Häusern, manche standen an der Straße und grüßten. Der blaue Himmel mit vereinzelten

Wolken, die an Wattebäusche erinnerten, schien regelrecht zu strahlen.

Sobald die Kutsche vor dem Standesamt am Oberen Markt hielt, stieg Eduard aus und streckte Ottilia lächelnd eine Hand entgegen. Ein richtiger Gentleman, dachte sie, reckte sich und drückte ihm einen Kuss auf den Mund, was ihre Mutter mit einem Räuspern kommentierte.

Ottilia ignorierte es geflissentlich, während Eduard ihr zuzwinkerte. »Meine Tilia. Ich muss es noch einmal sagen. So wunderschön. Äußerlich wie Morgentau, in dem sich ein Sonnenstrahl bricht, innerlich wie ein tiefes Meer voller Wunder.«

Das klang wie ein Gedicht.

»Ich liebe dich so sehr, Eddie«, erwiderte sie. Keine Dunkelheit, so kam es ihr vor, konnte der Liebe, die sie für ihn empfand, etwas anhaben.

Hand in Hand gingen sie auf das Standesamt zu, das sich im Rathaus befand, nicht weit von der Stadtkirche entfernt.

Hermann kam mit Hedwig zuletzt. »Näher, näher«, bat Ottilias Großmutter ihn. Die Räder des Rollstuhls holperten über das Pflaster. Ottilias Vater ging Hermann zur Hand, worüber dieser sichtlich froh war. Schweißperlen liefen ihm über das Gesicht. Er hatte sich fein gemacht. Grauer Anzug, weißes Hemd, geputzte schwarze Lederschuhe.

Ottilia begrüßte ihre Großmutter mit einem Kuss auf die Stirn. Auch sie sah wie aus dem Ei gepellt aus, trug ein weinrotes knöchellanges Gewand mit goldener Brosche und einen weißen Hut mit weinrotem Hutband. »Du siehst schick aus, Oma. Richtig elegant.«

Hedwig strahlte Ottilia an. »Du erst. Ach, wie schön, dass ich diesen Tag erleben darf. Den schönsten in deinem Leben. Das wünsch ich dir, euch. Und noch viele weitere«, sagte sie.

Dann schaute sie zu Eduard. »So ein fescher Mann. Ein wenig erinnert er mich ja an meinen Johann, als der so jung war.«

Ottilia gab ihr ein Wangenküsschen.

»Sie sehen auch fesch aus«, meinte Eduard.

»Du. Ich bin jetzt auch deine Oma«, erwiderte sie bestimmt, aber mit einem Lächeln, was Ottilia und auch merklich Eduard sehr berührte.

Er beugte sich zu ihr runter und umarmte sie. »Danke, Oma.«

Ottilia folgte seinem Beispiel.

Danach griff ihre Großmutter nach der Weihwasserflasche, die zwischen ihrem rechten Bein und der Rollstuhllehne steckte, öffnete sie und spritzte Eduard und Ottilia reichlich von dem geweihten Wasser entgegen. »Gottes Segen auf all euren Wegen, die stets von Sonnenschein geflutet sein sollen.«

Ottilia vergoss eine Träne und drückte ihrer Großmutter einen Kuss auf den Scheitel.

Auf der anderen Seite des Platzes bemerkte Ottilia Amons Eltern, die vorbeigingen und sie mit kühlen Blicken bedachten. Sie nickte ihnen dennoch zu, woraufhin sie jedoch die Köpfe wegdrehten. Ottilia wollte nicht länger darüber nachdenken.

Zwei Freunde Eduards spielten am Wegesrand ein Ständchen mit ihrem Akkordeon.

»Kommt doch nachher vorbei ins Gasthaus und spielt noch ein Stück, wenn ihr mögt. Es gibt auch Kuchen«, lud Eduard sie ein.

»Gern«, antworteten beide wie aus einem Mund. Ottilia bedankte sich bei ihnen für die Musik. Die beiden Burschen grinsten bis zu den Ohren.

»Wird der Galbert jetzt größenwahnsinnig? Lädt einfach weitere Leute ein«, schimpfte Ottilias Mutter. Ottilias Vater blickte nur weiter grimmig drein, sagte aber nichts dazu, weshalb ihre Mutter ihn aufforderte, mehr zu lächeln.

»Denk nur selbst schön dran, Leni«, gab er zurück.

»Bist du auch so aufgeregt?«, flüsterte Ottilia Eduard zu.

»Seit du bei mir bist, nicht mehr … Tilia, versprich mir eines.«

»Was?« Ihre Blicke tauchten ineinander.

»Wir lassen uns diesen Tag von keinem von ihnen verderben.«

Sie nickte. »Das verspreche ich dir.«

Auch wenn, das war Ottilia klar, dies nicht einfach werden würde. Denn die überwiegend mürrischen Gesichter der Gäste sprachen Bände.

Die Trauung auf dem Standesamt war schneller um, als Ottilia gedacht hatte. Danach ging es schnurstracks in die Kirche. Ottilias Vater begleitete seine Tochter auf ihren Wunsch hin zum Altar. Die kirchliche Trauung war für Ottilia die wahrhaft feierliche. Ihr Vater hielt die ganze Zeit den Kopf gesenkt.

»Ich bin glücklich, Papa. Das wünsche ich mir für dich auch«, flüsterte Ottilia ihm zu.

Er antwortete nicht und vermied es, Eduard in die Augen zu schauen, als er mit Ottilia an seine Seite trat. Wenn er lächelte, dann merklich angestrengt. Eduards Lächeln hingegen fing sie auf wie eine Wolke unter blauem Himmel und entschädigte für jeden missbilligenden Blick.

Der Pfarrer hätte die Trauung, Ottilias Meinung nach, nicht schöner gestalten können. Eduard und sie atmeten auf, als niemand auf seine Frage hin, ob es Einwände gegen diese Ehe gebe, die Stimme erhob. Nur ein leises Räuspern, das von beiden Seiten kam, war daraufhin durch die Reihen gewabert. Ottilia war sich sicher, dass ihre Eltern wohl am liebsten laut protestiert hätten.

Sie aber wollte sich ganz auf sich und Eduard konzentrieren und den Augenblick genießen, an dem sie sich beide gegenseitig die Eheringe ansteckten und das Jawort gaben. Die Eheringe hatte Eduard ausgesucht. Anders als der Verlobungsring waren diese aus feinem Gold.

»Für immer und ewig«, sagte Eduard, bevor er sie küsste.

Ein Kuss, der zugleich ein Versprechen war und ein Kribbeln auf Ottilias Lippen auslöste, das sich rasch in ihrem ganzen Körper ausbreitete. Sie glaubte, vor Glück zu schweben und dabei gleichzeitig zu tanzen, und war sicherer denn je, dass niemand dieses Band zwischen ihnen, das durch Gott einmal mehr gestärkt wurde, durchtrennen konnte.

Ihre Familien erhoben sich von den Bänken. Auch in der Kirche hielten sie sich strikt an das selbst auferlegte Trennungsgesetz. Eduards Familie weilte auf der rechten, Ottilias auf der linken Seite. Hinter ihnen hatten sich einige Bürger Hollfelds versammelt. Zwei Mädchen aus dem Ort streuten Blumen auf den roten Teppich, als sie durch das Kirchenschiff Richtung Ausgang schritten. Die Kirchenglocken läuteten zu einem festlichen Lied, gespielt auf der Kirchenorgel, die eine Sängerin vom städtischen Kirchenchor begleitete. Sobald Eduard und Ottilia nach draußen traten, regneten Blütenblätter auf sie hernieder. Geworfen von Kindern aus dem Ort, die sichtlich Spaß dabei hatten.

Ottilia und Eduard lachten.

»Was für ein wunderschönes Kleid. Wer hat das genäht?«, fragte eine Frau.

»Ich selbst. Der Rock ist aus Fallschirmseide und Taft.«

Die Frau schürzte die Lippen. » Zauberhaft. Auch die Fransen, Rosen und Perlen. Darf ich mal anfassen?«

Ottilia nickte stolz und die Frau fuhr mit den Fingern über den Rock, als wäre er aus hauchdünnem Glas. Ihre Augen wurden immer größer. Eine weitere Frau schloss sich ihr an.

»Beneidenswert. Mein Kleid war ganz einfach. Habe es selbst genäht, vor einer Woche geheiratet. Wenn ich gewusst hätte, dass Sie auch Brautkleider nähen können … Schade, jetzt ist es zu spät.«

»Herzlichen Glückwunsch nachträglich«, sagte Ottilia zu ihr, die nun Eduard von oben bis unten musterte. »Fesch«, murmelte sie dann.

Eduard flüsterte ihr ins Ohr. »Du bist ein Wunder. Aber auch ohne Kleid.«

»Und du ein Charmeur«, flüsterte Ottilia zurück und lächelte.

Die Adens und Galberts bildeten erneut eine Gasse. Erst als der Pfarrer dazukam und einige Leute sich von dem Brautpaar abgelenkt zeigten, bissen sie die Zähne aufeinander und vollführten ein gemeinsames Schauspiel der Freude. Die einen mehr, die anderen weniger. Die Münder zu einem sichtlich unechten Lächeln verzogen, reichten sich beide Familien die Hände und hielten kurze, belanglose Pläuschchen, bevor alle weiter zur Gaststätte zogen.

Friedhelm hielt so manche Szene mit dem Fotoapparat fest. Charlotte und er hatten sich vorgenommen, ein Album mit Hochzeitsbildern anzulegen, das sie ihnen dann schenken wollten. Darauf freute sich Ottilia schon besonders.

Hermann rollte Hedwig in ihrem Rollstuhl heran, die Eduard zu sich winkte. Er beugte sich zu ihr und sie drückte ihm einen Schmatzer auf die Wange, was ihn lachen ließ. »Oh, vielen Dank.« Die Geste ließ die Gesichtszüge so mancher Gäste gefrieren.

»Sie werden es schon noch lernen, damit umzugehen, dass ihr nun Mann und Frau seid«, rief Ottilias Großmutter und spritzte ihnen nochmals Weihwasser zu.

Die jungen Männer waren gekommen und spielten vor dem Essen auf ihren Akkordeons für die Hochzeitsgesellschaft, wobei sie durch die beiden gedeckten Tischreihen liefen, an denen rechts die Adens und links die Galberts Platz genommen hatten. Allein die starren Blicke fast aller Familienmitglieder verrieten ihre Gedanken. Vasen mit Rosen schmückten die Tische. Die Meyers hatten Ottilia und Eduard eine Karte mit einer aufgeklebten getrockneten weißen Rose geschickt und ihnen und dem ungeborenen Kind mit lieben Worten alles Gute für die Zukunft gewünscht. David und Käthe setzten sich an den gleichen Tisch. Käthes Eltern folgten. Ottilia fiel auf, dass sie mit David redeten, als gehörte er zur Familie. Ein schönes Bild, das sie sich auch für sich und Eduard wünschte. Sie gönnte Käthe und David das Glück von ganzem Herzen.

Käthes Mutter reichte Ottilia die rechte und Eduard die linke Hand. »Ihr seid ein ganz wunderbares Paar. Du leuchtest richtig in deiner Schwangerschaft«, sagte sie. Das zu sagen, war nett von ihr, und Ottilia merkte, dass sie es ehrlich meinte. Auch Eduard stimmte das Kompliment sichtlich glücklich.

Die Schürmanns gaben zusammen mit Friedhelm, Käthe und Charlotte Gebäck und Kuchen als Hochzeitsgeschenk für die Feier. Von Ilse und Hermann bekamen sie ein Set Porzellanschüsseln, die sie später für den eigenen Hausstand, von dem sie nach wie vor träumten, nutzen wollten.

So viele waren gekommen. Nur einer fehlte noch. Ottilia wandte sich Eduard zu. »Wo ist dein Onkel?«

»Ich bin sicher, er kommt noch«, sagte Eduard. Er und Ottilia hatten sich entschieden, am Kopfende der Fronten an einem eigenen Tisch zu sitzen. Ob ihre Familien diese symbolische Anordnung richtig deuteten? Sie sollte eine Vereinigung darstellen. Isabella Galbert hatte ihren Sohn zuvor wie einen kleinen Jungen gerügt, als er auf der Adens zugewandten Seite Platz genommen hatte. Erst als sie einen kleinen Schwächeanfall erlitt oder, wie manche der Adens vermuteten, inszenierte, hatte

Eduard ihr nachgegeben und die Feindesseite verlassen. Ottilia hatte zwar nichts dazu gesagt, sich aber ihren Teil gedacht.

Auch das Essen selbst erwies sich als schwierig. Die Spannung zwischen den Gästen war nahezu greifbar. Nach der Hochzeitssuppe mit Leberklößchen und frischem Schnittlauch gab es Gulasch mit Brot.

»Die Galberts schmatzen«, sagte Ottilias Vater.

»Auch wenn es stimmt, sei still!«, erwiderte Ottilias Mutter.

An Eduards Blick war für Ottilia unschwer abzulesen, was er dachte. Sie sollte an ihr Versprechen denken, weshalb sie ihm »Ich versuche es ernsthaft« zuflüsterte.

»Nicht nur versuchen«, hauchte er ihr daraufhin ins Ohr und berührte dabei ihr Ohrläppchen kurz mit seinen Lippen. Ottilia genoss das Prickeln im Bauch, das die Berührung in ihr auslöste, begegnete jedoch rügenden Blicken seitens ihrer und Eduards Eltern, als sie aufsah. Doch, dachte Ottilia, Eduard und sie waren nun ein Ehepaar und schon lange keine Kinder mehr. Trotzdem wollten weder sie noch Eduard Öl ins Feuer gießen und setzten sich brav aufrecht hin. Ottilia freute sich über ein Geigenstück, das ein Freund ihres Vaters nach dem Essen für das Brautpaar und die Gäste zum Besten gab. Die Musik brachte die meisten Gäste wenigstens für ein paar Minuten zum Schweigen und Lächeln. Begeisterter Applaus und ein paar Münzen Trinkgeld für den Musiker folgten. Ottilia verteilte zum Lob Wangenküsschen an den Geiger, der hochrot anlief.

»Das war zauberhaft. Vielen Dank«, sagte sie und Eduard stimmte ihr zu, was den jungen Maestro merklich freute.

Kaum war er weg, steuerte Emmi direkt auf sie beide zu, wobei sie nur Augen für Eduard hatte. Ihr schwarzes Kleid, das ihr bis zu den Knöcheln reichte, sollte vielleicht nicht nur den Anschein einer Trauernden wecken, durchfuhr es Ottilia. Zu dem Kleid hatte sie sich einen ebenso schwarzen Hut aufgezogen.

»Denk an die Stallarbeit heute Abend. Die macht sich nicht von allein, Bruderherz. Hochzeit hin oder her. Unsere Eltern kränkeln wieder. Ich brauch dich dann also.«

Eduard sah zu seinen Eltern hinüber und dann Emmi an. »Sie sehen meiner Meinung nach gesund aus.«

Seine Schwester holte geräuschvoll Luft. »Die wollen es halt nicht zeigen. Dir nicht den Tag verderben.« Sie rollte mit den Augen.

»Ich werde euch helfen. Ich muss mich nur vorher umziehen«, schlug Ottilia ihr vor und lächelte ihr zu, hoffend, sie damit milder zu stimmen.

»Mach dir keine Mühe. Wir schaffen das allein. Außerdem reagieren die Viecher seit dem Krieg nervös auf Fremde. Das hätte uns gerade noch gefehlt«, sagte Emmi.

Eduard hob beide Hände. »Ist ja gut, Emmi. Natürlich kannst du auf mich zählen.« Emmi nahm es nickend zur Kenntnis, machte auf dem Absatz kehrt und ging hinaus. Eduard lächelte Ottilia, wenn auch ein wenig schwermütig, zu. »Nicht unterkriegen lassen, schöne Gedanken machen.«

Sie nickte und dachte auch an die nähere Zukunft.

Kurz vor der Hochzeit hatten ihre Eltern ihnen mitgeteilt, dass sie im Haus einen Teil des Dachbodens als kleine Wohnung nutzen sollten. Denn natürlich war es das Normalste, dass ein Ehepaar zusammen in einem Haus wohnte. Alles andere, war ihnen klar, würde nur für neuen Gesprächsstoff sorgen. Außerdem wollten sie Ottilia nicht ganz verlieren. Sie mussten also schweren Herzens in den sauren Apfel beißen, wenn sie verhindern wollten, dass Ottilia auf den Hof der Galberts zog oder woanders hin. Ottilia und Eduard wussten, dass die Galberts das sowieso nicht gewollt, dem aber wohl ebenfalls notgedrungen zugestimmt hätten. Eduard fiel es nicht leicht, zu ihrer Familie zu ziehen, das war Ottilia klar. Aber er sah auch, wie er sagte, eine Chance darin. Vielleicht, hoffte er, konnte er sich gut mit ihren Eltern stellen.

Pünktlich zu Kaffee und Kuchen traf Onkel John aus England ein. Gerade als Ottilia und Eduard dabei waren, den Hochzeitskuchen, der einer großen Zimtschnecke glich, anzuschneiden, den Käthe für sie gebacken hatte. Mittig tanzte ein geschnitztes Paar aus Holz in ewiger Umarmung. Ihre konturenlosen Gesichter vereinten sich zu einem Kuss.

»Mein Hochzeitsgeschenk für dich. Nicht viel, aber mit Liebe gemacht«, sagte Eduard.

Ottilia betrachtete das Paar aus Holz, das eine Aura von Liebe und Zartheit umgab. Jedes Detail war fein herausgearbeitet. Etwa die leichten Wellen, die das Haar der Braut warf, und die Falten seiner Hose.

»Das ist dir wundervoll gelungen, Eduard.«

Er lächelte und sie küsste ihn. Nun brauchten sie sich nicht mehr zu verstecken, waren eins, Mann und Frau.

Ottilia sah Eduard in die Augen. »Ich liebe dich, Eddie.«

»Und ich dich, Tilia«, erwiderte er sanft.

John klatschte. »Congratulations. Auch von Ethel übrigens. Leider konnte sie nicht mitkommen. Sie hat eine Sommergrippe erwischt«, sagte er.

»Oh, das tut mir leid für sie«, sagte Ottilia und Eduard schloss sich an.

»Sie ist schon auf dem Weg der Besserung. Aber die Reise wäre zu anstrengend für sie gewesen«, erklärte John. Er war ein elegant gekleideter großgewachsener Mann mit breiten Schultern, grauem Haar und graublauen Augen. Der dunkelgraue Anzug mit der marineblauen Krawatte, an der eine goldene Nadel funkelte, und das weiße Hemd standen ihm. Seine Gesichtszüge wirkten herb und bildeten damit einen Kontrast zu seinem offenen Lächeln. In seinem Blick lag ein warmer Schimmer. Er klopfte Eduard auf die Schulter und der wiederum zog seinen Onkel gleich darauf in eine Umarmung. »Schön, dass du es doch noch geschafft hast, Onkel John.«

Als sie sich voneinander gelöst hatten, sagte der: »Ich bin auch froh, aber auch missgestimmt. Weil ich die Trauung verpasst habe. Aber hätte mir ja denken können, dass der Autobus sich verspätet.«

»Besser spät als nie«, bemerkte Ottilia und freute sich mit Eduard, dass John endlich da war.

John wandte sich ihr zu. »Sehr hübsch, deine Frau. Muss ich schon sagen, Eduard. Ich kann dich verstehen. Absolutely. Für so ein Fräulein geht ein Mann gern über Grenzen.«

Womit er wohl indirekt die Feindschaft ihrer Elternhäuser meinte.

Eduard lächelte dennoch stolz. »Yes, absolutely, Uncle John. Ottilia ist jede Mühe wert.«

Ottilia wurde verlegen und streckte Eduards Onkel eine Hand hin. Aber er schlug sie aus und nahm Ottilia stattdessen in den Arm.

Aus dem Augenwinkel bemerkte sie Eduards Eltern, die zusammen mit Emmi die Hälse lang machten.

»Du bist also die Schneiderin mit den angeblich gewagten und frechen Schnitten und Eduards frischgebackene Ehefrau?«, sagte John.

Ottilia staunte über sein perfektes Deutsch, dem nur ein leichter englischer Akzent anhaftete.

»Ja, ich bin die Schneiderin. Ob ich meine Schnitte allerdings als frech bezeichnen würde, glaube ich nicht. Eher modern und pfiffig.« Sie war sicher, dass Eduards Eltern und Emmi ihm davon erzählt hatten.

Er lachte. »Und sie weiß sich zu wehren. Das sollte aber kein Angriff sein.«

Eduard wollte etwas sagen, aber Ottilia kam ihm zuvor: »Das freut mich sehr. Ich war schon gespannt auf Eduards Onkel, von dem er gern schwärmt.«

John schaute zu Eduard hinüber. »Tut er das?«

»Natürlich«, erwiderte Eduard.

John legte einen Arm um ihn. »Ich würde die pfiffigen Schnitte und das Café, von dem mir Emmi und die Eltern …« Er drehte sich kurz nach ihnen um und lächelte, bevor er fortfuhr: »… aufgeregt berichtet haben, gern auch mal sehen. Vor allem Ethel hat mich darum gebeten. Sie ist, wie heißt das, ah ja, modebesessen und ausgehungert, was das betrifft.«

Ottilia freute sich schon darauf, Eduards Onkel alles zu zeigen. Er schien wirklich nett zu sein. »Sehr, sehr gern.«

»Schön. Danke. Aber jetzt wir feiern erst einmal«, meinte John.

»Das tun wir«, entgegnete Eduard und fügte mit einem Rundblick leiser hinzu: »Mehr oder weniger.«

Sein Onkel legte einen Arm um seine Schulter und schaute erst ihn, dann Ottilia direkt an. »Konzentriert euch auf euch. Ihr seid die Hauptprotagonisten und es ist euer Tag.« Er zwinkerte ihnen zu. »Und jetzt begrüße ich mal die andere Seite der Macht.« Ottilia nickte. Sie hatte Onkel John bereits in Herz geschlossen.

Nach Kaffee mit Kuchen unternahmen alle Gäste einen Spaziergang durch die Stadt. Sie bildeten kleine Grüppchen, wobei die Adens und die Galberts unter sich blieben. Ottilia und Eduard gingen Hand in Hand und genossen jede friedliche Minute. Emmi blieb ein paar Meter von ihnen stehen. »Die Stallarbeit ruft«, sagte sie.

»Jetzt schon?«, fragte Eduard.

Sie nickte und beachtete Ottilia wieder einmal nicht.

Eduard küsste Ottilia. »Ich beeil mich.«

Sie wandte sich an Emmi. »Soll ich mich nicht doch schnell umziehen und helfen? Dann geht es schneller«, schlug Ottilia vor.

»Bis du umgezogen bist, wären wir schon fertig. Also nein.« Sie ging auf Eduard zu und schob ihn weiter.

»Emmi, sie will nur nett und behilflich sein. Du solltest …«, warf Eduard ein.

»Jetzt red nicht, komm.«

Ottilia sah ihnen nach. Ein paar Meter weiter drehte Eduard sich nach ihr um und warf ihr eine Kusshand zu.

Käthe und David gesellten sich zu ihr. »Wo gehen die beiden hin?«

»Stallarbeit machen. Emmi besteht darauf. Mich will sie nicht dabeihaben.«

Käthe legte einen Arm um sie. »Lass dir von ihr nicht den schönsten Tag deines Lebens vermiesen. Friedhelm hat übrigens einige Fotos gemacht. Ich freue mich schon darauf, sie anzusehen«, sagte Käthe. »Und auch auf euren ersten Tanz nachher.«

»Ich auch«, entgegnete Ottilia, seufzte jedoch leise.

David sah sie an. »Schade, dass manche an ihrem Urteil festhalten. Allein aus Prinzip.«

Vor allem er wusste, wovon er sprach, dachte Ottilia.

»Dennoch darf man die Hoffnung nicht aufgeben«, ergänzte er.

»Das tue ich auch nicht«, erwiderte sie.

»Das ist gut.« Käthe schmiegte sich seitlich an ihren David und sah selig aus. Ottilia fand es schön, die beiden glücklich vereint zusammen zu sehen. Auf dem Rückweg zum Gasthaus begegneten sie John, der bei Eduards Onkel und dessen Frau weilte.

»Er scheint nett zu sein. Ich habe gehört, dass sein erster Eindruck von dir sehr gut war. Er hat es zu Eduards Mutter gesagt. Aber die hat nichts darauf erwidert«, meinte Käthe leise.

»Mein Eindruck von John ist auch ein sehr guter. Der Erste der Galbertfamilie, wenn auch angeheiratet damals – außer natürlich Eduard –, der hoffen lässt.«

John kam auf sie zu. »Störe ich?«

Ottilia schüttelte den Kopf. »Keineswegs.«

Käthe und David entschuldigten sich und ließen sie beide allein.

Eduards Onkel schenkte Ottilia seine ganze Aufmerksamkeit. Er reckte ihr einen Ellbogen entgegen. »Wollen wir ein wenig spazieren gehen und reden?«

Ottilia freute sich über sein Angebot. »Sehr gern.«

Die Blicke mancher Galberts, Adens und anderer Leute richteten sich auf sie, sobald sie sie entdeckten. Auch John schien das nicht zu entgehen.

»Ist nicht einfach, oder?«, fragte er.

Ihre Blicke trafen sich. »Nein. Aber Eduard und ich schaffen das schon.«

Er fixierte sie mit seinem warmen Blick. »Das wünsche ich euch. Von Herzen.«

Sie lächelte. »Danke. Das von einem, der quasi Teil der Galberts ist, zu hören, bedeutet mir sehr viel.«

»Verstehe. Eddie ist ein toller junger Mann.«

»Das hab ich auch herausgefunden.«

Sie gingen an einem kleinen Laden vorbei, vor dem ein Mann Pfeife rauchte und sie grüßte. Sie grüßten zurück.

»Ach, bevor ich es vergesse. Ethel hofft, dass ich viele schöne Fotos mitbringe. Ich habe mitbekommen, dass ein junger Mann welche macht«, erzählte John.

»Ja, das ist Friedhelm. Also der Bruder meiner besten Freundin, die gerade mit ihrem Freund hier war.«

Onkel John spitzte kurz die Lippen. »Ja, den habe ich gesehen. Ist er Jude?«

»David ist Jude, ja. Er ist vor ein paar Tagen aus England angereist. Dorthin konnte er vor Ausbruch des Krieges mit seinen Eltern flüchten. Sie haben Verwandtschaft dort.«

John schüttelte den Kopf. »Dieser Krieg hat so viele Opfer gefordert. Ich frage mich, ob die Verantwortlichen mit ihrer Grausamkeit nicht sogar den Teufel erstaunt haben.«

Onkel John wurde ihr noch sympathischer. »Fürwahr.«

Er hielt inne und Ottilia fragte sich, warum. »Wie wäre es, wenn du mir schon jetzt das Café zeigst und den Hof, auf dem Eddie und du leben werdet? Ich bin ein neugieriger Mensch«, sagte er dann.

Ottilia lachte und erklärte sich mit Freuden einverstanden.

Neugierige Blicke

Ottilia

Johns Begeisterung war nicht gespielt, dessen war sich Ottilia sicher. Er inspizierte das Café genauestens und tänzelte über den roten Teppich, wobei er die Hüften schwang. Was für ein Anblick. Elegant, aber auch lustig zugleich. Ottilia lachte und schlug sich eine Hand vor den Mund.

John stimmte mit ein. »Lach mich nur aus, junge Lady. Lach, so laut du kannst, Ottilia. Lachen ist gesund und erhellt die Seele.«

Er wackelte mit dem Po und spitzte die Lippen. »So machen es die sogenannten Mannequins in Frankreich doch gern.«

Sie lachte weiter und es tat so gut, bis sie einen Schluckauf davon bekam.

»Oh, my dear. Luft anhalten und danach eine halbe Minute schweigen hilft, ihn wieder loszuwerden«, kam John mit der nächsten Weisheit um die Ecke.

Ottilia hatte das Gefühl, ihn schon länger als erst ein paar Minuten zu kennen. Dass Eduard sich bei ihm in England wohlgefühlt hatte, konnte sie nun völlig verstehen.

»Du erinnerst mich an Eduards Tante. Sie hatte ein ebenso herzliches Lachen. Wer so lacht, der besitzt auch ein gutes Herz.«

Er wurde ernster und kam auf sie zu. »Bleib, wie du bist, Ottilia. Lass dir das von keinem nehmen. Das musst du dem alten John versprechen. Ja?«

Sie nickte und sah ihm direkt in die Augen. »Ja. Bleib du aber auch so, wie du bist.«

Er freute sich merklich über das Kompliment.

»Und nenn mich bitte Tilia«, sagte sie und hickste erneut. Schließlich hielt sie die Luft an.

»Oh, ist das ein Freundschaftsangebot? Zähl aber erst bis mindestens fünfzehn, bis du mir antwortest«, erwiderte er. Ottilia befolgte seinen Rat und er begann zu zählen. Sie musste aufpassen, nicht wieder zu lachen, schaffte es aber und war froh, als sie aufatmen durfte. »Ja, ist es«, stieß sie danach aus. Erstaunt stellte sie fest, dass Johns Methode funktioniert hatte. Der Schluckauf war weg.

»Komm mit mir«, bat sie ihn und führte ihn in ihr Elternhaus und hinauf in ihre Stube, wo sie ihm ihren Block mit ihren Zeichnungen, die Kleider und letztendlich auch die Unterwäsche zeigte. Er gab sich nicht nur begeistert, das merkte sie.

»Ethel wird sich in den allerwertesten süßen Popo beißen, wenn ich ihr davon berichte und sie nichts davon sehen konnte. Die Entwürfe, die Wäsche, die Kleider, wonderful. Besonders, ich gebe es zu, ohne rot zu werden, die Unterwäsche. Very, very nice.«

In zwei Körbchen eines Büstenhalters hatte Ottilia Einlagen gelegt, die John näher untersuchte. Ottilia erklärte ihm den Zweck der Polsterung.

»Genial, Ottilia. Den musst du unbedingt deiner Schwägerin schenken«, sagte John und hob die Brauen.

Ottilia musste schon bei dem Gedanken daran schwer schlucken. »Lieber nicht. Sie würde es mir wohl falsch auslegen. Welche Größe meinst du genau für Ethel?«

Er schmunzelte.

Ottilia mochte seine charmant freche, erfrischende Art, die nichts Anrüchiges an sich hatte, auch wenn es sich für andere vielleicht manches Mal anders anhören würde. »Körper und Körbchen.«

»Körbchen würde ich sagen … deine Größe. Von der Statur her wie deine Mutter.«

Ottilia suchte ihm einen Büstenhalter aus rosa Seide und weißer Spitze heraus, die einst ein Nachthemd gewesen war und zu Hedwigs Fundus gehört hatte. Sie legte ihn samt dazugehörigem Höschen in eine Schachtel, die mit weißem Seidenpapier ausgelegt war. Dazu kam eins ihrer Kärtchen.

»Das ist auch sehr hübsch und müsste Ethel passen«, sagte John und zeigte auf ein buntes Kleid mit glockigem, knielangem Rock, dessen Saum eine etwa zwei Zentimeter breite weiße Spitze zierte. Das Oberteil war aus einem glänzenden hellblauen Restestoff gefertigt und besaß einen welligen Ausschnitt.

»Raffiniert, die Spitze so anzusetzen«, schwärmte John.

Es machte Ottilia glücklich, ihn glücklich zu sehen.

»Man kann es auch noch länger knöpfen«, erzählte sie ihm und zeigte, was sie damit meinte.

John war sichtlich beeindruckt. Lächelnd überreichte sie ihm die Schachtel und das Kleid. »Für Ethel mit lieben Grüßen von mir. Ein Geschenk.«

John hob die Brauen. »Das kann ich doch nicht annehmen, Ottilia.«

»Nenn mich doch bitte Tilia«, wiederholte sie ihre Bitte, und er nickte.

Auf dem Rückweg stoppte John unweit einer kleinen Kapelle.

»Es ist an der Zeit. Auch wenn Eduard nicht da ist«, sagte er dann.

Ottilias fragender Blick entging ihm wohl nicht.

»Oh sorry, no fear. Ich möchte dir nur das Hochzeitsgeschenk für euch verraten. Ethel und ich laden ein euch. Dass ihr nächsten Sommer zu uns kommt. Wir werden euch verwöhnen.«

Ottilia öffnete ungläubig den Mund vor Staunen. »Wirklich?«, stieß sie aus.

»Really!«

»Dann … vielen, vielen Dank.«

»Ach was. Nichts zu danken.«

Ein paar Bürger der Stadt, die sie auch in der Kirche gesehen hatte, kamen ihnen entgegen. John und sie grüßten die Leute, die sie zwar neugierig musterten, aber ebenso nett zurückgrüßten.

Ottilia konnte es schon jetzt kaum abwarten, mit Eduard und dem Kind nach England zu reisen, um John und Ethel zu besuchen und das Land kennenzulernen. Sie war noch nie außerhalb Deutschlands gewesen. Voller Freude fiel sie John um den Hals. »Ich bin noch nie verreist. Ich meine, so weit weg. Ich freu mich so darauf. Thank you from the bottom of my heart. Auch für deine Annahme, was mich angeht.«

Er drückte sie von sich und lachte. »Du hast eine schöne Aussprache. In beiden Sprachen. Und ich wäre dumm, würde ich dich nicht mögen.«

Eine ungute Wendung

Ottilia

John pfiff durch die Finger. »Brauttanz!«, rief er. »Nach Eduard würde ich gern mit dir tanzen, Ottilia.« Er lachte.

Eduard, der kurz zuvor mit Emmi zurück zur Hochzeitsfeier gekommen war, lächelte Ottilia zu. Er war merklich glücklich, dass sein Onkel und sie sich so gut verstanden.

»Hab mein Versprechen nicht vergessen, Onkel John«, rief Ottilia diesem zu.

»Sie nennt ihn Onkel John?«, fragte Emmi ihre Mutter so laut, dass es wohl alle hörten.

Die zuckte eisig dreinblickend mit den Schultern.

»Dann los! Spielen wir auf zum Brauttanz!«, riefen die Jungs mit dem Akkordeon.

Ottilia und Eduard machten sich bereit und drehten die ersten Runden. Hin und her, im Kreis, vor und zurück. Es machte richtig Spaß. Sie blickte zu Eduard auf. Er war ihr Fels in der Brandung. So würde es immer bleiben. Eduard Galbert war für sie das, wonach viele oft vergeblich suchten – das pure Glück.

Ilse und Hermann schlossen sich ihnen wenig später an. Gefolgt von Charlotte und Friedhelm, Käthe und David. Nach und nach rückten weitere Paare hinzu, darunter die Kremplers, die merklich parteilos blieben und mit beiden Seiten sprachen.

»Dein Chef und seine Frau sind sehr weise«, sagte Ottilia.

»Ja, Herr Krempler und seine Frau sind in Ordnung. Ich könnte mir keinen besseren Chef als Herrn Krempler vorstellen.«

Er nickte dem Ehepaar zu, das ihnen zulächelte.

Ottilia ließ sich gehen und wagte es, fröhlich zu lachen, während Eduard sich munter weiter mit ihr um die eigene Achse drehte und sie zwischendurch das Gefühl beschlich, gleich vom Boden abzuheben und zu fliegen. Sie hätte nichts dagegen gehabt. Dass Eduard ihr hin und wieder auf die Füße trat, machte ihr nichts aus. Ihm aber war es peinlich. So oder so, diesen Tanz würde sie nie vergessen. Wie so vieles nicht, das sie schon mit Eduard geteilt hatte. Schließlich kamen auch sein Onkel Adolf und seine Frau auf die Bühne. Sie tanzten direkt neben ihnen, würdigten Ottilia aber keines Blickes. Eduard grüßte sie, woraufhin sie ihm nur rasch zunickten. Als Bärbel, die mit ihrem Cousin Werner, der aus einem Nachbardorf kam, einen Walzer aufs Parkett legte, stießen sie beide mit Adolf zusammen.

»Armleuchter«, schimpfte Adolf.

Sofort ließ Werner Bärbel los und stemmte die Hände in die Hüften.

»Typisch. Die Galberts haben keinen Anstand und keine Augen im Kopf und verdrehen die Tatsachen mal wieder!«, rief er. Ottilias Tante machte große Augen und wollte Werner beschwichtigen, doch er dachte nicht daran. »Dem zeig ich's.«

Adolf schien nur darauf gewartet zu haben und grinste. »Na, komm doch her.«

Ottilia wollte dazwischengehen, aber Eduard hielt sie zurück.

»Hört schon auf«, rief Eduard den beiden Streithähnen zu. Zu spät. Sie gingen aufeinander los wie zwei Eber, deren Reviere sich gekreuzt hatten.

»Was fällt dir ein, meine Tanzpartnerin fast zum Stolpern zu bringen, du Trampel?«, plusterte Werner sich auf und schob seinen kugeligen Bauch in Richtung Adolf, kurz davor, ihn damit von der Tanzfläche zu schubsen.

Bärbel redete vergeblich auf ihren Cousin ein.

»Was unterstellst du mir da, du … du … Aden-Brut?«

»Wie nennst du uns?«, echauffierte sich Hermann von der Wirtstheke aus. Einige der Adens stimmten ihm in einem lauten, unstimmigen Chor zu. Alle Vorsätze, die die Familien für diesen Tag gehabt hatten, schienen über Bord zu gehen.

Ottilia schlug kurz die Hände vors Gesicht.

Adolf packte Werner an dem leicht vergilbten Hemdkragen und der wiederum setzte sich auf die gleiche Weise zur Wehr.

»Lass meinen Mann los, du Flegel!«, fuhr Adolfs Frau Mathilda ihn an und hämmerte mit den Fäusten auf Werners Rücken ein. Bärbel griff ein, umschloss sie von hinten mit den Armen, doch Mathilda konnte sich losreißen und ging auf Bärbel los und diese wiederum auf sie. So kannte Ottilia ihre Tante gar nicht. Sekunden später hatten sich die beiden Frauen wortwörtlich in den Haaren. Hermann, den Ilse zurückhalten wollte, marschierte ins Zentrum des Kampfes, während Käthe und Charlotte Friedhelm daran hinderten, ihm zu folgen. Ein paar Leute aus Hollfeld, die gekommen waren, um dem Brautpaar zu gratulieren, beobachteten das Treiben teils lachend, teils kopfschüttelnd.

»Herrgott noch mal, aufhören!«, donnerte Eduard, und obwohl sein Wort tief und voller Inbrunst war, brach es die Mauern der Sturköpfe nicht.

John warf sich ebenfalls ins Getümmel und versuchte, Frieden zu schlichten. Vergeblich! Als Erstes landete Maximilian

Galbert auf den Brettern. Werner hatte ihm ein Bein gestellt, woraufhin Beobachter der Gegenseite sofort zum Angriff bliesen.

Das war Eduards Stichwort. Ottilia hielt ihn fest. »Dieses Mal ziehst du nicht ohne mich in die Schlacht«, rief sie entschlossen und stürmte zwischen die Fronten. Eduard folgte ihr.

Ottilia setzte auf Einsehen, Eduard auf Gottes Hilfe. So hörte es sich zumindest für Ottilia an, als er rief: »Wer ohne Sünde ist, der werfe den ersten Stein!«

Die Streithammel hielten daraufhin tatsächlich inne. In ihren Gesichtern stand Abscheu geschrieben.

Ottilia machte das traurig. Sie fixierte jeden Einzelnen nacheinander. »Es ist unser Tag. Wir wollten, dass er für alle schön ist. Was ihr da macht, ist dumm und kindisch!« Doch die Rauferei setzte sich nur zwei Sekunden später fort, als hätte sie gar nichts gesagt.

Ottilias Mutter schrie zuerst, dann weinte sie. Ottilia und Eduard schienen schier unsichtbar für die Streithammel zu werden. Nach weiteren Versuchen des Schlichtens kapitulierten Ottilia und Eduard schließlich.

John schob sie Richtung Ausgang. »Geht und feiert für euch. Das ist besser, glaube ich. Ich kümmere mich um die.«

Eduard legte schützend einen Arm um Ottilia und bugsierte sie hinaus.

Im Flur des Gasthauses, in dem sich leicht modriger Geruch mit dem von Essen mischte, saß Hedwig in ihrem Rollstuhl und schaute ihnen entgegen. »Seht euch die Holzköpfe dadrin nur mal an. Ein gefundenes Fressen für die Bürger draußen, die es mitkriegen.« Sie schüttelte den Kopf.

Ottilia musste ihr recht geben.

Der Großteil ihrer Familien verhielt sich wirklich wie Holzköpfe.

Hedwig winkte Eduard und sie näher. Dann griff sie in die Tasche ihrer Dirndl-Schürze und holte ein Kuvert heraus, das sie Ottilia in die Hand drückte.

»Was ist das, Oma?«

Hedwig hob die Brauen. »Schaut rein, dann wisst ihr es.«

Behutsam öffnete Ottilia den weißen Umschlag, auf dem in altdeutscher Schrift Eduards und ihr Name geschrieben stand. Sie staunte, als sie den Inhalt sah. Das Kuvert barg mehrere Geldscheine und Schmuck. Ottilia und Eduard starrten die Großmutter an. Die lächelte. »Na los. Macht euch auf die Socken. Ich sag nur: Flitterwochen.«

»Was?«, stotterte Ottilia.

»Das ist mein Geschenk an euch. Nehmt das Geld, tauscht den Schmuck ein. Er ist echt. Und leistet euch davon ein paar schöne friedliche Tage außerhalb der Stadt.«

Ottilia wechselte erstaunte Blicke mit Eduard und ging dann vor ihrer Großmutter in die Hocke.

»Aber das ist doch viel zu viel, Oma.« Sie legte ihr das Kuvert auf den Schoß und erhob sich wieder.

»Das können wir nicht annehmen«, meinte Eduard und sprach damit aus, was Ottilia dachte.

Hedwig nahm das Kuvert und hielt es ihnen hin. »Wollt ihr Streit mit mir?«

»Nein, aber …«, entgegnete Ottilia.

»Das dadrin ist nur ein kleiner Teil von meinem Ersparten. Also stellt euch nicht so an und gebt es ohne Gewissensbisse aus. Habt Spaß. Euer Kind wird es euch danken. Los jetzt.«

Langsam nahm Ottilia das Kuvert entgegen.

»Jetzt geht«, forderte Hedwig.

Ottilia nahm Eduard an einer Hand und steckte das Kuvert ein. »Danke, Oma«, sagte sie dann.

»Danke, Oma«, wiederholte Eduard.

Hedwig schüttelte den Kopf. »Ach, geh zu. Ich danke *euch*, Kinder. Dass ihr mir mit dem Burzerl das schönste Geschenk machen werdet, das ich je bekommen habe.«

Ottilia warf einen Blick über die Schulter. Die Kämpfe dauerten an. Der Anblick ließ ihr Herz aufs Neue krampfen.

»Ich erkläre denen dadrin schon, wo ihr seid und dass ich euch angestiftet habe. Das nehme ich sehr gern auf mich«, sagte Hedwig und zwinkerte ihnen zu. In dem Moment, als Ottilias Mutter aus der Traube auf sie zusteuerte, rannten sie los.

Rückkehr

Hedda

»Ich freu mich schon drauf, weiterzulesen«, sagte Sascha, mit dem ich mal wieder telefonierte. »Und zu erfahren, wie es mit Daniel, dir und dem Hof weitergeht.« Ich blieb stehen und blickte zum Anwesen der Galberts hinüber, wo Eduard und Emmi einst aufgewachsen waren. Daniel hatte erwähnt, dass der Hof inzwischen einem Ehepaar gehörte, das von der Großstadt aufs Land gezogen war. Das Haus war neu gedeckt. In den glänzenden Ziegeln spiegelte sich der tiefblaue Himmel mit den buschigen Wolken und bildete einen guten Kontrast zu der weißen Fassade. Die Scheune sah ebenfalls neu herausgeputzt aus, im Garten neben dem Haus blühten bunte Blumen und wuchs Gemüse. Der Hof war größtenteils gepflastert und allgemein sauber gehalten. Fast war ich neidisch. Zwar gehörte mir Monikas Hof nicht, dennoch hatte er es verdient, besser auszusehen, als er es derzeit tat. Monika hatte das verdient. Mit diesen Gedanken machte ich mich auf den Rückweg.

Zufrieden schaute ich mich im Café um. Daniel hatte geschrieben, dass er in geschätzt vier Stunden zurück sein würde. Seitdem hatte ich das Gefühl, die Welt umarmen zu wollen. Ich freute mich, ihn wiederzusehen. Die Zeit bis zum Wiedersehen nutzte ich dafür, das Café herzurichten. Ich stopfte die Laken, die ich von den Tischen, Stühlen und der Theke des Cafés gezogen hatte, in einen Korb und brachte sie zum Waschen ins Haus, wischte Staub und saugte den Boden. Danach stellte ich die kleinen Minikuchen, die ich mit Julia gebacken hatte, in die Theke und deckte einen der Tische mit einem Kaffeeservice. Feine weiße Porzellantassen mit einem leicht welligen Rand und ebensolchen Tellern. Das alles fand ich, neben goldfarbenem Besteck, in einem alten gebeizten Schrank im Haus. Als i-Tüpfelchen stellte ich eine Glasvase mit Blumen aus dem Garten in die Mitte. Und dann hatte ich noch eine Idee, die ich sogleich in die Tat umsetzte. Ich fühlte mich wie im Rausch und redete mit Monika, als wäre sie hier. Dabei hängte ich die Bilder von Ottilias Entwürfen aus der Schneiderei zusammen mit einem Foto, das Monika mit ihren Eltern zeigte, im Café auf. Es war, als würden sie alle mit mir eine kleine Wiedereröffnung des Cafés feiern. Ich genoss jede Sekunde. Die Kaffeekanne parkte ich, bis Daniel kam, mit Milch und Zucker auf der Theke und überbrückte die restliche Zeit des Wartens mit dem weiteren Überarbeiten meines Skriptes.

Zwischenstopp

Ottilia

In Windeseile zog sich Ottilia um, packte ein paar Sachen in einen Rucksack und wartete auf Eduard. Er war losgegangen, um daheim sein Motorrad aus der Scheune zu holen. Er brauchte, wie versprochen, nicht lange.

Auf der Fahrt schlang Ottilia die Arme um Eduard und schmiegte ihren Kopf seitlich an seinen Rücken. Er fuhr extra vorsichtig. Das schlechte Gewissen wegen ihres Aufbruchs hielt sich in Grenzen. Ihre Familien hatten sich schließlich benommen wie kleine trotzige Kinder, dachte Ottilia. Zudem gab ihr der Rückenwind ihrer Großmutter Mut.

Sie schloss die Augen und genoss den Fahrtwind, das schöne Wetter und die verschiedenen Gerüche der Natur, von süß bis herb, die an ihnen vorbeizogen.

Die Markusbrücke in Bamberg war neu errichtet worden, fiel ihnen auf. In der Stadt herrschte reges Treiben.

Der Stadtteil, in dem Eduard und Ottilia ein kleines Zimmer in einem Hotel bezogen, war weitgehend von Kriegsangriffen verschont geblieben.

»Ich war noch nie über Nacht in einem Hotel«, sagte Ottilia, als sie über die Schwelle traten.

»Ich auch nicht«, bekräftigte Eduard.

Sie war gespannt, wie das sein würde, und folgte Eduard in ein helles Foyer, das mit einem marineblauen Teppich ausgelegt war. Hinter der Theke aus Kirschholz wartete eine schlanke Dame mit Hochsteckfrisur und lächelte ihnen entgegen. Sie trug ein knöchellanges Kleid, in dessen Stoff das Emblem des Hotels eingestickt war. Ottilia fiel auf, dass es die gleiche Farbe wie der Teppich besaß. Das königliche Blau schien das Markenzeichen des Hotels zu sein, denn auch die gepolsterten Bezüge waren im selben Farbton gehalten. »Grüß Gott. Wie kann ich den Herrschaften helfen?«, fragte die Angestellte und zeigte ein strahlendes Lächeln.

Ein paar Hotelgäste gingen ein und aus. Eine junge Frau eilte mit einem Wagen voller Putzsachen an ihnen vorbei. Die Wände zierten eine leicht silbern schimmernde Seidentapete und gerahmte Fotos von Ehrengästen. Ottilia erkannte eine Schriftstellerin und einen Schauspieler darunter. Des Weiteren gab es eine gemütliche Kaminecke, davor eine Rundcouch mit rotem Samtbezug und kleine runde Tische wie in ihrem Café mit hübschen Holzstühlen.

Ottilia und Eduard hatten sich das Hotel zusammen ausgesucht. Allerdings hoffte sie, dass es nicht zu teuer war.

Eduard und sie buchten ein Zimmer mit Aussicht auf die Regnitz, die von Fachwerkhäusern gesäumt war. Der Preis für das Zimmer war günstig. Es gab darin ein Doppelbett mit weißer Bettwäsche, einen Schrank aus lackiertem Kirschholz, einen kleinen Tisch mit zwei Stühlen und ein eigenes Badezimmer mit Porzellanwaschbecken, Badewanne und blitzenden goldfarbenen Wasserhähnen.

Ottilia atmete durch und ging an eines der Fenster. Eduard umarmte sie von hinten und küsste ihren Hals.

»Du riechst so gut«, flüsterte er.

Mit einem Prickeln in den Adern lehnte sie den Kopf nach hinten an seine Brust und blickte in den zartblauen Himmel. Eduard legte seine Hände auf ihren Bauch. Der Abend senkte sein goldenes Licht auf die Stadt und ließ das Wasser des Flusses ein wenig glitzern.

Langsam drehte sich Ottilia um und küsste Eduard, bis sie zusammen auf dem Bett landeten, das so weich war, wie Ottilia sich eine Wolke vorstellte.

Sie konnten nicht aufhören, sich zu liebkosen. Ihre Finger berührten die Haut des anderen und letztendlich entblätterten sie sich gegenseitig. Dabei küssten sie sich fast unentwegt. Sie liebten sich so innig, stürmisch und zärtlich, bis die Sonne langsam hinter den Häuserdächern verschwand. Danach lagen sie im Schein des Mondes, der durch die Fenster fiel, nebeneinander und sahen sich an.

»Meine Frau«, flüsterte Eduard.

Ottilia nickte und lächelte. »Mein Mann.«

»Für immer.«

»Für immer.«

Der Spaziergang am Ufer der Regnitz am nächsten Vormittag tat ihnen beiden gut, auch wenn sich die Gedanken an zu Hause zeitweise wieder mal in den Vordergrund drängten. Dennoch verboten sie sich, darüber zu reden. Zu kostbar war die gemeinsame Zeit, die sie allein verbringen durften.

In einem Wiesenstück vor dem Ufer des Flusses hatten es sich zwei Pärchen auf einer Decke bequem gemacht. Arm in Arm blickten sie auf das rauschende Wasser.

»Machen wir doch auch kurz Rast«, schlug Ottilia vor und Eduard war einverstanden. Sie setzten sich ins Gras und lauschten ein paar Vögeln und fütterten Enten mit ein paar Krumen ihrer Brezeln, die sie sich in einer Bäckerei gekauft hatten. Das schnatternde Federvieh war mit einem Mal ganz zutraulich. Ottilia lehnte den Kopf an Eduards Schulter. »So könnte es immer bleiben. Oder öfter zumindest.«

»Ja, wäre schön.« Er küsste sie auf den Scheitel. Bald zogen sie weiter und gingen in ein Straßencafé, in dem vornehmlich junge Leute verkehrten. Ottilia besah sich deren Kleidung genauer. Die meisten Männer trugen Knickerbocker, knittrige Hemden und mehr oder weniger verschlissene Schuhe. Die Mädchen besaßen Kleider, denen man ansah, dass sie schon abgetragen oder, wohl eigenhändig, umgenäht worden waren. Wieder flammte in Ottilia die Leidenschaft auf, ihre Mode zu kreieren und zu präsentieren. Das Café gefiel ihr. Blumentapeten an den Wänden, rechteckige Tische mit weißen Spitzendecken, große Lampen an den Decken, die ein heimeliges Licht verströmten, eine Holztheke, die doppelt so groß wie die im MoCa war, und eine gute Auswahl an verschiedenen Kuchen und Torteletts. Es gab sogar einen Schokoladenkuchen. Ein paar der Gäste spielten Schach, andere unterhielten sich angeregt, wieder andere waren in eine Zeitung vertieft und genossen einfach nur einen Kuchen. Eduard und Ottilia gönnten sich ein Stück des Schokoladenkuchens zu zweit und jeder eine Tasse Muckefuck.

»Schön hier, aber das MoCa gefällt mir besser«, sagte Eduard. Ottilia freute sich sehr über dieses Kompliment. Nach dem Cafébesuch gingen sie mal Arm in Arm, mal Hand in Hand durch die Stadt. Ottilia fand es himmlisch.

Sämtliche Muster, die Ottilia an Kirchtürmen, Fensterrahmen oder Decken begegneten, behielt sie im

Gedächtnis, um sie später für ihre Spitzenhäkelei zu verwenden. So beflügelte der Urlaub sogar ihre handwerkliche Fantasie.

Eduard und sie fühlten sich in den folgenden drei Tagen frei wie die Adler, unbeschwert und leicht. Zumindest die meiste Zeit über.

Besonders beeindruckend für Ottilia war ein Besuch des Bamberger Doms mit seinen vier Türmen. Mächtig erhob er sich, in Gesellschaft weiterer historischer Gebäude, auf dem Domberg.

»Hier drin merkt man erst, wie klein man selbst doch ist«, sagte Ottilia leise, als sie durch das große Schiff des Doms gingen.

»Hier befinden sich das einzige Papstgrab Deutschlands und der nördlichen Alpen, das Grab des Bamberger Reiters und des heiliggesprochenen Kaiserpaars des Heiligen Römischen Reichs«, erklärte Eduard.

Ottilia schaute zu ihm auf. »Was du alles weißt.«

Er lächelte stolz.

Ottilia machte eine Kniebeuge vor dem dunkel scheinenden und dennoch imposanten Altar. In der Mitte des Triptychons wurde die Geburt Jesu dargestellt.

»Die Engel trugen schon damals Leidenswerkzeuge, die auf die Passion hinweisen«, sagte Eduard.

Ottilia durchfuhr ein Zittern. Sie hoffte, dass ihrem Kind eine Passion erspart bleiben würde.

»Mein Großvater, Gott hab ihn selig, hat mir das früher alles bei einem Besuch erzählt. Der Legende nach soll Maria ihr Kind an einer Säule angelehnt und ohne Schmerzen geboren haben. Die Säule deutet aber wohl auch auf die Passion, auf die Geißelung Christi vor Pontius Pilatus hin.«

Ottilia bekreuzigte sich. »Ich bete für uns alle und dafür, dass unser Kind keine Passion vor sich hat.«

Eduard drückte eine ihrer Hände gegen seinen Brustkorb. »Wir schaffen alles. Ich bin mir sicherer denn je, Tilia. Hab keine Angst.«

Ottilia spürte seinen Herzschlag, fest und schnell. »Solange du bei mir bist, habe ich die auch nicht«, sagte sie und ihre Blicke hielten sich aneinander fest.

Nach den Flitterwochen

Ottilia

Die Auszeit verging wie im Flug für Eduard und Ottilia. Schon fast eine Woche war ihre Rückkehr nun her.

Sobald sie wieder in Hollfeld waren, ließen sie sich zuerst von Käthe einen Vorabbericht geben. Dabei erfuhren sie, dass David inzwischen abgereist war. Sein Vater war an einem Herzinfarkt gestorben. David hatte Käthe versprochen, so bald wie möglich wiederzukommen. Zu gern hätte sie ihn begleitet, aber ihre Eltern kränkelten und die Bäckerei sollte geöffnet bleiben. Was Ottilias und Eduards Familie anging, so hatten diese mit den Streitigkeiten an der Hochzeit erst Ruhe gegeben, als der Pfarrer im Gasthaus vorbeigekommen war und ein Machtwort gesprochen hatte. Hedwig hatte daraufhin allen erklärt, dass sie die frisch getrauten Eheleute in die Flitterwochen geschickt hätte und diese, wie auch sie, die dummen Streitereien leid seien. Widerspruch war ausgeblieben, vielleicht auch, weil Hochwürden an Hedwigs Seite geweilt und seine Schäfchen mit strengen Blicken gestraft hatte.

Ottilias Mutter wandte sich an Ottilia und Eduard, die zusammen über den Hof gingen. »Dass eins klar ist, Ottilia: Ich möchte nie wieder über die Feier sprechen. So eine öffentliche Streiterei darf nie mehr passieren. Jetzt zerreißen sich die Leute wieder den Mund.«

Ottilia und Eduard blieben bei ihr stehen. »Entschuldige, Mutter, aber wir haben nicht damit angefangen und wollten das auch nicht«, erwiderte Ottilia bestimmt.

»Wenn ihr nicht …« Sie presste die Lippen aufeinander und wrang energisch ein Bettlaken über einem Bottich aus, das sie dann über ein gespanntes Seil warf.

Ottilia richtete die Wäsche, zog sie ein wenig auseinander, sodass sie besser trocknen konnte. Eduard stimmte ihr in dem, was sie gesagt hatte, zu, aber das schien Ottilias Mutter herzlich egal zu sein. Sie schüttelte nur den Kopf und ging weiter ihrer Arbeit nach.

Die letzten Tage hatte Ottilias Familie sie und Eduard fast nahezu mit Schweigen gestraft. Nur Hedwig schien sich für sie zu freuen, dass ihre Reise gelungen war.

Ottilia half ihrer Mutter beim Auswringen des nächsten Lakens. »Wir müssen denen, die über uns herziehen, das Maul stopfen. Da sind wir und die Galberts uns mal einig. Auch wenn der Preis dafür hoch ist. Insbesondere für deinen Vater und für mich«, sagte ihre Mutter und drückte Ottilia das Laken in die Arme. Sie hängte es auf die Leine und Eduard half ihr dabei. »In den kommenden Tagen werdet ihr den Dachboden herrichten. Dein Vater hat ja schon, zusammen mit Hermann, damit angefangen. Und dann wird Eduard einziehen, kräftig bei uns mithelfen und seine Pflichten als Ehemann tunlichst gut und ohne Murren erledigen«, sagte ihre Mutter und schaute erst Ottilia, dann Eduard eindringlich an.

»Jawohl, Schwiegermutter«, entgegnete Eduard. »Aber ich werde auch zu Hause ab und zu noch mithelfen, bis ich für den Hof einen passenden Gehilfen gefunden hab.«

»Ja, wenn du dann hier alles schaffst. Und es kann ja nicht so schwer sein, einen passenden Helfer zu finden. Außer natürlich, man ist mit nichts zufrieden.« Sie rümpfte die Nase.

Ottilia nahm eine von Eduards Händen und suchte seinen Blick. »Ich bin ja auch noch da.«

»Du hast hier genug zu tun und wirst Mutter.«

»Ja, sehe ich auch so«, gab Eduard zurück.

Ottilias Mutter stockte kurz und nickte dann. »Hör auf mich und deinen Mann.«

Hatte ihre Mutter das eben wirklich gesagt? Auch Eduard schaute überrascht drein und Ottilia versprach es ihr.

Die kleine behelfsmäßige Wohnung im Dachgeschoss war um einiges größer als ihre Stube und in drei Zimmer aufgeteilt. Jedes besaß nur ein winziges Fenster, weshalb die Räume eher düster waren. Aber das störte Ottilia nicht.

»Der alte Schrank dort in der Ecke muss nur neu aufpoliert werden, dann können wir ihn für Kinderkleidung und unsere Kleidung nutzen«, schlug sie Eduard vor.

Er stemmte die Hände in die Hüften, während er sich umsah. »Gut. Ich bring eine Kochplatte mit und Töpfe.«

»Geschirr brauchen wir noch. Wir nehmen erst mal das aus dem Café.«

»Machen wir.«

Eduard lächelte, aber es wirkte ein wenig traurig. Er wollte es zwar nicht zugeben, aber Ottilia war sich sicher, dass es ihm schwerfiel, in das Haus ihrer Eltern zu ziehen, wo sie ihn so gar nicht leiden mochten. »Wir richten uns hier eine kleine Oase ein, Eddie. Es ist ja nicht für immer. Sei nicht traurig.«

»Bin ich nicht, Tilia.« Behutsam drückte er sie an sich. »Ich gebe zu, ich habe Respekt vor deinen Eltern. Das soll ja auch so sein. Aber die Hauptsache ist ja, wie wir schon öfter gesagt haben, dass wir zusammen sind, Tilia.«

Trotzdem, das wusste sie, konnte es keine Lösung für immer sein, wenn sich ihre Eltern nicht änderten.

INTRIGEN

OTTILIA

Ende September 1948

Ottilias Mutter kam auf Ottilia und Bärbel zu, die sich auf dem Hof in der Nähe des Lindenbaums über die Nähaufträge unterhielten, die am Eröffnungstag des Cafés in Auftrag gegeben worden waren. Ein leicht stürmischer Wind ließ die Blätter des Baumes rascheln.

»Wo ist denn dein Mann?«, fragte Ottilias Mutter.

»Er macht Überstunden und muss auf dem Hof mithelfen, Mutter. Der Gehilfe, den Eduard letzte Woche eingestellt hat, ist schon wieder weg und die Eltern kränkeln.«

Ihre Mutter verengte die Augen. »Kluger Gehilfe.«

»Mutter.«

»Ist doch wahr. Und seine Eltern sind also schon wieder krank? Was haben sie denn?« Die Abschätzigkeit in ihrer Stimme war unüberhörbar. Ottilia war es leid.

»Lass gut sein, Mutter. Bitte.«

»Ich meine ja nur. Er sollte mehr für dich da sein in dem Zustand. Und er müsste seinem Schwiegervater die schwere Arbeit abnehmen.«

Ottilias Vater war mit Hermann in den Wäldern unterwegs, um mehr Holz zu machen. Hedwig, die an der Vorahnung eines eisigen Winters festhielt, hatte sie dazu überredet.

»Eduard ist jung und gesund. Außerdem sollte er schon längst eingezogen sein. Die Fechtners Kuni hat mich schon gefragt, warum er noch immer so oft daheim ist«, zeterte Ottilias Mutter weiter.

Ottilia schnaubte leise. Manche Leute schienen den lieben langen Tag nichts zu tun, außer die Nase in die Angelegenheiten anderer zu stecken, gar Tagebuch darüber zu führen und Gerüchte zu verbreiten.

»Du brauchst gar nicht beleidigt zu sein, Tochter. Sie hat schon recht. Wo ihr doch verheiratet seid. Sie hat mit Emmi gesprochen. Und diese Kuni tratscht alles weiter. Wer weiß, was sie noch hinzudichtet.«

Daher wehte der Wind, dachte Ottilia. Sie schüttelte den Kopf.

Bärbel mischte sich nicht ein und las ein paar Blätter auf, die der Baum abgeworfen hatte.

»Eduard tut, was er kann, Mutter. Nur sich zerteilen, das klappt eben nicht.«

»Wie auch immer. Ich glaube Maximilian und Isabella jedenfalls nicht, dass sie schon wieder krank sind. Vielleicht sagt dein Eduard das ja auch nur.«

»Mama, bitte, hör doch auf zu sticheln.«

»Finde ich auch. Es reicht, Leni«, warf Bärbel nun doch ein.

»Meine Meinung darf ich sagen und das werde ich auch weiter tun.« Nach diesen Worten eilte sie aufs Haus zu.

Bärbel sah mitleidig zu Ottilia hinüber. »Das Leben ist halt eine Schule. Nur leider denkt deine Mutter, dass sie immer recht hat. Verzeih es ihr. Keiner ist vollkommen.«

Wenigstens ihre Tante schien sie zu verstehen.

Ein paar Tage später zog Eduard dann ganz auf den Aden-Hof. Und zwar unter den strengen Augen ihrer Eltern. Der mittlere Raum, so Eduards Idee, sollte das Kinderzimmer werden. Eine Idee, die sofort von Ottilias Eltern abgewürgt wurde.

Albert schüttelte den Kopf. »Ein eigenes Zimmer für das Kind? Wollt ihr es von Anfang an verziehen?«

Ihre Mutter nickte. »Sehr gut, Albert. Das sehe ich wie du.« Er lächelte ihr zu, aber sie verzog keine Miene, sondern behielt Eduard genau im Blick.

»Schade, dass ihr uns so wenig vertraut«, sagte Ottilia und setzte sich auf die Kante des Bettes. »Ich finde deinen Vorschlag jedenfalls sehr gut, Eduard. So machen wir das«, ergänzte sie dann.

Eduard lächelte ihr leicht zu und verstaute dann ein paar seiner Hemden in einer kleinen Kommode. »Wir überlegen es uns dennoch noch einmal«, warf er beschwichtigend ein.

Ottilias Vater schob seine Frau behutsam nach draußen. »Komm, Leni. Wir gehen. Die zwei denken wohl, sie haben die Weisheit mit Löffeln gefressen.«

»Ja, anscheinend. Aber die wachen schon noch auf.«

Eduard setzte sich neben Ottilia und knetete seine Finger.

»Wir müssen uns nicht alles gefallen lassen«, flüsterte Ottilia.

»Alles nicht einfach, Tilia.«

»Aber wir geben nicht auf.«

Sie sahen sich an. »Dich geb ich nie wieder her. Das habe ich auch meinen Eltern und Emmi gesagt.«

Sie lächelte und er stimmte mit ein. »Ich dich auch nicht, Eduard.«

Ottilia wusste, dass auch die Galberts nach wie vor mehr als unzufrieden mit der Situation waren. Ihrer Meinung nach hatte sie ihnen den Sohn und Bruder gestohlen und würde ihn ins Unglück stürzen.

»Was haben sie gesagt?«, wollte Ottilia wissen.

Eduard zögerte mit einer Antwort, dann erzählte er: »Sie sagten, dass es ihnen langsam egal ist, was die Leute denken. Ich soll zu Hause bleiben. Besonders Emmi wünscht sich das.«

Ottilia atmete leise durch. »Und was hast gesagt?«, fragte sie dann.

»Dass ich sie liebe, aber dich und unser Kind ebenso, wenn auch auf eine andere Art. Und dass mein Daheim dort ist, wo du bist. Du und unser Kind.« Er legte seine Arme um sie, als wollte er damit eine Festung um sie bauen.

»Ich liebe dich, Eduard. So sehr und noch viel mehr.«

Die Überraschung

Hedda

Ich blickte von meinem Laptop auf und schaute nach draußen, weil ich glaubte, dort etwas gehört zu haben. Aber da hatte ich mich wohl getäuscht. Alles war ruhig. Noch einmal sah ich mich um. Vielleicht sollte ich noch eine Kerze einpacken. Oder würde dies dann zu sehr nach Date aussehen?, fragte ich mich. Ich entschied mich letztendlich dagegen. Kurz darauf war Daniel schon da. Ich ging ihm entgegen und freute mich, dass er anscheinend besserer Laune war als gedacht. Er umarmte mich sogar kurz zur Begrüßung. Es tat gut, ihn zu spüren und wieder hier zu wissen, vor allem, ein Lächeln in seinem Gesicht zu sehen.

»Schön, wieder hier zu sein.«

Ich erwiderte sein Lächeln. »Ja, du hast dem Hof gefehlt. Und ich hab dich auch ein klein wenig vermisst.«

Nun lachte er sogar. »Gut. Ich dich auch. Und ich bin froh, dass nun alles geklärt ist zwischen Viktoria und mir. Sie übernimmt die Wohnung, ich suche mir eine neue Bleibe. Finanziell ist auch alles geregelt. Ich lasse mich von ihr nicht mehr unter

Druck setzen. Und ich glaube, sie sieht nun ein, dass sie zu weit gegangen ist. Ich weiß jedenfalls, dass sie auch ohne mich sehr gut klarkommen wird. Und mehr möchte ich darüber nicht mehr sagen. Thema abgehakt.«

Ich nickte, obwohl ich sicher war, dass das Thema sich nicht ganz so schnell abhaken ließ. Es würde sicher noch eine Weile dauern, bis Daniel alles verarbeitet hatte. »Hauptsache, dir geht es so weit gut.«

Daniel nickte. »Tut es.«

Ich streckte ihm eine Hand hin. »Dann habe ich jetzt eine kleine Überraschung für dich. Komm.«

Er schaute verdutzt drein, nahm dann meine Hand und ließ sich von mir ins Café entführen.

Daniel biss herzhaft in eines der Miniküchlein. Er schien richtig Appetit zu haben. Ein gutes Zeichen.

»Echt lecker.«

»Danke.«

Er schaute sich noch einmal im Café um und nickte. »Das hast du schön hergerichtet.«

Wir saßen uns an dem kleinen Tisch im Café gegenüber. Bunte Lichtfunken tanzten über Daniels Gesicht und ein Zauber von Leichtigkeit lag in der Luft.

»Vor allem habe ich die Küchlein dank Julia so gut hinbekommen. Ich könnte ihr stundenlang zusehen. Allein, weil sie so flink mit den Händen ist«, erzählte ich Daniel.

Ich fing Daniels Blick auf, in dem so viel Wärme lag, aber auch ein glasiger Schimmer.

Dann stand er auf und ging ein paar Schritte. »Es gibt neue Interessenten. Also ein Ehepaar. Noch kinderlos. Das wollen sie aber bald ändern. Sie wohnen zur Miete in Bamberg, wollen aber endlich etwas Eigenes. Ihr Traum war schon immer ein kleiner Hof auf dem Land. Das hat der Makler mir gesagt. Und sie finden das Café, das sie bis jetzt aber halt nur aus dem Exposé kennen, toll. Die Frau könnte sich vorstellen, ein Maleratelier daraus zu machen. Sie ist Malerin, würde dann hier auch Bilder ausstellen. Hört sich doch gut an. Ich glaube, das wäre dann im Sinne meiner Mutter. Was meinst du? Natürlich habe ich die Leute schon überprüft. Alles top. Dieses Mal wirklich. Aber wir schauen sie uns natürlich morgen, wenn sie kommen, gemeinsam an.«

Ich schluckte schwer. »Schon morgen«, murmelte ich. Warum freute ich mich nicht?, fragte ich mich.

Daniel schob die Unterlippe nach vorn und schob die Brauen ein wenig zusammen. »Nicht gut?«

Ich stand auf und ging ebenfalls ein paar Schritte. »Doch, sehr gut. Ich dachte nur, wir verbringen noch ein paar Tage hier gemeinsam. Bis ich das Skript zusammen mit dir fertig gelesen habe. Ich kann hier ganz anders überarbeiten als in München. Hier ist es intensiver, ich fühle die Geschichte noch mehr.«

»Verstehe. Okay, können wir gern machen. Danach muss ich aber wieder zurück nach München. Mir eine neue Wohnung suchen.«

Das hörte sich doch sehr gut an. Ich freute mich über seine Entscheidung. »Ja, klar. Okay, dann machen wir das so.«

Er nickte und zeigte auf den Laptop. »Wie weit bist du inzwischen?«

Ich zeigte es ihm, ließ ihn lesen und überarbeite dann mit ihm zusammen weiter. Es berührte mich, wenn er beim Lesen mitfühlte, und ich fand es auch schön, wenn er seinen Senf dazugab. So teilten wir gemeinsam Vergangenheit und Gegenwart und schlossen nebenbei Freundschaft.

Auf dünnem Eis

Ottilia

15. Oktober 1948

Ottilia betrachtete zufrieden, was sie in den letzten Tagen und Nächten, die Eduard wegen Emmi zu Hause verbrachte, geschafft hatte. Es war neue Unterwäsche entstanden, und sogar die Aufträge, die ihr der Eröffnungstag ihres Cafés eingebracht hatte, waren inzwischen abgearbeitet. Es erfüllte sie mit Stolz, dass ihre Kundinnen mehr als zufrieden waren, wie sie sagten. Das Strahlen in ihren Gesichtern, als sie die Arbeiten sahen, war für Ottilia der schönste Lohn. Aktuell arbeitete sie in ihrer knappen freien Zeit neben einem gefütterten Säuglingsstrampler an einem Schwangerschaftskleid für sich. Allmählich wurden ihr die alten Kleider zu klein und ihr Bauch nahm zunehmend die Form einer Kugel an. Ein Jäckchen aus Wollstoff hatte sie bereits für ihr Kind genäht. Den weichen samtigen hellblauen Stoff für den Strampler fand sie in einem Laden in Bayreuth. »Zauberhaft. Aber überarbeite dich nicht. Du nähst ja mehr denn je«, sagte Bärbel mit Blick auf den halb fertigen Strampler.

Sie war gerade dabei, neben ihr am Tisch den Mantel eines Kunden auszubessern.

»Mach ich schon nicht. Danke für dein Lob. Der, den du uns zur Hochzeit geschenkt hast, ist auch zauberhaft«, erwiderte Ottilia.

Bärbel lächelte. Sie hatte ein knopfgroßes grünes vierblättriges Kleeblatt auf das rechte Beinchen gestickt. Nun lag der Strampler zusammen mit den gelben Söckchen von Ottilias Mutter und ein paar anderen Sachen für das Kind in dem großen Schrank ihrer Dachwohnung bereit. Ottilia konnte es kaum mehr abwarten, ihr Kind in den Armen zu halten. Die Muttergefühle erfüllten sie bis in die letzte Faser. Auch wenn sie mit jedem Tag ein bisschen mehr zunahm und sie hin und wieder an Heißhungerattacken litt, genoss sie den Ausnahmezustand immer mehr, zumal Übelkeit und Schwindel Schnee von gestern waren. Sie hoffte inständig, dass es so bleiben würde.

»Die Farbe des Stoffs«, sagte Bärbel »ist passend für einen Buben. Und wenn's ein Mädel wird?«

Ottilia war es gleich. »Blau ist doch auch für ein Mädel schön, finde ich. Oder gibt es da ein Gesetz, von dem ich nichts weiß?«

Ihre Tante lachte. »Natürlich nicht.«

Margot kam in die Schneiderei und legte ihren dünnen Mantel ab. Sie rieb sich die Hände. Ihre Wangen hatten die Farbe von Feuer angenommen. Draußen wehte ein frischer Wind und die Wolken verdunkelten sich. Bärbel stand auf und schloss das Fenster.

»Es wird Zeit, dass ich das Café endlich wieder mal öffne. Meinst du nicht, Tante? Die Leute haben schon danach gefragt.«

Bärbel wirkte unschlüssig. »Du weißt, dass deinen Eltern der letzte Café-Tag noch im Magen liegt.«

Wie hätte sie das vergessen können?, fragte sie sich. »Ich öffne wieder, weil es Menschen gibt, denen das, was ich gezeigt habe, gefällt. Für die, die ohne Vorurteile herkommen, für die, die einfach nur ein wenig dem Alltag entfliehen wollen.« Ottilia war fest entschlossen. »Vor allem will ich das mit der Unterwäsche nicht ewig auf mir sitzen lassen, Tante. Da ist nichts Falsches oder Sündiges dabei.«

Bärbel seufzte.

»Ach, Tilia, ich versteh dich inzwischen besser, als du meinst. Ich will nur nicht, dass Leni sich noch mehr aufregt und weiteres Öl ins Feuer gegossen wird.«

Ottilia sah ihre Tante direkt an. »Vertrau mir.«

Bärbel presste die Lippen zusammen, nickte dann aber.

»Danke, Tante. Das bedeutet mir viel.«

»Ich weiß doch, Tilia. Du mir auch. Wo ist Eduard eigentlich? Habe ihn schon die letzten zwei Tage nicht mehr auf dem Hof gesehen.«

»Emmi ist nun neben seinen Eltern auch krank geworden, und einen neuen Gehilfen, der ihr passt, hat sie noch immer nicht gefunden. Und Eduards Onkel Adolf und seine Frau haben auf dem eigenen Hof genug zu tun.« Mehr brauchte sie dazu nicht zu sagen. Bärbel zeigte Mitgefühl und strich ihr über den Rücken.

»Ach, Mädel. Was für ein Tauziehen.«

Glaubte sie etwa, wie ihre Mutter, fragte sich Ottilia, die Galberts würden ihre Krankheit nur vortäuschen?

»Wird schon werden«, fügte Bärbel noch hinzu. »Gefrorenes Wasser braucht eben seine Zeit, um aufzutauen. Hauptsache, du und Eduard versteht euch und lasst euch nicht unterkriegen.«

»Das werden wir ganz sicher nicht, Tante«, erwiderte Ottilia.

Eduard stellte zwei elektrische Kochplatten, die er besorgt hatte, auf einer kleinen Kommode in ihrer Wohnung ab. Er wirkte sehr müde. »Wird nicht einfacher, Tilia. Meine Eltern und Emmi brauchen mich in den nächsten Tagen noch öfter«, erzählte er dann und setzte sich an den kleinen rechteckigen Tisch in der Mitte des Raums.

Ottilia stellte sich vor ihn und er küsste ihren Bauch durch ihr Kleid. In den letzten Tagen hatten sie eine Wiege aufgestellt, die Eduard gemacht hatte, und auch andere Sachen für das Kind besorgt. Eduard blickte zu ihr hoch.

»Du siehst blass aus«, bemerkte sie. »Ich mach dir erst mal einen Tee.«

Als sie sich an die Zubereitung machen wollte, hielt Eduard sie an einem Arm fest. Ihre Blicke trafen sich erneut. In seinen Augen spiegelte sich Besorgnis.

»Ich kann verstehen, dass deine Eltern böse auf mich sind. Weil ich wieder weg war.«

Ottilia strich ihm durch sein Haar, das ein wenig zerzaust aussah. »Wir sind verheiratet, Eddie. Aber das bedeutet doch nicht, dass wir Tag und Nacht aufeinandersitzen müssen oder du ständig für sie arbeiten musst. Hast du sie beim Reingehen getroffen?«

Er nickte.

»Hör nicht auf sie. Auf mich sind sie auch nicht gut zu sprechen. Vor allem, wenn Mutter hört, dass ich nächste Woche einen Café-Tag machen will.«

Ottilia setzte sich auf Eduards Schoß. Ein sorgenvoller Ausdruck schlich auch über sein Gesicht.

»Wir können es ihnen anscheinend nie recht machen. Das zermürbt, Tilia.«

Ottilia wusste genau, was er meinte. Sie schluckte trocken, hatte Angst. War er an einen Punkt gelangt, an dem er ans Aufgeben dachte?

»Es ist unser Leben, Eduard«, sagte sie eindringlich. »Emmi und deine Eltern finden es ungerecht, dass du nun hier bei mir wohnst. Im Haus des Feindes. Allein die Vorstellung muss schrecklich für sie sein. Da kann ich sie verstehen. Aber sie wollen eben auch nicht, dass ich mit zu ihnen ziehe. Und dir zuliebe würde ich das tun.«

»Wir sollten etwas Eigenes haben. Sie müssten es respektieren«, sagte Eduard.

»Ja. Darüber haben wir ja schon gesprochen.«

Er sah ihr fest in die Augen. »Ich habe mir überlegt, mehr zu arbeiten, also noch eine Arbeit anzunehmen. Es werden Siedlungsarbeiter gesucht. Nein, auf keinen Fall will ich aufgeben. Ich will dir und unserem Kind der beste Mann und Vater sein und euch etwas bieten. Und ich wünsche mir, dass meine Schwiegereltern mich akzeptieren. Mögen müssen sie mich ja nicht. Außerdem wünsche ich mir, dass meine Eltern und Emmi dich mehr als akzeptieren. Denn du bist wundervoll.«

Ottilia küsste ihn. Sie hatte das Gefühl, das schon eine kleine Ewigkeit nicht mehr getan zu haben, und fühlte sich wie ausgehungert danach.

Ihr entwich ein leises Stöhnen, als er seine Hände an ihre Hüfte legte und sie näher an sich heranzog. Doch bevor sie sich in ihrer Leidenschaft füreinander verloren, musste Ottilia noch etwas klarstellen. »Keine zweite Arbeit. Du tust genug und verdienst gut genug. Du bist mehr als gut genug, Eduard. In allem. Und auch ich möchte meine Eltern insbesondere dafür rütteln, damit sie das kapieren. Eines Tages, da bin ich sicher, werden sie das. Und sie müssen uns eine eigenständige Familie sein lassen, uns ziehen lassen, wenn wir das nötige Geld und die passende Bleibe gefunden haben. Wir lassen sie ja dennoch nicht im Stich und wollen nicht ins Ausland ziehen oder so.«

Er nickte und ließ seine Hände über ihren Brustkorb wandern. Ottilia zog die Unterlippe zwischen die Zähne und schloss die Augen. Eine Welle der Erregung flutete ihr Inneres.

»Ich will dich«, flüsterte er. Da ging es ihr umgekehrt nicht anders und sie küssten sich innig, bevor sie im Bett landeten.

Café der Sünde

Ottilia

»Kürzlich haben sie zehn der genannten Todesurteile vollstreckt«, rief Hermann freudestrahlend über den Hof.

Ottilias Vater hielt mit dem Füttern der Hühner inne und nickte. »Recht geschieht ihnen«, erwiderte er.

Ottilia, die gerade dabei war, vor dem Café Vorbereitungen für den morgigen Café-Tag zu treffen, wechselte Blicke mit ihrer Tante und Käthe, die ihr dabei zur Hand gingen. Mit den Todesurteilen meinte Hermann sicherlich die der Hauptkriegsverbrecher, die in den sogenannten Nürnberger Prozessen für ihre Taten während des Krieges Rede und Antwort stehen mussten. Die Alliierten hatten 1945 den Militärgerichtshof, der in Nürnberg tagte, ins Leben gerufen. Noch immer wurden Urteile vollstreckt. Ottilia fand es nur fair, dass vor allem die Höchstverantwortlichen für das Elend damals zur Rechenschaft gezogen wurden.

»Trotzdem finde ich ein Todesurteil nicht richtig. Gefängnis für viele Jahre wäre besser. Damit sie richtig darüber nachdenken können, was sie getan haben. Die Strafe fände ich gerechter.

Der Tod wäre sowieso irgendwann gekommen«, erwiderte Ottilia und stellte ein paar Schachteln mit Unterwäsche in das noch freie Fach des großen Schranks, der in der Ecke des Cafés stand.

Käthe kam ihr nach und reichte ihr die letzte Schachtel.

»Finde ich auch«, gab sie ihr recht.

»Herrschaftszeiten. Wo ist denn Eduard wieder hin? Träumt der schon wieder?«, hörte Ottilia ihren Vater schimpfen und eilte zurück.

»Noch in der Schreinerei, und daheim musste er auch noch mal vorbei«, kam ihr Bärbel mit der Antwort zuvor.

»Kruzifix noch mal. Hermann und ich wollen zum Holzmachen aufbrechen um halb sechs. Das ist gleich und er soll mit. Will er sich wieder drücken? Sähe ihm ähnlich.«

»Gewiss nicht. Und er hat sich noch nie vor einer Arbeit gedrückt, Vater«, verteidigte Ottilia ihren Mann.

Hedwig, die vor dem Haus auf der Bank saß, rückte die Decke, die über ihren Beinen lag, zurecht und rief: »Reg dich nicht auf, Albert, der Bub kommt sicher gleich.« Die Weihwasserflasche stand wie immer griffbereit neben ihr. Sie strickte ein cremefarbenes Mützchen für das Kind, was Ottilia rührend von ihr fand.

Albert spuckte aus. »Ich bin mir da gar nicht sicher.«

Käthe hängte sich bei Ottilia ein. »Komm, gehen wir ein bisschen spazieren, bevor du explodierst. Ich sehe es dir an.«

Das war keine schlechte Idee.

»Außerdem«, hörte sie ihren Vater rufen, »sind Leute, die unpünktlich sind, wankelmütige Charaktere.«

Zum Glück, dachte Ottilia, war ihre Mutter an diesem Tag bei einer Cousine in Bayreuth zu Besuch und bekam das Ganze nicht mit. Sicher hätte sie sonst in das gleiche Horn geblasen.

Sie wollte nicht mehr auf ihren Vater achten, sog die würzige Luft des Oktoberabends in ihre Lunge und entließ sie langsam wieder. Die Sonne tauchte die Bäume in ein warmes Licht, auch wenn die ein oder andere Brise doch schon ein wenig frisch war.

»Die Leute reden immer vom goldenen Herbst. Und es stimmt. Viele Blätter sehen wirklich aus, als wären sie aus Gold«, philosophierte sie. Sie liebte die Farben des Herbstes. Gleichzeitig besaß dieser Monat für sie Reife, was nicht nur die Natur betraf. Der Herbst war für sie so, wie sie sich den Lebensabend vorstellte. Meist ruhiger, wenn auch manchmal ein wenig rauer, aber vor allem von einer wohligen Wärme durchflutet, die der Seele guttat.

Und dann hörte sie in der Ferne ein vertrautes Röhren und atmete auf. Das konnte nur Eduard sein.

Nicht nur die Frauen, auch so mancher Mann zeigte sich begeistert, gar entzückt von den Kleidern, die Käthe und Ilse bei der nächsten Öffnung des Cafés mit stolzer Miene den Gästen vorführten. Etwas, das die Lästerzungen vehement und unübersehbar störte. Ottilia versuchte, sie fortan zu ignorieren. Auch wenn das leichter gesagt als getan war. Schließlich kündigte sie ihre Unterwäsche-Kollektion an, die sie in mit weißem Seidenpapier ausgelegten Schachteln herumgehen ließ. Ein paar Leute sprachen von Skandal, aber die positiven Stimmen waren lauter. Was nicht nur Ottilia freute.

»Es wird«, sagte Käthe und klatschte leise. Sie sollte recht behalten. Drei Frauen kauften ihr sofort Unterwäsche ab und ermutigten sie sogar, weiterzumachen. Genau das wollte sie tun.

Tauziehen

Ottilia

Ein paar Tage später

Emmi blieb wie angewurzelt an der Grenze zum Aden-Hof stehen und spähte zu Ottilia herüber, die gerade aus der Schneiderei kam. Sie winkte ihr. »Hallo Emmi.«

Keine Antwort. Ottilia ging ein paar Schritte auf sie zu. »Suchst du Eduard?«

Emmi fiel es merklich schwer, ihr zu antworten. Sie trug ein zerschlissenes braunes Kleid mit beigefarbener Schürze und ein schwarzes Tuch auf dem Kopf, das sie unter dem Kinn doppelt verknotet hatte.

»Wo ist er?« Ihre Stimme klang kühl und distanziert wie immer, was zu ihrer Mimik passte.

Ottilia ging weiter auf sie zu. »Er ist mit meinem Vater den Kutschenwagen in die Scheune bringen.«

Emmi wandte sich zur Seite. »Ich warte auf ihn.«

Als Ottilia nur noch ein paar Schritte von ihr entfernt war, fragte sie: »Wie geht es dir und deinen Eltern denn?«

»Was interessiert dich das?« Emmi scharrte mit den Spitzen ihrer Gummistiefel ein wenig Erde auf.

»Es interessiert mich sehr.«

»Tz«, machte Emmi.

Plötzlich hörte Ottilia ihren Vater brüllen: »Mensch, pass doch auf! Weiter nach rechts, hab ich gesagt. Bist du taub?«

Ottilia stockte der Atem.

Emmi wirbelte herum und machte große Augen. »Spricht dein Vater etwa gerade mit meinem Bruder?«, bellte sie.

Ottilia schluckte schwer. Was war denn nun schon wieder los?, fragte sie sich.

Eduard und ihr Vater kamen aus der Scheune.

»Tut mir leid, Albert. Ich hatte dich zuerst nicht verstanden, weil du nur gebrummt hast.«

Ottilias Vater schlurfte über den Hof. »Ich brumm nicht. Putz dir lieber mal die Ohren aus. Und so was will Vater werden. Das arme Kind.«

Das reichte. »Hör auf damit, Vater«, rief Ottilia. Das Herz pochte wild gegen ihre Rippen.

»Was gesagt werden muss, muss gesagt werden«, sagte er.

Emmi winkte ihren Bruder zu sich. »Komm nach Hause, Eduard. Wo du hingehörst.« Ihre Kiefermuskeln zuckten. »Das musst du dir nicht bieten lassen.«

Eduard blieb stehen. »Was tust du hier, Emmi?«

»Unsere Eltern und ich brauchen dich dringender als die Adens.«

Eduard legte einen Arm um Ottilia, als sie bei ihm ankam.

»Dass mein Vater so mit Eduard geredet hat, dafür entschuldige ich mich für ihn bei euch beiden«, sagte sie.

Albert hatte sie gehört und schüttelte mit dem Kopf. »Das ist Unsinn, Ottilia. Ich habe nur die Wahrheit gesagt.« Er ging weiter und schimpfte leise vor sich hin.

Emmi ignorierte sie. »Komm heim, Eddie. Bitte!« Das Flehen in ihrer Stimme war überdeutlich.

Ottilia spürte eine Bewegung in ihrem Bauch. »Eduard, geh mit ihr.«

»Aber …«

Sie legte ihre Hände auf ihren Bauch. »Das Kind bekommt jede Aufregung mit, hat der Doktor bei der letzten Untersuchung gesagt. Ich bleibe hier, Eddie, und du hilfst deinen Leuten. Das ist das Beste.«

»Ja, hör auf sie«, drängte Emmi.

Eduard zögerte, doch Ottilia schob ihn auf seine Schwester zu. Er drehte sich nach ihr um und wollte noch etwas sagen.

»Bitte, Eduard!«, kam sie ihm zuvor und sah in eindringlich an. Er atmete geräuschvoll durch. »Also gut.«

Ottilia nickte und schenkte ihm ein Lächeln.

»Was ist mit den Eltern?«, wollte er von Emmi wissen, während er auf sie zuging.

»Sie haben einen Rückschlag erlitten. Der Doktor hat gemeint, dass es auch seelisch ist. Kein Wunder. Du fehlst halt.«

»Sieh dir doch weitere Gehilfen an, Emmi. Ich kann leider im Moment nicht mehr tun, versuche, echt alles unter einen Hut zu kriegen. Und Ottilia auch.« Nochmals wandte er sich zu ihr um.

»Aber meine Hilfe wollt ihr ja leider nicht«, sagte sie zu Emmi.

Sie nahm ihren Bruder an die Hand und ging mit ihm weiter.

»Ich bin bald zurück«, rief er Ottilia noch zu.

»Lass dir die Zeit, die du brauchst, und mach dir keine Sorgen.«

Sie schaute beiden nach und ging dann zurück ins Haus, wo ihre Mutter sie im Flur abfing. Hatte sie von dort etwa nach draußen gelauscht?

»Dein Vater muss sich also schon wieder über deinen Mann ärgern.«

»Und der sich über ihn, Mutter. Er bemüht sich und das weiß Vater auch. Aber er kann es nicht lassen, ihn zu piesacken. Egal, was er macht, es ist falsch.«

Ihre Mutter tat, als wüsste sie so gar nicht, von was sie gerade sprach. »Jetzt hör aber auf. Wo ist dein Mann denn?«

»Emmi war hier. Den Eltern geht es nicht gut. Er geht nach ihnen sehen.«

»Tz. Unkraut vergeht nicht«, erwiderte ihre Mutter und stapfte an ihr vorbei.

Ottilia konnte nur noch den Kopf über ihre Eltern schütteln. Leider nahm das Tauziehen auch in der folgenden Zeit kein Ende. Egal, wie sehr sich Eduard und Ottilia auch bemühten, ihre Familien wichen keinen Millimeter von ihrem Standpunkt, der andere sei ein Feind, ab und machten ihnen damit das Leben immer schwerer.

Auf ein Neues

Hedda

»Dann ist er also genauso begeistert wie ich von der Geschichte. Und wohl nicht nur das«, sagte Sascha, mit dem ich am nächsten Nachmittag telefonierte.

»Wir sind Freunde«, erwiderte ich und warf einen Blick durchs Küchenfenster hinaus in den Hof. Daniel, der Makler und das Ehepaar, das sich den Hof ansehen wollte, waren schon fünfzehn Minuten überfällig.

»Du brauchst dich nicht zu rechtfertigen, Hedda. Außerdem war es ja nicht böse gemeint. Irgendwie scheinst du heute ein wenig gereizt zu sein.«

»Eher hibbelig. Ich hoffe, die Interessenten sind wirklich so nett, wie Daniel sie beschrieben hat. Ich nehme Monikas Wunsch sehr ernst und mir ist auch selbst sehr wichtig, dass den Hof nur Herzensmenschen bekommen. Weil er etwas ganz Besonderes ist. Allein das Café und Monikas Küche, das Wohnzimmer … Einfach jeder Raum besitzt eine Seele.«

Ich seufzte und schaute mich um. Ganz sicher würde ich das alles nie vergessen und auch sehr vermissen.

»Klingt, als wärst du schwer verliebt in den Hof.«

»Er ist mir eben wichtig, weil er Monika wichtig war.«

Draußen tat sich etwas. »Sie kommen! Ich muss aufhören. Ich ruf später noch mal an oder schreib dir, wie es ausgegangen ist«, sagte ich schnell zu Sascha.

»Okay. Bis später, Süße.«

Ich steckte das Handy weg und eilte nach draußen. Dieses Mal grinste der Makler nicht, als er mich begrüßte, sondern schaute eher skeptisch drein. Vermutlich dachte er, ich würde seiner Provision auch dieses Mal wieder im Weg stehen. Lieber konzentrierte ich mich auf Daniel und das Ehepaar. Sie waren geschätzt nicht viel älter als wir. Als sie die Blicke über den Hof schweifen ließen, lächelten sie und ein Glänzen stahl sich in ihre Augen.

Dann reichten sie mir die Hände. »Klara und Henning Baumann. Freut uns«, sagten sie wie aus einem Mund. Auf alle Fälle wirkten sie ehrlich.

»Hedda Siebert. Grüß Gott.«

Klara ging weiter auf das Haus zu. »Mein Gott, das ist ja schöner als auf den Fotos.«

Ihr Mann eilte ihr nach und der Makler folgte ihnen wie ein Schatten. »Es ist wirklich großartig«, flötete er.

Daniel kam neben mich. »Na, dann lassen wir sie mal in Ruhe schauen.«

Ich pustete geräuschvoll Luft aus und nickte. Ein Kloß bildete sich in meiner Kehle. Irgendwie fühlte es sich an, als legte sich ein Stein auf mein Herz. »Jap«, sagte ich nur.

»Alles okay?«, fragte Daniel und suchte meinen Blick. Doch ich schaute weiter dem Ehepaar hinterher, das mit dem Makler im Haus verschwand.

Ich steckte meine Hände in meine Jeanstaschen und nickte erneut.

»Und bei dir?«, fragte ich dann.

Er nickte ebenfalls. »Schon viel besser, seit mit Viktoria alles geklärt ist und ich wieder hier bin.« Er atmete durch.

Nun sah ich ihn doch an. Seine Augen bargen ein Leuchten. »Freut mich für dich.«

»Und ich freue mich schon auf unsere restlichen gemeinsamen Tage hier. Gibt noch viel zu entdecken in der fränkischen Schweiz.«

»Ja, bestimmt. Ich freue mich auch«, erwiderte ich.

»Na komm. Schauen wir mal nach den dreien«, schlug er dann vor und reckte mir einen Ellbogen hin. Ich hängte mich bei ihm ein und wir gingen gemeinsam aufs Haus zu.

Ich musste zugeben, dass ich keine einzige Ecke oder Kante bei dem Ehepaar finden konnte, das sich für den Hof interessierte. Frau Baumann war besonders von dem ehemaligen Café angetan. Wie sie am Ende der Führung durch den Makler und uns sagten, würden sie noch einmal über alles nachdenken, bevor sie eine endgültige Entscheidung trafen, waren sich aber eigentlich schon sicher, dass diese positiv ausfallen würde. »Wir durchdenken alles lieber immer ein wenig länger und melden uns die Tage«, erklärte Frau Baumann.

»Ist doch in Ordnung«, erwiderte Daniel. Der Makler hörte gar nicht mehr richtig zu, erschien es mir. Er rieb sich die Hände, bevor er in seinen Wagen stieg.

»Widerlicher Kerl«, sagte ich, als er vom Hof fuhr.

»Den hat Viktoria ausgesucht. Ich mag ihn auch nicht sonderlich. Aber zum Glück habe ich nicht mehr lange mit ihm zu tun.«

»Tja, dann gebe ich also meinen Segen«, sagte ich. »Die beiden sind echt sympathisch und wirken absolut ehrlich.«

Daniel nickte. »Finde ich auch. Sie passen perfekt.«

»Ja.«

Schweigen legte sich zwischen uns und ich fühlte mich ein wenig müde. Das lag vielleicht auch daran, dass die grauen Wolken Regen ankündigten. Seit ich die Probleme mit dem Herzen hatte, war ich sehr wetterfühlig geworden.

»Lust, essen zu gehen in der Stadt? Wir könnten auch nach Bayreuth fahren. Am Festspielhügel gibt es ein wunderbares Restaurant.«

»Schöner Vorschlag. Aber ich habe keinen Hunger. Vielleicht können wir das ein anderes Mal machen?«

Daniel sah ein wenig verwundert drein. »Ja, klar. Du bist ein wenig bleich. Geht's dir gut?«

»Ein bisschen matt. Ich hoffe, ich brüte nichts aus.«

»Mit dem Herz hat es aber nichts zu tun, oder? Vielleicht solltest du zu einem Arzt gehen. Ich begleite dich.«

Dass er so besorgt war, war lieb von ihm, aber ich war sicher, dass kein Arzt nötig war.

»Sehen wir uns morgen wieder?«, fragte ich ihn.

»Gern. Ich komm vorbei. Und wenn was ist, ruf an.«

»Das ist lieb. Danke.« Ich winkte ihm, sobald er im Auto saß und davonfuhr.

Wie eine streunende Katze lief ich über den Hof, durchs Haus und das Café, nachdem ich mich ein wenig hingelegt hatte und für eine Stunde eingedöst war. Irgendwie fühlte ich mich unruhiger denn je, seit ich wusste, dass der Hof nun wohl tatsächlich bald verkauft sein würde. Ich freute mich für das Paar und auch nicht.

»Sie sind doch die Richtigen, nicht wahr, Monika? Warum kann ich mich nur nicht richtig freuen?«

Ich seufzte, schnappte mir meinen Laptop, zog mich auf die Couch zurück und arbeitete an *Dornenhimmel*. Auch, um auf andere Gedanken zu kommen. Außerdem, sagte ich mir, sah die Welt morgen sicher schon wieder heller aus.

Winterkälte

Ottilia

10. Dezember 1948

Der Winter zog ins Land und mit ihm eisige Kälte, die Ottilia im Grunde nicht neu war. Schließlich hatte sie sie, sinnbildlich gesehen, schon die letzten Monate begleitet. Nur Hedwig, Käthe und Bärbel, allen voran aber Eduard und ihr ungeborenes Kind waren ihr rettendes Feuer, an dem sie sich wärmen konnte, um zwischen den Fronten nicht zu erfrieren. Wenigstens verlief die Schwangerschaft ohne Komplikationen. Ein Zeichen, wie Hedwig meinte, dass das Kind, das Ottilia erwartete, von Gott gewollt war.

Ottilia fischte den grünen Knopf ihres grau-weiß gestreiften Mantels, den sie aus einer alten dicken Decke genäht hatte, aus dem frisch gefallenen Schnee und steckte ihn ein.

»Den hab ich wohl nicht fest genug angenäht«, sagte sie zu Käthe, die neben ihr herging und vor Kälte schlotterte. Immer wieder pustete sie in ihre Hände.

»Zehn Grad minus. Wenn es noch kälter wird, setze ich keinen Fuß mehr vor die Tür. Erinnert mich an den Hungerwinter. Hoffentlich wird's nicht wieder so einer.«

Ottilia gab ihr den gestrickten gelben Schal von Großmutter Hedwig.

»Danke.« Käthe schnappte danach wie eine Ertrinkende nach Luft und band ihn sich um wie ein Kopftuch.

Ansonsten trug sie einen knöchellangen Rock, darunter eine Strumpfhose, klobige alte Lederstiefel, einen weiten Pulli und nur eine leichte Jacke. Die Augen tränten ihr vor Kälte.

»Ich friere schrecklich schnell, bin halt ein Sommerkind. Dass es so kalt wird heute, hätte ich nicht gedacht. Der Wetterbericht sagte nur leichte Minustemperaturen voraus«, sagte sie mit zitternder Stimme.

Ottilia legte einen Arm um ihre Freundin, um ihr noch ein wenig von ihrer Wärme abzugeben.

»Du frierst gar nicht?«, wollte Käthe erstaunt wissen.

»Doch, aber nicht so sehr wie du.«

Neue Schneewolken zogen heran. Ein eisiger Wind wehte ein bisschen Pulverschnee auf und ließ ihn wirbeln. Die Kälte war so plötzlich und heftig über die Stadt und Umgebung hereingebrochen wie ein Sommergewitter.

»Gut, dass wir auf Oma Hedwig gehört und dieses Jahr mehr Holz als sonst gemacht haben«, sagte Ottilia.

Käthe nickte. Auf einem Weiher unweit des Aden-Hofs fuhren an diesem Sonntag ein paar Kinder Schlittschuh und lachten vergnügt.

Käthe lächelte. »Das haben wir in strengen Wintern früher auch hier gemacht. Erinnerst du dich?«

»Natürlich erinnere ich mich. Besonders daran, dass du mir oft schreiend am Rockzipfel hingst.«

Käthe verdrehte die Augen. »Ach wirklich? Hm, daran erinnere ich mich nicht«, erwiderte sie und verzog gespielt nachdenklich das Gesicht.

»Ja, ja, Käthchen. An den Peter erinnerst du dich aber.«

»Der, der mir gezeigt hat, wie ich mich besser auf dem Eis halten kann?« Sie grinste. »Ja, der Peter.«

»War schon ein fescher. Aber der hing leider gern an vielen Rockzipfeln.«

Ottilia sah seine tiefbraunen Augen vor sich, als sie an ihn dachte. »Bis er letztendlich bei der Kunigunde hängen geblieben ist. Die Arme. Tut mir echt leid, dass Peter noch vermisst wird.«

»Ja. Ich schließe ihn heute Abend in mein Gebet mit ein.«

»Ich auch.«

Ottilia blieb beim Haus der Meyers stehen und seufzte. Glitzernder Schnee bedeckte fast den ganzen Garten und das Dach. Es sah malerisch, aber auch irgendwie gespenstisch aus.

»Wir würden es so gern kaufen. Wenn wir nur genug Geld dafür hätten«, sagte Ottilia.

Käthe rieb sich die Hände. »Wenn ich es hätte, würde ich es euch dafür geben.«

Ottilia lächelte ihrer Freundin schwermütig zu.

»Wart mal ab, Tilia. Vielleicht hast du mal großen Erfolg mit deiner Mode. Was heißt vielleicht? Ganz sicher. Also weitermachen. Und das Café wird auch berühmt. Keine Frage.«

Ottilia lächelte, seufzte dann aber. »Ich schätze, bis wir das Geld hätten für das Haus, ist es schon längst weg oder marode. Es braucht dringend herzliche und gute Pflege. Ich habe den Meyers eine Weihnachtskarte geschrieben und ihnen gesagt, dass ich immer an sie denke, wenn ich hier vorbeigehe und Licht in den Zimmern vermisse.«

Käthe lehnte den Kopf an die Schulter ihrer Freundin. »Ach, Tilia.«

Kurze Zeit später erreichten sie den elterlichen Hof. Käthe wollte die Nacht bei Ottilia in der Dachwohnung verbringen. Eduard war seit gestern zu Hause und würde erst morgen zurück auf den Hof kommen. Emmi hatte wieder einmal nach ihm verlangt. Beim Melken hatte eine der Kühe sie getreten. Zum Glück war nichts Schlimmeres passiert, dennoch wollte sie sich schonen, was Ottilia verstehen konnte. Anders als ihre Eltern hatte sie Eduard keinen Vorwurf daraus gemacht.

»Hat Emmi denn nun endlich einen Gehilfen für den Hof gefunden, der ihr passt?«, fragte Käthe.

Ottilia hätte fast vergessen, Käthe die Neuigkeit diesbezüglich zu erzählen. »Stell dir vor. Ernst, unser ehemaliger Landhelfer, hat sich auf das Gesuch von Eduard als Gehilfe gemeldet. Er will wieder auf einem Bauernhof arbeiten. Emmi hat sich erst gegen den Vorschlag gewehrt, dass er bei den Galberts arbeiten könnte, wo er doch mal bei uns auf dem Hof war. Aber dank Eduards gutem Zureden hat sie sich entschieden, ihn mal zur Probe arbeiten zu lassen.«

Käthe verzog das Gesicht, dann lachte sie. »Der arme Ernst.«

Ottilia lächelte. »Ach, er kann sich schon gut wehren. Und vielleicht passiert ja ein Wunder und die zwei verstehen sich.«

Käthe schaute ungläubig drein, aber Ottilia hielt die Hoffnung aufrecht.

Stille Nacht, eisige Nacht

Ottilia

Eine Woche später

»Es gleicht einem Weihnachtswunder, dass Ernst immer noch bei euch auf dem Hof ist«, sagte Ottilia und wärmte sich die Hände am Küchenofen. Das Holz knisterte und ächzte unter den Flammen. Ottilia genoss die Wärme. Eduard, der mit ihrem Vater und Hermann bis vor Kurzem im Wald unterwegs gewesen war, um noch ein paar Bäume zu fällen, gesellte sich neben sie und nickte. Er sah müde aus.

»Das ist allerdings ein Wunder. Auch wenn sie sich schon über ihn beklagt hat. Was wiederum kein Wunder ist.«

Langsam taute das Eis in seinen Haarsträhnen und hinterließ Tropfen auf dem Boden. Ottilia nahm seine Hände und rieb sie mit ihren warm. Sie waren rauer geworden, fiel ihr auf.

»Ich hab gestern erst mit Ernst geredet«, erwiderte Ottilia.

»Und was hat er gesagt?«

»Er hat jedenfalls kein schlechtes Wort über Emmi verloren. Im Gegenteil. Die Arbeit macht ihm immer mehr Spaß und mit deinen Eltern versteht er sich auch besser. Sie merken wohl, dass er ein geselliger Mensch ist und dass wir keine leeren Versprechungen gemacht haben, was seinen Fleiß betrifft. Was meckert sie denn?«

Eduard zog sich seine Jacke aus, die Ottilia nachträglich mit Zeitungspapier und Wolle gefüttert hatte.

»Sie meckert nicht über seine Arbeit, sondern seine Art scheint ihr nicht ganz zu passen. Ich glaube, die zwei sind sture Charaktere. Und wenn sie schimpft, dann macht Ernst gern mal einen Witz. Sie fühlt sich von ihm dann halt manchmal gar nicht so ernst genommen.«

Ottilia grinste. »Oder es macht sie wahnsinnig, dass sie ihn nicht wirklich verärgern kann.«

Eduard stimmte ihr zu. »Außerdem weist er sie auch auf Fehler hin. Das kennt sie nicht. Hoffen wir, dass es zumindest noch eine Weile mit den beiden gut geht.«

»Ich bete dafür.«

»Diese Scheißkälte«, schimpfte Ottilias Vater und stapfte in die Küche. Er zog sich die Handschuhe, die Hedwig gestrickt hatte, von den Händen, warf sie auf die Eckbank und schob sich zwischen Ottilia und Eduard zum Ofen durch. Er stierte Eduard an. »Hast du das Holz vom Schuppen reingebracht?«

»Mach ich gleich.«

Ottilia sah, wie ihr Vater etwas erwidern wollte, dann aber nur die Lippen zusammenpresste. Eduard strich ihr im Vorbeigehen liebevoll über den Bauch.

»Ach, ich muss dir noch was zeigen, Eddie«, fiel Ottilia dann ein. Sie zog eine Karte mit Berliner Weihnachtsmarktmotiv aus der Tasche ihrer Schürze, die sie fürs Butterplätzchenbacken vorhin angezogen hatte, und gab sie Eduard. »Von den Meyers. Ein Weihnachtsgruß. Die Schrift ist sehr klein, aber gut leserlich.«

Eduard nahm die Karte an sich. »Das ist ja lieb.«

Ottilias Mutter kam näher. »Was schreiben sie denn?«

Eduard las vor.

»Liebe Ottilia, lieber Eduard,
wir wünschen Euch von Herzen ein wunderschönes und vor allem friedliches Weihnachtsfest. In Gedanken sind wir bei Euch und Eurem Kind, das nächstes Jahr gesund und munter das Licht der Welt erblicken und Euch ein Lächeln in die Seele zaubern soll. Ihr habt das verdient. Danke für die lieben Worte auch bezüglich unseres Heims. Noch fand sich kein passender Käufer. Aber zu lange sollte es auch nicht leer stehen. Zieht doch gern mit Eurem Kindchen hinein.«

Eduard stockte.

»Was?«, rief Ottilias Mutter.

»Lies weiter«, bat Ottilia ihn. Was er auch machte.

»Unseren Segen habt Ihr. Meine Tochter und ihr Sohn würden nur sehr wenig Miete verlangen. Für Reparaturen am Haus oder Verschönerungen müsstet Ihr halt selbst aufkommen. Wenn es nach uns ginge, hättet Ihr das Haus auch ohne Mietzahlung haben können. Aber meine Tochter und ihr Mann brauchen auch jeden Groschen. Lasst sehr gern wieder von Euch hören. Irgendwann wollen wir Hollfeld und Euch einen Besuch abstatten und freuen uns schon sehr darauf. Bis dahin bleibt gesund und seid umarmt. Eure Meyers mit den besten Weihnachtswünschen auch an Eure Lieben.«

Ottilia und Eduard sahen sich an. »Das ist ja großartig, Tilia.«

Ottilia steckte die Karte wieder ein. »Ja, das ist es.«

»Das schlagt ihr euch schnell aus dem Kopf«, rief Ottilias Mutter, kehrte an den Herd zurück und rührte mit einem Holzlöffel in einem Topf mit Hühnersuppe.

»Aber Mutter. Hier können wir nicht ewig bleiben«, erwiderte Ottilia.

»Lass«, flüsterte Eduard.

Doch Ottilia dachte nicht dran.

Ihr Vater stand auf. »Ich stimme deiner Mutter zu, Ottilia. Hier könnt ihr umsonst wohnen. Das Geld zum Fenster rauswerfen, na freilich. Wird ja immer besser. Und dann wieder das Gerede von den Leuten.«

Ottilia sah ihren Vater an. »Wir wollen auf eigenen Füßen stehen, Vater. Deswegen werden wir aber weiterhin auf den Höfen helfen. Das ist klar.« Sie hatte sich alles schon so schön ausgemalt.

»Dann hast auch noch Zusatzarbeit mit dem Haus. Irrsinn, sag ich«, meinte Ottilias Mutter.

»Meinen Segen habt ihr dafür«, rief Hedwig vom Wohnzimmer aus.

Bärbel, die hereinkam, schaute perplex drein. »Segen? Wofür?«

Aufgebracht erzählte ihr Ottilias Mutter von dem Vorhaben. Bärbel behielt ihre Meinung für sich. Wohl weil sie merkte, dass die Luft mal wieder zum Schneiden dick war.

»Aber ihr seid doch unglücklich, dass wir hier sind. Nur wegen den Leuten habt ihr zugestimmt. Das ist traurig. Wenn ihr Eduard nur seht, dann …«, sagte Ottilia.

»Ihr zieht nicht dorthin«, entschied Ottilias Mutter und ihr Vater nickte vehement.

»Wir sind so auch unglücklich. So kann das nicht weitergehen.«

»Ottilia, lass uns ein anderes Mal …«, unterbrach Eduard sie.

Doch sie dachte nicht daran. »Wir machen es so, und fertig.«

»Nur über meine Leiche«, entrüstete sich Ottilias Mutter. »Und jetzt geht mir aus den Augen.« Sie drehte sich um.

»Außerdem werdet ihr mehr als die Miete in den alten Kasten stecken müssen«, gab Ottilias Vater zu bedenken.

Ottilia schob Eduard hinaus in den Flur. Dort legte sie ihre Hände an seine Wangen, stellte sich auf die Zehenspitzen und küsste ihn. Auch wenn ihre Eltern ihrer guten Laune einen Strich durch die Rechnung gemacht hatten, war sie nicht ganz versiegt. »Ich bin sicher, dass wir die Miete stemmen können. Ist das nicht großartig, Eddie?«

Er reagierte verhalten. »Ich denke nur, meine Leute werden nicht viel anders reagieren. Wegen der Ausgaben.«

»Es ist unser Leben. Wir können es nicht komplett von ihnen bestimmen lassen, Eduard. Das müssen sie lernen.«

Er sah sie schweigend an, dann nahm er sie an einer Hand. »Stimmt auch wieder. Komm mit mir.«

»Wo willst du jetzt hin?«

»Einen Winterspaziergang zu unserem hoffentlich zukünftigen Heim machen.«

Darum brauchte er sie nicht zweimal zu bitten.

Zwischen Feuer und Eis

Ottilia

Ein paar Wochen später

Ottilia flickte in der Küche gleich neben dem Ofen eine Jacke, deren Nähte sich hier und da gelöst hatten. Dabei dachte sie an das, was in letzter Zeit passiert war. Vor allem daran, dass auch Eduards Eltern gegen ihr Vorhaben, in das Meyer-Haus zu ziehen, waren. Allesamt Sturköpfe, dachte sie. Dennoch hatte sie den Meyers zurückgeschrieben, dass Eduard und sie ihr Angebot sehr gern annehmen würden.

Bärbel legte Reisig im Ofen nach und seufzte. »Ich freu mich jetzt schon auf den Frühling und Sommer. Und auf das Kindchen.«

Hedwig, die am Tisch saß und in einer Zeitung blätterte, nickte. »Ja, ich auch.«

»Aber fürs Geschäft ist die Kälte gut. Die Leute rennen uns schon die Tür zur Schneiderei ein, weil sie gefütterte Jacken und Hosen wollen. Die Kohlezuteilung für jeden Haushalt ist halt auch nicht viel«, erzählte Bärbel.

»Weiß ich.«

Ottilia, Bärbel und Margot hatten sich in den letzten Tagen die Finger wund genäht. Inzwischen nähte Ottilia immer mehr Zeitungspapier in vorhandene Mäntel und Jacken, weil das Fütterungsmaterial ausging. Eine Idee, die auch bei der Kundschaft gut ankam.

»Ich muss in die Stadt«, beschloss sie, als sie mit der Näharbeit fertig war.

»Was willst dort und in deinem Zustand?«, fragte ihr Vater, der an einem Stück Holz schnitzte.

»Armen Leuten helfen. Die Frau Buchstätter sammelt in ihrem Laden für Leute auf den Dörfern, die sehr wenig haben. Eduard und seine Schwester haben auch schon einiges hingebracht.«

An diesem Tag half er seiner Schwester und seinen Eltern, denen es beiden etwas besser ging, im Stall, da Ernst sich eine Grippe eingefangen hatte. Er und Emmi waren noch immer ein gutes Gespann. Gott, durchfuhr es Ottilia, hatte ihre Gebete in dieser Hinsicht also erhört, und sie dankte ihm dafür.

»Und was willst du denen geben?«, fragte Hermann.

»Getrocknete Lindenblüten zum Beispiel. Davon haben wir doch noch genug. Die Ernte im Sommer war ja reichlich. Die können sie sich mit Wasser aufbrühen. Und ein paar Decken, alte Mäntel und Jacken hab ich noch, die ich verteilen kann.«

»Gute Idee. Und ich gebe gestrickte Socken dazu«, warf ihre Großmutter ein.

Ottilias Mutter, die Kartoffeln auf der Küchenbank schälte, blickte auf. »Siehst du, Ottilia, in diesen Tagen würde den Leuten deine leichte Unterwäsche nichts nützen. Erfrieren würden sie dadrin.«

Ottilia ließ den kleinen Seitenhieb unerwidert.

Als sie später, eingehüllt in feste Winterkleidung und mit Säcken beladen, hinaus auf den Hof trat, rief Bärbel ihr nach, sie solle warten. Ihre Tante hatte das Holzwägelchen dabei, das ihr Mann einst angefertigt hatte. Die Räder quietschten zwar manchmal elendig, aber es hatte ihrer Familie schon gute Dienste erwiesen und war robust. Bärbel stoppte neben Ottilia. Auf dem Wagen stand ein Korb, der mit einem Laken abgedeckt war. »Darin sind Gläser mit selbst eingemachten Zwetschgen und Kirschen. Und …« Sie verschwand kurz in der Scheune und kehrte mit einem Säckchen voller Äpfel wieder. »… die nimmst du auch noch mit.«

»Vielen Dank.« Auch ihre Säcke hatten noch Platz. Ottilia lächelte ihrer Tante zu und nahm den Lenkstab des Wagens an sich. »Dann kann es ja losgehen.«

»Und du gehst ganz allein?«, wollte Bärbel wissen. »Ich weiß nicht, ob das nicht doch zu anstrengend für dich ist.«

»Mir passiert schon nichts, Tante. Und so schwer ist das alles nicht.«

»Wenn ich Zeit hätte …«

»Schon gut. Bis später.« Ottilia winkte ihr und machte sich auf den Weg.

»Gott schütze dich und alle armen Menschen da draußen!«, rief ihre Tante ihr nach.

Die Flocken wurden langsam wieder dichter. In Hollfeld angekommen, traf sie auf Käthe, die sie spontan begleitete.

»Wie geht es David und seiner Mutter?«, fragte Ottilia, während sie beide den Wagen den Steinweg über das unebene Pflaster hinaufzogen.

»Die Beerdigung seines Vaters war hart für ihn und seine Mutter. Und der Winter tut sein Übriges dazu. Auch in England sind viele Verkehrsverbindungen wortwörtlich eingefroren und es fehlt vielerorts an Essen und warmer Kleidung.«

Ottilia seufzte und schickte ein Gebet in den Himmel.

»Und das Eis zwischen deinen und Eduards Leuten ist auch noch fest gefroren, nehme ich an?«, fragte Käthe.

Ottilia hätte zu gern vereint. »Ja. Aber die Hoffnung stirbt zuletzt.«

Trau dich

Hedda

In der Nacht träumte ich zum ersten Mal von Monika. Aber nicht nur von ihr. Doch zuerst war sie es, der ich im Traum begegnete, mitten in ihrem Café. Eine schlichte Eleganz und Wärme ging von ihr aus. Ich fühlte mich geborgen in ihrer Nähe. Ein Funke Hoffnung, dass sie doch noch am Leben war, erfüllte mich. Ich wollte ein riesiges Feuer daraus machen. »Bleibst du hier, Monika?«

Langsam ging Monika über den roten Teppich auf mich zu. »Ich werde nur kurz bleiben, Hedda.« Ich streckte meine Arme nach ihr aus, aber sie blieb stehen. Ihre Worte trübten meine Freude.

»Sei nicht traurig, Hedda. Ich bin hier, weil ich dir einen Tipp geben will.«

Ich schluckte schwer und auf einmal waren um uns herum bunte Lichtflimmer, die alles zum Leuchten brachten und durch den Raum tanzten. »Ist es nicht wunderschön?«, fragte Monika und lachte. Ihr Gesicht strahlte mit den Farbtupfern um die Wette.

»Es ist magisch.«

»Ja. Du bist dieses Leuchten, Hedda.«

Ich stand da wie angewurzelt und starrte Monika an. »Ich?«

»Nochmals ja. Und du kannst es hier einbringen. Dein Herz hat sich doch schon längst entschieden.«

»Wofür?«

»Das weißt du. Trau dich endlich, dein Leben umzukrempeln. Ich würde mich sehr freuen. Du packst das.«

Ich verstand, was sie meinte. Vielmehr fühlte ich es. Sie hatte recht. »Du meinst, ich soll den Hof übernehmen und das Café?«

Sie nickte. »Ich bin so glücklich, dass Daniel und du euch nun versteht, dass er dir zugehört hat. Sag ihm, dass er seinem Vater verzeihen sollte. Er meint es ehrlich, wenn er sagt, es tut ihm leid. Das weiß ich. Ich liebe Daniel und ich werde auch dich immer im Herzen tragen, Hedda.«

Sie kam so nahe, dass ich sie berühren konnte und ihr letztendlich in die Arme fiel. Ich spürte ihren Körper und ihre Hände, die über meinen Rücken strichen. »Oh Monika. So schön, dich zu sehen.« Ich schloss die Augen. »Ich werde Daniel das, was du gesagt hast, ausrichten. Oder noch besser, ich hole ihn.«

»Das hier ist nur ein Traum, Hedda«, erinnerte mich Monika. »Aber glaube dennoch an das, was ich dir gesagt habe.«

Und plötzlich war sie fort. Ich konnte sie nur noch innerlich spüren. Ihre Wärme, ihre Liebe. Als ich die Augen öffnete, war sie tatsächlich weg. Vor einem der Fenster sah ich zwei Silhouetten vorbeigehen und stürmte nach draußen. Die Jahreszeit hatte sich geändert. Von Sommer auf Frühling. Alles trug frische Blüten und Blätter. Manche segelten durch die Luft. Dazwischen sah ich Monika wieder. Sie war nicht allein. Eine Frau begleitete sie. Die beiden lachten und tief in mir drin wusste ich, dass Monika glücklich war, dort, wo sie hinging.

Mit dieser Frau. Schließlich verschmolzen beide am Horizont mit dem Sonnenlicht. Und auf einmal war mir klar, wer die andere Frau an Monikas Seite gewesen war.

»Ottilia«, flüsterte ich. In diesem Moment fing mich ein Sonnenstrahl ein und ich erwachte im Bett liegend und starrte an die Decke. Blinzelnd setzte ich mich auf und schaute nach draußen. Es war bereits Morgen und ich hatte tatsächlich nur geträumt.

»Aber glaub dennoch an das, was ich dir gesagt habe«, wiederholte ich Monikas Worte und Tränen stiegen mir in die Augen.

Wie in Trance schrieb ich ein wenig später den Traum auf einen Block, wollte keine Sekunde, die ich noch davon wusste, vergessen. Als Titel wählte ich *Neuanfang* und setzte ein Fragezeichen dahinter. Monika hätte wohl ein Ausrufezeichen gewählt. Und Ottilia schien damit einverstanden zu sein. Es gab nur einen Haken. Mir fehlte das Geld, um diesen Wunsch-Neuanfang finanziell zu stemmen.

»Wie soll ich das also schaffen? Das ist unmöglich. Leider«, sagte ich laut in den Raum, als wären Monika und Ottilia hier. Ich ging ins Wohnzimmer, als auf einmal ein helles warmes Licht für ein paar Sekunden das Zimmer flutete. Ich legte Block und Stift beiseite und öffnete eins der Fenster. Der Himmel zeigte sich in leuchtenden Farben. Blau, golden, rosa und violett. So schön hatte ich ihn noch nie zuvor gesehen. »Mein Gott«, stammelte ich. Ein Prickeln überlief meinen Körper und erfüllte mein Herz, als mir einfiel, dass Monika mir versprochen hatte, mir ein besonderes Licht zu schicken.

Etwas später lief ich im Café auf und ab und telefonierte mit Sascha. Ihm vertraute ich, genau wie meinen Eltern zuvor, alles an, was ich im Traum erlebt hatte, und erzählte auch von diesem wunderbaren Licht. Meine Eltern reagierten verständnisvoll und versicherten mir, weiter hinter zu mir stehen, egal, welchen Weg ich gehen wollte. Das bedeutete mir sehr viel.

»Für mich war das alles ein Zeichen. Rede doch auch mit Daniel darüber. Er macht für dich sicher einen Sonderpreis«, schlug Sascha vor.

»Denkst du echt, Daniel gibt mir den Hof nun billiger, wo wir uns gut verstehen?«, fragte ich.

»Fragen kostet nichts.«

Ich fuhr mit einem Finger über eine Kante des Schrankes. »Nein. Das wäre …«

»Das wäre was?« Daniel stand plötzlich in der Tür. »Rede ruhig weiter. Jetzt verstehe ich deine wahre Gesinnung, Hedda Siebert.« Er lachte bitter. Verdammt. Er hatte da gerade etwas gehörig in den falschen Hals bekommen.

»Was? Nein, nein. Hör zu Daniel. Ich habe gestern Nacht geträumt«, erzählte ich ihm.

Daniel schüttelte den Kopf und hob abwehrend eine Hand, als ich auf ihn zuging. »Von dem Hof, dem Café und dass ich dir alles billiger gebe? Deshalb bist du so nett zu mir. Und dann gestern die Interessenten. Du hast dich gar nicht richtig gefreut. Mein Gott, ich bin so ein Idiot.« Er ließ die Blicke schweifen. »Und das Café hast du schon mal hergerichtet.« Er spuckte auf den Boden, machte kehrt und lief davon.

»Hedda? Was ist? Streitet ihr? Ist er sauer? Soll ich kommen?«, wollte Sascha wissen.

»Nein. Ich regele das. Melde mich wieder.« Ich legte auf und eilte Daniel nach. Ich erreichte ihn, als er in seinen Wagen steigen wollte, stellte mich ihm in den Weg und suchte seinen Blick. Er wich mir aus.

»Bitte, lass mich erklären, Daniel.«

»Nein danke. Braucht es nicht.«

Er schob mich zur Seite, aber ich gab nicht auf, stellte mich ihm erneut in den Weg. Eine furchtbare Angst überkam mich. Ich wollte Daniel nicht verlieren.

»Du verstehst das alles falsch. Ich habe von Monika und Ottilia geträumt. Sie sagten, ich soll mein Leben umkrempeln und hierbleiben.«

Daniel blieb nun wenigstens stehen. Rede weiter, sagte ich mir, obwohl meine Stimme zu versagen drohte. Ein riesiger Kloß hatte sich gefühlt in meinem Hals festgesetzt.

»Ich könnte mir den Hof doch gar nicht leisten. Ja, er ist ein Traum. Das ist mir gestern so richtig klar geworden und ich gebe zu, ich beneide die Baumanns. Wenn das hier meiner Familie gehören würde, dann würde ich es aber erst gar nicht verkaufen. Niemals. Sascha war am Telefon. Er hat nur gemeint …«

»Hör auf!«, bat Daniel energisch. »Hör auf, dich rausreden zu wollen, mit meinen Gefühlen zu spielen. Ich dachte, wir wären auf dem besten Weg, richtige Freunde zu werden. Aber du bist nicht anders als Viktoria.«

Er schob mich abermals beiseite und stieg schnell in seinen Wagen.

»Doch, bitte, Daniel. Ich will dich nicht verlieren. Dass du so denkst, würde Monika das Herz brechen. Und es zerreißt gerade meins.« Alles in mir schien in Flammen zu stehen.

Daniel ließ den Motor an und blickte zu mir hoch. »Geh rein, pack deine Sachen und verschwinde. Und lass meine Mutter aus dem Spiel. So dreist zu sein und zu sagen, sie wäre dir im Traum erschienen und … Du bist schlimmer als Viktoria und dieser Makler zusammen. Nein, kein Wort mehr. Geh mir bloß aus den Augen!«

Ich spürte genau, dass er nicht weiter mit sich reden lassen würde. Wie eine Betrunkene steuerte ich aufs Haus zu, als er gefahren war. Die Umgebung schien zu verschwimmen und der Boden unter meinen Füßen fühlte sich an, als würde er sich wölben. Mein Herz stolperte ein paarmal und plötzlich wurde mir übel.

Ein endloser Tunnel

Hedda

Langsam schlug ich die Augen auf und blickte direkt in das Gesicht eines Mannes, den ich noch nie zuvor gesehen hatte. Ich lag auf der Couch in Monikas Wohnzimmer.

»Da sind Sie ja wieder«, sagte der Fremde und schien erleichtert.

Wo war ich denn?, fragte ich mich.

Der Mann fühlte meinen Puls und nickte. »Schon viel besser. War wohl wirklich nur der Kreislauf. Sie sollten sich nicht mehr so aufregen.«

Die Zunge schien mir am Gaumen zu kleben. »Aufregen?«, brachte ich leise hervor.

»Ich bin Doktor Murmann aus Hollfeld. Herr Hauser sagte, Sie hätten sich vor Ihrem Zusammenbruch aufgeregt.«

»Woran ich nicht unschuldig war«, hörte ich Daniels Stimme im Hintergrund.

Er war wieder da? Ich neigte den Kopf zur Seite und sah ihn näher kommen. Tatsächlich.

»Dann regen Sie sie bitte auch nicht mehr auf. Ich lasse Ihnen Kreislauftropfen da. Und wegen Ihrer Herzschwäche haben Sie ja Medikamente. Aber wenn noch was ist, dann rufen Sie mich sofort an. Ja?«

Ich nickte. »Danke«, murmelte ich und schaffte es, meinen Gaumen ein wenig mit Speichel zu befeuchten, der sich allerdings mehr wie leichter Kleber anfühlte.

Daniel schien meine Gedanken zu erraten, denn er reichte mir ein Glas Wasser.

»Danke«, murmelte ich. Der kühle Ausdruck von vorhin war aus seinen Augen verschwunden.

Als der Arzt weg war, setzte ich mich auf.

»Bleib besser noch liegen«, riet mir Daniel.

Aber ich schüttelte den Kopf. »Es geht mir schon besser.«

»Tut mir leid. Ich wollte nicht, dass du … Ich hätte an dein Herz denken sollen. Gut, dass ich noch mal zurückgefahren bin.«

»Warum bist du wiedergekommen?«

»Ich weiß nicht. Ich hatte das Gefühl, ich sollte umdrehen.« Er setzte sich neben mich und schaute mich direkt an. »Du hast nicht gelogen. Das weiß ich jetzt.« Er zeigte auf das Blatt Papier, auf dem mein Traum notiert war. »Und ich habe mit deinem Freund Sascha telefoniert. Ich habe mir erlaubt, an dein Handy zu gehen. Es war keine Sperrung drin und da … Ich bin echt ein Idiot, dass ich gedacht habe, du …«

»Ja, bist du. Zumindest in dem Fall.«

Daniel nickte.

»Aber ich bin ja auch manchmal hitzig, wenn ich glaube, mir geschieht etwas Unrechtes oder jemand will mich veräppeln.«

Er lächelte, wurde aber gleich wieder ernst. »Jedenfalls hat Mutter mal wieder recht. Und Großmutter auch. Genau wie dein Herz. Ich glaube, das hier würde ihm und damit dir echt guttun und eben auch umgekehrt dem Hof.«

Ich blinzelte. »Was genau meinst du denn damit?«

»Dass ich nun auch finde, dass du hierbleiben solltest.«

Ich schüttelte den Kopf. »Ich sagte doch, ich kann das nicht bezahlen.«

»Doch.«

Nun verstand ich gar nichts mehr. »Doch? Träume ich etwa schon wieder?«

Daniel suchte meinen Blick, den ich erwiderte. »Bleib hier, Hedda.«

»Wie … meinst du das?«

»Ich verpachte dir den Hof.«

Hörte ich richtig? »Du willst was?«

»Dir den Hof mit allem Drum und Dran verpachten. Und wenn du das Café wieder eröffnen möchtest, dann unterstützen dich Julia und Monikas ehemalige Angestellte bestimmt dabei. Ich auch, wenn du willst. Ich komme dich besuchen, sooft es geht. Also, wenn du das möchtest.«

Er streckte mir eine Hand hin. »Deal und Frieden?«

Ich atmete geräuschvoll aus, kam mir völlig überrollt vor. Meine Gefühle wirbelten durcheinander. »Daniel, das ist … Also … Ich weiß jetzt gar nicht, was ich sagen soll.«

»Wie wärs mit Ja?«

Das Ja lag mir tatsächlich auf der Zunge. Dennoch schluckte ich es erst einmal. »Ich muss erst drüber nachdenken. Aber danke für den Vorschlag. Ich … puhh, bin geplättet.«

Daniel lächelte. »Lass dir alle Zeit, die du brauchst.«

Er hielt Wort und sprach das Thema in den nächsten Tagen nicht an, sondern wartete in Ruhe, bis ich so weit war, eine Entscheidung zu fällen. Seltsam, dass sich das Ehepaar noch immer nicht gemeldet hatte. Schicksal? Mein Verstand stand dem Herzen, das bereits in dem Moment Daniels Vorschlag zugestimmt hatte, noch ein wenig im Weg. Es wäre ein gewagter

Schritt, aber auch einer, der sich richtig anfühlte, dachte ich und lauschte dem Zirpen der Grillen an diesem herrlich warmen Abend. Die Hauptsache, sagte ich mir, war, dass Daniel und ich uns wieder verstanden.

Er saß neben mir unter dem Lindenbaum auf dem Hof auf einer Decke, hatte meinen Laptop auf dem Schoß und lächelte zu mir rüber.

»Die Ausflüge der letzten Tage nach Bamberg, Aufseß und so weiter waren wirklich großartig.«

Ich nickte. »Die Natur und Orte Oberfrankens haben ein besonderes Flair, hat Monika gesagt, und es stimmt. Allein der oberfränkische Dialekt gefällt mir.«

»Ja, passt scho«, erwiderte Daniel.

»Soch ich a«, gab ich zurück. Wir lachten.

Er schob mir den Laptop zu. »Lesen wir gemeinsam die letzten Kapitel?«, fragte er dann und griff nach der Flasche Sekt und zwei Gläsern, die wir aus der Küche mitgenommen hatten. »Außerdem gibt es danach etwas zu feiern.« Er zeigte auf die Flasche. »Ist übrigens alkoholfrei.«

Ich lächelte wieder. »Ach. Und was gibt's zu feiern?«, fragte ich neugierig.

Daniel gab mir ein Glas, öffnete die Flasche und schenkte uns ein. »Erstens den Abschluss eines wunderbaren Romans und zweitens die Versöhnung mit meinem Vater. Habe mit ihm telefoniert.«

Das zu hören, freute mich. »Das ist wirklich ein Grund zum Feiern.« Ich hob mein Glas.

»Ja. Wir wollen uns die Tage treffen und noch mal persönlich über alles reden. Ich denke, dass ihm wirklich alles leidtut. So wie Mama es im Traum gesagt hat.«

Ich stieß mein Glas gegen seines. »Alles wird gut, Daniel.«

Daniel erwiderte mein Lächeln. »Und vielleicht gibt es auch bald drittens zu feiern, Frau Autorin«, sagte er dann.

Ich zuckte mit den Schultern. »Mal sehen.« Dann trank ich mit Daniel einen Schluck des herbsüßen Perlenwassers.

»Trau dich, Hedda!« Daniel sah mich ernst an.

Ich klappte meinen Laptop auf. »Jetzt lesen wir erst einmal.«

»Okay.« Wir lehnten uns an den dicken Stamm der mächtigen Linde und tauchten in Eduards und Ottilias Welt.

Licht im Dunkeln

Ottilia

Ende Februar 1949

Ottilia war froh, dass die Meyers, wie sie in ihrem Brief schrieben, sich in Berlin wohlfühlten. Besonders, da sie nun sicher waren, dass ihr Haus in Oberfranken jetzt in gute Hände kam. Den Mietvertrag hatte die Tochter der Meyers Ottilia und Eduard bereits geschickt, und sie hatten ihn beide unterschrieben. Ottilia freute sich darauf, dort ihr Kind großzuziehen. Ihre Eltern wussten noch nichts davon. Alsbald wollten sie sie einweihen, vielleicht schon an diesem Abend.

Das Radio lief und Ottilias Mutter bügelte die Wäsche im Wohnzimmer.

Ottilia, Bärbel, Ottilias Vater, Hedwig und Hermann lauschten ebenfalls der Schlagermusik in der Küche.

Eine willkommene Abwechslung, während sie mit Bärbel in der Nähe des Küchenofens an Auftragsarbeiten nähte. Margot half von zu Hause aus mit. Oben in der Schneiderei wären ihnen wohl nicht nur die Finger eingefroren. Der kleine Ofen dort hätte zusätzlich Holz verbraucht und heizte bei Weitem nicht so gut wie der in der Küche.

»Ich habe übrigens eine Neuigkeit für euch«, sagte Ottilias Vater, der am Küchentisch saß.

Ottilias Mutter, die aus dem Wohnzimmer in die Küche kam, sah ihrem Mann entgegen. »Bloß keine Hiobsbotschaft mehr, Albert.«

Der schaute zu Ottilia. »Ist dein Mann denn nicht da? Wo treibt der sich rum, Tilia?«

Sie seufzte. Innerlich sehnte sie sich schon in ihr neues Zuhause. Besonders wenn ihr Vater wie eben stichelte. »Er kommt sicher gleich.«

»Sag ihm, dass ich eine gescheite Entschuldigung von seinen Leuten erwarte.«

Ottilia legte ihre Näharbeit in den Schoß und zog die Brauen zusammen. »Wieso?«

»Alois Hammereck ist vorhin da gewesen. Er weiß, wer das Versteck der Juden damals im Hollfelder Keller verraten hat.«

Ottilias Mutter sog scharf Luft ein und machte große Augen. Auch Ottilia war gespannt. Das waren ja mal gute Neuigkeiten.

»Ach. Und wer?«, fragte ihre Mutter ungeduldig.

»Der Heinrich Huber.«

»Der Schmuckhändler?«, fragte Bärbel.

Ottilias Vater nickte. »Genau der.«

Ottilia hatte den untersetzten kleinen Mann mit der Hornbrille noch nie gemocht. Er behandelte Menschen, die nicht so viel besaßen wie er, oft herablassend und lachte gern andere aus.

»Und das ist sicher, Albert?«, wollte ihre Mutter wissen.

Er legte das Messer, mit dem er gerade einen runzeligen Apfel geteilt hatte, beiseite. »Ja, Leni, ist es. Der hat ein paar Gläser Schnaps im Wirtshaus zu viel gesoffen und das dann erzählt. Dazu gelacht muss er haben. Dummer Depp, der. Auch der Wirt selbst hat es gehört.«

»Dann war alles nur ein Missverständnis und …«, warf Ottilia ein und konnte das Glück darüber kaum fassen.

Ihre Mutter schnaubte leise. »Missverständnis?«

»Wie auch immer. Das ändert auch nichts dran, dass sie uns verraten und nicht mal einen anderen in Betracht gezogen haben«, machte Ottilias Vater klar.

Ihre Mutter nickte. »Du hast recht, Albert. Die müssen sich bei uns entschuldigen.«

»Vater, bitte. Mir zuliebe. Entschuldige dich«, bat Eduard.

Ottilia hatte ihn am nächsten Abend auf den Hof seiner Eltern begleitet und ihnen von den Neuigkeiten berichtet. Maximilian Galbert, der kleine Steinchen auf den glatten Boden streute, murrte etwas vor sich hin. Ottilia merkte, dass es ihm schwerfiel, über seinen Schatten zu springen.

»Ich habe das damals halt so gehört. Ach, wer weiß, ob das mit dem Juwelier überhaupt stimmt«, sagte er dann leise.

»Dafür, dass es die Adens waren, hast du aber auch keine Beweise, Vater. Stimmt's?«

Sein Vater hielt mit dem Bestreuen des Hofs inne. »Dennoch! Aber gut. Also Entschuldigung«, murmelte er dann und fixierte Eduard, der geräuschvoll die Luft auspustete.

Emmi und ihre Mutter standen unter der Tür und schwiegen zu allem. Auch Ottilia hielt sich besser zurück, blieb aber stets an Eduards Seite.

»Geht alle zum Albert und sagt dieses eine Wort. Entschuldigung. Und gut ist«, bat er inständig.

Ottilia legte ihm eine Hand auf den Rücken. »Nicht aufregen. Ich habe es ja gehört. Ich richte es aus.«

Eduard schüttelte den Kopf. »Dein Vater gibt sich damit nie zufrieden.«

»Wird er müssen«, erwiderte Ottilia.

»Da hat sie recht«, sagte Emmi und ging hinein.

»Wir brauchen morgen wieder Hilfe auf dem Hof. Ernst ist erst übermorgen wieder da. Der besucht seine Eltern, um ihnen ein paar Lebensmittel zu bringen«, meldete sich Eduards Mutter zu Wort. Sie hatte rote Wangen von der frischen Luft und ihre Augen glänzten. Ob dies von der Kälte kam oder weil sie traurig war, konnte Ottilia nicht ausmachen. Sie bedachte Ottilia mit einem strengen Blick.

»Morgen geht leider …«, begann Eduard.

»Er wird da sein. Und ich kann auch helfen«, unterbrach ihn Ottilia.

»Ich kann für mich selbst reden«, sagte Eduard.

»Entschuldige, ja. Aber …«

»Und du bist schwanger. Du bleibst daheim, Ottilia.«

Ihre Blicke trafen sich. »Eduard, bitte, ich …«

»Da hat Eduard recht«, mischte sich seine Mutter ein.

»Absolut. Alles andere wäre zu gefährlich. Wir wollen ja nicht, dass unserem Enkelkind was passiert«, ergänzte Maximilian und warf ihr einen kühlen Blick zu.

Dennoch freute sie sich, dass er und seine Frau sich Sorgen um das Kind machten.

Auch Eduard blickte überrascht drein. In Ottilia regte sich ein Funke Hoffnung, der ihr Herz wärmte. Und nicht nur ihres.

Gesäte Wurzeln

Ottilia

Anfang März 1949

Ottilia drückte den Kindern, die ihr auf dem Markt am Marienplatz in der Stadt entgegenkamen, ein paar Äpfel und ihren Eltern einen Laib Kartoffelbrot in die Hand. Das Brot hatten ihre Mutter und sie tags zuvor selbst gebacken. Auf dem Markt verteilten Bürger der Stadt und Leute aus der Umgebung einmal in der Woche Lebensmittel und Kleidung an arme Leute. Brot aus Kartoffeln, die es in ausreichender Menge gab, zu backen, war Käthes Idee gewesen, und es schmeckte zudem lecker. Als sie sich abends auf den Heimweg machte, dämmerte es bereits und Schneeflocken rieselten aus den grauen schweren Wolken, die über der Fränkischen Schweiz hingen. Sie zog ihren Mantel vorne enger zusammen, um ihrem Bauch mehr Wärme zu geben.

Der Winter zeigte kein Erbarmen. Genauso wenig wie die Adens mit den Galberts und umgekehrt. Aber wenigstens, dachte Ottilia, hatten ihre Eltern die Entschuldigung der

Galberts, wenn sie auch nicht direkt kam, akzeptiert. Zudem gab es noch eine frohe Botschaft. Emmi und Ernst schienen sich näherzukommen. Das hatte Ernst Ottilia gegenüber kürzlich erwähnt, und auch Eduard hatte bemerkt, dass seine Schwester Ernst inzwischen mehr als gern sah. Vielleicht würde aus ihnen sogar ein Liebespaar werden, was Eduard und Ottilia beiden von Herzen wünschten. Ottilia strich sich mit einer Hand lächelnd über den Bauch. Der errechnete Geburtstermin ihres Kindes war Mitte April.

»Nicht mehr lange und du bist da«, flüsterte sie und konnte es kaum erwarten. Eduard ging es nicht anders. Vorsichtig ging sie am Wegesrand entlang, der nicht so glatt war wie das Pflaster, und versuchte, nicht zu tief zu atmen. Die eisige Luft brachte sie schnell zum Husten. Sie war voller Vorfreude auf warme Tage, die hoffentlich bald folgten, und die Wiedereröffnung des Cafés. Dass es nach wie vor Leute gab, die über ihre in ihren Augen sündige Unterwäsche herzogen, wollte sie ignorieren. Manche bezeichneten die Adens und Galberts zudem als Blender, die besonders nach dem Eklat auf der Hochzeit bemüht waren, nach außen eine heile Familie vorzuspielen.

Ottilias Magen grummelte, wenn sie an nachher dachte. Eduard und sie wollten erst ihrer und dann seiner Familie endlich mitteilen, dass sie noch in diesem Jahr in das Meyer-Haus ziehen würden. Bis Sommer sollte das Gröbste hergerichtet sein. Innen wie außen.

Ottilia konnte ihren eigenen Atem sehen, so kalt war es. Da sie spät dran war, beschloss sie, einen kürzeren Weg durch eine Gasse zu nehmen. Leise summte sie ein Kinderlied vor sich hin, als sie kleine Tritte in ihrem Bauch spürte.

»Gleich sind wir daheim«, sprach sie mit ihrem Kind und zog das Wägelchen mit den leeren Säcken hinter sich her. Vom anderen Ende der Gasse her kam ihr jemand entgegen. Als Ottilia dem Fremden näher kam, grüßte sie und wollte an ihm vorbei. Doch er stellte sich ihr in den Weg. Überrascht schaute sie ihn an.

»Alles her, was du hast«, schlug ihr eine dunkle Männerstimme entgegen. Ottilia versuchte zu flüchten, doch er hielt sie fest. »Na warte«, murrte er. Im nächsten Augenblick spürte sie einen dumpfen Schlag auf den Kopf und sackte in sich zusammen.

Wunder

Ottilia

Mitte April 1949

Ottilia schlug die Augen auf, blickte in ein Männergesicht, das wie von einem nebelartigen Schleier umgeben war, der nur langsam verschwand. Sie wollte fragen, wer er war und wo sie war.

Da sagte er: »Ich bin Doktor Peters. Sie sind im Krankenhaus in Hollfeld, wurden überfallen. Eine Frau hat Sie gefunden und uns verständigt. Wir mussten Sie am Kopf operieren. Die OP verlief gut. Allerdings fielen Sie danach in ein mehrwöchiges Koma. Sie waren vorhin schon einmal kurz wach.« Daran konnte sich Ottilia nicht erinnern.

Doch langsam wusste sie wieder, was passiert war. Die Gasse, die dunkle Gestalt, der Schlag auf den Kopf. Ottilia sog scharf Luft ein. Eine Hand wanderte wie von selbst zu ihrem Bauch, der auf einmal flach war. Oh mein Gott.

»Keine Sorge«, fuhr der Arzt fort. »Ihrer Tochter geht es gut. Wir haben Ihr Kind gesund per Kaiserschnitt geholt. Und der Mann, der Sie überfallen hat, ist gefasst. Ein Flüchtling aus Nürnberg. Sitzt im Zuchthaus in Bayreuth.«

Eine gesunde Tochter! Das zählte am meisten. Ottilia atmete auf. Ihre Gedanken überschlugen sich. Ihr Kind war auf der Welt. Der Arzt gab ihr ein Mittel, als sie vor Aufregung einen Hustenanfall bekam, und teilte ihr mit, dass sie noch Ruhe bräuchte. Dann dämmerte sie weg.

Als sie wieder erwachte, ging es ihr viel besser und sie nahm alles viel klarer wahr. Sie teilte das Zimmer mit zwei Frauen, die sich ihr als Cecilia und Rosa vorstellten, und unzähligen Blumen, die einen süßlichen Duft verströmten. Die Namen der beiden lösten ein warmes, gar zauberhaftes Gefühl in Ottilia aus. Sie musste lächeln, als ihr eine Idee kam. Sie wollte ihre Tochter nach den beiden Frauen benennen, Rosa-Cecilia. Nun musste nur noch Eduard damit einverstanden sein. Sehnlichst wartete sie auf ihn, der ihre Tochter laut Doktor Peters nach Abschluss aller kinderärztlichen Untersuchungen, als Ottilia noch im Koma lag, bereits mit nach Hause genommen hatte.

»Sie gedeiht wunderbar, trinkt ihre Milch brav aus dem Fläschchen«, versicherte der Doktor. Durch eine Brustdrüsenschwellung wäre ein Stillen für Ottilia sowieso nicht möglich gewesen. Sie wusste ihr Kind bei Eduard in allerbesten Händen und hoffte inständig, dass das kleine Mädchen die Herzen aller Familienmitglieder öffnen und sie um den Finger wickeln konnte.

Langsam drehte sie den Kopf zur Seite in Richtung ihrer Bettnachbarinnen, die zwei gesunde Buben auf die Welt gebracht hatten und sie sichtlich stolz in den Armen wiegten. Sie beglückwünschte die beiden und diese wiederum sie zu ihrer Tochter. Ottilia bedankte sich.

»Die Blumen hier drin sind für Sie. Die meisten sind von Ihrem Mann. Er ist wirklich besonders«, erzählte die rothaarige Cecilia schmunzelnd.

Ottilia besah sich das bunte Blumenmeer. »Ja, er ist ein ganz besonderer Mann und mein bester Freund«, erwiderte sie auf Cecilias Worte hin.

Cecilia und Rosa lächelten. »Ein Strauß hat eine junge Frau namens Käthe gebracht. Ein weiterer ist von einem Hermann und einer Ilse. Und der da mit den weißen Rosen ist von Ihren Eltern. Und der, ach, mehr hab ich mir nicht gemerkt«, sagte Rosa.

Cecilia überlegte. »Ich auch nicht.«

Ottilia lachte mit den beiden. Als es an der Tür klopfte, waren sie alle sofort mucksmäuschenstill. Die beiden Frauen nickten Ottilia lächelnd zu.

»Das wird der zauberhafte Gatte sein«, flüsterte Cecilia.

Ottilias Magen flatterte vor Aufregung. »Herein«, sagte sie und presste die Lippen gespannt aufeinander. Tatsächlich. Eduard erschien, gefolgt von der Schwester, in der Tür. Auf den Armen trug er ein kleines Bündel Mensch, eingehüllt in ein weißes Deckchen. Ottilia hielt für einen Moment die Luft an. Er war da, zusammen mit ihrem Kind, ihrer Tochter. Langsam kam er näher und strahlte dabei über das ganze Gesicht.

»Tilia. Wie schön, dass du wach bist«, flüsterte er.

Tilia schluchzte leise. »Hallo«, sagte sie. Sie war so glücklich, überglücklich. Eduard küsste sie auf die Stirn und legte ihr dann ihre Tochter behutsam in die Arme. Ein kleines Bündel Leben, das leicht zappelte. Jede Bewegung der Kleinen war ein Wunder für Ottilia.

»Ich musste sie einfach schon zu mir holen«, sagte Eduard.

Ottilia nickte. »Hast du gut gemacht.« Eduard schien erleichtert über ihre Antwort.

Das rosafarbene zarte Gesicht mit der kleinen Stupsnase und den blauen Augen besaß sowohl ihre als auch Eduards Gesichtszüge, stellte sie fest. Das Kind war leicht wie eine Feder und genauso zart, aber ihre Finger konnten schon kräftig zugreifen, bemerkte Ottilia, als die Kleine eine ihrer Haarsträhnen, die sich aus der Kopfbinde gelöst hatte, zu fassen bekam.

Eduard lachte und weinte gleichzeitig. »Ich bin so froh, Tilia, dass du wieder da bist.«

Ottilia blickte zu ihm auf. Vorsichtig setzte er sich zu ihr auf die Bettkante und schaute ihr tief in die Augen. »Mein Gott, was habe ich dich vermisst, Tilia. Ich danke dem Himmel, dass er meine Gebete erhört hat. Ich hatte solche Angst. Keine Ahnung, wenn ... was ich ohne dich gemacht hätte.«

»Für unseren Engel gesorgt hättest du.«

Eduard wischte sich eine Träne weg.

Cecilia und Rosa seufzten, als er Ottilia schließlich küsste. Ein zärtlicher weicher warmer Kuss, der sie vollends mit Liebe erfüllte und ihren Bauch immer noch zum Kribbeln brachte.

»Ich habe einen Namen für unsere Tochter gefunden, Eddie.« Er strich der Kleinen sanft über eine Wange und ließ sie und Ottilia nicht mehr aus den Augen. »Erzähl ihn mir.«

»Rosa-Cecilia.«

Die beiden Bettnachbarinnen stießen einen verzückten Schrei aus.

Eduard lächelte und nickte. »Rosa-Cecilia. Der Name passt wunderbar, Tilia.«

Ottilia küsste erst ihre Tochter, dann ihn auf die Stirn. Ihr kleiner Brustkorb hob und senkte sich gleichmäßig.

»Sie ist wunderschön«, sagte Ottilia und kuschelte sich an Eduard.

»So wunderschön wie ihre Mutter. Ich will dich nie verlieren, Tilia.«

»Keine Angst. Das wirst du nicht. Ich bin zäh.«

Er lachte leise und sie stimmte mit ein.

»Erzähl mir von daheim. Wie geht es dort?«

Eduard wurde ernst. »Später.«

Das klang nicht gut.

»Mach dir keine Sorgen«, legte er nach. Wohl weil er ihren skeptischen Blick bemerkte.

Doktor Peters, der noch einmal hereinschaute, teilte ihnen mit, dass Ottilia schon übermorgen entlassen werden konnte. Vorausgesetzt, ihre Werte blieben stabil, was sie und Eduard inständig hofften.

Alte neue Heimat

Ottilia

Ottilia hatte es kaum noch abwarten können, bis Eduard sie endlich vom Krankenhaus abholte und es nach Hause ging. Den Weg dorthin wollte Ottilia unbedingt zu Fuß gehen. Ihre Sachen würde Hermann später abholen. Darauf hatte er laut Eduard sogar bestanden, wofür Ottilia ihm sehr dankbar war. Rosa-Cecilia lag, weich gebettet, in einem Kinderwagen, den Eduard besorgt und mitgebracht hatte. Korb und Verdeck waren aus Pappstreifen geflochten, cremeweiß gestrichen und wetterfest lackiert. Die Achsen, Stoßstange und Scheibenräder bestanden aus Metall, das Gestell und die Schubstange aus Holz.

»Kissen und Decke sind von deiner Tante. Selbst genäht«, erzählte Eduard.

»Das ist ja zauberhaft«, erwiderte Ottilia.

Sie war so stolz, ihre Tochter mit Eduard an der Seite durch die Straßen der Stadt zu fahren. Mit jedem Schritt fühlte sie sich stärker. Und das nicht nur körperlich. Nur was sie zu Hause erwartete, lag nach wie vor im Ungewissen. Auch ihre Eltern und die anderen hatte sie nicht fragen können. Seit sie wach war, hatte sie niemand außer Eduard mit ihrer Tochter besucht. Ein paar Leute grüßten im Vorbeigehen und schauten neugierig zu ihnen her, andere steckten die Köpfe tuschelnd zusammen, manche blieben stehen und beglückwünschten sie, worüber Ottilia und auch Eduard sich herzlich freuten.

»Wir haben natürlich von dem Überfall gehört. So ein Glück, dass man dich wenig später schon gefunden hat und dir geholfen werden konnte. Alles Gute euch weiterhin«, sagte eine Bäuerin, die in Hollfeld einkaufen war und die Ottilia als gute Kundin der Schneiderei kannte.

Es tat gut zu wissen, dass es noch Leute gab, die nicht in den Gerüchtetopf spuckten, durchfuhr es Ottilia. Eigentlich wollte sie einen Abstecher bei Käthe machen, aber Eduard winkte ab.

»Sie will später eh vorbeikommen. Deine Familie wartet schon sehnsüchtig auf dich. Sie haben auch Kuchen vorbereitet. Ich habe ihnen versprochen, dich mit unserer Tochter pünktlich heimzubringen. Du willst doch nicht, dass ich Ärger kriege?«

Natürlich wollte sie das nicht. »Dann lassen wir sie besser nicht warten.«

Als sie sich dem Meyer-Haus näherten, das nun bald ihr Daheim sein würde, klopfte Ottilias Herz noch schneller vor Aufregung als ohnehin schon.

»Wir müssen unseren Eltern das mit der Miete noch beibringen und dass wir so bald wie möglich herziehen werden. Wird nicht leicht, Eddie.«

Eduard strich ihr mit einer Hand über den Rücken. »Das wird schon.«

Seinen Optimismus hätte sie zu gern geteilt. Sie hoffte, dass er ihn nicht nur auflegte, um sie nicht zu sorgen.

»Jetzt komm erst mal heim. Die Meyers werden übrigens nächste Woche zu Besuch kommen«, teilte Eduard ihr mit und schob den Wagen weiter. »Sie können es kaum abwarten, Rosa-Cecilia kennenzulernen.«

Was für eine schöne Nachricht. »Da freu ich mich.«

»Ich auch.«

Vor allem das Schaukeln des Wagens durch den unebenen Grund wiegte Rosa-Cecilia wohl in den Schlaf. Ottilia konnte kaum die Augen von ihr nehmen. Sie sah aus, wie sie sich einen Engel vorstellte. Oder wie das Püppchen, mit dem sie als Kind so gern gespielt hatte. Ein Erdenmensch, der durch Liebe entstanden war, ein kleines großes Wunder mit einer eigenen Persönlichkeit. Ottilia wollte alles tun, um ihr Mädchen sicher und gut durch das Leben zu begleiten, und war stolz darauf, ihre Mutter zu sein.

»Nun fehlt uns nur noch eines zu unserem Glück«, sagte sie. Sie brauchte nicht auszusprechen, was sie meinte. Sah in Eduards Augen, dass er ihre Gedanken erriet.

»Ich weiß, Tilia.«

Der Frühling hatte die Erde in neuem Grün erwachen lassen und erfüllte die Umgebung mit dem Duft des Lebens. An jeder Ecke roch es anders. Süß, säuerlich, würzig. Ottilia sog alles auf. Sie fühlte sich wie neugeboren.

Eduard und sie wechselten sich mit dem Schieben des Wagens ab und stoppten bei ihrem zukünftigen Zuhause. Alles sah so anders aus, fiel Ottilia sofort auf. Aufgeräumter. Auch das Unkraut im Garten war gejätet. Sogar der Zaun, der das Haus umgab, war gestrichen.

»Hast du das alles gemacht?«, fragte Ottilia.

Eduard schaute auf das Anwesen. »Als Nächstes kommen die Fensterläden und das Dach dran.«

Ottilia erfüllte Stolz und ein neues Glücksgefühl. »Danke, Eduard. Tausend Dank.« Sie legte einen Arm um seine Hüfte. »Bei allem Weiteren helfe ich dir natürlich. Oh Eddie. Es ist jetzt schon zauberhaft.« Euphorie erfüllte sie. »Wir werden die

Meyers stolz machen und unserem Kind ein ruhiges schönes Heim geben, in dem es sich wohlfühlen kann. Und die Höfe unserer Eltern sind ja nicht weit weg und wir sind hier unsere eigenen Herren. Jetzt müssen wir sie halt echt nur noch davon überzeugen.« Sie seufzte und ergänzte: »›Nur‹ ist gut.«

Ottilias Mutter winkte ihnen vom Haus aus und kam schnell auf sie zugelaufen, kaum dass sie den Hof betreten hatten. Ihr Vater, der mit einer Leiter aus der Scheune kam, legte sie ab und machte sich auf den Weg zu ihnen. In den Gesichtern ihrer Eltern erkannte Ottilia Erleichterung und Freude.

»Mama!«, rief Ottilia und ging ihr entgegen. Eduard folgte mit dem Kinderwagen.

»Ottilia. Endlich bist du wieder daheim.« Ihre Mutter schloss sie in die Arme. Ottilia spürte eine Träne ihrer Mutter an ihrer Wange.

»Mein Kind!« Sie drückte sie eine Armlänge von sich und schniefte. »Geht es dir gut? War es nicht zu anstrengend, zu laufen?«

Sie so aufgewühlt zu erleben, berührte Ottilia.

»Ja, alles gut. Das Laufen hat sehr gutgetan. Besonders mit meinem Mann und meiner Tochter an der Seite.«

Ihr Vater schob ihre Mutter sachte beiseite und zog Ottilia ebenfalls in eine Umarmung, die Ottilia genoss. »Schön, dass du wieder hier bist.«

»Dass ihr hier seid«, meinte ihre Mutter. Ottilia schaute über die Schulter ihres Vaters hinweg und beobachtete, wie ihre Mutter zum Kinderwagen ging und lächelnd hineinschaute. Dabei strich sie auch einmal Eduard über einen Arm. Ottilia stockte. Hatte sie sich verguckt?

»Was schaust du denn so entgeistert?«, fragte ihr Vater, nachdem er sie losgelassen hatte.

Ottilia blinzelte, während ihr Vater zu ihrer Mutter und Eduard aufschloss und ihm auf die Schulter klopfte. »Das habt ihr wirklich gut gemacht, ihr zwei. Die Kleine ist euch ganz wunderbar gelungen.«

Ihre Eltern und Eduard lächelten sich zu. Dann betrachtete sie ihre Eltern. »Was ist mit euch passiert?«

»Nichts. Du schaust aber so drein, als hättest du etwas Unglaubliches gesehen«, bemerkte ihr Vater.

»Allerdings«, erwiderte Ottilia. »Euch in Harmonie vereint.«

»Und? Nicht gut?«, wollte Eduard wissen und schmunzelte.

»Doch, sehr gut«, stammelte Ottilia.

Von irgendwoher drang Stimmenwirrwarr zu ihnen. Ottilia sah sich um, konnte aber niemanden sonst sehen.

Eduard nahm sie an einer Hand. »Ich zeig dir was.« Er zog sie mit sich. Überrumpelt warf Ottilia einen Blick zurück zu ihren Eltern.

Die winkten ihr und lächelten. »Wir kommen nach und passen auf Rosa-Cecilia auf.«

So gelöst und entspannt hatte Ottilia ihre Eltern schon lange nicht mehr erlebt. Sie träumte doch nicht etwa?

Eduard steuerte direkt auf ihr Café zu. Die Tür öffnete sich und Käthe kam heraus. Und sie war nicht allein. Weitere Leute folgten ihr. Darunter auch Ilse, Hermann und … »David!« Ottilia freute sich so sehr, auch ihn zu sehen. Er war, wie versprochen, zurück zu Käthe gekommen. Doch was machten sie alle hier? Zu guter Letzt erschienen Eduards Eltern, was Ottilia stocken ließ. »Deine Eltern sind auch hier, Eddie?«

»Überraschung«, sagte er.

Käthe rannte ihr und Eduard entgegen und riss Ottilia fast um, als sie sie umarmte.

David, Ilse und Hermann kamen näher.

»Ich träume doch nicht?«, stotterte Ottilia.

»Das ist unser Willkommensgeschenk. Ein Café-Tag. Und du bist dein eigener Gast«, erzählte Käthe aufgeregt und strahlte über das ganze Gesicht.

Auch David, Ilse und Hermann umarmten Ottilia zur Begrüßung. Wenn auch weniger stürmisch als Käthe. »Ihr seid verrückt«, stammelte sie.

»Nein, wir sind einfach nur heilfroh, dass du wieder bei uns bist«, erwiderte Eduard und alle stimmten ihm zu.

»Friedhelm und Charlotte wollen auch noch kommen«, erzählte Käthe.

Ottilia wischte sich Tränen der Rührung aus den Augen. »Ich freu mich so, dass ihr da seid. Dass ich wieder da bin. Und …« Sie schlug beide Hände vor den Mund.

Käthe schob sie voran, auf das Café zu.

»Das haben wir alle zusammen organisiert. Es gibt auch schon einige Aufträge für neue Kleider und Unterwäsche«, berichtete Käthe.

»Echt?«, fragte Ottilia.

»Echt!«

Eine Gruppe von Leuten kam über den Hof und ihnen entgegen. Ein paar kannte Ottilia aus Hollfeld und der Umgebung. Sie grüßten und beglückwünschten sie und Eduard zu ihrer kleinen Tochter. Leider waren unter den weiteren Gästen, die auf dem Hof erschienen, ein paar der Tratschtanten aus der Stadt. Sie beobachteten Ottilia argwöhnisch wie eh und je. Ottilia lächelte ihnen extra süß zu und konzentrierte sich dann lieber wieder auf anderes. Wie schön, dachte sie. Denn vor dem Café waren Tische aufgestellt, auf denen Vasen mit Blumen standen. Darunter lagen gehäkelte cremefarbene Deckchen. Ottilia ging ins Café. Auch dort war alles hergerichtet, was sie mit Stolz und Dankbarkeit erfüllte. In der Theke warteten feinstes Gebäck und Kuchen. Sie fiel Käthe in die Arme, dann Eduard. »Danke, danke, danke!«

»Nichts zu danken«, sagten beide wie aus einem Mund. Als sie zurückwich, kamen Eduards Eltern herein und steuerten direkt auf sie zu. Zwar waren ihre Gesichter ernst, dennoch bargen ihre Augen Wärme.

Sie blieben direkt vor Ottilia stehen und sahen erst Eduard, dann sie an.

»Hallo«, sagte Ottilia und schluckte trocken.

Eduards Mutter nickte. Sie hatte sich hergerichtet, fiel Ottilia auf. Das bunte Dirndl stand ihr. Eduards Vater trug sogar einen grauen Anzug und nickte ihr ebenfalls zu. Es war ein Wunder, durchfuhr es Ottilia, dass sie überhaupt einen Fuß auf Aden-Land setzten.

»Gut, dass du wieder da bist«, sagte Isabella Galbert und ihr Mundwinkel zuckte, als wollte sie lächeln.

»Danke«, erwiderte Ottilia vorsichtig und erstaunt zugleich.

Eduards Vater räusperte sich. »Wir alle haben gemerkt, wie viel ihr euch bedeutet. Und ihr habt uns ein wirkliches Wunder geschenkt. Seit es da ist …«

Isabella schluchzte plötzlich und ihr Mann reichte ihr ein Taschentuch. Danach zog er Ottilia in die Arme. »Bist schon in Ordnung, Mädel. Mit deinen Leuten muss ich ja keine Freundschaft schließen. Aber wir versprechen, wir werden uns wenigstens zusammenreißen. Haben wir schon abgemacht. Auch dass wir zusammen helfen werden, um euer neues Zuhause herzurichten. Wir werden es wohl nur nicht gleichzeitig machen, uns abwechseln.«

Eduards Mutter fasste sich wieder. »Ja, ist besser.«

Ottilia blieb der Mund offen stehen. Sie schaute zu Eduard. »Habe ich richtig gehört?«

Er grinste. »Hast du.«

»Sie wissen es und …«

Er nickte.

Ottilia fiel gefühlt ein Felsbrocken vom Herzen. Im Moment konnte sie nichts sagen, nur zeigen, wie viel ihr all das bedeutete, indem sie erst Eduards Eltern und dann ihn in die Arme schloss. Nun lächelten sie sogar.

Doch der Tag der Wunder schien noch nicht vorbei zu sein. Wenig später kam Emmi mit Ernst, Hand in Hand, zum Café. Ottilia und Eduard empfingen sie draußen. Emmi trug eine Art knielangen blauen Umhang und einen weißen Hut mit grasgrünem Band, das zum Frühling passte. Ernst gab ihr einen Kuss auf die Stirn und strahlte von einem Ohr zum anderen. Und auch Emmi schien gelöster, gar entspannt. Sophia und noch zwei junge Frauen aus der Stadt folgten ihnen. Auch sie hatten sich in lange Umhänge gehüllt. Margot kam ihnen in einem bunten Kleid, das Ottilia vor einiger Zeit genäht hatte, nach. Emmi eilte an ihnen vorbei ins Café und winkte Margot und Sophia mit sich. Nur Ernst blieb bei ihnen stehen.

»Wie schön, dass du wieder wohlauf bist, Tilia«, begrüßte er sie.

Sie umarmte ihn. »Schön, dich zu sehen. Und so glücklich dazu. Seid ihr ein Paar? Entschuldige, dass ich so verdutzt bin.«

Ernst druckste herum, dann lachte er und nickte. »Sind wir. Und vielleicht haben wir auch bald so ein kleines Wunder dabei.« Er zwinkerte ihr zu.

Ottilia riss die Augen auf. »Nicht dein Ernst, Ernst.«

»Doch.« Er lachte und Ottilia stimmte mit ein. »Wie schön.«

Eduards Vater räusperte sich. »Erst wird geheiratet«, sagte er streng.

Ernst nickte ihm zu. »Jawohl, Herr Galbert.«

Isabella lachte. »Ein Spinner ist er, der Ernst. Manchmal jedenfalls. Aber er macht unsere Emmi glücklich. Das ist die Hauptsache.«

»Und fleißig ist der Bursche ja auch«, ergänzte Eduards Vater.

Ernst streckte die Brust raus. »Vielen Dank.«

»Ich freu mich so für euch«, warf Ottilia ein.

Eduard beugte sich zu ihr rüber und flüsterte: »Ich weiß es, seit ich beide nackt im Heu in unserer Scheune erwischt habe.«

Ottilia lachte leise.

»Ach, plötzlich herrscht anscheinend Sonnenschein. Bin ja gespannt, wie lange die sich alle nun vertragen werden«, sagte eine Frau, die Ottilia, Eduard und seine Eltern wohl beobachtet hatte, zu einer anderen. Die nickte, schielte ebenfalls skeptisch und sah zu ihnen herüber.

Eduards Mutter schüttelte den Kopf. »Uns ist es egal, was die sagen. Hauptsache, die Familie hält zusammen. Und du bist in unserer herzlich willkommen«, sagte sie laut.

Die Damen rümpften daraufhin die Nasen und gingen ein paar Schritte weiter.

»Das bedeutet mir sehr viel, Schwiegermama«, erwiderte Ottilia und schenkte ihr ein Lächeln, das diese sogar erwiderte.

»Wird heute auch wieder Unterwäsche vorgestellt?«, unterbrach sie ein junger Mann, der mit anderen Männern in einer Gruppe an einem Tisch vor dem Café bei Gebäck und Muckefuck saß.

»Sündige Wäsche ist das«, sagte eine ältere Dame und manche der Anwesenden stimmten zu.

»Wenn es euch nicht passt, dann geht heim«, rief Ottilias Mutter. Sie und Ottilias Vater kamen mit dem Kinderwagen näher.

»Da gebe ich dir recht«, antwortete Isabella Galbert.

Ottilias Herz schlug einen Purzelbaum vor Glück. Auch Bärbel kam, schick zurechtgemacht, zum Café. Sie trug eine von Ottilias Hosen und eine ihrer Westenblusen. »Tante Bärbel. Wie schön, dich zu sehen. Noch dazu in so schickem Gewand.«

Bärbel begrüßte sie mit Wangenküsschen und lächelte auch Eduard zu. »Ach, ich bin so glücklich, dass du wieder da bist. Wie geht es dir heute?«

Ottilia schaute sich um und dann wieder zu ihrer Tante. »Einfach wunderbar.«

»So soll es auch bleiben. Genießt den Tag, eure Zukunft. Euer Töchterchen ist so herzlich. Ihr drei habt es verdient, glücklich zu sein.«

»Vielen Dank, Tante.«

Sie ging weiter. »Und jetzt muss ich noch etwas erledigen. Ist Emmi im Café?«

Eduard nickte. Was wollte ihre Tante denn von Emmi?

Rosa-Cecilia gluckste leise und lenkte Ottilia ab. Sofort ging sie zum Wagen hinüber und nahm das kleine Bündel behutsam heraus. Sie trug den Strampler, den Bärbel genäht, und die gelben Babysöckchen, die ihr ihre Mutter geschenkt hatte.

Rosa-Cecilias Großeltern, merkte Ottilia, waren entzückt von jeder Regung des Babys.

»Wo ist eigentlich Oma Hedwig?«, fragte Ottilia dann.

»Sie macht noch ihren Mittagsschlaf auf dem Sofa im Wohnzimmer, war erst ein wenig erkältet. Daher wollten wir sie nicht eher wecken. Aber sie freut sich schon riesig auf euch. Als sie die Kleine das erste Mal auf dem Arm hatte, wollte sie sie gar nicht mehr hergeben«, erklärte ihr ihre Mutter und lachte.

Ottilia seufzte. »Ich wäre zu gern dabei gewesen.«

»Ich schau mal nach ihr«, meinte Eduard.

Ottilias Mutter nickte. »Das ist gut. Danke.«

Danke? Das hätte sie früher nie gesagt.

»Er wäre in der Zeit, in der du im Krankenhaus warst, fast gestorben vor Angst«, erzählte ihr ihre Mutter, als Eduard sich auf den Weg machte.

Ottilias Vater stimmte zu. »Und er hat gearbeitet wie ein Vieh, um sich abzulenken, wenn er nicht bei dir sein konnte.

Er liebt dich so sehr. Und wir haben das wirklich akzeptiert und respektieren es.«

Ottilia rollte eine Träne über eine Wange. »Das werde ich euch nie vergessen.«

Sie küsste ihr Kind auf die Stirn, das auf ihrem Arm eingeschlafen war. So viel Unglück war Vergangenheit, so viel Angst und bittere Tränen. Alles verblieb im Netz der Erinnerung, während Ottilia am Horizont der Zukunft ein helles Licht erblickte. Sie fühlte sich leicht wie ein Schmetterling und frei wie die Vögel.

»Gehen wir hinein«, bat Ottilias Vater und schob sie sanft voran.

Drinnen winkten sie sogar Eduards Eltern zu sich. Adens und Galberts setzten sich einander gegenüber. Ottilia merkte, dass sie gegenseitig verhalten waren, aber wenigstens konnten sie schon mal an einem Tisch sitzen, ohne sich zu beschimpfen.

Ein paar der Anwesenden klatschten, als sie sie sahen. Darunter auch Kundinnen, die ihre Kleider trugen. Die Frauen zeigten sich stolz und mit gestrafften Schultern, was wiederum auch Ottilia stolz machte und tief in der Seele berührte.

Charlotte und Friedhelm, die wenig später erschienen, begrüßten sie herzlich und waren merklich froh, dass es ihr gut ging. David und sie setzten sich an den Nachbartisch. Ottilia lächelte ihm zu. »Ich freu mich so für Käthe, dass du wieder hier bist.«

»Wo Käthe ist, da ist mein Zuhause. Ich werde hierbleiben, werde in beiden Bäckereien zusammen mit Käthe arbeiten. So kann sie auch weiter mit dir das Café an den offenen Tagen leiten.«

»Das ist so toll. Herzlichen Glückwunsch.«

David lächelte ebenfalls. »Danke.«

Friedhelm stand auf und machte ein paar Fotos mit seiner Kamera, was Ottilia eine schöne Idee fand. Ernst und Hermann gesellten sich unterdessen mit zu ihnen an den Tisch und rieben sich die Hände. Dann tuschelten sie zusammen. »Das wird klasse«, war alles, was Ottilia verstand.

Ottilia legte ihre Tochter wieder in den Wagen zurück, den ihr Vater in der Nähe geparkt hatte. Die Kleine schlief friedlich weiter und Ottilia genoss jeden Augenblick mit ihren Lieben in ihrem Café und dankte Gott im Himmel dafür.

Kurz darauf kamen Eduard und Hedwig herein. Eduard schob einen Stuhl zur Seite und fuhr ihren Rollstuhl an den Tisch der Eltern heran. Ottilia stand auf und konnte es gar nicht erwarten, ihre Großmutter zu drücken. »Oma, so schön, dich wiederzusehen.«

»So schön, *dich* wiederzusehen«, sagte Hedwig und vergoss ein paar Tränen. »Und vor allem ein herzliches vergelt's Gott für die Kleine. Sie ist unbeschreiblich, ein Engelchen.«

Hedwig griff in ihre Schürzentasche, zog eine Flasche heraus, drehte sie auf und spritzte Weihwasser in die Runde. Ein Tropfen traf Hermann ins Auge, was ihn blinzeln ließ. »Vielen Dank, Oma.«

»Gott schütze euch«, sagte sie.

»Gott schütze dich«, erwidert Ottilia und schenkte ihr ein warmes Lächeln.

Ernst stand auf und eilte nach vorn zur Theke. »Ruhe bitte!«, forderte er dann und hob kurz die Arme.

Ottilia war gespannt, was nun folgte.

Ernst fuhr fort: »Wir präsentieren Ihnen heute eine Modenschau, die Ihre Herzen sicher höher schlagen lassen wird. Viel Spaß! Unser erstes Model ist Emmi Galbert in einer wundervollen Näharbeit von Ottilia Aden.«

Ottilia stockte. Emmi betrat in ihrem Umhang und einem roten Kopftuch, das Ottilia einst gehäkelt hatte, den roten Teppich. Ernst klatschte laut. Ottilia fühlte sich, als würde sie träumen. Sie stand auf und blieb wie angewurzelt stehen. Eduards

Schwester hob den Kopf und lächelte. Alle Aufmerksamkeit war auf sie gerichtet. Und dann warf sie plötzlich den Umhang ab und zeigte sich in einem hellblauen Zweiteiler, der vorwiegend aus Spitze bestand. Barfuß setzte sie einen Fuß vor den anderen, schwebte nahezu über den Laufsteg. Sämtlichen Leuten fiel fast die Kinnlade herunter. Auch Ottilia erstarrte.

Emmi blieb direkt vor ihr stehen. Beide schauten sich ernst an. »Steht mir sehr gut, nicht wahr, Ottilia?«

Ottilia nickte und auf einmal lächelte Emmi. »Ja, sie haben alle recht.«

»Womit?«, fragte Ottilia.

»Es ist gut, dass du wieder da bist. Ich weiß jetzt, dass du Eduard ehrlich liebst und ihn uns nicht wegnehmen willst. Und ich weiß nun, wie es ist, wenn man liebt. Man möchte zusammen sein.« Sie schaute zu Ernst und lächelte ihm zu, was er erwiderte. Seine Augen glänzten. »Also werde ich euch nicht mehr im Weg stehen. Außerdem finde ich es toll, eine Schwägerin zu haben, die so schöne Kleidung nähen kann.« Sie schmunzelte und zupfte an der Unterwäsche. »In Zukunft will ich mehr davon.«

Ottilia freute sich über dieses Kompliment. »Sehr, sehr gern. Und vielen Dank für deine Unterstützung, Emmi.«

Emmi zwinkerte ihr zu. »Und jetzt zeigen wir es den Tratschen richtig«, flüsterte sie dann und ging zurück auf den Teppich. Dort hob sie den Büstenhalter mit den Einlagen, der ihren Busen richtig zur Geltung brachte, ein wenig an. »Sitzt perfekt, ist bequem und unterstreicht meine Fraulichkeit. Das ist nicht verrucht, sondern einfach nur frauenfreundlich und vor allem bequemer als meine alte Wäsche.«

Ottilia war überwältigt.

Oma Hedwig begann zu klatschen. »Wunderbar!«, rief sie.

Ein paar Frauen in ihrem Alter schüttelten den Kopf, andere aber klatschten mit ihr.

Ernst pfiff durch die Finger und verlangte eine Zugabe, die er auch bekam. Margot schritt auf den roten Teppich. Allerdings nicht in Unterwäsche, sondern in dem bunten Kleid, in dem sie gekommen war. Allerdings folgten ihr Ilse und Käthe wenig später in zweiteiliger Unterwäsche.

Zwei Männer johlten, weitere pfiffen durch die Finger.

»Unglaublich«, echauffierte sich eine ältere Dame und winkte ihre Tischnachbarin mit sich. »Komm, Irmgard.«

Irmgard aber blieb sitzen. »So schlimm finde ich das eigentlich gar nicht mehr«, sagte sie.

Kurz darauf betrat eine Dame mit blonden Locken das Café. Das Kleid, das sie am Leib trug, erkannte Ottilia sofort. Es war das, welches sie Onkel John für seine Verlobte Ethel mitgegeben hatte.

»Guten Tag. Ich bin Ethel. Auch ich tragen nicht nur dies wunderschöne Kleid, sondern auch die bezaubernde Unterwäsche dieser wonderful young Lady.« Sie blieb mitten auf dem Teppich stehen, schaute zu Ottilia und verzog die himbeerrot geschminkten Lippen zu einem Lächeln. »Hello dear.«

»Hello«, stammelte Ottilia.

»Ist das etwa die Ethel von John«?, fragte sie Eduard dann.

Er brauchte nicht zu antworten, denn sein Onkel erschien gleich darauf neben der Dame, hängte sich bei ihr ein und kam mit ihr auf sie zu. Alle Aufmerksamkeit war auf sie gerichtet.

»Wir mussten kommen«, sagte John.

Seine Frau nickte. »Yes, absolutely.« Sie und John warfen einen Blick in den Kinderwagen und waren entzückt von Rosa-Cecilia. Ottilia starrte beide an, als wären sie ein Weltwunder. Nie im Leben hatte sie mit ihrem Besuch gerechnet. Jedenfalls nicht an diesem Tag.

»Die Kleine ist ja ein richtiger Wonne… Wie nennt ihr das?«, fragte John.

»Wonneproppen«, ergänzte Ottilia.

Seine Frau lachte. »Lustig Wort.«

John richtete seine Aufmerksamkeit wieder auf Eduard und Ottilia. »Wir freuen uns schon auf euren Besuch bald.«

Ethel nickte und stieß John mit dem Ellbogen leicht gegen einen Arm. »Sag schon, Darling. Und sei laut. Die Leute sollen wissen es. Sie schauen alle so neugierig schon.« Sie grinste spitzbübisch.

Was, fragte sich Ottilia, kam nun?

Einige der Anwesenden reckten die Hälse wie Giraffen.

John sah sich um und behielt sein Lächeln bei. »Ja, liebe Bürger und Bürgerinnen von Hollfeld und Umgebung. Verehrte Ladys, sehr geehrte Gentlemen.«

Ein paar Besucherinnen fühlten sich sichtlich geschmeichelt von dem feschen Herrn aus England.

Er nickte ihnen zu, was sie mit einem Lächeln erwiderten. »Ottilia Adens Mode fand in England bei großen Modehäusern Interesse. Kleider, aber vor allem die stilvolle Unterwäsche, die die Weiblichkeit unterstreicht«, erzählte er dann.

War das wahr? »Was? Wirklich?«, flüsterte Ottilia.

»Ottilia, Darling«, übernahm Ethel wieder das Wort. »Wenn du kommst mit Eduard und dem süßen Baby zu uns, dann bringe mehr von deiner Entwürfe und Näharbeiten mit. Ich haben gute Kontakte zu großen Modekennern, die Interesse daran haben. Du kannst kommen ganz groß raus.«

Eduards Eltern schauten, wie alle anderen, einschließlich Ottilia selbst, mehr als überrascht drein.

Hedwig lächelte. »Meine Enkelin. Ich bin so stolz.«

Ottilia fühlte sich geschmeichelt von Ethels Worten. Dennoch war sie entschlossen, ihre Mode lieber weiter hier präsentieren zu wollen, im kleinen überschaubaren Rahmen, anstatt damit in die große weite Welt zu ziehen. Früher hätte sie dies wohl noch anders gesehen.

»Ich glaube, ich bleibe lieber auf vertrautem Boden mit meiner Mode. Aber vielen herzlichen Dank für das ehrbare Kompliment«, sagte sie.

Ihre Eltern schienen sichtlich erleichtert über diese Entscheidung zu sein. Und auch Eduards Eltern nickten sie ab.

»Ich glaube, ich will doch was bestellen«, warf auf einmal eine der Frauen ein, die vorher am lautesten über Ottilias Wäsche gelästert hatte. Ihre Bemerkung nun ließ ihren weiblichen Bekannten die Gesichtszüge entgleiten.

»Ja, sieh an. Dann haben wir wohl bald eine Berühmtheit unter uns«, rief ein Herr und ein paar Leute klatschten gar.

»Verdient!«, schloss sich eine junge Frau an.

Ottilia bedankte sich vielmals und wandte sich anschließend an Ethel und John.

»Nicht nur deine Mode, auch du bist etwas ganz Besonderes, Darling«, sagte John.

Ethel nickte.

Ottilia schloss sie beide in die Arme. »Das bedeutet mir unheimlich viel. Danke. Schön, dass ihr gekommen seid.«

Ottilia drehte sich zu Eduard um und sah ihm tief in die Augen. »Ich glaube, ich war noch nie glücklicher als jetzt.«

Er kam ihrem Gesicht ganz nahe. Ottilia spürte seinen warmen Atem auf ihrem Mund und eine wohlige Hitze in sich aufsteigen. »Ich bin so froh, dass es dich gibt und dass du bist, wie du bist, Tilia. Ich liebe dich.«

»Ich dich auch«, erwiderte sie. »So sehr. Immer und immer mehr.«

Schließlich vereinten sich ihre Lippen zu einem innigen zarten Kuss.

Jeder Tag, durchfuhr es Ottilia, jeder Sonnenstrahl darin und jedes Lächeln waren es wert, für das Leben zu kämpfen. Vor allem für die Liebe.

Herzensentscheidung

Hedda

Ich tippte das Wort Ende unter den letzten Satz von *Unter dem Dornenhimmel* und atmete durch. Irgendwie fühlte ich mich zweigeteilt. Glücklich, aber auch wehmütig.

»Gefällt mir sehr«, sagte Daniel und gab mir einen Kuss auf die Wange. »Du hast das Leben meiner Großeltern und ihrer Familien auf den Seiten großartig eingefangen.«

Ich lehnte mich an ihn. »Danke. Dass du das sagst, gibt mir Mut.«

»Es ist nur die Wahrheit.«

Ich schaute über den Hof. Alles dort schien mir zuzurufen, zu bleiben.

»Okay«, sagte ich dann.

»Okay?«, fragte Daniel.

»Sag den Baumanns, dass es mir leidtut. Und dem Makler auch. Oder nein, dem doch nicht.«

»Was jetzt genau?«

Ich lächelte und schüttelte den Kopf über mich selbst. »Dass ich verrückt bin, weil ich mich traue. Ich möchte dein Angebot annehmen, den Hof zu pachten!«

Daniel lachte. »Ich finde es toll, dass du verrückt bist.«

Ich stimmte in sein Lachen mit ein. Noch nie zuvor hatte ich mich freier gefühlt.

Epilog

Hedda

9 Jahre später

Ich winkte Daniel von dem Pult aus, an dem ich saß, als er ins Café kam. Er grüßte die Gäste, die sich dort eingefunden hatten, und steuerte dann direkt auf mich zu. Jedes Mal, wenn ich ihn sah, ging für mich die Sonne auf. Von draußen drang helles Kinderlachen zu uns, darunter das von Tilia, unserer fünfjährigen Tochter. Ein milder Wind zog durch die offen stehende Tür des Cafés.

»Tilia hat viel Spaß draußen«, sagte Daniel und blieb vor mir stehen.

»Das ist schön.« Ihr Lachen erinnerte mich stets an das von Monika. Sie war unser persönliches kleines großes Wunder und wir entdeckten jeden Tag neue an ihr. Auch Daniels Vater, mit dem er sich längst ausgesöhnt hatte, meine Eltern, Sascha und sein Mann Max waren ganz vernarrt in die Kleine. Ich erzählte Tilia oft von Monika und deren Eltern. Auch von Käthe und allen anderen. Sie hörte jedes Mal aufmerksam zu. Daniel und ich waren lange Freunde gewesen, bevor wir uns vor sechseinhalb Jahren unsere Zuneigung eingestanden hatten. Kurz darauf war Tilia entstanden. Ich war so stolz auf meine kleine Familie. Daniel und ich unterstützten uns gegenseitig in allen Belangen. Die meiste Zeit arbeitete er von zu Hause aus, half auch mal, neben meinen zwei treuen Angestellten, die schon für Monika gearbeitet hatten, im Café mit. Mein kleines Lesecafé war mein ganzer Stolz. Ich hatte es auf den Namen Gezeiten getauft.

»Alles gut?«, fragte Daniel mich.

»Ja, mehr als das sogar.«

Er lächelte und setzte sich zu Julia und ihrem Mann Ralf an einen Tisch. Kurz darauf kam Tilia hereingerannt. Ihre blonden Locken wippten auf und ab. Sie kroch auf meinen Schoß. Ich lehnte mich auf dem Stuhl zurück, der hinter meinem Lesepult stand, und gab ihr einen Kuss auf eine Wange. Sie kicherte und wischte ihn sich mit einer Hand weg.

»Liest du jetzt gleich weiter?«, fragte sie.

Ich nickte. Ich hatte meinen Gästen aus *Unter dem Dornenhimmel* vorgelesen und ihnen versprochen, gleich noch zu erzählen, wie es mit den Adens und Galberts weiterging. Tilia kletterte von mir und rannte zu ihrem Vater.

Einige der Gäste kamen von weit her, um sich den Hof und den Zauberwald aus dem Buch anzusehen und auch mich kennenzulernen. Ich liebte den Austausch mit meinen Leserinnen und Lesern. Der Roman war, wie Theo es vorausgesagt hatte, ein voller Erfolg und sogar in England und Holland erschienen. Lesungen hielt ich jedoch nur hier im Café. Ich war kein Mensch, der die große Bühne draußen in der weiten Welt brauchte. Hier war mein Zuhause. Dank Monika hatte ich es endlich gefunden und damit zu mir selbst.

Ich hatte das kleine schwarze Büchlein mit Ottilias und Eduards Notizen mitgebracht, das ich den Gästen von meinem Pult aus zeigte. Es wurde stiller und alle Augen richteten sich bei Kaffee und Kuchen auf mich. Wie so oft tanzten auch an diesem Tag bunte Farbflimmer durch den Raum.

Tilia versuchte, sie mal wieder zu fangen. »Die sind lustig, Mama.«

»Ja, und wunderschön. Wie du.«

Sie lachte. »Ich will auch so bunt sein.«

»Bist du doch. Schau dein Kleid an.«

Ich hatte es, wie auch so manch andere, die ich hier auf Puppen ausstellte, nach Ottilias Vorlagen nachnähen lassen. Genau wie das von Tilia. Die Kleine nickte wieder und streichelte den Stoff mit ihren Händen. Ich wünschte ihr, dass die Buntheit des Lebens sie stets begleiten und später eine ihrer schönsten Kindheitserinnerungen sein würde.

Und dann begann ich mit meiner Erzählung.

»Die nachfolgenden Informationen habe ich alle dem Büchlein entnommen, in dem Eduard und Ottilia Notizen aus ihrem Leben hinterlassen haben. Ich hätte sie zu einem Epilog zusammenfassen und im Roman veröffentlichen lassen können. Aber dann entschied ich mich doch dagegen und erzähle interessierten Leserinnen und Lesern, wie Ihnen heute, lieber persönlich, was noch so in dem Leben der beiden geschah … Ein Jahr nach Rosa-Cecilias Geburt wurde Ottilia wieder schwanger, erlitt aber leider eine Fehlgeburt. Die Ärzte sagten ihr daraufhin, dass sie keine Kinder mehr bekommen kann.«

»Oh nein«, warf eine Frau ein. Die Blicke der Gäste wurden von Trauer erfüllt.

Ich erzählte weiter: »Doch 1955 geschah ein Wunder und sie gebar die Zwillinge Monika und Hannah. Zwei wunderhübsche Töchter. Hannah starb ein paar Jahre vor Monika. Eduard und Ottilia waren dankbar für jede positive Kleinigkeit, die ihnen das Leben schenkte. Sie verbrachten viele glückliche Jahre bis zu ihrem Tod mit ihren Kindern im Haus der Meyers, das sie dank des gut laufenden Cafés hier auf dem Hof und

Eduards Arbeit in der Schreinerei irgendwann kaufen konnten. Die Meyers selbst besuchten sie hin und wieder und freuten sich jedes Mal darüber. Ihren Eltern und Emmi gingen Ottilia und Eduard, so gut es ging, auf den Höfen zur Hand. Den Galberts war aber besonders auch Ernst eine sehr gute Hilfe. Er und Emmi heirateten und bekamen einen Sohn, der später, nach dem Tod der Eltern, nach Amerika auswanderte. Er hatte im Urlaub eine Amerikanerin kennengelernt, die Farmerin in Ohio war.«

Ein allgemeines »Ah« ging durch den Raum. Vor allem dafür wohl, dass Emmi und Ernst geheiratet hatten. Das hatten sich viele gewünscht, wie sie ihr schon vor der Lesung gesagt hatten. Ich lächelte. Tilia ging zu ihrem Vater, der sie in die Arme schloss, und schaute mir mit glänzenden Augen entgegen.

Ein Mann meldete sich wie in der Schule. »Darf ich etwas fragen?«

»Natürlich.«

»Und was wurde aus Eduards Eltern?«

»Sie wohnten bis zu ihrem Tod auf ihrem Hof.«

»Und Onkel John? Was ist aus ihm geworden?«, wollte eine ältere Dame wissen.

»Er und seine Frau luden Ottilia und Eduard und ihre Kinder ein paarmal zu sich nach England ein und die beiden ihn und Ethel nach Deutschland. Die beiden versuchten Ottilia immer wieder zu überreden, ihre Mode auch außerhalb Oberfrankens bekannter zu machen, doch Ottilia blieb ihrem eigenen Versprechen treu.«

»Sie war wirklich eine taffe Frau«, sagte ein Gast und klatschte. Einige stimmten mit ein.

»Das stimmt. Genau wie ihre Tochter Monika«, ergänzte ich.

Eine Frau stand auf. »Was wurde aus Käthe und David? Ich hoffe, sie haben geheiratet.«

Ich lächelte und legte meine Hände auf Eduards und Ottilias Notizbüchlein, nachdem ich es zugeklappt hatte. »Haben sie. Und sie waren lange glücklich. Sie starben im hohen Alter kurz hintereinander und hatten auch ein Kind. Genau wie Friedhelm und Charlotte. Käthes Enkelin sitzt übrigens da hinten.« Ich deutete in Richtung Julias, die sich kurz erhob.

»Hallo, ich bin Julia«, stellte sie sich vor. Die Leute lächelten ihr zu, manche sprachen sie an und stellten Fragen, die sie gern beantwortete. Dass ich sie vorstellen durfte, hatten wir vorher abgesprochen.

Schließlich fuhr ich fort. »Hermann und Ilse haben ebenfalls geheiratet, blieben aber leider kinderlos. Dafür verwöhnten sie vor allem Rosa-Cecilia und auch das Kind von Emmi sehr. Später auch die Nachzüglerinnen Monika und Hannah. Auch Ottilias Tante Bärbel war ganz vernarrt in die kleinen Nachkommen. Hannah und Monika lernte sie aber nicht mehr kennen. Ihr fragt euch nun sicher auch, was aus Rosa-Cecilia wurde. Leider muss ich in Bezug auf sie etwas mitteilen, das mich selbst auch sehr traurig stimmt. Rosa-Cecilia wurde nur zwanzig Jahre alt; sie ist an einer Infektion verstorben.«

»Oh nein«, flüsterte eine Frau und auch die Gesichter anderer Gäste überzog ein Schatten.

»Eduard und Ottilia fingen sich gegenseitig auf und auch die Familien rückten dadurch noch näher zusammen. Ottilia suchte auch oft Trost in Gebeten und ihrer Kreativität. Und manchmal träumte sie von ihrer Großmutter Hedwig, die ihr auch im Traum Weihwasser zuspritzte.«

Das brachte einige der Gäste zum Weinen, aber gleichzeitig auch zum Lachen. Viele zeigten so viel Nähe zu den Protagonisten aus *Dornenhimmel,* als hätten sie sie persönlich gekannt.

Es war einfach nur berührend. Mir ging es nicht anders. »Hedwig starb, da war Rosa-Cecilia drei Jahre jung. Ihr Herz hatte einfach aufgehört zu schlagen. Sie war bis zuletzt zu Hause gewesen und, wie Ottilia schrieb, mit einem Lächeln friedlich in ihren Armen eingeschlafen. Ich lese Ihnen nun noch den letzten Eintrag von Ottilia vor, den sie in das Büchlein geschrieben hat.« Ich öffnete das Buch an der Stelle und mein Blick senkte sich auf die Worte: »Das Leben ist ein Kommen und Gehen. Aber es liegt so viel dazwischen. So viel Zeit, die wir alle nutzen sollten, um vor allem eins zu tun: zu lachen. Mit den Menschen, die uns wichtig sind. Sie zu sehen, so wie sie sind, sie so oft zu umarmen, wie man kann, und ihnen zu sagen, dass man sie liebt. Dann war nicht einmal der tiefste und dunkelste Moment umsonst. Denn die Liebe überstrahlt am Ende alles. Ich danke für mein Leben und werde die schönen Momente nie vergessen.«

Es war still geworden im Café.

Daniel kam mit Tilia auf dem Arm zu mir und wischte mit einem Finger eine Träne weg, die mir übers Gesicht lief. Sie war geboren aus Trauer über die Vergänglichkeit, aber auch aus Freude gegenüber all dem Schönen und der guten Hoffnung, die ich in unsere Zukunft legte. Tilia gab mir einen Kuss auf die Wange und ich ihr.

»Nicht traurig sein, Mama.«

Ich lächelte. »Alles gut.« Ich schaute Daniel an und wiederholte meine Worte.

Er nickte und küsste mich zärtlich. »Ja, das ist es. Mehr als das«, flüsterte er.

Und ich wusste: Egal, welche Schatten noch kommen sollten, wir würden sie mit unserer größten Waffe, der Liebe, vertreiben.

Wahre Liebe fürchtet die Dornen des Schicksals nicht
und ist dort zu finden, wo das Licht die Schatten bricht.

Ottilia und Eduard

Made in the USA
Middletown, DE
20 November 2022

15403483R10352